Nora Roberts

Palast der Herzen

Eine königliche Affäre

Seite 7

Ein königlicher Kuss

Seite 231

MIRA® TASCHENBUCH

1. Auflage: Mai 2020
Neuausgabe im MIRA Taschenbuch
Copyright © 2020 für die deutsche Ausgabe by MIRA Taschenbuch
in der HarperCollins Germany GmbH, Hamburg

Copyright © 1986 by Nora Roberts
Originaltitel: »Affaire Royale«
Erschienen bei: Silouette Books, Toronto

Copyright © 1987 by Nora Roberts
Originaltitel: »Command Performance«
Erschienen bei: Silouette Books, Toronto

Published by arrangement with
HARLEQUIN ENTERPRISES II B.V./SARL

Umschlaggestaltung: Nele Schütz Design, München
Umschlagabbildung: Roka, sakdam, vulkano / Shutterstock
Satz: GGP Media GmbH, Pößneck
Printed in Germany
Dieses Buch wurde auf FSC®-zertifiziertem Papier gedruckt.
ISBN 978-3-7457-0073-2

www.mira-taschenbuch.de

Werden Sie Fan von MIRA Taschenbuch auf Facebook!

Nora Roberts

Eine königliche Affäre

Roman

Aus dem amerikanischen Englisch von
Roy Gottwald

1. Kapitel

Sie hatte vergessen, warum sie so rannte. Sie wusste nur, dass sie nicht anhalten durfte. Denn wenn sie stehen blieb, war sie verloren. In diesem Rennen gab es nur zwei Plätze – den ersten und den letzten.

Abstand. Ihr einziger Gedanke war weiterrennen, vorwärtskommen, damit die Entfernung zwischen ihr und … dem, wo sie gewesen war, groß genug sein würde.

Sie war durchnässt bis auf die Haut. Der Regen strömte auf sie herab, aber sie erschrak nicht mehr bei jedem Donnerschlag, und sie zuckte nicht mehr bei jedem grellen Blitz zusammen. Sie fürchtete nicht die Dunkelheit. Wovor sie eigentlich Angst hatte, wusste sie selbst nicht mehr genau; doch sie war von ihrer Angst geradezu besessen. Dieses Gefühl ließ sie weiter den Straßenrand entlangstolpern, obwohl sie völlig erschöpft war. Wie sehr sehnte sie sich danach, an einem warmen, trockenen Ort zur Ruhe zu kommen.

Sie hatte keine Ahnung, wo sie sich befand. Sie wusste nicht, wo sie gewesen war. Sie erinnerte sich weder an die hohen, im Winde schaukelnden Bäume noch an das Tosen des nahen Meeres. Kaum nahm sie den Duft der regennassen Blumen wahr, die sie auf ihrer Flucht zertrat.

Sie weinte, ohne sich dessen bewusst zu sein. Ihre Sinne waren völlig benommen, und sie fühlte sich unsicher auf den Beinen. Es wäre ein Leichtes gewesen, einfach unter einem der Bäume Schutz zu suchen und aufzugeben. Aber irgendetwas trieb sie weiter. Dieses Etwas war jedoch nicht allein die

Angst, nicht allein ihre Verwirrung. Es war eine innere Kraft, die sie über das Menschenmögliche hinaustrieb. Sie würde nicht dorthin zurückkehren, woher sie kam. Es blieb ihr keine andere Wahl, als vorwärtszulaufen.

Sie hatte keine Vorstellung, ob sie eine Meile oder zehn hinter sich gebracht hatte. Der Regen und ihre Tränen machten sie blind. Die Lichter hatten sie beinahe schon erfasst, ehe sie sie überhaupt wahrnahm.

Wie ein von Scheinwerfern geblendetes Tier blieb sie voller Panik auf der Stelle stehen. Jetzt hatten sie sie gefunden. Sie hatten sie verfolgt. Sie.

Eine Hupe kreischte auf, Räder quietschten. Völlig erschöpft brach sie schließlich bewusstlos auf der Straße zusammen.

»Sie kommt zu sich.«

»Dem Himmel sei Dank.«

»Bitte treten Sie einen Moment zurück und lassen Sie mich die Frau untersuchen. Sie könnte wieder das Bewusstsein verlieren!«

Wie durch schwebende Nebel vernahm sie die Stimmen. Hohl und aus der Ferne. Angst überkam sie erneut. Selbst in ihrem halb bewusstlosen Zustand hielt sie den Atem an. Sie war nicht entkommen, doch sie wollte sich ihre Furcht nicht anmerken lassen. Das versprach sie sich.

Als sie weiter zu Bewusstsein kam, ballte sie ihre Hände fest und energisch zu Fäusten. Der Druck ihrer Finger gab ihr ein wenig das Gefühl von Selbstsicherheit und Kontrolle.

Langsam öffnete sie die Augen. Die Nebel rissen auf, wallten zurück und verschwanden dann langsam. Als sie in das Gesicht starrte, das über sie gebeugt war, schwand auch ihre Furcht.

Es war ein ihr unbekanntes Gesicht. Er gehörte nicht zu ihnen. Das hätte sie bestimmt gewusst. Ihr Vertrauen wankte einen Moment lang, aber sie verhielt sich ruhig. Es war ein rundes, angenehmes Gesicht mit einem gestutzten lockigen weißen Bart. Der glatte, kahle Kopf stand dazu in auffallendem Kontrast. Der Blick aus den müden Augen war scharf, aber nicht unfreundlich. Schließlich ergriff der Mann ihre Hand. Sie wehrte sich nicht.

»Meine Liebe«, sagte er mit angenehmer dunkler Stimme. Zärtlich streichelte er ihre Finger, bis ihre Hand sich entspannte. »Sie sind jetzt in Sicherheit.«

Sie spürte, wie er ihren Puls maß, und sie sah ihm weiter in die Augen.

In Sicherheit.

Immer noch auf der Hut, wandte sie ihren Blick von ihm ab. Krankenhaus.

Obwohl das Zimmer fast elegant und recht groß war, wusste sie, dass sie sich in einem Krankenhaus befand. Der starke Geruch von Blumen und Antiseptika erfüllte den Raum. Und dann sah sie den Mann, der direkt an der Seite ihres Bettes stand.

Er hatte eine militärisch aufrechte Haltung und war makellos gekleidet. Graue Strähnen durchzogen sein Haar, das dennoch dunkel und voll war. Er hatte ein schmales, aristokratisches Gesicht. Dieses Gesicht ist ernst, dachte sie, aber bleich, sehr bleich, besonders gegen die Schatten unter seinen Augen. Trotz der Haltung und der perfekten Kleidung machte er den Eindruck, als hätte er seit Tagen nicht geschlafen.

»Mein Liebes.« Seine Stimme zitterte, als er sich zu ihr hinabbeugte, um ihre freie Hand zu ergreifen. Er wirkte tief besorgt und presste ihre Finger an seine Lippen. Sie hatte den Eindruck, als bebe diese starke, feste Hand ein wenig.

»Jetzt haben wir dich wieder, mein Liebes. Du bist wieder da.«

Sie zog ihre Hand nicht zurück, sondern ließ sie matt in der seinen liegen und betrachtete erneut sein Gesicht. »Wer sind Sie?«

Der Mann fuhr entsetzt zurück. Mit Tränen in den Augen starrte er sie an. »Wer …«

»Sie ist sehr schwach.« Freundlich unterbrach der Arzt ihn.

Sie sah, wie er seine Hand auf den Arm des Mannes legte, ob mit einer einhaltenden oder tröstenden Geste, konnte sie nicht beurteilen. »Sie hat viel durchgemacht. Eine anfängliche Verwirrung ist da ganz natürlich.«

Aus dem Liegen beobachtete sie den Arzt, der dem anderen Mann bedeutungsvolle Blicke zuwarf. Plötzlich spürte sie bohrende Übelkeit im Magen, und ihr wurde bewusst, dass sie im Warmen und Trockenen war. Sie fühlte sich warm, trocken und leer. In ihrem Inneren herrschte eine große Leere. Als sie wieder sprach, klang ihre Stimme überraschend kräftig.

»Ich weiß nicht, wo ich bin.« Unter der Hand des Arztes beschleunigte sich ihr Puls kurz, beruhigte sich jedoch gleich. »Ich weiß nicht, wer ich bin.«

»Sie haben Schlimmes durchlitten, meine Liebe.« Der Doktor sprach beruhigend auf sie ein, doch seine Gedanken wirbelten durcheinander. Wir brauchen einen Spezialisten, dachte er. Wenn sie nicht innerhalb der nächsten vierundzwanzig Stunden ihr Gedächtnis wiederfindet, dann brauchen wir einen ausgezeichneten Spezialisten.

»Du erinnerst dich an nichts?« Der andere Mann hatte sich bei ihren Worten aufgerichtet. Jetzt sah er in seiner gefassten Haltung direkt auf sie herunter.

Verwirrt und bemüht, ihre Furcht zu unterdrücken, versuchte sie, sich aufzusetzen, doch der Arzt sprach beschwichtigend auf sie ein und drückte sie wieder zurück in die Kissen.

Sie erinnerte sich … Sie rannte, der Sturm, die Dunkelheit. Vor ihr tauchten Lichter auf. Fest schloss sie die Augen und bemühte sich um Haltung. Als sie die Augen wieder öffnete, klang ihre Stimme zwar immer noch fest, aber seltsam hohl. »Ich weiß nicht, wer ich bin. Bitte sagen Sie es mir.«

»Erst wenn Sie sich noch ein wenig mehr ausgeruht haben«, begann der Doktor. Der andere Mann unterbrach ihn mit einem stechenden Blick. Sie schaute kurz zu ihm hin und bemerkte, dass dieser Blick arrogant und zugleich befehlsgewohnt war.

»Du bist meine Tochter«, erklärte er. Wieder nahm er ihre Hand und hielt sie fest. Sogar das leichte Zittern war nicht mehr da. »Du bist Prinzessin Gabriella de Cordina.«

Ist das ein Albtraum oder ein Märchen? fragte sie sich und starrte zu ihm hinauf. Mein Vater? Prinzessin? Cordina … Ihr war, als erkenne sie den Namen, und sie klammerte sich daran. Aber was bedeuteten diese Worte über die adelige Herkunft?

Sie konnte mit diesen Informationen nichts anfangen und sah ihm weiter ins Gesicht. Dieser Mann würde nicht lügen. Sein Gesicht war ausdruckslos, doch seine Augen spiegelten so viel innere Bewegung wider, dass sie sich selbst ohne Erinnerungsvermögen zu ihm hingezogen fühlte.

»Wenn ich eine Prinzessin bin«, begann sie, und die spröde Zurückhaltung ihres Tonfalls verletzte ihn offensichtlich, was an seinem Mienenspiel zu erkennen war. »Sind Sie dann ein König?«

Fast hätte er gelächelt. Vielleicht hatte der Schock ihre Erinnerung durcheinandergebracht, aber sie war noch immer seine Brie. »Cordina ist ein Fürstentum. Ich bin Fürst Armand. Du bist mein ältestes Kind und hast zwei Brüder, Alexander und Bennett!«

Vater und Brüder. Eine Familie, Wurzeln. Nichts rührte sich in ihr. »Und meine Mutter?«

Diesmal war sein Ausdruck leicht zu deuten: Trauer. »Sie starb, als du zwanzig Jahre alt warst. Seit damals bist du die erste Dame des Staates, die ihre Pflichten zusammen mit deinen eigenen wahrgenommen hat. Brie.« Sein Tonfall war jetzt weniger förmlich. »Wir nennen dich ›Brie‹.« Er drehte ihre Hand um, sodass die Traube aus Saphiren und Diamanten an ihrem Finger sie anstrahlte. »Ich habe dir das hier zu deinem einundzwanzigsten Geburtstag geschenkt, vor fast vier Jahren!«

Sie betrachtete den Ring und die starke, schöne Hand, die ihre eigene hielt. Sie erinnerte sich an nichts, und doch empfand sie Vertrauen. Erneut sah sie ihn an und brachte ein kleines Lächeln zustande. »Sie haben einen ausgezeichneten Geschmack, Eure Hoheit.«

Er lächelte, aber sie hatte den Eindruck, als wäre er den Tränen gefährlich nahe. So nahe wie sie selbst. »Bitte«, begann sie um ihrer beider willen, »ich bin sehr müde.«

»Ja, wirklich.« Der Arzt streichelte ihre Hand, so wie er es seit dem Tag ihrer Geburt getan hatte. Das wusste sie allerdings nicht. »Jetzt ist Ruhe die beste Medizin.«

Widerstrebend ließ Fürst Armand die Hand seiner Tochter los. »Ich bleibe in der Nähe.«

Ihre Kräfte schwanden wieder. »Vielen Dank.« Sie hörte die Tür ins Schloss fallen, spürte jedoch die Nähe des Doktors. »Bin ich wirklich eine Prinzessin, wie er behauptet?«

»Niemand weiß das besser als ich.« Er strich ihr voller Zuneigung über die Wange. »Ich habe Sie zur Welt gebracht, im Juli vor fünfundzwanzig Jahren. Sie müssen jetzt ruhen, Eure Hoheit, nur ausruhen.«

Fürst Armand ging mit schnellem, energischem Schritt den

Korridor hinunter. Ein Mitglied der fürstlichen Garde folgte ihm mit zwei Metern Abstand.

Er wollte allein sein. Wie sehr sehnte er sich nach fünf Minuten Alleinsein in einem abgeschiedenen Raum. Dort konnte er etwas von der inneren Spannung loswerden, etwas von den Gefühlen, die ihn überwältigten. Beinahe hätte er seine Tochter, seinen Schatz, verloren. Und jetzt, da er sie wiederhatte, betrachtete sie ihn wie einen Fremden.

Wenn er herausfände, wer … Armand schob den Gedanken beiseite. Das konnte warten, sagte er sich.

In dem geräumigen, sonnendurchfluteten Aufenthaltsraum befanden sich drei weitere fürstliche Gardisten und verschiedene Mitglieder des Polizeihauptquartiers von Cordina. Alexander, sein Sohn und Thronerbe, schritt rauchend auf und ab. Er hatte die attraktive Erscheinung seines Vaters und dessen militärische Haltung. Allerdings fehlte ihm noch die Selbstkontrolle des Fürsten.

Er ist wie ein Vulkan, dachte Armand und betrachtete den dreiundzwanzigjährigen Prinzen. Er kocht und brodelt, bricht aber noch nicht aus.

Auf dem gemütlichen pastellfarbenen Sofa lag Bennett. Mit seinen zwanzig Jahren war er drauf und dran, der neueste Playboy-Prinz zu werden. Obwohl er ein dunkler Typ wie sein Vater war, hatte er das Aussehen von seiner hinreißend schönen Mutter geerbt. Manchmal ruhelos und viel zu oft indiskret, verfügte er doch über eine unermüdliche Anteilnahme und Freundlichkeit, die ihn bei seinen Untertanen sowie bei der Presse beliebt machten. Und ebenso bei der weiblichen Bevölkerung Europas, dachte Armand trocken.

Neben Bennett saß ein Amerikaner, der sich auf Armands Bitte hin dort eingefunden hatte. Beide Prinzen waren viel zu sehr mit ihren eigenen Gedanken beschäftigt, um die Anwesenheit ihres Vaters zu bemerken. Dem Amerikaner dagegen entging nichts. Aus diesem Grunde hatte Armand ihn zu sich rufen lassen.

Reeve MacGee blieb eine Weile ruhig sitzen und musterte den Fürsten. Er hält sich gut, dachte Reeve, aber ich habe auch nichts anderes erwartet.

Der Amerikaner hatte das Staatsoberhaupt von Cordina nur wenige Male getroffen, aber sein Vater war in Oxford mit Fürst Armand zusammen gewesen. Aus der Zeit stammte die Freundschaft, die so viele Jahre und die größte Entfernung überdauert hatte.

Armand wurde der Herrscher des kleinen malerischen Staates an der Mittelmeerküste. Reeves Vater wurde Diplomat. Obwohl er selbst auch in politischen Kreisen aufgewachsen war, hatte Reeve für sich selbst eine Karriere gewählt, die sich mehr hinter den Kulissen abspielte.

Nach zehn Jahren Beschäftigung beim Geheimdienst hatte Reeve eine Kehrtwendung gemacht und ein eigenes Unternehmen gestartet. In seinem Leben war der Zeitpunkt gekommen, wo er es leid war, den Anordnungen anderer Leute zu folgen. Seine eigenen Regeln waren zwar oftmals noch viel strikter, noch unbeugsamer, aber es waren wenigstens seine eigenen. Die Erfahrungen, die er bei der Mordkommission und später bei einer Sondereinheit gemacht hatte, waren ihm sehr nützlich. Vor allem hatte er gelernt, zuerst seinem eigenen Instinkt zu vertrauen.

Er war in eine reiche Familie geboren worden. Durch seine eigenen Begabungen hatte er den Reichtum noch vermehrt. Früher hatte er seinen Beruf als Einkommensquelle und aufregende Tätigkeit angesehen. Doch jetzt arbeitete Reeve nicht mehr länger des Geldes wegen. Er nahm nur wenige Aufträge an, und dann stets ausgesuchte Fälle. Wenn und wirklich nur wenn ihn eine Sache interessierte, akzeptierte er den Klienten.

Für die Außenwelt und oft genug auch für sich selbst war er jedoch nichts weiter als ein Farmer, und in diesem Bereich ohnehin ein Neuling. Vor weniger als einem Jahr hatte er sich eine Farm gekauft mit der Überlegung und dem Traum, sich dorthin einmal zurückziehen zu können. Das war für Reeve die Lösung. Zehn Jahre zwischen Gut und Böse, zwischen Gesetz und Unrecht, und das Tag für Tag, waren genug für ihn.

Er sagte sich, er habe seine Pflicht erfüllt, und schied aus dem Geheimdienst aus. Ein Privatdetektiv konnte seine Klienten auswählen oder ablehnen. Er konnte nach seinen eigenen Vorstellungen arbeiten und selber seine Honorare festlegen. Sollte eine Aufgabe ihn in Gefahr bringen, dann konnte er damit auf seine eigene Weise fertig werden.

Bereits im Jahr zuvor hatte er weniger und weniger Privataufträge angenommen. So zog er sich langsam aus dem Geschäft zurück. Wenn er Gewissensbisse hatte, dann wusste niemand davon außer ihm selbst. Die Farm bot ihm Abwechslung. Dort konnte er ein grundlegend anderes Leben führen. Eines Tages sollte sie sein ganzer Lebensinhalt werden, das hatte er sich vorgenommen.

Reeve sah eher wie ein Soldat als wie ein Farmer aus. Nach Armands Eintreten stand er auf. Dabei bewegte sich sein großer, kräftiger Körper geschmeidig, Muskel für Muskel. Über dem einfarbigen Hemd und den modischen Bundfaltenhosen trug er ein gut sitzendes Leinenjackett. Er brachte es stets fertig, seine Anzüge entweder formell oder bequem wirken zu lassen, je nachdem, was die Situation erforderte.

Er gehörte zu den Männern, deren Kleidung, gleich wie elegant sie auch war, immer hinter der Wirkung der Person zurückblieb. Zuerst zog sein Gesicht die Aufmerksamkeit auf sich, vielleicht des ebenmäßig guten Aussehens wegen, das er von seinen schottisch-irischen Vorfahren geerbt hatte. Durch häufigen Aufenthalt an der frischen Luft hatte er eine gebräunte Haut, obwohl er als Typ eher hellhäutiger war. Der perfekte Haarschnitt konnte nicht verhindern, dass ihm ständig eine widerspenstige Locke ins Gesicht fiel, und um seine Lippen spielte ein Lächeln.

Reeve hatte eine athletische Figur, und seine Augen strahlten in dem klaren Blau, das man oft bei den Iren findet. Wenn er wollte, bezauberte er mit seinem strahlenden Blick die Menschen um ihn ebenso, wie er sie damit einschüchtern konnte.

Seine Haltung war nicht ganz so straff wie die des Fürsten, eher auf eine lässige Weise amerikanisch. »Eure Hoheit.«

Bei Reeves Worten sprangen sowohl Alexander als auch Bennett auf. »Brie?«, riefen sie wie aus einem Mund. Bennett war sofort an der Seite seines Vaters, Alexander drückte seine Zigarette in einem Aschenbecher aus. Reeve sah, wie sie dabei in viele Krümel zerbröckelte.

»Sie war bei Bewusstsein«, berichtete Armand knapp. »Ich konnte mit ihr sprechen.«

»Wie geht es ihr?« Bennett sah seinen Vater besorgt mit dunklen Augen an. »Wann können wir sie endlich sehen?«

»Sie ist sehr müde«, sagte Armand und berührte dabei flüchtig den Arm seines Sohnes. »Vielleicht morgen.«

Alexander blieb weiterhin am Fenster stehen. »Weiß sie, wer …«, wollte er aufgebracht wissen.

»Das kann warten«, unterbrach ihn sein Vater.

Alexander hätte am liebsten weitergesprochen, aber er war zu gut erzogen. Er kannte die Regeln, die mit seinem Titel verbunden waren. »Wir werden sie bald nach Hause holen«, sagte er leise, und es klang fast wie eine Drohung. Rasch sah er hinüber zu den Gardisten und Polizeibeamten. Gabriella mochte hier geschützt sein, aber er wollte sie wieder daheim haben.

»So schnell wie möglich.«

»Vielleicht ist sie noch erschöpft«, begann Bennett, »aber bald wird sie ein bekanntes Gesicht sehen wollen. Alex und ich könnten hier warten.«

Ein bekanntes Gesicht. Armand sah an seinem Sohn vorbei zum Fenster hinaus. Für Brie gab es keine vertrauten Gesichter. Er würde es seinen Söhnen später erklären, wenn sie unter sich waren. Im Augenblick musste er die Rolle des Herrschers zu Ende spielen.

»Ihr könnt gehen!« Seine Worte richteten sich an Alexander und Bennett. »Morgen wird sie sich weiter erholt haben. Jetzt muss ich mit Reeve sprechen.« Er entließ seine Kinder ohne Geste. Da sie zögerten, hob er gebieterisch eine Braue.

»Hat sie Schmerzen?«, wollte Alexander wissen.

Armands Blick wurde weicher. »Nein. Das verspreche ich dir. Du wirst es bald selbst feststellen können«, setzte er hinzu, da Alexander eine unzufriedene Miene machte. »Gabriella ist stark!« Seine wenigen Worte waren voller Stolz.

Alexander grüßte mit einem Kopfnicken. Was ihm noch am Herzen lag, würde er in einem privaten Augenblick äußern. In Begleitung seines Bruders verließ er den Raum, gefolgt von den Gardisten.

Armand sah seinen Söhnen nach, dann wandte er sich an Reeve. »Bitte«, begann er und zeigte mit einer Geste zur Tür. »Gehen wir für einen Augenblick in Dr. Francos Büro!« Er ging den Korridor entlang, als bemerkte er die Wachtposten nicht. Reeve dagegen war sich ihrer Anwesenheit und der Anspannung, die von ihnen ausging, sehr wohl bewusst. Die Entführung eines Mitgliedes der fürstlichen Familie lässt die Leute nervös werden, dachte er. Armand öffnete eine Tür, wartete, bis Reeve eingetreten war, und schloss sie dann hinter ihm.

»Bitte, nehmen Sie Platz«, forderte er ihn auf. »Ich ziehe es vor zu stehen.«

Armand griff in seine Tasche und zog ein Etui hervor, dem er eine Zigarette entnahm, eine von zehn, die er sich am Tag gestattete. Ehe er sie anzünden konnte, hatte Reeve ihm schweigend Feuer gegeben.

»Ich bin Ihnen dankbar, dass Sie gekommen sind, Reeve. Ich hatte bis jetzt noch keine Gelegenheit Ihnen zu sagen, wie sehr ich es zu schätzen weiß.«

»Es besteht kein Anlass, mir dafür zu danken, Eure Hoheit. Bis jetzt habe ich noch nichts getan.«

Armand atmete den Rauch aus. Jetzt, vor dem Sohn seines Freundes, konnte er sich ein wenig gehen lassen. »Sie denken, ich bin zu hart zu meinen Söhnen.«

»Ich denke, Sie kennen Ihre Söhne besser als ich.«

Armand lachte kurz auf und setzte sich dann. »Sie haben das diplomatische Talent Ihres Vaters geerbt.«

»Manchmal.«

»Sie besitzen auch, wenn ich es richtig zu beurteilen vermag, seinen klaren und scharfen Verstand.«

Reeve überlegte, ob sein Vater den Vergleich schätzen würde, und lächelte. »Vielen Dank, Eure Hoheit.«

»Bitte, wenn wir allein sind, nennen Sie mich Armand.« Zum ersten Mal, seit seine Tochter das Bewusstsein wiedererlangt hatte, gab er seinen Gefühlen nach. Mit einer Hand massierte er sich die Stirn direkt über den Augenbrauen. Die Kopfschmerzen, die er schon seit einigen Stunden hatte, konnte er nun nicht mehr ignorieren. »Ich glaube, ich muss die Freundschaft zu Ihrem Vater durch Sie in Anspruch nehmen, Reeve. Aufgrund der Liebe zu meiner Tochter bin ich davon überzeugt, keine andere Wahl zu haben!«

Reeve maß sein Gegenüber aufmerksam. Jetzt sah man mehr als nur königliche Haltung. Man sah den Vater, der sich verzweifelt um Beherrschung bemühte. Still nahm Reeve sich ebenfalls eine Zigarette, zündete sie an und ließ Armand ein paar Augenblicke Zeit. »Erzählen Sie mir.«

»Sie erinnert sich an nichts.«

»Sie kann sich nicht erinnern, wer sie entführt hat?« Mit einem düsteren Blick sah Reeve zu Boden. »Hat sie die Kerle überhaupt gesehen?«

»Sie erinnert sich an nichts«, wiederholte Armand und hob dabei den Kopf. »Nicht einmal an ihren eigenen Namen.«

Jetzt begriff Reeve die Schwierigkeit der Situation. Er nickte. Seine Miene verriet nicht im Mindesten, was in ihm vorging.

»Ich kann mir denken, dass ein zeitweiliger Gedächtnisverlust normal ist, nach all dem, was sie durchgemacht hat. Was sagt der Arzt?«

»Ich werde nachher mit dem Arzt sprechen!« Die Anspannung der letzten sechs Tage machte ihm deutlich zu schaffen, aber Armand bewahrte dennoch Haltung. »Sie sind gekommen, Reeve, weil ich Sie gebeten habe. Aber Sie haben mich bis jetzt noch nicht gefragt, warum!«

»Nein!«

»Als amerikanischer Staatsbürger sind Sie mir in nichts verpflichtet.«

»Nein«, sagte Reeve erneut.

Armand musterte den Amerikaner. Wie sein Vater, dachte er. Und wie seinem Vater konnte man Reeve MacGee Vertrauen schenken. Diesem Mann wollte er anvertrauen, was ihm das Liebste auf der Welt war. »In meiner Stellung muss man ständig mit einer Gefahr rechnen.«

»Jeder Herrscher muss damit leben.«

»Ja, und durch ihre Herkunft zwangsläufig auch die Kinder der Herrscher.« Er sah eine Weile auf seine Hände und den kostbaren Siegelring.

Armand war durch Geburt ein Fürst, aber er war auch ein Vater. Leider konnte er nicht wählen, was für ihn die größte Bedeutung hatte. Er war als Regent geboren, aufgewachsen und erzogen worden. So gab es für ihn in erster Linie die Verantwortung seinem Volk gegenüber.

»Natürlich haben meine Kinder ihren eigenen persönlichen Schutz.« Mit beherrschtem Zorn drückte er seine Zigarette aus. »Es hat allerdings den Anschein, als sei dieser Schutz unzureichend. Gabriella zeigt sich oft unduldsam bei der notwendigen Anwesenheit von Sicherheitsbeamten. Ihr Privatleben betreffend hat sie ihren eigenen Kopf. Vielleicht habe ich sie verzogen. Wir sind ein friedliches Land, Reeve. Die Bewohner von Cordina lieben ihre fürstliche Familie. Wenn meine Tochter von Zeit zu Zeit mal ihren Leibwächtern entschlüpft ist, dann habe ich kein großes Aufheben darum gemacht.«

»Konnte es auf diese Weise jetzt zu der Entführung kommen?«

»Sie wollte aufs Land fahren. Das tut sie manchmal. Die Verpflichtungen aufgrund ihrer Stellung sind zahlreich. Gabriella braucht ab und zu etwas Ablenkung und ein gewisses Maß an Zerstreuung. Bis vor sechs Tagen schien es immer eine harmlose Sache, deshalb gestattete ich es auch.«

Dem Ton nach zu urteilen, beherrscht Armand seine Familie wie sein Volk, gerecht, aber kühl, dachte Reeve. »Bis vor sechs Tagen«, wiederholte er, »als Ihre Tochter entführt wurde.«

Armand nickte ruhig. Es ging jetzt um Tatsachen, mit denen man sich auseinandersetzen musste, Gefühle waren hier unangebracht. »Bis wir absolut sicher sind, wer Gabriella entführt hat und warum, kann ihr ein solches Vergnügen nicht mehr gestattet werden. Ich würde der Palastgarde mein Leben anvertrauen, doch nicht mehr das meiner Tochter.«

Reeve machte seine Zigarette aus. Die Absicht war klar und deutlich. »Ich bin nicht mehr beim Geheimdienst, Armand.«

»Sie haben ein eigenes Unternehmen. Wie ich höre, sind Sie eine Art Experte auf dem Gebiet des Terrorismus.«

»In meinem Heimatland«, erklärte Reeve. »Hier in Cordina habe ich keine Zulassung. Im Laufe der Jahre hatte ich allerdings Gelegenheit, gute Kontakte zu schaffen. Ich könnte Ihnen die Namen einiger ausgezeichneter Leute vermitteln ...«

»Ich suche einen Mann, dem ich das Leben meiner Tochter anvertrauen kann«, unterbrach Armand ihn. Er sagte das mit ruhiger Stimme, der drohende Unterton war jedoch unüberhörbar. »Einen Mann, von dem ich sicher sein kann, dass er ebenso objektiv bleibt, wie ich es sein muss. Einen Mann, der über die Erfahrungen verfügt, eine möglicherweise hochexplosive Lage mit Feingefühl zu handhaben. Ich habe Ihre Laufbahn aufmerksam verfolgt.« Als Reeve ihn verblüfft ansah, lächelte Armand ihn noch einmal an. »Ich verfüge über ausgezeichnete Beziehungen in Washington. Sie haben einen tadellosen Ruf, Reeve. Ihr Vater kann stolz auf Sie sein.«

Reeve fühlte sich unwohl, als der Name seines Vaters fiel. Diese Verbindung war für seinen Geschmack zu persönlich. Sie würde es ihm nur erschweren, anzunehmen und objektiv zu bleiben oder dankend und ohne Schuldbewusstsein abzulehnen. »Ich weiß ihr Vertrauen zu schätzen. Ich bin jedoch kein Polizist, kein Leibwächter. Ich bin jetzt Farmer!«

Armands Ausdruck blieb ernst, doch Reeve entging das amüsierte Flackern im Blick des Fürsten nicht. »Ja, so wurde mir berichtet. Wenn es Ihnen recht ist, belassen wir es dabei. Doch ich habe Sorgen, große Sorgen. Ich werde Sie jetzt allerdings nicht drängen.« Armand wusste, wann er zu fordern oder sich zurückzuziehen hatte.

»Überdenken Sie bitte das, was ich Ihnen gesagt habe. Vielleicht könnten wir morgen noch einmal miteinander sprechen, und Sie können selbst mit Gabriella reden. In der Zwischenzeit fühlen Sie sich bitte als unser Gast.«

Der Fürst erhob sich und betrachtete damit das Gespräch als beendet. »Mein Wagen wird Sie in den Palast zurückbringen.«

2. Kapitel

Das Sonnenlicht des späten Vormittags flimmerte im Raum. Reeve betrachtete das Strahlenmuster auf dem Fußboden. Er hatte bei einem privaten Frühstück in der Suite des Fürsten ein weiteres Gespräch mit Armand geführt. Dabei war ihm die ruhige Entschlossenheit und das Herrschaftsbewusstsein des Fürsten nur zu präsent gewesen. Er war mit solchen Menschen aufgewachsen.

Leise vor sich hin fluchend sah Reeve hinaus auf die Bergkette, die Cordina so malerisch umgab.

Warum zum Teufel war er hier? Sein Land lag Tausende von Meilen entfernt und wartete darauf, von ihm bestellt zu werden. Stattdessen befand er sich in diesem Märchenland, wo die Luft verführerisch sanft und das Meer so nahe und so blau war. Er hätte nie hierherkommen dürfen.

Als Armand vor Kurzem mit ihm Kontakt aufgenommen hatte, hätte er bedauernd abwinken sollen. Als er dann von seinem Vater gebeten worden war, der Bitte des Fürsten nachzukommen, hätte Reeve ihm erklären müssen, dass seine Felder bestellt werden mussten.

Aber er hatte es nicht getan. Mit einem Seufzer gestand Reeve sich den Grund ein. Sein Vater hatte so wenig von ihm verlangt und ihm so viel gegeben. Die Freundschaft, die den Botschafter Francis MacGee und Ihre Königliche Hoheit Fürst Armand von Cordina miteinander verband, war stark und lebendig. Armand war sogar zur Beerdigung von Reeves Mutter in die Staaten geflogen. Er konnte nicht einfach vergessen, wie viel diese Geste seinem Vater bedeutet hatte.

Und auch die Prinzessin war ihm nicht aus dem Sinn gegangen. Er starrte weiter hinaus auf die Berge. Die junge Frau schlief hinter ihm in einem Krankenhausbett, bleich, verletzbar, zerbrechlich. Reeve erinnerte sich, wie er zehn Jahre zuvor seine Eltern auf eine Reise nach Cordina begleitet hatte.

Damals hatte man ihren sechzehnten Geburtstag gefeiert. Er selbst war Anfang zwanzig gewesen und auf dem besten Weg, beim Geheimdienst Karriere zu machen. Er hatte nie an Märchen geglaubt, doch als Figur aus einem Traum war ihm die Prinzessin Gabriella erschienen.

Er konnte sich noch immer an ihren Anblick erinnern. Sie trug einen Traum aus weißer Seide, perlenbestickt und mit einer atemberaubend schmalen Taille, von der Volantkaskaden herabfielen, die über und über mit hellgrünen Ornamenten und Edelsteinen geschmückt waren. Die Frische ihres Kleides unterstrich noch das gesunde, jugendliche Aussehen der Prinzessin. In ihrem vollen kastanienbraunen Haar trug sie ein kleines Diadem aus Diamanten, das feurig darin blinkte und blitzte. Gabriellas zierliches Gesicht zeigte eine sanfte Röte, und ihr Mund war voll und vielversprechend. Doch vor allem ihre Augen … An sie erinnerte sich Reeve am besten. Diese Augen unter den dunklen, geschwungenen Brauen und mit den langen seidigen Wimpern leuchteten wie Topase.

Beinahe widerstrebend drehte Reeve sich jetzt um, um sie anzusehen.

Gabriella war vielleicht sogar noch feiner, seit sie sich vom Mädchen zur Frau entwickelt hatte. Der Schnitt ihrer Wangenknochen verlieh der Prinzessin Würde. Ihre Haut war bleich, als sei alles jugendliche Leben aus ihr gewichen. Das Haar war noch immer voll, aber es war jetzt streng nach hinten gekämmt, sodass das zierliche Gesicht noch verletzlicher wirkte. Sie hatte ihre Schönheit nicht verloren und wirkte so zerbrechlich, dass man beinahe Angst hatte, sie auch nur zu berühren.

Ein Arm lag schräg über dem Körper, und Reeve konnte das Feuer der Diamanten und Saphire an ihrer gepflegten Hand sehen. Ihre Fingernägel waren jedoch kurz und unregelmäßig, als wären sie abgebrochen. Der Abdruck von Fesseln zeigte sich noch immer an ihrem Handgelenk. Damals hatte sie dort – so erinnerte er sich – einen Perlenreif getragen.

Diese Erinnerungen ließen in Reeve Zorn aufkommen. Eine Woche war inzwischen seit ihrer Entführung verstrichen und zwei Tage, seit das junge Paar sie ohnmächtig am Straßenrand aufgefunden hatte. Niemand wusste jedoch genau, was sie durchgemacht hatte. Er erinnerte sich des Duftes ihres Parfüms vor zehn Jahren; und jetzt wusste sie nicht einmal mehr ihren eigenen Namen.

Armand ist sehr klug, dachte Reeve bitter, ja sogar gerissen gewesen, darauf zu bestehen, dass ich Gabriella selbst besuche. Er fragte sich, wie er sich jetzt verhalten sollte. Er wollte ein eigenes, neues Leben beginnen, so hatte er sich entschieden. Ein Mann, vor dem ein Neuanfang lag, hatte nicht die Zeit, sich mit den Problemen anderer Leute zu befassen. Es war doch sein Wunsch gewesen, genau dem zu entfliehen.

Bei seinen Überlegungen runzelte er die Stirn, und so sah Gabriella ihn, als sie die Augen öffnete. Sie blickte in sein ernstes, sorgenvolles Gesicht, sah die funkelnden blauen Augen und den zusammengekniffenen Mund und erstarrte.

Ist das ein Traum oder die Wirklichkeit? schoss es ihr durch den Kopf. Das Krankenhaus. Sie sah nur kurz zur Seite, um sich zu vergewissern, dass sie sich noch immer dort befand. Mit den Fingern krallte sie sich ängstlich ans Laken, aber ihre Stimme klang fest.

»Wer sind Sie?«

Was immer sich in den letzten Jahren oder in der vergangenen Woche verändert haben mochte, ihre Augen waren dieselben geblieben. Bernsteinfarben, unergründlich, faszinierend. Reeve behielt die Hände in den Taschen. »Ich bin Reeve Mac-Gee, ein Freund Ihres Vaters!«

Gabriella entspannte sich ein wenig. Sie erinnerte sich an den Mann mit dem müden Blick und mit der militärischen Haltung, der ihr gesagt hatte, er sei ihr Vater. Welch ruhelose, enttäuschende Nacht hatte sie in dem Bemühen verbracht, den kleinsten Erinnerungsfetzen zu finden. »Kennen Sie mich?«

»Wir haben uns vor vielen Jahren einmal gesehen, Eure Hoheit.« Der Blick der Augen, die ihn damals bei dem jungen Mädchen und jetzt bei dieser Frau so fasziniert hatten, war unsicher. Sie braucht etwas, dachte er. Sie sucht etwas, an das sie sich klammern kann. »Es war an Ihrem sechzehnten Geburtstag. Sie sahen hinreißend aus!«

»Sie sind Amerikaner, Reeve MacGee?«

Er zögerte einen Moment, musterte sie eindringlich. »Ja. Woher wissen Sie das?«

»Ihr Akzent.« Aus dem Blick der Prinzessin sprach die Verwirrung, in der sie sich befand. Fast konnte er erkennen, wie sie sich an diesem dünnen Faden festzuhalten schien. »Ich kann es Ihrem Tonfall entnehmen. Ich bin dort gewesen … Ich bin doch dort gewesen?«

»Ja, Eure Hoheit.«

Er weiß es, dachte sie. Er wusste davon, aber sie konnte nur raten. »Nichts.« Tränen traten ihr in die Augen, aber sie hielt sie zurück. Sie war unverkennbar die Tochter ihres Vaters. »Können Sie sich vorstellen«, begann sie mit gefasster Stimme, »was es heißt, ohne jede Erinnerung aufzuwachen? Mein Leben besteht aus lauter leeren Seiten. Ich muss darauf warten, dass andere Menschen sie für mich ausfüllen. Bitte helfen Sie mir. Was ist mit mir geschehen?«

»Eure Hoheit …«

»Müssen Sie mich so anreden?«, wollte Gabriella wissen.

Dieses kurze Aufflackern ihres ungeduldigen Wesens belustigte ihn. Er war bemüht, nicht zu lächeln. »Nein«, sagte er schlicht und setzte sich bequem auf die Bettkante. »Wie möchten Sie denn angesprochen werden?«

»Mit meinem Namen.« Verärgert sah sie auf die Bandage an ihrem Handgelenk. Das muss schnell verschwinden, fand sie. Mühsam gelang es ihr, sich aufzusetzen. »Man hat mir gesagt, ich hieße Gabriella.«

»Ihre Familie und Ihre Freunde nennen Sie Brie.«

Sie dachte einen Augenblick nach, um die Verbindung zwischen den Namen zu finden. Aber die Seiten blieben leer. Nun gut. »Erzählen Sie mir bitte, was mit mir passiert ist.«

»Wir kennen bis jetzt noch keine Einzelheiten.«

»Aber das müssen Sie«, verlangte sie und beobachtete Reeve dabei. »Selbst wenn Ihnen nicht alles bekannt ist, werden Sie doch wenigstens ein paar Informationen haben. Ich möchte sie hören.«

Reeve betrachtete sie. Gabriella wirkte matt, aber unter der Schwäche spürte er ihren starken Willen. Hier musste er ansetzen. »Am vergangenen Sonntag haben sie nachmittags einen Ausflug aufs Land unternommen. Am darauf folgenden Tag hat man Ihren Wagen verlassen aufgefunden. Dann kamen Anrufe mit Lösegeldforderungen. Angeblich hatte man Sie entführt und hielt Sie in Gewahrsam.«

Er erläuterte nicht näher, welcher Art die Drohungen gewesen waren oder was geschehen sollte, wenn man die Forderungen nicht erfüllt hätte. Ebenso wenig erklärte er, dass die Bedingungen von horrenden Lösegeldforderungen bis hin zur Freilassung bestimmter Gefangener gereicht hatten.

»Entführt!« Gabriella griff spontan nach seiner Hand. Vor ihren Augen tauchten schattenhaft Bilder auf. Ein kleines, finsteres Zimmer. Der Geruch von Brennöl und Most. Sie erinnerte sich an Übelkeit und Kopfschmerzen. Alle Ängste kamen wieder zurück, doch nichts sonst.

»Ich kann mich nicht klar entsinnen«, murmelte sie. »Irgendwie spüre ich, dass es stimmt, aber da ist dieser Schleier, den ich nicht zerreißen kann.«

»Ich bin kein Arzt.« Reeve sagte das in knappem Tonfall. Ihr Kampf, wieder zu sich zurückzufinden, berührte ihn viel zu sehr. »Ich bin jedoch dafür, die Dinge nicht zu überstürzen. Sie werden sich schon erinnern, wenn der richtige Zeitpunkt dafür gekommen ist.«

»Das ist leicht gesagt.« Gabriella ließ seine Hand los. »Jemand hat mich meines Lebens beraubt, Mr. MacGee. Welche Rolle spielen Sie in dieser Sache?«, fragte sie plötzlich ganz direkt. »Waren wir ein Paar?«

Reeve musste schmunzeln. Sie ging gewiss nicht wie die Katze um den heißen Brei herum, aber sie schien von der Vorstellung auch nicht sonderlich angetan zu sein, wie er sich halb belustigt eingestand. Ohne um Erlaubnis zu bitten, zündete er sich eine Zigarette an.

»Nein«, antwortete er und bot ihr eine an. Sie nahm an, da sie nicht einmal wusste, ob sie rauchte oder nicht. »Wie gesagt, Sie waren sechzehn, als wir uns damals begegneten. Unsere Väter sind alte Studienfreunde, sie wären bestimmt nicht damit einverstanden gewesen, wenn ich Sie verführt hätte.«

»Ach so.« Gabriella atmete den Rauch ein, nachdem Reeve ihr Feuer gegeben hatte. Der Qualm brannte ihr in der Kehle, füllte ihre Lungen, und hastig blies sie ihn wieder aus. In der gleichen, unbewusst vornehmen Art, in der sie die Zigarette entgegengenommen hatte, löschte sie sie wieder. »Warum sind Sie dann hier?«

»Ihr Vater hat mich gebeten, zu kommen. Er ist um Ihre Sicherheit besorgt.«

Gabriella warf einen Blick auf den Ring an ihrem Finger. Prachtvoll, dachte sie. Dann sah sie auf ihre Fingernägel und war entsetzt. Unmöglich, dachte sie. Warum trug sie einen solchen Ring und pflegte nicht einmal ihre Hände? Wieder flackerten kurz Erinnerungen auf. Brie versuchte angestrengt, sich zu konzentrieren, aber es war sofort wieder vorbei.

»Was bedeutet es für Sie«, fuhr sie fort und bemerkte nicht, dass Reeve jede ihrer Regungen beobachtete, »dass mein Vater so um meine Sicherheit besorgt ist?«

»Ich habe viel Erfahrung auf diesem Gebiet. Fürst Armand hat mich gebeten, auf Sie aufzupassen.«

Erneut runzelte Gabriella die Stirn. Wieder tat sie es auf diese ruhige, gedankenverlorene Art, von der sie nicht wusste, dass es eine ihrer Angewohnheiten war. »Ein Leibwächter?« Bei ihr klang es ebenso ungeduldig wie bei ihrem Vater. »Ich glaube kaum, dass mir das gefallen wird!«

Diese so geradeheraus erfolgte Ablehnung ließ Reeve einen anderen Ton anschlagen. Er hatte seine freie Zeit geopfert, war um die halbe Welt gereist, und ihr passte der Gedanke einfach nicht. »Sie werden feststellen, Eure Hoheit, dass selbst eine Prinzessin Dinge tun muss, die sie nicht schätzt. Sie sollten sich also lieber damit abfinden.«

Gabriella sah ihn distanziert an. So, wie sie es immer tat, wenn ihr Temperament mit ihr durchzugehen drohte. »Ich glaube nicht, Mr. MacGee. Ich bin absolut sicher, dass ich es nicht hinnehmen werde, dauernd irgendjemand um mich herum zu haben. Sobald ich nach Hause komme …« Sie hielt inne, denn auch von ihrem Zuhause hatte sie keine Vorstellung. »Sobald ich nach Hause komme«, wiederholte sie, »werde ich eine andere Lösung dafür finden. Sagen Sie bitte meinem Vater, dass ich Ihr freundliches Angebot abgelehnt habe.«

»Nicht Ihnen habe ich das Angebot gemacht, Eure Hoheit, sondern Ihrem Vater.« Reeve stand langsam auf. Bei dieser Gelegenheit konnte Gabriella sehen, dass er schon allein seiner Größe wegen sehr beeindruckend war. Weder seine gute Figur noch die teure Kleidung hatten diese Wirkung. Es war vielmehr seine Ausstrahlung. Wenn er beschlossen hatte, sich jemandem in den Weg zu stellen, dann konnte man nicht mehr an ihm vorbei. Davon war sie überzeugt.

Er vermittelte ihr ein Gefühl der Unsicherheit. Sie wusste nicht, warum. Aus diesem Grunde wollte sie ihn nicht tagtäglich um sich haben. Zurzeit war ihr Leben ohnehin schon ein großer Wirrwarr, auch ohne einen Reeve MacGee.

Sie hatte ihn gefragt, ob sie ein Liebespaar gewesen waren. Dieser Gedanke war sowohl erregend als auch beängstigend. Bei seiner Verneinung fühlte sie jedoch plötzlich die gleiche Leere, die schon zwei Tage in ihrem Innern herrschte. Vielleicht bin ich eine gefühlsarme Person? überlegte Gabriella. Vielleicht ist aber das Leben auf diese Weise auch einfacher.

»Man sagte mir, dass ich fünfundzwanzig Jahre alt bin, Mr. MacGee.«

»Müssen Sie mich so anreden?«, entgegnete er, wählte dabei in voller Absicht denselben Tonfall wie sie zuvor und bemerkte ihr flüchtiges Lächeln.

»Ich bin erwachsen«, fuhr sie fort. »Ich treffe meine eigenen Entscheidungen für mein Leben.«

»Da Sie ein Mitglied der fürstlichen Familie Cordinas sind, werden einige dieser Entscheidungen nicht von Ihnen allein getroffen.« Reeve ging zur Tür, öffnete sie und ließ seine Hand auf dem Griff ruhen. »Ich habe Wichtigeres zu tun, Gabriella, als hier bei Ihnen zu sitzen.« Auch er lächelte schnell, wenngleich etwas verlegen. »Doch selbst gewöhnliche Sterbliche haben nicht immer die Wahl.«

Sie wartete, bis er die Tür hinter sich geschlossen hatte, und setzte sich dann auf. Ihr wurde schwindlig. Einen Moment lang wünschte sie sich, wieder zurückzusinken und darauf zu warten, dass jemand ihr zu Hilfe und zum Schutz kam. Doch sie wollte es auch nicht mehr länger hinnehmen, im Krankenhaus festgehalten zu sein. Also stieg sie aus dem Bett und wartete darauf, dass das Schwindelgefühl sie verließ. Dann ging sie sehr langsam und ruhig auf den Spiegel an der gegenüberliegenden Wand zu.

Diese Konfrontation hatte sie bisher vermieden. Da sie sich in nichts an ihr Aussehen erinnern konnte, waren ihr Tausende von Möglichkeiten durch den Kopf geschossen. Wer war sie? Aber wie konnte sie anfangen, sich daran zu erinnern, wenn sie nicht einmal die Farbe ihrer Augen kannte. Tief atmete sie durch, stellte sich vor den Spiegel und sah hinein.

Viel zu dünn, stellte sie als Erstes fest. Viel zu bleich. Aber wenigstens bin ich nicht hässlich, ging es ihr dann erleichtert durch den Sinn. Ihre Augen hatten eine sehr eigenwillige Farbe, aber sie standen wenigstens nicht schief oder traten gar hervor.

Sie fuhr sich mit einer Hand übers Gesicht. Dünn, dachte sie erneut, delikat und ängstlich. In ihrem Spiegelbild sah sie nichts, was ihrem Vater ähnlich gewesen wäre. Aus seinem Gesicht sprach Stärke. In ihrem eigenen stand nur Zerbrechlichkeit und tiefe Verletzlichkeit.

»Wer bist du?«, fragte sich Gabriella und drückte ihre Handfläche gegen das Spiegelglas. Was bist du?

Plötzlich verachtete sie sich. Sie überließ sich ihrer Verzweiflung und begann zu weinen.

Gabriella schwor sich, dass ihr so etwas nicht noch einmal passieren würde. Sie war so von ihren Gefühlen überwältigt gewesen, dass sie haltlos in Schluchzen ausgebrochen war, bis sie keine Tränen mehr gehabt hatte. Zur Beruhigung nahm sie eine heiße, wohltuende Dusche. Als sie damit fertig war, hatte sie einen Entschluss gefasst. Von jetzt an wollte sie sich mutig mit allen aufkommenden Bildern auseinandersetzen. Wenn sie eine Antwort auf ihre Fragen finden wollte, war das die einzige Möglichkeit.

Alles der Reihe nach. Gabriella zog den Morgenmantel über, den sie im Schrank gefunden hatte. Ein dicker, molliger grüner Mantel. An den Rändern war er ein wenig abgestoßen. Vielleicht mein Lieblingsstück, dachte sie und schmiegte sich in den kuscheligen Mantel. Ansonsten war im Schrank nichts mehr gewesen. Entschlossen drückte Gabriella auf die Klingel und wartete auf die Schwester.

»Ich möchte meine Kleider haben«, erklärte sie bei deren Erscheinen.

»Eure Hoheit, Sie sollten nicht ...«

»Ich werde, falls nötig, mit dem Arzt sprechen. Ich brauche einen Friseur, Kosmetika und passende Garderobe!« Mit einer befehlenden Geste, die ihre Nervosität überspielen sollte, wies sie die Schwester an. »Ich werde heute früh nach Hause zurückkehren.«

Man argumentierte nicht mit Fürstentöchtern. Die Schwester entschuldigte sich höflich und ging sofort, den Doktor zu benachrichtigen.

»Nun, was soll das alles bedeuten?« Der Arzt eilte in das Zimmer. Er strahlte Wärme, gute Laune und Geduld aus. »Eure Hoheit, Sie sollten noch nicht aufstehen.«

Es war an der Zeit, ihre Möglichkeiten auszuprobieren. »Dr. Franco, ich schätze Ihre Fähigkeiten und Ihre Freundlichkeit. Aber ich gehe heute nach Hause zurück.«

»Nach Hause. Meine liebe Gabriella.« Eindringlich sah er sie an, als er auf sie zutrat.

»Nein.« Sie schüttelte den Kopf, damit verneinte sie seine unausgesprochene Frage.

»Ich kann mich nicht erinnern.«

Dr. Franco nickte.

»Ich habe eben mit Dr. Kijinsky gesprochen. Er hat auf diesem Gebiet wesentlich mehr Erfahrung als ich. Heute Nachmittag ...«

»Ich werde diesen Dr. Kijinsky empfangen, aber nicht heute Nachmittag.« Sie steckte die Hände in die Taschen ihres Mantels und berührte plötzlich einen langen, schmalen Gegenstand. Gabriella zog ihn hervor und hatte eine Haarnadel in der Hand. Fest hielt Brie sie mit der Hand umschlossen, als könnte sie dadurch Erinnerungen heraufbeschwören. »Ich muss diese Lage auf meine eigene Art in den Griff bekommen. Vielleicht werde ich mich erinnern, wenn ich wieder in vertrauter Umgebung bin. Gestern, nachdem mein ... Vater gegangen war, haben Sie mir versichert, dass dieser Gedächtnisverlust nur vorübergehend sei und dass ich außer Ermüdungserscheinungen und einem Schock sonst keinen weiteren Schaden genommen habe. Wenn dem so ist, dann kann ich ebenso gut zu Hause ruhen und mich dort erholen.«

»Aber hier können wir uns wesentlich besser um Sie kümmern.«

Gabriella lächelte. »Ich möchte aber nicht, dass man sich

um mich kümmert, Dr. Franco. Ich möchte nach Hause«, sagte sie entschlossen.

»Wahrscheinlich erinnert sich niemand von euch daran, dass Gabriella genau diese Worte benutzte, nachdem man ihr die Mandeln entfernt hatte.«

Armand stand im Türrahmen und betrachtete seine zierliche Tochter, die dem bulligen Dr. Franco so fest widersprach. Er trat zu den beiden und streckte ihr die Hand entgegen. Es schmerzte den Fürsten, dass sie einen Moment zögerte, die Hand zu ergreifen.

»Ihre Hoheit wird nach Hause zurückkehren«, sagte er, an den Arzt gewandt, ohne ihn anzusehen. Ehe Gabriella etwas dazu sagen konnte, fuhr er fort: »Dr. Franco, Sie werden mir Anweisungen für die Behandlung der Prinzessin geben. Wenn die junge Dame ihnen nicht Folge leisten sollte, dann kommt sie wieder hierher zurück. Ich werde deine Sachen richten lassen.«

»Vielen Dank«, sagte Gabriella, unterließ es jedoch, das Wort »Vater« hinzuzufügen. Beiden fiel das auf.

Eine Stunde später verließ Gabriella de Cordina das Krankenhaus. Das Kleid in den frischen, zarten Frühlingstönen, das sie jetzt trug, gefiel ihr sehr. Als sie in das helle Sonnenlicht hinaustrat, waren ihre Wangen gerötet. Die Schatten unter ihren Augen waren verschwunden. Sie trug ihr Haar offen, sodass es ihr auf die Schultern fiel. Ein dezenter Geruch französischen Parfüms umwehte sie.

An die wartende Limousine konnte sie sich nicht mehr erinnern, auch nicht an das Gesicht des Fahrers, der sie anlächelte, als er ihr die Tür öffnete. Sie stieg ein, setzte sich und schwieg, bis ihr Vater ihr gegenüber Platz genommen hatte.

»Du siehst kräftiger aus, Brie.«

So vieles wäre zu sagen gewesen, doch nichts fiel ihr ein. Allerdings beruhigte sie die Anwesenheit ihres Vaters. In ihrem Blick lagen unzählige Fragen. »Ich weiß, ich spreche Französisch ebenso fließend wie Englisch. Ich denke nämlich abwechselnd in beiden Sprachen«, fing sie an. »Ich weiß, wie Rosen duften. Ich weiß auch, in welche Richtung ich zu sehen habe, um die Sonne über dem Meer aufgehen zu sehen, und wo sie versinkt. Ich weiß aber nicht, ob ich ein freundlicher oder ein eingebildeter Mensch bin. Ich erinnere mich nicht einmal an die Tapeten in meinem eigenen Zimmer. Ich weiß nicht, ob ich mit meinem Leben etwas Rechtes angefangen oder ob ich es nur vertan habe!«

Es versetzte Armand einen Stich, sie so vor sich sitzen zu sehen, bemüht, ihm eine Erklärung dafür zu geben, warum sie ihm die schuldige Zuneigung nicht geben konnte. »Ich könnte es dir beantworten«, sagte er leise.

»Aber du willst es nicht.« Sie nickte ihm zu, ebenso gefasst wie er.

»Ich glaube, wenn du die Antwort selbst findest, hast du mehr davon.«

»Vielleicht.« Sie sah auf ihre Handtasche aus Schlangenleder und strich mit der Hand darüber. »Ich habe bereits entdeckt, dass ich ungeduldig bin.« Ein flüchtiges Lächeln huschte über sein Gesicht, und Gabriella fühlte sich zu ihm hingezogen. Auch sie lächelte. »Dann hast du den Anfang gemacht«, stellte er glücklich fest.

»Und damit sollte ich wohl auch zufrieden sein.«

»Meine liebe Gabriella, ich mache mir darüber keine Illusionen, dass du leider für einen längeren Zeitraum damit zufrieden sein musst.«

Sie sah zum Fenster hinaus, während sie die lange, kurvenreiche Strecke bergauf fuhren. Es gab viele Bäume hier, auch

Palmen, deren Wedel im Winde flatterten. Sie entdeckte einen grauen, zerklüfteten Felsen, in dessen Spalten wilde Blumen ein karges Leben fristeten. Unter ihnen lag das Meer, tief, still und endlos blau.

Wenn sie vor sich auf die Straße schaute, hatte sie die Stadt mit ihren weiß-bunten Häusern im Blick, die wie ein Vogelnest am Felsen klebten. Alles sah sehr alt, aber auch sehr sauber aus.

Keine Wolkenkratzer, keine Hektik. Tief in ihrem Inneren wusste Gabriella, dass sie schon an Orten gewesen war, wo das Leben schneller pulsierte und die Häuser in den Himmel ragten. Aber dies hier war ihr Zuhause.

»Du willst mir nichts von mir erzählen!« Wieder sah sie Armand an; ihr Blick war fest und ihre Stimme sicher. »Dann erzähle mir wenigstens von Cordina.«

Diese Bitte freute ihn. Gabriella bemerkte es an seinem leichten Schmunzeln. »Wir sind eine alte Familie«, antwortete er, und Stolz lag in seiner Stimme. »Die Bissets – so lautet unser Familienname – leben und regieren hier seit dem siebzehnten Jahrhundert. Vorher war Cordina von vielen Völkern besetzt, den Spaniern, Mauren, wieder den Spaniern, schließlich den Franzosen. Wir haben einen Hafen, und unsere Lage hier am Mittelmeer ist sehr bedeutend. Im Jahre 1657 wurde ein anderer Armand Bisset Fürst von Cordina. Seitdem haben die Bissets regiert, und solange es einen männlichen Erben gibt, wird Cordina auch in unseren Händen bleiben. Der Titel kann nämlich nicht auf eine Tochter übertragen werden.«

Gabriella überlegte einen Moment und lehnte den Kopf zurück. »Persönlich kann ich dafür nur dankbar sein, aber als politischen Grundsatz finde ich es überholt.«

»Das hast du früher schon gesagt«, murmelte Armand.

»Haben die Bissets gut regiert?«

Es sieht ihr ähnlich, diese Frage zu stellen, dachte er. Obwohl sie sich an nichts erinnerte. Ihren scharfen Verstand hatte sie nicht verloren und ebenso wenig ihre rege Anteilnahme. »Cordina lebt in Frieden«, erklärte er sachlich. »Wir sind Mitglied der Vereinten Nationen. Der Herrscher bin ich, an meiner Seite ist der Staatsminister Loubet. Es gibt einen Kronrat, der drei Mal pro Jahr zusammentritt. Bei Abschluss von internationalen Verträgen muss ich ihn konsultieren. Alle Gesetze müssen vom Nationalrat, der gewählt wird, gebilligt werden.«

»Gibt es Frauen in der Regierung?«

Mit einem Finger strich Armand sich über sein Kinn. »Du hast dein Interesse an der Politik nicht eingebüßt. Ja, es gibt Frauen«, antwortete er. »Du wärst allerdings mit dem Prozentsatz nicht zufrieden, obwohl Cordina eigentlich ein fortschrittliches Land ist.«

»Fortschrittlich ist wahrscheinlich ein relativer Begriff!«

»Vielleicht.« Armand lächelte; offensichtlich war diese Debatte etwas Gewohntes. »Der Handel zu Wasser ist natürlich unsere größte Industrie, aber der Tourismus kommt gleich danach. Wir verfügen hier über eine herrliche Landschaft, Kultur und ein beneidenswertes Klima. Außerdem sind wir gerecht«, erklärte er weiter. »Unser Land ist klein, aber nicht unbedeutend. Wir regieren gut.«

Gabriella nahm seine Erläuterungen ohne weitere Fragen zur Kenntnis. Selbst wenn sie noch weitere hätte stellen wollen, so hätte sie sie beim Anblick des Palastes vergessen.

3. Kapitel

Wie es sich gehörte, stand der Palast auf der Spitze des höchsten Felsens von Cordina. Seine Vorderfront war zum Meer hin gerichtet.

Gabriella hatte das undeutliche Gefühl, alles schon einmal gesehen zu haben. Es war wie in einem Traum.

Der Palast war aus weißen Quadern errichtet, und die ganze Anlage war ein Durcheinander von Verteidigungsbauten, Brustwehren und Türmen. Er war als Wohn- und Verteidigungsbau angelegt und nie zerstört worden. Trutzig und Frieden verheißend bewachte er die Stadt.

An der offenen Toreinfahrt standen Wachen. In ihren adretten roten Uniformen machten sie einen eindrucksvollen, aber doch operettenhaften Eindruck. Gabriella musste unwillkürlich an Reeve MacGee denken.

»Dein Freund, Mr. MacGee, hat sich mit mir unterhalten.« Sie wandte den Blick vom Palast ab. Es schien ihre Art zu sein, zuerst die geschäftlichen Dinge in Betracht zu ziehen. »Er sagte mir, du habest um seine Unterstützung gebeten. Ich weiß deine Besorgnis zu schätzen, aber ich finde den Gedanken, jetzt einen weiteren Fremden in meinem Leben zu haben, nicht besonders angenehm.«

»Reeve ist der Sohn meines längsten und engsten Freundes. Er ist kein Fremder.« Ich ebenso wenig, dachte Armand bitter, aber er wollte nicht ungeduldig werden.

»Für mich ist er das. Seinen eigenen Worten nach sind wir uns nur ein Mal, vor fast zehn Jahren, begegnet. Selbst wenn ich mich an ihn erinnern könnte, wäre er doch ein Fremder!«

Armand hatte stets ihre klare, logische Denkweise bewundert sowie ihren Eigensinn, wenn ihr etwas nicht passte.

»Er war Mitglied des amerikanischen Geheimdienstes und ist mit der Art von Sicherheitsmaßnahmen vertraut, die wir jetzt brauchen.«

Gabriella dachte an die Wachen am Tor und die Männer, die in dem ihnen folgenden Auto saßen. »Gibt es nicht genügend Wachen?«

Armand wartete, bis der Fahrer vor dem Eingang angehalten hatte. »Wenn wir ausreichend Schutz hätten, wäre dies alles hier nicht notwendig.« Er stieg als Erster aus dem Wagen und drehte sich um, um seiner Tochter behilflich zu sein. »Herzlich willkommen daheim, Gabriella!«

Sie ließ ihre Hand in seiner liegen. Noch zögerte sie, den Palast zu betreten. Armand spürte das und wartete.

Dann nahm sie den Geruch der Blumen wahr – Jasmin, Vanille, Gewürze und die Rosen, die im Hof blühten. Das Gras hatte eine taufrische Farbe, und die Mauern waren blendend weiß. Früher einmal musste dort eine Zugbrücke gewesen sein, dessen war sie sich sicher. Jetzt befand sich am Ende der geschwungenen Steinstufen ein Rundbogentor aus Mahagoni. Klares und getöntes Glas blinkte in der Sonne, so wie man es sich von Palästen vorstellte. Auf dem höchsten Turm flatterte eine Fahne im Wind. Sie war schneeweiß mit einem feurigroten Querstreifen.

Langsam glitt ihr Blick über das Gebäude. Es zog sie an und schien sie willkommen zu heißen. Dieses Gefühl des Friedens bildete sie sich nicht ein. Das war ebenso die Wirklichkeit wie die Furcht, die sie vor noch nicht allzu langer Zeit empfunden hatte. Sie hatte jedoch keine Ahnung, welches der blinkenden

Fenster zu ihrem Zimmer gehörte. Sie würde es herausfinden. Nur Mut! sagte sie sich und machte einen Schritt nach vorn.

In diesem Moment wurde die hohe Tür weit aufgerissen. Ein junger Mann mit dunklem dichtem Haar und der Statur eines Tänzers stürzte heraus. »Brie!« Dann war er bei ihr und umarmte sie stürmisch. Ihm haftete ein angenehmer Geruch nach Pferden an. »Ich bin gerade aus den Ställen gekommen, als Alex mir sagte, du seist hierher unterwegs.«

Gabriella spürte die Zuneigung, die der junge Mann ihr entgegenbrachte, und drehte sich hilflos nach ihrem Vater um.

»Deine Schwester braucht Ruhe, Bennett.«

»Natürlich. Hier ist sie besser aufgehoben.« Er grinste fröhlich, trat zurück, ließ ihre Hand jedoch nicht los. Er sieht so jugendlich, so schön und so glücklich aus, dachte Gabriella. Als er ihr ins Gesicht schaute, wurde sein Ausdruck plötzlich ernst. »Du kannst dich immer noch nicht erinnern?«

Sie wollte ihm die Hände entgegenstrecken, er schien eine solche Geste zu brauchen. Aber alles, wozu sie sich in der Lage fühlte, war ein Händedruck. »Es tut mir leid.«

Bennett öffnete den Mund, schloss ihn wieder und umschlang dann ihre Taille mit seinem Arm. »Unsinn.« Seine Stimme klang aufmunternd, und er führte sie mit Bedacht zwischen sich und ihren Vater.

»Du wirst dich schon schnell wieder erinnern, jetzt, wo du wieder bei uns bist. Alex und ich dachten schon, wir müssten bis heute Nachmittag warten, um dich im Krankenhaus besuchen zu können. Aber so ist es viel besser.«

Sorgsam geleitete er sie durch die Tür und sprach dabei schnell auf sie ein. Sie war überzeugt, er machte das nur, um ihrer beider Verlegenheit zu überspielen. Sie traten in eine hohe Halle, deren Decke mit Fresken geschmückt war. Vor

Gabriella lag eine elegant geschwungene Treppe, die zu etwas führte, das sie bis jetzt noch nicht kannte.

Auf einer Konsole stand eine hohe, glänzende Vase. Sie erkannte sofort, dass sie aus der Ming-Periode stammte, ebenso wie sie die Konsole als aus der Zeit Ludwig XIV. einordnete. Dinge konnte sie also identifizieren und richtig einschätzen, aber sie konnte keinen Bezug zwischen ihnen und sich selbst herstellen. Durch zwei hohe Spitzbogenfenster fiel strahlendes Sonnenlicht, dennoch hatte sie das Gefühl, zu frösteln.

Panik stieg in ihr auf. Sie wollte sich umdrehen und hinausrennen, zurück in das sichere, unpersönliche Krankenzimmer. Dort wurde nicht so viel von ihr erwartet, dort hingen nicht so viele unausgesprochene Fragen in der Luft. Dort würde sie nicht von einer solch großen Welle der Liebe erfasst und müsste nicht ihrerseits diese Zuneigung erwidern.

Bennett merkte, wie sie sich versteifte, und schlang den Arm noch enger um sie. »Jetzt wird alles wieder gut werden, Brie.«

Irgendwie gelang es ihr zu lächeln. »Ja, natürlich.«

Am Ende der Halle wurde eine Tür geöffnet. Brie erkannte den Mann, der heraustrat, nur aufgrund der starken Ähnlichkeit zu ihrem Vater als ihren Bruder.

»Gabriella.« Alex rannte nicht so zu ihr hin wie vorher Bennett, sondern ging langsam und beobachtend auf sie zu. Als er vor ihr stand, umschloss er mit seinen Händen ihr Gesicht. Die Begrüßung wirkte völlig natürlich, als hätte er es so viele Male in der Vergangenheit gemacht. Eine Vergangenheit, dachte Gabriella, die ich nicht mehr habe.

»Wir haben dich vermisst. Seit einer Woche hat mich niemand mehr angeschrien.«

»Ich …« Sie rang nach Worten und verstummte. Was sollte sie auch sagen? Was hatte sie zu fühlen? Sie wusste nur, dass dies alles zu viel für sie war und dass sie weit weniger darauf vorbereitet war, als sie angenommen hatte. Dann sah sie über Alex' Schulter hinweg Reeve im Türrahmen stehen.

Er war offenbar mit ihrem Bruder zusammen gewesen, hatte sich jedoch während des Wiedersehens im Hintergrund gehalten. Bei einer anderen Gelegenheit hätte sie sich wahrscheinlich geärgert, aber jetzt fand sie sein ruhiges, diskretes Verhalten sehr passend. Um Beherrschung bemüht, berührte sie die Hand ihres Bruders. »Es tut mir leid, ich bin ein wenig müde.«

Sie bemerkte ein Aufblitzen in Alexanders Blick, dann trat er zurück. »Natürlich bist du das. Du solltest dich hinlegen. Ich bringe dich nach oben.«

»Nein.« Gabriella war bemüht, sich weniger ablehnend zu verhalten, als sie sich fühlte. »Entschuldige bitte, ich brauche etwas Zeit. Vielleicht ist Mr. MacGee so freundlich, mich zu meinen Räumen zu geleiten.«

»Brie …«

Bennetts Protest wurde sofort von Armand abgewehrt. »Reeve, Sie kennen Gabriellas Suite.«

»Natürlich.« Er kam auf sie zu und nahm ihren Arm. Die Berührung war völlig unpersönlich. Es kam ihm vor, als atme Gabriella erleichtert auf. »Eure Hoheit?«

Reeve führte sie die geschwungene Treppe hinauf. Auf einem Absatz verhielt sie einen Augenblick, um auf die drei Männer zurückzusehen, die ihr nachschauten. Sie fühlte sich so weit von ihnen entfernt, so getrennt. Ihre Gefühle waren ein einziges Durcheinander, sodass sie den Rest der Treppe lieber schweigend zurücklegte.

Auf dem Weg durch die breiten Korridore erkannte Gabriella nichts wieder, keinen der kostbaren Wandteppiche oder

der schweren Portieren. Einmal kamen sie an einer Bediensteten vorbei, deren Augen sich mit Tränen füllten, als sie stehen blieb und grüßte.

»Wie kommt es wohl, dass man mich so gernhat?«, flüsterte Gabriella vor sich hin.

»Im Allgemeinen möchten die Menschen, dass man sie gernhat!«

Reeve ging weiter und führte sie mit einem leichten Druck auf ihren Arm weiter durch den Korridor.

»Fragen sich die Menschen im Allgemeinen denn nicht, ob sie die Zuneigung verdienen?« Ungeduldig schüttelte Gabriella den Kopf. »Es kommt mir vor, als wäre ich in einen Körper geschlüpft. Er hat eine Vergangenheit, ich jedoch nicht. Aus diesem Körper heraus sehe ich mich um und beobachte die Reaktionen anderer Leute auf diese Hülle!«

»Sie könnten das zu Ihrem Vorteil nutzen!«

Gabriella warf ihm einen schnellen, interessierten Blick zu. »Auf welche Weise?«

»Sie haben den Vorteil, die Menschen um sie herum aufmerksam betrachten zu können, ohne dass Ihre eigenen Empfindungen diese Beobachtungen verfälschen. Vorurteilsfreie Erkenntnisse. Eine sicher sehr interessante Art, wieder zu sich zurückzufinden.«

»Jetzt sehen Sie, warum ich wollte, dass Sie mich hinaufbegleiten.«

Reeve blieb vor einer wundervoll geschnitzten Tür stehen. »Inwiefern?«

»Noch vor wenigen Minuten dachte ich, dass ich nicht noch mehr Fremde in meinem Leben ertragen könnte. Und doch … Sie haben keine starken Gefühle mir gegenüber und erwarten das auch nicht von mir. Für Sie ist es leicht, mich anzusehen und sich neutral zu verhalten.«

Reeve blickte Gabriella im Dämmerlicht des Ganges an. Einem Mann war es kaum möglich, sie anzuschauen und nur neutrale Gedanken zu haben. Doch die Situation war nicht dazu angetan, darauf hinzuweisen. »Unten haben Sie sich gefürchtet.«

Gabriella hob den Kopf und sah ihm in die Augen. »Ja.«

»Haben Sie sich jetzt entschlossen, mir zu vertrauen?«

»Nein.« Ein schönes Lächeln lag auf ihren Lippen. Etwas von dem jungen Mädchen, das er einst mit den Diamanten im Haar kennengelernt hatte, kam wieder zum Vorschein. Zu viel des Zaubers, den er danach gefühlt hatte, kam wieder zurück. »Unter den gegebenen Umständen kann ich niemandem so leicht mein Vertrauen schenken.«

Mehr noch als ihr Lächeln zog ihre innere Stärke ihn in Bann. »Was haben Sie dann beschlossen?«

Sein Äußeres sprach Gabriella an, doch seine Zuversicht beeindruckte sie noch stärker. »Ich nehme Ihre Dienste nicht als Leibwächter in Anspruch, Reeve. Doch ich bin davon überzeugt, dass Ihre Unterstützung als Fremder für mich unschätzbar sein wird. Mein Vater ist entschlossen, auf Sie in keinem Fall zu verzichten. Wir sollten deshalb vielleicht zu einem Arrangement zwischen uns beiden kommen.«

»Welcher Art?«

»Ich will nicht ständig beobachtet werden. Ich bin sicher, dass ich das noch nie gemocht habe. Ich möchte Sie vielmehr als Puffer zwischen mir und …«

»… Ihrer Familie sehen?«, vollendete Reeve ihren Satz.

Gabriella senkte den Blick und umklammerte ihre Handtasche. »Lassen Sie es nicht so kalt klingen!«

Reeve hätte sie jetzt gerne in den Arm genommen, aber es wäre sicherlich ein Fehler gewesen, sie in dieser Situation zu berühren. »Sie haben ein Recht auf die Zeit und den Abstand, die Sie brauchen, Gabriella«, versicherte er ihr.

»Meine Familie hat auch ihre Rechte. Ich bin mir dessen sehr wohl bewusst.«

Sie hob erneut den Kopf, sah jedoch an ihm vorbei. »Ist dies mein Zimmer?«

Einen Augenblick lang sah sie hilflos und verloren aus. Er wollte sie trösten, fühlte jedoch, dass sie Trost am wenigsten wünschte oder brauchte. »Ja.«

»Würden Sie mich für einen Feigling halten, wenn ich nicht allein hineingehen möchte?«

Anstelle einer Antwort öffnete er die Tür und betrat auch vor ihr den Raum.

Offensichtlich liebte Gabriella Pastellfarben. Sie sah sich in dem kleinen entzückenden Wohnzimmer mit den blassen, sonnengebleichten Farben um. Kein unnötiger Zierrat, stellte sie beruhigt fest. Der Raum war sogar ohne solche Dinge ausgesprochen weiblich eingerichtet. Sie war erleichtert darüber, dass sie es offenbar nicht nötig hatte, ihre Fraulichkeit durch übermäßigen Schnickschnack zu demonstrieren. Vielleicht würde sie sogar feststellen, dass Gabriella die sein sollte, die ihr gefiel.

Das Zimmer stand nicht voll, doch es war auch kein Platz verschenkt. Auf einer Kommode aus der Zeit der Königin Anne stand eine Vase mit frischen Blumen. Auf einem Tischchen war eine Sammlung von winzigen Flakons und Fläschchen angeordnet, die mit ihren vielen Formen und Farben zwar hübsch aussahen, aber nutzlos waren. Doch sie gefielen ihr auch.

Gabriella berührte die geschwungene Lehne eines bezaubernd zierlichen Sessels.

»Man sagte mir, Sie hätten dieses Zimmer vor drei Jahren neu eingerichtet«, merkte Reeve an. »Es ist sicher tröstlich, festzustellen, einen guten Geschmack zu haben.«

Hatte sie den Gobelinbezug für das bequeme Sofa wohl selbst ausgesucht? Sie strich mit der Hand darüber, als könne sie durch die Berührung eine Erinnerung auslösen. Ihr Blick fiel durch das Fenster auf Cordina hinunter, so wie sie sicher zahllose Male darauf herabgesehen hatte.

Sie schaute auf Gärten, auf gepflegte Rasenflächen, auf die Felsen und das Meer. Weiter hinten lag die Stadt, Häuser inmitten von Hügeln und viel Grün. Obwohl sie sie nicht sehen konnte, war sie davon überzeugt, dass im Park an der hohen Fontäne viele Kinder spielten.

»Warum nur habe ich alles vergessen?«, stieß sie plötzlich hervor. Sie drehte sich um, und Reeve bemerkte, dass aus der ruhigen, beherrschten Prinzessin eine leidenschaftliche und verzweifelte Frau geworden war. »Warum nur kommt mir nichts in den Sinn, woran ich mich so dringend erinnern möchte?«

»Vielleicht gibt es andere Dinge, an die sich zu erinnern Sie noch nicht bereit sind.«

»Ich kann es kaum glauben.« Gabriella warf ihre Handtasche auf das Sofa und ging unruhig im Raum auf und ab. »Ich kann diese Wand zwischen mir und meinem Erinnerungsvermögen nicht ertragen.«

Abgesehen von ihrer zerbrechlichen Ausstrahlung verfügt sie über eine starke innere Kraft, dachte Reeve. »Sie müssen Geduld bewahren.« Bei diesen Worten fragte er sich allerdings, ob er sie oder sich selbst damit beruhigen wollte.

»Geduld?« Sie lachte auf und fuhr sich mit der Hand durchs Haar. »Warum bin ich nur so sicher, dass ich genau die nicht habe? Wenn ich einen, nur einen einzigen Stein aus dieser

Wand herausbrechen könnte, würde der ganze Rest zusammenfallen, da bin ich ganz sicher. Bloß wie?« Rastlos ging sie mit der ihr eigenen Grazie weiter auf und ab. »Sie könnten mir helfen.«

»Dafür ist Ihre Familie hier.«

»Nein.« Selbstbewusst warf sie den Kopf in den Nacken, und ihre weiche Stimme klang befehlsgewohnt. »Meine Angehörigen kennen mich natürlich, aber ihre Empfindungen, auch die meinen, werden diese Wand viel länger bewahren, als mir lieb ist. Wenn meine Brüder mich ansehen, tut es mir weh, weil ich sie nicht kenne.«

»Aber ich kenne Sie doch auch nicht.«

»Sehr richtig.« Die Geste, mit der sie sich jetzt ihr Haar aus dem Gesicht strich, wirkte weniger ungeduldig denn vertraut. »Sie können objektiv sein. Weil Sie nicht ständig auf meine Gefühle Rücksicht nehmen wollen, werden Sie auch weniger daran zerren. Da Sie der Bitte meines Vaters bereits zugestimmt haben … das haben Sie doch?«

Reeve dachte an seine Farm. Mit einem Stirnrunzeln steckte er die Hände in seine Taschen. »Ja.«

»Sie haben sich selbst in eine Lage gebracht, in der Sie mir ständig über die Schulter schauen. Und wo Sie nun einmal hier sind, können Sie mir ebenso gut von Nutzen sein«, schloss Gabriella.

Reeve brachte ein verlegenes Lächeln zuwege. »Es wird mir ein Vergnügen sein, Eure Hoheit.«

»Jetzt habe ich Sie verärgert.« Mit einem Achselzucken ging sie auf ihn zu. »Nun, ich wäre nicht überrascht, wenn wir uns noch oft auf die Nerven gehen, ehe dies alles vorüber ist. Ihnen gegenüber will ich ehrlich sein, nicht etwa, weil ich Ihr Mitleid, sondern weil ich jemanden zum Sprechen brauche.« Sie machte eine Pause. »Ich fühle mich ziemlich allein.« Ein leichtes Zittern schwang in ihrer Stimme mit. Das direkte, helle Licht des Vormittags enthüllte, wie bleich sie war. »Es gibt nichts, was ich sehe oder berühre, von dem ich wüsste, dass es mir gehört. Es ist mir unmöglich, ein Jahr zurückzudenken und mich an etwas Lustiges, Trauriges oder Nettes zu erinnern. Ich kenne ja nicht einmal meinen vollen Namen.«

Nun berührte er sie doch. Vielleicht hätte er das nicht tun sollen, aber er konnte sich nicht zurückhalten. Er legte Gabriella die Finger unter das Kinn und strich sacht über ihre Wange. »Eure Königliche Hoheit, Prinzessin Gabriella Madeline Justine Bisset von Cordina.«

»So lang.« Ihr glückte ein Lächeln, und der Druck ihrer Hand auf der seinen wurde fester.

»Sagen Sie mir, wie stehe ich zu meiner Familie?« Mit dieser Frage brach Gabriella schließlich das entstandene Schweigen.

»Gut.«

»Dann helfen Sie mir, meiner Familie die Person wiederzuschenken, die sie erwartet. Helfen Sie mir, diese Person zu finden. In einer einzigen Woche habe ich fünfundzwanzig Jahre meines Lebens verloren. Ich muss wissen, warum. Das müssen Sie verstehen!«

»Das verstehe ich auch.« Reeve schalt sich innerlich dafür, sie berührt zu haben. »Aber das heißt noch nicht, dass ich helfen kann.«

»Sie können es. Sie können es deshalb, weil nichts sie dazu zwingt. Seien Sie nicht geduldig mit mir, sondern streng, und nicht freundlich, sondern eher hart.«

Noch immer hielt er ihre Hand. »Es ist vielleicht für einen ehemaligen amerikanischen Geheimdienstler nicht sehr angemessen, Druck auf eine Prinzessin auszuüben.«

Gabriella lachte. Seit zehn Jahren hörte er dieses Lachen zum ersten Mal wieder, aber er konnte sich genau daran erinnern. Im Gegensatz zu ihr war Reeve auch der gemeinsam getanzte Walzer im Zauber des Mondscheins gegenwärtig. Es war sicher nicht klug, in Cordina zu bleiben, aber er konnte nicht abreisen. Noch nicht.

Gabriellas Hand entspannte sich. »Wird in Cordina heute noch geköpft? Gewiss wenden wir doch heutzutage zivilisiertere Methoden an, um mit dem Gesindel fertig zu werden ... Immunität.« Mit einem Mal sah sie jung und zufrieden aus. »Ich gewähre Ihnen Immunität, Reeve MacGee. Hiermit haben Sie meine Erlaubnis, mich anzuschreien, mich auf die Probe zu stellen und sich überhaupt äußerst unbeliebt zu machen, ohne Repressalien fürchten zu müssen.«

»Sind Sie gewillt, Ihr königliches Siegel darunterzusetzen?«

»Wenn mir jemand sagt, wo es sich befindet.«

Die Anspannung war plötzlich von ihr gewichen. Obwohl sie bleich und matt aussah, war ihr Lächeln zauberhaft. Sie hatte jetzt eine andere Ausstrahlung. Hoffnung und Entschlossenheit sprachen aus ihrem Blick. Ich werde ihr helfen, dachte Reeve. »Ihr Wort genügt mir.«

»Und mir das Ihre. Danke.«

Reeve führte ihre Hand, die er noch immer hielt, an seine Lippen. Er wusste, diese Geste müsste für sie eigentlich etwas völlig Selbstverständliches sein. Doch als seine Lippen flüchtig ihre Hand berührten, bemerkte er ein kurzes Aufflackern in ihren Augen. Prinzessin oder nicht, sie war eine Frau. Reeve erkannte ihre Erregung. Vorsichtig ließ er ihre Hand los.

»Ich werde Sie jetzt ruhen lassen. Der Name Ihres Mädchens ist übrigens Bernadette. Falls Sie sie nicht früher brauchen, wird sie eine Stunde vor dem Abendessen zu Ihnen kommen.«

Gabriella ließ ihren Arm sinken, als gehörte er nicht zu ihr. »Ich weiß es sehr zu schätzen, was Sie für mich tun.«

»Das wird wahrscheinlich nicht immer der Fall sein.« Reeve ging zur Tür. Dort erst hielt er die Entfernung für angemessen, um sich noch einmal umzudrehen. Er sah Gabriella am Fenster stehen. Das Licht fiel durch die Scheiben, vergoldete ihr Haar und ließ ihre Haut sanft schimmern. »Es ist genug für heute, Gabriella«, ermahnte er sie leise. »Wir können morgen damit beginnen, den Stein aus der Mauer zu brechen.«

4. Kapitel

Gabriella wollte eigentlich nicht schlafen, sondern einfach nur nachdenken. Noch immer war sie so erschlagen und verwirrt wie vordem im Krankenhaus.

»So!«

Beim Klang dieser einen ungehaltenen Silbe fuhr Gabriella erschreckt hoch. In einem hohen Lehnstuhl vor ihrem Bett saß ihr eine alte Frau gegenüber. Ihr graues Haar war zu einem festen Knoten zusammengebunden. Sie hatte ein pergamentenes Gesicht, dünnhäutig, ein wenig gelblich und voller Falten. Aus kleinen dunklen Augen sah sie Gabriella an, und ihr alterswelker Mund wirkte noch immer entschlossen. Sie trug ein würdiges, glattes schwarzes Kleid, feste schwarze Schuhe und seltsamerweise am Hals eine Kamee an einem Samtband.

Da Gabriella auf keine Erinnerungen zurückgreifen konnte, ließ sie sich von ihrem Instinkt leiten. Reeve hatte ihr geraten, vorurteilsfrei zu beobachten. Dieser Rat schien ihr sehr klug. Entschlossen blickte sie die alte Frau an. »Hallo«, sagte sie in gelassenem Ton.

»So ist es recht«, sagte die alte Frau mit einem slawisch klingenden Akzent. »Du kommst nach Hause, nachdem ich eine Woche lang vor Angst krank war, und findest es nicht einmal nötig, mich zu begrüßen.«

»Es tut mir leid.« Die Entschuldigung ging Gabriella so selbstverständlich über die Lippen, dass sie lächeln musste.

»Man hat mir diesen Unsinn erzählt, du könntest dich an nichts erinnern. Unfug!« Sie hob eine Hand und klopfte damit auf die Armlehne des Stuhles. »Meine Gabriella soll sich angeblich nicht an ihre eigene Nanny erinnern!«

Gabriella betrachtete die alte Frau, aber sie konnte keinen Funken Verbindung zu ihr entdecken. Noch war der Zeitpunkt nicht gekommen. »Ich erinnere mich wirklich nicht«, sagte sie leise. »Ich erinnere mich an gar nichts.«

Nanny hatte in ihrem dreiundsiebzigjährigen Leben eine Menge Kinder aufgezogen und eines ihrer eigenen begraben. So war sie nicht so leicht aus der Fassung zu bringen. Nach einem Moment des Schweigens stand sie auf. Sie hatte ein faltiges Gesicht und verknöcherte Hände, aber sie erhob sich noch mit der Leichtigkeit und dem Schwung der Jugend. Dann neigte die Frau sich zu Gabriella herunter, und die Prinzessin sah eine schmale Frau in Schwarz vor sich, an deren Gürtel ein Rosenkranz baumelte.

»Ich bin Carlotta Baryshnova, die Kinderfrau deiner Tante, Lady Honoria Bruebeck, und deiner Mutter, Lady Elisabeth Bruebeck. Als deine Mutter Prinzessin Elisabeth von Cordina wurde, habe ich sie begleitet, um auch ihre Kinder großzuziehen. Ich habe dich gewickelt, dir deine aufgeschlagenen Knie verbunden und dir die Nase geputzt. Und wenn du heiratest, werde ich das Gleiche auch für deine Kinder tun.«

»Aha.« Gabriella lächelte. Sie hatte den Eindruck, dass die Frau eher ärgerlich als verwirrt war. Ich habe mich noch nicht einmal lächeln gesehen, schoss es ihr in diesem Augenblick durch den Kopf. Sie müsste noch einmal vor den Spiegel treten. »Und war ich ein artiges Kind?«

»Na ja.« Der Ton konnte alles Mögliche bedeuten, aber Gabriella hatte dennoch ein positives Gefühl. »Manchmal schlimmer, manchmal besser als deine Brüder. Und die waren immer sehr anstrengend.« Die Frau kam näher an Gabriella heran und musterte sie mit ihren kurzsichtigen Augen. »Du hast nicht gut geschlafen«, stellte sie barsch fest. »Kein Wunder. Heute Abend bringe ich dir deine heiße Milch.«

Gabriella wandte den Kopf. »Trinke ich sie gern?«

»Nein. Doch du wirst sie trinken. Jetzt lasse ich dir dein Bad ein. Die ständige Aufregung und die vielen Ärzte strengen dich zu sehr an. Ich habe dieser albernen Bernadette gesagt, dass ich mich heute Abend selbst um dich kümmern würde. Was hast du denn mit deinen Fingern gemacht?«, fragte sie plötzlich entsetzt und zog eine Hand zu sich hin. Sie begutachtete beide Seiten. »Erst eine Woche ist verstrichen, und nun sieh dir deine Nägel an. Schlimmer als bei einem Küchenmädchen. Stumpf und abgebrochen, und das trotz des vielen Geldes, das du für die Maniküre ausgibst«, wetterte sie.

»Lass deine Sekretärin mit den verkniffenen Lippen für dich einen Termin machen. Und für dein Haar gleich mit«, fügte Nanny im Befehlston dazu und strich Gabriella über den Kopf. »Es schickt sich nicht für eine Prinzessin, mit kaputten Fingernägeln und struppeligen Haaren herumzulaufen. Wirklich nicht«, schimpfte sie weiter und ging dann in das Nebenzimmer. »Wirklich nicht, in der Tat.«

Gabriella stand auf und ließ ihr Nachthemd über die Schultern gleiten. Sie fühlte ihre Intimsphäre im Bad durch die schimpfende und emsige Frau keineswegs gestört. Sie zog ihr Höschen aus und ließ sich von der Frau in eine kurze seidene Robe helfen.

»Steck dein Haar hoch«, ordnete Nanny an. »Ich werde sehen, was ich nach dem Bad damit machen kann.« Da Gabriella zögerte, ging sie zu der Frisierkommode und öffnete ein kleines emailliertes Döschen, in dem Haarklammern lagen. »Hier, nimm«, sagte sie mit jetzt liebevoller Stimme. »Dein Haar ist so dicht wie das deiner Mutter. Du wirst eine Menge Nadeln brauchen.« Dann brachte sie Gabriella leise vor sich hin murmelnd ins Badezimmer.

Gabriella zog den Morgenrock aus und stieg in das marmorne Bad. Das heiße Wasser tat ihr gut. Genau das hatte ihr gefehlt, um den bevorstehenden Abend gut überstehen zu können.

Ihre Gedanken kreisten plötzlich um Reeve MacGee. Er schien sie gut zu kennen, obwohl er kein sehr enger Freund war, wie sie sich erinnerte. Er lebte sein eigenes Leben in Amerika. Er hatte ihr bestätigt, dass sie dort gewesen war. Flüchtige Eindrücke kamen ihr in den Sinn. Hohe Bauten aus Glas und Marmor und endlose formelle Diners. Ja, und ein Fluss mit grasgrünen Ufern, auf dem reger Schiffsverkehr herrschte. Gabriella stellte fest, dass die Anstrengung, sich an selbst so unbedeutende Nebensächlichkeiten zu erinnern, sie stark ermüdete.

Konzentriere dich auf seine Person, ermahnte sie sich. Wenn er ihr irgendwie behilflich sein konnte, dann musste sie sich bemühen, ihn zu verstehen. Er sieht sehr gut aus, dachte sie, und macht einen äußerst beherrschten Eindruck.

Sie war jedoch nicht sicher, was sich hinter dem Äußeren verbarg. Er schien jemand zu sein, der unbarmherzig und entschlossen sein konnte. Jemand, der seine Entscheidungen stets auf eigene Faust traf. Gut, dachte Gabriella, genau das brauche ich jetzt.

Ihr fiel die Erregung ein, die sie bei Reeves Handkuss gespürt hatte. Eine kurze, heftige, verwirrende Erregung. Sie fragte sich, was sie wohl empfinden würde, wenn er sie berühren, seine Hände gegen ihren Körper pressen oder mit den Fingerspitzen ihre Haut streicheln würde. Sie spürte, wie erneut Erregung sie überkam, tat jedoch nichts, um dieses herrliche Gefühl zu unterdrücken.

War sie eine Frau, nach der ein Mann Verlangen verspüren würde? Gabriella erhob sich aus dem Bad. Das Wasser perlte an ihr herab. Reeve hatte recht hinsichtlich der möglichen Vorteile ihrer Lage. Sie konnte beobachten, welche Reaktionen sie bei anderen auslöste. Heute Abend würde sie es ausprobieren.

Gabriella stieg am Arm ihres Vaters die lange Treppe hinab. Er hatte ihr gesagt, man würde den Cocktail im kleinen Salon nehmen. Allerdings hatte er ihr nicht gestanden, dass er sie nur deshalb abgeholt hatte, weil er fürchtete, dass sie den Weg dorthin nicht kannte. Am Fuß der Treppe küsste er ihr die Hand. Diese Geste war ähnlich wie vorher bei Reeve, aber sie löste bei Gabriella nur ein Lächeln und keine Erregung aus.

»Du siehst wundervoll aus, Brie.«

»Danke. Bei der Auswahl der Kleider in meinem Zimmer wäre es allerdings auch schwierig, nicht so auszusehen.«

Armand schmunzelte amüsiert. »Du hast oft genug gesagt, schöne Kleider seien dein einziges Laster.«

»Und, sind sie das?«

Hinter ihrer hingeworfenen Frage spürte er den Wunsch nach Wissen, und erneut küsste er ihre Hand. »Ich bin immer nur stolz auf dich gewesen.« Er zog ihre Hand unter seinen Arm und schritt mit ihr den Gang hinunter.

Reeve fiel eine gewisse Spannung zwischen seinem Sohn Alexander und seinem Staatsminister Loubet auf. Diese Atmosphäre äußerte sich in formeller Höflichkeit. Sobald Alexander auf den Thron gekommen sein würde, befände sich Loubet sicher nicht mehr an seiner Seite.

Er ließ einen Moment seinen Blick auf Alexander ruhen. Der junge Prinz war sehr verschlossen. Er hatte noch nicht die

Selbstbeherrschung seines Vaters. Was immer in ihm vorgehen mochte, es trat niemals an die Oberfläche. Alexander behielt stets seine Gefühle für sich, zumindest in der Öffentlichkeit. Ganz anders als Bennett, stellte Reeve fest, und sah zu dem anderen Prinzen hin.

Bennett hatte es sich in einem Sessel bequem gemacht und lauschte der Unterhaltung nur mit halbem Ohr. Er verspürte sichtlich keinen Drang, Worte auf ihre Wichtigkeit und Bedeutung hin zu prüfen, wie es sein Bruder tat. Reeve fand es interessant, Bennetts lebensfrohe Einstellung zu beobachten.

Auch Gabriella fand sein Interesse. Reeve konnte noch nicht einschätzen, ob das Mädchen von damals sich jetzt zu einer ernsten Natur wie ihr erster Bruder entwickelt hatte oder zu einem fröhlichen Wesen wie ihr zweiter. Vielleicht war sie aber auch völlig anders. Nach den zwei kurzen Gesprächen mit ihr war er neugierig, das herauszufinden.

Er fühlte sich jedenfalls von ihr sehr angezogen. Mehr noch, er spürte Verlangen nach ihr. Jedes Mal, wenn er sie sah. Ihre bernsteinfarbenen Augen faszinierten ihn. Ich muss vor diesen Augen auf der Hut sein, sagte er sich. Im Übrigen war sie vielleicht eine Frau, die man berühren, verführen oder sogar ins Bett bekommen konnte, aber sie war auch eine Prinzessin. Eine Prinzessin aus Fleisch und Blut, dachte Reeve, und nicht eine der unterkühlten Märchenfeen.

Er drehte sich um und schaute zu ihr hinüber. Sie stand dort wie eine Mischung aus beidem. Ihr Kopf war erhoben, als betrete sie eine Bühne und nicht einen Salon. Perlen schimmerten an ihren Ohren, Diamanten funkelten an ihrem Hals und in ihrem Haar, das sie aus dem Gesicht gekämmt hatte. Der sanftgrüne Ton ihres Kleides unterstrich ihre Wirkung und passte gut zu der Farbe ihrer Haut. Gabriellas ganze Haltung entsprach ihrer Stellung. Sie klammerte sich nicht an ihren Vater. Dabei hätte es Reeve nicht gewundert, wenn sie den Wunsch verspürt hätte, sich an jemandem festzuhalten. Sie wirkte jedoch vorbereitet, bereit, allem standzuhalten. Und, so stellte er zufrieden fest, sie beobachtete ihre Umgebung.

»Eure Hoheit.«

Gabriella wartete ruhig, bis Loubet den Raum durchquert hatte und sich vor ihr verbeugte. Er war älter als Reeve, aber jünger als ihr Vater. Einige graue Strähnen durchzogen sein blondes Haar, und in seinem Gesicht entdeckte sie ein paar Falten. Er verbreitet einen angenehmen Duft, dachte sie und musste über ihre Art zu denken lächeln. Den linken Fuß zog er leicht nach, doch er verbeugte sich sehr galant und hatte ein reizendes Lächeln für sie.

»Es freut mich, Sie wieder daheim zu sehen.«

Gabriella empfand nichts bei seinem Händedruck, nichts, als ihre Blicke sich trafen und er sie freundlich betrachtete. »Vielen Dank.«

»Monsieur Loubet und ich hatten heute Abend Geschäftliches zu besprechen.« Ihr Vater gab ihr gekonnt das Stichwort. »Leider ist es ihm unmöglich, uns beim Essen Gesellschaft zu leisten.«

»Geschäft geht vor Vergnügen, Monsieur Loubet«, erklärte Gabriella ebenso gekonnt.

»Es freut mich wirklich, Sie wieder hier zu sehen, Eure Hoheit!«

Gabriella bemerkte den kurzen Blick, den der Minister und ihr Vater wechselten. Aber sie konnte ihn nicht deuten.

»Da sich die Angelegenheit um mich dreht, haben Sie vielleicht die Freundlichkeit, Ihre Ergebnisse bei einem Glas zu erläutern.«

Als sie den Raum durchquerte, bemerkte sie Reeves zustimmendes Kopfnicken. Die leichte Anspannung in ihrem Magen schien sich zu lösen. »Bitte, meine Herren, nehmen Sie doch Platz«, forderte sie mit einer einladenden Geste auf.

Während ein Diener die Getränke reichte, sagte Alexander plötzlich: »Wir sollten Gabriella nicht damit belasten.«

»Die Probleme Ihrer Familie sind auch Cordinas Probleme, Eure Hoheit«, antwortete Loubet freundlich, aber ohne innere Anteilnahme. »Prinzessin Gabriellas Zustand geht sowohl ihre Familie als auch die Regierung etwas an. Ich fürchte sehr, dass ihr zeitweiliger Gedächtnisverlust sofort von der Presse ausgeschlachtet wird, falls auch nur die kleinste Information nach außen dringt. Momentan sind wir gerade bemüht, unser Volk nach der Entführung zu beruhigen. Mein einziger Wunsch ist es jetzt, dass für die Bevölkerung und Prinzessin Gabriella Ruhe einkehrt.«

»Loubet hat recht, Alexander«, warf Armand sachlich ein, aber Gabriella hörte den liebevollen Unterton heraus.

»In der Theorie. Aber wir haben bereits Fremde in die Sache hineingezogen«, bemerkte Alexander mit einem abweisenden Blick auf Reeve. »Gabriella braucht Ruhe und Pflege. Wer immer dafür verantwortlich ist ...« Seine Finger krampften sich um den Stiel seines Glases. »Wer immer für die Entführung verantwortlich ist, wird es teuer bezahlen.«

»Alexander«, sagte Gabriella und legte ihm mit einer ihr eigenen Geste, deren sie sich selbst allerdings nicht bewusst war, die Hand auf den Arm. »Ich muss mich erst erinnern an das, was geschehen ist. Vorher können wir niemand dafür zur Rechenschaft ziehen.«

»Wenn der Zeitpunkt gekommen ist, wirst du dich schon erinnern. In der Zwischenzeit ...«

»In der Zwischenzeit«, unterbrach ihn sein Vater, »muss Brie in jeder nur denkbaren Weise geschützt werden. Und nach reiflicher Überlegung bin ich mit Loubet zu dem Schluss gekommen, dass ein Teil dieses Schutzes dadurch erreicht wird, die Nachricht um den Gedächtnisverlust nicht in die Öffentlichkeit dringen zu lassen. Wenn den Entführern bekannt werden sollte, dass wir von dir nichts erfahren haben, dann könnten sie auf den Gedanken kommen, dich zum Schweigen zu bringen, ehe du deine Erinnerung wiedergewinnst.« Armand hatte sich an Gabriella gewandt.

Gabriella griff nach ihrem Glas und nahm ruhig einen Schluck. Doch Reeve bemerkte, dass ihre Augen alles andere als ruhig dreinblickten.

»Wie können wir es verbergen?«

»Mit Verlaub, Eure Hoheit«, begann Loubet nach einem Blick auf Armand, ehe er sich an Gabriella wandte, »bis Sie wieder vollkommen hergestellt sind, halten wir es für das Beste, dass Sie zu Hause bleiben, bei den Menschen, die unser größtes Vertrauen genießen. Es ist ein Leichtes, Ihre öffentlichen Auftritte zu verschieben oder ganz abzusagen. Die Entführung, die Aufregungen und der damit verbundene Schock genügen allein schon als Erklärung. Der Arzt, der Sie behandelt, steht auf der Seite Ihres Vaters. Wir müssen nicht befürchten, dass durch ihn Meldungen über Ihren Gesundheitszustand bekannt werden, die wir nicht gebilligt haben.«

Brie setzte ihr Glas auf den Tisch zurück. »Nein.«

»Ich bitte um ...«

»Nein«, wiederholte sie ruhig. Ihr Blick ging zu Fürst Armand. »Ich werde hier nicht wie eine Gefangene leben. Ich wurde lange genug gefangen gehalten. Wenn ich Verpflichtungen habe, werde ich sie auch erfüllen.« Bennett strahlte seine Schwester an und prostete ihr mit seinem Glas zu.

»Eure Hoheit, Sie müssen verstehen, wie kompliziert und gefährlich das sein wird. Und sei es auch nur deshalb, weil die Polizei erst herausfinden muss, wer die Entführer sind.«

»Das heißt, dass ich eingeschlossen und festgehalten werden soll.« Gabriella schüttelte den Kopf. »Und das lehne ich entschieden ab.«

»Gabriella, unsere Pflichten sind uns nicht immer angenehm.« Ihr Vater drückte seine Zigarette aus.

»Vielleicht nicht. Im Moment kann ich leider nicht aus Erfahrung sprechen.« Sie sah auf ihre Hände, auf den ihr inzwischen vertrauten Ring hinab. »Wer immer mich entführt hat, ist noch in Freiheit. Ich will gewiss nicht, dass die Kidnapper damit durchkommen. Monsieur Loubet ... Sie kennen mich doch, nicht wahr?«

»Eure Hoheit, seit Ihrer Kindheit.«

»Würden Sie mich als eine einigermaßen vernünftige Person bezeichnen?«

»Mehr als nur das«, antwortete Loubet.

»Dann bin ich davon überzeugt, dass ich mit ein wenig Hilfe meinen Willen und Sie Ihren haben könnten. Man wird, wenn das so am besten ist, den Gedächtnisverlust verschweigen, und ich muss dennoch nicht ständig in meinen Räumen bleiben!«

Armand schien etwas sagen zu wollen, lehnte sich jedoch stumm zurück. Ein flüchtiges Lächeln spielte um seine Lippen. Meine Tochter, dachte er zufrieden, hat sich nicht verändert.

»Eure Hoheit, es wäre mir ein persönliches Vergnügen, Ihnen zu helfen, aber ...«

»Vielen Dank, Loubet, aber Mr. MacGee hat sich schon dazu bereit erklärt.« Ihre Stimme klang freundlich, aber entschlossen. »Was ich wissen muss, um nach außen hin Prinzessin Gabriella zu sein, wird er mir sagen.«

Sie spürte Alexanders erneuten Widerstand, Neugier von Armand und kaum unterdrückten Ärger von Loubets Seite. Auch Reeve bemerkte diese Reaktionen.

»Die Prinzessin und ich haben ein privates Abkommen getroffen.« Amüsiert beobachtete er das Verhalten der Umsitzenden. »Sie ist der Ansicht, dass die Gesellschaft eines Fremden bestimmte Vorteile für sie habe.«

»Wir sprechen später darüber«, erklärte Armand und stand auf. Obwohl seine Worte nicht abrupt klangen, wirkten sie doch so endgültig wie die seiner Tochter. »Ich bedaure, dass Ihre Termine Ihnen nicht die Möglichkeit lassen, mit uns zu speisen, Loubet. Wir werden unsere Angelegenheit morgen früh weiterbesprechen.«

»Ja, Eure Hoheit.«

Man verabschiedete sich höflich voneinander, und Loubet war damit entlassen. Gabriella sah ihm nachdenklich hinterher. »Er macht einen ehrlichen und loyalen Eindruck. Mag ich ihn?«

Lächelnd ergriff der Regent ihre Hand. »Darüber hast du dich nie besonders geäußert. Er führt sein Amt gut.«

»Und ist ein grenzenloser Langweiler«, verkündete Bennett wenig charmant, indem er sich erhob. »Lass uns essen.« Er hakte Gabriella unter und zog sie an sich. »Wir speisen heute vom Allerfeinsten, um deine Rückkehr zu feiern. Wenn du willst, kannst du ein halbes Dutzend Austern essen.«

»Mag ich denn Austern?«

»Du bist ganz wild danach«, antwortete er schelmisch und führte sie in das Speisezimmer.

»Nun ja, es war unterhaltsam, festzustellen, dass Bennett zu Scherzen aufgelegt ist«, sagte Gabriella zwei Stunden später, als sie mit Reeve hinaus auf die Terrasse trat.

»Fanden Sie es auch amüsant, festzustellen, dass Sie einen Scherz vertragen können?«

»Eigentlich schon. Ich habe außerdem gelernt, dass ich Austern verabscheue und einen Charakter habe, der Vergeltung verlangt. Ich werde es ihm schon heimzahlen, mich dazu gebracht zu haben, eine dieser schrecklichen Dinger herunterzuschlucken. In der Zwischenzeit …« Sie wandte sich um und lehnte sich an die steinerne Balustrade. »Ich sehe, dass ich Sie in eine wenig angenehme Situation gebracht habe, Reeve. Das lag nicht in meiner Absicht, aber nun, da es so ist, will ich Sie auch gar nicht daraus befreien, muss ich gestehen.«

»Ich werde schon damit fertig werden, wie ich es für richtig halte.«

Wieder lächelte Gabriella, und plötzlich ging ihr Lächeln in ein herzliches Lachen über. »Ja«, rief sie aus, »das sieht Ihnen ähnlich. Vielleicht fühle ich mich deshalb in Ihrer Nähe so wohl. Heute Abend habe ich übrigens Ihren Rat befolgt. Er war ausgezeichnet!« Alle Ängste waren von ihr abgefallen, und es war bedeutend leichter, mit der momentanen Anspannung Reeve gegenüber fertig zu werden.

»Welcher war das?« Reeve folgte ihren Gedankensprüngen nicht gleich.

»Zu beobachten. Ich habe einen guten Vater. Er nimmt seine Aufgaben nicht auf die leichte Schulter, und die Aufregungen der letzten Woche lasten schwer auf ihm. Die Diener behandeln ihn mit großem Respekt, aber furchtlos. Bestimmt ist er ein gerechter Mensch. Sind Sie derselben Ansicht?«

Das Mondlicht fiel sanft auf ihr Haar und ließ den Perlenreif wie Tränen schimmern. »Ja«, bestätigte er leise.

»Alexander ist ... Mir fehlt das richtige Wort.« Mit einem Kopfschütteln sah sie hoch zum Himmel, und Reeve fiel ihr grazíler, schmaler Hals auf. »Besessen, würde ich sagen. Er hat die Intensität eines viel älteren Mannes. Vielleicht braucht er das. Offenbar mag er Sie nicht besonders.« Sie wandte ihm ihr Gesicht wieder zu, und sein Blick blieb auf ihren vollen Lippen hängen.

»Nein.«

»Das stört Sie nicht?«

»Ich kann nicht von jedem erwarten, dass er mich mag.«

»Ich wünschte, ich hätte Ihr Selbstvertrauen«, flüsterte sie.

»In jedem Fall habe ich leider noch zu der Abneigung beigetragen, die er vielleicht bereits für Sie hatte. Als ich heute Abend sagte, dass ich gern in Ihrer Begleitung in den Garten gehen würde, habe ich ihn verärgert. Sein Familiensinn ist sehr stark ausgeprägt.«

»Seiner Ansicht nach trägt er die Verantwortung für Sie«, entgegnete Reeve. Sein Tonfall klang gelassen.

»Er wird seine Meinung ändern müssen. Bennett und er sind so verschieden. Bennett wirkt völlig sorglos. Vielleicht liegt es an seinem Alter oder daran, dass er der jüngste Sohn ist. Dennoch hat er mich beobachtet, als könnte ich jeden Moment stolpern und er müsste mich dann auffangen. Was halten Sie von Loubet?«

»Ich kenne ihn nicht.«

»Ich ebenso wenig«, meinte Gabriella trocken. »Aber Ihre Meinung?«

»Auch er nimmt sein Amt sehr ernst.«

Gabriella fand, dass diese Antwort weder eine Ausflucht noch eine richtige Stellungnahme war. »Sie sind ein sehr sachlicher Mensch, Reeve, nicht wahr? Ist das ein amerikanischer Charakterzug?«

»Ich nehme Nebensächlichkeiten halt nicht so ernst. Auch Sie machen einen äußerst sachlichen Eindruck.«

»Wirklich?« Nachdenklich verzog sie den Mund. »Vielleicht stimmt das, aber vielleicht bin ich das jetzt nur aus der Notwendigkeit heraus. Ich kann mir keine Aufregungen leisten, oder?«

Die Anstrengungen des Abends waren größer, als sie zugeben möchte, überlegte Reeve, als Gabriella sich abwandte und mit den Händen auf die Brüstung stützte. Sie war müde, aber er verstand ihren Widerwillen gut. Sie wollte noch nicht hineingehen, da sie dort mit ihren Fragen allein bleiben würde.

»Gabriella, haben Sie darüber nachgedacht, sich ein paar Tage freizunehmen und zu verreisen?« Sie hob den Kopf. Er fühlte ihren Ärger und legte ihr die Hand auf die Schulter. »Nicht weglaufen, sondern verreisen. Das wäre nur menschlich.«

»Ich kann es mir nicht leisten, menschlich zu sein, bis ich weiß, wer ich bin.«

»Ihr Arzt meint, der Gedächtnisverlust sei vorübergehend.«

»Was heißt vorübergehend?«, verlangte sie zu wissen. »Eine Woche, einen Monat, ein Jahr? Das reicht nicht, Reeve. Ich will nicht einfach nur herumsitzen und darauf warten, dass mir alles wieder einfällt. Im Krankenhaus hatte ich Träume.« Einen Augenblick lang schloss sie die Augen, atmete tief durch und fuhr dann fort: »In diesen Träumen war ich hellwach und doch benommen. Ich konnte mich nicht bewegen. Es war finster, und ich war nicht in der Lage, mich zu rühren. Da waren Laute. Ich konnte Stimmen hören, und ich kämpfte darum, sie zu verstehen oder sie zu erkennen, aber ich fürchtete mich. Im Traum war ich zu Tode erschrocken, und als ich dann aufwachte, war ich es auch.«

Heftig zog Reeve an seiner Zigarette. Brie hatte das alles ohne Gefühlsregung erzählt, und das bedeutete eine Menge. »Sie waren unter Drogeneinfluss«, erklärte er sachlich.

Sehr langsam wandte sich Gabriella zu ihm um. Im Dämmerlicht wirkten ihre Augen noch strahlender. »Woher wissen Sie das?«

»Die Ärzte mussten Ihren Magen auspumpen. Dem Zustand nach zu urteilen, in dem Sie sich befanden, hatte man Ihnen offenbar Drogen eingegeben. Selbst wenn Ihr Erinnerungsvermögen wieder zurückkommt, ist es möglich, dass Sie sich an nichts entsinnen können, was während der Woche Ihrer Gefangenschaft geschehen ist. Das sollten Sie besser wissen.«

»Ja, das werde ich.« Sie kniff die Lippen zusammen. Erst als sie sicher war, dass ihre Stimme wieder einen festen Klang hatte, sprach sie weiter. »Ich werde mich daran erinnern. Wie viel wissen Sie noch?«

»Nicht sehr viel mehr.«

»Erzählen Sie es mir, erzählen Sie mir alles.«

Reeve schnippte seine Zigarette über die Brüstung hinweg ins Dunkle. »Nun gut. Sie wurden irgendwann am Sonntag entführt. Niemand kennt den genauen Zeitpunkt, da Sie allein waren. Am Sonntagabend nahm Alexander dann den ersten Anruf entgegen.«

»Alexander?«

»Ja, er arbeitet gewöhnlich an Sonntagabenden in seinem Büro. Dort hat er einen direkten Telefonanschluss, wie jeder der königlichen Familie, in seinen Räumen. Es war ein kurzes Gespräch. Die Entführer teilten lediglich mit, dass sie Sie in ihren Besitz gebracht hätten und Sie so lange festhielten, bis die Forderungen erfüllt seien. Zu dem Zeitpunkt aber wurden noch keine Bedingungen gestellt.«

»Und wo hat man mich gefangen gehalten?« Im Dunkeln, das ist das Einzige, woran ich mich entsinne, dachte sie. »Was unternahm Alex dann?«

»Er ging umgehend zu Ihrem Vater. Die Suche nach Ihnen wurde sofort eingeleitet. Am Montag fand man morgens Ihr Auto verlassen auf einer Straße vor, ungefähr vierzig Meilen von der Stadt entfernt. Und zwar in der Nähe eines kleinen Grundstücks, das Ihnen gehört. Wie ich vernahm, haben Sie die Gewohnheit, manchmal dort hinauszufahren, um allein zu sein. Am Montagnachmittag wurde dann die erste Forderung mitgeteilt. Dabei ging es um Lösegeld. Es stand außer Zweifel, dass diese Bedingung erfüllt würde, doch noch ehe man dafür die Vorkehrungen treffen konnte, kam der nächste Anruf. Darin wurde die Bedingung gestellt, vier Gefangene im Austausch für Sie freizulassen.«

»Und das komplizierte die Lage.«

»Zwei von ihnen sind wegen Spionage zum Tode verurteilt«, fuhr Reeve fort, während Brie ihm schweigend weiter zuhörte. »Dadurch wurde die Angelegenheit Ihrem Vater aus der Hand genommen. Geld war eine Sache, aber Gefangene freizulassen, war ganz etwas anderes. Die Verhandlungen waren noch im Gange, als Sie am Straßenrand gefunden wurden.«

»Ich werde dorthin zurückkehren«, sagte Gabriella, »wo man meinen Wagen gefunden hat, und auch dorthin, wo ich entdeckt wurde.«

»Jetzt noch nicht. Ich habe Ihnen meine Hilfe zugesichert, aber es soll auf meine Art geschehen.«

Sie sah ihn scharf an. »Und die wäre?«

»Meine Art«, antwortete Reeve einfach. »Sobald ich davon überzeugt bin, dass Sie kräftig genug sind, werde ich Sie dorthin bringen. Bis dahin gehen wir alles gemächlich an.«

»Wenn ich nicht einverstanden bin?«

»Dann könnte Ihr Vater Loubets Plan in ernstere Erwägungen ziehen.«

»Somit könnte ich nirgendwohin.«

»Ganz recht.«

»Ich wusste, dass Sie ein schwieriger Mensch sind, Reeve.« Gabriella machte einige Schritte von ihm weg und stand dann im Mondlicht. »Ich habe keine echte Wahl, und das passt mir nicht. Die Freiheit meiner eigenen Entscheidung scheint mir das Wichtigste im Leben. Ich frage mich, wann ich wieder dazu in der Lage sein werde. Nachdem ich mich morgen mit meiner Sekretärin getroffen haben werde ...«

»Smithers«, half ihr Reeve nach. »Janet Smithers.«

»Welch unattraktiver Name«, meinte Gabriella. »Ich werde morgen früh mein Tagespensum mit dieser Janet Smithers durcharbeiten. Danach möchte ich es mit Ihnen durchgehen. Ich will meine Aufgaben wahrnehmen, gleich welcher Natur sie auch sind.« Mit einem Schulterzucken wechselte Gabriella plötzlich das Thema. »Heute Abend, als ich vor dem Essen in der Badewanne lag, habe ich mir ein paar Gedanken gemacht. Übrigens über Sie.«

Langsam steckte Reeve die Hände in die Taschen. »Über mich?«

»Ich habe versucht, Sie zu analysieren. In mancher Hinsicht ist es mir gelungen, in anderer wieder nicht. Wenn ich über große Erfahrungen mit Männern verfügt haben sollte, so sind sie mir wie alles andere abhandengekommen!«

Ohne jede Verlegenheit ging sie wieder zu Reeve hinüber. »Ich habe mich gefragt, ob ich diesen Teil meines Wesens wieder entdecken würde, wenn ich Sie küsse oder wenn Sie mich umarmen.«

Reeve richtete sich auf und sah sie verblüfft an. »Zählt das ebenfalls zu meinen Aufgaben, Eure Hoheit?«

Ärger blitzte in ihren Augen auf. »Es ist mir gleich, wie Sie es sehen.«

»Aber mir vielleicht nicht.«

»Finden Sie mich unattraktiv?« Kokett verzog sie den Mund. Wenn sie eine Frau war, die einfallsreiche, blumige Komplimente gewohnt war, so würde er sie gewiss nicht machen. Schon aus Trotz nicht. »Nicht unattraktiv.«

Sie überlegte, warum die Antwort fast wie eine Beleidigung wirkte. »Nun gut, gibt es in Ihrem Leben eine Frau, an die Sie gebunden sind? Kämen Sie sich treulos vor, wenn Sie mich küssten?«

Reeve blieb ruhig stehen, das amüsierte Lächeln noch immer auf den Lippen. »Ich habe keine Verpflichtungen, Eure Hoheit.«

»Warum titulieren Sie mich jetzt plötzlich wieder so?«, verlangte Gabriella zu wissen. »Nur um mich zu ärgern?«

»Ja.«

Zorn stieg in ihr hoch, doch dann brach sie in Lachen aus. »Es funktioniert.«

»Es ist schon spät. Ich begleite Sie nach oben!« Reeve wechselte das Thema und zog mit einer freundlichen Geste ihre Hand an sich.

»Sie finden mich nicht unattraktiv, Sie haben keine Bindungen«, fuhr Gabriella beharrlich fort und ging zaudernd neben ihm her. »Warum geben Sie mir dann keinen Kuss und sind mir behilflich? Das haben Sie mir versprochen.«

Reeve blieb stehen und sah auf sie herunter. Gabriella reichte ihm gerade bis zum Kinn. Sie legte den Kopf zurück und blickte ihm direkt in die Augen. »Ich habe Ihrem Vater versprochen, jede Aufregung von Ihnen fernzuhalten«, fuhr er fort.

»Sie haben mir zugesichert, mir bei der Suche nach mir selbst zu helfen. Aber vielleicht hat Ihr Wort keine Bedeutung«, sagte sie leichthin. »Vielleicht sind Sie auch ein Mann, dem es keinen Spaß macht, eine Frau zu küssen.«

Gabriella hatte nur zwei weitere Schritte machen können, da hielt Reeve sie auch schon am Arm fest. »Treiben Sie etwa Ihr Spiel mit mir?«

Sie lächelte. »Eigentlich nicht.«

Reeve nickte, dann zog er sie in seine Arme. »Ich ebenso wenig.«

Er küsste sie auf die Lippen, leidenschaftslos, unbeteiligt. Er verstand ihr Motiv, ihre Beweggründe, aber es war ihm völlig klar, dass er sich da auf etwas einließ, was er besser nicht tun sollte. Hatte er sich nicht selbst gefragt, wie dieser herrlich weiche, geschwungene Mund sich bei einem Kuss anfühlte? Hatte er sich nicht auch vorgestellt, wie sich der schlanke, zerbrechliche Körper in seine Arme schmiegen würde? Aber er war hier, um einen Auftrag auszuführen, und so etwas hatte er nie auf die leichte Schulter genommen. Deshalb war sein Kuss so unbeteiligt.

Das blieb jedoch nur einen Augenblick lang so.

Gabriella war weich, zierlich, zauberhaft. Er musste sie beschützen. Sie war warm, verführerisch, erregend. Er musste sie besitzen.

Sie hatte ihre Augen weit geöffnet. Reeve legte seine Hand unter ihr Kinn und erwiderte ihren erwartungsvollen Blick. Er vergaß jede Hemmung und küsste sie mit Verlangen.

Ihre Zungen berührten sich, zunächst tastend, forschend, neugierig. Gabriella schlang ihre Arme auffordernd um seinen Hals, sodass ihre Körper sich sehnsüchtig aneinanderpressen konnten.

Gabriella wusste plötzlich, was kommen würde. Im Innersten regten sich Erinnerungen an frühere Küsse. Und doch war es anders. Sie gab sich Reeves Kuss hin, als hätte sie nie etwas Ähnliches erlebt. Alles war neu für sie, frisch, aufregend und erregend. Selbst die schwachsten Erinnerungen verblassten in diesem Sturm der Gefühle, und sie verspürte ein ihr völlig unbekanntes, elementares Verlangen, das schmerzte und forderte.

Er bedeckte ihr Gesicht mit Küssen, voller Begehren und Sehnsucht. Fordernd drängte er sich an sie, flüsterte ihren Namen.

War dies das erste Mal, oder hatte es früher ähnliche Erlebnisse gegeben? Hatte sie sich zuvor schon einmal einer solchen aufflammenden Leidenschaft hingegeben? Was hatte es ihr damals bedeutet? Nichts – oder alles, wie jetzt?

Verwirrt zog sie sich von Reeve zurück. Welche Frau schenkte einem Mann ihr Herz, ohne ihn richtig zu kennen? Zweifel begannen sich in ihr zu regen. »Reeve, ich bin nicht sicher, ob es mir geholfen hat.«

Reeve hatte ihren Gefühlsumschwung bemerkt. Noch einmal wollte er sie umarmen, sie nahe an sich spüren, aber die Zweifel begannen auch an ihm zu nagen und ließen ihn zögern. Wie viele andere Männer hatte es vor ihm gegeben?

Er reichte Gabriella die Hand und sagte in sachlichem Tonfall: »Wir sollten beide eine Nacht darüber schlafen.«

Doch unbeteiligt konnte er in Zukunft bestimmt nicht mehr sein.

5. Kapitel

Gabriella kam sich wie eine Betrügerin vor. Sie saß in ihrem elegant eingerichteten Büro nur deshalb, weil Reeve sie dorthin gebracht hatte. Um acht Uhr hatte er an ihre Tür geklopft und nichts weiter gesagt als: »Sind Sie fertig?«

Nach einem kurzen, schweigsamen Gang durch verschiedene Korridore waren sie in diesem Raum im dritten Stock des Ostflügels angekommen. Im Gegensatz zu ihm war sie recht nervös gewesen. Als Erstes hatte Gabriella sich in dem Zimmer umgesehen. Es war nicht sehr groß, aber dennoch hell und hatte eine praktische Einrichtung in sehr geschäftsmäßigem Stil, der ihr gefiel. Ein schwerer Schreibtisch aus Mahagoni stand in der Mitte des Raumes, ordentlich aufgeräumt. Zwei Gobelinstühle mit orientalisch anmutenden Mustern flankierten ihn, überall standen kostbare Porzellanvasen mit frischen Blumen, deren Farben offensichtlich auf die Pastelltöne der Wandbespannungen abgestimmt waren.

Gabriella nahm eine Blüte in die Hand und spielte damit.

»Hier arbeite ich also.« Gabriella betrachtete den dicken ledergebundenen Terminkalender auf ihrem Schreibtisch. Wenn sie ihn öffnete, würde sie mit den Verabredungen für Gala-Empfänge, mit den Einladungen zum Tee und den vielen Einkäufen fertig werden? »Was habe ich denn genau zu tun?«

Die Frage klang fordernd und bittend zugleich.

Reeve war bestens vorbereitet. Während Gabriella am vergangenen Nachmittag geschlafen hatte, war er ihren Terminkalender durchgegangen, hatte einen Blick in ihre Post gewor-

71

fen und sogar ihr Tagebuch gelesen. Es gab jetzt sehr wenig, was er nicht von Ihrer Königlichen Hoheit, der Prinzessin Gabriella de Cordina, wusste. Die Gabriella Bisset lag jedoch nicht so offen vor ihm.

Er hatte eine Stunde mit ihrer Sekretärin, eine weitere mit dem Majordomus des Palastes verbracht und hatte ein kurzes, vorsichtiges Gespräch mit der ehemaligen Kinderfrau geführt, in dem er den durch Generationen entwickelten Mutterinstinkt der alten Frau behutsam beruhigen musste. Die gewonnenen Informationen ließen das Bild der Prinzessin Gabriella klarer werden und machten Gabriella Bisset für ihn nur noch reizvoller.

»Sie haben eine Reihe von Aufgaben«, begann Reeve sachlich und trat auf den Schreibtisch zu. »Einige sind alltägliche Pflichten, andere tragen offiziellen Charakter.«

»Aufgaben?«, fragte sie nach. Reeve strich sanft über ihre Hand, mit der sie ihren Terminkalender hielt. Sofort fielen Gabriella die Ereignisse der vergangenen Nacht wieder ein, die Erregung und das Verlangen, das sie verspürt hatte. Einen Moment lang ließ sie ihre Hand so liegen.

Wieder spürte Reeve seine Sympathie für Gabriella, er konnte es nicht leugnen. Die Hand unter der seinen war ruhig, Gabriellas Stimme hatte einen festen Klang, doch in ihrem Blick las er die Verwirrung und die Selbstzweifel, die sie quälten. »Setzen Sie sich, Brie.«

Die Zärtlichkeit, mit der er zu ihr sprach, ließ sie zögern. War eine Frau vor einem Mann, der so voller Zuneigung sprach, sicher? Langsam entzog sie ihm ihre Hand und ließ sich auf einem der gepolsterten Stühle nieder. »Also gut, wird das jetzt meine erste Nachhilfestunde?«

»Sie können es so sehen.« Reeve setzte sich auf die Schreibtischkante, sodass er sich in sicherer Entfernung von Brie be-

72

fand und ihr gerade ins Gesicht sehen konnte. »Erzählen Sie mir, was Ihnen einfällt, wenn Sie von sich als Prinzessin denken?«

»Wollen Sie mich analysieren?«

Reeve schlug die Beine übereinander. »Das ist eine einfache Frage. Geben Sie mir darauf eine einfache Antwort.«

Gabriella lächelte und schien sich zu entspannen. »An Märchenprinzen, gläserne Schuhe und gute Feen.« Sie streichelte leicht mit der Rosenblüte über ihre Wange und sah an Reeve vorbei auf die Sonnenkringel, die dem Fußboden ein lustiges Muster gaben. »Diener in prachtvollen Uniformen, Kutschen mit Sitzen aus weißem Satin, hübsche Silberkrönchen und rauschende Gewänder. Und Menschenmengen … Menschenmengen«, wiederholte sie und blickte starr hinaus in das Sonnenlicht, »die unter dem Fenster jubeln. Die Sonne sticht in den Augen, sodass man kaum richtig sehen kann, aber man hört das Volk. Man winkt. Ein starker Rosenduft liegt in der Luft. Ein Meer von Menschen, die lauter und lauter rufen, eine fröhliche Welle herzlicher Zuneigung.« Plötzlich verstummte Gabriella und ließ die Rose auf ihren Schoß sinken.

Ihre Hand hatte zu zittern begonnen, Reeve bemerkte es, kurz bevor sie die Blume fallen ließ. »Ist das alles Einbildung oder Erinnerung?«, forschte er.

»Ich …« Wie konnte sie ihm das erklären? Sie hörte noch immer die Jubelrufe und nahm den Duft der Rosen wahr, aber sie konnte sich nicht genau daran erinnern. Sie spürte förmlich, wie ihr die Sonne in den Augen wehtat, aber sie konnte einfach nicht an das Fenster treten. »Nur Eindrücke«, sagte sie daher nach einem kurzen Schweigen. »Sie kommen und gehen, aber sie bleiben nie.«

»Zwingen Sie sich nicht.«

Gabriella fuhr herum. »Ich will …«

»Ich weiß, was Sie wollen.« Reeves Stimme klang ruhig, fast sorglos. Gabriellas Miene zeigte einen Anflug von Verärgerung. Er wusste jedoch damit umzugehen und hob den Terminkalender hoch, ohne ihn zu öffnen. »Ich werde Ihnen einen ganz normalen Arbeitstag Ihrer königlichen Hoheit, der Prinzessin Gabriella de Cordina, beschreiben.«

»Und woher kennen Sie den Tagesablauf?«

Reeve wog das Buch in seiner Hand und warf ihr einen Blick zu. »Es ist meine Pflicht, mich zu informieren. Sie stehen immer um halb acht auf und frühstücken in Ihrem Zimmer. Von halb neun bis zehn Uhr besprechen Sie sich mit dem Palastmanager.«

»Régisseur.« Brie runzelte die Stirn. »Man nennt ihn Régisseur, nicht Manager.«

Reeve äußerte sich nicht dazu und ließ Gabriella Zeit, herauszufinden, warum dieser Ausdruck ihr so geläufig war. Dann fuhr er fort: »Sie bestimmen die tägliche Speisenfolge. Ist kein offizielles Diner angesetzt, so wird mittags die Hauptmahlzeit eingenommen. Diese Pflichten haben Sie nach dem Tode Ihrer Mutter übernommen.«

»Ich verstehe!« Sie erwartete eigentlich, den Schmerz des Verlustes zu spüren, doch nichts regte sich in ihr.

»Fahren Sie fort.«

»In der folgenden halben Stunde erledigen Sie hier in Ihrem Büro die offizielle Korrespondenz mit Ihrer Sekretärin. Im Allgemeinen diktieren Sie ihr die Antworten und unterzeichnen die Briefe dann später.«

»Wie lange arbeitet sie schon bei mir?«, fragte Gabriella plötzlich. »Diese Janet Smithers?«

»Nicht ganz ein Jahr. Ihre frühere Sekretärin bekam ihr erstes Kind und schied aus.«

»Bin ich …« Gabriella suchte nach der passenden Formulierung. »Habe ich ein gutes Verhältnis zu ihr?«

Reeve sah auf. »Niemand hat mir etwas Gegenteiliges berichtet.«

Unwillig schüttelte Gabriella den Kopf. Wie sollte sie einem Mann erklären, dass sie wissen wollte, wie sie zu ihrer Sekretärin von Frau zu Frau stand? Wie sollte sie ihm klarmachen, dass ihr daran gelegen war, zu wissen, ob sie eine enge Freundschaft zu einer Frau hatte, die in der Lage war, den durch Männer geprägten Horizont am Hofe zu durchbrechen? Vielleicht war dies etwas, was sie für sich selbst ausfindig machen musste. »Bitte, berichten Sie weiter«, forderte sie ihn auf.

»Wenn Zeit genug ist, kümmern Sie sich während dieser halben Stunde auch um Ihre Privatkorrespondenz. Andernfalls bleiben diese Briefe bis abends liegen«, fuhr Reeve fort.

Das alles erschien Gabriella langweilig, aber Pflichten waren ja oft langweilig. »Worin besteht die offizielle Korrespondenz?«

»Sie sind die Präsidentin der Gesellschaft zur Hilfe für behinderte Kinder. Sie ist Cordinas größte karitative Organisation. Außerdem repräsentieren Sie das Internationale Rote Kreuz. Weiterhin haben Sie sich sehr für das Museum der Schönen Künste engagiert, das zur Erinnerung an Ihre Mutter errichtet wurde. Es ist Ihre Aufgabe, den Schriftwechsel mit den Gattinnen der Staatsoberhäupter zu führen, sich in verschiedenen Ausschüssen zu betätigen, Einladungen anzunehmen oder abzulehnen und vor allem die Gastgeberin bei offiziellen Anlässen zu sein. Die Politik und die Regierungsgeschäfte liegen in den Händen Ihres Vaters, teilweise jedoch auch bei Alexander!«

»Ich bin also mehr für die weiblichen Aspekte der Verpflichtungen verantwortlich?«

Reeve musste plötzlich lächeln. Dieses Lachen war sehr sympathisch, fand Gabriella. »Nach einem Blick auf Ihren Zeitplan würde ich das nicht so sagen.«

»Bis jetzt besteht er doch nur daraus, Briefe zu beantworten«, antwortete sie belustigt.

»An drei Tagen in der Woche arbeiten Sie in der Zentrale der Gesellschaft zur Hilfe behinderter Kinder. Wenn Sie mich fragen, ich möchte den Berg an Briefen nicht erledigen müssen. Seit eineinhalb Jahren bestürmen Sie den Nationalrat um eine Etaterhöhung für das Museum der Schönen Künste. Im letzten Jahr haben Sie für das Rote Kreuz fünfzehn Länder bereist und waren unter anderem zehn Tage in Äthiopien. WORLD MAGAZINE hat eine zehnseitige Reportage darüber gebracht. Ich werde Ihnen von dem Artikel eine Kopie beschaffen.«

Gabriella griff erneut nach der Rose, dann stand sie auf. »Mache ich meine Arbeit gut?«, verlangte sie zu wissen. »Weiß ich, weshalb ich sie tue, oder bin ich nur eine Art Aushängeschild?«

Reeve nahm sich eine Zigarette. »Beides. Eine schöne junge Prinzessin zieht natürlich die Aufmerksamkeit auf sich, vor allem die der Presse. Sie lebt mit dem öffentlichen Interesse und ist deshalb gut in der Lage, finanzielle Unterstützung für karitative Zwecke zu erbitten. Eine kluge junge Frau weiß diese Stellung zu nutzen und ihr Geschick einzusetzen. Ihrem Tagebuch zufolge ...«

»Sie haben mein Tagebuch gelesen?«

Reeve überraschte die Mischung aus Zorn und Verlegenheit, die sich in ihrem Gesicht widerspiegelte. Sie konnte doch gar nicht wissen, ob es einen Grund gab, verlegen zu sein. »Sie haben mich gebeten, Ihnen zu helfen«, erinnerte er Gabriella. »Ich kann das nicht, wenn ich Sie nicht einmal kenne. Sie können jedoch beruhigt sein, Gabriella, Sie sind ein sehr diskreter Mensch, selbst in Ihrem Tagebuch.«

Es hatte keinen Sinn, sich zu zieren. Reeve würde das nur genießen. »Was sagten Sie gerade?«, fragte sie also möglichst gelassen.

»Ihrem Tagebuch zufolge, empfinden Sie die Reisen als anstrengend. Sie haben diese Fahrten nie sehr gern unternommen, aber Sie machen sie jedes Jahr aufs Neue, weil Sie die Notwendigkeit dafür einsehen. Gelder müssen gesammelt und Verpflichtungen wahrgenommen werden. Sie arbeiten hart, Gabriella, das kann ich Ihnen bestätigen.«

»Ich muss Ihnen wohl Glauben schenken.« Gabriella steckte die Rose wieder zurück in die Vase. »Und jetzt möchte ich anfangen. Wenn ich meinen Gedächtnisschwund so diskret wie möglich überspielen soll, dann benötige ich als Erstes die Namen der Leute, die ich kennen muss.« Sie ging um den Schreibtisch herum, setzte sich in den Sessel und nahm einen Kugelschreiber zur Hand. »Erzählen Sie mir, was Sie wissen. Dann rufe ich diese Janet Smithers. Habe ich heute einen Termin?«

»Um ein Uhr bei der Gesellschaft zur Hilfe für behinderte Kinder.«

»Sehr schön. Ich muss vorher noch eine Menge lernen.«

Bevor Reeve die Prinzessin mit ihrer Sekretärin allein ließ, hatte er ihr mehr als fünfzig Namen genannt, mit den dazugehörigen Erklärungen und Hintergrundinformationen. Es wäre schon beachtlich, wenn Gabriella sich auch nur an die Hälfte erinnerte.

Hätte er die Wahl gehabt, so wäre er jetzt in sein Auto gestiegen und irgendwohin gefahren. An die See oder in die Berge, das war ihm gleich. Paläste, egal wie riesig oder schön sie waren, welche historische Faszination von ihnen auch ausgehen mochte, waren doch nur Wände, Decken und endlose Gänge. Er brauchte jetzt eigentlich den freien Himmel über sich.

Auf seinem Weg in den vierten Stock zum Büro des Fürsten blieb Reeve kurz an einem Fenster stehen und warf einen Blick auf die Stadt, die in der Morgensonne lag.

Oben klopfte er dann an die Tür und wurde umgehend eingelassen. Der Fürst saß beim Kaffee in einem Raum, der doppelt so groß wie der Gabriellas war, prachtvoller und entschieden männlicher. An der Decke waren kunstvoll gestaltete und vergoldete Stuckaturen, und in der Mitte des Raumes standen bequeme Sessel und ein massiver Eichenschreibtisch. Die Fenster waren geöffnet, und das Licht flutete über den riesigen roten Teppich.

»Gerade ist Loubet gegangen«, begann Armand das Gespräch. »Haben Sie schon die Zeitung gelesen?«

»Ja.« Reeve nahm dankend eine Tasse Kaffee entgegen, die der Fürst ihm angeboten hatte, blieb jedoch stehen, da auch Armand sich nicht setzte. Er wusste das Protokoll einzuhalten. »Man ist offensichtlich sehr erleichtert darüber, dass die Prinzessin wieder in Sicherheit ist. Aber natürlich war auch zu erwarten, dass es eine Menge Mutmaßungen über die Entführung selbst geben würde.«

»Und natürlich eine ordentliche Portion Kritik an Cordinas Polizei«, setzte Armand hinzu. »Auch damit musste man rechnen. Doch andererseits hat diese Kritik so gut wie gar nichts in der Hand, auf das sie sich stützen kann.«

Kühl neigte Reeve den Kopf. »Wirklich nichts?«

Jeder hielt dem Blick des anderen stand. »Die Polizei hat ihre Aufgaben, und Sie die Ihren. Sie sind heute Morgen bei meiner Tochter Gabriella gewesen?«

»Ja!«

»Bitte nehmen Sie Platz.« Mit einer ungeduldig wirkenden Geste wies Armand auf einen Stuhl. Protokoll hin, Förmlichkeiten her, er selbst wollte stehen bleiben. »Wie geht es ihr?«

Reeve setzte sich und sah dem Fürsten zu, der mit derselben nervösen Haltung durch das Zimmer ging wie vorher seine Tochter. »Physisch gesehen erholt sie sich recht schnell. Aber was den Verlust der Erinnerung angeht, gibt es keine Fortschritte. Ihre Sekretärin unterrichtet sie momentan über verschiedene Personen. Gabriella will ihren Tageslauf von heute an wieder beibehalten.«

Armand nahm einen Schluck Kaffee und setzte die Tasse dann auf den Tisch zurück. Er hatte an diesem Morgen eigentlich schon zu viel Kaffee getrunken. »Und Sie werden sie begleiten?«

Auch Reeve nippte an seinem heißen, aromatischen Kaffee. »Ich werde bei ihr sein.«

»Es ist schwierig …« Armand unterbrach sich selbst, war um Fassung bemüht. Ist es Ärger, Trauer, Hilflosigkeit? versuchte Reeve herauszufinden.

»Es ist schwierig«, wiederholte der Fürst jetzt mit völlig beherrschter Stimme, »im Hintergrund zu bleiben und wenig tun zu können. Sie kamen auf meine Bitte hin, blieben auf meinen Wunsch, und jetzt bin ich tatsächlich eifersüchtig auf Sie, weil Sie das Vertrauen meiner Tochter genießen.«

»Vertrauen ist sicher zu früh gesagt. Im Moment hält sie mich für nützlich.«

Reeve fiel der Verdruss und die Enttäuschung in seiner Stimme auf, und er bemühte sich, ihn nicht zu deutlich werden zu lassen. »Ich kann die Prinzessin über sie selbst informieren, ohne ihr Gefühlsleben zu sehr zu beeinträchtigen.«

»Wie ihre Mutter ist sie ein äußerst empfindsamer Mensch. Wenn sie liebt, dann uneingeschränkt. Dieser Wesenszug allein ist schon unschätzbar!«

Armand ließ seinen Kaffee auf dem Tisch stehen und ging hinüber an seinen Schreibtisch. Reeve war sich sicher, dass damit der persönliche Teil ihres Gespräches beendet war. Unmerklich steigerte sich seine Aufmerksamkeit.

»Gestern Abend machte mich Bennett darauf aufmerksam, dass ich Sie in eine schwierige Lage gebracht haben könnte«, sagte Armand.

»In welcher Hinsicht?«, fragte Reeve, äußerlich entspannt, aber innerlich sehr auf der Hut.

»Sie werden ständig an Gabriellas Seite sein, privat und in der Öffentlichkeit. Aufgrund Ihrer Position wird meine Tochter viel fotografiert. Man interessiert sich für ihr Leben. Meine Gedanken kreisten zu sehr um Gabriellas Sicherheit und ihre Genesung, als dass ich die Verwicklungen berücksichtigt hätte, die sich aus Ihrer Anwesenheit ergeben könnten.«

»Sie meinen, hinsichtlich meiner Anwesenheit in Gabriellas Leben?«

Armand verzog ein wenig die Lippen: »Es erleichtert mich, nicht alles genau ausführen zu müssen. Bennett ist jung, und seine eigenen Affären werden in der internationalen Presse mit Vergnügen breitgetreten.«

In Armands Ton lag eine Mischung aus Stolz und Verärgerung. Das ist das Schicksal eines Vaters, dachte Reeve amüsiert. Oft genug hatte er diese Reaktion bei seinem eigenen Vater beobachtet. »Vielleicht ist ihm dieses Problem deshalb als Erstem aufgefallen«, fuhr Armand fort.

»Ich bin hier zum Schutze der Prinzessin«, meinte Reeve. »Das ist doch eine sehr einfache Erklärung.«

»Es ist für den Herrscher von Cordina nicht so einfach zu rechtfertigen, einen früheren Geheimdienstler, einen Amerikaner, zum Schutze seiner Tochter gerufen zu haben. Das könnte man als Kränkung ansehen. Wir sind zwar ein kleines Land, Reeve, aber ein sehr selbstbewusstes.«

Reeve schwieg eine Weile und wog Armands Worte ab. »Möchten Sie, dass ich abreise?«, fragte er schließlich.

»Nein.«

Reeve war erleichtert. »Ich kann meine Nationalität nicht ändern, Armand.«

»Nein.« Die Antwort war knapp. »Es wäre allerdings möglich, Ihre Stellung derart zu ändern, dass sie die Möglichkeit hätten, eng an Gabriellas Seite zu sein, ohne dass man auf falsche Gedanken kommen könnte.«

Jetzt musste auch Reeve lächeln. »Als Bewerber um ihre Hand?«

»Wieder machen Sie es mir leicht.« Armand lehnte sich im Sessel zurück und betrachtete den Sohn seines Freundes.

Unter weniger komplizierten Umständen hätte er vielleicht sogar einer Verbindung zwischen seiner Tochter und Reeve zugestimmt. Es ließ sich nicht leugnen, dass er gehofft hatte, Gabriella schon zu einem früheren Zeitpunkt verheiratet zu sehen. Aus diesem Grunde hatte er sie mit Angehörigen der besten Adelshäuser Englands und Frankreichs bekannt gemacht. Nun ja, auch die MacGees hatten einen beeindruckenden Stammbaum und eine makellose Herkunft. Es wäre ihm nicht unangenehm, wenn dieser rein theoretische Vorschlag, den er jetzt unterbreitete, Wirklichkeit würde.

»Ich schlage sogar vor, noch einen Schritt weiterzugehen. Wenn Sie keine Einwände haben, dann würde ich gern Ihre Verlobung mit Gabriella bekannt geben.« Armand wartete auf eine Reaktion von Reeve, eine Geste, eine Veränderung der

Mimik. Reeve verharrte jedoch in rein höflichem Interesse. Armand wusste sehr zu schätzen, dass der Amerikaner seine Gedanken für sich behielt.

»Als ihr Verlobter«, fuhr er fort, »können Sie stets an Bries Seite sein, ohne zu Fragen Anlass zu geben.«

»Es könnte schon die Frage auftauchen, wie ich nach nur wenigen Tagen Aufenthalt in Cordina zum Verlobten der Prinzessin werden konnte.«

Armand nickte und schätzte den klaren sachlichen Einwand. »Meine langjährige Verbindung zu Ihrem Vater macht das mehr als erklärlich. Gabriella reiste erst im vergangenen Jahr in Ihr Heimatland. Man könnte verlauten lassen, dass damals die Beziehung ihren Anfang nahm.«

Reeve nahm sich eine Zigarette. »Verlobungen haben es so an sich, dass sie in Eheschließungen enden.«

»Richtige Verlobungen schon. Doch diese wird nur zu einem bestimmten Zweck geschlossen. Wenn der Fall beendet ist, werden wir bekannt geben, dass Gabriella und Sie sich eines anderen besonnen haben. Die Verlobung wird aufgelöst, und jeder geht wieder seinen eigenen Weg. Die Presse wird sich auf die Geschichte stürzen, doch niemand wird so zu Schaden kommen.«

Die Prinzessin und der Farmer, dachte Reeve und konnte sich ein ironisches Lächeln nicht verkneifen. Das konnte aufregend werden. »Selbst wenn ich zustimmen sollte, so ist doch noch jemand anderes davon betroffen.«

»Gabriella wird das tun, was für sie und ihr Land das Beste ist. Die Entscheidung liegt bei Ihnen, nicht bei ihr.«

Armand sprach mit der kühlen Selbstverständlichkeit einer Person, die sich ihrer Macht absolut sicher ist.

Hatte Gabriella nicht gesagt, dass es sie am meisten störte, keine eigene Entscheidung treffen zu können? schoss es Reeve durch den Kopf. Er mochte Sympathien für die Prinzessin empfinden, aber er würde diese Entscheidung leider über ihrem Kopf hinweg treffen müssen. »Ich verstehe Ihre Beweggründe, Fürst Armand. Wir werden Ihrem Vorschlag entsprechend vorgehen.«

Der Regent erhob sich. »Ich werde mit Gabriella sprechen.«

Reeve konnte sich nicht vorstellen, dass sie darüber sehr erfreut sein würde. Im Grunde wünschte er nicht einmal, dass sie sich einfach einverstanden erklärte. Er empfand es als simpler für ihn, wenn sie etwas kratzbürstig und unterkühlt reagieren würde. Denn es war jener Blick des Verlorenseins, der Hilflosigkeit, der ihn so sehr an ihr faszinierte.

Kurz vor ein Uhr verließ Gabriella den Palast. Sie trug ein elegantes Chanel-Kostüm, und ihre offenen Haare wehten im Wind, sodass das Sonnenlicht darauf zu tanzen schien. Ärgerlich wandte sie sich zu Reeve um und blitzte ihn stolz an.

Ein Geschöpf der Sonne, fiel es ihm auf, während er am Wagen auf sie wartete. Sie gehörte einfach nicht hinter Schlossmauern, sondern in die Freiheit unter diesen azurblauen Himmel.

Reeve verbeugte sich leicht, während er ihr die Wagentür öffnete. Gabriella sah ihn mit ihren flammenden Augen an. »Sie haben mich hintergangen.« Wütend ließ sie sich auf den Vordersitz fallen und sah stur vor sich hin.

Reeve klimperte mit den Autoschlüsseln in seiner Tasche und ging auf die Fahrerseite hinüber. Er konnte diese Angelegenheit jetzt mit Feingefühl behandeln oder ganz nach seinem eigenen Ermessen. »Ist etwas nicht in Ordnung, Liebling?«, fragte er sie schelmisch und setzte sich hinter das Steuer.

»Was fällt Ihnen ein, zu scherzen!« Zornig sah Gabriella ihn an. »Wie können Sie es wagen!«

Reeve nahm ihre Hand und hielt sie fest, obgleich Gabriella sie mit einem schnellen Ruck fortziehen wollte. »Gabriella, manche Dinge nimmt man besser nicht so schwer.«

»Diese Farce. Dieser Betrug!« Ein französischer Wortschwall brach plötzlich aus ihr hervor, den er nur zum Teil verstand, dessen protestierender, wütender Unterton jedoch nicht zu überhören war.

»Erst muss ich mich mit Ihnen als Leibwächter abfinden«, fuhr sie fort und wechselte übergangslos wieder ins Englische. »Wohin ich auch immer meinen Fuß setzen will, Sie sind da und schleichen um mich herum. Und jetzt dieser Vorwand, dass wir heiraten werden. Wozu das alles? Nur damit es nicht bekannt wird, dass mein Vater einen Leibwächter eingestellt hat, der weder aus Cordina noch aus Frankreich kommt. Nur damit ich ständig in Begleitung eines Mannes gesehen werden kann, ohne damit meinem Ruf zu schaden. Ha!« Mit einer schlecht gelaunten, aber dennoch beherrscht wirkenden Handbewegung unterstrich sie ihre Worte. »Es ist mein Ruf, mein Ruf!«

»Es geht ebenso um den meinen«, versetzte Reeve kühl.

Bei diesen Worten drehte Gabriella sich zu ihm hin und musterte ihn hochmütig von oben bis unten. »Ich glaube, ich irre nicht in der Annahme, dass Sie schon einen Ruf haben. Und mit dem habe ich absolut nichts zu schaffen«, setzte sie schnell hinzu, bevor Reeve etwas entgegnen konnte.

»Als meine Verlobte betrifft mein Ruf Sie sehr wohl.« Reeve startete den Wagen und fuhr gemächlich den Berg hinunter.

»Es ist eine lächerliche Komödie.«

»Zugegeben.«

Diese Bestätigung brachte sie zum Schweigen. Die Tatsache, dass er mit ihr einer Meinung war, nahm ihr förmlich den Wind aus den Segeln.

»Sie finden es lächerlich, mit mir verlobt zu sein?«, fragte sie nach, um sicherzugehen.

»Absolut.« Die Antwort war knapp und eindeutig.

Gabriella entdeckte einen neuen Charakterzug an sich. Sie hatte eine beachtliche Portion Eitelkeit. »Und warum?«

»Normalerweise verlobe ich mich nicht mit Frauen, die ich kaum kenne. Außerdem würde ich es mir gründlichst überlegen, mich an jemanden zu binden, der eingebildet, launisch und selbstsüchtig ist.«

Gabriella saß kerzengerade. Aus ihrer Handtasche holte sie eine Sonnenbrille hervor und setzte sie auf. »Dann müssen Sie doch recht zufrieden sein, dass es sich hier nur um eine Verlobung pro forma handelt, nicht wahr?«

»Ja.«

Sie ließ ihre Handtasche zuschnappen. »Und auch noch von sehr kurzer Dauer.«

Reeve war nicht zum Lachen zumute. Ein Mann geht nur ein bestimmtes Maß an Risiken pro Tag ein. »Je kürzer, desto besser.«

»Ich werde mir alle Mühe geben, Ihnen das Leben nicht schwerer als nötig zu machen!«

Den Rest der Fahrt über hüllte Brie sich in unheilvolles Schweigen.

Die Zentrale der GHBK, der Gesellschaft zur Hilfe für behinderte Kinder, befand sich in einem alten, imposanten Gebäude. Einst war es der Palast von Bries Urgroßmutter gewesen, wie die tüchtige Janet Smithers ihr gesagt hatte.

Brie stieg aus dem Wagen und rekapitulierte in Gedanken

die Anlage des Gebäudes, während sie darauf zuging. Sie verspürte ein unangenehmes Kribbeln im Magen und war dankbar, dass Reeve sie an der Hand hielt, obwohl sie sicher nicht selbst nach seiner gegriffen hätte.

Sie betraten die kühle weiße Halle. Sofort erhob sich eine Frau, die neben dem Eingang an einem Tisch gesessen hatte, und verbeugte sich vor ihr: »Eure Hoheit, ich bin froh und erleichtert, Sie wiederzusehen.«

»Vielen Dank, Claudia.« Gabriella zögerte nur so kurz vor dem Namen, dass es auch Reeve kaum auffiel.

»Wir haben Sie nicht erwartet, Eure Hoheit. Nach der … nach dem, was geschehen ist.« Claudias Stimme schwankte.

Gabriella war ehrlich bewegt. Es war ihr jetzt wichtiger als Politik oder Vorsicht.

Sie reichte Claudia beide Hände: »Es geht mir gut, Claudia. Ich sehne mich nach Arbeit.« Von dieser Frau ging eine Sympathie aus, die sie bei ihrer Sekretärin vermisst hatte. Doch ehe sie nicht die Motive dafür wusste, konnte und durfte sie dieser Freundlichkeit nicht nachgeben.

»Darf ich Ihnen Mr. MacGee vorstellen. Er … wohnt bei uns. Claudia ist seit beinahe zehn Jahren bei der GHBK, Reeve.« Gabriella gab ihm genau die Information, die sie noch am selben Morgen von ihm bekommen hatte.

»Ich glaube, sie könnte die Gesellschaft ganz allein leiten. Sagen Sie, Claudia, ist überhaupt noch irgendetwas für mich zu tun übrig?«

»Der Ball steht bevor, Eure Hoheit. Und wie immer, gibt es auch jetzt Schwierigkeiten.«

Der jährliche Wohltätigkeitsball, erinnerte sich Gabriella ihrer Lektion. Dieses Fest war in Cordina eine Tradition und für die GHBK die beste Gelegenheit, Mäzene zu finden. Sie als Präsidentin übernahm die Organisation, und als Prinzessin war sie auch stets Gastgeberin. In jedem Frühjahr versammelte der Ball reiche, berühmte und wichtige Persönlichkeiten in Cordina. »Was wäre der Ball ohne Komplikationen. Ich mache mich gleich an die Arbeit. Kommen Sie, Reeve, wir wollen sehen, wie nützlich Sie sein können.«

Sie hatte die erste Hürde genommen! Beide gingen die Treppe hinauf, schritten ein Stück den langen Korridor entlang und betraten das zweite Zimmer der rechten Seite.

»Gut gemacht«, lobte Reeve, nachdem sie die Tür hinter sich geschlossen hatten.

Der Raum war nicht so elegant eingerichtet wie ihr privates Büro. Gabriella fragte sich, womit sie anfangen sollte. Voller Energie setzte sie sich dann an den Schreibtisch und befasste sich mit ihrer Aufgabe. Es machte ihr Spaß, und es war aufregend festzustellen, dass sie dafür sogar eine Begabung hatte.

Innerhalb von knapp zwei Stunden war es ihr gelungen, sich mit der Situation vertraut zu machen, und dann begann sie langsam und sehr systematisch, sich mit diversen Einzelheiten, Problemen und Entscheidungen auseinanderzusetzen. Die Arbeit ging ihr ganz selbstverständlich von der Hand, und am Ende dieser zwei Stunden war ihr Selbstvertrauen enorm gestärkt und ihre Stimmung glänzend.

Als sie schließlich das Büro verließ, lagen immer noch Stöße von Akten und Dokumenten auf dem Schreibtisch herum, aber es war ihre Unordnung, und Gabriella wusste, wo sie etwas zu suchen hatte.

»Das hat Spaß gemacht«, sagte Gabriella zu Reeve, als sie wieder im Wagen saßen.

»Sehr viel sogar«, fügte sie noch dazu. »Jetzt halten Sie mich vielleicht für etwas merkwürdig, oder nicht?«

»Nicht im Geringsten.« Sie wartete, dass er den Wagen startete, doch er machte keine Anstalten. »Sie haben enorm viel in diesen paar Stunden geleistet, Brie. Aus meinem eigenen Beruf weiß ich, wie langweilig Schreibtischarbeit sein kann.«

»Aber wenn man damit etwas erreichen kann, ist sie doch alle Mühe wert, finden Sie nicht? Die GHBK ist eine wichtige Organisation, die nicht nur schöne Worte macht, sondern wirklich hilft. Denken Sie doch an die Einrichtungen im neuen Flügel für die Hüftgeschädigten, die Rollstühle, Gehhilfen. All das kostet viel Geld, und wir können es beschaffen.« Ihr Blick fiel auf den Diamantring an ihrem Finger. »Ich habe jetzt aber kein schlechtes Gewissen mehr.«

Gabriella schwieg einen Moment, und Reeve startete endlich den Wagen. Dann sagte sie leise: »Reeve, ich möchte jetzt noch nicht in den Palast zurück. Können wir noch woandershin fahren? Ich möchte gerne an die frische Luft.«

»Aber natürlich!« Er verstand ihren Wunsch nur zu gut. Ohne sich dessen recht bewusst zu sein, nahm er die Straße zum Meer.

Außerhalb der Stadt gab es Stellen, wo sich die Straße an der Befestigungsmauer entlangschlängelte. Abseits von Lebarre, dem Hafen Cordinas, war das Land noch frei, wild und ursprünglich. Reeve hielt neben einer Gruppe verwitterter Felsen an, bei der ein paar windschiefe Bäume standen.

Gabriella stieg aus und genoss die herrliche weite Sicht. Irgendwie erinnerte sie sich an den Geruch und den Geschmack des Meeres. Sie war sich nicht sicher, jemals vorher an dieser Stelle gewesen zu sein. Wie gut tat es, auf das Wasser zu schauen. Sie verdrängte den Wunsch, Erinnerungen heraufzuholen, und ging in Richtung der alten, trutzigen Befestigungsmauer.

Winzige Purpurblumen erkämpften sich ihren Weg durch die Steine zur Sonne. Verträumt strich Gabriella über eine

Blüte. Dann kletterte sie auf die Mauer, ohne auf ihr Kostüm zu achten, und blickte hinunter.

Vor ihr lag das tiefblaue Meer. Wäre die Mauer nicht gebaut worden, so hätten die Wellen mehr und mehr vom Land weggerissen. Weiter draußen sah man große Frachter, die in Richtung Hafen fuhren, und außerdem eine Unzahl kleiner hübscher Segelboote.

»An einigen Orten fühlt man sich von Anfang an wohl. Sie sind einem vertraut. Hier geht es mir ganz stark so«, erklärte sie träumerisch.

»Sie hätten nicht am Meer aufwachsen können, ohne dass Ihnen ein Platz wie dieser entgangen wäre«, gab Reeve zurück.

Der Wind zerzauste ihr Haar und blies es ihr aus dem Gesicht. Es wirkte im Sonnenlicht wie kleine züngelnde Goldflammen. Reeve setzte sich in einiger Entfernung neben sie.

»Ich glaube, ich bin früher an einer solchen Stelle gewesen, nur um frische Luft zu haben, wenn ich dem Protokoll entgehen wollte.« Sie seufzte leicht auf, dann schloss sie die Augen und hielt das Gesicht in den Wind. »Ich frage mich, ob ich immer so empfunden habe.«

»Fragen Sie Ihren Vater.«

Gabriella senkte den Kopf. Als ihre Blicke sich trafen, sah Reeve die Erschöpfung in ihren Augen, obwohl Brie sie so sorgfältig zu verbergen versucht hatte. Sie ist noch nicht wieder voll bei Kräften, sagte er sich. Und Verletzbarkeit gegenüber war er machtlos.

»Das ist schwierig.« Zorn und Verärgerung, Spannungen und Erschöpfung waren vergessen, und sie fühlte sich wieder zu ihm hingezogen. Sie konnte mit ihm reden und ihm uneingeschränkt alles sagen, was ihr durch den Kopf ging.

»Ich möchte meinem Vater nicht wehtun. Von ihm geht eine so große Liebe und eine so starke Sorge um mich aus, dass ich unsicher bin. Ich weiß, er wartet darauf, dass ich mich an alles erinnere.«

»Warten sie nicht selbst auch darauf?«

Gabriella sah schweigend auf die See hinaus.

»Brie, wollen Sie sich nicht erinnern?«

Sie sah Reeve nicht an, sondern hielt ihren Blick weiter auf das Wasser gerichtet. »Ein Teil von mir bemüht sich ganz verzweifelt darum. Aber ein anderer verdrängt jeden Ansatz, als wäre mir das alles hier zu viel. Wenn ich mich an das Gute erinnere, werde ich mich dann nicht auch an die schlechten Dinge erinnern?«

»Sie sind doch kein Feigling«, wandte er ein.

»Das frage ich mich, Reeve. Ich erinnere mich daran, dass ich gerannt bin, ich erinnere mich an den Regen und den Sturm. Ich weiß, dass ich gelaufen bin, bis ich dachte, ich würde vor Erschöpfung sterben. Am stärksten erinnere ich mich an die Furcht, die so gewaltig war, dass ich lieber gestorben wäre als angehalten hätte. Ich bin nicht sicher, ob dieser furchtsame Teil meines Ichs es mir ermöglichen wird, die Erinnerung zurückzugewinnen und mich damit allem auszusetzen.«

Reeve begriff sehr gut, wovon sie sprach.

»In einem Augenblick wie diesem hier wäre es so leicht, nur zu entspannen und alles hinter sich zu lassen, den Dingen einfach ihren Lauf zu geben. Wenn ich nicht die wäre, die ich bin, könnte ich das ohne Weiteres tun, und niemand würde sich darum kümmern.« Gabriella strich ihr Haar zurück und genoss die Brise, die ihr Gesicht umwehte.

»Aber Sie sind, was Sie sind, eine Prinzessin.«

»Ja. Ich bin jedoch davon überzeugt, dass ich fünfzig Wochen voller Verpflichtungen und Repräsentation leichter ertragen könnte, wenn ich nur zwei Wochen hätte, um auf einem Felsen zu sitzen und dem Wind zuzuhören. Mir wurde übrigens berichtet, Sie hätten selbst Grundbesitz, eine Farm, aber keine Frau. Warum?«

»Das ist allerdings eine komische Frage von der eigenen Verlobten!«

»Sie sagen das nur, um mich zu ärgern und meiner Frage auszuweichen.«

»Sie haben hellseherische Fähigkeiten, Brie.« Reeve sprang von der Mauer und hielt ihr die Hand hin. »Wir sollten zurückfahren.«

»Ich fände es nur gerecht, wenn ich mehr über Ihr Leben wüsste, nachdem Sie so viel über meines wissen.« Trotzdem reichte sie ihm die Hand. »Haben Sie je eine Frau geliebt?«

»Nein.«

»Manchmal frage ich mich, ob es bei mir schon einmal so war.« Gabriellas Stimme klang gedankenverloren, und sie sah noch einmal auf das Meer zurück. »Das ist der Grund, weshalb ich Sie gestern Abend dazu brachte, mich zu küssen. Ich dachte, vielleicht könnte ich mich auf diese Weise erinnern.«

Reeve fiel der amüsierte Unterton ihrer Bemerkung auf, aber er war selbst gar nicht amüsiert. »Und, hat es Sie erinnert?«

»Nein. Nicht, dass man mich nicht früher schon geküsst hätte, aber mir kam kein Mann im Besonderen in den Sinn.«

Flirtet Sie jetzt in voller Absicht mit mir, oder ist sie nur einfach naiv? überlegte Reeve und nahm sie fester bei der Hand. »Niemand?«

Gabriella fiel der Wechsel von Reeves Ton auf, diese gefährlich ruhige Stimme. Für eine Frau war es ratsam, vor diesem Ton auf der Hut zu sein. »Niemand. Ich glaube fast, dass für mich früher noch kein Mann von großer Bedeutung gewesen ist.«

»Sie sind aber auf den Kuss eingegangen wie eine Frau, der die eigenen Wünsche ganz und gar nicht fremd sind.«

Gabriella zog sich nicht zurück, obwohl er jetzt näher bei ihr war. »Vielleicht bin ich eine erfahrene Frau, wer weiß. Jedenfalls bin ich kein Kind mehr.«

»Nein. Keiner von uns beiden ist es mehr«, sagte Reeve und kam noch näher zu ihr hin. Sie standen sich direkt gegenüber.

Ihr Mund war weich und einladend. Sie küsste ihn wie am Abend zuvor. Nein, das Leben ist nie ganz leicht, dachte er, und zog sie fest zu sich heran. Aber es kann herrlich sein.

Gabriella gab sich ihm ganz hin. Sie waren jetzt allein, und es erschien ihr ganz natürlich, dass sie zusammen waren, Mund auf Mund, Körper an Körper. Reeve umfasste zärtlich ihren Nacken. Sie ließ ihren Kopf zurücksinken, und er spielte mit ihrem Haar. Reeves Herz schlug ebenso heftig wie ihres. Sie bemerkte seinen Puls.

So standen sie im hellen Sonnenlicht, das sie blendete. Gabriella schloss die Augen, und alles um sie herum versank. Sie streichelte seinen Rücken, spürte die festen Muskeln. Dieser Mann war Schutz und Gefahr zugleich. Sie wollte beides, jetzt, in diesem Augenblick, wo sie sich nur noch als Frau, nicht als Person von Stand fühlte.

Reeves Küsse wurden drängender. Er war sich jedoch nicht ganz sicher, ob sie wusste, was sie tat. Gabriella hatte die Augen einer Zauberin mit dem Gesicht eines Engels. Welcher Mann konnte diesem Blick und diesen zarten Zügen widerstehen? Einer Frau wie ihr konnte sich kein Mann entziehen, sie war die Versuchung in Person.

Und doch musste er vernünftig bleiben. Langsam, widerstrebend zwar, aber dennoch mit Nachdruck, schob er Gabriella von sich, wie er es auch schon am vergangenen Abend getan hatte. Sie behielt ihre Augen noch einen Moment lang geschlossen, als wollte sie diese Umarmung bis zum Letzten auskosten. Dann öffnete sie sie und sah ihn geradeheraus an. Vielleicht war ihnen beiden bewusst geworden, dass sie die Grenze noch nicht überschreiten konnten.

»Ihre Familie wird sich fragen, wo Sie sind«, flüsterte er.

Gabriella nickte und kam zurück in die Wirklichkeit. »Ja, zuerst die Pflicht, nicht wahr?«

Reeve gab ihr keine Antwort, und zusammen gingen sie zum Wagen zurück. Keiner von beiden sprach ein Wort.

6. Kapitel

»Brie! Brie, warte einen Augenblick.« Gabriella drehte sich um. Bennett kam in den Garten. An seiner Seite hatte er zwei herrlich gewachsene Barsois. Er sah wie ein Stallbursche aus, die verwaschenen Jeans waren achtlos in seine Stiefel gestopft, und das Hemd war auch nicht ganz sauber. Er wirkte wie ein fröhlicher, robuster junger Mann, der Mühe hatte, seine Energie im Zaum zu halten.

»Du bist allein? Ruhe, Boris«, befahl er und hielt den Hund davon ab, Bries Schuhe zu beschnuppern.

Boris und … Natascha, dachte Gabriella. Ihr fielen Reeves Instruktionen noch rechtzeitig ein. Selbst Hunde konnte man nicht außer Acht lassen, nicht, wenn sie ein Geschenk des russischen Botschafters waren.

Bennett hatte Mühe, die Unruhe der Tiere zu zügeln. »Ich sehe dich heute Morgen das erste Mal hier draußen.«

»Heute ist auch der erste Vormittag in dieser Woche, an dem ich keine Termine habe.« Gabriella lächelte ein wenig unsicher darüber, ob sie sich schuldig oder erfreut fühlen sollte. Verlegen standen Bruder und Schwester einen Moment voreinander und suchten nach den richtigen Worten.

»Du hast ja deinen amerikanischen Schatten gar nicht bei dir«, prustete Bennett plötzlich los und grinste Gabriella an. Sie runzelte die Stirn. »Das ist Alex' Spitzname für Reeve«, fuhr er jetzt sicherer fort. »Eigentlich mag ich ihn. Ich glaube, auch Alexander schätzt ihn, sonst würde er bestimmt viel förmlicher und unterkühlter reagieren. Ihm fällt es halt nur

94

schwer, gerade zum jetzigen Zeitpunkt einen Fremden hier zu akzeptieren.«

»Man hat keinen von uns vorher gefragt, oder?«

»Nun, ich habe nichts gegen ihn. Stört es dich nicht, wenn er dauernd um dich herum ist?«

Gabriella war inzwischen seit einer Woche wieder im Palast, aber Reeve war ihr noch ebenso fremd wie ihre eigene Familie. »Nein, allerdings manchmal …« Sie warf einen Blick auf die prachtvollen Rabatten im Garten. »Bennett, sag mir, habe ich schon immer so stark den Wunsch gehabt, von hier fort zu sein? Jeder ist so aufmerksam, so nett zu mir, aber ich werde das Gefühl nicht los, dass ich irgendwohin müsste, wo ich Luft habe, wo ich allein bin, wo ich im Gras liegen und alles um mich herum vergessen kann.«

»Deshalb hast du doch diesen kleinen Bauernhof gekauft.«

Hastig machte sie einen Schritt auf ihn zu. »Bauernhof?«

»Ach, wir nennen ihn so, obwohl es eigentlich nur ein Stück unbebauten Landes ist. Manchmal drohst du uns damit, einmal dort ein Haus bauen zu lassen.«

Ein Bauernhaus, sann sie nach, ganz wie Reeve. »Bin ich damals auf dem Weg dorthin …«

»Ja.« Die Hunde wurden unruhig, und Bennett ließ ihnen freien Lauf. »Ich war nicht hier, sondern in der Schule. Und wenn Vater seinen Willen bekommt, bin ich leider nächste Woche schon wieder in Oxford.«

Plötzlich fühlte Gabriella sich zu diesem Jungen, der an der Schwelle zum Mannsein stand und dem Einfluss des Vaters entgehen wollte, hingezogen. Sie hakte ihn unter und sagte impulsiv: »Bennett, mögen wir uns?«

»Welch alberne … wir mögen uns, wir sind sogar sehr gute Freunde. Du warst stets mein Fürsprecher bei Vater.«

»So? In welcher Hinsicht?«

»Nun, immer wenn ich in Schwierigkeiten war ...«

»Was bei dir die Regel zu sein scheint?«

»Ja, allerdings«, bestätigte Bennett, machte aber keinen unzufriedenen Eindruck bei seinen Worten.

»Und ich?«, fragte Gabriella.

»Oh, du bist viel diskreter. Vater sagt immer, du seist das einzige seiner Kinder, das mit Vernunft gesegnet ist.«

»Du meine Güte!« Gabriella krauste die Nase. »Und du kannst mich noch immer leiden?«

Mit einer brüderlichen Geste, die so natürlich, so herzlich war, dass ihr die Tränen in die Augen schossen, zerzauste Bennett ihr das Haar. »Mir ist es viel lieber, dass du vernünftig bist. Mir wäre Vernunft bei mir nur im Wege!«

»Und Alexander? Wie komme ich mit ihm zurecht?«

»Oh, gut.« Er antwortete mit der Toleranz des Jüngeren für seinen Bruder. »Er hat es von uns allen am schwersten. Er kann keinen zweiten Blick auf eine Frau werfen, ohne dass die Presse es gleich aufbläht. Alex hat Diskretion zu einer Kunst entwickelt. Man erwartet von ihm einfach, dass er alles noch besser macht als andere. Und er muss sein ständig aufbrausendes Temperament zügeln. Vom Thronerben erwartet man, dass er keine Skandale oder Szenen – weder in der Öffentlichkeit noch im Privatleben – hat.«

Bennett lächelte ihr zu, und mit einer raschen Geste zog er sie an sich und drückte ihr einen Kuss auf die Wange. »Ich vermisse dich, Brie. Hoffentlich erinnerst du dich bald.«

»Ich werde mich bemühen.«

Mehr als jeder andere verstand Bennett offensichtlich, dass man Liebe nicht erzwingen konnte. Als er sie losließ, klang seine Stimme wieder locker und unbesorgt. »Ich muss jetzt die Hunde wegbringen, ehe sie den ganzen Garten umgewühlt haben. Soll ich dich zurückbegleiten?«

»Nein, danke, ich bleibe noch einen Augenblick. Heute Nachmittag habe ich eine Anprobe für mein Kleid für den GHBK-Ball. Die wird mir nicht viel Spaß machen.«

»Du hasst solche Sachen«, sagte Bennett fröhlich. »Ich werde rechtzeitig aus Oxford für den Ball zurückkommen. Dann werde ich dir beim Tanz über die Schulter sehen und nach einem attraktiven Mädchen Ausschau halten, um es zu verführen.«

»Du hast das Zeug zu einem Casanova.« Gabriella lachte.

»Oh, ich tue, was ich kann. Boris, Natascha, hierher!« Bennett rief die Hunde und verließ mit ihnen den Garten.

Gabriella mochte ihn. Sie erinnerte sich zwar nicht an die gemeinsam als Bruder und Schwester verlebten zwanzig Jahre, aber sie mochte den jungen Mann, der er heute war. Langsam setzte sie ihren Spaziergang fort und betrachtete die Farbenpracht des Gartens.

In einer Mauernische, die ganz von wildem Efeu überwachsen war, stand ein Tischchen mit Stühlen, und in einem kleinen Brunnen sprang eine Fontäne himmelwärts. Dieser Platz erinnerte sie an die Stelle an der Befestigungsmauer, und sie fühlte sich wohl und geborgen.

Sobald sie allein war, gestand sie sich ein, wie schnell sie noch ermüdete. Sie setzte sich auf einen der Stühle, streckte die Beine aus und entspannte.

Sie schloss die Augen und ließ ihren Gedanken freien Lauf. Um sie herum summten die Bienen, und der starke Duft der Blumen schläferte sie ein.

Gabriella fühlte sich schläfrig und benommen. Das war nicht das entspannte und beruhigende Gefühl, weshalb sie hier aufs Land gekommen war. Immer wenn sie hier auf das kleine Stück Land hinausfuhr, dann, um der Prinzessin Gabriella ein bisschen Zeit für Brie Bisset zu stehlen.

Gabriella nahm einen weiteren Schluck Kaffee aus ihrer Thermosflasche. Er war sehr stark, wie sie ihn gern trank. Die Sonne war warm, in ihrem Licht schwirrten und tummelten sich Bienen und Insekten. Doch sie hatte nicht die Energie, so spazieren zu gehen, wie sie es wollte. Nur ein wenig die Augen schließen ... Die Tasse zitterte in ihrer Hand ... Sich jetzt an den Felsen lehnen können ... die Augen schließen ...

Und dann war es plötzlich nicht mehr länger warm und angenehm in der Sonne. Sie fröstelte, als hätten Wolken den Himmel überzogen und Regen stünde bevor. Nichts roch mehr nach frischem Gras und sommerlichen Blüten, sondern alles war feucht und stank nach Most. Ihr ganzer Körper tat ihr weh. Irgendjemand sprach, ohne dass sie es so recht wahrnahm. Gemurmel, Summen, aber nicht von Bienen. Männerstimmen.

»Sie werden die Prinzessin austauschen. Sie haben keine andere Wahl.« Gewisper, Flüstern.

»Alle Spuren sind verwischt. Sie wird bis zum Morgen schlafen. Dann kümmern wir uns wieder um sie.«

Und Gabriella war voller Furcht, von Panik und Ängsten ergriffen. Sie musste aufwachen. Sie musste einfach aufwachen und ...

»Brie.«

Mit einem erstickten Schrei fuhr sie aus dem Stuhl hoch. »Nein! Nicht! Rührt mich nicht an!«

»Ganz ruhig.«

Reeve hielt sie fest und ließ sie langsam auf den Stuhl zurücksinken. Ihre Hand fühlte sich kalt an, ihr Blick war verwirrt. Wenn sie sich nicht sofort beruhigen würde, dachte er, dann müsste er sie umgehend in den Palast zurück zu Dr. Franco bringen. »Ruhig, ganz ruhig.«

»Ich dachte …« Gabriella sah sich hastig um. Doch da war nur der sonnendurchflutete Garten, der Brunnen, die Bienen. Das Herz schlug ihr bis zum Hals. Sie lehnte sich zurück und atmete tief durch. »Ich muss geträumt haben.«

Reeve beobachtete sie und suchte nach Anzeichen eines Schocks. Offenbar hatte sie sich jedoch unter Kontrolle. »Ich hätte Sie nicht geweckt, aber Sie machten den Eindruck, einen Albtraum zu haben.«

Er setzte sich neben sie auf einen Stuhl. Er hatte sie bestimmt schon zehn Minuten lang beobachtet. Er konnte nicht leugnen, dass es ihm Vergnügen bereitet hatte, sie da sitzen zu sehen. Er erinnerte sich des frischen jungen Mädchens, das vor Jahren so vertrauensvoll, mit sich zufrieden und auf unschuldige Weise erregend gewesen war und das jetzt als Frau hingebungsvoll, aufreizend und fordernd in seinen Armen gelegen hatte. Als er sie so betrachtete, wusste er, dass er diesen Moment wiederholen wollte und dass ihm nach mehr verlangte.

Reeve lehnte sich zurück und wartete, bis Gabriella wieder regelmäßig atmete. »Erzählen Sie es mir«, forderte er sie ruhig auf.

»Es gibt nicht viel zu erzählen. Es war alles zu verwirrend.«

Er nahm eine Zigarette aus der Packung. »Erzählen Sie es mir trotzdem.«

Gabriella sah ihn halb widerwillig, halb erschöpft an. »Ich dachte, Sie sind hier als Leibwächter, nicht als Psychiater.«

»Ich bin flexibel.« Er zündete sich die Zigarette an und sah sie über die Flamme hinweg an. »Und Sie?«

»Nicht sehr, fürchte ich.« Gabriella stand auf. Er hatte schon bemerkt, dies war eine ihrer Angewohnheiten, wenn sie nervös wurde.

»Ich war nicht hier, sondern an irgendeinem ruhigen Ort. Dort gab es viel Gras, ich konnte es riechen, sehr stark und duftend. Ich war offenbar ganz gegen meinen Willen sehr schläfrig. Das ärgerte mich, da ich dort allein war und die Einsamkeit auskosten wollte. Also trank ich Kaffee, um munter zu bleiben.«

Reeve sah sie schärfer an, ohne dass es Gabriella auffiel. »Woher hatten Sie den Kaffee?«

»Woher?« Sie runzelte die Stirn, ihr kam die Frage albern vor, da sie doch über einen Traum sprach. »Ich hatte eine Thermosflasche. Eine große rote Flasche, an der der Griff fehlte. Der Kaffee half mir nicht sehr, und ich schlief ein. Ich erinnere mich an den warmen Sonnenschein, und ich konnte – wie jetzt auch – das Summen der Bienen hören. Und dann …« Reeve fiel auf, dass sie die Finger verkrampfte. »… dann befand ich mich nicht mehr länger dort. Es war dunkel und ein bisschen feucht. Alles roch nach Wein. Ich hörte Stimmen.«

Reeves Spannung wuchs, aber er fragte mit ruhiger Stimme: »Wessen Stimme?«

»Ich weiß es nicht. Ich habe sie nicht deutlich gehört, mehr geahnt. Ich fürchtete mich so. Die Angst beherrschte mich völlig, aber ich konnte auch nicht aufwachen und den Traum verscheuchen.« Sie wandte sich von Reeve ab und schlang beide Arme um ihren Körper.

»Traum oder Erinnerung?«, murmelte Reeve.

Gabriella fuhr herum. Ihre Augen blitzten, und sie ballte ihre Hände zu Fäusten. »Ich weiß es nicht. Woher denn auch? Glauben Sie ernstlich, ich könnte mit dem Finger schnippen, und alle Erinnerungen wären plötzlich wieder da?« Zornig stieß sie mit dem Fuß ein paar Steinchen davon.

»Wer sagt, dass Sie mit dem Finger schnippen sollen, Brie? Niemand drängt Sie, außer Sie sich selbst.«

»Ich fühle mich durch all die Freundlichkeit um mich herum gedrängt.«

»Keine Sorge«, meinte Reeve mit einem Schulterzucken.
»Ich werde schon nicht freundlich zu Ihnen sein.«

Gabriella war selbst überrascht, wie schnell der Ärger in ihr
hochkam. »Sie vergreifen sich im Ton und beleidigen mich.
Was fällt Ihnen ein?«

Sie war unwiderstehlich, wenn sie sich so überheblich, kalt
und zornig gab. Reeve stand auf und nahm ihr Gesicht zwischen seine Hände. Vor Überraschung hielt Gabriella ganz
still. »Ich kümmere mich nicht einen Deut darum, was Sie von
mir denken, sofern Sie überhaupt an mich denken, Gabriella.«

»Dann ist Ihr Wunsch erfüllt«, versetzte sie hart. »Ich
denke an Sie, aber bestimmt nicht im besten Sinne.«

Langsam glitt ein Lächeln über sein Gesicht. Gabriella
fühlte, wie ihre Haut prickelte und ihre Kehle trocken wurde.
»Sie brauchen nur an mich zu denken«, wiederholte Reeve.
»Ich werde bestimmt keine Rosen streuen, wenn wir ins Bett
gehen. Es wird keine Geigen geben, die Ihnen aufspielen, und
auch keine seidenen Laken. Es wird nur dich und mich geben.«

Gabriella rührte sich nicht. Ob aus Schock oder Erregung,
konnte sie sich selbst nicht erklären. Vielleicht aus Stolz,
jedenfalls hoffte sie das. »Mir scheint, Sie haben jetzt einen
Psychiater nötig. Es mag sein, dass ich mich nicht erinnern
kann, Reeve, aber ich bin sicher, dass ich mir meine Liebhaber
bisher immer noch selbst ausgesucht habe!«

»Genau wie ich.«

»Nehmen Sie Ihre Hand weg«, sagte sie ruhig, mit einem
arroganten Unterton, der ihre Angst überspielen sollte.

Doch Reeve zog sie noch enger an sich. »Ist das ein königl-
licher Befehl?«

»Halten Sie es, wie Sie wollen. Sie brauchen meine Erlaubnis, Reeve, um mich anzufassen.«

Seine Lippen waren dicht an den ihren, ohne sie jedoch zu berühren. »Wenn ich dich berühren will, dann tue ich es. Ich will dich, und ich werde dich besitzen – wenn wir beide dazu bereit sein werden.« Bei diesen Worten wurde sein Griff fester.

Ihre Knie begannen zu zittern, und alles schien vor ihren Augen zu verschwimmen. Wieder war es dunkel um sie herum, und das Gesicht vor ihr war ohne Konturen. Wieder roch sie den starken, schalen Weingestank. Panische Angst stieg in ihr auf. Abrupt schlug sie zu, schwankend und unsicher. »Rühr mich nicht an! Nein! Relâchez-moi, salaud …«

Ihre Stimme klang so verzweifelt und dabei gar nicht ärgerlich, dass Reeve sie augenblicklich freigab. Sofort griff er jedoch wieder nach ihr, da Gabriella zu fallen schien. »Brie!«

Schnell half er ihr, sich wieder auf den Stuhl zurückzusetzen. Er schob ihr den Kopf zwischen die Knie, noch ehe sie sich dessen bewusst werden konnte. Obwohl er sich im Stillen verwünschte, klang seine Stimme dennoch sicher und beruhigend. »Atmen Sie tief durch, und entspannen Sie sich. Es tut mir so leid. Ich habe wirklich nicht vor, mehr von Ihnen zu verlangen, als Sie zu geben bereit sind.«

Nein, das würde er wirklich nicht von ihr verlangen. Noch immer hielt Gabriella die Augen geschlossen und bemühte sich, sich aus der Benommenheit zu lösen.

»Nein.« Sie versuchte, ihre Hand freizubekommen, und Reeve ließ sie los. Noch immer hatte sie ein bleiches Gesicht. Als sie zu ihm aufsah, waren ihre Augen dunkel vor Angst. »Es war nicht Ihre Schuld«, brachte sie kaum hörbar hervor. »Es hatte nichts mit Ihnen zu tun. Ich erinnerte mich, glaube ich …«

Sie seufzte verzweifelt und bemühte sich um Fassung. »Es lag an etwas anderem. Eine Minute lang war ich ganz woanders. Ein Mann hielt mich fest. Ich konnte ihn nicht erkennen.

Entweder war es dunkel, oder meine Erinnerungen sind blockiert. Aber er hielt mich fest, und ich wusste, wusste mit Sicherheit, dass er mich vergewaltigen wollte, weil er so betrunken war.«

Gabriella griff nach Reeves Hand und hielt sie fest. »Er stank nach Wein, und ich hatte das Gefühl, diesen Geruch jetzt wieder wahrzunehmen. Er hatte rohe Hände, war sehr kräftig und obendrein stark betrunken.« Sie schluckte, und ein Zittern ergriff ihren Körper.

Schließlich entzog sie Reeve ihre Hand und lehnte sich auf dem Stuhl zurück. »Ich hatte ein Messer, woher, weiß ich selbst nicht. Ich hielt dieses Messer fest. Ich glaube, ich habe ihn getötet.«

Sie warf einen Blick auf ihre jetzt ruhige Hand. Dann drehte sie sie um und starrte auf ihre Handfläche. Sie war glatt und weiß. »Ich glaube ich habe ihn mit diesem Messer erstochen«, sagte sie ruhig. »Ich hatte sein Blut an meinen Händen.«

»Brie, erzählen Sie mir, an was Sie sich sonst noch erinnern.«

Bleich und erschöpft sah Gabriella ihn an. »Nichts. Ich erinnere mich nur an den üblen Geruch und den Kampf mit ihm. Ich bin nicht sicher, ob ich ihn wirklich umgebracht habe. Ich kann mich an nichts vor oder nach dem Kampf erinnern. Wenn der Mann mich tatsächlich vergewaltigt hat, so weiß ich auch das nicht mehr!«

»Sie wurden sexuell nicht missbraucht«, erklärte Reeve knapp und sachlich. »Die Ärzte haben Sie untersucht.«

Vor Erleichterung war Gabriella den Tränen nahe, aber sie konnte sie unterdrücken.

»Die Ärzte können mir jedoch nicht sagen, ob ich den Mann erstochen habe oder nicht.«

»Nein, das können nur Sie, wenn der Zeitpunkt gekommen ist.«

Gabriella reichte Reeve die Hand, und so gingen sie beide zurück durch den Garten auf die weißen, gleißenden Mauern des Palastes zu.

»Ihr Blutdruck ist normal.« Dr. Franco legte seine Instrumente wieder in die Tasche zurück. »Auch der Puls und Ihre Gesichtsfarbe. Körperlich gesehen gibt es keine Komplikationen. Ich finde nur, dass Sie noch etwas zu dünn sind. Fünf Pfund mehr würden Ihnen nicht schaden.«

»Fünf Pfund mehr würden meine Schneiderin in Schreikrämpfe ausbrechen lassen«, antwortete Gabriella mit belustigtem Lächeln. »Sie ist von meiner augenblicklichen Figur hell begeistert.«

»Hm.« Dr. Franco strich sich durch seinen gepflegten weißen Bart. »Sie will ja nur einen Kleiderständer, den sie mit Stoff drapieren kann. Sie müssen zunehmen, Gabriella. Nehmen Sie die von mir verschriebenen Vitamintabletten?«

»Jeden Morgen.«

»Gut, sehr gut. Aber Ihr Vater hat mir berichtet, dass Sie Ihr Arbeitspensum nicht eingeschränkt haben.«

Sofort regte sich ihr Widerspruchsgeist. »Ich arbeite viel zu gern.«

»Auch das hat sich also nicht geändert. Ich wüsste allerdings gern, wie Sie sich innerlich fühlen. Niemand, ganz besonders nicht Ihre Ärzte, nehmen Ihren Gedächtnisverlust leicht oder können sich vorstellen, was das für Sie bedeutet. Aber für Ihre Umgebung ist es noch schwerer, Ihre Lage voll zu verstehen und hinzunehmen. Schon deshalb habe ich Ihnen diese Frage gestellt.«

»Ich weiß nicht, was ich sagen soll, nicht einmal, was ich eigentlich sagen möchte.«

»Gabriella, ich habe Sie zur Welt gebracht und alle Ihre Kinderkrankheiten kuriert. Ihr Körper ist mir ebenso vertraut wie die Art Ihres Denkens. Sie haben große Angst davor, den Menschen Ihrer Umgebung wehzutun.«

»Ja. Ich denke ... Nein, ich fühle«, korrigierte Gabriella sich selbst, »dass wir eine sehr eng verbundene Familie sind. Stimmt das?«

»Ja, das ist richtig. Zwei Wochen im Jahr sind ganz dem Familienleben gewidmet, wenn Sie in die Schweiz fahren. Sie haben mir einmal gesagt, dass Sie wegen dieser zwei Wochen die restlichen fünfzig ertragen können.«

Gabriella nickte als Antwort und sagte dann plötzlich: »Erzählen Sie mir bitte, wie meine Mutter gestorben ist, Dr. Franco.«

»Sie war sehr zart«, antwortete der Arzt vorsichtig. »Sie hielt in Paris eine Rede für das Rote Kreuz und bekam eine Lungenentzündung mit Komplikationen, von der sie sich nicht mehr erholt hat.«

Gabriella wartete darauf, eine Gefühlsregung in sich zu spüren, Schmerz und Trauer, aber sie fühlte nichts. Sie faltete die Hände und sah zu Boden. »Habe ich meine Mutter geliebt?«

»Sie war der Mittelpunkt Ihrer Familie, Halt und Herz zugleich. Sie haben sie sehr geliebt, Gabriella«, antwortete er voller Mitgefühl.

Der Glaube daran, dass es einmal so war, hatte beinahe dieselbe Bedeutung für sie wie das eigentliche Empfinden selbst. »Wie lange war sie krank?«

»Sechs Monate.«

Gabriella war überzeugt, dass ihre Familie sich damals völlig zurückgezogen haben musste. Jeder hatte gewiss dem anderen zur Seite gestanden. »Wir nehmen Außenstehende nicht so leicht in unseren Kreis auf, nicht wahr?«

Dr. Franco lächelte sie an. »Nein, allerdings nicht.«

»Sie kennen Reeve MacGee?«

»Den Amerikaner? Nur flüchtig, aber ihr Vater hält große Stücke auf ihn!«

»Sind Sie seiner Meinung?«

»Ich bin nicht so vermessen, mit dem Fürsten Armand einer Meinung oder nicht zu sein, außer natürlich in medizinischen Belangen. Aber Ihre Verlobung hat Ihren Bruder Alexander verärgert, der sich persönlich für Ihr Wohlbefinden verantwortlich fühlt.«

»Und meine Gefühle? Werden die überhaupt berücksichtigt? Diese Heimlichtuerei, dass alles mit mir in Ordnung sei, diese Farce, ich hätte eine Blitzromanze mit dem Sohn eines Freundes meines Vaters, all das geht mir gegen den Strich. Erst gestern hat man meine Verlobung öffentlich bekannt gegeben, und schon heute ist jede Zeitung voll davon. Randvoll mit Spekulationen, Meinungen, Ansichten und Klatschgeschichten. Wohin ich auch komme, werde ich mit Fragen bestürmt und nicht mehr in Ruhe gelassen. Entnervende Fragen über mein Brautkleid, wo die Zeremonie stattfinden soll, wen ich einlade oder zu meiner Brautjungfer mache. Je mehr wir versuchen, den Mantel des Schweigens über das Geschehene zu breiten, desto absurder wird die ganze Geschichte.«

»Ihr Vater ist nur um Ihr Wohlergehen besorgt, Gabriella, und um das seines Volkes.«

»Sind das niemals zwei verschiedene Dinge?« Ihr Ton war scharf, doch kurz darauf beruhigte sie sich. »Es tut mir leid, das war nicht richtig. Es ist halt schwierig, mit solchen Lügen zu leben. Außerdem habe ich den Eindruck, dass Täuschun-

gen in meinem Leben zu viel Raum einnehmen. Und Reeve …«
Sie brach ab, weil es sie störte, sich selbst bei dem Gedanken
an ihn ertappt zu haben.

»Ist sehr attraktiv«, vollendete Dr. Franco den Satz für sie.

Gabriella schenkte Dr. Franco ein vorsichtiges Lächeln.
»Sie sind ein ausgezeichneter Arzt.«

Dr. Franco verbeugte sich knapp. »Ich kenne meine Patienten, Eure Hoheit.«

»Attraktiv ist er, aber nicht in jeder Hinsicht angenehm.
Mich stört seine beherrschende Stellung sehr, besonders in der
Rolle meines Verlobten. Aber ich werde meinen Part spielen.
Wenn all dies zu Ende ist, dann lebt jeder wieder in seiner eigenen Welt. Ich will mein Gedächtnis wiederhaben und zurück zur Normalität finden. Das ist es, Dr. Franco, was und
wie ich mich fühle.«

Dr. Franco erhob sich und ging zur Tür. »Ich werde Ihrem
Vater Bericht erstatten, dass es Ihnen besser geht. Aber, Gabriella, wir alle müssen mit einem Vorwand leben.«

»Das ist mir klar, Dr. Franco. Vielen Dank.«

Gabriella wartete diskret, bis der Arzt die Tür hinter sich geschlossen hatte. Dann ließ sie ihrem Zorn freien Lauf. Vor-
wände, Lügen, Gabriella hasste sie, aber sie musste sich momentan damit abfinden.

Wütend riss sie die Zeitung aus dem Papierkorb hervor, die
sie am selben Morgen dorthin befördert hatte.

PRINZESSIN GABRIELLA HEIRATET

Gabriella fluchte unbeherrscht. Auf der Titelseite prangten
Bilder von ihr und Reeve. Ja, er sah sehr gut auf dem Foto aus.
Aber die Presse äußerte sich über ihn mit gemischten Gefüh-

len. Man zeigte sich mit einem gewissen Besitzerstolz erfreut, dass eines der Kinder des Fürsten heiraten würde.

Die freundschaftlichen Bande zwischen den Bissets und MacGees zählten zu Reeves Gunsten, ebenso der exzellente Ruf seines Vaters. Aber er war dennoch Amerikaner und in den Augen der Einwohner Cordinas nicht unbedingt die ideale Wahl. Die Bilder und Beschreibungen anderer heiratsfähiger Prinzen, Barone oder Ölmagnaten, die die Zeitung abdruckte, sagten Gabriella gar nichts, obwohl sie sie offenbar alle gekannt haben musste. Bei Reeve wusste sie wenigstens, woran sie war. Nun, was ihn anging, so schien die Presse sich mit ihrem Urteil noch etwas zurückzuhalten und spekulierte stattdessen lieber über das Hochzeitsdatum.

Gabriella warf die Zeitung auf das Bett. Zumindest hatte ihr Vater sein Ziel erreicht. Die Aufmerksamkeit aller war auf die Verlobung und nicht mehr auf die Entführung gerichtet.

»Herein«, rief sie, als es an der Tür klopfte, aber sie runzelte unwillig die Stirn über die Störung. Ihr Unwille verging auch nicht, als Reeve den Raum betrat.

»Kann ich nicht einmal in meinem eigenen Schlafzimmer in Ruhe gelassen werden?«

»Dr. Franco sagt, Sie erholen sich prächtig.«

Absichtlich ließ Gabriella sich Zeit, umständlich auf dem Sofa am Fenster Platz zu nehmen, um sich so wieder unter Kontrolle zu bekommen. »Erstattet der Arzt etwa auch Ihnen Bericht?«

»Ich war bei Ihrem Vater.« Reeve sah die Zeitung mit den Fotos auf ihrem Bett liegen, aber er schwieg. Es wäre auch nicht gut, zuzugeben, dass er bei diesem Anblick am Morgen ebenfalls einen beträchtlichen Schreck bekommen hatte. Es war schon ein Unterschied, sich zu einer falschen Verlobung bereit zu erklären, als die Tatsachen gedruckt vor der Nase zu haben.

108

»Es geht Ihnen also besser?«

»Recht gut, danke.«

Der eisig-formelle Ton der Antwort ließ ihn die Lippen aufeinanderpressen. Gabriella gab offenbar keinen Zentimeter nach. Auch gut, dachte Reeve. »Wie sieht Ihr Tagesplan für morgen aus?«, fragte er sie, obwohl er sich schon längst darüber informiert hatte.

»Bis zum Nachmittag habe ich keine Zeit. Dann bin ich frei bis zum Diner mit dem Herzog und der Herzogin von Marlborough sowie Monsieur Loubet und seiner Gattin.«

Wenn Reeve ihren Ton richtig deutete, so hatte sie ebenso wenig Interesse an diesem Essen wie er selbst. Es war das erste, an dem sie als offiziell Verlobte aufzutreten hatten. »Vielleicht würden Sie gern am Nachmittag ein paar Stunden segeln gehen?«

»Segeln?« Ein kurzes Aufblitzen in ihren Augen, und schon senkte sie die Wimpern wieder und sagte kühl: »Ist das eine Einladung oder nur eine neue Art von Kontrolle?«

»Beides. Wenn Sie das Für und Wider abwägen, Brie, werden Sie feststellen, dass Sie so jeder Verantwortung hier im Palast für ein paar Stunden entgehen können.«

»Mit Ihnen?«

»Von Verlobten erwartet man eigentlich, dass sie einen Teil ihrer Zeit auch gemeinsam verbringen«, antwortete er leichthin und legte ihr, noch ehe sie aufspringen konnte, seine Hand auf den Arm. »Sie haben darin eingewilligt«, fuhr er mit gefährlich ruhigem Ton fort. »Jetzt müssen Sie auch die Konsequenzen tragen.«

»Nur in der Öffentlichkeit.«

»Eine Frau in Ihrer Stellung hat wenig Privatleben. Und auch ich habe mit dieser Verlobung«, sprach er weiter und sah sie eindringlich an, »mein Privatleben vor den Augen der

Öffentlichkeit ausgebreitet.« Mit diesen Worten nahm er ihre Hand.

»Wollen Sie etwa, dass ich dankbar bin? Das erscheint mir zurzeit mehr als schwierig.«

»Lassen Sie es sein.« Verärgert wurde sein Griff um ihre Hand fester. »Zusammenarbeit ist völlig ausreichend.«

Stolz hob sie den Kopf und sah ihn geradewegs an. »Ihre oder meine?«

Reeve neigte leicht den Kopf. »Unser beider, wie mir scheint. Wir sind ganz offiziell verlobt, ja verliebt«, antwortete er und kostete jede Silbe aus.

Seine Worte machten sie unruhig. »Offiziell«, gab sie zu. »Aber es ist nichts weiter als ein Vorwand.«

»Oh, auch eine solche Charade hat ihre Vorteile. Und da wir gerade beim Thema sind …« Reeve griff in seine Tasche und zog eine kleine Samtschachtel heraus. Er ließ den Deckel aufschnappen, und in den Strahlen der Sonne funkelte und blitzte ein weißer, viereckiger Diamant.

Gabriella fühlte, wie ihr das Herz bis zum Halse zu klopfen begann. »Nein.«

»Ist das zu konventionell?« Reeve nahm den Ring von der Unterlage und drehte ihn im Sonnenlicht, in dem jetzt alle glühenden Farben des Steines aufglänzten. »Er steht Ihnen. Klar, kalt, elegant. An der richtigen Hand erwacht er zum Leben.«

Reeve sah dabei nicht mehr auf den Ring, sondern auf Gabriella. »Geben Sie mir Ihre Hand, Brie.«

Sie rührte sich nicht. »Ich werde diesen Ring nicht tragen.«

Reeve ergriff ihr linkes Handgelenk und spürte ihren Puls unter seinen Fingern. Durch das Fenster fielen die Sonnenstrahlen und brachten ihr Haar noch mehr zum Glänzen. Ihre

Augen blitzten ihn voller Zorn an. Und voller Leidenschaft. Keine sehr romantische Situation, dachte Reeve und steckte ihr den Ring an den Finger. Aber Romantik war ja in dieser Situation auch nicht gefragt.

»Ja, Sie werden ihn tragen.« Er umschloss ihre Hand und besiegelte so die Verlobung. Noch wollte er nicht darüber nachdenken, wie schwierig es sein würde, diese Verbindung wieder aufzulösen.

»Ich reiße ihn sofort wieder herunter«, fauchte Gabriella ihn an.

»Das wäre sicher nicht klug«, versetzte Reeve in einem Ton, der nichts Gutes verhieß.

»Immer noch der gehorsame Diener meines Vaters?«, stieß Gabriella zwischen den Zähnen hervor.

»Ich glaube, das sind wir beide. Aber der Ring war meine Idee.« Seine freie Hand legte er um ihren langen, graziösen Hals. »Und auch das hier.«

Sie hatte keine Wahl, als sich küssen zu lassen. Gabriella versteifte sich unter seinem zärtlichen Streicheln. Sie zitterte, doch gleichzeitig beruhigte diese Berührung sie auch. Und als sie ihren Widerstand aufgab, küsste er sie innig und leidenschaftlich.

Er fuhr ihr zärtlich durchs Haar, und mit der anderen Hand hielt er ihre Hand. Sie spürte allerdings einen so faszinierenden Reiz, als liebkose Reeve ihren ganzen Körper – wonach sie sich sehnte. Ein Kuss genügte nicht mehr. Tiefes Verlangen hatte von ihr Besitz ergriffen, Leidenschaft, wildes Begehren. Jetzt lag es nur an ihr, diesem Verlangen nachzugeben. Je länger Reeve sie umschlungen hielt, desto schwächer wurde ihr Widerstand.

Er hörte nicht auf, ihren Hals und ihre Schultern mit kleinen Küssen zu bedecken. Sie seufzte vor Lust. Behutsam spielte Reeve mit ihrer Unterlippe, fuhr tastend mit seiner Zunge an ihrer Oberlippe entlang.

Gabriella zitterte jetzt am ganzen Körper, und ihre Erregung übertrug sich auf Reeve. Langsam und zärtlich glitt seine Hand ihren Rücken hinab und von ihrer Hüfte wieder hoch bis zu ihrer Brust. Wie gerne hätte er sie jetzt geliebt, doch noch war es nicht so weit.

Wenn sie sich das erste Mal kompromisslos und voller Leidenschaft einander ergeben würden, dann müssten Familie, Hofstaat, ihr ganzer aristokratischer Hintergrund vergessen sein. Dann sollte es nur sie beide in einer unvergesslichen Vereinigung geben, die Gabriella nie vergessen würde.

In seinen Augen leuchtete das unerfüllte Verlangen, und ihre Haut brannte unter diesem Blick. Sie wusste, sie würde nicht mehr von ihm loskommen, weder heute noch morgen.

Es war bereits zu spät.

Sie musste sich sofort besinnen. Es kostete sie große Überwindung, doch sie löste sich von Reeve und erklärte fest: »Ich werde diesen Ring nicht tragen.«

Noch ehe sie den Schmuck abstreifen konnte, nahm Reeve wieder ihre Hand.

»Und ich sagte, dass Sie ihn tragen werden. Seien Sie doch vernünftig. Entweder Sie vergessen Ihren Stolz für eine Weile, oder Sie erklären bei jedem öffentlichen Auftritt, warum Sie keinen Verlobungsring tragen.«

Wütend sah Gabriella auf ihre Hand herunter. »Verdammt.«

»Das klingt schon besser, wenn auch nicht ganz fein für eine Prinzessin«, antwortete Reeve mit einem zustimmenden Kopfnicken. »Sie können mich verfluchen, so viel Sie wollen, Hauptsache, Sie spielen das Spiel mit. Und vergessen Sie nicht, dieser Ring öffnet Ihnen die Tür zu vielen Freiheiten, die Verlobte nun einmal haben. Morgen gehen wir segeln, und dann ist das hier schon alles vergessen. Es wird niemanden geben, für den Sie dann eine Rolle zu spielen hätten.«

Nachdenklich warf Gabriella noch einen Blick auf den strahlenden Diamanten. Reeve lächelte ihr fast freundschaftlich zu. Sie erwiderte sein Lächeln. »Einverstanden«, sagte sie leise.

7. Kapitel

Gabriella fühlte sich auf dem Wasser ebenso zu Hause wie auf dem Land. Es machte ihr Spaß, festzustellen, dass sie mit Leinen und Segeln umgehen konnte. Auch allein an Bord hätte sie das kleine hübsche Boot zu führen vermocht. Dafür besaß sie genügend Kraft, Kenntnisse und Energie. Das Wasser klatschte gegen den dahinschießenden Rumpf. Wie vertraut war ihr dieses Geräusch!

Segeln war eine ihrer Leidenschaften. Jeder, mit dem Reeve sich unterhalten hatte, bestätigte es, und so hatte er diesen Gedanken gefasst. Sie sollte sich auf dem Wasser entspannen können.

Beim Ablegen hatte er ihr gleich die Ruderpinne überlassen. Sie drehte das Boot jetzt leicht aus dem Wind heraus. Im Einklang mit ihr zog Reeve am Hauptsegel, um die flatternde Leinwand zu glätten. Gabriella lachte auf, als es sich im Winde zu blähen begann.

»Ist das herrlich«, rief sie. »Ich fühle mich frei und ganz locker.«

Der Wind zerzauste ihr Haar, das Boot glitt immer schneller durch die Wogen. Welch wunderbares Gefühl der Freiheit, nachdem sie so lange unter der Aufsicht anderer gestanden hatte. Endlich hatte Gabriella etwas, über das sie selbst bestimmen konnte. Die Hand an der Ruderpinne, ging sie gekonnt auf Reeves Manöver ein, um die größtmögliche Geschwindigkeit zu erzielen.

Auch das Wetter spielte bei diesem Ausflug mit. Die Sonne

strahlte warm auf das Wasser herab. Gabriella klemmte sich die Pinne zwischen die Knie und zog ihr übergroßes Baumwollhemd aus. Darunter trug sie nur einen knappen Bikini. Sie wollte die Sonne und den Wind auf ihrer Haut spüren. Gekonnt lenkte sie das Boot so, dass kein anderes ihnen zu nahe kam. Sie wollte endlich allein sein, ein paar Stunden lang wie eine Privatperson leben, nicht wie eine Prinzessin.

»Ich bin früher auch schon segeln gegangen«, stellte sie fest.

Reeve setzte sich, da das Boot für den Augenblick gut im Wind lag. »Es ist Ihr Boot«, erklärte er. »Ihr Vater hat mir erzählt, dass Bennett allen anderen davonreitet, Alexander ist ein Meister im Fechten, aber Sie sind die beste Seglerin der Familie.«

Nachdenklich strich Gabriella mit der Hand über die rutschige Mahagoni-Reling. »Liberté«, sagte sie leise und dachte an den Namen des Bootes am Bug. »Mir scheint, ich brauche dieses Boot so wie die kleine Farm, um meine persönliche Freiheit zu genießen.«

Reeve wandte sich zu ihr um. Auch er zog sein T-Shirt aus und warf es zur Seite. Er sieht so unbefangen aus, so ausgeglichen, dachte Gabriella. Seine Badehose saß äußerst knapp, aber Gabriella war nicht verlegen. Schließlich hatte sie seinen Körper schon eng an ihrem eigenen gefühlt. Sie hing dieser Erinnerung nach.

Reeve hatte einen festen, durchtrainierten Körper. Kleine Wassertropfen glitzerten auf seiner Haut. Ein gefährlicher Mann, wirklich, aber mit dieser Gefahr würde sie sich früher oder später auseinandersetzen müssen. Noch war sie allerdings vorsichtig. »Ich weiß so wenig«, sagte sie leise vor sich hin, »so wenig von mir und von Ihnen.«

115

Reeve holte eine Zigarette aus der Schachtel, die auf dem Bootssitz lag, zündete sie an und blies den Rauch genussvoll aus. Dann sah er sie an und fragte: »Was wollen Sie von mir wissen?«

Gabriella antwortete nicht sogleich, sondern hielt den Blick auf ihn gerichtet. Dieser Mann konnte sich um sich selbst kümmern und auch um andere, wenn er wollte. Dieser Mann, dessen war sie sich sicher, lebte nach seinen eigenen Gesetzen. Und wenn sie sich nicht völlig irrte, lebte er nach bereits festgesetzten Grundsätzen. Was waren seine Absichten? »Mein Vater vertraut Ihnen«, stellte sie fest.

Reeve nickte und drehte das flaue Segel wieder in den Wind. »Er hat keinen Grund, es nicht zu tun.«

»Nun ja, aber er kennt Ihren Vater besser als Sie selbst.«

Reeve saß aufrecht. Die Arroganz ist nicht zu übersehen, dachte Gabriella, gleichgültig, wie tadellos er auch erzogen ist. Leider war diese Arroganz auch einer der interessantesten Charakterzüge an ihm.

»Vertrauen Sie mir nicht, Gabriella?« Reeve sprach absichtlich leise, drohend. Er forderte sie heraus, und beide fühlten es. Ihre Antwort verschlug ihm dann jedoch die Sprache.

»Mit meinem Leben«, erklärte sie schlicht. Dann legte sie das Boot wieder in den Wind und ließ es davonschießen.

Was sollte er darauf sagen? Ihre Worte klangen gar nicht ironisch oder spöttisch. Sie meinte das, was sie gesagt hatte, ganz ehrlich. Eigentlich sollte er stolz sein, und ihr Vertrauen würde ihm sogar seine Arbeit erleichtern.

Warum nur fühlte Reeve sich jetzt so unwohl in seiner Haut? Warum hatte er das bestimmte Gefühl, vorsichtig sein zu müssen?

Er hätte die Aufforderung des Fürsten ablehnen können, die Scheinverlobung mit Gabriella einzugehen. Die Tatsache, dass es sich dabei um die logische Lösung eines höchst delikaten Problems handelte, wurde nicht durch die Unsinnigkeit des Vorhabens aufgewogen. Und doch hatte er akzeptiert. Warum? Weil Gabriella seine Gedanken beherrschte?

»Die kleine Bucht dort drüben sieht herrlich ruhig aus«, rief Gabriella und deutete mit der Hand in die Richtung. Ohne große Eile brachten sie das Boot auf den neuen Kurs. Sie nutzte den Wind gut aus, und nachdem sie die Taue festgezurrt hatte, setzte sie sich auf die Bank und blickte über die glitzernde Wasserfläche hinweg.

»Von hier sieht Cordina wie auf einer Postkarte aus, so zusammengewürfelt und weiß-bunt, richtig hübsch. Man kann sich nicht vorstellen, dass dort etwas Schreckliches passieren könnte.«

Auch Reeve sah zur Stadt hinüber. »Aber Märchen gehen doch in der Regel nicht ohne Grausamkeiten ab, oder?«

»Sie haben recht.« Gabriella sah zum Palast hinauf. Wie kühn er dort thronte, mächtig und doch elegant. »Wie sehr Cordina auch nach einer Märchenstadt aussehen mag, sie ist es nicht. Findet Ihr praktischer, demokratisch denkender amerikanischer Verstand unsere Schlösser, den Prunk und das Protokoll lächerlich?«

Jetzt musste Reeve schmunzeln. Gabriella erinnerte sich zwar nicht an ihre Herkunft, aber ihr Verhalten war unverkennbar aristokratisch. »Ich finde, das Land wird sehr klug regiert. Lebarre ist einer der besten Häfen der Welt. In kultureller Hinsicht steht Cordina keiner anderen Großstadt nach, und die Wirtschaft hier ist gesund.«

»Richtig. Auch ich habe meine Lektion gelernt. Aber ...« Gabriella fuhr sich mit der Zunge über die Lippen, ehe sie sich zurücklehnte und beide Arme um ihre Knie schlang. »Wussten Sie, dass es bis nach dem Zweiten Weltkrieg kein Wahlrecht für Frauen gab? Dann wurde es ihnen wie eine Gnade, nicht wie angestammtes Recht bewilligt. Auch das Familienleben ist hier noch sehr patriarchalisch orientiert. Die Frau steht hinter ihrem Mann zurück, der alle Entscheidungen trifft.«

»In der Theorie oder in der Praxis?«, erkundigte sich Reeve.

»In der Praxis, soweit ich es beurteilen kann. Sogar der Titel meines Vaters kann laut Verfassung nur auf einen männlichen Erben übergehen.«

Reeve hörte aufmerksam zu. »Ärgert Sie das?«

Gabriella warf ihm einen eigenartigen, fragenden Blick zu. »Ja, natürlich. Nur weil ich keine Lust zum Regieren verspüre, heißt das noch lange nicht, dass ich das Gesetz billige. Mein Großvater war derjenige, der den Frauen in Cordina das Wahlrecht zugesprochen hat, und mein eigener Vater ging noch einen Schritt weiter, indem er Frauen in wichtige Regierungsämter berief. Aber die Veränderungen gehen zu langsam vor sich.«

»Da kann man nichts machen.«

»Sie sind von Natur aus praktisch und vor allem geduldig veranlagt. Ich nicht«, fuhr Gabriella mit einem Achselzucken fort. »Wenn Veränderungen zum Besseren führen, dann sehe ich keinen Grund, warum sie so lange brauchen.«

»Sie müssen die gesellschaftliche Entwicklung berücksichtigen.«

»Besonders dann, wenn einige Leute viel zu sehr in den Traditionen verwurzelt sind, um die Vorteile des Fortschritts zu erkennen.«

»Loubet.«

Gabriella nickte ihm zustimmend zu. »Jetzt sehe ich, warum mein Vater Sie gern hier bei uns hat, Reeve.«

»Wie viel wissen Sie von Loubet?«

»Ich kann lesen«, antwortete Gabriella einfach, »ich kann zuhören. Das Bild, das ich von ihm habe, ist das eines sehr konservativen Mannes. Verbohrt.« Sie erhob und reckte sich, sodass ihr Bikini-Höschen sich über ihren Hüften spannte. »Gewiss, auf seine Art ist er ein guter Minister, aber viel zu zurückhaltend. In meinem Tagebuch habe ich gelesen, wie sehr er mich von meiner letztjährigen Afrika-Reise abzuhalten versucht hat. Er fand, es schicke sich nicht für eine Frau. Er meint auch, es gehöre sich nicht für mich, mit dem Nationalrat über Etatfragen zu sprechen.« Gabriellas Worte ließen ihre Enttäuschung erkennen. Sie lernt schnell, dachte Reeve. »Wenn man Männern wie Loubet ihren Willen ließe, dann stünden die Frauen nur am heimischen Herd und dürften Kinder in die Welt setzen«, setzte sie hinzu.

»Ich war immer der Ansicht, dass dafür zwei Parteien notwendig sind.«

Gabriella lächelte zu Reeve herunter, sichtlich amüsiert und gelockert. »Aber Sie sind ja auch kein Mann der Vergangenheit. Ihre Mutter war doch Richterin am Bundesgericht, oder?«

Reeves verblüffter Blick brachte Gabriella zum Lachen. »Auch ich habe meine Schularbeiten gemacht!« Sie strahlte. »Ich konnte Sie doch nicht einfach ignorieren. Sie haben Ihr Examen an der amerikanischen Universität mit summa cum laude bestanden. Und unter den augenblicklichen Umständen finde ich es besonders interessant, dass Sie in Psychologie diplomiert sind.«

»Das war für den von mir angestrebten Beruf wichtig.«

»Sicher. Nach zweieinhalb Jahren Polizeidienst und nach drei Auszeichnungen für besondere Tapferkeit gingen Sie zum Geheimdienst. Dann verliert sich Ihre Spur etwas, aber man hört, dass Sie Mitglied der Abteilung waren, die eine der größten Verbrecherorganisationen, die in Columbia tätig war, zerschlug. Es gibt auch Gerüchte, dass Sie auf Wunsch eines bestimmten US-Senators Mitglied seiner Sicherheitstruppe waren. Mit Ihrem Ruf, Ihrer Intelligenz und Ihrem Wissen hätten Sie leicht den Rang eines Obersten erreichen können, trotz Ihrer Jugend. Stattdessen haben Sie sich plötzlich entschlossen, aus dem Geheimdienst auszuscheiden.«

»Für jemanden, der gerade noch gesagt hat, er wisse nicht viel über mich, verfügen Sie allerdings über reichlich Einzelheiten.«

»Diese Fakten sagen nichts über den Menschen aus.« Gabriella hangelte sich zur Steuerbordseite. »Ich will mich etwas abkühlen. Kommen Sie mit?« Noch ehe er antworten konnte, war sie ins Wasser gesprungen.

Sie benahm sich ungemein aufreizend, aber Reeve musste erst herausfinden, ob das in voller Absicht geschah. Nachdenklich stand er auf und sprang mit einem eleganten Satz hinterher.

»Wundervoll«, prustete Gabriella und schwamm träge im Wasser herum. Sie hatte schon getaucht, und jetzt klebte ihr das nasse Haar am Kopf. In diesem Licht und so feucht, wie es war, wirkte es fast kupferfarben. Auch ohne Make-up hatte sie ein bezauberndes Gesicht.

Ihn verlangte nach dieser Frau. Doch was wäre der Preis für seine Begierde?

»Wie ich höre, gehen Sie jeden Tag schwimmen«, sagte Gabriella und drehte sich auf den Rücken. »Sind Sie ein guter Schwimmer?«

Reeve hielt sich mühelos neben ihr über Wasser. »Ja.«

»Vielleicht leiste ich Ihnen einmal morgens Gesellschaft. Ich habe mich mittlerweile so weit wieder eingearbeitet, dass

ich mir eine Stunde Freizeit am Tag erlauben kann. Reeve …«
Sie paddelte mit den Füßen, sodass es ein wenig spritzte. »Sie
wissen, der GHBK-Ball findet in wenigen Wochen statt. Da
gibt es eine Menge zu tun.«

»Ich müsste taub sein, um das nicht mitbekommen zu haben. Im großen Ballsaal wird ja beinahe jeden Tag gehämmert
und geklopft.«

»Es gibt ein paar wichtige Dinge zu berücksichtigen«, sagte
Gabriella leichthin. »Ich erwähne das nur, weil ich der Meinung bin, dass man von Ihnen als meinem Verlobten erwartet,
den Ball mit mir zu eröffnen und im besten Sinne des Wortes
Gastgeber zu sein.«

Reeve sah ihr zu, wie sie sich treiben ließ. »Ja, und?«

»Sehen Sie, bis dahin können wir unsere gesellschaftlichen
Verpflichtungen auf ein Minimum beschränken. Obwohl die
Entführung nicht mehr das Tagesthema ist, so liefert sie uns
doch eine glänzende Entschuldigung dafür, nicht zu häufig
öffentlich aufzutreten. Der Ball hingegen ist ein großes ge-
sellschaftliches Ereignis mit vielen Gästen und noch mehr
Presse. Ich frage mich, ob mein Vater sich Gedanken über den
öffentlichen Druck gemacht hat, dem Sie in dieser … Stellung
ausgesetzt sind.«

Reeve tauchte tiefer ins Wasser und schwamm näher zu
Gabriella hin, wahrte jedoch immer noch eine gewisse Distanz dabei. »Sind Sie der Ansicht, dass ich damit nicht fertig
werden kann?«

Gabriella blinzelte leicht und lachte ihm dann zu. »Ich habe
keinen Zweifel daran, dass Sie perfekt mit dieser Situation umgehen können. Schließlich bewundert Alexander ja Ihren Verstand und Bennett Ihren Schneider. Sie könnten also keine
besseren Voraussetzungen mitbringen.«

Er war belustigt. »Nun, und?«

»Es geht einfach nur darum: Je länger dieses Theater dauert, desto mehr wird von Ihnen verlangt. Sogar dann, wenn die Verlobung wieder aufgelöst sein wird, werden Sie, vielleicht jahrelang, unter den Folgen zu leiden haben.«

Reeve legte sich auf den Rücken und schloss die Augen. »Machen Sie sich darüber keine Sorgen, Brie. Ich tue es jetzt auch noch nicht!«

»Vielleicht ist gerade das der Grund, warum ich mir welche mache«, beharrte sie. »Schließlich bin ich ja der Grund dafür.«

»Nein«, widersprach er sanft, »Ihre Entführung ist der Grund!«

Einen Moment lang schwieg sie. Schließlich hatte er ihr das von ihr erwartete Stichwort gegeben. Sie war nicht sicher, ob sie es aufgreifen sollte, aber sie fuhr trotzdem fort: »Reeve, ich will gar nicht wissen, ob Sie ein guter Geheimpolizist gewesen sind oder auch ein qualifizierter Privatdetektiv. Aber macht Ihnen Ihre Arbeit Freude?«

Diese Frage hatte ihm noch nie jemand gestellt. Er selbst hatte sich das noch nie gefragt, jedenfalls bis vor Kurzem nicht.

»Ja, meine Arbeit verschafft mir eine gewisse Genugtuung. Ich habe an meine Aufgabe beim Geheimdienst geglaubt. Und auch heute nehme ich nur dann einen Fall an, wenn ich davon überzeugt bin.«

»Warum befassen Sie sich dann nicht mehr mit der Entführung als mit mir?«

Reeve schwamm so zu ihr hin, dass er ihr ins Gesicht sehen konnte. Auf diese Frage hatte er schon gewartet. »Ich bin kein Angestellter meines Landes mehr, sondern Privatdetektiv. Und außerdem – ich hätte in keiner dieser Positionen hier eine gesetzliche Grundlage.«

»Ich rede nicht über Gesetze und Legalitäten, sondern über Ihre Neigung.«

»Einer der bewundernswertesten und ärgerlichsten Charakterzüge an Ihnen ist Ihr Einfühlungsvermögen. Solange Ihr Vater keine andere Entscheidung fällt, bin ich Ihr offizieller Leibwächter, und nur das.«

Gabriella spürte, wie er mit seinen Fingern im Wasser über ihr Haar strich. Sie spürte auch die flüchtige Berührung ihrer Beine beim Schwimmen. »Wenn ich Sie um etwas bitten würde?«

Reeve ließ seine Hand auf ihren Haaren, doch die Frage lenkte ihn ab. »Was möchten Sie, Brie?«

»Hilfe. Ich habe keine Vorstellung vom Stand der Untersuchungen und stehe mitten zwischen meinem Vater und Loubet. Beide schließen mich völlig aus, und das missfällt mir.«

»Sie möchten also, dass ich für sie Nachforschungen anstelle und Ihnen darüber berichte?«

»Ich habe überlegt, ob ich es selbst tun sollte, aber Sie sind viel erfahrener. Außerdem …« Sie warf ihm ein bezauberndes Lächeln zu. »… kann ich ohnehin keinen Schritt ohne Sie tun.«

»Haben Eure Hoheit für mich eine andere Verwendung gefunden?«

Gabriella hob eine Braue und versuchte, trotz all der Nässe möglichst würdevoll auszusehen. »Ich habe das nicht als Beleidigung verstanden wissen wollen.«

»Nein, wahrscheinlich nicht.« Reeve ließ sie los. Vielleicht konnten sie sich jetzt auf eine weitaus intimere Art nahekommen?

Ein Rückzug war jetzt nach Gabriellas Einschätzung strategisch günstiger als ein Angriff. »Ich werde mich damit zufriedengeben müssen.« Mit drei kräftigen Zügen schwamm sie zum Boot zurück und kletterte hinein. »Wollen wir den Geflügelsalat und den Wein probieren, den Nanny für uns eingepackt hat?«

Tropfend schwang Reeve sich an Deck. Das Wasser perlte von ihm ab. »Kümmert sich Nanny immer um Ihre Verpflegung?«

»Es macht ihr Spaß. Für sie sind wir immer noch ihre Kinder.«

»Nun gut. Wir sollten das Essen nicht schlecht werden lassen.«

»Aha, der Praktiker spricht wieder aus Ihnen.« Gabriella rubbelte sich ihr Haar mit einem Handtuch trocken und ließ es dann offen auf ihre Schultern fallen. »Schön, kommen Sie mit mir in die Kabine und helfen Sie mir. Sie hat uns sogar Apfelkuchen eingepackt.«

Sie stieg in die Kajüte hinunter, und die Wassertröpfchen glitzerten auf ihrer Haut.

»Mir scheint, Sie kennen sich sehr gut auf einem Schiff aus«, meinte sie, als sie unten ankamen.

»Ich bin viel mit meinem Vater gesegelt.«

»Heute nicht mehr?« Gabriella holte die Weinflasche aus der Kühlbox und betrachtete sie wohlgefällig.

»In den letzten zehn Jahren hatten wir nicht mehr viel Zeit dafür. Jeder ging seiner eigenen Wege.«

»Aber Sie mögen ihn?«

»Ja, ich mag ihn sehr.« Reeve nahm ihr die Flasche aus der Hand und griff nach dem Korkenzieher.

»Ist er wie mein Vater? So würdig und intelligent?« Gabriella suchte nach Gläsern.

»Sehen Sie so Ihren Vater?«

»Ich denke schon.« Sie wirkte jetzt ein wenig nachdenklich. Reeve goss Wein in die Gläser. »Und gütig, ja, aber sehr diszipliniert.« Gabriella fühlte sich der Liebe ihres Vaters sicher, aber für ihn kamen sein Land und seine Position an erster Stelle. »Männer wie er müssen wahrscheinlich so sein. Genau wie Sie.«

Er prostete ihr zu und musste dabei lächeln. »Würdig, intelligent oder gütig?«

»Diszipliniert«, erwiderte Gabriella und sah ihn unsicher an. »Ich wüsste gern, was Sie denken, wenn Sie mich ansehen.«

Der Wein schmeckte herb und kühl.

»Ich denke, das wissen Sie.«

»Nicht ganz.« Sie nahm einen weiteren Schluck und hoffte, er würde nicht bemerken, dass sie sich damit ein bisschen Mut antrinken wollte. »Ich weiß, dass Sie mit mir schlafen wollen.«

Sie stand im hellen Sonnenlicht, das durch die offene Kajütentür fiel. »Ja«, antwortete er direkt.

»Ich frage mich, warum.« Gabriella hielt ihr Glas mit beiden Händen umschlossen. »Wollen Sie mit jeder Frau schlafen, die Sie kennenlernen?«

Unter anderen Umständen hätte er gedacht, sie kokettiere mit ihm, aber ihre Frage war so einfach gemeint, wie sie klang. »Nein.«

Gabriella brachte ein Lächeln zuwege, obwohl ihr Puls schneller schlug. War dies die Art und Weise, wie man dieses Spiel spielte? Und wollte sie dabei mitmachen? »Nun, dann die eine oder andere?«

»Nur, wenn sie bestimmte Voraussetzungen erfüllen.«

»Und die wären?«

Reeve legte ihr die Hand unter das Kinn. »Wenn morgens mein erster Gedanke um sie kreist, noch ehe ich weiß, welcher Tag es ist.«

»Aha.« Gabriella drehte ihr Glas zwischen den Fingern, die vor Aufregung etwas feucht waren. »Und denken Sie morgens als Erstes an mich?«

»Wollen Sie ein Kompliment hören, Gabriella?«

»Nein.«

Er hob ihren Kopf etwas an. Sie versteifte sich nicht und zog sich auch nicht zurück, aber wieder hatte er das Empfinden, dass sie innerlich vorbereitet war, als warte sie auf etwas.

»Was dann?«

»Verständnis. Ich kenne mich und meine Vergangenheit nicht. Ich versuche herauszufinden, ob ich mich zu Ihnen hingezogen fühle oder nur zu dem Gedanken, mit einem Mann zusammen zu sein.«

Das war deutlich genug. Nicht besonders schmeichelhaft, aber direkt. Reeve hatte es herausgefordert. Ihre Finger waren verkrampft, als er ihr das Glas aus der Hand nahm und es beiseitestellte. Das verschaffte ihm eine gewisse Genugtuung.

»Und fühlen Sie sich zu mir hingezogen?«

»Wollen Sie jetzt ein Kompliment hören?«

Ein Lächeln blitzte in seinen Augen auf. Gabriella erwiderte es. »Nein.« Kurz und flüchtig berührte er ihre Lippen, während sie sich in die Augen sahen. »Es sieht so aus, als wollten wir beide dasselbe.«

»Vielleicht.« Sie zögerte kurz, ehe sie ihm die Hände auf die Schultern legte. »Vielleicht ist es jetzt an der Zeit, herauszufinden, ob es wirklich so ist.«

Genau so hatte Reeve es sich vorgestellt, weit weg vom Palast mit seinen Mauern. Nur das Wasser klatschte ruhig gegen den Rumpf des Bootes. Die Kajüte war klein und niedrig. Licht und Schatten wechselten sich darin ab. Und sie waren beide allein.

Alles das entsprach seinen Vorstellungen, und dennoch zögerte Reeve.

»Du wirkst nicht sehr überzeugt«, bemerkte Gabriella sanft und liebkoste seine Wange. Sie fühlte die Erregung in sich aufsteigen, schneller, als sie erwartet hatte. Sie merkte, dass Reeve Zweifel plagten und dass er in Gedanken nicht bei der Sache war. Das tröstete sie irgendwie, denn es wäre ihr sehr unlieb gewesen, als Einzige jetzt nervös zu sein.

»Ich komme zu dir ohne jede Vergangenheit. Lass uns jetzt in diesem Augenblick ein Mal vergessen, dass keiner von uns beiden dabei eine Zukunft hat. Lass uns zusammen sein, Reeve, heute, nur eine Stunde, einen kurzen Augenblick.«

Es sollte nur eine Sache des Augenblicks sein. So hatten es beide beschlossen. Doch für sie beide spielte diese Entscheidung keine Rolle mehr.

Sie pressten ihre Körper aneinander, hungrig suchten sich ihre Lippen. Gabriella streichelte seinen Rücken, zuerst zärtlich, dann immer erregender.

Reeves Begierde wuchs, und voller Verlangen zog er sie langsam zur Koje hinüber.

Gabriella öffnete ihre Augen und sah Reeve an. Sein Gesicht war direkt vor dem ihren. Das war das Bild, von dem sie geträumt hatte. Diesen Augenblick hatte sie sich ersehnt.

Wieder küsste sie ihn wild und hingebungsvoll. Der Kuss war süß, und je länger er dauerte, desto mehr entflammte ihr Begehren. Gabriella war wunderschön anzusehen. Sie hatte einen geschmeidigen, ebenmäßigen Körper, und ihr Anblick steigerte sein Verlangen ins Unerträgliche.

Sie stöhnte auf und drehte sich herum, sodass Reeve unter ihr lag. Seine Hände brannten auf ihrer Haut, er drückte sie an sich, und mit all seiner Leidenschaft drang er in sie ein. Das Gefühl, das sie jetzt erfüllte, hätte sie nie in Worten auszudrücken vermocht, aber eine Welle des Glücks durchströmte sie, und ihre schmalen, hellen Hände pressten sich gegen seine sonnengebräunte Haut.

Ihr ganzer Körper verlangte nach seinen Zärtlichkeiten. Beide ließen sich vom Rausch des Augenblicks forttragen, hielten sich fest umschlossen, zwei Körper in einer Bewegung.

Reeve hatte seine Erfahrungen mit der Liebe, aber eine solch bedingungslose Hingabe hatte auch er noch nicht kennengelernt. Bei jeder Bewegung stöhnte Brie auf, und ihre Erregung reizte ihn nur noch mehr. Und plötzlich waren alle Gedanken ausgeschaltet, und sie verschmolzen in einer einzigen, sich erfüllenden Leidenschaft.

Vielleicht war nur ein Augenblick verstrichen. Gabriella und Reeve hatten jedes Zeitgefühl verloren. Erschöpft lagen sie beieinander, verschwitzt und mit klopfenden Herzen. Gabriella fühlte sich überwältigt, fortgerissen.

Reeves heftiger Atem war heiß an ihrem Ohr, ihre Hand lag auf seiner Brust. Von jetzt an würde Gabriella für ihn nicht mehr dieselbe Frau sein wie vorher.

Sie blickte in das Sonnenlicht, das in die Kabine fiel. Es war noch immer dieselbe Sonne und dieselbe See, die gegen das Boot schwappte. Aber sie war nicht mehr dieselbe Gabriella. Von diesem Tag an nicht mehr.

Reeve hob den Kopf und sah in ihre dunklen Augen. Ihre Haut glühte noch immer von der gerade erlebten Leidenschaft. Ihm war klar, dass er jetzt nicht mehr so objektiv und neutral sein konnte. Stets war er der Meinung gewesen, seine Gefühle kontrollieren zu können, aber jetzt waren sie von Gabriella abhängig.

»Tut es dir leid?«

Sie drehte ein wenig den Kopf und fragte mit sicherer Stimme zurück: »Nein. Dir?«

Zärtlich fuhr Reeve mit einem Finger an ihrer Wange entlang. »Nein, warum sollte es mir leidtun, wenn jemand mir etwas so Schönes schenkt?« Liebevoll gab er ihr einen langen Kuss. »Wie kann es mir leidtun, dich geliebt zu haben, wenn ich schon darüber nachdenke, wann wir es wieder tun werden?«

Sie verzog etwas die Lippen. Er half ihr, dass sie sich genüsslich an ihn kuscheln konnte. Noch wollte er nicht darüber nachdenken, wie er sie, sobald sie nach Cordina zurückgekehrt waren, unterstützen musste, für sie denken, für sie planen musste. Diesen Augenblick wollte er so lange wie möglich genießen.

Zufrieden schmiegte Gabriella sich an ihn und streichelte mit einer Hand seinen muskulösen Oberkörper. Dadurch fiel ihr Blick direkt auf ihren Verlobungsring. In diesem Dämmerlicht wirkte er nicht so provozierend gleißend. Er schien ganz selbstverständlich zu ihr zu gehören. Schnell schloss sie die Augen, denn dieser Ring war ja kein Teil der Wirklichkeit, nur ein Stein in einem komplizierten Spiel. Aber Reeve ist jetzt meine Wirklichkeit, dachte sie, und ließ sich von dem Gedanken forttragen.

8. Kapitel

Nichts scheint leichter zu werden, dachte Gabriella, während sie den langen Flur mit den hohen Fenstern hinunter zum Großen Ballsaal ging. Statt von Tag zu Tag einfacher zu werden, wurde ihr Leben immer komplizierter. Hatte Reeve ihr nicht gesagt, das Leben sei niemals problemlos?

Noch vor einer Woche hatte sie neben ihm in dieser kleinen Koje gelegen, schläfrig und erschöpft, bis sie sich von Neuem einander zugewandt und sich wieder geliebt hatten. Sind wir jetzt nicht ein Paar? fragte sie sich und blieb kurz an einem der Fenster stehen. Hieß es nicht, dass Liebende ganz ineinander aufgingen und nur Interesse füreinander hatten? Doch inzwischen war eine ganze Woche verstrichen. In dieser Zeit hatte Reeve sich untadelig und höflich verhalten. Sein Benehmen war sehr aufmerksam, auf seine Art sogar freundlich. Aber er hatte es vermieden, sie auch nur zu berühren.

Gabriella stützte sich auf den Fenstersims und blickte hinunter. Es war gerade der Moment der Wachablösung. Während sie der stillen, irgendwie reizvollen Prozedur zuschaute, fragte sie sich, ob Reeve vielleicht der Meinung sei, dass auch in ihrer Beziehung ein Wechsel notwendig sei. Was sollte sie tun, wenn er sie verließe?

Natürlich war ihr von Anfang an klar gewesen, dass sie sich ins Gerede bringen würde. Ihre Verlobung machte noch immer Schlagzeilen, nicht nur in Cordina und Europa, sondern sogar in den Vereinigten Staaten. Es war schlichtweg unmöglich, eine Illustrierte durchzublättern, ohne auf Berichte über dieses Thema zu stoßen.

Gabriella zuckte die Schultern. Damit konnte man fertig werden. Klatsch kam auf und wurde wieder vergessen. Gedankenverloren drehte sie den Diamantring an ihrem Finger. Wirklich, das Gerede hatte keine Bedeutung, aber Reeve dafür umso mehr.

Er würde wahrscheinlich auf seine Farm zurückkehren, zurück in sein Land und zu seinem eigenen Leben. Darüber waren sie, ihre Familie und eine Handvoll vertrauenswürdiger Leute sich lange schon im Klaren. Selbst wenn Reeve sie bitten würde, mitzugehen, würde sie ihm folgen?

Allerdings würde er mich sicherlich gar nicht erst fragen, sagte sie sich. Schließlich war sie in seinem Leben nur eine Episode. Für ihn stellte sich die Situation ja ganz anders dar.

Brie schloss die Augen und bemühte sich, wieder in die Wirklichkeit zurückzukommen. Sie musste zu träumen aufhören und sich wieder ihrer verantwortlichen Stellung besinnen. Es würde keine rauschende Hochzeit geben, kein bezauberndes weißes Hochzeitskleid mit Schleier und Schleppe, um dessen Herstellung sich alle bedeutenden Modeschöpfer reißen würden. Es gäbe keine Hochzeitstorte und keine Gardisten. Stattdessen würde alles auf einen höflichen Abschied hinauslaufen. Sie hatte kein Recht, sich eine andere Lösung herbeizusehnen. Doch genau das wünschte sie sich mehr als alles andere.

Gabriella wandte sich vom Fenster ab und machte erschrocken einen Schritt rückwärts, als sie die Gestalt im dunklen Korridor ausmachte.

»Alexander!« Sie ließ die Hand, die sie vor Schreck auf ihr Herz gepresst hatte, sinken. »Hast du mich erschreckt!«

»Das wollte ich nicht. Du sahst so …« Eigentlich wollte er

»unglücklich und verloren« sagen, doch dann fuhr er fort: »... nachdenklich aus.«

»Ich habe der Wachablösung zugesehen.« Sie lächelte ihn ebenso höflich an wie jeden anderen auch, ausgenommen Reeve. Alexander spürte das irgendwie. »Sie sehen so adrett und hübsch in ihren Uniformen aus. Ich war gerade auf dem Weg in den Ballsaal, um mich zu vergewissern, dass alles in Ordnung ist. Man sollte kaum glauben, dass nur noch so wenig Zeit bleibt, bis der Ball stattfindet. Und es muss noch so entsetzlich viel getan werden. Fast alle Eingeladenen haben schon ihre Zusagen geschickt, deshalb ...«

»Brie, was soll das, musst du mit mir so gezwungen höflich reden?«

Sie öffnete den Mund, sagte dann aber nichts. Er hatte es sehr passend ausgedrückt, das konnte sie nicht leugnen. »Es tut mir leid, alles ist noch so verwirrend.«

»Mir wäre es lieber, du würdest dich mir gegenüber etwas natürlicher geben.« Er war sichtlich verärgert. »Bei Reeve fällt dir das doch auch nicht schwer.«

Gabriellas Tonfall wurde eisig. »Ich habe mich einmal entschuldigt und sehe keine Notwendigkeit, dir eine andere Erklärung zu geben.«

»Deine Entschuldigung war nicht notwendig.« Mit schnellen, konzentrierten Schritten kam er zu ihr herüber.

Obwohl Alexander größer als Gabriella war, standen sie sich, wie früher schon, als gleichwertige Partner gegenüber. »Ich möchte nur, dass du deiner Familie die gleiche Aufmerksamkeit schenkst wie einem Fremden!«

Gabriella war den Vorwurf leid. Sie fing langsam an, ärgerlich zu werden. Ihre Stimme klang drohend, jeder Anflug einer Entschuldigung war geschwunden. »Ist das ein Rat oder ein Befehl?«

»Noch nie ist es jemandem gelungen, dir einen Befehl zu erteilen«, versetzte Alexander wütend. Jetzt brach sein wochenlang gebändigtes Temperament mit ihm durch. »Und du hast auch noch nie einen Rat von jemand anderem angenommen. Wenn wir uns auf ein richtiges Verhalten deinerseits hätten verlassen können, dann hätten wir uns die Einladung eines Fremden gewiss ersparen können.«

»Ich sehe keine Notwendigkeit, Reeve hier ins Gespräch zu bringen.«

»Nein?« Alexander packte sie am Arm. »Wie steht ihr eigentlich zueinander?«

Jetzt war nicht nur Gabriellas Stimme frostig, sondern sie sah ihren Bruder auch mit einem eiskalten Blick an. »Das geht dich überhaupt nichts an.«

»Meine Güte, Brie, ich bin dein Bruder.«

»Das hat man mir gesagt«, antwortete sie langsam und war bemüht, ihn damit nicht zu kränken. »Und auch, dass du ein paar Jahre jünger bist als ich. Ich finde es überflüssig, dir oder irgendjemandem sonst Rede und Antwort über mein Privatleben zu stehen.«

»Ich bin vielleicht jünger«, stieß Alexander hervor, »aber ich bin ein Mann und weiß sehr wohl, woran ein Mann denkt, wenn er dich so wie dieser Amerikaner ansieht.«

»Alexander, hör endlich auf, ihn ›diesen Amerikaner‹ zu nennen, als wäre er ein Mensch zweiter Klasse. Und …«, sprach sie schnell weiter, ehe Alexander etwas entgegnen konnte, »wenn mir die Art und Weise, in der Reeve mich angesehen hat, nicht passen würde, dann könnte ich ihm das selber sagen. Ich bin sehr wohl in der Lage, mich um mich selbst zu kümmern.«

»Wenn das so wäre, wären uns allen die Aufregungen vor ein paar Wochen erspart geblieben.« Gabriella erbleichte.

Offensichtlich ging der Zorn mit Alexander durch. »Entführt, gefangen gehalten und schließlich ins Krankenhaus eingeliefert. Tagelang haben wir uns gesorgt, gewartet, gehofft und tatenlos herumgesessen. Kommst du nicht selbst auf die Idee, dass wir die Hölle durchgemacht haben? Vielleicht kannst du dich nicht an uns erinnern, vielleicht haben wir im Augenblick für dich wirklich keine Bedeutung. Aber das ändert nichts an unseren Gefühlen für dich.«

»Glaubst du, dieser Zustand gefällt mir?« Plötzlich traten ihr die Tränen in die Augen. Es gelang ihr nicht mehr, sie zurückzuhalten. »Du weißt ja nicht, wie sehr ich mich quäle, meine Erinnerung wiederzugewinnen. Stattdessen kritisierst und beleidigst du mich. Du drängst mich förmlich in die Ecke.«

Sein Zorn legte sich, und er fühlte sich schuldig. Er hatte vergessen, welchen Eindruck sie auf ihn gemacht hatte, als sie da am Fenster stand. »Das ist meine Art«, sagte er begütigend. »Du hast immer gesagt, ich übte die Regierung über Cordina aus, indem ich dich und Bennett regierte. Es tut mir leid, Brie. Ich habe dich sehr lieb. Und das wird immer so sein.«

»Oh, Alexander.« Sie zog ihn an sich und umarmte ihn zum ersten Mal. Er war so groß, so aufrecht. Zum ersten Mal empfand sie einen gewissen Stolz für ihn. Es fiel ihr bestimmt nicht leicht, darauf warten zu müssen, dass alles wieder in normalen Bahnen lief, aber auch für ihren Bruder war es nicht einfach. »Haben wir uns immer so gezankt?«

»Immer.« Er drückte sie fest an sich und küsste sie auf das Haar. »Vater sagt stets, das liege daran, dass wir beide glauben, schon alles zu wissen.«

»Nun, das kann ich von mir jetzt nicht mehr behaupten.« Sie seufzte tief und machte sich von ihm los. »Bitte, sei nicht gegen Reeve, Alex. Ich muss gestehen, dass ich das anfänglich auch war. Doch jetzt sehe ich, dass es für ihn ein großes Opfer ist, hierzubleiben und alle Schachzüge mitzumachen, obwohl er wahrscheinlich viel lieber bei sich zu Hause wäre.«

»Das wird mir ziemlich schwerfallen.« Alex steckte die Hände in die Taschen und sah aus dem Fenster. »Ich weiß, dass ihn niemand zwingen kann und dass das, was er für uns tut, ein großer Gefallen ist. Ich mag ihn übrigens.«

Gabriella lächelte in der Erinnerung, dass auch Bennett dieselben Worte benutzt hatte. »Das dachte ich mir.«

»Es geht mir nur darum, dass in eine solche Situation kein Außenstehender hineingezogen werden sollte. Es ist schlimm, aber unvermeidlich, dass schon Loubet davon betroffen ist.«

»Würde es dich ärgern, wenn ich dir gestehen würde, dass es mir viel lieber ist, Reeve um mich zu haben als Loubet?«

Zum ersten Mal sah sie ein spitzbübisches Lächeln auf Alexanders Gesicht. »Ich würde sagen, du hättest den Verstand verloren, wenn es anders wäre.«

»Eure Hoheit!«

Alexander und Gabriella drehten sich gleichzeitig um. Janet Smithers verbeugte sich ehrerbietig vor ihnen. »Ich bitte um Entschuldigung, Prinz Alexander, Prinzessin Gabriella.«

Sie machte wie immer einen tadellos gepflegten Eindruck. Ihr Haar war sorgfältig zurückgekämmt, und sie trug ein klassisch geschnittenes graues Kostüm. Gabriella fand Janet Smithers langweilig. Gewiss war sie eine tüchtige, intelligente, flinke und unauffällige Person, aber wenn sie sich in einem Zimmer mit vier anderen Leuten aufhielte, dann würde kein Mensch sie auch nur bemerken. Diese Unscheinbarkeit ließ Gabriella einen freundlichen Ton ihr gegenüber anschlagen.

»Brauchen Sie meine Hilfe für etwas, Janet?«

»Sie hatten von einer Christina Hamilton einen Anruf, Eure Hoheit.«

»Christina …« Verwirrt versuchte Gabriella, sich an die mit diesem Namen verbundenen Umstände zu erinnern.

»Du bist mit ihr zur Schule gegangen«, half Alexander ihr nach und legte ihr seine Hand auf die Schulter. Wie merkwürdig, dass er sie über ihre beste Freundin zu informieren hatte. »Sie ist Amerikanerin, die Tochter eines Architekten.«

»Ja, ich habe sie in – Houston besucht. Man schreibt in der Zeitung, dass sie wahrscheinlich meine Brautjungfer sein wird.« Gabriella dachte an die ihr zur Verfügung gestellten Zeitungsausschnitte. Christina war eine große Frau von blendendem Aussehen, mit einer dunklen Mähne und einem boshaften Lächeln. »Sie sagten, sie habe angerufen, Janet. Hat sie eine Nachricht hinterlassen?«

»Sie bat mich, Sie zu suchen, Eure Hoheit.« Janet zeigte mit keiner Miene, was sie über diese Bitte dachte. »Ich soll Ihnen ausrichten, dass sie pünktlich um elf Uhr noch einmal anrufen wird.«

»Danke.« Gabriella warf einen belustigten Blick auf ihre Uhr. Sie hatte noch eine Viertelstunde Zeit. »Nun gut, ich werde besser in mein Zimmer gehen. Janet, wenn es Ihnen nichts ausmacht, dann gehen Sie doch bitte für mich in den Ballsaal, und notieren Sie sich alles, was noch erledigt werden muss. Ich fürchte, dazu habe ich jetzt keine Zeit mehr.«

»Selbstverständlich, Eure Hoheit.« Wieder verneigte sich Janet beinahe mechanisch vor ihnen, ehe sie den Korridor hinunterging.

»Welch außerordentlich langweilige Person«, meinte Alexander, als Janet außer Hörweite war.

»Alex«, rief Gabriella ihn automatisch zur Ordnung, obwohl sie derselben Ansicht war.

»Ich weiß, sie hatte makellose Referenzen und ist eine zweifellos tüchtige Kraft. Aber es muss entsetzlich langweilig sein, sie jeden Morgen sehen zu müssen.«

Gabriella zuckte leicht mit den Schultern. »Ich fühle mich morgens durch sie nicht gerade motiviert, aber ich muss einen Grund gehabt haben, sie überhaupt einzustellen.«

»Damals sagtest du, du wolltest eine alleinstehende Frau, mit der dich nicht viel verbindet. Als Alice, Janets Vorgängerin, dich verließ, warst du tagelang schlecht gelaunt.«

»Nun, dann habe ich sicher eine gute Wahl getroffen.« Alexander lachte kurz auf, und Gabriella antwortete mit einem erneuten Schulterzucken. »Ich glaube, ich gehe besser, ehe der Anruf kommt.« Sie wollte vorher schnell noch einen Blick in ihre Notizen werfen und ihre Erinnerung an Christina Hamilton auffrischen. Doch ehe sie sich umdrehte, reichte sie Alexander noch die Hand. »Sind wir Freunde?«

Alexander ergriff ihre Hand und machte eine pompöse Verbeugung. »Ja, aber ich werde ein Auge auf den Amerikaner halten.«

»Wie du meinst«, antwortete Gabriella gelassen und ging auf ihre Suite zu. Alexander sah ihr nach, bis sie um die Ecke verschwand. Vielleicht sollte er sich auch mit Reeve MacGee unterhalten, schoss es ihm durch den Kopf. Das könnte ihn beruhigen.

Nachdem sie wieder in ihrem Zimmer war, setzte Gabriella sich auf das kleine Sofa und nahm ihre Notizen zur Hand, die sie sich anhand der Gespräche mit Reeve und ihrer Sekretärin gemacht hatte. Sie hatte sie in alphabetische Ordnung gebracht, und diese Aufzeichnungen waren ihre einzige Verbindung zu den Menschen, die sie einst so gut gekannt hatte. Wenn ihr Gedächtnisschwund ein gut gehütetes Geheimnis bleiben sollte, dann durfte sie sich nicht den kleinsten Fehler erlauben.

Christina Hamilton, murmelte sie und suchte nach den zwei Seiten voller Notizen, die alles betrafen, was ihre einst beste Freundin anging. Sie hatten vier Jahre zusammen an der Sorbonne in Paris verbracht. Gabriella schloss die Augen und hatte das Gefühl, Paris vor sich zu sehen, die regennassen Straßen, die herrlichen alten Bauten und den irrsinnigen Verkehr. Aber Christina Hamiltons Bild schob sich bedauerlicherweise nicht dazwischen.

Chris, berichtigte Gabriella sich selbst, das war die Abkürzung für ihren Namen. Chris hatte Kunst studiert und besaß jetzt eine Galerie in Houston. Es gab eine jüngere Schwester namens Eve, die Chris abwechselnd gelobt und verflucht hatte. Sie hatte Liebesaffären.

Gabriella hob die Augenbrauen, als sie die Liste der Männer, mit denen Chris zusammen gewesen war, durchging. Aber bei keinem hatte es zu einer Heirat gelangt. Mit fünfundzwanzig war die Freundin noch immer unverheiratet, eine erfolgreiche, unabhängige Künstlerin und Geschäftsfrau. Gabriella war eine Sekunde lang neidisch auf Chris.

Eine interessante Person, dachte sie. Waren sie vielleicht einmal Rivalinnen gewesen? Sie hatte alle Fakten, Zahlen und Informationen vor sich, aber die sagten nichts über ihre Gefühle aus.

Sie behielt die Unterlagen in der Hand, als ihr Privattelefon klingelte. Sie nahm den Hörer ab. »Hallo«, meldete sie sich.

»Du könntest wenigstens an Ort und Stelle sein, wenn dich eine alte Freundin über den Atlantik her anruft!«

Sie mochte diese Stimme sofort. Sie hatte einen warmen, spröden, fast schläfrigen Klang. Gabriella war traurig, dass sie sich nicht ihrer Empfindungen für Chris bewusst war.

»Chris ...« Sie zögerte, doch dann sprach sie einfach weiter: »Weißt du nicht, dass auch Hoheiten beschäftigt sind?«

Ein herzliches Lachen klang an ihr Ohr, aber Gabriella war immer noch leicht gespannt. »Du weißt doch, wann immer dir deine Krone zu schwer wird, kannst du hierher nach Houston zur Erholung kommen. Wie geht es dir, Brie?«

»Ich ...« Erstaunlicherweise wollte Gabriella ihr alles erzählen, ihr das Herz ausschütten. Diese Stimme ohne Gesicht flößte so viel Vertrauen ein. Doch sie hielt sich zurück. »Danke, es geht mir gut.«

»Ich bin Chris, das weißt du doch? Als ich von deiner Entführung erfuhr, Brie, wäre ich ...« Sie brach ab, und Gabriella hörte gerade noch einen unterdrückten Fluch. »Ich habe mit deinem Vater gesprochen. Ich wollte zu euch kommen. Aber er meinte, für dich sei das momentan nicht ratsam.«

»Wahrscheinlich nicht. Ich brauche Zeit, aber es freut mich zu hören, dass du kommen wolltest.«

»Meine Liebe, ich werde dir keine Fragen stellen. Ich bin sicher, es ist für dich das Beste, diese ganze Geschichte zu vergessen.«

Gabriella lachte kurz und heftig auf. »Genau diesen Rat scheine ich gut zu befolgen.«

Chris wartete einen Augenblick und wusste mit Gabriellas Reaktion nicht viel anzufangen. Aber sie ging nicht näher darauf ein. »Ich will nur wissen, was zum Teufel eigentlich da bei euch in Cordina los ist.«

»Was soll los sein?«

»Diese geheime Blitzromanze, die jetzt kurz vor der Verlobung steht! Brie, ich weiß, du bist immer diskret gewesen, aber ich kann einfach nicht glauben, dass du mir kein Wort davon erzählt hast. Du hast Reeve MacGee nicht ein einziges Mal erwähnt!«

»Nun, wahrscheinlich wusste ich nicht, was ich sagen sollte.« Das kommt der Wahrheit sogar sehr nahe, dachte Gabriella betroffen. »Alles ging so schnell. Die Verlobung wurde erst festgesetzt, beziehungsweise überhaupt besprochen, als Reeve im letzten Monat hierherkam.«

»Wie denkt dein Vater darüber?«

Gabriella lächelte bitter und war dankbar, dass sie jetzt nicht auf ihren Ausdruck achtgeben musste. »Man könnte sagen, er hat sie fast selbst arrangiert.«

»Ich kann nicht behaupten, dass ich dagegen bin. Ein amerikanischer Ex-Geheimdienstler ... du hast ja selbst immer gesagt, dass du nicht unbedingt standesgemäß heiraten willst.«

Über Gabriellas Gesicht huschte ein Lächeln. »Ganz offensichtlich habe ich das auch so gemeint.«

»Brie, ich weiß, dass du sehr beschäftigt bist. Ich habe dich nur angerufen, um mich und Eve für ein paar Tage selbst einzuladen.«

»Du weißt, ihr seid immer gern gesehene Gäste«, sagte Gabriella automatisch, obwohl ihr alle möglichen Gedanken durch den Kopf schossen. »Du kommst zum Ball. Wirst du etwas länger bleiben?«

»Das habe ich vor. Ich hoffe, du hast nichts dagegen, dass ich Eve mitschleppe. Wir werden am Tage vor dem Ball kommen. Ich kann dir behilflich sein und so auch deinen Verlobten kennenlernen. Übrigens, wie fühlst du dich als Verliebte?«

»Kein ...« Gabriella sah auf den Ring und dachte an das, was sie bei seinem Anblick, seiner Berührung empfand. »Kein unbedingt sehr bequemes Gefühl.«

Wieder lachte Chris. »Dachtest du etwa, es wäre anders? Pass auf dich auf, Liebes. Wir sehen uns bald.«

»Auf Wiedersehen, Chris.«

Nachdem sie aufgelegt hatte, blieb Gabriella einen Moment lang still sitzen. Es war ihr gelungen, Christina Hamilton in Sicherheit zu wiegen. Die Freundin hatte keinen Verdacht geschöpft. Gabriella war fröhlich und locker gewesen. Welch ein Betrug!

Wütend warf sie ihre Notizen zu Boden, sodass sie alle durcheinander warf. Sie starrte die Papiere noch immer an, als es diskret an ihrer Tür klopfte.

Gabriella beschloss, die Zettel liegen zu lassen. »Ja, bitte, herein.«

»Entschuldigen Sie bitte, Eure Hoheit.« Janet betrat mit dem ihr eigenen geschäftigen Gebaren das Wohnzimmer. »Ich dachte, es würde Sie interessieren, zu wissen, dass im Ballsaal alles in Ordnung ist. Auch die Dekorationen werden jetzt aufgehängt.« Obwohl sie die auf die Erde verstreuten Papiere sah, enthielt sie sich jeglichen Kommentars. »Haben Sie Ihren Anruf bekommen?«

»Ja. Ich habe mit Miss Hamilton gesprochen. Sie können meinem Vater gern ausrichten, dass sie keinen Argwohn hegt.«

Janet hielt ihre Hände gefaltet. »Ich bitte um Verzeihung, Eure Hoheit?«

»Wollen Sie mir etwa weismachen, dass Sie meinem Vater keinen Bericht erstatten?«, meinte Gabriella etwas bissig. Sie erhob sich und fühlte abwechselnd Schuld und Verzweiflung. »Ich bin mir völlig darüber im Klaren, wie sehr Sie mich beobachten, Janet.«

»Unsere einzige Sorge ist Ihr Wohlergehen«, antwortete Janet tonlos. »Falls ich Sie gekränkt haben sollte …«

»Der Vorwand, unter dem sie gekommen sind, ist beleidigend«, zischte Gabriella. »Das Ganze überhaupt.«

»Ich weiß, Eure Königliche Hoheit müssen sich fühlen, als …«

»Sie wissen überhaupt nicht, wie ich mich fühle«, unterbrach Gabriella die Sekretärin und wirbelte herum. »Wie könnten Sie? Erinnern Sie sich an Ihren Vater, Bruder, an Ihre engsten Freunde?«

»Eure Königliche Hoheit …« Janet trat näher an Gabriella heran. Mit dieser Art Temperamentsausbruch und Laune der Prinzessin musste man vorsichtig umgehen. »Vielleicht versteht keiner von uns allen wirklich Ihre Lage, aber das heißt doch nicht, dass wir uns keine Sorgen machen. Wenn ich Ihnen nur helfen könnte!«

»Nein, nein danke.« Viel ruhiger drehte Gabriella sich um. »Es tut mir leid, Janet. Ich hätte Sie nicht anfahren dürfen.«

Janets Lächeln war dünn. »Aber Sie mussten sich bei jemandem abreagieren. Ich hoffe … Das heißt, ich dachte, dass Sie sich vielleicht nach dem Gespräch mit einer alten Freundin an etwas erinnern könnten.«

»Nichts. Manchmal frage ich mich, ob es mir überhaupt je gelingen wird.«

»Aber die Ärzte haben die Hoffnung doch nicht aufgegeben.«

»Ärzte. Sie raten mir immer nur zur Geduld!« Mit einem Seufzer wandte sie sich einer Vase zu und zupfte an den Blumen. »Wie kann ich Geduld aufbringen, wenn ich immer nur Erinnerungsfragmente habe, wer ich bin und was mit mir geschehen ist!«

»Aber Sie haben Erinnerungsfetzen?« Wieder trat Janet einen Schritt näher. Zögernd legte sie Gabriella ihre Hand auf den Arm. »Sie können sich an Kleinigkeiten erinnern?«

»Nein, nur Eindrücke. Überhaupt nichts Konkretes.« Die Erinnerung an das Messer hatte Substanz, aber sie war zu schrecklich, um ihr zu lange nachzuhängen. Sie brauchte etwas, das ihr Verstand annehmen und sie beruhigen konnte.

»Aber aus Steinchen formt sich letztendlich ein Ganzes, nicht wahr, Janet?«

»Ich bin kein Arzt, aber vielleicht sollten Sie sich mit dem begnügen, was Sie jetzt schon erreicht haben.«

»Dass mein Leben vor weniger als einem Monat begonnen hat?« Gabriella schüttelte den Kopf. »Nein, das kann und will ich nicht. Ich will endlich den ersten Stein finden.«

Ein Stockwerk höher saß Alexander in seinem geräumigen, in kühlen Farben gehaltenen Büro und betrachtete Reeve. Er hatte dieses Gespräch sorgfältig vorbereitet.

»Ich weiß es zu würdigen, dass Sie mir ein wenig Ihrer kostbaren Zeit opfern, Reeve.«

»Ich bin sicher, Sie halten es für wichtig, Alex.«

»Gabriella ist wichtig.«

Reeve nickte langsam. »Für jeden von uns.«

Mit dieser Antwort hatte Alex nicht unbedingt gerechnet, aber er ließ sich nicht aus dem Konzept bringen. »Ich schätze sehr, was Sie für uns tun, Reeve, aber andererseits meine ich, dass mein Vater eine alte Freundschaft zu stark beansprucht. Ihre Rolle wird von Tag zu Tag delikater.«

Reeve lehnte sich zurück. Obwohl fast zehn Jahre Altersunterschied zwischen ihnen lagen, hatte Reeve nicht das Gefühl, einem Jüngeren gegenüberzusitzen. Alexander war reifer als die meisten seines Alters. Reeve überlegte, welche Taktik jetzt angebracht war, und entschied sich für den Angriff. »Beunruhigt Sie die Möglichkeit, dass ich Ihr Schwager werden könnte, Alex?«

Der Prinz ließ sich nicht anmerken, ob er verärgert war. »Wir wissen beide, welches Spiel gespielt wird. Meine Sorge gilt Gabriella. Momentan ist sie sehr leicht zu verletzen. Da Sie dem Wunsch meines Vaters zufolge Gabriella jetzt näher stehen als ihre eigene Familie, sind Sie in der Lage, zu beobachten und Ratschläge zu erteilen.«

»Und es beunruhigt Sie, dass ich Dinge, die mich nichts angehen, beobachten und unangebrachte Ratschläge geben könnte!«

Alexander breitete die Hände auf dem Schreibtisch aus. »Ich sehe, warum mein Vater Hochachtung vor Ihnen empfindet, Reeve. Und ich glaube zu verstehen, warum Brie Ihnen vertraut.«

»Aber Sie vertrauen mir nicht.«

»Doch, eigentlich schon!« Er war selbstsicher. Ein Mann in Alexanders Position konnte sich Unsicherheit auch keinesfalls erlauben. Er machte dennoch eine kleine Pause, um gewiss zu sein, die richtigen Worte, den richtigen Ton zu wählen. »Soweit Bries Sicherheit betroffen ist, bin ich davon überzeugt, dass sie in guten Händen ist. Andererseits ...« Er sah Reeve direkt in die Augen. Reeve hielt seinem Blick stand. »Sonst würde ich dafür Sorge tragen, dass man Sie entweder sorgfältig im Auge behielte oder sich von Ihnen trennte.«

»Das ist nur verständlich!« Reeve nahm sich eine Zigarette und bot auch Alexander eine an. Der lehnte dankend ab. »Meine Stellung als Leibwächter beunruhigt Sie also nicht, aber Sie machen sich Sorgen über eine persönliche Beziehung?«

»Sie wissen sehr wohl, dass ich gegen Ihre Verlobung mit meiner Schwester gewesen bin. Nein, geben wir der Wahrheit die Ehre, ich habe versucht, diesen Schritt zu verhindern.«

»Ich weiß, dass Sie und Loubet Ihre Zweifel hatten.«

»Ich mag meine Meinung nicht mit der von Loubet verglichen sehen«, murrte Alexander. Dann sah er Reeve mit einem breiten, offenen Lächeln an. »Mein Vater ist der Ansicht, dass Loubets Talente und Erfahrungen als Staatsminister eine ganze Reihe seiner überholten Vorstellungen aufwiegen.«

»Dann ist da noch die Tatsache, dass Loubet hinkt.« Alexander sah ihn verständnislos an. Reeve blies den Rauch seiner Zigarette genüsslich aus und fuhr fort: »Alex, wir kennen die Geschichte unserer beiden Familien. Mein Vater saß mit Loubet und dem Fürsten in dem Wagen, als sie vor fast fünfunddreißig Jahren diesen Unfall hatten. Ihr Vater brach sich den Arm, meiner hatte eine leichte Gehirnerschütterung. Aber Loubet wurde unglücklicherweise viel schlimmer verletzt!«

»Dieser Unfall hat nichts mit Loubets heutiger Position zu tun.«

»Nein, das glaube ich auch nicht. Ihr Vater regelt Dinge nicht auf diese Weise. Aber vielleicht ist er deswegen ein wenig duldsamer. Schließlich saß Ihr Vater am Steuer. Ein bestimmtes Maß an Gewissensbissen ist doch nur menschlich. In jedem Fall soll damit nur deutlich gemacht werden, dass unsere Familien in bestimmter Weise verbunden sind. Alte Freundschaften, alte Bindungen. Nur deswegen wurde meine Verlobung mit Ihrer Schwester so leicht akzeptiert.«

»Waren Sie denn so einfach damit einverstanden?«

Jetzt zögerte Reeve. »Alex, wollen Sie eine diplomatische Antwort hören oder die Wahrheit?«

»Die Wahrheit.«

»Es war keine einfache Entscheidung für mich, einer falschen Verlobung mit Gabriella zuzustimmen. Es fällt mir auch nicht leicht, meine Rolle als ihr Verlobter zu spielen oder meinen Ring an ihrem Finger zu sehen. Es ist aus dem einfachen Grund nicht leicht«, setzte Reeve langsam hinzu, »weil ich mich in sie verliebt habe.«

Alexander antwortete nicht und gab auch kein Anzeichen der Überraschung von sich. Langsam strich er mit dem Finger über ein silbergerahmtes Bild, aus dem ihm seine Schwester entgegenlächelte. »Und was wollen Sie jetzt tun?«

Reeve runzelte die Stirn. »Ist es nicht Sache Ihres Vaters, das zu fragen?«

»Sie haben es nicht meinem Vater erzählt.«

»Nein.« Langsam und betont drückte Reeve seine Zigarette aus. »Ich habe nicht vor, irgendetwas zu tun. Ich bin mir meiner Verantwortung und meiner Grenzen hinsichtlich Ihrer Schwester sehr wohl bewusst.«

»Gut.« Geistesabwesend spielte Alexander mit einem Kugelschreiber. Er hatte den Eindruck, Reeve MacGee längst nicht so gut zu kennen, wie er gedacht hatte. »Und welcher Art sind Bries Gefühle?«

»Das ist ganz allein Bries Angelegenheit. Zum jetzigen Zeitpunkt muss man ihr Leben nicht noch mehr komplizieren. Sobald sie sich wieder erinnern kann, wird sie mich nicht mehr benötigen.«

»So einfach ist das?«

»Ich bin Realist. Welche Beziehung sich auch immer zwischen Brie und mir im Augenblick entwickeln mag, sie wird sich in dem Moment ändern, wo sie ihr Gedächtnis wiedergefunden hat.«

»Und doch wollen Sie ihr helfen, das zu erreichen.«

»Sie muss es wiederfinden«, antwortete Reeve schlicht. »Sie leidet.«

Alex sah die Fotografie wieder an. »Ich weiß es.«

»Wirklich? Wissen Sie, wie schuldig sie sich fühlt, weil sie sich der Menschen nicht erinnert, die auf ihre Zuneigung warten? Wissen Sie, welche Ängste sie aussteht, wenn sie wieder einen der Träume hat, die sie an den Rand der Erinnerung bringen und sie dann doch wieder im Ungewissen lassen?«

»Nein.« Alexander ließ den Kugelschreiber fallen. »Brie vertraut sich mir nicht an. Ich glaube, ich begreife jetzt, warum. Und ich verstehe jetzt auch, warum mein Vater so großes Vertrauen zu Ihnen hat.« Alexander fühlte sich plötzlich hilflos und unzufrieden. »Sie hat Träume?«

»Sie erinnert sich an Dunkelheit, an Stimmen und an ihre Angst.« Reeve fiel der Traum mit dem Messer ein, aber er verlor kein Wort darüber. Das sollte Gabriella selbst erzählen.

»Es ist nicht viel mehr als das.«

»Jetzt begreife ich eine Menge mehr.« Wieder sah Alexander Reeve direkt an. »Sie haben das Recht, meine Fragen abzulehnen, Reeve, aber ich habe das Recht, sie zu stellen.«

»Wir sind in beiden Punkten einer Meinung.« Reeve stand auf und beendete so das Gespräch. »Erinnern Sie sich stets daran, Alexander, dass ich alles in meinen Kräften Stehende tun werde, um die Sicherheit Ihrer Schwester zu gewährleisten.«

Alex erhob sich und trat vor Reeve hin. »Auch darüber sind wir beide einer Ansicht.«

Es war schon spät, als Reeve eine heiße, wohltuende Dusche nahm. Er hatte den Abend damit verbracht, Gabriella zu einer Einladung zu begleiten, bei der man sie mit Fragen wegen der Hochzeit bestürmt hatte. Wann sollte sie sein, wo, wer wäre anwesend? Wie viele Gäste, wie schnell, wie bald?

Wenn Gabriellas Lage sich nach dem Ball nicht entscheidend gebessert haben sollte, würde es schwer sein, die Vorbereitungen für die Hochzeit noch länger als Vorwand für mangelnde Pläne zu nehmen.

Jetzt brauchen wir unbedingt ein fiktives Hochzeitsdatum, dachte Reeve, und ließ sich das Wasser über Kopf und Rücken laufen. Wenn sich die Situation nicht bald ändern würde, dann stünden sie prompt vor dem Altar, nur um die Klatschbasen zum Schweigen zu bringen.

Etwas Unsinnigeres könnte gar nicht passieren! Eine Heirat, nur um den Gerüchten Einhalt zu gebieten. Doch konnte diese Situation noch schwieriger werden als die, in der sie sich momentan befanden?

Reeve hatte das ganze Essen an ihrer Seite überstehen müssen, und jeder hatte ihm zu seinem Glück gratuliert. Er hatte direkt neben ihr gesessen und wurde dabei ständig daran erinnert, wie sie beide ganz allein auf dem Boot in der kleinen Kajüte gewesen waren.

Das Schlimme war, dass er sich viel zu genau erinnerte, an alle Einzelheiten. Aus diesem Grund hatte er seither darauf geachtet, dass sich keine Gelegenheit mehr ergab, bei der sie ganz allein und ungestört waren.

Keiner von uns beiden könnte sich das erlauben, dachte Reeve und verließ die Dusche. Damit hatte keiner rechnen können, dass er die Regeln außer Acht lassen und sich in Gabriella verlieben könnte. Er hatte eine noch ungelöste Aufgabe vor sich, und Gabriella musste erst noch ein ganzes Leben wiederentdecken. Wenn beides einmal erreicht war, dann würden die Verbindungen gelöst werden.

Und so soll es auch sein, dachte er. Gabriella gehörte nicht in die Umgebung eines kleinen Farmhauses in den Bergen, er hingegen nicht in die vornehme Welt eines Palastes. So einfach war das.

Gabriella saß in einem Sessel und blätterte ein Buch durch. Schwaches Licht fiel ihr über die Schultern, und sie wirkte gleichzeitig nervös und doch entschlossen. Es gelang ihr, ihre Unruhe zu überspielen.

Sie sah auf und meinte: »Ich glaube, ich habe Steinbeck immer gern gelesen.« Sie legte das Buch zur Seite und stand auf. Ihr einfaches weißes Kleid war langärmelig und umspielte in weichen Falten ihre grazile Figur. Das Haar fiel ihr lose auf die Schultern. Sie wirkte sehr zart und zerbrechlich.

Reeve rührte sich nicht. Er war fasziniert von ihrem Anblick. »Wolltest du dir ein Buch ausleihen?«

»Nein.« Gabriella machte einen Schritt auf ihn zu. »Du wolltest nicht zu mir kommen, deshalb beschloss ich, zu dir zu gehen.« Sie nahm seine Hände, als könne sie aus dieser Berührung Vertrauen und Sicherheit ziehen. »Du kannst mich nicht fortschicken. Ich werde hierbleiben.«

Nein, natürlich konnte er sie nicht wegschicken, auch wenn ihm die Vernunft etwas anderes riet.

»Willst du beweisen, dass du die Stärkere bist?«

»Nur, wenn es nötig sein sollte!« Gabriella nahm eine seiner Hände und legte sie an ihre Wange. »Sag mir, dass du mich nicht willst. Vielleicht werde ich dich dann hassen, aber ich werde mich zumindest nicht mehr lächerlich machen.«

Reeve wusste, dass er sie jetzt belügen konnte. Diese Lüge würde sogar gut für Gabriella sein, aber sie kam nicht mehr über seine Lippen. »Ich kann dir nicht sagen, dass ich dich nicht will. Ich bezweifle, dass ich dazu in der Lage wäre, selbst wenn ich es wollte. Wahrscheinlich bin ich es, der sich lächerlich macht.«

Lächelnd schlang sie die Arme um seinen Hals. »Halte mich, umarme mich.« Sie schloss die Augen und legte ihre Wange an seine Schulter. Hier bei ihm hatte sie sein wollen. »Dieses Warten hat mich fast verrückt gemacht. Die Ungewissheit hat mich heute Abend beinahe die Nerven verlieren lassen, als ich zu dir kam.«

»Nun, es schickt sich eigentlich auch nicht für eine Prinzessin, mich mitten in der Nacht in meinem Zimmer zu besuchen.«

Lachend warf Gabriella den Kopf in den Nacken. »Nein, natürlich nicht. Lass uns das Beste aus dieser Situation machen.«

Fest schloss sie die Arme um seinen Hals und presste ihren Mund auf seine Lippen. Wie sehr hatte sie sich nach diesem Kuss gesehnt! Und sie übertrug ihre ganze Sehnsucht mit diesem Kuss auf Reeve. Wenn sie nur heute Nacht bei ihm bliebe, dann wäre ihr alles andere gleichgültig. Dann würde sie auch am nächsten Morgen wieder die Kraft haben, einen neuen Tag erfolgreich durchzustehen.

»Reeve.« Sie sah ihn eindringlich an. »Heute Nacht wollen wir auf jede Art von Lüge und Verstellung verzichten.« Wieder hob sie seine Hand hoch und küsste ihn auf die Fingerspitzen. »Ich brauche dich. Ist das nicht genug?«

»Das ist genug. Ich will es dir beweisen.« Langsam löste er den Gürtel ihres Kleides.

Durch die offenen Fenster fiel das Dämmerlicht. Der starke Duft der Bougainvillea, die sich an der Mauer hochrankte, drang zu ihnen herein. Gabriella ließ ihr Kleid zu Boden gleiten und zitterte leicht vor Erregung.

»Du bist wundervoll, Brie.« Reeve streichelte ihre bloßen Schultern. »Jedes Mal, wenn ich dich sehe, kommt es mir wie das erste Mal vor.«

Reeve streichelte ihr das Haar aus dem Gesicht und nahm ihren Kopf in beide Hände. Lange standen sie so voreinander und sahen sich in die Augen, bis Gabriella vor Aufregung ihren eigenen Herzschlag spürte.

Reeve bedeckte ihr Gesicht mit Küssen, zartfühlend, hingebungsvoll. Er liebkoste mit seinen Lippen ihren Hals, ihre Wange, die Stirn und die Augen. Brie war jetzt bei ihm, sie war von selbst zu ihm gekommen. Nun sollte sie seine ganze Zärtlichkeit fühlen.

Er hob sie mit seinen starken Armen hoch. Überrascht öffnete Gabriella die Augen, als er sie zu dem großen Bett hinübertrug.

Dann lagen sie nackt in den weichen Kissen. Er führte ihre Finger an seine Lippen und küsste jeden einzelnen voller Liebe. Gabriella hob die Arme zu ihm hin, und von den Händen abwärts bedeckte Reeve sie mit Liebkosungen. Im Gegensatz zum ersten Mal fanden sie sich jetzt nicht in einem spontanen Rausch der Empfindungen, sondern entdeckten ihre Körper Zentimeter für Zentimeter, forschend und behutsam.

Gabriella hatte gedacht, Reeve habe ihr bereits jeden Reiz vermittelt, auf den ihr Körper fähig war zu reagieren, doch jetzt empfand sie unter seiner Berührung völlig andere, noch intensivere Gefühle.

Sie spürte seine Unruhe, sein großes Verlangen nach ihr. Beim ersten Mal hatte sie seinen Sturm der Gefühle förmlich herbeigesehnt und herausgefordert. In dieser Nacht war jedoch alles anders, viel zärtlicher, langsamer. Sie schmiegten sich aneinander, Wange an Wange, Hand in Hand und genossen ihre stille, einfühlsame Liebe.

Reeve streichelte Gabriella mit Absicht ruhig und ausgiebig. Mit den Lippen berührte er ihren Hals, die sanfte Rundung ihrer Brust, suchte den Weg abwärts zu ihren schmalen Hüften. Sie hatte den zerbrechlichen Körper einer Frau, die ihr Leben in Luxus und Geborgenheit verbrachte.

Reeve wusste jedoch, dass der Verstand, der zu diesem Körper gehörte, nichts als gegeben betrachtete, dass für ihn nichts selbstverständlich war. Liebte Reeve sie dieser Einstellung wegen?

Gabriella seufzte vor Wohlbehagen. Ihre Haut brannte unter seinen Küssen. Sie wurde von Reizen durchflutet, die sie noch nie zuvor empfunden hatte.

Mit der Zungenspitze erforschte er jede Stelle ihres glühenden Körpers, suchte, spielte, liebkoste und verwöhnte ihn. Dann kam der Moment, da das Verlangen unerträglich wurde. Die Sehnsucht, sich mit ihm zu vereinen, war stärker als alles andere. Sie wollte seine Kraft in sich spüren, sich von seiner Leidenschaft forttragen lassen. Sie wollte eins mit ihm werden in einer sich erfüllenden Umarmung.

Ihr Atem ging heftig, das Herz hämmerte ihr bis zum Hals, und plötzlich wurde Gabriella vom Strudel seiner Begierde fortgerissen. Sie ließ es zu, ließ sich davontragen in eine ihr unbekannte Welt beiderseitigen Begehrens und unendlicher Sehnsucht.

9. Kapitel

Gabriella war klar, dass sie die Nacht nicht bei Reeve hätte verbringen dürfen, aber sie wollte bei ihm sein, an seiner Seite einschlafen, selbst wenn es nur für wenige Stunden sein sollte.

Es fiel ihr leicht, in der dunklen, stillen Nacht nicht an die notwendige Diskretion zu denken. Sie nahm sich, wozu Liebende ein Recht haben. Wie herrlich war es doch, neben Reeve zu liegen und im Schlaf seine Hand zu halten. Diese wenigen Stunden waren mögliche Verwicklungen am nächsten Morgen wert.

Reeve wachte als Erster auf und weckte sie noch kurz vor dem Morgengrauen. Gabriella spürte den zarten Kuss auf ihrer Schulter, aber sie seufzte nur wohlig auf und kuschelte sich noch enger an ihn. Ein leiser Schauer überlief sie, als er sanft an ihrem Ohrläppchen zog.

»Brie, die Sonne geht auf.«

»Hm. Küss mich!«

Reeve küsste sie so lange, bis er sicher war, dass sie munter war: »Die Diener werden bald aufstehen und ihren Dienst antreten«, sagte er.

Gabriella öffnete ihre Augen ein wenig. »Du solltest dann nicht mehr hier sein«, riet er.

»Machst du dir schon wieder Sorgen um deinen Ruf?« Sie gähnte und umarmte ihn spontan.

Reeve lächelte und legte genießerisch die Hand auf ihre Brust. Wenn er und Brie zusammen waren, fühlte er sich völlig ausgeglichen und im Einklang mit sich selbst. »Natürlich.«

Mit sich zufrieden, wickelte sie eine Strähne seines Haares um ihren Finger. »Ich habe dich wahrscheinlich kompromittiert.«

»Du warst es doch, die zu mir in mein Zimmer gekommen ist. Wie hätte ich eine Prinzessin abweisen können?«

Gabriella drückte ihm einen Kuss auf die Stirn. »Sehr klug. Wenn ich …« Nachdenklich fuhr sie sich mit der Zunge über die Lippen. »Wenn ich dir also befehlen würde, mich jetzt gleich noch einmal zu lieben …«

»Dann würde ich dich schleunigst aus dem Bett befördern.« Er verhinderte ihren Protest mit einem Kuss. »Eure Königliche Hoheit.«

»Sehr schön«, antwortete Gabriella leichthin und rollte sich zur Seite. Sie stand auf, räkelte sich und schüttelte ihr Haar zurecht. »Da du mich so schnell loswerden willst, kannst du das nächste Mal ja zu mir kommen.« Sie bückte sich nach ihrem Kleid und streifte es über. »Das heißt, wenn du verhindern möchtest, in einer der dunklen, feuchten Kerkerzellen zu landen.«

Reeve sah ihr beim Anziehen zu. »Erpressung?«

»Ich bin gewissenlos.« Sie zog den Reißverschluss auf dem Rücken zu und legte den Gürtel um ihre schmale Taille.

»Brie …« Reeve setzte sich auf und fuhr sich mit der Hand durchs Haar. »Alexander und ich hatten gestern ein langes Gespräch.«

Gabriella hantierte weiter an dem Gürtel herum. Reeve sollte ihre plötzliche Nervosität nicht bemerken. »So? Über mich, nehme ich an.«

»Ja, über dich.«

»Und?«, fragte sie ein wenig schnippisch.

»Dieser hochmütige Ton zieht bei mir nicht, Brie. Das solltest du jetzt eigentlich wissen.«

»Was dann?«

»Ehrlichkeit.«

Gabriella sah ihn an und seufzte. Mit dieser Antwort hätte sie rechnen müssen. »Nun gut. Auch ich hatte gestern mit Alex ein Gespräch, vielmehr einen Streit. Ich kann nicht behaupten, dass ich es gern habe, wenn ihr zwei über mich und mein Leben redet.«

»Er macht sich Sorgen, ebenso wie ich.«

»Ist das eigentlich für alles eine Erklärung?«

»Das ist der Grund für alles.«

Gabriella atmete hörbar schwer. »Es tut mir leid, Reeve. Ich will nicht ungerecht sein, auch wenn es vielleicht so aussehen mag. Ja, sogar undankbar. Ich habe nur den Eindruck, dass bei aller Besorgnis um meine Person jeder an mich irgendwelche Forderungen stellt.« Während sie sprach, ging sie langsam zum Fenster und wieder zurück, als müsse sie an diesem Morgen erst wieder zu sich finden. »Man verlangt von mir, Loubets Plan zu befolgen, den Gedächtnisschwund so zu überspielen, dass niemand in Panik gerät und die Untersuchung im Stillen fortgeführt werden kann. Man verlangt von uns beiden, diese falsche Verlobung durchzustehen. Ich glaube, es ist das, was mich am meisten belastet.«

»Aha.«

Sie sah ihn ernst an. »Ich frage mich, ob du das verstehst«, murmelte sie. »Auf der einen Seite überhäuft man mich mit Besorgnis und Zuneigung, auf der anderen gibt es unendlich viele Verpflichtungen.«

»Möchtest du lieber etwas anderes tun? Sollte es anders gehandhabt werden?«

»Nein!« Gabriella schüttelte den Kopf. »Nein. Zu welchem Ergebnis ist denn Alexander gekommen?«

»Er hat beschlossen, mir zu vertrauen. Und du?«

Sie sah ihn überrascht an, dann erst wurde ihr klar, wie missverständlich ihr Ton gewesen war. »Du weißt, dass ich dir vertraue. Ich wäre nicht hier bei dir, wenn es anders wäre.«

Manchmal war es das Beste, einen Gedanken sofort in die Tat umzusetzen, deshalb fragte Reeve: »Kannst du dir heute freinehmen und mit mir kommen?«

»Ja.«

»Keine Fragen?«

Gabriella zuckte die Achseln. »Nun schön, wenn du unbedingt willst. Wohin?«

»Zu dem kleinen Stück Land.« Er erwartete eine besondere Reaktion, aber Gabriella sah ihn nur an. »Ich halte es für an der Zeit, dass wir jetzt zusammenarbeiten.«

Gabriella schloss einen Moment lang die Augen, dann ging sie zum Bett herüber. »Danke.«

Reeve fühlte den Widerstreit der Gefühle in sich. Aber das würde bei Gabriella und ihm wohl immer so sein. »Vielleicht bist du mir hinterher gar nicht mehr dankbar.«

»Oh doch, das werde ich.« Sie neigte sich zu ihm und gab ihm einen freundschaftlichen, ganz leidenschaftslosen Kuss. »Egal, was passiert.«

Die Gänge lagen im Dämmerlicht, als Gabriella Reeves Zimmer verließ und zu ihren Räumen schlich. Jetzt fühlte sie sich frisch und hoffnungsvoll. An diesem Tag würde sie keine der auf sie wartenden Pflichten wahrnehmen. Sie wollte versuchen, die Vergangenheit mit der Gegenwart zusammenzubringen. Der Schlüssel dazu war vielleicht wirklich die kleine Farm. Und mit Reeves Hilfe würde sie ihn möglicherweise finden.

Leise öffnete Gabriella die Tür ihres Schlafzimmers. Sie war voller Tatendrang. Munter summte sie vor sich hin, als sie die Vorhänge zur Seite zog, um Licht hereinzulassen.

»Soso.«

Erschrocken fuhr sie herum.

»Nanny!«

Die alte Frau setzte sich im Sessel auf und warf Gabriella einen langen fragenden Blick zu. Kein Zeichen von Müdigkeit war ihr anzumerken. Gabriella spürte die Missbilligung und auch die Nachsicht, die von ihr ausging, und das Blut schoss ihr in die Wangen.

»Du hast allen Grund, rot zu werden, wenn du so am frühen Morgen auf Zehenspitzen in dein Zimmer schleichst.«

»Bist du die ganze Nacht hier gewesen?«

»Ja, ganz im Gegensatz zu dir.« Mit ihren langen, knorrigen Fingern klopfte Nanny gegen die Armlehne des Sessels. Die Veränderung in Gabriellas Gesicht war unübersehbar, aber sie hatte sie schon an dem Tag bemerkt, als Gabriella vom Segeln zurückgekommen war. Selbst eine alte Frau blieb dennoch eine Frau. »Du hast jetzt also einen Liebhaber. Sag mir, bist du glücklich?«

Trotzig reckte Gabriella das Kinn und war selbst überrascht, dass sie so reagierte. »Ja.«

Nanny betrachtete sie, das zerzauste Haar, die geröteten Wangen und den Blick, aus dem noch immer die erlebte Leidenschaft sprach.

»So sollte es auch sein«, meinte sie dann ruhig. »Du hast dich verliebt.«

Gabriella wollte es im ersten Moment leugnen. Die Worte lagen ihr schon auf der Zunge, aber sie wusste, dass es eine Lüge sein würde. Noch eine Lüge mehr. »Ja, ich bin verliebt!«

»Dann rate ich dir, vorsichtig zu sein.« Im fahlen Morgenlicht sah Nannys Gesicht alt und bleich aus, aber ihre Augen zeigten noch immer jugendliches Feuer. »Wenn eine Frau in einen Mann verliebt ist, dann riskiert sie mehr als nur ihren Körper oder ihre Zeit. Verstehst du mich?«

»Ja, ich denke schon.« Gabriella lächelte und hockte sich vor Nanny hin. »Warum hast du die ganze Nacht in diesem Stuhl und nicht in deinem Bett zugebracht?«

»Du hast vielleicht einen Liebhaber, aber ich kümmere mich dennoch weiterhin um dich. Ich hatte dir deine warme Milch gebracht, weil du doch nicht gut schläfst.«

Gabriella sah die Tasse auf dem Tisch stehen. »Und ich habe dich beunruhigt, weil ich nicht hier war.« Sie legte Nannys Hand gegen ihre Wange. »Das tut mir leid, Nanny.«

»Ich habe mir gedacht, dass du bei dem Amerikaner sein würdest.« Sie schnaubte leicht durch die Nase. »Nur schade, dass sein Blut nicht so blau wie seine Augen ist, allerdings hättest du es schlechter treffen können.«

Der Diamant wog schwer an Gabriellas Finger. »Bis jetzt ist es nur ein Traum, nicht wahr?«

»Du träumst viel zu wenig«, versetzte Nanny knapp. »Deshalb hatte ich dir die Milch gebracht, nur um dann festzustellen, dass du offensichtlich eine andere Art von Trost brauchst!«

Jetzt musste Gabriella lachen. »Bist du mir böse, wenn ich dir gestehe, dass ich es so besser fand?«

»Ich rate dir nur, deine Neigungen noch eine Weile vor deinem Vater geheim zu halten.« In Nannys Stimme schwang ein belustigter Unterton, und Gabriella lächelte sie an. »Vielleicht bist du ja jetzt nicht mehr auf das, was ich dir bringe, angewiesen.« Sie griff neben sich und zog eine zerschlissene Stoffpuppe mit einem runden Gesicht hervor, die in einem zerrissenen Kleidchen steckte. »Als du noch ein Kind warst und nachts nicht schlafen konntest, hast du immer danach gegriffen.«

»Armes, hässliches, kleines Ding«, flüsterte Gabriella und nahm die Puppe entgegen.

»Du hast sie ›Henrietta Häuslich‹ genannt.«

»Hoffentlich hatte sie nichts dagegen«, meinte Gabriella und strich sanft über das Puppengesicht. Dann versteifte sie sich plötzlich und sagte nichts mehr.

Ein junges Mädchen in einem kleinen Bett. Seidene Bettwäsche mit einem zarten rosafarbenen Blumendekor. Eine helle Tapete mit Vögeln und Rosenranken. Musik, die von weither erklingt, ein romantischer langsamer Walzer. Und eine Frau, die Frau, welche sie auf einem der Ahnenporträts in der Familiengalerie gesehen hatte. Sie lächelt, flüstert ihr zärtliche Worte zu, lachend lehnt sie sich über Bries Bett. Die Smaragde an ihren Ohren schimmern verlockend im schwachen Licht. Eine grüne seidene Ballrobe, die ihrer Figur einen mädchenhaften Reiz verleiht. Ein schwacher Duft nach frischen Apfelblüten …

»Gabriella!« Nanny legte ihr die Hand auf die Schulter. Die Haut unter dem dünnen Gewand war eiskalt. »Gabriella.«

»Mein Kinderzimmer, welche Farbe hatte es?«

»Es war weiß und hatte eine chinesische Tapete«, antwortete Nanny zögernd.

»Und hatte meine Mutter ein seidenes grünes Ballkleid?«, fragte Gabriella und hielt unbewusst die Puppe fest umklammert. Ihr standen Schweißperlen auf der Stirn, sie merkte es aber nicht. Sie musste sich zwingen, sich zu erinnern, dann würden ihr die Dinge auch wieder einfallen. »Ja, das stimmt. Mit einer sehr engen Taille und einem großen Stufenrock. Es war smaragdgrün.«

»Und sie roch nach frischen Apfelblüten, nicht wahr? Sie war wunderschön.«

»Ja, richtig. Erinnerst du dich?« Nanny hielt Gabriella fest an der Schulter.

»Ich … Sie kam in mein Zimmer. Ich hörte Musik, einen Walzer. Sie kam, um mir Gute Nacht zu sagen.«

»Das tat sie immer. Erst bei dir, dann bei Alexander, und zum Schluss ging sie zu Bennett. Wenn dein Vater die Zeit hatte, kam er auch herauf. Und bevor sie selbst schlafen gingen, warfen sie beide immer noch einen Blick in die Kinderzimmer. Ich werde jetzt deinen Vater holen.«

»Nein.« Gabriella presste die Puppe an ihr Herz. Das Bild war verflogen. Sie fühlte sich schwach und erschöpft. »Nein, jetzt noch nicht. An mehr erinnere ich mich nicht. Nur dieses Bild tauchte eben auf, aber mir fehlt noch so vieles andere. Nanny …« In Gabriellas Augen standen Tränen. »Ich weiß endlich, dass ich meine Mutter geliebt habe, jetzt fühle ich es wirklich. Und nun habe ich das Gefühl, als hätte ich sie ein zweites Mal verloren.«

Sie lehnte den Kopf an Nannys Schulter und ließ den Tränen freien Lauf. Die alte Kinderfrau streichelte ihr beruhigend über das Haar.

»Du willst also wegfahren!«

Gabriella stand in der großen Halle und sah ihren Vater an. Sie hatte sorgfältig ihr Make-up aufgelegt, sodass alle Spuren von Tränen verdeckt waren. Nur ihre Nerven waren noch nicht wieder zur Ruhe gekommen. Zerstreut spielte sie mit dem Riemen ihrer Umhängetasche.

»Ja, ich habe Janet angewiesen, alle meine Termine abzusagen. Es war sowieso nichts Wichtiges dabei.«

»Brie, du musst dich nicht vor mir rechtfertigen, wenn du einmal einen Tag ausspannen möchtest.«

Fürst Armand war sich zwar nicht sicher, wie sie reagieren würde, aber er ergriff trotzdem ihre Hand. »Habe ich zu viel von dir verlangt?«

»Nein, ich glaube nicht.« Sie schüttelte den Kopf.

»Noch nie war es schwieriger für mich als jetzt, gleichzeitig Regent und Vater zu sein. Wenn du den Wunsch hast, Gabriella, dann verreise ich mit dir ein paar Wochen. Vielleicht eine Kreuzfahrt oder nur ein Ausflug in unser Haus auf Sardinien.«

Gabriella brachte es nicht übers Herz, ihm zu sagen, dass sie das Haus auf Sardinien nicht kannte. So lächelte sie ihn an. »Das ist nicht notwendig. Dr. Franco hat dir bestimmt berichtet, dass ich sehr kräftig bin!«

»Aber Dr. Kijinsky teilte mir mit, dass du noch immer von Traumbildern heimgesucht wirst.«

Gabriella atmete tief durch und versuchte, sich nicht darüber zu ärgern, dass sie dem Arzt schließlich doch alles erzählt hatte. »Manche Dinge brauchen halt länger, um zu heilen.«

Armand versagte es sich, Gabriella darum zu bitten, sich ihm in der gleichen Weise mitzuteilen wie Reeve. Dazu musste sie innerlich bereit sein. Doch die Erinnerung an das Kind, das sich auf seinen Schoß gekuschelt hatte, den Kopf an seiner Schulter, und ihm seine Sorgen mitgeteilt hatte, konnte er nicht verdrängen.

»Du siehst müde aus«, stellte er fest. »Die Landluft wird dir guttun. Fährst du auf den kleinen Bauernhof?«

Gabriella hielt seinem Blick stand. Sie war nicht gewillt, sich von ihrem Vorhaben abbringen zu lassen. »Ja!«

Armand bemerkte ihre Entschlossenheit und respektierte sie. Sehr wohl fühlte er sich allerdings nicht dabei. »Wenn du wieder zurück bist, erzählst du mir dann alles, was dir vielleicht eingefallen ist oder welche Empfindungen du dort hattest?«

Inzwischen war sie etwas ruhiger geworden. »Ja, natürlich.« Sie machte einen Schritt auf ihn zu und küsste ihn leicht auf die Wange. Sie tat es für ihn und in der Erinnerung an die

Frau im grünen Ballkleid, die ihr Gute Nacht gesagt hatte. »Mach dir um mich keine Sorgen. Reeve kommt mit mir.«

Armand sah ihr nach, wie sie den endlos langen Gang hinunterging. Er war bemüht, sich nicht zurückgesetzt zu fühlen. Ein Diener öffnete ihr die Tür, und Gabriella trat hinaus in das helle Tageslicht.

Eine ganze Weile sagte Reeve kein Wort. Gemächlich fuhren sie die sich windende Küstenstraße bergauf und bergab. Er fühlte Gabriellas inneren Aufruhr, kannte allerdings die Ursache nicht. Aber er konnte warten.

Sie ließen die Stadt Cordina hinter sich und fuhren am Hafen Lebarre vorbei. Hier und da tauchten an den Seiten Bauernhäuser auf, mit sorgfältig gepflegten Gärten in voller Blütenpracht. Diese Straße war sie in jener Nacht auf ihrer Flucht entlanggerannt. Gabriella bemühte sich, etwas wiederzuerkennen, alles noch mal zu durchleben.

Ihr kam jedoch nichts bekannt vor, auch nichts, was sie beängstigen könnte. Und doch war sie verkrampft. Nervös spielte sie mit dem Riemen ihrer Handtasche und nahm die idyllische, farbenprächtige Umgebung, die felsige, windzerzauste Landschaft kaum wahr.

»Möchtest du anhalten, Gabriella? Oder vielleicht lieber woandershin fahren?«

Rasch drehte sie sich zu ihm hin, sah aber gleich wieder geradeaus. »Nein, natürlich nicht. Cordina ist ein hübscher Flecken Erde, nicht wahr?« Sie versuchte, ihrer Stimme einen lockeren Klang zu verleihen.

»Warum erzählst du mir nicht, was dich bedrückt?«

»Ich weiß nicht.« Sie legte ihre Hände in den Schoß. »Ich fühle mich unsicher, so als ob ich mir selbst über die Schulter sähe.«

Reeve hatte sich bereits entschlossen, ihr ohne Umschweife die notwendigen Antworten zu geben. »Vor einem Monat bist du während eines Sturms diese Straße entlanggerannt.«

Gabriella krampfte die Finger zusammen und streckte sie wieder aus. »Rannte ich in Richtung auf die Stadt oder von ihr fort?«

Er warf ihr einen Blick von der Seite zu. Auf diese Gedankenverbindung war er selbst noch nicht gekommen, und er bewunderte ihren scharfen Verstand. »Auf die Stadt zu. Du warst nicht mehr als drei Meilen von Lebarre entfernt, als du bewusstlos wurdest.«

Gabriella nickte. »Dann hatte ich Glück, oder ich wusste noch so viel, um wenigstens den richtigen Weg zu nehmen. Reeve, heute Morgen ...«

»Was war da?« Er horchte auf und hielt das Lenkrad fester.

»Nanny hat in meinem Zimmer auf mich gewartet.«

Sollte ihn das amüsieren oder erschrecken? Reeve konnte sich bei dem Bild, das vor seinem inneren Auge entstand, ein Lächeln nicht verkneifen. »Ja, und?«

»Wir haben uns unterhalten. Manchmal bringt sie mir abends heiße Milch. Daran habe ich gestern Nacht natürlich nicht gedacht.« Auch Gabriella musste lächeln. »Außerdem brachte sie mir eine Puppe, die ich als Kind hatte.« Langsam und entschlossen, keine Einzelheiten auszulassen, berichtete sie ihm jetzt, woran sie sich erinnert hatte. »Das war alles«, endete sie schließlich. »Nur dass es diesmal kein Traum und kein flüchtiger Eindruck, sondern wirkliche Erinnerung war.«

»Wem hast du das sonst noch erzählt?«

»Niemandem.«

»Berichte es Dr. Kijinsky, wenn du ihn morgen siehst.« Das klang fast wie ein Befehl. Gabriella hatte Mühe, sich nicht darüber zu ärgern, sondern Verständnis aufzubringen.

»Ja, natürlich. Hältst du es für einen Anfang?«

Während Gabriella gesprochen hatte, hatte Reeve die Geschwindigkeit vermindert. Jetzt beschleunigte er wieder. »Ich glaube, deine Kräfte kommen zurück. Mit dieser Erinnerung konntest du fertig werden. Vielleicht musste dir erst etwas Schönes einfallen, ehe du dich mit dem Rest auseinandersetzen kannst.«

»Und alles andere wird mir wieder einfallen.«

»Ja. Dein Erinnerungsvermögen kommt wieder«, pflichtete er bei.

Entsprechend den Erklärungen, die man Reeve gegeben hatte, verließ er die Küstenstraße und fuhr landeinwärts. Die Straße war hier nicht mehr so gut. Wieder verlangsamte er die Fahrt.

Es dauerte nicht lange, dann kamen sie in bewaldetes Gebiet. Das Rauschen des Meeres wurde schwächer. Die Landschaft war lieblicher, mit grünen, sanft geschwungenen Hügeln. Hin und wieder hörten sie das Bellen eines Hundes, sahen Kühe auf der Weide oder verscheuchten aufgeregtes Federvieh von der Straße. Reeve war, als wäre er auf dem Weg zu seinem eigenen Farmhaus.

Erneut bog er von der Straße ab und fuhr jetzt nur noch im Schritttempo. Der Weg bestand hier aus Steinen und Geröll. Zur Rechten lag ein grünes, wild bewachsenes Stück Land, auf der anderen Seite wuchsen zahlreiche Bäume.

»Sind wir da?«

»Ja.« Reeve schaltete den Motor aus.

»Hat man meinen Wagen hier gefunden?«

»Genau.«

Gabriella blieb einen Augenblick lang reglos sitzen. »Warum glaube ich bloß immer, es müsste ganz leicht sein? Jedes

Mal denke ich, dass mir beim Anblick eines Gegenstandes alles wieder deutlich werden würde. Aber nie ist es so. Manchmal fühle ich jedoch das Messer in meiner Hand geradezu körperlich.« Sie sah auf ihre Handfläche. »Ich spüre es wirklich, und dann weiß ich, dass ich in der Lage wäre, einen Menschen zu töten!«

»Unter entsprechenden Umständen geht uns das wohl allen so.«

»Nein.« Äußerlich ganz ruhig, faltete Gabriella ihre Hände. Mit dieser inneren Qual musste sie alleine fertig werden, so hatte man es ihr anerzogen. »Das glaube ich nicht. Jemanden umzubringen setzt den Willen zur Gewalt voraus. Bei manchen Menschen ist er so stark, dass er alle anderen Instinkte verdrängt.«

»Und was wäre mit dir geschehen, wenn du einfach nur die Augen zugemacht und jede Art von Gewalt abgelehnt hättest?« Fest nahm Reeve sie bei der Schulter und drehte sie zu sich herum. »Gesegnet seien die Duldsamen, Brie? Du weißt das doch besser.«

Gabriella war nicht in der Lage, unter seinem Blick ihre Gefühle noch weiter zu verbergen. »Ich will in meinem Leben keine Gewalt«, sagte sie leidenschaftlich. »Und ich will und werde die Tatsache nicht akzeptieren, dass ich jemanden getötet habe.«

»Dann wirst du dich nie aus deiner Lage befreien können!« Reeves Ton war hart. »Du wirst immer in einer Traumwelt leben. Die kühle, unerreichbare, fremde Prinzessin im Schloss.« Er lehnte sich in seinen Sitz zurück.

»Du sprichst zu mir von einer Traumwelt?« Jetzt bedrängte Reeve ihr Erinnerungsvermögen, und es spielte nun auch keine Rolle mehr, dass sie ihn einst darum gebeten hatte. Er drängte sie in eine dunkle, drohende Welt. »Du hast doch auch deine Illusionen«, begehrte sie auf. »Du bist ein Mensch, der die Gefahr sucht, ihr ins Auge gesehen hat. Und jetzt gibst du vor, dich damit zu begnügen, auf deiner Veranda zu sitzen und zuzusehen, wie dein Getreide wächst.«

Sie hatte Reeves wunden Punkt getroffen. Enttäuschung und Ärger stiegen in ihm auf und schwangen in seiner Stimme mit. Er hatte seine Träume, und Gabriella war ein Teil davon geworden. »Ich kenne wenigstens meine eigene Wirklichkeit und setze mich damit auseinander. Ich brauche meine Farm aus Gründen, die du nicht einmal willens bist zu verstehen. Ich brauche sie, weil ich weiß, wozu ich fähig bin, was ich getan habe und noch tun könnte.«

»Ohne jedes Bedauern«, provozierte Gabriella ihn.

»Ich pfeife darauf. Morgen kann alles anders sein. Ich habe wenigstens die Wahl!« Das jedenfalls redete er sich ein.

»Die hast du.« Plötzlich fühlte sie sich müde und sah von ihm fort. »Vielleicht unterscheiden wir beide uns darin. Wie kann ich mein Leben so führen, wie ich es muss, wenn ich weiß, dass ich …«

»Dass du menschlich fühlst«, unterbrach er sie. »Genau wie wir anderen auch.«

»Du vereinfachst die Dinge.«

»Willst du mir einreden, dass dein Titel dich über uns stellt?«

Ihr lag eine scharfe Bemerkung auf der Zunge, aber sie atmete nur tief durch.

»Du hast mich in die Ecke getrieben. Ich bin ein verängstigter Mensch. Aber mit meinen Schatten zu leben, erscheint mir das Schwierigste überhaupt.«

»Willst du dich weiter damit auseinandersetzen?«

»Ja.« Sie öffnete die Wagentür und stieg aus.

Gabriella sah sich um und wünschte, sie wüsste, wo sie anfangen sollte. »Bist du früher schon hier gewesen?«, wollte sie von Reeve wissen.

»Nein.«

»Gut, dann ist es für uns beide das erste Mal.« Sie hielt sich die Hand über die Augen. »Es ist sehr still hier. Ich frage mich, ob ich die Absicht hatte, dieses Land einmal anlegen zu lassen.«

»Du hast davon gesprochen.«

»Aber nichts dergleichen unternommen.« Sie begann, langsam ein wenig herumzuschlendern. Es würde ein hartes Stück Arbeit werden, diese Erde zu bebauen.

»Warum habe ich dieses Land gekauft?«

»Du wolltest einen eigenen Besitz haben, wohin du dich zurückziehen konntest.«

»Einen Zufluchtsort?«

»Nein, Ruhe und Einsamkeit«, korrigierte er sie. »Das ist etwas anderes.«

»Hierher gehört ein Haus«, meinte sie plötzlich ungeduldig und beschrieb mit der Hand einen Kreis. »Hierher gehört Leben. Sieh einmal, wenn man aus dieser Gruppe ein paar Bäume auslichten würde, dann könnte man dort wundervoll ein Haus hinbauen, von dem aus man den ganzen Besitz überblicken könnte. Dazu gehören natürlich auch Ställe und Versorgungsbauten mit entsprechendem Weideland!«

Gabriella war von ihrem Gedanken selbst beeindruckt und ging begeistert weiter. »Direkt hier. Man sollte dieses Stück Land nicht so brachliegen lassen. Hierher gehören Kinder und kläffende, herumtollende Hunde. Ohne sie ist das Leben nur halb so schön.«

Selbst Reeve konnte sich das Bild so ausmalen, wie sie es beschrieb. Genau so hatte er sich seine eigene Farm vorgestellt. »Soweit ich weiß, ist es kein ungeliebter Ort!«

»Aber man kümmert sich nicht darum. Ein so hübscher Flecken sollte nicht ungenutzt bleiben.«

Neugierig ging Gabriella weiter durch das hohe Gras und stieß auf einmal mit dem Fuß gegen einen Gegenstand, der Reeve vor die Füße rollte. Er bückte sich und hob eine leere rote Thermoskanne auf, deren Verschlusskappe fehlte. Er fasste sie vorsichtig am unteren Ende an.

»In deinen Träumen warst du an einem stillen Ort und hast aus einer roten Thermosflasche Kaffee getrunken!«

Gabriella starrte die Flasche entsetzt an. »Ja«, bestätigte sie leise.

»Und dann wurdest du schläfrig.« Er roch an der Öffnung, und alle möglichen Überlegungen schossen ihm durch den Kopf. Wie gut war eigentlich das Polizeilabor von Cordina? Warum hatte man das Gelände hier nicht gründlicher untersucht? Wie konnte man ein so wichtiges Beweisstück nicht entdecken? Er musste die Antworten auf diese Fragen so schnell wie möglich finden.

Gabriella war von sich aus hier entlanggegangen, ohne dass er sie dazu angehalten hatte. Dann hatte sie ganz systematisch beschrieben, wo sie ihr Haus mit den Ställen bauen lassen würde. Wenn sie also genau hier schon einmal gesessen hatte …

Reeve kniff die Augen zusammen und suchte die Gegend ab, bis sein Blick auf einen großen, glatten Felsen fiel. Er war nur wenige Schritte entfernt und lag so, dass die Sonne ihn vom späten Vormittag bis in den frühen Nachmittag hinein beschien. Für jemanden, der seinen eigenen Gedanken nachhängen wollte, genau der richtige Platz.

»Woran denkst du?«, wollte Gabriella wissen.

Reeve sah wieder zu ihr hin. »Ich überlege gerade, dass du an diesem Felsen dort gesessen und deinen Kaffee getrunken haben könntest. Du bist müde geworden und vielleicht sogar eingeschlafen. Doch dann hast du versucht, die Müdigkeit wieder abzuschütteln. Du hast mir erzählt, dass du in deinen Träumen versucht hast, wieder munter zu werden. Vielleicht gelang es dir also, aufzustehen und zu deinem Wagen zurückzustolpern.«

Reeve drehte sich um und sah dorthin, wo sein eigenes Auto stand. »Doch dann wirkte die Droge, du brachst zusammen, und die Thermosflasche rollte zur Seite.«

»Eine Droge ... im Kaffee?«

»Es passt zusammen. Derjenige, der dich entführt hat, war nervös und stand unter Zeitdruck. Er oder sie kümmerten sich nicht um die Thermosflasche. Warum auch? Sie hatten ja dich.«

»Dann muss es jemand sein, der meine Gewohnheiten gut kennt, der vor allem wusste, dass ich an jenem Tag hierherfahren würde. Jemand, der ...«

Sie verstummte und starrte auf die Thermosflasche.

»Jemand, der dir nahesteht«, beendete Reeve den Satz für sie. Er hob die Flasche hoch. »Sehr nahe sogar!«

Ein leichtes Zittern überkam sie. Wieder verspürte sie den Drang, sich umzudrehen und weit, weit fortzurennen. Sie musste ihre ganze Beherrschung aufbringen, um ruhig stehen zu bleiben. »Was machen wir jetzt?«

»Jetzt werden wir erst einmal herausfinden, wer dir den Kaffee gemacht hat und wer Gelegenheit hatte, dir etwas hineinzutun.«

Brie fiel es schwer, zuzustimmen. »Reeve, hätte die Polizei das nicht herausfinden müssen?«

Er sah an ihr vorbei. »Das sollte man eigentlich annehmen, nicht wahr?«

Gabriella sah auf die Ringe an ihren Händen. Der Diamantring war ein Symbol für Treue, die Saphire für die Liebe.

»Mein Vater ...«, begann sie, aber die Worte erstarben ihr auf den Lippen.

»Jetzt ist es höchste Zeit, dass wir mit ihm sprechen müssen.«

Es war gefährlich für sie, sich zu treffen, doch jeder fuhr die lange, schlechte Straße hinunter zum Bauernhaus. Es wäre allerdings noch gefährlicher gewesen, sich jetzt nicht zu sehen.

Das Haus lag auf einem verwilderten Gelände, einsam und verborgen. Nie hatte sich jemand so recht darum gekümmert. Deshalb war es genau der richtige Treffpunkt. Es lag nahe genug an dem unbebauten Stück Land und weit genug von der Stadt entfernt, um nicht sofort entdeckt zu werden. Mit einer Ausnahme waren alle Fenster vernagelt. Sie hatten schon vorgehabt, das Haus abzubrennen und es seinem Schicksal zu überlassen, ebenso wie den Leichnam, den sie unter den Bäumen hinter dem Haus verscharrt hatten.

Die Autos kamen kurz hintereinander an. Beide waren zu vorsichtig und zu sorgfältig, um sich lange zu verspäten. Jeder von ihnen war sehr nervös, als sie aufeinander zugingen. Die Umstände brachten es mit sich, dass der eine sich in der Hand des anderen wusste.

»Sie fängt an, sich wieder zu erinnern.«

»Sind Sie sicher?« Ein erstickter Fluch begleitete die Frage.

»Sonst hätte ich mich nicht mit Ihnen in Verbindung gesetzt. Mir ist mein Leben genauso wichtig wie Ihnen das Ihre.« So lange einer von ihnen nicht entdeckt wurde, so lange war auch der andere in Sicherheit, das wussten sie. Wenn aber einer auch nur den kleinsten Fehler beging ...

»Wie viel weiß sie?«

»Noch nicht genug, um gefährlich zu sein. Kindheitserinnerungen, ein Erinnerungsfetzen hier und da. Nichts von uns.« Eine vorüberfliegende Krähe stieß einen kreischenden Laut aus und ließ sie beide zusammenfahren.

»Doch langsam fallen ihr die Dinge wieder ein. Jetzt sind es nicht mehr nur Albträume. Ich bin davon überzeugt, wenn sie ihre Willenskraft einsetzt, dann wird es nicht mehr lange dauern.«

»Wir wussten schon eine Weile, dass sie keinen endgültigen Gedächtnisverlust erlitten hat. Aber wir brauchen noch etwas mehr Zeit.«

»Zeit?« Das Auflachen bei dieser Frage war schrill. »Uns bleibt herzlich wenig übrig. Sie erzählt dem Amerikaner alles. Sie sind ineinander verliebt, und er ist ein kluger Bursche. Sehr klug sogar.«

»Seien Sie nicht albern.« Wie hätte man die Ankunft des Amerikaners auch vorhersehen sollen? Dadurch war eine völlig neue Situation entstanden, die beide beunruhigte. »Wenn dieser Idiot Henri sich nur nicht betrunken hätte! Merde!« Der so sorgfältig ausgedachte Plan war durch ihn ins Wanken geraten, durch Henris Gier nach Alkohol und Sex. Es ließ sie beide kalt, ihn schließlich begraben zu haben.

»Es hat keinen Sinn, jetzt darüber zu debattieren. Wenn wir sie nicht noch einmal in unsere Gewalt bringen können, ist der Austausch unmöglich geworden. Deboque bleibt im Gefängnis, wir kommen nicht an das Geld heran und können uns nicht rächen.«

»Also müssen wir sie noch einmal entführen.«

»Was geschieht mit dem Amerikaner? Er ist nicht so vertrauensselig wie die Prinzessin.«

»Er wird verschwinden müssen, so wie die Prinzessin auch, wenn sie sich zu früh erinnern sollte. Beobachten Sie sie genau. Sie wissen, was Sie tun müssen, wenn dieser Fall eintreten sollte.«

Der kleine Revolver war gut verborgen. »Wenn ich sie erschießen muss, dann haben Sie ebenso wie ich Blut an den Händen.«

Der Gedanke an einen Mord war nicht beängstigend, sondern lediglich die Sorge vor Entdeckung und einem neuen Fehlschlag. »Das wissen wir beide. Wir müssen nur noch bis zur Ballnacht warten.«

»Gut, das ist ein vernünftiger Plan, sie dort direkt aus der Mitte der Anwesenden zu entführen.«

»Ja, es kann klappen. Oder haben Sie eine bessere Idee?« Ein unheilvolles Schweigen lastete zwischen den beiden Verschwörern.

»Ich wünschte nur, ich wäre hier bei ihr geblieben und nicht Henri.«

»Halten Sie nur Ihre Augen und Ohren offen. Sie haben ihr Vertrauen gewonnen?«

»So wie jeder andere auch.«

»Dann nutzen Sie es aus. Uns bleiben nur noch knapp zwei Wochen.«

10. Kapitel

Gabriella hielt die Hände im Schoß gefaltet und saß sehr aufrecht in ihrem Sessel. Sie wartete ungeduldig darauf, dass ihr Vater endlich zu sprechen begann.

»Sie sind also der Meinung, dass der Kaffee in dieser Thermoskanne ein Betäubungsmittel enthielt?«, fragte Armand in sachlichem Ton und sah auf die auf seinem Schreibtisch stehende Thermosflasche.

»Es muss so sein.« Reeve stand neben Gabriellas Stuhl und sah Armand an. »Und es passt auch zu dem sich wiederholenden Traum, unter dem Brie leidet.«

»Man müsste die Thermosflasche einer Untersuchung unterziehen!«

»Ja, unbedingt.« Reeve beobachtete jede Bewegung Armands, jede seiner Reaktionen. Er war sich auch bewusst, dass Armand ihn ebenso wachsam ansah. »Die Frage ist eigentlich, warum man sie dort nicht früher gefunden hat.«

Armand sah Reeve in die Augen. »Es hat den Anschein, als hätte die Polizei nicht sorgfältig genug gearbeitet«, stellte er kühl und nicht sehr freundlich fest.

»Es scheint, als hätten eine ganze Reihe von Leuten nicht genügend Sorgfalt walten lassen.« Mehr als früher hatte Reeve Mühe, sein Temperament zu zügeln. Armand machte einen unterkühlten, berechnenden Eindruck auf ihn, der ihm nicht gefiel. »Wenn in dem Kaffee ein Betäubungsmittel war, so wie ich es annehme, dann sind die Schlussfolgerungen daraus offensichtlich!«

Armand nahm eine seiner langen, dunklen Zigaretten und zündete sie an. »In der Tat.«

»Sie nehmen das sehr gelassen hin, Eure Hoheit.«

»Ich reagiere so, wie ich es für richtig halte.«

»Und auch ich werde tun, was mir nötig erscheint. Ich werde Brie aus Cordina herausbringen, bis diese Angelegenheit geklärt ist. Im Palast ist sie nicht mehr sicher.«

Armand biss die Zähne zusammen. »Wenn ich mir um die Sicherheit meiner Tochter keine Sorgen machen würde, dann hätte ich Sie auch nicht hierhergerufen.«

»Es reicht!« Gabriella sprang aus ihrem Sessel auf und stellte sich zwischen Reeve und ihren Vater. »Wie könnt ihr beide es wagen, in meiner Gegenwart von mir zu reden, als wäre ich nicht in der Lage, mich um mich selbst zu kümmern? Wie könnt ihr euch unterstehen, über meinen Schutz zu sprechen, als wäre ich selbst dazu nicht fähig?«

»Gabriella!« Armand erhob sich schnell von seinem Stuhl. Diesen Ton hatte er früher zu oft schon gehört. Er war genötigt gewesen, ihn zu unterbinden. »Pass auf, was du sagst.«

»Ich denke nicht daran.« Wütend stemmte sie beide Hände auf die Schreibtischplatte und blitzte ihren Vater an. Bei einer anderen Gelegenheit hätte er sie wahrscheinlich bewundert, so wie er Bries Mutter bewundert hatte. »Ich habe keinen Grund, nur höflich und zurückhaltend zu bleiben. Ich bin kein vornehmes Ausstellungsstück, sondern eine lebendige Frau. Hier geht es um mein Leben, begreift ihr das? Ich stehe nicht einfach tatenlos herum, während ihr beide euch wie zwei Kinder, die sich um dasselbe Spielzeug streiten, den Schädel einschlagt. Ich will endlich eine Lösung!«

Armand sah sie kühl und herablassend an. »Du verlangst mehr, als ich zu geben bereit bin«, antwortete er abweisend.

»Ich will nur das, was mir zusteht.«

»Was dein ist, gehört dir nur, weil ich es dir gebe.«

Blass, aber gefasst richtete Gabriella sich auf. »Sprichst du als Vater?«, fragte sie leise und in schneidendem Ton. »Sie herrschen gut über Cordina, Eure Hoheit. Kann man dasselbe auch hinsichtlich unserer Familie sagen?«

Der Hieb saß, das war Armand anzusehen. Aber sein Gesicht war gleich wieder maskenhaft unbeweglich. »Du musst mir vertrauen, Gabriella.«

»Vertrauen?« Ihre Stimme bebte. »Das hier zeigt mir«, sagte sie mit einer Geste auf die Thermosflasche hin, »dass ich keinem vertrauen kann. Niemandem.« Dann drehte sie sich hastig um und verließ den Raum.

»Lassen Sie sie gehen«, befahl Armand, als Reeve schon halb hinter ihr her geeilt war. »Man kümmert sich um sie. Ich sagte doch, man wird schon auf sie achtgeben«, wiederholte er, da Reeve nicht stehen blieb. »Lassen Sie sie gehen.«

Die Worte hätten Reeve nicht aufzuhalten vermocht, aber der Ton ließ ihn innehalten. Ein schmerzlicher Unterton schwang darin mit, dieselbe innere Qual, die Reeve an jenem Tag bei Armand im Warteraum des Krankenhauses bemerkt hatte. Deshalb blieb er an der Tür stehen und wandte sich um.

»Wussten Sie nicht, dass jeder ihrer Schritte ständig überwacht wird?«, sagte Armand leise. »Sie wird so genau beobachtet, dass ich sogar weiß, wo sie letzte Nacht verbracht hat.« Müde ließ er sich wieder auf seinen Sessel sinken.

Reeve sah ihn verblüfft an. Es war ihm nicht entgangen, dass die Dienerschaft sich häufig in Gabriellas Nähe aufhielt, aber er hatte nicht vermutet, dass das tatsächlich auf Armands Befehl hin geschah. »Sie lassen ihr nachspionieren?«

»Ich lasse sie überwachen«, verbesserte Armand sehr betont. »Glauben Sie etwa, Reeve, dass ich Bries Sicherheit dem

Zufall überlasse? Oder ausschließlich Ihrer Umsicht? Ich brauchte Sie aus allen bekannten Gründen heraus, aber wenn es um das Leben meiner Tochter geht, setze ich jedes mir zur Verfügung stehende Mittel ein.« Armand fuhr sich flüchtig mit der Hand über sein Gesicht und zeigte so zum ersten Mal seine innere Anspannung. »Bitte, schließen Sie die Tür, und bleiben Sie einen Moment. Es ist an der Zeit, dass ich Sie genauer informiere.«

»Sie wissen, wer sie entführt hat«, sagte Reeve ruhig, aber Zorn schwang noch in seiner Stimme mit. »Sie wussten es die ganze Zeit.«

»Ich kenne einen der Beteiligten und verdächtige eine weitere Person. Doch auch Sie hegen einen Verdacht.« Sein abweisender, unnachgiebiger Blick haftete auf Reeve. »Es ist mir nicht entgangen, dass auch Sie eine bestimmte Theorie haben und die Sache auf Ihre Weise untersuchen. Ich habe nichts anderes von Ihnen erwartet, hatte allerdings nicht damit gerechnet, dass Sie so schnell Gabriellas Vertrauen erlangen würden.«

»Wer hätte ein besseres Recht dazu gehabt?«

»Ich bin ihr Vater, doch in erster Linie bin ich der Regent. Sie kann nur das tun, was ich ihr zubillige.« Aus Armands Worten sprachen kalte Arroganz und Machtbewusstsein, die Reeve nun schon nicht mehr fremd waren und für die er sogar so etwas wie Bewunderung empfand.

»Sie benutzen Brie als Mittel zum Zweck.«

»Und Sie auch«, gab Armand zurück. »Andere desgleichen.«

»Warum, zum Teufel, lassen Sie sie so im Ungewissen?«, verlangte Reeve zu wissen. »Ist Ihnen nicht bekannt, wie sehr sie sich quält?«

»Glauben Sie ernstlich, dass mir das verborgen geblieben ist?« Armand hob die Stimme, und er sah Reeve zornig an. In seiner Jugend hatte man sein unberechenbares Temperament gefürchtet, und nun schien ihn die jahrelange Kontrolle seines Wesens zu verlassen.

»Sie ist mein Kind, mein ältestes Kind. An meiner Hand lernte sie laufen, ich saß an ihrem Bett, wenn sie krank war, und weinte an ihrer Seite am Grabe ihrer Mutter.«

Armand erhob sich steif und ging langsam zum Fenster. Er lehnte sich hinaus und stützte dabei die Hände auf den Sims. »Was ich tue, mache ich, weil ich es so tun muss. Trotzdem liebe ich Brie.«

Das glaubte Reeve dem Fürsten unbesehen. »Gabriella sollte das wissen.«

»Der Verstand ist eine uns immer noch unbekannte delikate Sache, Reeve«, sagte Armand. »Gabriella ist trotz ihrer Willenskraft und ihrer inneren Stärke noch nicht in der Lage, die verstandesmäßige Blockade, sich nicht zu erinnern, von selbst zu überwinden. Wenn Sie anderer Ansicht wären, warum haben Sie ihr dann nicht mitgeteilt, wen Sie verdächtigen?«

»Sie braucht Zeit«, fing Reeve an, doch Armand drehte sich um und unterbrach ihn mit einer Handbewegung.

»Ja, und ich kann ihr nicht mehr als Zeit geben. Dr. Kijinsky hat mir in aller Deutlichkeit dazu geraten. Wenn Gabriellas Verstand nicht von selbst dazu bereit ist, das Geschehene zu verarbeiten und zu akzeptieren, dann könnte, wenn man ihr zu früh alles erzählen würde, der nachfolgende Schock zu einem vollständigen Zusammenbruch führen. Dann könnte es sein, dass ihr Gedächtnisverlust endgültig wird.«

»Aber sie erinnert sich doch schon an einige Einzelheiten.«

»Ihr Gedächtnis reagiert auf die wenigen Anstöße. Sie sind klug genug, um das zu wissen. Wenn ich ihr jedoch alles, was ich weiß oder vermute, berichten würde, dann wäre es zu viel für sie. Eine immense Gefahr. Als Vater muss ich jetzt Geduld bewahren, und als Cordinas Herrscher stehen mir andere Wege offen, das herauszufinden, was ich wissen muss. Ja, ich weiß, wer sie entführt hat und warum.«

Er sah grimmig und entschlossen aus, wie ein Verfolger hinter seiner Beute. »Aber noch ist der Augenblick nicht gekommen. Um sie dingfest zu machen, brauche ich noch etwas mehr Zeit. Das müssten Sie, der mit den Intrigen in Washington vertraut ist, doch eigentlich bestens verstehen. Leugnen Sie es nicht«, wehrte Armand Reeves Protest ab. »Ich bin über die Art Ihrer Tätigkeit bestens informiert.«

»Ich war nur ein kleines Rad beim Geheimdienst.«

»Nicht nur ein kleines Rad«, widersprach Armand mit einem Kopfschütteln. »Doch lassen wir es dabei bewenden. Es ist Ihnen klar, dass ich als Regent erst den endgültigen Beweis haben muss, ehe ich Anklage erheben kann. Ich kann es mir nicht erlauben, wie ein verzweifelter, wütender Vater zu erscheinen. Ich bin als Richter der Gerechtigkeit verpflichtet. Es gibt hier einige mir nahestehende Leute, die glauben, dass ich aufgrund meiner Stellung nichts von den Schachzügen, den Bestechungen und der falschen Loyalität weiß, die es hinter den Kulissen meiner Regierung gibt. Ich bin nicht böse, dass diesen Leuten meine Kenntnis von den Vorgängen entgeht. Es gibt genügend Personen, die glauben, dass ich jetzt, wo Gabriella wieder bei mir ist, mich nicht weiter mit den Gründen ihrer Entführung befassen würde. Eine der Bedingungen der Entführer war die Freilassung verschiedener Gefangener. Bis auf einen waren alle anderen nur zur Tarnung genannt. Dieser eine war – Deboque.«

Eine Reihe Erinnerungen kamen in Reeve auf. Auf diesen Namen war er oft genug im Zusammenhang mit seiner Geheimdiensttätigkeit gestoßen. Deboque war ein sehr erfolgreicher Geschäftsmann, der mit Drogen, Waffen und Prostitution in Verbindung gebracht wurde. Er handelte mit allem, mit Raketen, Sprengstoffen sowie militärischer Ausrüstung, und verkaufte es den Meistbietenden.

Aber er war nur so lange erfolgreich gewesen, bis er am Ende einer dreijährigen, mit größter Genauigkeit geführten Untersuchung überführt und verurteilt wurde. Allerdings war man weithin davon überzeugt, dass Deboque auch in den bisher verbüßten zwei Jahren der Haftzeit die Fäden seiner Organisation nicht aus den Fingern gelassen hatte.

»Sie glauben also, dass Deboque dahintersteckt?«

»Deboque ist für Gabriellas Entführung verantwortlich«, stellte Armand lakonisch fest. »Wir müssen nur noch beweisen, wer seine Mittelsmänner waren.«

»Sie kennen sie?« Reeve sprach jetzt wieder ruhiger. Ihm war klar, nur ein exakter Beweis konnte Deboque überführen und dessen mögliche Machenschaften und politische Intrigen unterbinden. »Ist Deboque denn auch von der Zelle aus in der Lage, seine Macht in Cordina weiter auszuüben?«

»Er ist dieser Ansicht und denkt, der Anfang sei bereits gemacht. Ich glaube, damit ...«, Armand unterbrach sich mit einer Handbewegung zur Thermosflasche hin, »... damit kann man ihn mattsetzen und einen seiner Helfershelfer herausfinden. Bei dem anderen wird es schwieriger sein.« Flüchtig sah er auf den Ring an seiner Hand. Reeve bemerkte den Ausdruck des Bedauerns in seinem Gesicht. »Ich sagte Ihnen schon, dass ich weiß, wo Gabriella die Nacht zugebracht hat?«

»Ja, bei mir.«

Erneut spiegelte Armands Gesicht einen Moment lang seine Gefühle wider, doch er hatte sich schnell wieder unter

Kontrolle. »Sie sind der Sohn eines meiner ältesten Freunde und ein Mann, den ich um seiner selbst willen respektiere. Aber es fällt mir doch schwer, meine Ruhe zu bewahren, seit ich weiß, dass sie bei Ihnen war. Ich begreife natürlich, dass Gabriella inzwischen eine Frau ist, aber ...« Armand zögerte weiterzusprechen. »Welcher Art sind Ihre Gefühle für Gabriella? Ich frage jetzt als ihr Vater.«

Reeve stand vor Armand und sah ihm fest in die Augen. »Ich liebe sie.«

Armand fühlte den Stich, den ein Elternteil immer dann empfindet, wenn eines seiner Kinder seine Liebe und Zuneigung einem anderen außer ihm schenkt. »Nun ist es an der Zeit, dass ich Ihnen sage, was wir unternommen haben, Reeve. Außerdem brauche ich Ihren Rat.« Armand wies mit der Hand auf einen Stuhl, und Reeve setzte sich ihm gegenüber.

Sie unterhielten sich noch zwanzig Minuten lang sehr angeregt, obwohl beide mit ihrem inneren Aufruhr zu kämpfen hatten. Einmal stand Armand auf und goss Cognac in zwei Gläser. Der Plan, den sie besprachen, war gut durchdacht. Reeves Erfahrungen und sein scharfer Verstand waren Armand eine große Hilfe.

Man würde die Verdächtigen sehr genau beobachten. In dem Augenblick, in dem sich Gabriella wieder erinnern sollte, würde der nächste Schritt getan werden. Und wenn alles gut ging, war Gabriella nicht einen Augenblick lang in Gefahr.

Die Dinge entwickeln sich jedoch nicht immer nach Plan.

Zornbebend stürmte Gabriella in ihr Büro und fand Janet dort vor, die mit ihren Papieren beschäftigt war. Sofort drehte sich Janet zu ihr um und verneigte sich, die Dokumente noch immer in der Hand.

»Eure Hoheit, ich habe Sie heute nicht so bald zurückerwartet.«

»Ich will arbeiten.« Gabriella ging direkt zu ihrem Schreibtisch und sah ihre Unterlagen durch. »Ist das Menü für das private Abendessen fertig, das wir unseren persönlichen Gästen am Abend vor dem Ball geben werden?«

»Die Druckerei hat Ihnen einen Fahnenabzug zur Genehmigung geschickt.«

»Ja, hier ist er.« Gabriella nahm den schweren cremefarbenen Andruck zur Hand und warf einen Blick auf die exquisite Aufmachung.

»Ich werde es nicht tolerieren.« Sie warf die Tischkarte auf den Schreibtisch zurück und sprang auf.

»Billigen Sie das Menü nicht?«

»Nicht billigen?« Mit einem bitteren Lachen steckte Gabriella die Hände in die Taschen ihres Rockes. »Es ist perfekt. Rufen Sie die Druckerei an, und sagen Sie ihnen, dass sie es so lassen können. Die fünfzig Gäste, die mit uns am Vorabend des Balles speisen, werden ein unvergessliches Erlebnis haben. Dafür werde ich schon sorgen. Keiner von ihnen wird das jemals vergessen!« Bebend fuhr sie herum.

Janet war sich nicht mehr sicher, was sie nun darauf antworten sollte, und wartete einfach geduldig mit den Papieren in ihrer Hand. »Ja, Eure Hoheit.«

»Sogar mein Vater versagt mir die Höflichkeit.«

»Ich bin sicher, Sie missverstehen etwas. Fürst Armand …«, begann Janet.

»… findet es richtig, die Entscheidungen für mich zu treffen«, fuhr Gabriella dazwischen. »Er treibt sein Spiel mit mir, das weiß ich. Das jedenfalls weiß ich, obwohl es hundert andere Sachen gibt, an die ich mich nicht erinnere. Aber das wird schon noch kommen, sehr bald sogar.« Gabriella ballte die Hände zu Fäusten.

»Sie sind aufgeregt, ich werde Ihnen etwas Kaffee kommen

lassen«, sagte Janet und legte die Dokumente ordentlich auf die Schreibtischplatte.

»Einen Augenblick.« Gabriella machte einen Schritt auf sie zu. »Wer kümmert sich um meinen Kaffee, Janet?«

Der Ton in Gabriellas Frage verwirrte Janet, und sie legte den Hörer wieder auf die Gabel zurück. »Wer? Die Küche natürlich. Ich will eben dort anrufen und …«

Gabriella schoss es durch den Kopf, dass sie keine Ahnung hatte, wo die Küche eigentlich war. »Bereitet die Küche auch eine Thermosflasche für mich vor, wenn ich danach verlange?« Ihr Puls ging plötzlich schneller, ehe sie die nächste Frage stellte. »Wenn ich aufs Land fahren will, Janet?«

Janet machte eine kleine, zittrige Geste mit den Händen. »Sie haben Ihren Kaffee immer sehr gern stark. Gewöhnlich wird er von der alten russischen Frau gemacht.«

»Nanny«, flüsterte Brie leise. Das war nicht die Antwort, mit der sie gerechnet hatte.

»Ich habe oft gehört, dass Sie darüber scherzten, der Kaffee würde auch ohne die Flasche nicht die Form verlieren.« Janet brachte ein unsicheres Lächeln zuwege. »Sie kocht ihn in ihrem Zimmer und weigert sich, dem Koch ihr Rezept zu verraten.«

»Sie bringt mir also die Thermosflasche, bevor ich das Haus verlasse.«

»Für gewöhnlich ja, Eure Hoheit. Aus der gleichen Gewohnheit heraus bringt Prinz Bennett eher ihr ein Hemd zum Knopfannähen als seinem Kammerdiener!«

Ein Schwindelgefühl überkam Gabriella, aber sie konnte sich beherrschen.

»Ein sehr altes und vertrauenswürdiges Mitglied unserer Familie also.«

»Ja, sie zählt sich nicht einmal zu den Angestellten des Palastes. Fürstin Elizabeth nahm eher sie auf Reisen mit als eine Kammerzofe.«

»War Nanny mit meiner Mutter in Paris? War sie bei ihr, als meine Mutter erkrankte?«

»So wurde mir berichtet, Eure Hoheit. Sie war der Fürstin völlig ergeben.«

Und geistig verwirrt? überlegte Gabriella. Oder verkalkt? Wie viele Leute hätten Gelegenheit gehabt, etwas in die Thermosflasche hineinzuschütten?

Sie zwang sich zur Ruhe, ehe sie die nächste Frage stellte. »Wissen Sie, ob Nanny mir an dem Tag, an dem ich zum Bauernhof hinausgefahren bin, den Kaffee zubereitet hat? An dem Tag, an dem ich entführt wurde?«

»Warum? Ja.« Janet zögerte. »Sie brachte ihn hierher. Sie kümmerten sich noch um die Post, ehe Sie abfuhren. Nanny brachte den Kaffee, sie schimpfte, weil Sie ohne Jacke fahren wollten. Sie haben sie ausgelacht und versprochen, dass sie nicht ohne eine Jacke gehen würden. Und dann haben Sie sie hinausgeschickt. Sie waren in Eile und ließen mich wissen, dass wir den Rest der Korrespondenz später erledigen würden.«

»Niemand anders kam in den Raum?«, forschte Gabriella. »Wir wurden von dem Moment an, nachdem Nanny den Kaffee gebracht hatte, bis zum Augenblick meiner Abfahrt nicht mehr gestört?«

»Niemand, Eure Hoheit. Ihr Wagen wartete vor dem Hauptportal. Ich habe Sie selbst hinunterbegleitet. Eure Hoheit …« Vorsichtig streckte Janet eine Hand aus. »Ist es gut für Sie, über solche Dinge nachzudenken, sich mit derartigen Einzelheiten zu quälen?«

»Vielleicht nicht.« Gabriella erwiderte flüchtig Janets Hän-

183

dedruck, ehe sie zum Fenster hinüberging. Der Wunsch, endlich mit einer Frau über alles zu sprechen, wurde ganz stark. Sie brauchte einfach eine Vertrauensperson. »Ich habe heute keine Verwendung mehr für Sie, Janet, vielen Dank.«

»Ja, Eure Hoheit. Soll ich Ihnen, bevor ich gehe, noch den Kaffee bestellen?«

»Nein.« Beinahe musste Gabriella lachen. »Nein, danke, ich mag jetzt nicht mehr.«

Gabriella konnte nicht mehr im Zimmer, von Wänden umgeben, bleiben. Kaum war Janet gegangen, hatte sie das Bedürfnis nach frischer Luft und Sonne. So verließ sie ihr Büro, ging ohne Ziel durch den Palast. Plötzlich fand sie sich auf der Terrasse wieder, wo sie mit Reeve am ersten Abend gewesen war. Wo er sie zum ersten Mal geküsst hatte und wo erstmals ihre Gefühle geweckt worden waren.

Am Tage wirkt alles ganz anders, dachte sie und ging zur Brüstung. Sie lehnte sich vor und bewunderte den herrlichen Ausblick, als sie Schritte hinter sich vernahm.

»Eure Hoheit.« Loubet betrat die Terrasse mit einem leichten, kaum wahrnehmbaren Hinken. »Ich hoffe, ich störe Sie nicht.«

Natürlich störte er sie, aber sie war zu wohlerzogen, es ihn merken zu lassen. Gabriella reichte ihm lächelnd die Hand. Während des gemeinsamen Diners hatte sie Loubets junge hübsche Frau kennen und schätzen gelernt. Sie fand es rührend, dass dieser dickliche, praktisch veranlagte Staatsminister so offensichtlich verliebt in sie war.

»Sie sehen gut aus, Monsieur.«

»Merci, Vôtre Altesse.« Er gab ihr einen galanten Handkuss. »Ich muss sagen, Sie machen einen blühenden Eindruck. Wieder zu Hause zu sein ist offensichtlich die beste Medizin für Sie.«

»Ich dachte gerade, dass es mir tatsächlich inzwischen wie ein Zuhause vorkommt.« Sie sah wieder auf die Berge hinüber, die Cordina umgaben. »Noch nicht im Herzen, aber wenigstens äußerlich. Sind Sie gekommen, um mit meinem Vater zu sprechen, Monsieur Loubet?«

»Ja, Eure Hoheit, ich habe in wenigen Minuten eine Verabredung mit ihm.«

»Sagen Sie, Sie haben doch viele Jahre lang für meinen Vater gearbeitet. Würden Sie sich als seinen Freund bezeichnen?«

»Ich habe mich immer als solchen betrachtet, Eure Hoheit.«

Er ist immer so diplomatisch, so konservativ, dachte Gabriella mit einem leichten Anflug von Ungeduld. »Hören Sie, Loubet, ohne meinen Gedächtnisverlust müsste ich diese Frage nicht stellen. Schließlich wird dieses Problem auf Ihren Rat hin so heruntergespielt«, erinnerte sie ihn mit einem leichten Stirnrunzeln. »Erzählen Sie mir also, ob mein Vater Freunde hat und ob Sie dazugehören.«

Loubet dachte nach. Er war ein Mann, der stets erst seine Gedanken ordnete, ehe er sie in Worte fasste. »Es gibt wenige große Männer auf der Welt. Einige davon sind gutherzig. Fürst Armand ist einer dieser Menschen. Große Männer schaffen sich Feinde, gute Männer Freunde. Ihr Vater trägt die Last, dass ihm beides widerfährt.«

»Ja.«

Seufzend lehnte sich Gabriella an die Mauer. »Ich glaube zu verstehen, was Sie meinen.«

»Ich stamme nicht aus Cordina.« Loubet lächelte und schaute seinerseits auf das Panorama.

»Verfassungsgemäß ist der Staatsminister ein Franzose. Ich liebe mein eigenes Land. Ich will Ihnen offen gestehen, dass ich nur der Gefühle wegen, die ich für Ihren Vater empfinde, Ihrem Land diene.«

185

»Ich wünschte, ich wäre mir meiner eigenen Gefühle so sicher«, sagte Gabriella sehr leise.

»Ihr Vater liebt Sie.« Er versicherte ihr das mit so großem Zartgefühl, dass sie ihre Augen schloss, um nicht in Tränen auszubrechen.

»Sie sollten keinen Zweifel daran haben, dass Ihr Wohlergehen Ihrem Vater das Wichtigste ist.«

»Sie beschämen mich.«

»Eure Hoheit ...«

»Nein, Sie haben recht. Ich habe über vieles nachzudenken.« Sie ging auf Loubet zu und gab ihm die Hand. »Vielen Dank, Monsieur Loubet.«

Er machte eine förmliche Verbeugung, sodass sie lächeln musste.

Doch dann hatte Gabriella den Franzosen auch schon wieder vergessen und wandte sich erneut dem reizvollen Ausblick auf die Stadt zu.

Weder sie noch Loubet hatten den jungen Mann bemerkt, der am anderen Ende der Terrasse frisch geschnittene Blumen in Vasen arrangierte. Auch die stämmige Magd, die hinter den Glasscheiben Staub wischte, war ihrer Aufmerksamkeit entgangen.

Nachdem er Gabriella überall gesucht hatte, fand Reeve sie schließlich draußen auf der Terrasse. Er war zugleich erleichtert und nervös. Armand hatte ihm versichert, dass Gabriella ständig überwacht würde, und ihm fielen die beiden Leute auf, die sich in einiger Entfernung der Prinzessin zu schaffen machten. Und dennoch hatte der Fürst von Anfang an auch auf seine Unterstützung nicht verzichten wollen.

Nach ihrem Gespräch verstand Reeve jetzt besser, warum Armand einen Fremden in die Sache hineingezogen hatte, jemanden, der Cordina und seiner Herrscherfamilie nicht so verbunden war. Mehr als früher muss ich jetzt objektiv bleiben, dachte er und betrachtete dabei Gabriella. Aber mehr als früher würde ihm das jetzt schwerfallen.

»Brie!«

Langsam drehte sich die Prinzessin um, als hätte sie Reeves Gegenwart gespürt. Ihr Haar war vom Wind zerzaust. Ruhig sah sie ihn an. »Als ich mit dir hier am ersten Abend war, hatte ich noch viele Fragen. Jetzt, Wochen später, fehlen mir noch immer die meisten Antworten.« Sie sah auf ihre Ringe, deren Anblick die unterschiedlichsten Gefühle in ihr auslösten. »Du willst mir nicht sagen, was du mit meinem Vater besprochen hast, nachdem ich euch verlassen habe.«

Das war keine Frage, sondern eine Feststellung, aber Reeve wusste, dass er ihr eine Antwort schuldig war. »Dein Vater denkt in erster Linie an dich, ehe er an etwas anderes denkt. Vielleicht hilft es dir, das zu wissen.«

»Und du?«

»Ich bin deinetwegen hier.« Er kam an ihre Seite wie damals im Mondlicht. »Es gibt keinen anderen Grund.«

»Meinetwegen?« Gabriella sah ihn fragend an und bemühte sich, Reeve ihre Gedanken nicht erraten zu lassen. »Oder nur der alten Familienbande wegen?«

»Was verlangst du eigentlich?« Er nahm ihre zarten, schmalen Hände und blickte ihr in die Augen. »Meine Gefühle für dich haben nichts mit der Freundschaft unserer Väter zu tun. Dass ich hier bin, hat einzig und allein mit meinen Gefühlen für dich zu tun.«

»Ich wünschte, dies alles wäre vorüber«, sagte Gabriella und meinte damit ihre unbekannte Vergangenheit ebenso wie die ungewisse Zukunft. »Ich möchte endlich wieder ich selbst sein.«

Zum Teufel mit den ganzen Plänen und aller Neutralität! Reeve fasste sie an den Schultern. »Ich werde dich für eine Weile nach Amerika mitnehmen.«

Verwirrt legte sie ihm eine Hand auf den Arm. »Nach Amerika?«

»Du kannst bei mir in meinem Haus bleiben, bis die ganze Angelegenheit geklärt ist.«

Bis! Das Wort erinnerte sie daran, dass manche Dinge zu Ende gehen würden. Sie ließ ihre Hand sinken. »Diese ganze Geschichte fängt mit mir an. Ich kann nicht einfach fortlaufen.«

»Du musst nicht hierbleiben.« Plötzlich erkannte Reeve, wie einfach alles sein könnte. Sie wäre nicht mehr hier, und er würde für ihre Sicherheit sorgen. Armand müsste nur seinen Plan ändern.

»Ich muss hierbleiben. Hier habe ich irgendwo mein Leben verloren. Wie kann ich es Tausende von Meilen entfernt wiederfinden?«

»Wenn du dich erinnern willst, kannst du das überall tun. Die Entfernung spielt dabei keine Rolle.«

»Aber für mich spielt es eine Rolle.« Sie entzog sich ihm und lehnte sich wieder gegen die Mauer. Ihr Stolz, den sie von ihren Ahnen geerbt hatte, kam zurück. »Denkst du, ich sei ein Feigling? Glaubst du wirklich, ich könnte vor den Leuten, die sich meiner bemächtigt haben, die Flucht ergreifen? Steckt vielleicht mein Vater dahinter, damit ich keine weiteren Fragen stellen soll?«

»Du weißt, dass das nicht stimmt.«

»Ich weiß gar nichts«, versetzte sie gereizt. »Das Einzige, was mir klar ist, ist die Tatsache, dass alle Männer in meinem Leben das Bedürfnis verspüren, mich vor etwas zu schützen, wovor ich gar nicht beschützt werden will. Heute Morgen noch hast du zu mir gesagt, dass wir zusammenarbeiten werden.«

»Das habe ich auch so gemeint.«

Sie sah ihn aufmerksam an. »Und jetzt?«

»Jetzt meine ich es noch genauso.« Aber Reeve behielt sein Wissen und die ihm übermittelten Erkenntnisse trotzdem für sich.

»Dann sollten wir das auch tun.« Gabriella machte einen Schritt vorwärts. Im selben Augenblick ging auch Reeve auf sie zu. Sie umarmten sich und hielten sich eng umschlungen. Doch beide wussten, wie viel zwischen ihnen stand.

»Ich wünschte, wir wären allein«, hauchte sie. »So allein, wie wir damals auf dem Boot waren.«

»Wir werden morgen segeln gehen.«

Sie schüttelte den Kopf, ehe sie ihre Wange wieder eng an ihn schmiegte. »Ich kann nicht. Von jetzt an habe ich vor dem Ball für nichts mehr Zeit. Ich habe viel zu viel zu tun, Reeve.«

Wir haben beide viel zu tun, dachte er. »Nach dem Ball also.«

»Gut.« Gabriella hielt die Augen einen Moment lang geschlossen. »Versprichst du mir etwas? Es mag albern klingen.«

Er küsste ihre Schläfe. »Wie albern?«

»Denk nicht immer so praktisch.« Lächelnd legte sie ihren Kopf zurück. »Wenn ich meine Erinnerung wiederhabe und dies alles hier vorbei ist, willst du dann einen Tag mit mir auf dem Wasser verbringen?«

»Das hört sich gar nicht albern an.«

»Das sagst du jetzt.« Sie schlang die Arme um seinen Hals. Sie wollte ihn so festhalten, wenigstens einen Moment lang. »Versprich es mir.«

»Versprochen.«

Mit einem Seufzer lehnte sie sich an ihn. »Ich nehme dich beim Wort«, drohte sie.

Sie küssten sich, und keiner wollte an die Zeit nach diesem letzten Tag auf dem Wasser denken.

11. Kapitel

»Ich habe Professor Sparks also erklärt, dass man schon ein Felsblock sein müsste, um sich völlig auf Homer konzentrieren zu können, wenn im selben Klassenzimmer eine Frau wie Lisa Barrow sitzt.«

»War er deiner Ansicht?«, fragte Gabriella ihren Bruder Bennett geistesabwesend, während sie zusah, wie der frisch gereinigte Kristalllüster wieder aufgehängt wurde.

»Machst du Witze? Er hat ein Herz aus Stein.« Mit einem spitzbübischen Lächeln steckte er die Hände in seine hinteren Hosentaschen. »Aber ich bin mit der göttlichen Miss Barrow verabredet.«

Gabriella musste lachen. »Ich hätte dir vorher sagen können, dass du nicht nach Oxford zurückfährst, um dein Studienheft mit Aufzeichnungen vollzuschreiben.« Sie warf einen Blick auf ihre lange Liste voller Notizen.

»Aber du hast es mir nicht gesagt. Du hältst einem nie Vorträge.« Locker legte er seinen Arm auf ihre Schulter. »Ich habe mir die Gästeliste angesehen. Welch ein Vergnügen zu sehen, dass die aufregende Lady Lawrence draufsteht.«

Die Bemerkung weckte ihre Aufmerksamkeit. Gabriella ließ ihre Liste sinken und ermahnte ihn: »Bennett, Lady Allison Lawrence ist fast dreißig Jahre alt und geschieden.«

Bennett sah seine Schwester mit einem unschuldigen Lächeln an, aber aus seinen Augen blitzte der Schalk. »Wirklich?«

Gabriella schüttelte den Kopf. Was für ein frühreifer Junge, dachte sie. »Vielleicht sollte ich dir wirklich einen Vortrag halten.«

»Ach, überlass das Alex. Der kann das viel besser.«

»Das habe ich auch bemerkt«, meinte sie.

»Hat er dir sehr zugesetzt?«

Erneut runzelte sie die Stirn, als der nächste Leuchter zur Decke hochgezogen wurde. »Ist das seine normale Art?«

»Er ist halt so.« Bennett sprach mit der unerschütterlichen Loyalität eines Bruders für den anderen.

»Prinz Perfekt.«

Bennett strahlte. »Wie, du erinnerst dich …«

»Dr. Franco hat es mir erzählt.«

»Oh.« Seine Umarmung wurde stärker, als sei er enttäuscht und wolle sie trösten. »Als ich gestern Nacht ankam, hatte ich nicht viel Zeit, mich mit dir zu unterhalten. Ich wollte wissen, wie es dir geht.«

»Ich wünschte, ich könnte es dir sagen. Körperlich gesehen geht es mir so weit gut. Obwohl ich glaube, dass Dr. Franco sich lieber noch länger um mich kümmern möchte. Alles andere ist noch sehr kompliziert.«

Bennett nahm ihre Hand und drehte den Diamantring so, dass seine Facetten im Licht erstrahlten. »Ich vermute, dies ist eine der Komplikationen.«

Er spürte förmlich, wie Gabriella sich verkrampfte, ehe sie sich zu einer Antwort durchrang. »Nur eine zeitweilige. Die Dinge werden sich schon bald von selbst regeln.«

Sie dachte an ihre Träume und die Thermosflasche. »Bennett, ich wollte dich etwas über Nanny fragen. Glaubst du, dass sie gesund ist?«

»Nanny?« Er sah sie überrascht an. »Ist sie krank gewesen? Niemand hat mir etwas davon erzählt.«

»Nein, nicht krank.« Gabriella zögerte. Sie fühlte sich zwischen Verdacht und Loyalität zu ihrer Amme hin- und hergerissen. Warum erzählte sie Bennett nicht einfach kurz und bündig von dem Verdacht, den sie hinsichtlich der Kinderfrau hegte? »Sie ist jetzt doch schon sehr alt, und mit zunehmenden Jahren werden die Leute oft wunderlich, oder …«

»Senil? Nanny?« Lachend drückte er ihre Hand. »Sie hat einen messerscharfen Verstand. Wenn sie sich zu viel um dich gekümmert hat, dann nur, weil sie meint, ein Recht dazu zu haben.«

»Natürlich.« Gabriellas Zweifel schwanden nicht, aber sie behielt sie für sich. Sie würde weiter warten und aufpassen, wie sie es sich vorgenommen hatte.

»Brie, da ist ein Gerücht im Umlauf, dass du und Reeve das Liebespaar des Jahrzehnts seid.«

»Oh?« Sie sah lediglich kurz auf, aber mit dem Daumen drehte sie den Ring nach innen. »Wir scheinen unser Spiel gut zu spielen.«

»Ist es ein Spiel, oder …«

»Ach, nicht auch du noch.« Unwillig ließ Gabriella ihren Bruder stehen und ging zur Terrassentür. »Das habe ich schon mit Alexander hinter mich gebracht. Ihr seid alle so neugierig.«

»Ist es nicht verständlich, dass ich frage?«

»Würdest du genauso reagieren, wenn es sich um eine echte Verlobung handelte?« Ihr Ton war spröde, fast kalt.

Das allein war Antwort genug auf Bennetts Frage. Aber er wusste überhaupt nicht, ob er erleichtert oder verwirrt sein sollte.

»Ich fühle mich verantwortlich«, erklärte er nach einer Pause. »Schließlich war es ja mehr oder weniger meine Idee, und …«

»Deine?« Eigentlich hätte sie sich ärgern sollen, aber er war so jung und so unglaublich lieb, dass sie nur Zuneigung und Liebe für ihn empfand. »Der Teufel sollte dich holen, Bennett. Ich hätte gutes Recht, wütend auf dich zu sein.« Aber sie legte kameradschaftlich ihre Arme um seine Schultern.

Er lehnte seinen Kopf an ihre Schläfe. »Ich hatte ja keine Ahnung, dass du dich in ihn verlieben würdest.«

Sie hätte es leugnen können. Stattdessen schüttelte sie den Kopf und seufzte leise. »Nein, ich ebenso wenig.«

Gabriella ließ ihre Arme sinken. In diesem Augenblick geleitete ein Diener zwei Damen in den Saal. Gabriella hatte Anweisung gegeben, man möge Christina Hamilton und ihre Schwester nach deren Ankunft umgehend zu ihr bringen.

Sie erkannte die große, gut aussehende Frau mit dem brünetten Haar sofort von den Fotografien und Zeitungsausschnitten, die man ihr gegeben hatte. Aber außer einem Anflug von Panik empfand sie nichts bei dem Anblick der alten Freundin.

Was sollte sie jetzt tun? Sollte sie auf sie zugehen oder lächelnd warten? Sollte sie höflich oder herzlich, entgegenkommend oder belustigt sein? Wie war es ihr doch zuwider, absolut nichts zu wissen.

»Sie ist deine engste Freundin«, flüsterte Bennett ihr ins Ohr. »Du hast immer gesagt, du hättest Brüder durch Geburt und eine Schwester durch glückliche Umstände. Und das ist Christina.«

Bennetts Worte genügten, um ihre Panik zu mildern. Die Frauen begrüßten sich, wobei die jüngere ihren Blick nicht von dem Prinzen wenden konnte und die andere ein herzliches Lächeln für Gabriella hatte.

»Oh, Brie!« Lachend hielt Christina die Freundin bei den Händen. Sie hatte sanfte, vor Lebenslust sprühende Augen. Ihr Mund zeugte von Willensstärke, aber er wirkte bezaubernd, wenn sie lächelte.

»Du siehst wundervoll, einfach hinreißend aus!« Christina umarmte sie heftig, sodass Gabriella das exotisch duftende teure Parfüm wahrnahm. Glücklicherweise wich jetzt das unangenehme Gefühl von Gabriella. »Ich freue mich, dass ihr hier seid.« Gabriella und Christina lagen sich in den Armen, Wange an Wange. Das war nicht einmal eine Lüge, fand Gabriella. Sie brauchte eine Freundin, einfach nur eine Freundin, keine Familie, keinen Liebhaber. »Ihr müsst sehr müde sein.«

»Oh, du weißt, fliegen kratzt mich eher auf. Du bist schmaler geworden. Das ist nicht anständig von dir.«

Gabriella lächelte, als sie sich aus Christinas Umarmung löste. »Nur fünf Pfund.«

»Fünf Pfund nur.« Christina rollte mit den Augen. »Ich muss dir alles über diesen teuren kleinen Badeort erzählen, in dem ich vor ein paar Wochen war. Ich habe fünf Pfund zugenommen. Prinz Bennett.« Christina hielt ihm ihre Hand in Erwartung eines Kusses hin. »Lieber Himmel, liegt es an der Luft in Cordina, dass alle hier so fantastisch aussehen?«

Bennett enttäuschte die Freundin seiner Schwester nicht. Doch während er ihre Hand küsste, warf er einen Blick zu Eve hinüber. »Die Luft in Houston muss zauberhaft sein.«

Christina war der Blick nicht entgangen. Sie hatte darauf gewartet. Ihre Schwester Eve war immerhin ein Mädchen, das kein Mann einfach übersehen konnte, was Christina beunruhigte. »Prinz Bennett, ich glaube, Sie haben meine Schwester Eve noch nicht kennengelernt.«

Schon hatte Bennett Eves Hand ergriffen. Sein Handkuss dauerte nur Sekunden länger als der, den er Christina gegeben hatte. Aber auch Sekunden können eine Ewigkeit sein. Er bemerkte das lange, füllige dunkle Haar, den verträumten Blick der blauen Augen, den herrlichen Schwung von Eves Lippen. Er verlor sein junges Herz sehr schnell.

»Ich freue mich, Sie kennenzulernen, Eure Hoheit.« Eves Stimme war nicht mehr mädchenhaft, sondern wohlklingend und voll. Die Stimme einer Frau.

»Du siehst hinreißend aus, Eve.« Gabriella umarmte auch Eve, um so ihren Bruder abzuschütteln. »Ich freue mich, dass du mitgekommen bist.«

»Es ist alles so, wie du es beschrieben hast.« Eve sah Gabriella strahlend und begeistert an. »Ich konnte gar nicht so schnell nach rechts und links schauen.«

»Lassen Sie sich Zeit.« Sanft schob Bennett seine Schwester beiseite. »Ich werde Ihnen Cordina zeigen. Chris und Brie haben sich bestimmt eine Menge zu erzählen.« Er machte eine angedeutete Verbeugung vor den beiden anderen Damen, nahm Eve an der Hand und verließ mit ihr den Saal.

»Was darf ich Ihnen zuerst zeigen?«

»Na ja, er vertrödelt keine Zeit.« Gabriella sah den beiden nach und war sich nicht sicher, ob sie über das Paar zufrieden oder besorgt sein sollte.

»Eve ist einem Flirt auch nicht abgeneigt.« Christina tippte mit ihrer Schuhspitze auf den Boden, aber dann wandte sie ihre Aufmerksamkeit Brie zu. Schließlich war sie nicht als Eves Anstandsdame nach Cordina gekommen. »Wie beschäftigt bist du?«

»Nicht so sehr«, antwortete Gabriella und ging in Gedanken ihren Tagesablauf durch. »Nur morgen wird es bestimmt drunter und drüber gehen, da werde ich wohl kaum Zeit zum Luftholen haben.«

»Dann lass uns jetzt die Gelegenheit nutzen.« Christina

hakte sie unter. »Können wir wie früher bei dir sitzen und miteinander sprechen? Ich kann es kaum glauben, dass bereits ein ganzes Jahr vergangen ist. Es gibt so viel zu erzählen.«

Wenn du nur wüsstest, dachte Gabriella und ging mit Chris zu ihren Räumen.

»Erzähle mir alles über Reeve«, forderte Christina die Freundin auf und nahm einen Schluck Tee aus der zierlichen Porzellantasse.

Abwesend rührte Gabriella mit dem Löffel in ihrer Tasse, obgleich sie vergessen hatte, Zucker hineinzutun. »Ich weiß nicht, was ich dir erzählen sollte.«

»Einfach alles«, antwortete Christina theatralisch. »Ich platze schon vor Neugierde. Wie er aussieht, brauchst du mir allerdings nicht zu beschreiben, denn jedes Mal, wenn ich eine Zeitschrift zur Hand nehme, guckt mir sein Foto entgegen. Ist er ein netter Kerl?«

Gabriella dachte an den Tag, den sie mit Reeve auf dem Boot verbracht hatte, und an die gelegentlichen Ausflüge entlang der Küste. Sie dachte an die Empfänge, die sie gemeinsam besuchten und bei denen er ihr boshafte, aber äußerst zutreffende Dinge ins Ohr flüsterte. Sie musste lächeln. »Ja, er ist ein netter Kerl. Stark, klug und reichlich arrogant.«

»Welch aufregende Mischung«, meinte Christina und beobachtete Gabriella. »Ich freue mich für dich!«

Gabriella versuchte zu lächeln, aber es missglückte ihr etwas. Sie hob ihre Teetasse. »Du wirst ihn ja bald kennenlernen. Dann kannst du dir deine eigene Meinung über ihn bilden.«

»Ich bin nur froh, dass er dir nach deiner ...« Christina verstummte und stellte ihre Tasse ab. Dann ergriff sie anteilnehmend Gabriellas Hand. »Brie, ich wünschte, du würdest davon erzählen. In der Zeitung steht nicht viel. Ich weiß, dass man die verantwortlichen Leute noch nicht gefasst hat, und das passt mir absolut nicht.«

»Die Polizei hat ihre Untersuchungen noch nicht beendet.«

»Aber sie haben doch niemanden dingfest gemacht. Kannst du so lange ruhig bleiben? Ich könnte es nicht.«

»Nein.« Gabriella konnte nicht mehr länger sitzen bleiben. Sie stand auf und verschränkte ihre Hände. »Nein, das kann ich nicht. Ich habe versucht, mein normales Leben weiterzuführen, aber es ist wie ein Warten ohne Ende und ohne Gewissheit.«

»Oh, Brie! Ich will dich ja nicht drängen, aber wir haben unsere Sorgen immer geteilt.« Chris sprang auf und umarmte die Freundin. »Ich hatte so viel Angst um dich.« Tränen traten ihr in die Augen, aber sie wischte sie ungeduldig fort. »Verflixt, ich hatte mir so vorgenommen, nicht zu weinen, aber ich kann es nicht verhindern. Wenn ich nur daran denke, wie ich mich fühlte, wenn ich die Schlagzeilen in den Zeitungen sah ...«

Gabriella versuchte, sie zu beruhigen. »Du solltest nicht mehr daran denken. Es ist ja jetzt vorbei.«

Christinas Tränen versiegten, aber sie war irgendwie irritiert. Sie fühlte sich verletzt und wusste nicht so recht, warum. Sie griff nach ihrer Handtasche. »Es tut mir leid. Manchmal ist es zu einfach, nicht daran zu denken, wer du bist und nach welchen Gesetzen dein Leben verläuft.«

»Nein, bitte geh noch nicht, Chris. Ich brauche unbedingt jemanden, mit dem ich reden kann. Wir sind doch gute Freundinnen, nicht wahr?«

Christina war jetzt vollends verwirrt. »Brie, du weißt doch ...«

»Nein, beantworte nur meine Frage.«

Christina stellte ihre Tasche auf den Tisch zurück. »Eve ist meine Schwester«, entgegnete sie ruhig. »Ich liebe sie. Es gibt nichts auf der Welt, was ich nicht für sie tun würde. Und genauso empfinde ich für dich.«

Gabriella senkte den Blick, ehe sie Christina wieder voll ansah. »Bitte, setz dich.« Sie wartete, bis Chris Platz genommen hatte, dann ließ sie sich neben ihr nieder, holte tief Atem und erzählte ihrer Freundin alles, was geschehen war.

Im Verlauf von Gabriellas Bericht wurde Chris immer bleicher und sah die Prinzessin entsetzt an. Gelegentlich unterbrach sie Gabriella, um eine Frage zu stellen. Als Gabriella ihre Schilderung beendet hatte, verharrte Christina eine Weile in reglosem Schweigen. Sie wirkte wie ein Vulkan kurz vor der Explosion.

»Hier ist etwas faul«, platzte sie dann plötzlich in ihrem weichen Texas-Akzent heraus, sodass Gabriella sie verblüfft anstarrte.

»Wie bitte?«

»Hier ist etwas faul«, wiederholte Christina. »In der Politik ist das ein normaler Zustand, und wir Amerikaner sind die Ersten, die das laut sagen, aber an dieser Geschichte ist wirklich etwas faul.«

Christinas eindeutige Meinungsäußerung tröstete Gabriella etwas.

»Ich kann nicht nur politische Erwägungen dafür verantwortlich machen. Immerhin habe ich dem ganzen Spiel selbst zugestimmt.«

»Was um Himmels willen hättest du denn anderes tun sollen? Damals warst du noch schwach, verängstigt und verwirrt.«

»Ja«, flüsterte Gabriella. »Ja, das war ich.« Sie sah Christina zu, die zu einer Anrichte gegangen war und dort einige Karaffen hochhob.

»Ich brauche jetzt einen Cognac.« Mit Schwung goss Chris zwei Gläser voll. »Und du auch.«

Gabriella nickte zustimmend. »Ich wusste nicht einmal, dass dort welcher steht.«

»Jetzt weißt du es.«

Gabriella hob ihr Glas und prostete Christina zu. »Vielen Dank.«

»Ich wäre schon vor Wochen hier gewesen, hätte ich mich nicht anderweitig überreden lassen. Ich wünschte, ich könnte deinem wundervollen Reeve MacGee, diesem Loubet und selbst deinem Vater deutlich meine Meinung sagen.«

Gabriella hielt lachend ihr Glas hoch. »Ich kann mir vorstellen, dass du das tun würdest.« Einen Menschen wie Christina hatte sie in ihrer Nähe gebraucht, um dem Druck standzuhalten, der durch die Abschirmung seitens der Männer ihrer Umgebung auf sie ausgeübt wurde.

»Und ob ich das könnte. Ich wundere mich nur, dass du das nicht gemacht hast.«

»Oh doch, das habe ich auch.«

»Nun, das klingt wieder mehr nach dir.«

»Das Problem ist nur, dass mein Vater tut, was er für mich und sein Volk für das Beste hält. Loubet tut nur Letzteres. Ich kann es keinem der beiden übel nehmen.«

»Und Reeve?«

»Reeve?« Gabriella sah Christina über ihr Glas hinweg an. »Ich liebe ihn.«

»Oh«, sagte Christina gedehnt. Dabei sah sie Gabriella prüfend an. Sie hatte sich bereits entschieden, so lange in Cordina zu bleiben, bis alles zu einem glücklichen Ende gekommen sein würde. Jetzt war sie sich ganz sicher. »Dieser

Teil der Geschichte ist wenigstens Wirklichkeit.«

»Nein. Nur meine Gefühle sind echt. Der Rest ist, wie ich es dir geschildert habe.«

Gabriella vermied es, bei dieser Antwort auf ihren Ring zu sehen.

»Ach, das ist doch kein Problem.«

Gabriella war nicht nach Mitleid zumute, aber wenigstens ein bisschen Sympathie hatte sie erwartet. »Wieso nicht?«

»Natürlich nicht. Wenn du ihn haben willst, dann bekommst du ihn auch.«

Gabriella sah Christina amüsiert an. »Und wie, bitte?«, fragte sie neugierig.

Chris nippte an ihrem Cognac. »Ich werde dich nicht an all die Männer erinnern, die du dir früher aus dem Weg schaffen musstest. Das wäre nicht gut für mein Selbstbewusstsein. Und im Übrigen sind sie es nicht wert.« Sie nahm einen weiteren Schluck aus ihrem Glas.

»Wer ist es nicht wert?«

»Die Männer.« Chris kreuzte ihre langen Beine übereinander. »Die Männer sind es nicht wert. Halunken, jeder von ihnen!«

Irgendwie kam Gabriella dieses Gespräch bekannt vor, als hätten sie sich schon früher darüber unterhalten. Sie konnte sich das Lachen nicht verkneifen. »Jeder?«

»Jeder, allerdings.«

»Chris, ich bin froh, dass du gekommen bist«, meinte Gabriella glücklich. Bei diesen Worten legte sie Christina eine Hand auf den Arm.

Chris beugte sich vor und streichelte der Freundin die Wange. »Ich auch. Warum kommst du jetzt nicht mit mir in mein Zimmer und hilfst mir, ein umwerfend aussehendes Kleid für heute Abend auszuwählen?«

Reeve fand Gabriella nicht in ihrem Zimmer, wo er sie suchte. Aber er hörte, wie die Tür ihres Schlafzimmers geöffnet wurde, und blieb stehen.

»Ja, vielen Dank, Bernadette. Lass mir bitte das Badewasser ein. Um meine Frisur kümmere ich mich selbst. Wir essen heute Abend en famille.«

»Sehr wohl, Eure Hoheit.«

Reeve hörte das Mädchen ins Badezimmer gehen. Kurz darauf rauschte Wasser in die Wanne. Vor seinen Augen tauchte das Bild von Brie auf, die sich langsam auszog. Eigenartig, dachte er, ich habe sie morgens gesehen, wenn sie sich nach einer gemeinsam verbrachten Nacht anzog, aber niemals, wenn sie sich entkleidete. Wenn er zu ihr ging, dann trug sie stets einen Morgenmantel oder ein Nachthemd, oder sie erwartete ihn bereits im Bett.

Von einem plötzlichen Verlangen getrieben, ging Reeve hinüber in das Schlafzimmer.

Gabriella stand vor dem Spiegel. Sie hatte ihre Kleidung noch nicht abgelegt. Aus einer kleinen Porzellandose auf ihrem Frisiertisch nahm sie gerade Nadeln, mit denen sie sich das Haar hochsteckte.

Sie macht einen nachdenklichen Eindruck, fand er. Gabriella hielt den Kopf leicht gesenkt und betrachtete sich bei ihrer Beschäftigung nicht im Spiegel. Ein kleines zufriedenes Lächeln spielte um ihre Lippen. Ein Lächeln, das er so an ihr nicht allzu oft gesehen hatte.

Die Zofe kam aus dem Badezimmer und nahm einen Morgenrock aus dem Schrank. Hatte sie Reeve gesehen, der im Türrahmen stand? Wenn ja, ließ sie es sich jedenfalls nicht anmerken. Sie legte den Morgenmantel auf das Bett. Gabriella war jetzt mit ihrem Haar fertig.

»Vielen Dank, Bernadette. Ich brauche dich heute Abend

nicht mehr. Aber morgen«, fuhr sie mit einem verschmitzten Lächeln fort, »wirst du vor Erschöpfung umfallen.«

Die Kammerzofe verbeugte sich und verließ das Zimmer. Leise schloss sie die Tür. Reeve stand wartend im Durchgang zum Wohnzimmer. Gabriella schloss das kleine Porzellangefäß und strich liebevoll über den emaillierten Deckel. Dann streifte sie mit einem verhaltenen Seufzer ihre Schuhe ab. Sie schloss die Augen und räkelte sich, drehte sich dann um und ging zu einem zierlichen Schränkchen, auf dem ihre Stereoanlage stand.

Leise, beruhigende Musik füllte gleich darauf den Raum. Gabriella ließ ihren Rock hinabgleiten und warf ihn aufs Bett. Dann öffnete sie die Knöpfe ihrer Seidenbluse und streifte sie sich von den Schultern. Noch ehe sie einen Träger ihres durchsichtigen Spitzenbüstenhalters lösen konnte, trat Reeve einen Schritt auf sie zu.

»Gabriella.«

Wahrscheinlich wäre sie vor Schreck umgefallen oder hätte einen Schrei ausgestoßen, hätte sie diese Stimme nicht erkannt. Langsam drehte sie sich zu Reeve um. Er war nicht weit von ihr entfernt, und sein Verlangen schien den ganzen Raum zu erfüllen. Bewegungslos stand er da und betrachtete sie.

Gabriella fühlte, wie sich Begehren in ihr regte. Seine Blicke streichelten ihren Körper, und sie genoss die Bewunderung, die aus seinen Augen sprach. Ihre Erregung wuchs mit jedem Augenblick. Wortlos hielt sie ihm die Hand hin.

Schweigend ging er zu ihr hinüber, und ohne etwas zu sagen, umarmten sie sich. Jedes Wort war überflüssig. Die Zärtlichkeit ihrer Berührungen, die Liebkosungen ihrer Fingerspitzen waren die Sprache ihrer Liebe.

Gabriella öffnete sein Hemd und streifte es ihm ab. Langsam öffnete Reeve ihren Büstenhalter und ließ ihn zu Boden fallen. Er küsste ihren Hals und streichelte sie mit seiner Zunge. Dabei zog er ihr mit erregenden Bewegungen das Höschen aus.

Spielerisch und betont langsam fuhr Gabriella mit ihren Fingerspitzen seinen Rücken hinunter und umfasste mit leichtem Druck seine Taille. Dann öffnete sie den Verschluss seiner Hose und streifte sie langsam, zögernd, als wolle sie jede Bewegung auskosten, hinunter. Sie streichelte über seine Hüften, sanft und genießerisch. So befreite sie ihn vom letzten Kleidungsstück.

Reeve zog Gabriella an sich und hob sie auf. Ihre Blicke verloren sich ineinander, während er sie zum Bett hinübertrug und vorsichtig darauflegte. Voller Sehnsucht nach der Vereinigung seufzte Gabriella auf und schmiegte sich an ihn, Reeves Leidenschaft wuchs. Mit weichen, kreisenden Bewegungen erkundete er jeden Zentimeter ihres brennenden Körpers.

Gabriella umfasste sein Gesicht mit beiden Händen und zog es zu sich herunter. Sie fanden sich in einem innigen, sich tief ergründenden Kuss. Sie schlang die Arme um seinen Hals, als er langsam, zartfühlend, rücksichtsvoll in sie eindrang.

Sie bewegten sich in absolutem Einklang miteinander, ruhig und zufrieden. Dies war ein Moment der Zärtlichkeit, nicht der hemmungslosen Begierde, in dem sie sich fanden. Wortlos genossen sie die Seligkeit des Augenblicks, das harmonische Miteinander ihrer Liebe.

Dann lagen sie erschöpft aufeinander. Das goldene Licht der untergehenden Sonne fiel durch die Fenster. Reeve legte ihr den Arm unter den Kopf und sah sie zärtlich an.

»Ich habe dich so vermisst.«

Überrascht sah Gabriella ihm in die Augen. »Wirklich?«

»Ich habe dich heute kaum gesehen.« Er strich ihr über das Haar.

»Ich dachte, du würdest in den Ballsaal kommen.«

»Ich bin einige Male dort gewesen, aber du warst so beschäftigt.« Ich kam nicht nur, um dich zu sehen, dachte Reeve, sondern auch, um die Sicherheitsmaßnahmen zu überprüfen. Er hatte drei bewaffnete Leute im Saal bei den Handwerkern untergebracht.

»Morgen wird es noch schlimmer sein.« Zufrieden kuschelte Gabriella sich an ihn. »Es wird Stunden dauern, allein die Blumenarrangements aufzustellen. Und dann muss ich mich noch um die Getränke, das Orchester und die Speisen kümmern.«

Sie verstummte. Reeve zog sie fester an sich. »Bist du nervös?«

»Ein bisschen. Es werden so viele Leute da sein, so viele Menschen, deren Gesichter und Namen ich nicht kenne … Ich frage mich, ob ich das durchstehen werde!«

»Du hast schon mehr geleistet, als man von dir hätte erwarten können. Jetzt entspann dich, und lass den Dingen ihren Lauf. Tu nur das, was du für richtig hältst, Brie.«

Sie schwieg eine Weile, dann sagte sie mit Nachdruck: »Das habe ich bereits. Ich habe Christina Hamilton alles erzählt. Ich musste mich einfach mit einer Frau aussprechen.«

»Hat es dir geholfen?«

Gabriella schloss kurz die Augen. »Ja. Chris bedeutet mir viel, jedenfalls empfinde ich es so.«

»Wie hat sie reagiert?«

»Sie meint, an der Sache sei etwas faul.« Gabriella kicherte leise. »Sie meint, man solle dir, Loubet und meinem Vater einmal gründlich die Meinung sagen.«

Reeve lachte vor sich hin. »Sie scheint eine vernünftige Person zu sein.«

»Das ist sie. Ich kann dir nicht beschreiben, wie sehr es mir geholfen hat, mich mit ihr zu unterhalten. Reeve, sie hat mich nicht so angesehen, als wäre ich krank oder verrückt oder seltsam oder ... Ich, ich weiß nicht was.«

»Sehen wir dich so an?«

»Manchmal schon.« Gabriella strich sich eine Haarsträhne aus dem Gesicht. Sie warf ihm einen Blick zu, der um Verständnis bat. »Chris hat einfach nur zugehört, dann ihre Meinung dazu geäußert und mich schließlich gebeten, ihr beim Aussuchen eines Kleides behilflich zu sein. Alles war so natürlich, so selbstverständlich, so unkompliziert, als gäbe es keine unbeschriebenen Seiten zwischen uns. Wir waren einfach wieder gute Freundinnen. Ich weiß nicht, wie ich dir das erklären soll.«

»Du musst nichts erklären. Aber ich werde mit ihr sprechen müssen.«

Gabriella verzog den Mund. »Oh, ich glaube, darauf wartet sie förmlich.« Sie küsste Reeve zutraulich auf die Nasenspitze. »Vielen Dank.«

»Wofür?«

»Dafür, dass du mich mit all den Begründungen verschont hast, weshalb ich Christina nichts hätte erzählen sollen.«

»Die Entscheidung darüber lag ganz allein bei dir, Brie.«

»Wirklich?« Lachend schüttelte sie den Kopf. »Ich bin skeptisch. Aber mein Badewasser wird kalt«, sagte sie und wechselte das Thema. »Du hast mich davon abgehalten.«

»Ich habe es gern getan.« Lächelnd strich Reeve mit einer Fingerspitze über die Linie ihres Halses hinunter bis zu ihrer Brust, die unter seiner Berührung zu erzittern begann.

»Wenigstens könntest du mir jetzt den Rücken waschen.«

»Ein faires Angebot. Leider ist jetzt auch mein eigenes Badewasser kalt geworden.«

»Das ist dein Problem.« Gabriella drehte sich zur Seite und
stand auf. »Ich habe mich schon manchmal gefragt, wie es ist,
zu zweit zu baden. Die Wanne ist groß genug.« Sie begann,
ihre Haarnadeln wieder zu befestigen. Ihre Silhouette hob
sich straff und jugendlich vor den letzten Sonnenstrahlen ab.
Sie streckte die Hand aus. »Uns bleibt noch mindestens eine
Stunde vor dem Abendessen.«

12. Kapitel

Die Menschen strömten in den Saal. Eine elegante, vornehme Gesellschaft war in den alten Mauern des ehrwürdigen Palastes zu Gast. Alle wichtigen Leute aus Kunst, Kultur, Wirtschaft und Wissenschaft gaben sich an diesem Abend in Cordina ein Stelldichein.

Die fünf venezianischen Kristallleuchter glänzten im Schein der Kerzen. Der Duft aus Hunderten von Blüten, die in reich dekorierten Vasen und Bouquets gruppiert waren, mischte sich mit den betäubenden Parfüms der juwelengeschmückten Damen. Aufwendigste Ballroben wetteiferten miteinander, und auf den eleganten schwarzen Smokings der Herren prangten die vielfarbigen Orden und Auszeichnungen.

Gabriella machte die Honneurs und bemühte sich, ihre Müdigkeit zu vergessen. Sie hatte zwölf Stunden durchgearbeitet, um sicherzustellen, dass alles einen perfekten Verlauf nehmen würde. Jetzt war sie mit sich und ihrem Erfolg zufrieden.

Fürst Armand stand an ihrer Seite, er trug seine Paradeuniform. Gemeinsam begrüßten sie die Gäste, die ihr dezent einen Handkuss gaben und freundliche Worte mit ihrem Vater wechselten. Ein Meer von Gesichtern, eine endlos lange Namensliste, die Gabriella nur mit Mühe im Kopf behielt.

Wie herrlich sie aussieht, dachte Reeve, der Gabriella aus einiger Entfernung beobachtete. Sie trug ein weißes Kleid aus Musselin mit Satinschleifen, das ihre hohe Taille betonte. In ihrem asymmetrisch ausgeschnittenen Dekolleté funkelte eine

Diamantenkette. Auf ihrem Haar thronte ein kleines Diamantendiadem, und an ihren Ohren schimmerten Brillanten und Saphire, die in Tropfenform gearbeitet waren. Und an ihrer Hand trug sie seinen Ring.

Wenn eine so strahlende Schönheit einem Mann ihre Aufmerksamkeit und Liebe schenkte, konnte man dann überhaupt noch einen Blick für eine andere Frau haben?

»Hast du sie gesehen?«, flüsterte Bennett ihm ins Ohr, sodass nicht nur Reeve es hören konnte.

Er hatte nur noch Augen für Gabriella gehabt, aber er kannte Bennett. »Wen?«

»Eve Hamilton. Sieht sie nicht überwältigend aus?«, fragte Bennett, und Bewunderung sprach aus seinen Worten.

Alexander, der neben seinem Bruder stand, suchte die Menge mit den Augen ab, aber er war nicht Bennetts Meinung. Eve trug ein auffallend rotes, mit Falbeln besetztes Kleid. »Sie ist noch ein Kind«, meinte er. Er fand, sie war ein frühreifes, vorlautes Kind.

»Du brauchst eine Brille«, zischte Bennett zurück und gab einer ältlichen Dame einen vollendeten Handkuss.

Die Anzahl der Gäste schien unendlich. Gabriella stand es nur im Wissen durch, dass der ganze Aufwand ihrem GHBK-Hilfsfonds zugutekäme. Als endlich der letzte Gast begrüßt worden war, atmete sie erleichtert auf.

Sie gab dem Orchester einen Wink, und die Musik begann mit einem langsamen Walzer. Sie reichte Reeve ihre Hand. Er würde den Ball jetzt mit ihr zum ersten und letzten Mal eröffnen. Reeve geleitete sie zur Tanzfläche, und beide ließen sich vom Schwung und dem Rhythmus der Musik davontragen. Irgendwann würde auch diese Festlichkeit und damit auch ihr Traum beendet sein.

»Du bist wunderschön.«

208

Sie drehten sich im Licht der Kerzen. »Karl Lagerfeld ist eben ein Genie.« Reeve tat etwas, was sich eigentlich in der Öffentlichkeit nicht schickte – er gab ihr einen Kuss. »Ich bezog mich nicht auf dein Kleid«, wisperte Reeve ihr ins Ohr.

Gabriella lächelte ihn an und vergaß, wie müde sie eigentlich war.

Fürst Armand tanzte mit der Schwester eines Ex-Königs, Alexander mit einer englischen Prinzessin, und Bennett schwebte mit Eve Hamilton durch den Saal.

Überall herrschte Fröhlichkeit und gute Stimmung, die Gäste amüsierten und unterhielten sich prächtig.

Der Champagner floß reichlich, das Buffet barst über von all den Köstlichkeiten, die Küche und Keller hervorzuzaubern vermocht hatten.

Während Gabriella dann mit Dr. Franco tanzte, sah sie ihn lächelnd an und meinte schelmisch: »Versuchen Sie etwa, mir den Puls zu fühlen?«

»Unsinn«, antwortete der Doktor, obwohl das in seiner Absicht gelegen hatte. »Man muss kein Arzt sein, um zu sehen, wie wohl Sie sich fühlen.«

»Langsam habe ich auch den Eindruck, dass ich bald wieder völlig hergestellt sein werde.«

Der Druck seiner Hand verstärkte sich ein wenig. »Haben Sie weitere Erinnerungen gehabt?«

»Wir sind jetzt nicht in Ihrer Sprechstunde«, entgegnete sie charmant. »Und mit Ihrem Hörrohr werden Sie das auch nicht herausfinden. Ich fühle es ganz einfach.«

»Dann hat sich das Warten ja gelohnt.«

Ein flüchtiger Schatten glitt über Gabriellas Gesicht. »Das hoffe ich auch.«

»Brie sieht sehr entspannt aus«, sagte Christina zu Reeve, mit dem sie gerade tanzte.

»Ihre Anwesenheit hier hilft ihr offensichtlich.«

Chris sah ihn kurz an. Obwohl sie sich bereits einmal unter vier Augen unterhalten hatten, war es Reeve nicht gelungen, Gabriellas Freundin restlos zu besänftigen. »Es wäre entschieden besser gewesen, wenn ich früher hier gewesen wäre.«

Chris gefiel ihm, vielleicht deshalb, weil sie ihm keine Antwort schuldig blieb. »Wollen Sie immer noch ein Hühnchen mit mir rupfen?«

»Ich werde darüber nachdenken.«

»Ich tue nur das, was für Brie das Beste ist.«

Chris sah ihn aufmerksam an. »Sie sind blind, wenn Sie nicht schon längst wissen, was das Beste für sie ist.«

Geschickt bahnte Gabriella sich ihren Weg durch die Menge dorthin, wo sie in einer Ecke Janet Smithers still mit einem Weinglas in der Hand entdeckt hatte.

»Janet.« Gabriella beachtete Janets Verneigung nicht. »Ich fürchtete schon, Sie hätten beschlossen, nicht zu kommen.«

»Ich habe mich verspätet, Eure Hoheit. Ich hatte noch etwas Arbeit zu erledigen.«

»Heute Abend wird nicht mehr gearbeitet.« Gabriella sah sich um, ob ein passender Tanzpartner für Janet in der Nähe wäre. »Sie sehen hübsch aus«, setzte sie hinzu. Janets Kleid war schlicht, aber nicht unattraktiv und verlieh der Sekretärin eine gewisse Würde.

»Eure Hoheit!« Loubet trat zu den beiden und verbeugte sich. »Miss Smithers.«

»Monsieur.« Gabriella lächelte und fand, er sei genau der richtige Partner für Janet.

»Der Ball ist wie immer ein großer Erfolg«, lobte er.

»Vielen Dank. Ihre Gattin sieht übrigens reizend aus!«

»Ja.« Aus seinem Lächeln sprach Stolz und Zufriedenheit. »Aber sie hat mich verlassen. Ich hatte gehofft, Eure Hoheit würden sich meiner erbarmen und mir den nächsten Tanz schenken.«

»Natürlich.« Gabriella nippte an einem Sektglas und entdeckte plötzlich Alexander in ihrer Reichweite. »Leider habe ich ihn schon meinem Bruder versprochen.« Sie zupfte Alexander am Ärmel, sah ihn beschwörend an und drehte sich dann wieder zu ihrer Sekretärin um. »Ich bin allerdings sicher, Miss Smithers wird es ein Vergnügen sein, mit Ihnen zu tanzen, nicht wahr, Janet?«

Sie hatte die beiden geschickt zusammengebracht und war zufrieden, dass auf diese Weise auch ihre Sekretärin tanzen konnte. Sie reichte Alexander ihren Arm.

»Das war aber nicht sehr taktvoll«, meinte er.

»Aber es hat funktioniert. Ich will nicht, dass sie den ganzen Abend verlassen in einer Ecke herumsteht. Niemand scheint die Absicht zu haben, sie zum Tanz aufzufordern.«

Alexander runzelte die Stirn. »Meinst du etwa mich?«

»Falls notwendig, ja. Die Pflicht zuerst, mein lieber Bruder!« Sie strahlte ihn an.

Alexander sah seiner Schwester über die Schulter. Loubets leichtes Hinken war beim Tanzen kaum zu bemerken. »Sie sieht nicht sehr erfreut aus, mit Loubet zu tanzen. Vielleicht hat sie doch etwas Geschmack, wer weiß?«

»Alex.« Gabriella konnte sich das Lachen nicht verkneifen. »Ich habe dir noch gar nicht gesagt, wie gut du aussiehst. Du und Bennett. Wo steckt er eigentlich?«

»Er hat dieses kleine amerikanische Mädchen mit Beschlag belegt«, berichtete Alexander etwas missbilligend.

»Kleines Mädchen? Ach, du meinst Eve.« Seine Abneigung entging ihr nicht, und sie krauste die Stirn. »So klein ist sie gar nicht mehr. Im Gegenteil, ich glaube, sie hat dasselbe Alter wie Bennett.«

»Er sollte es unterlassen, in aller Öffentlichkeit mit ihr zu flirten.«

»Soweit ich sehen kann, beruht das auf Gegenseitigkeit.«

Unwillig zuckte Alexander mit den Schultern. »Ihre Schwester sollte besser auf sie aufpassen.«

»Alex.« Gabriella verdrehte die Augen.

»Schon gut, schon gut.« Er konnte es jedoch nicht unterlassen, die Menge nach Eve abzusuchen, bis er sie in ihrem roten Kleid entdeckt hatte. Und er behielt sie im Auge.

Gabriella wusste nicht mehr, wie viele Tänze sie getanzt hatte, wie viel Champagner sie getrunken und wie vielen Geschichten und Scherzen sie zugehört hatte. Ihre ganze Nervosität war unnötig gewesen, wie sie jetzt sah. Es war ein berauschender Abend, den sie in vollen Zügen genoss.

Und sie war glücklich, wieder in Reeves Armen zu liegen und mit ihm im Tanz durch den Saal zu schweben.

»Hier sind mir zu viele Leute«, flüsterte er ihr ins Ohr. Langsam und sehr zielstrebig bewegten sie sich in Richtung der Terrassentüren. Plötzlich waren sie im Freien und tanzten im Mondlicht.

»Hier ist es herrlich«, seufzte sie. Eine leichte Brise wehte und brachte den köstlichen Duft des Gartens zu ihnen herüber. »Hier fühle ich mich wohl.«

»Eigentlich sollten Prinzessinnen immer im Mondlicht tanzen.«

Gabriella musste lachen und strahlte Reeve an. Plötzlicher Schwindel überkam sie. Sein Gesicht verschwamm vor ihren Augen, alles um sie wurde schwarz. Reeve hielt sie in seinen starken Armen.

212

»Brie!« Er wollte sie zu einem Stuhl bringen, aber sie hielt ihn zurück.

»Nein, danke, es geht schon wieder. Mir war nur einen Moment lang unwohl. Es lag …« Sie brach ab und starrte in sein Gesicht, als sähe sie es zum ersten Mal. »Wir waren hier«, flüsterte sie mit erstickter Stimme. »Du und ich, genau hier, an meinem Geburtstag. Wir tanzten einen Walzer auf der Terrasse, und überall standen Rosen in großen Kübeln an den Wänden. Es war sehr warm, und nach dem Tanz hast du mir einen Kuss gegeben.«

Und ich habe mich in dich verliebt, dachte sie, sprach das aber nicht aus, sondern sah ihn nur weiter an. Sie hatte sich mit ihren sechzehn Jahren damals in Reeve verliebt. Jetzt, so viele Jahre später, hatte sich daran nichts geändert, und doch war alles ganz anders.

»Du erinnerst dich.« Reeve hielt sie fest, da Gabriella zitterte.

»Ja, ich erinnere mich. Ich erinnere mich an dich«, setzte sie mit so leisem Ton hinzu, dass Reeve sich näher zu ihr beugen musste.

Er durfte sie jetzt nicht bedrängen, aber er fragte sanft: »Ist das alles, oder erinnerst du dich noch an etwas anderes? Nur an diesen Abend?«

Sie schüttelte den Kopf und hielt sich an ihm fest. Die Erinnerung schmerzte sie. »Ich kann nicht denken. Reeve, ich muss einen Augenblick allein sein, wenigstens eine kurze Weile.«

»Gut.«

Reeve warf einen Blick zurück in den Ballsaal, in dem die Menge hin und her wogte. Dahin konnte er sie nicht zurückbringen. Rasch entschlossen brachte er sie zu einer anderen Tür am Ende der Terrasse. »Ich werde dich jetzt sofort auf dein Zimmer bringen!«

213

»Nein, mein Büro liegt näher.« Sie hängte sich an seinen Arm und hatte Mühe, vorwärtszugehen. »Ich möchte mich nur einen Moment hinsetzen und nachdenken. Da wird mich niemand stören.«

Er brachte sie dorthin, weil es tatsächlich näher war und ihm so ausreichend Zeit blieb, den Arzt zu rufen. Außerdem konnte er Armand davon unterrichten, dass Gabriellas Erinnerungen zurückkamen und dass man den nächsten Schritt unternehmen müsse. Die Verhaftungen müssten in aller Stille erfolgen.

In einer dunklen Ecke machte Reeve eine Gestalt aus, von der er wusste, dass es jemand war, der zu Gabriellas Bewachung dort stand.

Das Büro lag im Dunkeln, doch als er das Licht einschalten wollte, hielt Gabriella ihn zurück.

»Bitte nicht, ich möchte kein Licht haben.«

»Ich werde hier bei dir bleiben.«

Erneut widersprach sie ihm. »Nein, Reeve, ich möchte lieber allein sein.«

Es fiel ihm schwer, sich nicht zurückgesetzt zu fühlen. »Gut, aber ich werde den Doktor rufen, Gabriella!«

»Wenn es sein muss.« Um nicht die Beherrschung zu verlieren, ballte sie ihre Hände hinter dem Rücken zu Fäusten. »Aber lass mich zunächst einige Minuten allein.« Der Klang ihrer Stimme bedeutete ihm zu gehen.

»Bleib hier, bis ich wieder zurück bin. Ruhe dich aus.«

Gabriella wartete, bis Reeve die Tür hinter sich geschlossen hatte. Dann legte sie sich auf das kleine Sofa in der Zimmerecke. Sie war nicht sehr müde, aber sie hatte das Gefühl, sonst das Gleichgewicht zu verlieren.

Sie verspürte eine starke innere Unruhe. Die Erinnerungen bedrängten sie, und zwar alle gleichzeitig.

Sie hatte gehofft, dass es ihr Erleichterung bringen würde, sich wieder zu erinnern. Aber jetzt empfand sie nur Schmerz, Druck und Qual.

Sie sah ihre Mutter vor sich und deren Begräbnis. Sie fühlte grenzenlose Trauer, sah ihren Vater in seiner Verzweiflung und erinnerte sich, wie sie sich aneinander festgehalten hatten.

Ihr fiel ein Weihnachtsfest wieder ein. Bennett hatte ihr ein albernes Paar Schuhe geschenkt, an das unzählige kleine Glöckchen angenäht waren. Sie sah sich beim Fechten mit Alexander und erinnerte sich ihrer Wut, als er sie besiegte.

Das Bild ihres Vaters tauchte vor ihr auf, wie er sie in seinen Armen wiegte, wenn sie sich trostsuchend zu ihm geflüchtet hatte. Ihr starker, stolzer, ehrlicher Vater.

Gabriellas Tränen flossen ungehindert, als sich Erinnerung mit Erinnerung verband. Die Augen fielen ihr zu, und sie sank in einen Zustand zwischen Schlaf und Erschöpfung.

»Hören Sie mir zu.« Das Geflüster ließ sie aufschrecken. Gabriella schüttelte den Kopf. Diese Erinnerung wollte sie verdrängen. Aber die Stimmen schwiegen nicht. »Es muss noch heute Nacht sein.«

»Und ich sage Ihnen, dass es nicht gut gehen wird.«

Das war keine ihrer Erinnerungen, erkannte Gabriella verschwommen, allerdings waren Erinnerungen damit verbunden. Die Stimmen waren in der Dunkelheit deutlich zu vernehmen, sie drangen durch das zur Terrasse offene Fenster.

Gabriella kannte dieses Flüstern. Ihre Tränen versiegten augenblicklich. Sie hatte sie schon einmal im Dunkeln vernommen. Und jetzt wusste sie, wer es war.

War sie so blind und dumm gewesen? Langsam richtete sie sich auf. Sie achtete darauf, kein Geräusch zu machen. Ja, sie erinnerte sich und wusste, wer da sprach. Ihr Gedächtnis arbeitete wieder, und aller Schmerz war gewichen, alle Angst.

Sie verspürte nur noch Zorn, und dieses Gefühl war klar und sachlich.

»Wir werden genau nach Plan vorgehen. Sobald wir sie herausgeholt haben, bringen Sie sie zum Bauernhaus zurück. Diesmal werden wir die Betäubung verstärken und sie gefesselt halten. Wir lassen sie ohne Wächter zurück, um jeden unnötigen Fehler zu vermeiden. Pünktlich um ein Uhr lassen wir dem Fürsten eine Nachricht zukommen. Dort im Ballsaal soll er erfahren, dass seine Tochter wieder entführt worden ist. Er wird dann schon wissen, welchen Preis er zu zahlen hat, um sie wiederzubekommen.«

»Deboque.«

»Und fünf Millionen Francs.«

»Sie und Ihre Sucht nach Geld.« Die Stimme klang sehr nahe. Sie sprach tief und voller Verachtung. Gabriella schätzte die Entfernung zur Tür ab und wusste, sie musste noch abwarten. »Das Geld ist nicht von Bedeutung.«

»Ich werde die Genugtuung haben, zu wissen, dass Armand es zahlen musste. Nach all den Jahren und der verflossenen Zeit wird das meine Wiedergutmachung sein.«

»Rache!« Die Verbesserung klang nicht einmal boshaft. »Aber Rache sollte sich nie von Gefühlen leiten lassen. Es wäre klüger, ihn umbringen zu lassen.«

»Es war mir eine viel größere Befriedigung, zu sehen, wie er gelitten hat. Erledigen Sie nur Ihren Teil, aber den gut, sonst bleibt Deboque im Gefängnis.«

»Ich werde meine Rolle spielen. Wir werden beide bekommen, was wir wollen.«

Sie hassen sich, dachte Gabriella. Warum war ihr das nicht früher aufgefallen? Plötzlich war alles so klar. Selbst am heutigen Abend hatte sie sich noch mit den beiden unterhalten und keinen Verdacht geschöpft.

216

Sie saß ganz still da und hörte ihnen zu. Aber jetzt war nur noch das Geräusch sich entfernender Schritte zu vernehmen. Die Verschwörer hatten sie und ihren Vater übel missbraucht. Sie hatten ihnen Anteilnahme und sogar Zuneigung vorgetäuscht. Damit wäre es jetzt vorbei.

Lautlos bewegte sie sich durch das Zimmer. Sie musste ihren Vater finden und ihm von den beiden berichten. Sie sollten sie nicht noch einmal in ihre Gewalt bringen. Gabriella drückte die Klinke herunter, öffnete die Tür und sah sich plötzlich jemandem gegenüber.

»Oh, Eure Hoheit.« Ein wenig verblüfft trat Janet zur Seite und verneigte sich. »Ich hatte keine Ahnung, dass Sie hier sein würden. Ich wollte einige Unterlagen …«

»Ich dachte, ich hätte Ihnen deutlich genug gesagt, dass heute Abend nichts mehr erledigt werden sollte.« Gabriellas Ton war scharf.

»Ja, Eure Hoheit, aber ich …«

»Lassen Sie mich durch.«

Gabriellas Stimme verriet sie, der kalte, befehlende, vor Ärger bebende Tonfall. Janet zögerte nicht eine Sekunde. Aus ihrer einfachen schwarzen Tasche zog sie blitzschnell einen kleinen Revolver. Gabriella hatte keine Gelegenheit mehr, sich zu schützen.

Janet drehte sich sofort um und richtete die Waffe auf den Mann, der mit gezogener Pistole aus dem Schatten auf der Terrasse trat. Sie schoss zuerst, und der Bewacher fiel verwundet zu Boden. Dann stieß sie Gabriella den Lauf in den Magen.

»Wenn ich Sie hier erschießen muss, dann werden Sie einen sehr langsamen und qualvollen Tod sterben.«

»Es sind noch andere Wächter postiert«, sagte Gabriella so ruhig wie möglich. »Überall im Palast.«

»Dann werden Sie meine Bedingungen erfüllen müssen, wenn sie nicht noch mehr Verletzte oder Tote auf dem Gewissen haben wollen.« Janet hatte nur einen Gedanken, die Prinzessin aus dem Gang wegzubringen, ehe jemand auftauchte. Sie konnte sie unmöglich am Ballsaal vorbeibringen. Also stieß sie Gabriella roh voran.

»Es wird Ihnen nicht gelingen, mich vom Palastgelände wegzubringen«, warnte Gabriella.

»Es spielt keine Rolle, ob uns jemand sieht. Keiner der Wächter würde es wagen, auf uns zu schießen, solange ich Ihnen eine Pistole an den Kopf halte.«

Der ganze Plan war zusammengebrochen, und Janet konnte es ihrem Komplizen nicht einmal mitteilen. Jetzt war es nicht mehr möglich, eine betäubte, bewusstlose Gabriella aus dem Seitenausgang des Palastes fortzuschaffen, während von ihnen bestochene Leute Wache hielten.

Und man konnte sie auch nicht mehr heimlich im Kofferraum des am Seitenausgang wartenden Wagens verstecken.

Es war ein gewagter, aber gut durchdachter Plan gewesen. Und jetzt stand sie, Janet, ganz auf sich allein angewiesen da.

»Was hatten Sie eigentlich vor?«

»Ich sollte Ihnen die Nachricht bringen, dass der Amerikaner Sie in Ihrem Zimmer sprechen wollte. Zu dem Zeitpunkt wollten wir ihn schon beiseitegeschafft haben. Kaum wären Sie dort gewesen, hätten wir sie betäubt, und der Rest wäre ganz einfach gewesen.«

»Das ist es jetzt nicht mehr.«

Gabriella bemühte sich, nicht darüber nachzudenken, wie unbeteiligt Janet über den Mord an Reeve gesprochen hatte. Sie versuchte, ihre Gedanken zusammenzuhalten, während Janet sie näher zur Terrassentür und tiefer in die Dunkelheit vorausstieß.

218

»Das ist herrlich hier.« Eve hatte beschlossen, nicht mehr unnahbar zu sein, sondern den Abend in vollen Zügen zu genießen. »Es muss himmlisch sein, jeden Tag in einem Palast zu leben.«

»Es ist unser Zuhause.« Bennett legte den Arm um ihre Schultern und sah mit ihr über die hohe Mauer. »Wissen Sie, ich bin noch nie in Houston gewesen.«

»Da ist es ganz anders als hier.« Eve holte tief Luft, ehe sie sich wieder zu ihm umwandte. Er sah so gut aus, so nett, ein wundervoller Begleiter für einen lauen Frühlingsabend, und doch ...

»Es gefällt mir, hier zu sein«, sagte sie langsam. »Aber ich habe nicht den Eindruck, dass Prinz Alexander mich mag.«

»Alex?« Bennett zuckte die Achseln. Er wollte keinen Gedanken an seinen Bruder verschwenden, wenn er neben einer so aufregenden jungen Frau im Mondschein stand. »Er ist ein bisschen steif, das ist alles.«

»Sie sind das nicht. Ich habe eine Menge interessanter Sachen über Sie gelesen«, meinte Eve schmeichelnd.

»Die reine Wahrheit«, spaßte Bennett und küsste Eve die Hand. »Aber jetzt habe ich nur noch Augen für Sie, Eve. So ein Ärger«, unterbrach er sich, als er Schritte vernahm. »Man kann hier nirgends einen ruhigen Ort finden.« Er wollte nicht gestört werden und zog deshalb Eve tiefer in den Schatten, gerade in dem Augenblick, als Janet die Prinzessin durch die Tür stieß.

»Ich werde keinen Schritt mehr tun, ehe ich nicht alles weiß.« Gabriella drehte sich um, und ihr weißes Kleid leuchtete im Mondlicht. Bennett sah den auf sie gerichteten Pistolenlauf.

»Oh, mein Gott.« Rasch hielt er Eve den Mund zu, um sie zum Schweigen zu bringen. »Hören Sie mir zu«, flüsterte er

219

fast unhörbar in Eves Ohr und beobachtete dabei weiter seine Schwester. »Gehen Sie sofort in den Saal zurück und holen Sie meinen Vater, Alex oder Reeve. Oder alle drei, wenn es geht. Machen Sie keinen Lärm, und vor allem beeilen Sie sich.«

Er musste das Eve nicht zwei Mal sagen. Sie hatte die Pistole ebenfalls gesehen. Sie nickte, damit Bennett sie loslassen sollte.

Rasch schlüpfte sie aus ihren Schuhen und rannte barfuß und leise an der dunklen Seite des Gebäudes entlang, bis sie zu einer offenen Tür kam, dann war sie außer Sichtweite.

»Wenn ich Sie hier erschießen muss, haben wir beide nur Unannehmlichkeiten«, erklärte Janet kalt.

»Ich will wissen, warum.« Gabriella lehnte sich gegen die Wand. Sie wusste nicht, wie sie dieser Frau entkommen sollte. Dabei war es ihr schon einmal gelungen.

»Deboque ist mein Freund. Ich will ihn wiederhaben. Um Sie zurückzubekommen, würde Ihr Vater selbst den Teufel zum Tausch anbieten.«

Gabriellas Augen wurden schmal. Janet Smithers verbarg ihre Leidenschaft sehr gut. »Wie sind Sie durch die Sicherheitskontrollen gekommen? Jeder, der für meine Familie arbeitet, wird …« Sie hielt inne. Die Antwort war einfach. »Loubet, natürlich.«

Zum ersten Mal zeigte Janet ein zufriedenes Lächeln. »Natürlich. Deboque wusste über Loubet Bescheid und über die Leute, die er bestochen hatte, für ihn zu arbeiten. Ein wenig Druck reichte aus, die Drohung, ihn vor Ihrem Vater bloßzustellen, und der tüchtige Staatsminister zeigte sich sehr kooperationsfreudig. Eine große Hilfe war auch Loubets Hass auf Ihren Vater und der Umstand, dass er sich mit der Entführung an ihm rächen konnte.«

»Rächen? Für was?«

»Für den Unfall. Sie werden sich jetzt ja erinnern. Ihr Vater saß am Steuer. Er war jung und ein Draufgänger. Er und der Diplomat wurden nur geringfügig verletzt, aber Loubet …«

»… hinkt immer noch«, vollendete Brie den Satz.

»Nicht nur das. Loubet hat keine Kinder, und er wird auch mit seiner jungen hübschen Frau keine haben können. Er muss es ihr zwar noch sagen, aber er befürchtet, dass sie ihn dann verlassen könnte. Die Ärzte versichern ihm, das hätte nichts mit dem Unfall zu tun, doch er redet sich etwas anderes ein.«

»Er war also an dieser Entführung beteiligt, nur um meinen Vater zu strafen. Das ist grotesk.«

»Der Hass treibt einen zu so mancher Handlung. Ich andererseits hasse niemanden, ich will nur meinen Freund zurück.« Janet hielt die Pistole so, dass das Mondlicht darauf fiel. »Ich bin nicht verrückt, Eure Hoheit. Wenn es sein muss, dann drücke ich auf Sie ab.«

»Wenn Sie das tun, bleibt Deboque, wo er jetzt ist.« Gabriella richtete sich auf und fasste Mut. »Sie können mich nicht erschießen, weil ich Ihnen tot nichts nutzen würde.«

»Da haben Sie recht.« Wieder funkelte die auf Gabriella gerichtete Waffe im Mondschein. »Aber wissen Sie eigentlich, wie schmerzhaft eine Kugel sein kann, selbst wenn kein lebenswichtiges Organ getroffen wird?«

»Nein!«

Wütend und entsetzt sprang Bennett spontan aus dem Schatten heraus. Seine Gegenwart überraschte sowohl Gabriella als auch Janet. Beide Frauen erstarrten, und Bennett griff nach dem Revolver. Er hatte ihn fast erreicht, da schoss Janet. Wie leblos fiel der junge Prinz zu Boden und blieb bewegungslos liegen.

»Oh, mein Gott, Bennett!« Gabriella schrie auf und kniete sich neben ihn. »Nein, nein, Bennett.« Sein Blut strömte auf ihr weißes Kleid, als sie ihn vorsichtig anhob und auf ihren Schoß bettete. Hastig griff sie nach seinem Puls.

»Nun schießen Sie schon«, schrie sie Janet an. »Sie können mir nichts Schlimmeres mehr antun. Ich wünsche Sie und Ihren Liebhaber zum Teufel.«

»Da werden die beiden sich auch bald treffen«, sagte in diesem Augenblick Reeve lakonisch hinter ihnen. Plötzlich lag die Terrasse im Scheinwerferlicht. Männer, bewaffnete Polizisten, standen überall.

Janet hielt ihnen die Pistole mit dem Griff entgegen. »Keine unnütze Aufregung«, meinte sie kühl. »Ich bin ein praktisch veranlagter Mensch.« Reeve nahm sie ihr ab. Auf sein Zeichen hin wurde sie von zwei Polizisten ergriffen und abgeführt.

Der Fürst war an die Seite seiner Kinder geeilt. »Oh, Papa«, flüsterte Gabriella leise und streckte ihm die Hand entgegen. Armand kniete sich ebenfalls neben seinen Sohn. »Er hat versucht, ihr die Waffe zu entreißen.« Gabriella legte ihren Kopf an Bennetts Wange. »Kommt der Arzt …«

»Er ist schon hier.«

»Aber, aber, Gabriella.« Hinter ihr erklang Dr. Francos beruhigende Stimme. »Lassen Sie Bennett los, und machen Sie mir Platz.«

»Ich will ihn nicht allein lassen. Nein …«

»Streite dich nicht mit ihm«, bat Bennett mit schwacher Stimme. »Ich habe die schlimmsten Kopfschmerzen der Welt.«

Gabriella war den Tränen nahe, doch ihr Vater umarmte sie und drückte sie sanft an sich. »Nun gut«, antwortete Gabriella, als sie sah, dass Bennett mühsam die Augen öffnete. »Soll er sich um dich kümmern. Ich habe es lange genug getan.«

»Brie …« Bennetts Hand ruhte einen Moment lang in der ihren. »Gibt es im Krankenhaus wenigstens ein paar hübsche Schwestern?«

»Mindestens ein Dutzend«, brachte sie hervor.

Er seufzte und schloss die Augen wieder. »Ein Glück!«

Gabriella hielt Alexander den Arm hin. Dann lehnte sie sich an Reeves Schulter. Endlich war sie wieder zu Hause.

Er hatte Gabriella versprochen, den letzten Tag mit ihr auf dem Wasser zu verbringen. Das war alles, sagte sich Reeve, während die Liberté im frühen Morgenwind leicht dahinsegelte. Ein letzter Tag noch, ehe dieser Traum zu Ende ging, der auch sein Traum gewesen war.

Fast hätte das Ganze einen tragischen Ausgang genommen, dachte er und war noch im Nachhinein geschockt. Man hatte gleich nach Eves Ankunft im Ballsaal Loubet verhaftet, aber Gabriella war so lange mit Deboques Geliebten allein gewesen.

»Ich kann noch immer nicht glauben, dass alles vorüber ist«, sagte Gabriella leise.

Reeve hatte das gleiche Gefühl. Aber sie dachten jeder an etwas anderes. »Es ist vorbei.«

»Loubet … Beinahe tat es mir leid für ihn. Er war krank.« Dann dachte Gabriella an seine hübsche junge Frau und den Schock, den die Arme davongetragen hatte. »Bei Janet war es Besessenheit.«

»Sie waren Ungeziefer, keine Menschen«, wandte er ein. »Fast wären sie zu Mördern geworden. Sowohl Bennett als auch der Leibwächter können von Glück reden.«

»Ich weiß.« In den vergangenen drei Tagen hatte auch sie sich unzählige Male bedankt. »Aber ich habe getötet.«

»Gabriella.«

»Nein, ich kann mich jetzt damit abfinden. Ich weiß, dass ich diese schrecklichen Tage und Nächte in diesem dunklen Raum verdrängen wollte.«

»Du wolltest nichts verdrängen, aber du brauchtest deine Zeit«, korrigierte Reeve sie.

»Jetzt redest du fast wie meine Ärzte.« Sie klemmte die Ruderpinne fest, sodass sie Kurs auf ihre kleine Bucht nahmen. »Ich habe dir niemals von dem Kaffee erzählt oder davon, dass Janet behauptete, Nanny habe ihn für mich gemacht. Ich habe es dir deswegen nicht berichtet, weil ich es niemals für möglich hielt. Ihre Loyalität war viel zu stark.«

»Das verstand aber Janet nicht!«

»Sie erzählte mir, Nanny habe ihn mir am Tag meiner Reise gebracht, und ich sei direkt danach abgefahren. Sie verschwieg natürlich, dass sie selbst mir die Flasche abgenommen und einen Stoß Briefe zum Unterzeichnen gegeben hatte. So hatte sie ausreichend Zeit, das Mittel hineinzuschütten.«

»Sie rechnete nur nicht damit, dass Nanny deinem Vater ihren Verdacht mitteilen würde, nachdem Loubet und Deboques Cousin Henri dich auf dem kleinen Bauernhof in ihre Gewalt gebracht hatten.«

»Die gute Nanny. Die ganze Zeit hat sie mich beobachtet, und ich dachte, sie bemuttere mich nur übermäßig.«

»Dein Vater ließ dich sehr gut beobachten, damit Loubet nicht noch eine Gelegenheit fände.«

»Loubets Plan hätte auch funktioniert, wenn Henri nicht so trunksüchtig gewesen wäre und ich nicht meine Suppe auf die Erde geschüttet hätte. Hätte ich die ganze Dosis der Droge geschluckt, dann hätte ich keine Kraft mehr gehabt, mir Henri vom Leibe zu halten und durch die Latten über dem Fenster auszubrechen. Aber es ist jetzt vorüber, und ich bin glücklich.«

»Das ist alles, was zählt.«

»Du weißt, dass Christina und Eve noch etwas länger hier-
bleiben werden. Wir müssen Eve wirklich sehr dankbar sein.
Ich muss sagen, es macht mir Spaß, sie sich so in ihrem eigenen
Ruhm baden zu sehen.«

»Sie war bleich wie ein Laken, als sie in den Ballsaal gerannt
kam. Aber sie verlor nicht eine Minute. Sie brachte uns direkt
zu dir.«

»Ich habe mich noch gar nicht richtig bei dir bedankt.« Gabriella und Reeve waren in der Bucht angekommen und kapp-
ten das Segel.

»Du musst dich nicht bei mir bedanken.«

»Ich möchte es aber. Du hast unendlich viel für mich und
meine Familie getan. Das werden wir dir nie vergessen.«

»Dein Dank ist überflüssig«, sagte er kühl.

»Reeve, ich weiß, du bist kein Bürger Cordinas und unter-
stehst auch nicht unserer Gesetzgebung. Aber ich habe eine
Bitte. In zwei Wochen habe ich Geburtstag, und an diesem
Tag ist es Sitte in der fürstlichen Familie, dass man dem Ge-
burtstagskind einen Wunsch erfüllt!«

»Welcher Wunsch ist das?« Reeve nahm sich eine Zigarette
und zündete sie an.

So hatte Gabriella ihn gerne: ein wenig verärgert, ein wenig
überheblich. Das erleichterte ihr ihre Absicht. »Würdest du
mir zustimmen, wenn ich sagte, unsere Verlobung sei sehr
populär?«

Er lachte kurz auf. »In der Tat.«

»Ich für meinen Teil muss gestehen, dass mir der Ring, den
du mir geschenkt hast, sehr gefällt.«

»Dann betrachte ihn als Geschenk und behalte ihn«, antwortete Reeve obenhin.

»Genau das habe ich vor.« Sie erwiderte seinen kühlen Blick mit einem Lächeln. »Du weißt, mit meinen Beziehungen hier könnte ich deine Abreise verhindern.«

Reeve drehte sich überrascht zu ihr um. »Worauf willst du hinaus?«

»Ich glaube, es wäre alles viel einfacher, wenn du mich wirklich heiraten würdest. Ich denke, ich werde darauf bestehen.«

»Ist das so?«

»Ja, wenn du mir beipflichtest, bin ich sicher, können wir die Dinge im gegenseitigen Einvernehmen gestalten.«

»Ich bin nicht an irgendwelchen Vorteilen interessiert.«

»Unsinn. Wir könnten sechs Monate in Cordina und das andere halbe Jahr in Amerika leben«, fuhr sie fort. »In jeder Ehe müssen Kompromisse geschlossen werden. Stimmst du mir zu?«

»Vielleicht!«

»Natürlich werde ich eine Menge Verpflichtungen haben. Aber sobald Alexander geheiratet hat, übernimmt seine Gattin die meisten Aktivitäten. Dann wird es kaum mehr als eine ganz normale Arbeit sein.«

Reeve hatte genug von diesen Überlegungen. »Drück dich klarer aus.«

Er machte einen Schritt auf sie zu, aber sie wich zurück.

»Ich weiß nicht, was du meinst.«

»Sag endlich, was du willst und warum.«

»Ich will dich«, antwortete Gabriella und reckte trotzig das Kinn. »Weil ich dich liebe, und das schon seit meinem sechzehnten Geburtstag, an dem ich dich im Mondschein geküsst habe.«

Reeve spürte den Wunsch, ihre Wange zu streicheln, aber noch hielt er sich zurück. »Du bist nicht mehr sechzehn, und das hier ist auch kein Kindertraum.«

»Nein.«

»Auf dich wartet außerdem kein Palast in Amerika.«

»Aber es gibt dort ein Haus mit einer großen Veranda. Lass mich dich nicht bitten. Wenn du mich nicht willst, dann sage es lieber gleich.«

Jetzt sprach sie als Frau, nicht mehr als Prinzessin. Endlich war sie so, wie Reeve sie sich wünschte.

»Als du sechzehn warst und ich diesen Walzer mit dir tanzte, war es wie im Traum. Ich habe es nie vergessen. Als ich dann hier war und dich wieder küsste, da war es Wirklichkeit. Ich wollte nie etwas anderes als das.«

Reeve ging zu Gabriella und nahm ihre Hände. »Ich habe nie jemand anders gewollt.«

»Ich auch nicht«, sagte sie ernst und sah ihm in die Augen.

»Heirate mich, Brie, und lass uns auf unserer Veranda sitzen. Wenn wir diese stillen Momente für uns beide haben können, dann kann ich auch mit Ihrer Königlichen Hoheit, der Prinzessin Gabriella von Cordina leben!«

Sie zog seine Hände an ihren Mund und küsste sie zärtlich. »Es ist vielleicht kein Märchen, aber lass uns bis an unser Lebensende glücklich miteinander sein.«

Nora Roberts

Ein königlicher Kuss

Roman

Aus dem amerikanischen Englisch von
M. R. Heinze

1. Kapitel

Eve war schon früher im Palast gewesen. Das erste Mal, vor fast sieben Jahren, hatte sie ihn für ein Märchen gehalten, das Gestalt angenommen hatte. Jetzt war sie älter, allerdings nicht sicher, ob auch weiser. Cordina war ein Land. Der Palast ein prachtvolles Gebäude. Märchen waren für die sehr Jungen, die sehr Naiven oder die sehr Glücklichen.

Obwohl der Palast der Fürstenfamilie von Cordina aus Stein und Mörtel und nicht aus Wünschen und Träumen erbaut war, musste Eve ihn bewundern. Strahlend weiß, nahezu unberührt, lag er oben auf einer zerklüfteten Landzunge und bot einen Ausblick auf Meer und Stadt. Nahezu unberührt, ja, aber nicht weltentrückt – und schon gar nicht friedlich.

Türme ragten in den Himmel, stachen weiß in das Blau. Zinnen und Wehrgänge zeugten von seiner uralten Funktion als Verteidigungsanlage. Der Burggraben war zugeschüttet worden, aber man konnte ihn sich noch vorstellen. An seiner Stelle waren komplizierte technische Sicherheits- und Überwachungsanlagen eingebaut worden. Fensterscheiben funkelten im Sonnenlicht. Wie in jedem Palast hatte es hier Triumphe und Tragödien gegeben, Intrigen und Glanz. Eve konnte noch immer nicht begreifen, dass auch sie ihren Anteil daran gehabt hatte.

Bei ihrem ersten Besuch hatte sie mit einem Prinzen eine Terrasse betreten und, wie das Schicksal es bestimmt hatte, dazu beigetragen, ihm das Leben zu retten. Das Schicksal, dachte Eve, als ihre Limousine durch das hohe Eichentor fuhr, vorbei an den rot uniformierten Wachen, hatte im Leben normaler Menschen immer die Hand im Spiel.

Besondere Umstände hatten sie in das kleine Fürstentum Cordina geführt, als sie ihre Schwester Chris begleitete, die eine alte Schulkameradin und Freundin von Prinzessin Gabriella war, der Tochter der Fürsten. Prinz Bennett hätte durchaus mit einer anderen Frau an jenem Abend auf der Terrasse sein können. Eve hätte ihn dann nie kennengelernt und wäre nie ein Teil des Schlusskapitels der politischen Intrige geworden, die seine Schwester und die übrigen Mitglieder der Fürstenfamilie verfolgt hatte.

Dann hätte sich auch nie ihre Vorliebe zu dem schönen Palast in diesem Märchenland entwickelt, zu dem sie sich immer wieder hingezogen fühlte. Doch dieses Mal war sie, genau genommen, nicht hingezogen worden, vielmehr hatte man sie gerufen. Zu einer königlichen Galavorstellung. Sie rümpfte die Nase bei diesem Gedanken. War es nicht zu ärgerlich, dass der besondere Wunsch von dem einzigen Mitglied der Fürstenfamilie kam, das sie ständig ärgerte?

Prinz Alexander, ältester Sohn des regierenden Fürsten und Thronerbe. Eve betrachtete die von Blüten schweren Bäume, deren Zweige sich im Wind wiegten, während der Wagen vorbeirollte. Seine Königliche Hoheit Alexander Robert Armand von Cordina. Sie konnte nicht sagen, woher sie seinen vollen Namen kannte und warum sie sich an ihn erinnerte. Für Eve war der Titel genauso steif und humorlos wie der Mann, zu dem er gehörte.

Ein Jammer, dass er nicht wie sein Bruder war. Allein der Gedanke an Bennett ließ Eve lächeln und weckte Freude auf den Besuch. Bennett war charmant und zugänglich. Alexander war wie sein Vater – pflichtbewusst, Land und Familie gingen ihm über alles. Da blieb nicht viel Zeit für Entspannung.

Nun, sie war auch nicht zur Erholung hier. Sie war hier, um mit Alexander zu sprechen, und zwar geschäftlich. Die Zeiten hatten sich geändert, und sie war kein junges Mädchen mehr, das sich leicht von einem Fürstentitel beeindrucken oder von unausgesprochener Missbilligung verletzen ließ. Nein, Alexander war zu wohlerzogen, um seine Missbilligung jemals auszusprechen, doch Eve hatte nie jemanden gekannt, der sie doch so klar übermitteln konnte wie er. Hätte sie nicht wieder ein paar Tage in Cordina verbringen wollen, hätte sie darauf bestanden, dass er nach Houston kam. Eve besprach Geschäftliches lieber auf eigenem Boden und zu ihren Bedingungen.

Lächelnd stieg sie aus der Limousine. Da sie die erste Runde freiwillig abgegeben hatte, musste sie nur dafür sorgen, dass sie die zweite gewann. Sich mit Alexander zu duellieren und zu gewinnen war sicher ein Vergnügen.

Die Palasttore öffneten sich, als sie die breiten Steinstufen hinaufging. Eve blieb stehen. In ihren dunkelblauen Augen erschien ein mutwilliges Funkeln, während sie einen tiefen Knicks machte. »Eure Hoheit!«

»Eve!« Lachend lief Bennett die Stufen zu ihr herunter.

Er ist wieder bei den Pferden gewesen, dachte sie, als er die Arme um sie legte. Der Duft haftete ihm noch an, erdverbunden und real. Als sie ihn vor sieben Jahren kennengelernt hatte, war er ein gut aussehender junger Mann gewesen, der die Damen und das Vergnügen liebte.

Jetzt, da sie ihn genauer betrachtete, erkannte sie, dass er älter geworden war, sich aber sonst kaum verändert hatte.

»Es ist so schön, dich zu sehen.« Er gab ihr einen festen, kameradschaftlichen Kuss. »Zu viel Zeit liegt zwischen den einzelnen Besuchen, Eve. Vor zwei Jahren warst du das letzte Mal in Cordina.«

»Ich bin eine berufstätige Frau, Bennett.« Sie ergriff seine Hände. »Wie geht es dir? Wenn man deinem Aussehen nach urteilen darf, großartig. Und wenn man nach den Skandalblättern urteilen darf, bist du sehr beschäftigt.«

»Alles wahr.« Er lächelte, und sein klar geschnittenes, fast poetisch schönes Gesicht wurde unwiderstehlich. »Komm herein. Ich mache dir einen Drink. Niemand hat mir gesagt, wie lange du bleiben wirst.«

»Weil ich es selbst noch nicht weiß. Es kommt darauf an.«

Sie hakte sich bei ihm unter und betrat den Palast. Drinnen war es kühl, die Halle war hell und weitläufig. Stufen schwangen sich in einem Bogen an der Seite der Eingangshalle hinauf. Eve hatte sich hier stets sicher gefühlt. Wandbehänge und gekreuzte Schwerter mit glänzenden Klingen schmückten die Wände. Auf einem Louis-quatorze-Tisch stand eine Schale aus getriebenem Silber, gefüllt mit duftendem Jasmin.

»Wie war der Flug?«

»Mmmm. Lang.« Sie betraten einen Salon, in dem die geöffneten Vorhänge das Sonnenlicht hereinfluten ließen. Rosen standen überall in Porzellan- und Kristallvasen. Eve sank auf ein Sofa und atmete den Duft ein. »Sagen wir, ich bin froh, wieder auf dem Boden und hier zu sein. Erzähl mir, wie es allen geht, Ben. Was macht deine Schwester?«

»Brie geht es wunderbar. Sie wollte dich am Flughafen abholen, aber ihr Jüngster hat Schnupfen.« Er wählte eine Flasche mit trockenem Wermut und servierte ihn mit Eis. Eine seiner charmantesten Eigenschaften war, dass er nie die Vorlieben einer Frau vergaß. »Es fällt mir noch immer schwer, nach all diesen Jahren meine Schwester als Mutter zu sehen – noch dazu als vierfache Mutter.«

»Ich habe einen Brief von Chris für sie und die Instruktion, ihn eigenhändig zu übergeben. Chris möchte auch einen ausführlichen Bericht über ihr Patenkind.«

»Mal sehen, welches das ist. Ah, Camilla. Ich kann dir aus erster Hand sagen, sie ist ein Tunichtgut. Treibt ihre Brüder zum Wahnsinn.«

»Dafür sind Schwestern ja da.« Lächelnd nahm Eve den Drink entgegen. »Und Reeve?«

»Es geht ihm gut, obwohl er sich auf seiner Farm in Amerika zweifellos wohler fühlen würde. Sie haben mit dem kleinen Gut hier einige sehr beachtenswerte Dinge angestellt, aber Brie ist noch immer die offizielle Gastgeberin in Cordina. Reeve würde nichts besser gefallen, als dass Alex heiratet und diese verantwortungsvolle Aufgabe auf seine Ehefrau überträgt.«

»Oder wenn du heiratest.« Sie nippte an ihrem Getränk und beobachtete ihn über den Rand des Glases hinweg. »Angenommen, du wagst den Schritt, dann würden sich einige von Bries Pflichten verlagern.«

»Ich liebe meine Schwester, aber nicht so sehr.« Er lehnte sich auf dem Sofa zurück und streckte die langen Beine aus.

»Dann ist also nichts Wahres an den Gerüchten über Lady Alice Winthrop? Oder war es zuletzt die ehrenwerte Jessica Mansfield?«

»Hübsche Mädchen«, sagte er leichthin. »Ich stelle fest, dass du taktvoll genug bist, die Gräfin Milano nicht zu erwähnen.«

»Sie ist zehn Jahre älter als du.« Eve schlug den Ton einer tadelnden Tante an, lächelte jedoch. »Und ich bin immer taktvoll.«

»Und was ist nun mit dir, Eve?« Wenn es zu persönlich wurde, war Bennett ein Meister im Themenwechsel. »Wie schafft es eine Frau, die so aussieht wie du, die Männer auf Distanz zu halten?«

»Karate. Schwarzer Gürtel, siebenter Grad.«

»Ja, das hatte ich vergessen.«

»Solltest du aber nicht. Ich habe dich zwei Mal auf die Matte gelegt.«

»Oh nein, nur ein Mal.« Er legte seinen Arm über die Rückenlehne des Sofas. »Und da habe ich dich gewähren lassen.«

»Es war zwei Mal.« Wieder nippte sie an ihrem Getränk. »Und du warst wütend.«

»Du hattest eben Glück«, sagte er in bestimmtem Ton. »Hinzu kam, dass ich als Gentleman eine Frau nicht verletzen durfte.«

»Unsinn.«

»Meine Liebe, vor hundert Jahren hättest du deinen Kopf verlieren können, so schön er auch ist.«

»Eure Hoheit«, sagte sie und lächelte ihn an, »Sie hören auf, ein Gentleman zu sein, sobald es um einen Wettstreit geht. Hättest du mich auf die Matte werfen können, hättest du es getan.« Was absolut stimmte.

»Möchtest du es noch einmal versuchen?«

Einer Herausforderung konnte und wollte sie niemals widerstehen. Eve trank den letzten Schluck Wermut und stand auf. »Zu deinen Diensten.«

Bennett erhob sich und schob mit einem Fuß den Tisch von der Couch weg. Nachdem er sein zerzaustes Haar mit einer Hand zurückgestrichen hatte, kniff er die Augen zusammen. »Wenn ich mich recht erinnere, muss ich mich dir von hinten nähern und dich ... hier packen.« Ein muskulöser Arm legte sich um ihre Körpermitte. »Dann muss ich ...«

Der Rest blieb unausgesprochen, als sie ihm die Beine wegtrat und ihn flach auf den Rücken legte. »Ja.« Sie rieb sich die Hände, während sie auf ihn hinuntersah. »Genau so erinnere ich mich auch daran.«

»Ich war noch nicht bereit.« Er stützte sich auf einen Ellbogen.

»Alles ist erlaubt, Eure Hoheit.« Lachend kniete sie sich neben ihn. »Habe ich dich verletzt?«

»Nur meinen Stolz«, antwortete er und zog an ihrem Haar.

Als Alexander den Raum betrat, sah er seinen Bruder auf dem Teppich liegen, eine Hand in Eves dunkles Haar geschoben. Ihre lächelnden Gesichter waren einander nahe, ihre Körper berührten sich leicht.

Er biss die Zähne zusammen. »Ich bitte die Störung zu entschuldigen.«

Beim Klang seiner Stimme blickte Bennett träge über die Schulter, während Eve sich straffte. Alexander sah genauso aus, wie sie ihn in Erinnerung hatte. Dunkles, dichtes gewelltes Haar fiel ihm bis in den Nacken und über die Ohren. Er lächelte nicht, doch das tat er ohnedies selten. Sein Gesicht war, obwohl streng, attraktiv. Eine Königliche Hoheit zu sein passte zu ihm. Das musste Eve sich eingestehen, wenngleich sie sich darüber ärgerte. Er hätte gut und gern auf einem der Porträts, die sie in der Palastgalerie gesehen hatte, dargestellt sein können – hohe, ausgeprägte Wangenknochen, glatte gebräunte Haut. Seine Augen waren dunkel, fast so dunkel wie sein Haar, sein Blick war so missbilligend wie die Züge um seinen vollen, markanten Mund, den er jetzt zu einer schmalen Linie zusammengepresst hatte. Wie immer war er tadellos gekleidet.

»Eve hat mir wieder Unterricht in Karate gegeben.« Bennett stand auf, ergriff Eves Hand und zog sie zu sich hoch. »Ich landete auf Platz zwei. Wieder einmal.«

»Verstehe.« Alexanders Verbeugung war formell und höflich. »Miss Hamilton.«

Sie knickste, doch jetzt blitzte kein Humor in ihren Augen auf. »Eure Hoheit.«

»Bitte entschuldigen Sie, dass ich Sie nicht am Flughafen abgeholt habe. Ich hoffe, Sie hatten einen angenehmen Flug.«

»Danke, er war wunderbar.«

»Vielleicht möchten Sie sich ein wenig frisch machen, bevor wir über den Grund sprechen, weshalb ich Sie kommen ließ.«

Bei diesen Worten hob sie das Kinn. Wirkungsvoll, wie sie hoffte. Betont langsam griff sie nach ihrer Handtasche auf dem Sofa. »Ich ziehe es vor, das Geschäftliche gleich hinter mich zu bringen.«

»Wie Sie wünschen. Wir gehen in mein Büro. Bennett, hattest du nicht heute eine Verabredung im Reiterverein?«

»Erst in zwei Tagen.« Er gab Eve einen freundschaftlichen Kuss auf die Nase und zwinkerte ihr vielsagend zu. »Ich sehe dich dann beim Abendessen. Zieh dir etwas Umwerfendes an, ja?«, sagte er gut gelaunt.

»Selbstverständlich.« Ihr Lächeln verschwand, als sie sich wieder Alexander zuwandte. »Eure Hoheit?«

Mit einem Neigen des Kopfes bedeutete er ihr an, ihn hinauszubegleiten.

Schweigend stiegen sie die Treppe hinauf. Alexander war verärgert, Eve fühlte es, ohne den Grund zu begreifen. Obwohl zwei Jahre vergangen waren, seit sie einander das letzte Mal gesehen hatten, verhielt er sich ihr gegenüber noch immer sehr ablehnend. Weil sie Amerikanerin war? Nein, Reeve MacGee war Amerikaner und hatte Alexanders Schwester geheiratet. Oder weil sie beim Theater war?

Eve verzog ein wenig die Lippen bei dem Gedanken. Das sähe ihm ähnlich. Cordina hatte einen der besten Theaterkomplexe im Zentrum der Schönen Künste aufzuweisen, doch Alexander mochte durchaus die Leute vom Theater verachten.

Sie warf mit Schwung den Kopf in den Nacken und betrat vor ihm sein Büro.

»Kaffee?«

»Nein, danke.«

»Bitte, nehmen Sie Platz.«

Sie tat es, saß jedoch stocksteif da. Sein Arbeitsraum, ausgestattet in elegant konservativem Stil, spiegelte seinen Charakter wider. Es gab keine Schnörkel, keine Verzierungen. Die einzigen Gerüche stammten von Kaffee und Leder. Die Möbel waren antik und glänzten, der Teppich war dick und vom Alter verblichen. Große Glastüren führten auf einen Balkon, aber sie waren jetzt geschlossen, als hätte Alexander kein Verlangen nach den Geräuschen des Meeres und den Düften des Gartens.

Die Zeichen des Reichtums schüchterten sie nicht ein. Sie war aus einer Welt des Wohlstands gekommen und hatte seitdem ihr eigenes Vermögen gemacht. Was sie hier starr sitzen und auf den Angriff warten ließ, war die Förmlichkeit.

»Geht es Ihrer Schwester gut?« Alexander griff nach einer Zigarette und zog eine Augenbraue hoch.

Eve nickte und wartete, während er ein Streichholz anriss. »Es geht ihr sehr gut. Sie möchte einige Zeit mit Gabriellas Familie verbringen, wenn sie alle nach Amerika kommen. Bennett erzählte mir, eines der Kinder sei krank.«

»Dorian. Er hat Grippe.« Zum ersten Mal wurden seine Züge sanfter. Von allen Kindern seiner Schwester hatte er das jüngste besonders in sein Herz geschlossen. »Er lässt sich nur schwer im Bett halten.«

»Ich würde gern die Kinder sehen, bevor ich wieder abreise. Ich habe seit Dorians Taufe keines von ihnen mehr zu Gesicht bekommen.«

»Vor zwei Jahren.« Er erinnerte sich, vielleicht sogar zu gut. »Ich bin sicher, wir können für Sie einen Besuch auf dem Landgut einrichten.« Als sie lächelte, ging er wieder auf Distanz und war nicht länger nachsichtiger Onkel oder angenehmer Freund, sondern ganz Prinz. »Mein Vater ist abwesend. Ich soll Sie von ihm grüßen, falls er vor Ihrer Abreise nicht zurückkehrt.«

»Ich habe gelesen, er ist in Paris.«

»Ja.« Er ging nicht weiter auf die Staatsgeschäfte ein. »Ich bin Ihnen dankbar, dass Sie hierhergekommen sind, da ich im Moment nicht verreisen kann. Mein Sekretär hat Ihnen meinen Vorschlag unterbreitet?«

»Ja.« Zum Geschäft, ermahnte Eve sich. Der angenehme Teil des Gesprächs war, soweit es ihn überhaupt gegeben hatte, vorüber. »Sie möchten, dass ich meine Theatertruppe nach Cordina bringe, damit sie hier im Zentrum der Schönen Künste einen Monat lang auftritt. Der Erlös aus den Vorstellungen soll der GHBK, der Gesellschaft zur Hilfe für behinderte Kinder, zugutekommen.«

»Das ist richtig.«

»Verzeihen Sie, Eure Hoheit, aber ich dachte, diese besondere Art der Wohltätigkeit würde in Prinzessin Gabriellas Bereich fallen.«

»Das stimmt. Ich bin Präsident des Zentrums der Schönen Künste. In diesem Fall arbeiten wir zusammen. Gabriella hat Ihre Truppe in Amerika gesehen und war beeindruckt. Sie fand, da Cordina starke Bindungen an die Vereinigten Staaten hat, würden amerikanische Schauspieler helfen, die so dringend benötigten Mittel für die GHBK aufzutreiben.«

»Dann war es also ihre Idee.«

»Eine Idee, der ich nach langen Diskussionen und reiflicher Überlegung zugestimmt habe.«

»Verstehe.« Eve begann, mit einem Finger auf die Seitenlehne des Sessels zu trommeln. »Ich verstehe das so, dass Sie Bedenken hatten.«

»Ich habe noch nie Aufführungen Ihrer Truppe gesehen.« Er lehnte sich etwas zurück und blies eine Rauchfahne in die Luft. »Natürlich hatten wir früher schon amerikanische Künstler in unserem Zentrum, aber noch nie über einen so langen Zeitraum oder zu einer Auftaktvorstellung für den GHBK-Ball.«

»Vielleicht möchten Sie, dass wir Ihnen vorsprechen.«

Seine Lippen entspannten sich zu einem leichten Lächeln. »Das ist mir durch den Sinn gegangen.«

»Kommt nicht infrage.« Sie stand auf und stellte mit Vergnügen fest, dass ihn die Umgangsformen zwangen, sich ebenfalls zu erheben. »Die Hamilton-Truppe hat in weniger als fünf Jahren sowohl bei Kritikern als auch bei Zuschauern Zustimmung gefunden. Wir haben einen so ausgezeichneten Ruf, dass jede Vorsprechprobe in Cordina oder irgendeinem anderen Land überflüssig ist. Wenn ich mich dazu entschließe, meine Truppe hierherzubringen, dann wird das geschehen, weil ich die GHBK und Gabriella respektiere.«

Er betrachtete sie, während sie sprach. Innerhalb von sieben Jahren hatte sie sich von einem Mädchen zu einer selbstbewussten Frau entwickelt.

Sie war noch schöner geworden. Ihre Haut war makellos, hell mit einem rosigen Hauch auf den Wangen. Sie hatte einen sinnlichen Mund und große, verträumt blickende blaue Augen. Ihr Gesicht war umrahmt von einer Mähne seidig glänzenden schwarzen Haars, das ihr nun ein wenig zerzaust über die Schultern fiel.

Wut hielt sie aufrecht, ließ sie stolz dastehen, aber ihr Körper wirkte zart und zerbrechlich. Oft, zu oft schon, hatte er sich gefragt, wie dieser Körper sich an seinem anfühlen mochte.

Selbst in ihrem Ärger hatte ihre Stimme jenen langsamen, breiten texanischen Akzent, den er zu erkennen gelernt hatte. Sorgfältig drückte Alexander die Zigarette aus.

»Sind Sie fertig, Miss Hamilton?«

»Sagen Sie doch Eve, um Himmels willen! Wir kennen uns schon seit Jahren.« Ungeduldig ging sie zu den Balkontüren und stieß sie auf. Da sie den Blick nach draußen gerichtet hatte, bemerkte sie weder, wie Alexander über ihren Verstoß gegen das Protokoll die Brauen hochzog, noch bemerkte sie sein leises Lächeln.

»Eve«, sagte er und ließ ihrem Namen ein bedeutungsvolles Schweigen folgen. »Ich glaube, wir haben uns missverstanden. Ich kritisiere Ihre Truppe nicht. Das wäre auch schwierig, weil ich, wie gesagt, noch nie eine Vorstellung von ihr gesehen habe.«

»Wenn Sie so weitermachen, werden Sie wahrscheinlich auch nie eine sehen.«

»Dann müsste ich Bries Zorn ertragen. Das möchte ich lieber vermeiden. Setzen Sie sich.« Als sie sich umdrehte und ihn ansah, unterdrückte er den Impuls, ihr einen Befehl zu erteilen, und deutete nur auf den Sessel. »Bitte.«

Sie gehorchte, ließ jedoch die Türen offen. Man konnte gerade noch das Meer rauschen hören. Der Duft von Rosen, Vanille und Gewürzen zog vom Garten herauf. »Ich sitze«, sagte sie und schlug die Beine übereinander.

Er missbilligte ihre kurz angebundene Art. Er bewunderte ihre Unabhängigkeit. Im Moment wusste Alexander nicht, wie sich beides miteinander vereinbaren ließ. Er war sich sicher, dass sie, wie immer, alles andere als edle Gefühle in ihm aufwühlte. Langsam setzte er sich wieder. »Als Mitglied der

Fürstenfamilie und als Präsident des Zentrums der Schönen Künste muss ich bei der Wahl von Künstlern sehr vorsichtig sein. In diesem Fall vertraue ich Gabriellas Urteil, und ich frage Sie, ob wir zu einer Einigung kommen können.«

»Vielleicht.« Eve war in erster Linie Geschäftsfrau. Persönliche Gefühle hatten noch nie ihre Entscheidungen beeinflusst und würden es auch jetzt nicht tun. »Ich muss noch einmal das Theater sehen und die Einrichtungen überprüfen. Meiner Truppe und mir muss vertraglich künstlerische Freiheit zugesichert werden, außerdem eine angemessene Unterkunft während der Spielzeit. Da die Vorstellungen einem wohltätigen Zweck dienen, bin ich bereit, über unsere Gage zu verhandeln. Auf künstlerischem Gebiet gibt es jedoch keine Verhandlungen.«

»Ich werde dafür sorgen, dass man Sie durch das Zentrum führt. Die Anwälte des Zentrums und Ihre Anwälte können den Vertrag ausarbeiten.« Er verschränkte die Finger auf dem Schreibtisch ineinander. »Da Sie die Künstlerin sind, werde ich Ihr Urteil respektieren, aber ich bin nicht gewillt, mich blindlings in Ihre Hände zu begeben. Der Plan geht dahin, dass Ihre Truppe vier Stücke aufführen soll, jede Woche eines. Die Stoffe müssen vom Zentrum gebilligt werden.«

»Von Ihnen.«

Es war ein lässiges, herrisches Schulterzucken. »Wenn Sie so wollen.«

Sie wollte nicht und bemühte sich auch nicht, es zu verbergen. »Welche Qualifikationen besitzen Sie?«

»Wie bitte?«

»Was wissen Sie über das Theater? Sie sind Politiker.« Sie sagte es in einem leicht verächtlichen Ton. »Warum sollte ich meine Truppe Tausende von Meilen hierherbringen, noch dazu für einen Bruchteil dessen, was wir sonst verdienen, nur damit Sie auch noch die Stücke auswählen können, die wir aufführen?«

Seine Selbstbeherrschung geriet nicht leicht ins Wanken. Jahrelanges Bemühen und Entschlossenheit hatten ihn gelehrt, seine Gefühle zu lenken. Das tat er auch jetzt, wobei er ihren Blick noch immer festhielt. »Weil ein Auftritt im Zentrum der Schönen Künste von Cordina für Ihre Karriere ein Vorteil wäre, den Sie nicht ignorieren können.« Er beugte sich vor. »Es wäre dumm, ihn zu ignorieren, und ich halte Sie nicht für eine dumme Frau, Eve.«

»Nein, die bin ich auch nicht.« Sie erhob sich erneut und wartete, bis er hinter seinem Schreibtisch stand. »Ich sehe mir das Theater an und denke darüber nach, bevor ich die Mitglieder meiner Truppe frage.«

»Sie leiten die Truppe, nicht wahr?«

Eve neigte den Kopf, und eine Haarlocke fiel ihr über das Auge. Mit den Fingerspitzen strich sie sie zurück. »Sie vergessen eines, Hoheit: Amerika ist ein demokratisches Land. Ich verhänge keine Dekrete über meine Leute. Wenn ich die verfügbaren Einrichtungen für gut genug halte und meine Truppe einverstanden ist, werden wir über den Vertrag reden. Wenn Sie mich jetzt bitte entschuldigen, ich möchte auspacken und mich vor dem Abendessen umziehen.«

»Ich lasse Sie in Ihre Zimmer führen.«

»Ich weiß, wo sie sind.« Eve blieb an der Tür stehen, drehte sich um und knickste überheblich. »Eure Hoheit.«

»Eve.« Er sah, wie sie herausfordernd das Kinn hob. Eines Tages, dachte er, wird jemand diese Herausforderung annehmen. »Willkommen in Cordina.«

Sie war kein unhöflicher Mensch. Eve versicherte sich das, während sie ein Kleid für das Abendessen aussuchte. Fast alle

244

Leute hielten sie sogar für liebenswürdig. Sicher, sie konnte in Geschäftsangelegenheiten kompromisslos sein, doch das lag ihr im Blut. Unhöflich war sie nicht. Außer zu Alexander.

Aber er will es ja nicht anders, sagte sie sich, während sie den Reißverschluss eines eng anliegenden Corsagenkleides aus blauer Seide schloss. Er war dermaßen hochnäsig und herablassend. Das musste sie sich nicht bieten lassen, Thronerbe oder nicht. Sie spielten hier ja nicht Prinz und Bettelmann. Ihr Stammbaum mochte nicht adlig sein, aber er war makellos.

Sie war auf die besten Schulen gegangen. Vielleicht hatte sie diese Schulen gehasst, aber sie hatte sie nun mal besucht. Ihr ganzes Leben lang war sie gesellschaftlich mit den Reichen, Mächtigen und Einflussreichen zusammengekommen. Und sie hatte etwas aus sich gemacht. Nicht durch ihre Familie, sondern durch ihre eigenen Fähigkeiten.

Sicher, sie hatte schon frühzeitig entdeckt, dass ihr Ehrgeiz, Schauspielerin zu sein, sie nicht weit bringen würde, aber ihre Liebe zum Theater war nicht geschwunden. Dazu kamen ihre angeborenen Fähigkeiten auf geschäftlichem und organisatorischem Gebiet. Die Hamilton-Schauspieltruppe war gegründet worden und hatte Erfolg gehabt. Eve schätzte es gar nicht, dass Alexander der Große daherkam und sich aufführte, als würde er ihr einen Gefallen erweisen, indem er ihre Truppe in seinem Zentrum auftreten ließ.

Sie hatte hart gearbeitet, um die besten Schauspieler zu finden, um Talente zu fördern, um ihre eigenen Grenzen zu erweitern, und nun kam er daher und nickte huldvoll. Mit finsterer Miene legte sie eine breite goldene Halskette an. Die Hamilton-Schauspieltruppe brauchte seine Zustimmung nicht, sei sie huldvoll oder sonst wie.

Auch sie selbst brauchte weder seine Zustimmung noch sein verdammtes königliches Siegel.

Und sie wäre unerträglich dumm, würde sie sich weigern, in Cordina zu spielen.

Eve nahm eine Bürste und zog sie durch das Haar. Dabei bemerkte sie, dass sie nur einen Ohrring trug. Dieser Mann macht mich verrückt, dachte sie und fand den tränenförmigen Saphir auf der Frisierkommode.

Warum war nicht Ben Präsident des Zentrums? Warum kümmerte sich nicht Brie darum? Mit beiden hätte sie locker und entspannt umgehen können. Was hatte Alexander nur an sich, dass sie sich ständig von ihm angegriffen fühlte?

Eve befestigte den zweiten Ohrring und betrachtete stirnrunzelnd ihr Spiegelbild. Sie erinnerte sich noch an ihre erste Begegnung mit Alexander. Sie war zwanzig gewesen, und obwohl er nur ein paar Jahre älter war, wirkte er so erwachsen, so beeindruckend. Bennett hatte sie zum ersten Tanz auf dem Ball gebeten, doch sie hatte Alexander beobachtet. Damals war sie noch voller Fantasien gewesen und hatte in ihm einen Prinzen gesehen, der Damen in Not beistand und Drachen tötete. Er hatte einen Degen an seiner Seite getragen, zwar nur zur Zierde, aber in ihren Gedanken hatte sie gesehen, wie er die Waffe schwang, um einen Feind zu besiegen.

Die Schwärmerei war überraschend gekommen und zum Glück schnell wieder vergangen. Sie mochte fantasievoll gewesen sein, aber, wie Alexander selbst gesagt hatte, sie war nicht dumm. Keine Frau setzte ihre Hoffnungen und Träume in unnachgiebige und herrschsüchtige Männer. Es war ihr leichtgefallen, ihre Aufmerksamkeit Bennett zuzuwenden.

Schade, dass wir uns nicht ineinander verliebt haben, dachte sie jetzt. Prinzessin Eve. Sie lachte über sich selbst und ließ die Bürste fallen. Nein, das passte einfach nicht zusammen. Zum Glück aller waren sie und Bennett Freunde geworden, bevor sie irgendetwas anderes geworden waren.

Und sie hatte ihre Truppe, die mehr als Ehrgeiz war, die ihrem Leben einen Sinn gab. Eve hatte gesehen, wie Freunde heirateten, sich scheiden ließen und wieder heirateten oder einfach von einer Affäre in die nächste stolperten. Zu oft war der Grund einfach Langeweile. Darüber brauchte sie sich keine Gedanken zu machen. Die Leitung der Truppe hätte vierundzwanzig Stunden am Tag in Anspruch genommen, hätte sie es zugelassen. Manchmal war es schon fast so, ob sie es wollte oder nicht. Fühlte sie sich zu einem Mann hingezogen, verhinderten ihr Beruf und ihre eigene Vorsicht, dass die Sache zu ernst wurde. So hatte sie bisher keinen Fehler gemacht. Noch nicht. Und sie hatte nicht die Absicht, jetzt einen zu machen.

Eve wählte ein verführerisches Parfüm und sprühte es über ihre nackten Schultern, ehe sie den Raum verließ. Hoffentlich war Bennett schon zurück und hielt sich im Salon auf. Das Abendessen wäre öde ohne ihn.

Allein durch seine Anwesenheit bereicherte er eine Gesellschaft um Spaß und Vergnügen. Sie war nicht in ihn verliebt, aber sie liebte ihn dafür.

Während sie nach unten ging, ließ sie die Finger über das glatte Geländer gleiten. So viele Finger vorher hatten schon diese Spur gezogen. Wenn sie innerhalb des Palastes war, sah sie in ihm nur einen beständigen, immerwährenden Ort. Sie mochte Alexander kaum verstehen, seinen Stolz verstand sie.

Doch als sie den Salon betrat, fand sie Alexander allein vor und verspannte sich. Sie blieb an der Tür stehen und suchte den Raum nach Bennett ab.

Meine Güte, war sie schön! Als Alexander sich umdrehte, traf es ihn wie ein Schlag. Es hatte nichts mit der Seide oder dem Schmuck zu tun. Sie hätte sich in Sackleinen kleiden und dennoch seine Sinne betören können. Dunkel und geheimnisvoll, strahlte sie eine geradezu beunruhigend natürliche Sexualität aus, die in einem Mann schmerzhafte Sehnsucht weckte. Diese Ausstrahlung hatte sie schon immer besessen. Sie war ihr angeboren, entschied Alexander und verwünschte sie dafür.

Er spannte sich an, und ein Ausdruck von Kälte erschien auf seinem Gesicht, als sie den Blick durch den Raum gleiten ließ. Er wusste, dass sie sich nach Bennett umsah.

»Mein Bruder wurde aufgehalten.« Er stand mit dem Rücken zum Kamin. Der dunkle Smoking betonte seine beherrschte Haltung. »Wir speisen heute Abend allein.«

Eve blieb stehen, wo sie war, als würde sie mit dem nächsten Schritt etwas versprechen, das zu tun sie alles andere als bereit war. »Machen Sie sich meinetwegen keine Mühe, Eure Hoheit. Ich kann in meinem Zimmer essen, falls Sie andere Pläne haben.«

»Sie sind mein Gast. Mein Plan ist es, mit Ihnen zu dinieren.« Er schenkte zwei Cocktails ein. »Kommen Sie herein, Eve. Ich verspreche, dass ich nicht mit Ihnen auf dem Fußboden ringen werde.«

»Ich bin sicher, dass Sie das nicht tun werden«, sagte sie genauso höflich, ging zu ihm und streckte die Hand nach ihrem Glas aus. »Und wir haben nicht miteinander gerungen, sondern ich habe Ben zu Boden geworfen.«

Alexander senkte den Blick. Eve war gertenschlank und reichte ihm kaum bis zu den Schultern. Er konnte nicht glauben, dass sie seinen großen, athletischen Bruder bezwungen hatte. Körperlich bezwungen. Emotional war es eine andere Sache.

»Bewundernswert. Dann verspreche ich, dass ich Ihnen keine Gelegenheit geben werde, mich zu Boden zu werfen. Sind Sie mit Ihren Zimmern zufrieden?«

»Sie sind perfekt, wie immer. Wenn ich mich recht erinnere, haben Sie kaum freie Abende zu Hause. Kein Staatsbankett und keine offiziellen Empfänge heute Abend?«

Wieder ließ er den Blick auf ihr ruhen. Das Licht war gedämpft, sodass es ihrer Haut den Glanz von Seide verlieh. Vielleicht fühlte sie sich auch so an.

»Wir können das Abendessen mit Ihnen als offiziellen Empfang betrachten, wenn Sie möchten.«

»Vielleicht möchte ich das.« Sie beobachtete ihn über den Rand des Glases hinweg, während sie an ihrem Cocktail nippte. »Also, Eure Hoheit, machen wir höfliche Konversation, oder besprechen wir die Weltpolitik?«

»Politische Ansichten beim Essen auszutauschen verdirbt den Appetit. Besonders wenn sie kontrovers sind.«

»Das stimmt. Wir hatten nur selten in irgendeiner Sache die gleiche Meinung. Dann also höfliche Konversation.« Darin war sie genauso geschult wie er. Sie trat an eine Schale mit Rosen und strich über die Blütenblätter. »Ich habe gelesen, dass Sie sich im Winter für ein paar Wochen in der Schweiz aufhielten. Wie war das Skilaufen?«

»Ausgezeichnet.« Den eigentlichen Grund für seinen Aufenthalt dort erwähnte er nicht, ebenso wenig die stundenlangen Konferenzen und Besprechungen. Er versuchte, nicht auf ihre schlanken Finger zu blicken, mit denen sie die dunkelroten Rosen sanft berührte. »Laufen Sie Ski?«

»Ich fahre gelegentlich nach Colorado.« Sie zuckte die Schultern, gleichmütig und unverbindlich. Wie konnte sie von ihm Verständnis dafür erwarten, dass sie für nutzlose Sportarten und gelegentliche Urlaubsreisen keine Zeit hatte? »Ich war nicht mehr in der Schweiz, seit ich das Internat dort verlassen habe. Da ich aus Houston stamme, bevorzuge ich Sommersportarten.«

»Welche?«

»Schwimmen.«

»Dann steht Ihnen der Pool während Ihres Aufenthalts hier zur Verfügung.«

»Danke.« Schweigen. Eve fühlte, wie sie sich verspannte, als das Schweigen anhielt. »Sieht so aus, als wäre uns die höfliche Konversation ausgegangen, und wir haben noch nicht einmal diniert.«

»Dann sollten wir jetzt vielleicht zu Tisch gehen.« Er bot ihr den Arm, und nach kurzem Zögern hakte Eve sich bei ihm unter. »Der Koch erinnerte sich daran, dass Sie eine besondere Vorliebe für seinen *Poisson Bonne Femme* hatten.«

»Wirklich? Wie nett.« Sie lächelte ihn an. »Soweit ich mich erinnere, hatte ich eine noch größere Vorliebe für seine *pôts de crème au chocolat*. Ich habe die Köchin meines Vaters so lange verrückt gemacht, bis sie ein einigermaßen ähnliches Dessert zustande brachte.«

»Dann werden Sie mit dem des heutigen Abends zufrieden sein.«

»Dick werde ich hinterher sein«, verbesserte sie ihn. Eve blieb am Eingang des Speisesaals stehen. »Ich habe diesen Raum immer bewundert«, sagte sie leise. »Er ist so zeitlos.« Sie betrachtete die beiden glitzernden Kronleuchter, die ihr Licht auf einen wuchtigen Tisch und den makellos gebohnerten Fußboden warfen. Die Größe schüchterte sie nicht ein, obwohl mehr als hundert Personen an dem Tisch Platz finden konnten.

Normalerweise hätte sie etwas Behaglicheres, Intimeres bevorzugt, aber dieser Saal verkörperte Macht. Weil sie damit aufgewachsen war, war Macht etwas, das sie insgeheim erwartete und auch respektierte. Doch mehr noch war es das Alter des Raums, das sie faszinierte. Wenn es sehr still war, meinte sie, die Gespräche zu hören, die hier im Verlauf von Jahrhunderten geführt worden waren.

»Als ich hier das erste Mal an einem Diner teilnahm, habe ich wie Espenlaub gezittert.«

»Tatsächlich?« Alexander blieb am Eingang hinter ihr stehen. »Ich erinnere mich an Ihre bemerkenswerte Haltung.«

»Oh, meine Selbstdisziplin war schon immer gut, aber ich hatte Angst. Die ließ ich mir nur nicht anmerken. Da saß ich hier, frisch aus der Schule, und nahm an einem Diner in einem Palast teil.«

»Und dieses Mal?«

Sie war sich nicht sicher, warum es ihr notwendig erschien, aber sie zog ihren Arm von seinem zurück. »Es ist schon eine ganze Weile her, dass ich die Schule verlassen habe.«

Zwei Plätze waren gedeckt, Kandelaber und frische Blumen schmückten den Tisch. Eve nahm ihren Platz an der Seite ein und überließ Alexander das Kopfende. Als sie saßen, schenkte ein Diener Wein ein.

»Merkwürdig«, sagte Eve nachdenklich. »Wann immer ich zuvor hier war, hielten sich zahlreiche Menschen im Palast auf.«

»Gabriella und Reeve sind kaum noch hier, seit sie sich auf dem Landgut eingerichtet haben. Auf dem Landgut und der Farm in Amerika«, verbesserte er sich. »Sie teilen ihre Zeit zwischen den beiden Ländern auf.«

»Sind die beiden glücklich?«

Er zog die Brauen hoch, während er nach seinem Glas griff. »Glücklich?«

»Ja, Sie wissen doch – glücklich. Das kommt irgendwo auf der Liste nach Pflicht und Verpflichtung.«

Er wartete schweigend, während gekühlter Hummer serviert wurde. Eve hatte mit ihrer Bemerkung über die Liste fast ins Schwarze getroffen. Er konnte nie sein Glück vor seine Pflicht stellen, seine Gefühle vor seine Verpflichtungen. »Meine Schwester beklagt sich nicht. Sie liebt ihren Mann, ihre Kinder und ihr Land.«

»Das ist nicht dasselbe.«

»Die Familie hat ihr Bestes getan, um Gabriella einige ihrer Verpflichtungen abzunehmen.«

»Ist es nicht wunderbar, dass sie nach der schrecklichen Zeit, die sie durchgemacht hat, alles hat?« Sie sah, wie die Knöchel seiner Hand, mit der er die Gabel hielt, weiß hervortraten, und griff unwillkürlich nach seiner Hand. »Es tut mir leid. Selbst nach so langer Zeit muss es schwer sein, daran zu denken.«

Er schwieg einen Moment, blickte nur auf ihre Hand hinunter, die weiß und schmal auf seiner lag. Sie beruhigte ihn. Das hätte er niemals erwartet. Wenn es ihm möglich gewesen wäre, hätte er seine Hand umgedreht, um ihre zu ergreifen. »Es wird immer schwer sein, daran zu denken, und unmöglich zu vergessen, dass Sie an der Rettung meiner Schwester und meines Bruders beteiligt waren.«

»Ich bin nur losgelaufen und habe Hilfe geholt.«

»Sie haben einen klaren Kopf behalten. Hätten Sie das nicht getan, hätten wir beide verloren.«

»Auch ich werde es nie vergessen.« Als Eve merkte, dass ihre Hand noch immer auf seiner lag, zog sie sie zurück und griff nach ihrem Weinglas. »Ich sehe noch heute das Gesicht dieser Frau vor mir.«

»Deboques Geliebte.«

Er sagte es mit so unterdrückter Schärfe, dass Eve schauderte. »Ja, ihr Gesichtsausdruck, als sie die Waffe auf Brie gerichtet hielt! In diesem Moment wurde mir klar, dass Paläste keineswegs märchenhaft sind. Bestimmt sind sie alle froh darüber, dass sie, Loubet und Deboque im Gefängnis sitzen.«

»Und dort bleiben werden. Aber Deboque hat schon früher hinter Gittern die Fäden gezogen.«

»Ist noch etwas vorgefallen? Bennett und ich haben darüber gesprochen, aber …«

»Bennett braucht Unterricht in Diskretion.«

Eve ärgerte sich, schwieg jedoch, als der nächste Gang serviert wurde. »Er hat keine Staatsgeheimnisse verraten. Wir haben uns nur einmal daran erinnert – genau wie Sie und ich jetzt –, dass Deboque vom Gefängnis aus Bries Entführung arrangierte. Über ihre Sekretärin und den Staatsminister Ihres Vaters. Er sagte, er würde besorgt sein, solange Deboque lebe. Ich antwortete ihm, das sei Unsinn, aber vielleicht hatte ich Unrecht.«

»Eine Persönlichkeit des öffentlichen Lebens zu sein heißt, besorgt zu sein.« Das zu akzeptieren war einfacher, als sich an die eigene Hilflosigkeit zu erinnern, daran, wie er seine Schwester sich durch ihr Trauma und ihren Schmerz kämpfen sah. »Die Bissets regieren Cordina schon seit Generationen. Und seit wir das tun, haben wir uns Feinde geschaffen. Nicht alle können im Gefängnis sein.«

Da war noch mehr. Eve fühlte es, wollte ihn aber nicht bedrängen. Wenn sie etwas wissen wollte, würde sie zu Bennett gehen.

»Das hört sich so an, als hätten gewöhnliche Sterbliche die Vorteile auf ihrer Seite, Eure Hoheit.«

»Allerdings.« Mit einem Lächeln, das sie sich nicht erklären konnte, griff er zu seiner Gabel.

Das Diner verlief freundlicher, als Eve erwartet hatte. Doch Alexander entspannte sich nicht. Sie war erstaunt darüber, während sie sich durch die einzelnen Gänge dem Dessert und dem Kaffee näherten. Er war freundlich, höflich und – nervös.

Sie wollte ihm helfen, wollte diese Spannung beseitigen, die sich so offensichtlich in der Haltung seiner Schultern ausdrückte. Doch er war kein Mensch, der Hilfe von einem Außenseiter annahm.

Eines Tages würde er herrschen, dazu war er geboren. Cordina war ein kleines Märchenland, aber wie ein Märchen hatte es seinen Anteil an Intrigen und Unruhen. Das, was zu tun er bestimmt war, lastete schwer auf ihm. Ihre Herkunft und ihre Erziehung machten es ihr nicht leicht, zu verstehen, sodass sie oft, zu oft vielleicht, nur das unbeugsame Äußere bei ihm sah.

Wenigstens haben wir nicht gestritten, dachte Eve, als sie sich ihrem Dessert widmete. Eigentlich stritt man nicht mit Alexander. Man schlug gegen eine Mauer.

»Das war köstlich. Ihr Koch wird mit der Zeit immer besser.«

»Er wird sich freuen, das zu hören.« Er wollte, dass sie blieb, einfach hier saß und über irgendetwas redete, das nicht wichtig war. Während der letzten Stunde hatte er den Druck, unter dem er stand, beinahe vergessen. Es war nicht typisch für ihn, aber der Gedanke, hinauf in seine Räume zu gehen, zu seiner Arbeit, erschien ihm durchaus nicht verlockend. »Wenn Sie noch nicht müde sind …«

»Ihr habt doch nicht alles aufgegessen, oder?« Bennett schlenderte herein und setzte sich auf den Stuhl neben Eve. »Schon fertig?« Ohne abzuwarten, nahm er sich den Rest ihres Desserts. »Das Essen, das man mir heute Abend aufgezwungen hat, ist es nicht wert, auch nur einen Gedanken daran zu verschwenden. Ich habe mir euch zwei hier vorgestellt, während ich einen Gummiadler verzehrte.«

»Du siehst aber nicht verhungert aus«, bemerkte Eve und lächelte ihn an. »Der Hauptgang war köstlich.«

»Du hast schon immer einen gesegneten Appetit gehabt. Wenn ich mit dem Dessert fertig bin, lass uns nach draußen gehen. Ich brauche den Garten und eine schöne Frau nach einer stundenlangen, langweiligen Konferenz.«

»Dann möchte ich mich entschuldigen.« Alexander erhob sich. »Ich lasse euch allein.«

»Geh doch mit uns spazieren, Alex«, lud Bennett ihn ein. »Sobald ich dein restliches Dessert aufgegessen habe.«

»Nicht heute Abend. Ich habe noch zu tun.«

»Wie immer«, meinte Bennett.

Eve sah dem Prinzen nach, als er den Saal verließ.

Sie hätte nicht sagen können, warum, aber sie verspürte den Drang, ihm zu folgen. Dann schüttelte sie das Gefühl ab und wandte sich wieder Bennett zu.

2. Kapitel

Als Alexander mir einen Führer versprach, habe ich nicht mit dir gerechnet.«

Ihre Königliche Hoheit Prinzessin Gabriella von Cordina lachte, als sie die Bühnentür aufstieß. »Das Zentrum war von Anfang an eine Familienangelegenheit. Ich glaube sogar, Alex hätte dich am liebsten selbst geführt, wäre sein Terminkalender nicht so voll gewesen.«

Eve ließ das durchgehen und dachte nur, dass Alexander Stapel von Schreibarbeit und stundenlange langweilige Besprechungen einer Stunde mit ihr vorziehen würde.

»Ich wiederhole mich nur ungern, Brie, aber du siehst wunderbar aus.«

»Wiederhole dich ruhig«, erwiderte Gabriella. »Wenn man vier Kinder bekommen hat, braucht man sehr viel moralische Unterstützung.« Ihre dunklen rötlichen Haare waren zu einem glatten, schlichten Knoten hochgesteckt, ihr weißes Kostüm war hervorragend geschnitten. Sie war jeder Zoll eine Prinzessin. Dabei, dachte Eve, sieht sie zu jung und zu zart aus, um vier Kinder geboren zu haben. »Und du«, fuhr sie fort und schwieg einen Moment, um die Schwester ihrer engsten Freundin zu betrachten.

»Ich erinnere mich daran, wie ich dich das erste Mal sah. Ich dachte, was für ein sagenhaftes Kind. Jetzt bist du eine sagenhafte Frau. Chris hat beinahe aufgehört, sich um dich zu sorgen.«

»Das habe ich früher gehasst.« Eve konnte jetzt lächeln, als sie sich an die ständigen Reibereien mit ihrer Schwester während ihrer langen rebellischen Jugend erinnerte. »Jetzt, da ich älter bin, hoffe ich, dass sie nie ganz aufhören wird, sich Sorgen zu machen. Das ist so tröstlich. Ist es nicht seltsam, dass einem als Erwachsener die Familie mehr bedeutet?«

»Ich wüsste nicht, was ich ohne meine machen sollte. Diese paar Monate, in denen ich mich nicht an sie erinnern konnte, in denen ich mich an gar nichts erinnern konnte …« Gabriella schüttelte den Kopf. »Das hat mich gelehrt, nichts für selbstverständlich anzusehen. Nun ja.« Sie atmete tief durch und blickte sich um. »Was möchtest du zuerst sehen?«

»Den Bereich hinter der Bühne – die Garderoben, die Kulissen. Ich möchte auch einen Blick auf die Beleuchtungsanlage werfen. Wenn es hinten nicht klappt, kann man noch so gut auf der Bühne sein, es wird ein Reinfall.«

»Du verstehst dein Handwerk, nicht wahr?«

»Das will ich hoffen.«

Sie verbrachten über eine Stunde hinter den Kulissen. Eve stieg Treppen hinauf, zwängte sich in Lagerräume, kontrollierte die Ausstattung. Die war, wie sie erhofft hatte, erstklassig. Das Zentrum der Schönen Künste war ein Familienprojekt, das man im Namen von Gabriellas Mutter ins Leben gerufen hatte. Die Bissets hatten ihre ganze Liebe zu ihr hineingesteckt und einen der weltbesten Theaterkomplexe daraus gemacht.

Eve verspürte eine wachsende Erregung. Es war eine große Chance, hier vier typisch amerikanische Stücke aufzuführen. Tennessee Williams, Neil Simon, Arthur Miller. Sie konnte aus großen Talenten schöpfen. Und sie wollte ihre eigenen Techniker an den Scheinwerfern haben, an den Seilen, an den Kulissen.

»Ich sehe förmlich, wie sich hinter deiner Stirn die Räder drehen«, sagte Gabriella.

Eve ging auf die Bühne hinaus, blieb in der Mitte stehen und überließ sich ihren Gefühlen.

Es war unglaublich, wie viele Empfindungen, Erschütterungen in dem Raum eines leeren Theaters hingen. Dieses hier war für Schauspieler entworfen worden. Eve konnte die Schminke und den Schweiß förmlich riechen. Die Sitzreihen im Parkett waren unterteilt durch drei Gänge, die mit königsblauem Teppich ausgelegt waren. Kostbare Kronleuchter hingen von der Decke herab, deren Ränder mit Fresken verziert waren. Zu beiden Seiten sprangen Logen vor, und an der hinteren Seite gab es eine Galerie. Selbst aus dieser Entfernung sah Eve, dass die Geländer handgeschnitzt waren. Noch viel wichtiger aber: Jeder Sitz des Hauses bot eine ungehinderte Sicht auf die Bühne.

»›Heute Abend endet es hier erbärmlich. Was immer wir getan haben, was immer wir zu tun versucht haben, ist nicht mehr wichtig. Morgen beginnt alles von Neuem, und wir – wir werden niemals existiert haben.‹«

Ihre Stimme wurde hinausgetragen bis in die hintersten Winkel, bis hinauf zu der letzten Reihe der Galerie, und hallte wider. Eve lächelte zufrieden.

»Wunderbar.« Sie wandte sich wieder an Brie. »Wer immer der Architekt war, er verdient einen Orden.«

»Ich werde meinem Vater den Vorschlag machen. Eve, aus welchem Stück war das eben? Ich habe es nicht erkannt.«

»Kannst du auch nicht. Der Autor ist ein sich abmühender Stückeschreiber.« Sie wechselte rasch das Thema, weil sie nicht sagen wollte, dass sie selbst der sich abmühende Stückeschreiber war. »Brie, das Theater ist wunderbar. Irgendwann möchte ich auch etwas auf der kleineren Bühne da unten machen. Etwas Intimeres. Aber für unsere Zwecke ist das hier perfekt.«

»Ich hatte gehofft, dass du das sagen würdest.« Gabriellas Absätze klapperten, als sie über die Bühne zu Eve ging. »Seit Alex und ich die Idee durchdiskutierten, habe ich darauf gewartet. Eve, wir werden etwas Bedeutendes tun, für deine Truppe, für unsere Länder, für die Kinder.«

»Ich führe doch nur ein paar Theaterstücke auf«, verbesserte Eve Gabriella und drückte ihr die Hand. »Die höheren Weihen überlasse ich dir und Alex. Aber wenn wir die Einzelheiten aus dem Weg geräumt haben, die Verträge und die Überprüfung von deren Rechtskräftigkeit, werdet ihr vier fantastische Inszenierungen sehen.«

»Das will ich schwer hoffen.«

Eve sah sich noch einmal auf der Bühne um. Sie würde hier nie auftreten, aber ihre Truppe. Und eines Tages vielleicht würde hier eines ihrer eigenen Stücke aufgeführt werden. Sie hätte beinahe über diese Vorstellung gelacht. »Dann sollte ich jetzt besser nach Hause und mich an die Arbeit machen.«

»Oh nein, so schnell lassen wir dich nicht gehen. Ich habe schon ein Familientreffen auf dem Landsitz geplant. Für morgen Abend. Also …« Sie hakte sich bei Eve unter. »Ich möchte, dass du für den Rest des Tages faul bist. Sobald deine Arbeit beginnt, wirst du ohnedies keine Gelegenheit mehr dazu haben.«

»Ist das ein fürstlicher Befehl?«

»Aber sicher.«

»Dann muss ich es wohl ertragen.«

So schwer war das gar nicht. Am Pool faul herumzuliegen, während eine sanfte Brise vom Mittelmeer die Palmwedel über ihr bewegte, war wirklich keine Strapaze, wie Eve feststellte. In ihrer Jugend hatte sie oft faul herumgegangen. Dahinvegetiert, verbesserte sie sich. Es erstaunte sie, dass sie

259

damit zufrieden gewesen war, über so lange Zeiträume nichts zu tun. Nicht, dass Nichtstun etwas Verkehrtes wäre, fügte sie in Gedanken hinzu, während sie ihren Liegestuhl noch eine Raste tiefer stellte. Nur war es schade, daraus einen Beruf zu machen.

Das hätte sie beinahe getan. Reichtum, Privilegien. Die hatten es so leicht gemacht, tatenlos herumzusitzen und andere die Arbeit tun zu lassen. Vielleicht hätte sie so weitergemacht, wenn sie das Theater nicht entdeckt hätte. Es hatte ihr die Möglichkeit gegeben, etwas von Grund auf Neues zu beginnen, auf etwas hinzuarbeiten. Eine Möglichkeit, die ihr Daddy, der Gute, ihr nicht hatte erstreiten können. Entweder sie taugte zum Theaterspielen, oder sie taugte nicht. Und sie taugte, wie Eve herausgefunden hatte. Aber ihre Nische hatte sie nicht in der Bühnenmitte gefunden.

Das Theater hatte ihr Welten eröffnet, Welten in ihrem Innern. Sie war fähig. Sie war klug. Sie war gesegnet mit einem Organisationstalent, das sie während ihrer Ausbildung nie genutzt hatte. Der Plan zu einer eigenen Schauspieltruppe und seine Umsetzung in die Wirklichkeit hatten all diese Fähigkeiten gefördert. Dabei hatte sie auch gelernt, Risiken einzugehen, hart zu arbeiten und vor allem – zuverlässig zu sein. Man war künstlerisch und finanziell auf sie angewiesen. Die Verantwortung hatte aus einem verwöhnten jungen Mädchen eine engagierte Frau gemacht.

Nun wurde ihr die Gelegenheit geboten, eine Anerkennung zu finden, die sie sich nicht einmal erträumt hätte. Eine internationale Anerkennung für ihre Schauspieltruppe. Alles, was sie tun musste, war: den richtigen Stoff auszusuchen, vier Stücke zu inszenieren, Kostüme, Requisiten und Bühnenbilder zu beschaffen. In der Zwischenzeit hatte sie Verhandlungen zu führen mit Rechtsanwälten, Direktoren, Transportunternehmern, exzentrischen Schauspielern und Technikern. Und mit einem Prinzen.

Eve schob sich die Sonnenbrille etwas höher auf die Nase und seufzte. Was war ein Leben ohne Herausforderungen?

Er hätte nicht herauskommen sollen. Ein Blick auf die Uhr sagte Alexander, dass er in zwanzig Minuten einen Termin hatte. Er hatte nicht das Recht, an den Swimmingpool herauszugehen, wenn er in seinem Büro hätte sein sollen, um sich auf das Treffen mit dem Staatsminister vorzubereiten. Er hätte sich hüten sollen nachzufragen, so beiläufig wie auch immer, ob Miss Hamilton vom Zentrum zurückgekehrt sei. Und es war dumm von ihm, zu glauben, er könnte hinauf in sein Büro gehen und sich auf seine Arbeit konzentrieren, wenn er erst einmal wusste, dass sie draußen am Pool war.

Sie sah aus, als würde sie schlafen. Das knappe rote Bikinihöschen saß tief über den Hüften, der Beinausschnitt hoch an den Schenkeln. Die Träger des Oberteils hatte sie gelöst, sodass sie nur deshalb nicht verrutschten, weil sie sich nicht bewegte. Ihre Augen konnte er hinter den Gläsern der Sonnenbrille nicht sehen, aber sie rührte sich kein bisschen, als er näher kam.

Er sah sich satt an ihr. Ihre Haut glänzte von dem Öl, das sie auf jede entblößte Stelle aufgetragen hatte. Sein exotischer Duft schien mit dem der Blumen zu wetteifern. Das feuchte dunkle Haar lockte sich um ihr Gesicht und verriet, dass sie nicht müßig herumgesessen, sondern den Pool benutzt hatte. Als er näher herantrat, sah er, wie sie unter den braun getönten Gläsern die Augen öffnete.

»Sie sollten vorsichtiger sein. Sie sind nicht an unsere mediterrane Sonne gewöhnt.«

Sie lag beinahe flach auf dem Rücken und schaute zu ihm auf. Er versperrte ihr den Blick auf die Sonne, deren Licht nun wie ein Strahlenkranz um seinen Kopf herum leuchtete. Eve blinzelte und versuchte, eine klare Sicht und einen klaren Verstand zu bekommen. Hilflose junge Damen in Not und Drachen. Daran dachte sie wieder, obwohl er mehr wie ein Gott aussah als wie ein Prinz.

»Ich dachte, Sie wären weg.« Eve stützte sich auf einen Ellbogen, ehe sie sich daran erinnerte, dass sie die Träger ihres Bikinioberteils heruntergeschoben hatte. Als es zu rutschen begann, hielt sie es mit einer Hand fest und murmelte eine Verwünschung. Alexander stand einfach nur da, während sie mit ihren Trägern kämpfte und mit den Überresten ihres Schamgefühls.

»Ich war weg. Ihre Haut ist sehr hell, Eve. Sie können sich schnell einen Sonnenbrand holen.«

Ihr fiel ein, was das Protokoll verlangte: dass sie aufstand und knickste. Protokoll beiseite, in einem Bikini einen Knicks zu machen war praktisch unmöglich. Sie blieb, wo sie war. »Ich habe mich mit einer ganzen Flasche Sonnenschutzmittel dick eingerieben. Und ich habe nicht vor, noch viel länger im Freien zu bleiben. Außerdem, ein Leben in Houston macht die Haut robust.«

»Den Eindruck hatte ich nicht.« Betont langsam zog Alexander sich einen Stuhl heran. »Sie waren im Zentrum?«

»Ja. Man muss Ihnen und Ihrer Familie gratulieren. Es ist wunderbar.«

»Dann lassen Sie Ihre Truppe dort auftreten?«, fragte er sie.

»Ich bin bereit, über einen Vertrag zu verhandeln.« Eve klappte ihre Rückenlehne so, dass sie eine Sitzposition einnehmen konnte. »Wenn wir die Details klären können, bekommen wir beide, was wir wollen.«

»Details sind etwas für Anwälte«, wehrte er ab. »Wir brauchen uns nur darauf zu einigen, was zu geschehen hat.«

Eve verschränkte die Hände. »Wir lassen zuerst die Anwälte sprechen.«

»Es sieht so aus, als wäre aus Ihnen eine Geschäftsfrau geworden.«

»Es sieht nicht nur so aus. Sind Sie gegen Frauen im Geschäftsleben, Hoheit?«

»Cordina ist ein modernes Land. Wir richten uns nicht nach dem Geschlecht einer Person.«

»›Pluralis Majestatis‹, das ›Wir‹ des Fürsten«, murmelte sie leise vor sich hin. »Das ist bestimmt sehr fortschrittlich. Kommen Sie in Ihrem Jackett nicht um vor Hitze?«

»Es weht ein leichter Wind.«

»Knöpfen Sie sich eigentlich niemals den Kragen auf oder ziehen Ihre Schuhe aus?«

»Wie bitte?«

»Schon gut. Sie nehmen das zu wörtlich.« Sie griff nach ihrem Glas Limonade. »Benutzen Sie jemals den Pool, Hoheit?«

»Wenn es meine Zeit erlaubt.«

»Haben Sie jemals diesen amerikanischen Ausspruch gehört von zu viel Arbeit und zu wenig Vergnügen?«

Er saß kühl in der sengenden Sonne da, der Gold- und Rubinring an seinem Finger funkelte. »Ja, ich glaube.«

»Aber das trifft nicht auf Prinzen zu?«

»Ich entschuldige mich dafür, dass ich Sie nicht unterhalten kann.«

»Ich brauche keine Unterhaltung.« Frustriert stand sie auf. Als er sich ebenfalls erhob, wirbelte sie zu ihm herum. »Ach, bleiben Sie doch sitzen! Wir sind ja allein. Meinen Sie nicht, dass es Frauen ermüdet, wenn ein Mann jedes Mal hochschnellt, sobald sie aufstehen?«

Alexander setzte sich wieder und war zu seiner Überraschung amüsiert. »Nein.«

»Nun, es ermüdet sie auf Dauer. Es würde Ihnen guttun, mehr Zeit in Amerika zu verbringen, damit Sie lernen, sich zu entspannen.«

»Ich bin nicht in der Lage, mich zu entspannen«, sagte er ruhig, und Eve fühlte, wie ihr Ärger nachließ. Nachdenklich fuhr er fort: »Warum nennen Sie mich nie bei meinem Namen? Sie selbst haben gesagt, dass wir uns schon seit Jahren kennen.«

»Ich habe mich geirrt«, erwiderte sie langsam und fröstelte ein wenig. »Wir kennen uns überhaupt nicht.«

»Sie haben keine Schwierigkeiten, die anderen Mitglieder meiner Familie mit ihren Namen anzureden. Warum?« Den Blick auf sie gerichtet, stand er auf und ging auf sie zu. »Warum mich nicht?«

»Es erschien mir nie passend.«

Alexander kam ihr noch näher. »War ich unfreundlich?«

»Ja – nein.« Sie ertappte sich dabei, wie sie einen Schritt zurückwich.

»Was denn nun?«

»Nein.« Sie blieb stehen und schalt sich eine Närrin. »Sie waren immer höflich, Eure Hoheit. Ich weiß, dass Sie etwas gegen mich haben, aber …«

»Habe ich diesen Eindruck erweckt?«

Wieder war er ihr ein Stück näher gekommen. Sie hatte nicht einmal gesehen, wie er sich bewegte. Eve griff auf die einzige Verteidigung zurück, die ihr blieb. Kampfbereitschaft. »Laut und deutlich.«

»Dann sollte ich mich entschuldigen.« Er nahm ihre Hand und führte sie an die Lippen.

»Lassen Sie das.« Sie versuchte, ihre Hand wegzuziehen, doch er hielt sie fest.

Sein Lächeln kam so unerwartet wie sein Kuss auf ihre Finger und machte sie genauso schwach. Sie war nervös. Er fand ihre unvorhergesehene Verwundbarkeit unwiderstehlich. »Ist Ihnen Unfreundlichkeit lieber?«

»Lieber ist mir das Vorhersehbare.«

»Mir auch.« Kurz blitzte etwas in seinen Augen auf. Falls es eine Herausforderung war, dann würde sie, das schwor sie sich, diese niemals annehmen. »Es ist nicht immer da. Und von Zeit zu Zeit ist das Unerwartete interessanter.«

»Interessant für die einen, unangenehm für die anderen.«

Sein Lächeln vertiefte sich. Zum ersten Mal sah sie das Grübchen an seinem Mundwinkel. Aus irgendeinem Grund konnte er den Blick nicht von ihr abwenden. »Bin ich Ihnen unangenehm?«

»Das habe ich nicht gesagt.« Sie löste den Blick von seinem Mund, doch ein Blick in seine Augen verunsicherte sie noch mehr.

»Ihr Gesicht glüht«, sagte er leise und strich mit dem Daumen über ihre Wange.

»Das liegt an der Hitze«, brachte sie mühsam hervor.

»Ich glaube, Sie haben recht.«

Er fühlte es auch, dieses Knistern in der Luft wie bei einem Gewitter über dem Meer. »Das Klügste für uns beide wäre es, uns abzukühlen.«

»Ja. Ich muss mich umziehen. Ich habe Bennett versprochen, ihn vor dem Abendessen zu den Ställen zu begleiten.«

Alexander zog sich sofort zurück. Was immer Eve in seinen Augen zu sehen geglaubt hatte, war verschwunden. »Dann halte ich Sie nicht weiter auf. Der französische Botschafter und seine Gattin werden uns beim Diner Gesellschaft leisten.«

»Ich werde mich bemühen, die Suppe nicht zu schlürfen.«

Die stets unterschwellige Wut flammte in seinen Augen auf. »Machen Sie sich lustig über mich, Eve, oder über sich selbst?«

»Beides.«

265

»Bleiben Sie nicht mehr so lange in der Sonne.« Er drehte sich um und schaute nicht mehr zurück.

Eve sah ihm nach, schloss die Augen und tauchte dann kopfüber in den Pool.

Eve war erleichtert, dass sich nicht nur Bennett, sondern auch Brie und Reeve dem Essen anschlossen, sodass sie nicht die übliche Konversation mit Alexander betreiben musste. Er saß am Kopfende der Tafel, flankiert von seiner Schwester auf der einen und der Gattin des Botschafters auf der anderen Seite.

Das Essen verlief förmlich, aber nicht langweilig, wie Eve befürchtet hatte. Der Botschafter erzählte Anekdoten, und Eve erfreute ihn durch eine Unterhaltung auf Französisch. Ihre Jahre in dem Schweizer Internat waren lehrreich gewesen, ob sie ihr nun gefallen hatten oder nicht.

»Beeindruckend.« Reeve trank ihr zu, als sie sich ihm lächelnd zuwandte. Er hat sich im Lauf der Jahre kaum verändert, dachte sie. An den Schläfen war sein Haar leicht angegraut, das war auch schon alles. Nein, berichtigte sie sich, doch nicht. Er war jetzt viel gelassener. Glück, so schien es, musste ein Jungbrunnen sein.

»Was macht dein Französisch?«, fragte Eve ihn.

»Es macht gar nichts.« Er warf seiner Frau, die sich gerade mit Bennett unterhielt, einen Blick zu. »Gabriella behauptet, ich wollte die Sprache nicht lernen.«

»Und?«

»Sie hat recht.«

Eve griff lachend nach ihrem Weinglas. »Ich freue mich schon darauf, morgen euer Landgut zu sehen, Reeve. Chris hat mir erzählt, wie schön das Haus ist. Und ihr habt Pferde.«

»Alle unsere Kinder reiten. Sogar Dorian sitzt schon auf einem Pony.«

Er schwieg, während der Hauptgang abgeräumt wurde. »Wirklich erstaunlich, wie schnell sie lernen.«

»Wie ist es, hier zu leben? Neue Wurzeln zu schlagen, neue Sitten zu lernen?«

Er hätte es abtun können wie so manch anderer. Oder ins Lächerliche ziehen. Aber er liebte die Wahrheit. »Anfangs war es schwierig, für uns beide. Jetzt bin ich hier zu Hause. Genau wie in Virginia. Natürlich wäre ich glücklich, wenn Alex heiraten würde und Brie weniger Verpflichtungen hätte, aber ich liebe sie, und sie liebt ihre Stellung als Dame des Hauses.«

»Es ist mehr als nur ein Titel, nicht wahr?«, sagte Eve und ließ den Blick zu Alexander gleiten.

»Wesentlich mehr«, stimmte Reeve zu, dem nicht entgangen war, wem sie ihr Interesse zugewandt hatte. »Und für Alex noch mehr.«

Eve lenkte ihre Aufmerksamkeit schnell wieder zurück zu Reeve. »Ja, natürlich. Er wird eines Tages regieren.«

»Er wurde vom ersten Atemzug dazu erzogen.« Liegt Gabriella richtig mit ihrer Vermutung?, fragte sich Reeve. Hatte es zwischen Alexander und Eve gefunkt? Er hatte nie etwas bemerkt, heute Abend jedoch war er sich nicht so sicher. Wenn ja, hatte Eve kein leichtes Los. Reeve ließ sich die Sache eine Weile durch den Kopf gehen, während er bei seinem Wein saß. Dann sagte er leise: »Wenn ich in den letzten Jahren etwas gelernt habe, dann eines: dass man keine Wahl hat, Verpflichtungen zu übernehmen.«

Damit sagte er etwas, das sie schon längst wusste, und mehr, als sie wissen wollte.

»Ja, da hast du sicher recht.« Um die Spannung zu lösen, die sich plötzlich aufgebaut hatte, wandte sie sich dem Botschafter zu und brachte ihn bald zum Lachen.

Die Gesellschaft begab sich zum Kaffee und Cognac in den großen Salon, als Bennett Eves Hand ergriff und ihr »Luft!« ins Ohr flüsterte.

»Unhöflich«, flüsterte sie zurück.

»Nein, die reden noch eine Stunde, und ich bin geradezu verpflichtet, mich um dich zu kümmern. Lass uns auf die Terrasse gehen.«

Dieser Einladung konnte man kaum widerstehen. Inzwischen wusste Eve schon, wie verlockend die Nächte in Cordina waren. Ein kurzer Blick, und sie sah, dass Alexander den Botschafter in ein ruhiges Gespräch verwickelt hatte und dass Brie und Reeve mit der Gattin des Botschafters beschäftigt waren.

»In Ordnung. Für einen Augenblick.«

Obwohl Alexander sich ohne Unterbrechung mit dem Botschafter unterhielt, sah er, wie Eve mit seinem Bruder durch die Terrassentür den Raum verließ.

»Jetzt geht es mir besser«, bemerkte Bennett.

»Es war ein schönes Abendessen.«

»Es war gut, aber manchmal wären mir Pizza und Bier mit ein paar Freunden lieber.« Er lehnte sich auf eine niedrige Steinbalustrade. »Je älter ich werde, desto weniger Zeit gibt es dafür.«

»Es ist nicht leicht, nicht wahr?«

»Was?«

»Der zu sein, der du bist.«

Er legte einen Arm um ihre Taille. »Es gibt auch Lichtblicke.«

Eve wich ein Stück zurück, um ihn zu betrachten. Er war wunderbar anzusehen und wesentlich härter, als er sich den Anschein gab.

»Du willst eine ernsthafte Antwort.« Er schob die Hände in die Taschen. »Schwierig. Ich war immer der, der ich bin und was ich bin. Nein, es ist nicht immer einfach, zu wissen, dass einem überall ein Leibwächter folgt und die Presse nicht weit ist. Ich gehe damit auf meine Art um. Es ist mir, wie auch Brie, in gewissem Maße erlaubt. Wir sind nicht Thronerben.«

»Möchtest du es sein?«

»Lieber Himmel, nein!«

Er sagte es so heftig, dass sie lächeln musste. »Du bist nicht im Geringsten neidisch?«

»Es geht wohl kaum um Neid. Soweit ich mich zurückerinnern kann, musste Alex härter arbeiten, viel mehr lernen als ich. Nein, ich möchte nicht in seinen Schuhen stecken. Warum fragst du?«

»Ach, ich weiß nicht. Es ist wohl die amerikanische Faszination für den Adel.«

»Du kennst uns schon zu lange, um fasziniert zu sein.«

»Ich kenne einige von euch.« Kopfschüttelnd trat sie auf ihn zu. »Erinnerst du dich an den ersten Abend, den Abend des Balls, als wir auf einen dieser hohen, dunklen Balkone hinaustraten?«

»Das ist ein Abend, den ich kaum vergessen kann.«

»Ich war damals fasziniert. Ich dachte, du würdest mich küssen.«

Er wickelte lächelnd eine Locke ihres Haars um seinen Finger. »Ich bin nie dazu gekommen.«

»Nein, stattdessen bist du angeschossen worden. Ich hielt dich für sehr heldenhaft.«

»Das war ich.« Er legte die Arme locker um ihre Taille. »Weißt du, würde ich jetzt versuchen, dich zu küssen, käme mir das vor, als würde ich bei meiner Schwester einen Annäherungsversuch machen.«

»Ich weiß.« Entspannt lehnte sie den Kopf an seine Schulter. »Ich bin froh, dass wir Freunde sind, Ben.«

»Bennett!«

Der Klang von Alexanders Stimme reichte aus, dass Eve zurückfuhr wie ein Kind, das beim Plätzchenklauen erwischt wurde.

»Verzeihung.« Kühl und hoheitsvoll stand er an der Terrassentür, wo ihn das Mondlicht nicht erreichte. »Der Botschafter möchte sich verabschieden.«

»So bald.« Von dem beißenden Ton ungerührt, drückte Bennett Eves Schultern. »Nun, dann sollten wir hineingehen. Danke für die frische Luft.«

»Natürlich.« Eve blieb zurück, als er hineinging, und hoffte, Alexander würde ihm folgen.

»Wenn Sie bitte einen Moment mit hineinkommen. Der Botschafter möchte sich auch von Ihnen verabschieden. Er war von Ihnen sehr angetan.«

»Gern.« Sie ging zur Tür, fand den Weg jedoch versperrt. Dieses Mal wich sie nicht vor ihm zurück, sondern hob das Kinn und sah ihm offen ins Gesicht. »Ist sonst noch etwas, Eure Hoheit?«

»Ja.« Er legte die Hand an ihr Kinn, womit er sie überraschte, auch wenn es nicht die Berührung eines Liebhabers war. »Bennett ist ein großzügiger Mann, ein mitfühlender Mann, aber ein Mann, der bei Frauen nur wenig Diskretion besitzt. Sie sollten vorsichtig sein.«

Wäre die Bemerkung von irgendjemand anderem gekommen, hätte sie darüber gelacht. Bei einem Blick in Alexanders Augen war ihr nicht danach zumute. »Sie scheinen mich wieder davor warnen zu wollen, dass ich mich verbrennen könnte. Diese Warnung war heute Nachmittag nicht nötig, und sie ist es auch jetzt nicht.« Ihre Stimme wurde eisig. »Vielleicht ist Ihnen aufgefallen, Hoheit, dass amerikanische Frauen auf sich selbst achten und ihre eigene Wahl treffen.«

»Ich verspüre kein Verlangen, auf Sie zu achten.« Die Schärfe in seiner Stimme hätte sie möglicherweise eingeschüchtert, wäre sie nicht so wütend gewesen.

»Dafür können wir alle dankbar sein.«

»Wenn Sie in meinen Bruder verliebt sind …«

»Mit welchem Recht fragen Sie mich das?« Eve wusste selbst nicht, warum sie so wütend war. »Meine Gefühle für Ihren Bruder sind *meine* Gefühle und haben nichts mit Ihnen zu tun.«

Diese abscheulichen Worte verletzten ihn zutiefst. »Er ist mein Bruder.«

»Sie herrschen nicht über Bennett, und Sie herrschen ganz bestimmt nicht über mich. Meine Gefühle für Ihren Bruder oder für sonst irgendjemand gehen nur mich etwas an.«

»Was immer in meinem Haus, in meiner Familie geschieht, geht mich etwas an.«

»Alex.« Brie kam an die Tür. »Der Botschafter wartet.«

Ohne ein weiteres Wort ging er hinein.

»Dein Bruder ist ein Idiot«, sagte Eve.

»In vielerlei Hinsicht.« Mitfühlend ergriff Brie Eves Hand. »Atme einmal tief durch, komm mit hinein, und sprich einen Moment mit dem Botschafter und seiner Frau. Dann kannst du in dein Zimmer hinaufgehen und nach irgendetwas treten. So mache ich das immer.«

Eve biss die Zähne aufeinander. »Danke. Ich glaube, das werde ich tun.«

3. Kapitel

PRINZ BENNETT MACHT AMERIKANISCHER
ERBIN DEN HOF

Eve las die Schlagzeile beim Frühstück. Armer Ben, dachte sie.
Er brauchte eine Frau nur anzusehen, und schon gab es eine
Romanze. Eve ignorierte ihr Croissant und las den Text:

Eve Hamilton, die Tochter des Millionärs T. G. Hamil-
ton, ist während ihres Aufenthalts in Cordina Gast der
Fürstenfamilie. Die lange und intime Verbindung zwi-
schen Prinz Bennett und Miss Hamilton begann vor sie-
ben Jahren ...

Der Artikel beschrieb die Ereignisse im Palast, die mit der
gescheiterten Entführung der Prinzessin und Bennetts Verletzungen zu tun hatten. Eve musste lächeln, als ihre Rolle hero-
isch aufgebauscht wurde. Amüsiert las sie weiter, dass sie und
Bennett im Verlauf der Jahre gelegentliche Rendezvous miteinander gehabt hatten.

Rendezvous, dachte sie und lachte leise. Nun, es stimmte,
dass Bennett nach Houston gekommen war, um an der Feier
zu ihrem einundzwanzigsten Geburtstag teilzunehmen. Eine
ihrer engsten Freundinnen war etwa eine Woche lang bis über
beide Ohren in ihn verliebt gewesen. Wegen dieser Beziehung
hatte man sie vor ein paar Jahren darum gebeten, ihn auf einer
Rundreise durch Washington zu begleiten.

Und sie hatte Cordina ein paarmal zusammen mit ihrer Schwester besucht. Dann war da noch das zufällige Zusammentreffen von ihr und Bennett in Paris. Es fiel schwer, ein Mittagessen in einem Café als Rendezvous zu betrachten, aber irgendetwas musste die Presse ja drucken.

»Wird ein weiteres Mitglied der fürstlichen Familie sich für einen amerikanischen Staatsbürger entscheiden?«

Mit dieser Frage endete der Artikel. Rechnet nicht heute oder morgen damit, antwortete Eve im Stillen und legte die Zeitung beiseite.

Worüber hätte die Presse erst zu schreiben, wenn Bennett die richtige Frau kennengelernt hatte? Lachend nahm sie ihr Croissant auf, das schon kalt wurde. Bis dahin würden Bries Kinder höchstwahrscheinlich schon im heiratsfähigen Alter sein.

»Interessanter Lesestoff?«

Eve blickte zum Eingang der kleinen Veranda. Sie hätte wissen sollen, dass er sie nicht in Ruhe frühstücken lassen würde. »Ich freue mich über einen Witz, Eure Hoheit.« Sie wollte aufstehen, doch er bedeutete ihr, sitzen zu bleiben.

»Sie halten das für komisch?«

»Ich konnte nur darüber lachen, obwohl ich mir vorstellen kann, dass Ben es leid ist, wenn man jede Frau, die er anlächelt, der Liste seiner möglichen Ehefrauen hinzufügt.«

»Er denkt sich nichts dabei. Ein Skandal amüsiert Ben.«

Eve lächelte, weil er es so gelassen gesagt hatte. Wenn er das Gespräch vom Vorabend vergessen haben wollte, war sie mehr als bereit dazu. Sie hatte sich lange genug darüber aufgeregt.

»Wen amüsiert er nicht?« Bei näherem Hinsehen wirkte er müde. »Haben Sie schon gefrühstückt? Ich kann Ihnen Kaffee und Croissants anbieten.«

273

»Schon vor ein paar Stunden. Ein Kaffee wäre recht.«

Sie stand auf und holte noch eine Tasse vom Servierwagen. »Es ist kaum zehn Uhr, aber Sie sehen aus, als hätten Sie schon einen anstrengenden Tag hinter sich.«

Einen Moment sagte er nichts, dann gab er nach. Es würde ohnedies bald im Radio und in den Zeitungen gemeldet werden. »Heute Morgen kam eine Meldung aus Paris. Eine Bombe explodierte in der Botschaft.«

»Oh nein, Ihr Vater!«

»Ihm ist nichts passiert. Sein Sekretär wurde leicht verletzt.« Er stockte, aber seine Stimme war ruhig, als er fortfuhr: »Seward, der Assistent des Ministers, wurde getötet.«

»Das tut mir leid.« Eve stellte die Tasse ab und legte die Hand auf seinen Arm. »Das tut mir wirklich leid. Weiß man, wer es getan hat?«

»Niemand hat bisher die Verantwortung dafür übernommen. Wir haben lediglich Vermutungen.«

»Kommt der Fürst jetzt nach Hause?«

Er sah durchs Fenster hinaus, wo die Sonne strahlte und die Blumen blühten. Nie wieder wird das Leben so einfach sein, sagte er sich. Nie wieder so alltäglich. »Seine Angelegenheiten in Paris sind noch nicht beendet.«

»Aber …«

»Er wird heimkommen, sobald alles abgeschlossen ist.« Alexander trank einen Schluck schwarzen, dampfenden Kaffee. »Cordina nimmt wie die meisten anderen Länder eine unnachgiebige Haltung gegen den Terrorismus ein. Man wird die Täter fassen.«

»Das hoffe ich.« Eve schob das Croissant beiseite und fand die Schlagzeile nicht länger amüsant. »Warum müssen so viele Unschuldige für die politischen Ansichten anderer bezahlen?«

Er umklammerte die Tasse noch fester, teils aus Wut, teils aus Frustration. »Terrorismus hat nichts mit Politik zu tun.«

»Nein.«

Es gab vieles, das sie nicht verstand, und noch mehr, vor dem sie am liebsten die Augen verschlossen hätte. Aber sie wusste, wenn man den Kopf in den Sand steckte, bekam man nur Sand in die Augen. »Nein, Sie haben natürlich recht.«

»Seward hinterlässt eine Frau und drei Kinder.«

»Oh, wie schrecklich. Hat man es ihnen schon gesagt?«

»Das muss ich jetzt tun.«

»Kann ich helfen? Ich könnte Sie begleiten.«

»Das ist nicht Ihre Angelegenheit.«

Eve schalt sich eine Närrin, weil sie verletzt war. Als er aufstand, blickte sie hinunter auf ihren Kaffee und schwieg.

Warum bin ich hierhergekommen?, fragte sich Alexander. Er hatte das Bedürfnis gehabt, mit ihr zu sprechen, seine Frustration, seinen Ärger und seinen Kummer mit ihr zu teilen. Für einen Herrscher war es nicht gut, wenn er Trost brauchte, sanfte Worte, eine Hand zum Halten. Man hatte ihn dazu erzogen, sich auf sich selbst zu verlassen, trotzdem war er zu ihr gekommen. Und das Bedürfnis, bei ihr zu sein, hatte er noch immer.

»Eve.« Es war nicht leicht für ihn. Sie konnte nicht wissen, welchen Aufruhr eine schlichte Bitte in ihm auslöste. »Es würde doch helfen, wenn Sie mich begleiteten.«

»Ich hole meine Tasche« war alles, was sie sagte.

Die Sewards wohnten in einem hübschen, rosa gestrichenen Haus mit einem kleinen gepflegten Rasen, der von weiß blühenden Blumen gesäumt war. Eve sah ein rotes Fahrrad in der Einfahrt. Das berührte sie mehr als alles andere. Sie wusste, wie es war, einen Elternteil zu verlieren, und dass der Schmerz und Kummer niemals ganz verheilten.

Alexander bot ihr die Hand, nachdem sie aus dem Wagen gestiegen waren, und Eve nahm sie.

»Wenn es Ihnen unangenehm ist …«

»Nein, nein, ich bin nur traurig.« Sie ging mit ihm auf den Eingang zu. Dass Mitarbeiter seines Sicherheitsdienstes in der ruhigen Straße auf und ab schritten, hatte sie nicht bemerkt.

Alena Seward öffnete selbst die Tür. Sie war eine dunkelhaarige, untersetzte Frau mittleren Alters mit schönen Augen und zerzaustem Haar. Offenbar war sie bei der Hausarbeit überrascht worden. Staunend öffnete sie kurz den Mund, als sie Alexander sah, fing sich jedoch rasch wieder.

»Eure Hoheit.«

»Madame Seward, entschuldigen Sie, dass ich unangemeldet komme. Dürfen wir eintreten?«

»Natürlich.« Eve sah, wie ihr Blick zu den Möbeln glitt, die noch abgestaubt, zu den Spielsachen, die noch aufgeräumt werden mussten. »Kann ich Ihnen Kaffee anbieten, Hoheit?«

»Nein, danke. Darf ich Ihnen Miss Eve Hamilton vorstellen?«

»Sehr erfreut.« Die Frau reichte ihr die Hand. »Bitte, nehmen Sie Platz.«

Alexander setzte sich in einen Sessel, denn er wusste, die Frau würde stehen bleiben, wenn er es tat. »Madame Seward, heute Morgen kam aus Paris eine Meldung.«

Eve, die neben Alena auf dem Sofa saß, fühlte, wie die Frau sich verspannte.

»Ja, Hoheit?«

»Zwei Bomben waren in unserer Botschaft gelegt worden. Eine davon detonierte, bevor man sie entdeckte.« Er wusste aus Erfahrung, dass man schlimme Nachrichten am besten schnell überbrachte.

»Ihr Mann wurde getötet.«

»Maurice?« Sie umklammerte Eves Hand.

»Er wurde auf der Stelle getötet, Madame. Mein Vater lässt Ihnen sein aufrichtiges Beileid aussprechen. Beileid auch von mir und unserer Familie.«

»Das ist doch ein Irrtum?« Es kamen keine Tränen, doch ihre Finger um Eves Hand waren wie Klammern.

Alexander hasste Hilflosigkeit mehr als alles andere. Er konnte dieser Frau keine Hoffnung geben, und Mitgefühl war ein so leeres Geschenk.

»Nein, Madame. Er war allein in dem Büro, als die Bombe explodierte.«

»Cognac.« Eve lenkte Alenas Aufmerksamkeit auf sich. »Madame Seward, wo haben Sie Cognac?«

»Cognac?« Ihre Stimme war genauso leer wie ihr Blick. »Cognac ist in der Küche.«

Eve sah Alexander nur an. Er stand auf und machte sich auf die Suche.

»Aber ich habe noch gestern mit ihm gesprochen«, sagte Alena. »Er war – müde. Die Besprechungen dauerten so lange. Er hatte eine kleine Anstecknadel für unsere Tochter gekauft. Sie hat nächsten Monat Geburtstag.« Ihre Stimme begann zu beben. »Das ist doch ein Irrtum. Mademoiselle?«

Dann kamen die Tränen. Eve tat das Einzige, was sie tun konnte. Sie hielt die Frau fest. Als Alexander den Raum betrat, hatte Eve den Kopf der Weinenden an ihre Brust gedrückt. In ihren Augen standen ebenfalls Tränen, während sie über Alenas Haar strich. Große Trauer breitete sich aus, trat anstelle der Ungläubigkeit. In einer Geste, die nichts mit Protokoll, sondern mit Mitgefühl zu tun hatte, kniete Alexander sich hin und drückte Alena ein Glas Cognac in die Hand.

»Sie haben eine Schwester, Madame«, sagte er sanft. »Möchten Sie, dass ich sie jetzt anrufe?«

»Meine Kinder.«

»Ich lasse sie nach Hause bringen.«

Die Frau trank zitternd einen Schluck Cognac. »Ich möchte, dass meine Schwester kommt, Eure Hoheit.«

»Wo ist Ihr Telefon?«

»Im Arbeitszimmer. In Maurice' Arbeitszimmer ... den Korridor entlang.« Sie lehnte sich wieder an Eves Schulter und weinte.

»Sie waren sehr freundlich«, sagte Alexander auf dem Rückweg.

Eve schloss die Augen und lehnte den Kopf gegen den Sitz. »Freundlichkeit ist oft nicht genug.«

Darauf konnte er nichts erwidern. Er fühlte genauso. »Was wird mit ihr geschehen?«

»Für sie und ihre Kinder wird gesorgt werden. Das können wir tun.« Er griff nach einer Zigarette. »Aber wir können keine Wunden heilen.«

Sie hörte es in seiner Stimme. Bitterkeit, vermischt mit Frustration. Zum ersten Mal hatte sie das Gefühl, ihn zu verstehen. »Sie wollen jemanden bestrafen.«

Er zündete sich die Zigarette an, drehte sich um und begegnete Eves Blick. »Ich werde jemanden bestrafen.«

So, wie er es sagte, klang es schrecklich. Eve war der Mund plötzlich wie ausgetrocknet. Er hatte die Macht, nicht nur kraft seines Titels, nicht nur kraft seiner Geburt. Wäre er als Bauer geboren worden, hätte er sie auch dann. Vielleicht war es vor allem diese Macht, die sie ständig zu ihm hinzog, selbst wenn sie sich langsam von ihm weg bewegte.

»Während Sie telefonierten, fragte Alena, wer es getan habe. Ich musste ihr sagen, dass ich es nicht wisse, aber sie wird bestimmt wieder fragen, wenn die Trauer nachlässt.«

»Sobald die Trauer vergeht, kommt das Verlangen nach Rache.«

»Bei Ihnen.«

»Es hätte mein Vater sein können.« Zum ersten Mal sah sie, wie ihm die Kontrolle entglitt. Einen Moment lang geriet sie gefährlich ins Wanken, was sich an seinem erregten, wütenden Blick zeigte, bevor er sie wieder an sich riss. »Wir sind für unser Land, für unser Volk verantwortlich. Sewards Tod wird gesühnt werden.«

»Glauben Sie, die Bombe hat Ihrem Vater gegolten?« Sie ergriff sein Handgelenk. »War sie für ihn gedacht?«

»Sie war in seinem Büro versteckt. Nur durch einen Zufall war er kurz vor der Explosion abberufen worden. Andernfalls wäre er mit Seward ums Leben gekommen.«

»Dann ist das umso mehr ein Grund, dass er heimkommen sollte.«

»Das ist umso mehr ein Grund, dass er bleibt. Wenn ein Herrscher Angst hat, hat sein Volk Angst.«

»Verdammt, er ist Ihr Vater!«

»Er ist Armand von Cordina.«

»So empfinden Sie doch nicht wirklich.« Sie umfasste seinen Arm. »Wenn Ihr Vater in Gefahr ist, müssen Sie ihn überreden, nach Hause zu kommen.«

»Würde er mich um meinen Rat fragen, würde ich ihm sagen, dass es ein Fehler wäre, vor Abschluss der Staatsgeschäfte nach Cordina zurückzukehren.«

Als der Wagen vor den Stufen des Palastes hielt, stieg Eve

als Erste aus. »In diesem Haus dachte ich für einen Moment, etwas Wärme, Menschlichkeit in Ihnen zu sehen. Ich hätte es besser wissen sollen. Sie haben keine Gefühle, weil Sie kein Herz haben.«

Er packte sie am Arm, bevor sie das Tor erreichte. »Sie verstehen nichts. Ich bin nicht verpflichtet, Ihnen oder irgendjemand etwas zu erklären.« Und doch verspürte er den Wunsch, es zu tun. »Ein Mann ist tot, ein guter Mann, ein aufrechter Mann. Seine Frau bleibt mit ihrem Kummer und dem ihrer Kinder allein, und ich kann nichts tun. Nichts.«

Er stieß ihren Arm von sich und eilte die Stufen hinunter. Eve sah ihm nach, wie er im Park verschwand.

Einen Moment blieb sie stehen. Sie atmete heftig, den Tränen nahe. Dann holte sie tief Luft und folgte ihm.

Diese Frau, der Teufel hol sie, ließ ihn vergessen, wer er war und was er zu sein hatte. Zwischen seinen Gefühlen und seinen Verpflichtungen, zwischen ihm als Mann und seinem Titel musste ein Abstand gewahrt bleiben. Privat, bei seiner Familie, mochte es anders sein. Selbst bei seinen engsten Freunden musste er, falls nötig, Zurückhaltung üben. Den Luxus – wie hatte sie es gleich genannt –, menschlich zu sein, konnte er sich nicht leisten, dazu war seine Verantwortung zu groß. Jetzt mehr denn je.

Er hatte einen geschätzten Freund verloren, und warum? Wegen einer vagen Androhung von Gewalt durch eine namenlose Terroristengruppe. Nein, das glaubte er nicht. Im Vorübergehen riss er eine Blüte von einem Strauch. Ein Mensch war mehr als der Stiel einer Pflanze, den man aus einer Laune heraus brach. Es musste einen Grund geben, und Sewards Tod war ein Versehen.

Sein Vater war das eigentliche Ziel gewesen. Dessen war sich Alexander so sicher wie seines eigenen Namens. Und hinter allem steckte die Bestie Deboque.

»Eure Hoheit ...«

Er drehte sich um und sah Eve inmitten des tropischen Gartens. Eve, dieser Name passte zu ihr. Bei der ersten Eve allerdings war die Frucht das Verbotene und nicht die Frau selbst.

»Ich möchte mich entschuldigen«, sagte sie hastig. »Wenn ich mich irre, dann irre ich mich gründlich. Hoffentlich glauben Sie mir, dass es mir leidtut.«

»Ich glaube, dass es Ihnen leidtut, Eve, genau wie ich glaube, dass Sie meinten, was Sie sagten.« Er betrachtete sie einen Moment und merkte, sie war immer noch wütend, so sehr, dass ihr Gewissen sie gezwungen hatte, sich dafür zu entschuldigen. Das verstand er vielleicht nur zu gut: wie frustrierend es war, wütend zu sein und diese Wut unterdrücken zu müssen. »Ein Friedensangebot«, beschloss er aus einem Impuls heraus und reichte ihr die Blume. »Es schickt sich nicht, dass ich mit einem Gast schroff umgehe.«

Sie nahm die Blüte und atmete den leicht vanilleartigen Duft ein. »Wenn ich kein Gast wäre, könnten Sie schroff sein?«

»Sie sind sehr offen.«

»Ja.« Lächelnd steckte sie sich die Blüte hinter das Ohr. »Welch ein Glück für uns beide, dass ich nicht Ihre Untertanin bin.«

»Darüber wollen wir nicht streiten.« Er sah zum Himmel hinauf, der traumhaft klar und blau war. Und sie bemerkte den Kummer, die Sorge, und war versucht, erneut den Arm nach ihm auszustrecken.

»Dürfen Sie nur ganz für sich allein trauern, Eure Hoheit?«

Er spürte ihr Mitgefühl und erkannte ihr Freundschaftsangebot. So lange Zeit hatte er sich verboten, selbst das von ihr anzunehmen. Aber auf ihm lag eine fürchterliche Last, eine schrecklich schwere. Er schloss kurz die Augen und schüttelte den Kopf. »Altersmäßig stand er meinem Vater näher als mir, und doch gehörte er zu den wenigen Menschen, mit denen ich frei sprechen konnte.«

»Er war Ihr Freund.« Sie kam näher, und bevor er ihre Absicht erkannte, hatte sie die Arme um ihn gelegt. »Ich wusste nicht, dass er Ihr Freund war. Es tut mir so leid.«

Sie brachte ihn mit ihrer Wärme und ihrem Verständnis fast um den Verstand. Er brauchte mehr, so viel mehr. Er hatte die Hände leicht auf ihre Schultern gelegt. Plötzlich brannte er darauf, sie langsam über sie streichen zu lassen, um Eve näher zu sich heranzuziehen. Der Duft ihres Haars, ihrer Haut betörte ihn, und doch konnte er einfach nur dastehen, wie bezwungen von ihren Reizen.

Man hatte ihn darin ausgebildet, zu kämpfen, sich zu verteidigen, zu beschützen, und dennoch war er wehrlos. Eine Wand aus Blumen trennte sie von dem Palast, aber für einen Mann, der begehrte, was seinem Bruder gehörte, gab es keine Zufluchtsstätte.

Das tat weh. Trotz seines Titels und seiner Stellung war er auch nur ein Mensch, aber nur selten erlebte er diesen quälenden, süßen Schmerz. Er verstrickte sich mit der tiefen Trauer und der Wut, bis er in unkontrollierbarer Leidenschaft auszubrechen drohte. Freigesetzte Gefühle wurden nicht so leicht ignoriert wie unterdrückte.

Unvermittelt schob er sie von sich, und sein Blick wurde kühl und abweisend.

»Ich muss mich um vieles kümmern«, sagte er steif und kurz angebunden, denn er kämpfte mit seinem Verlangen. »Wenn sie mich bitte entschuldigen. Ich werde dafür sorgen, dass Bennett Ihnen beim Mittagessen Gesellschaft leisten kann.«

Und weg war er, während sie dastand und ihm nachsah.

Hatte er denn überhaupt keine Gefühle? Hatte er gar nichts gespürt, während sie einen Moment lang so dumm gewesen war, zu denken, auch er habe dieses Verlangen verspürt, diese Sehnsucht, als ihre Körper sich berührten?

Sie hatte ihn lediglich trösten wollen, doch ihre Welt hatte sich auf den Kopf gestellt. Sie hatte einfach da stehen bleiben wollen, ihre Wange an seiner, nichts sagen und alles empfinden. Aber es ist nicht das, was er empfunden hat, dachte sie und schloss die Augen. Er war für sie unerreichbar.

Alexander von Cordina war nichts für sie. Dafür sollte sie Gott danken. Eine Frau mochte davon träumen, einen Prinzen zu lieben, aber diese Frau war klug beraten, daran zu denken, dass ihre Möglichkeiten dann eingeschränkt wären, ihr Privatleben enden und ihre Hoffnung, ein normales Leben zu führen, schwinden würde. Darüber hinaus war er selbst beängstigend. Freundlich war er nur, wenn er sich dazu in der Stimmung fühlte, und geduldig würde er niemals sein. Ein Mann wie Alexander erwartete Perfektion, wohingegen sie auf Fehler Rücksicht nahm.

Dennoch hatte sie ihn gewollt. Für einen verrückten Moment hatte sie vergessen, wer und was er war, wollte von ihm festgehalten und geliebt werden. Würde sich die Welt irgendwie ändern, wenn sie von ihm geliebt wurde? Hier im Garten, wo der Duft von Glyzinien über sie hinwegzog, glaubte sie es. Sie hatte sich gewünscht, diejenige zu sein, die den angespannten, müden Ausdruck um seine Augen vertrieb und ihn wieder zum Lächeln brachte.

Das geht vorüber, versicherte Eve sich. Sie war zu praktisch veranlagt, um sich närrischen Fantasien hinzugeben.

»Unglaublich, was du hier geschaffen hast, Brie.« Eve saß auf der breiten, schattigen Veranda und blickte auf die Wiesen und

Äcker hinaus. Das jüngste Kind, Dorian, hockte auf der untersten Stufe und streichelte ein junges Kätzchen.

»Manchmal glaube ich es selbst nicht.« Gabriella sah ihrem ältesten Jungen zu, der auf dem Rasen Fußball spielte.

»Das hatte ich immer erhofft, ohne jemals wirklich daran zu glauben. Als wir für das Haus den ersten Spatenstich machten, war ich mit Kristian schwanger. Fünf Jahre ist das jetzt her. Als wir ihn in sein Zuhause brachten, brachten wir ihn hierher.«

»Fünf Jahre erst«, sagte Eve sinnierend. »Wenn ich das Haus ansehe, kommt es mir vor, als hätte es schon immer hier gestanden.«

»Für die Kinder ist es so.« Das Kätzchen maunzte. »Dorian, vorsichtig«, mahnte Brie.

Er blickte hoch, eine Miniaturausgabe seines Vaters, und strahlte. »Schnurrt«, sagte er zufrieden.

»Ja, und wenn du es am Ohr ziehst, kratzt es.«

»Abends ist es hier wunderbar.« Eve betrachtete die tief über den frisch bestellten Feldern stehende Sonne. Im Haus gab es zwei Angestellte, wenig im Vergleich zu dem Personal im Palast. Küchengerüche zogen aus dem offenen Fenster heraus, köstlich und heimelig, wie es zum Land passte. »Ist das hier wie euer Heim in Virginia?«

»Das Haus drüben ist älter.« Gabriella lenkte ihren Blick zu Reeve, Alexander und Bennett, die am Stall auftauchten. Sie wusste, worüber sie sprachen. Jeder dachte an die Bombe in Paris. Sie und Reeve würden später darüber reden. Jetzt wandte sie sich wieder an Eve. »Wie es aussieht, sind wir ständig dabei, irgendetwas auszubessern – das Dach, die Fenster. Ich fürchte, wir verbringen drüben nicht so viel Zeit, wie Reeve es gern hätte.«

»Brie, du brauchst nicht Konversation mit mir zu betreiben. Ich weiß, dass du dir Sorgen um deinen Vater machst und um das, was heute Morgen geschehen ist.«

»Es sind schwierige Zeiten.« Brie betrachtete wieder ihre Kinder. »Ich weiß, dass mein Vater tun wird, was für Cordina richtig ist.«

»Und für ihn selbst?«

Ein Schatten legte sich über Gabriellas Augen, aber sie lächelte. »Mein Vater liebt sein Land, genau wie Alex. Das ist das Erste, was man über ihn wissen und verstehen muss. Er bedeutet dir etwas.«

»Alexander? Natürlich.«

»Natürlich.« Amüsiert stand Gabriella auf und hob ihren Sohn hoch, bevor er hinter dem Kätzchen unter die Veranda kriechen konnte. »Ich spreche nicht von ›natürlich‹, Eve.« Sie küsste Dorian auf die Wange, als er zu quengeln anfing, und setzte ihn sich auf die Hüfte. »Solltest du deinen Gefühlen für ihn jemals erlauben, an die Oberfläche zu kommen, wirst du viele Fallstricke entdecken. Wenn du darüber sprechen musst, komm zu mir.« Sie lachte, als Dorian sie an den Haaren zog. »Der hier muss vor dem Abendessen noch gründlich gewaschen werden.«

»Geh nur.« Eve brachte ein Lächeln zustande. »Ich hole die anderen.«

Aber sie saß noch eine Weile allein da, war sich über sich selbst nicht ganz im Klaren und fühlte sich mit einem Mal angespannt. Meine Gefühle für Alexander sind oberflächlich, sagte sie sich. Er bedeutet mir nicht mehr als all die anderen Freunde in Cordina. Sie waren für sie wie eine zweite Familie. Natürlich fühlte sie sich als Frau zu Alexander hingezogen. Welcher Frau ginge es nicht so? Und vielleicht gab es hin und wieder Augenblicke, in denen diese Anziehungskraft ein wenig zu stark war. Doch deswegen brauchte sie sich keine Sorgen zu machen.

Sie mochte keine Fußangeln. Denen ging sie, wenn es sein

musste, aus dem Weg. Im Beruf. In der Liebe war das etwas ganz anderes. Da wollte sie keine Komplikationen. Hatte sie nicht gerade aus diesem Grund eine Liebesaffäre so lange vermieden? Sicher hatte es Männer gegeben, die sie interessiert hatten, aber …

Immer hat es ein Aber gegeben, dachte Eve. Anstatt es gründlich zu durchdenken, hatte sie lieber auf die Tatsache zurückgegriffen, dass sie einfach keine Zeit für Beziehungen hatte.

Das Geschrei der Kinder riss sie aus ihren Gedanken. Auch Tagträume sind nicht typisch für mich, erinnerte sie sich. Sie lief die Stufen hinunter und überquerte den Rasen. Die Kinder murrten ein wenig, aber nachdem sie ihnen ein Spiel nach dem Abendessen versprochen hatte, gingen sie hinein.

Jetzt, da sie weg waren, herrschte auf der Farm eine solche Ruhe, dass Eve es beinahe bedauerte, zu den anderen hineingehen zu müssen. Gern würde sie zurückkommen. Um am Abend auf der Veranda zu sitzen, die Augen zu schließen und in die Stille hineinzulauschen. Es ginge nicht jeden Tag, nicht einmal jede Woche, aber hin und wieder wäre es die reinste Erholung.

Ihr gefiel die Hektik in ihrem Leben. Eve konnte tagelang mit wenig Schlaf auskommen und ganz ohne Freizeit, ohne sich gestresst zu fühlen. Aber ein oder vielleicht zwei Mal im Jahr auf dem Land zu sein, die Ruhe zu genießen … Sie musste über sich selbst lachen und ging zur Scheune hinüber.

Hohe Fenster ließen das Licht des Abends ein. Der Geruch der Pferde war stark. Eve, der Scheunen und Ställe nicht fremd waren, ging über den abschüssigen Betonboden. Sie blinzelte ein wenig und versuchte, ihre Augen dem veränderten Licht anzupassen.

»Bennett, ich …«

Doch es war Alexander, der sich umdrehte.

»Entschuldigen Sie bitte, Hoheit.« Sie verhielt sich unwillkürlich steif. »Ich habe Sie für Bennett gehalten.«

»Das ist mir klar. Er ist bei Reeve.« Alexander wandte sich wieder dem Pferd zu. »Sie sehen sich den neuen Bullen an.«

»Das Abendessen ist fast fertig. Ich habe Ihrer Schwester gesagt – oh, ist sie nicht schön?«

Eve wurde von der Stute abgelenkt und trat näher, um sie zu streicheln. »Ja, du bist schön«, sagte sie leise und strich der Stute sanft über die Nase. »Wie heißt sie?«

»Fleck«, antwortete er und beobachtete, wie Eve lachte.

»Was für ein Name für ein Pferd!«

»Ich habe sie Adrienne zum Geburtstag geschenkt. Sie fand den Namen schön.« Er kraulte der Stute die Ohren. »Wir hatten nicht das Herz, sie zu einer Namensänderung zu bewegen.«

»Auf jeden Fall ist sie schön. Ich nannte mein erstes Pferd Sir Lancelot. Vermutlich hatte ich mehr Fantasie als Adrienne.«

Er hob die Hand, um das Pferd neben ihrem zu streicheln. »Seltsam, ich hätte Sie nie für den Typ gehalten, der für Ritter in schimmernder Rüstung schwärmt.«

»Ich war sechs, und ich …« Eve verstummte, als die Stute ihr einen Stoß versetzte, der sie gegen Alexander fallen ließ. »Ich bitte um Entschuldigung, Eure Hoheit.«

»Alex, verdammt!«

Er hielt sie wieder in den Armen wie an diesem Nachmittag. Es war zu spät, sich darauf vorzubereiten und die Gefühle zu unterdrücken, die sie in ihm weckten.

»Ich heiße Alexander. Müssen Sie unbedingt dafür sorgen, dass ich mich wie eine Institution fühle und nicht wie ein Mann?«

»Das war nicht meine Absicht, tut mir leid.« Schon überkam es sie wieder, dieses warme, berauschende Gefühl. Sie zog sich nicht zurück, obwohl der Verstand es ihr riet. Sie hatte kein Recht, so mit ihm zusammen zu sein. Allein. Schweigend.

Er schob die Finger in ihr Haar, sie verfingen sich darin, wurden gefangen.

»Ist es so schwer, in mir einen Menschen aus Fleisch und Blut zu sehen?«

»Nein, ich … ja.« Das Atmen fiel ihr schwer. Die Luft in der Scheune war plötzlich schwül und stickig. »Ich muss Bennett suchen.«

»Nicht jetzt.« Er zog sie eng an sich. »Sag meinen Namen! Jetzt gleich.«

Goldene Punkte glänzten in seinen Augen. Eve hatte sie nie zuvor gesehen, hatte sich nicht erlaubt, sie zu sehen. Jetzt, als das Licht schwächer wurde, konnte sie nichts anderes sehen. »Alexander.« Sie hauchte seinen Namen nur.

»Noch einmal.«

»Alexander«, flüsterte sie und presste dann verzweifelt ihren Mund auf seinen.

Das war alles, was sie wollte. Alles, worauf sie gewartet hatte. Ohne an Ort, Zeit oder Position zu denken, legte sie die Arme um ihn. Er hatte den Mund leicht geöffnet, drängte sie, so als hätte er sein ganzes Leben auf diesen einen Moment gewartet. Sie fühlte, wie er die Finger in ihre Haut drückte, und erbebte unter seinem heftigen Verlangen.

Er vergaß alles bei ihrem Kuss. Sie war heiß und aggressiv. Das Haar fiel ihr über den Rücken, glitt durch seine Finger. Er griff danach wie nach einer Rettungsleine, obwohl er wusste, dass Gefahr von dieser Frau ausging.

Seine Zunge drang tiefer ein, um zu kosten, zu locken. Sie war ein Aphrodisiakum, und sie zu schmecken brachte ihn beinahe um den Verstand. Sie ließ die Hände über seinen Rücken gleiten und knetete die Muskeln. Er wollte sie auf seinem nackten Körper spüren, jedes Streicheln, jede Berührung.

Die Luft in der Scheune roch nach Stalltieren. Mit jedem Moment, in dem seine Lippen ihre berührten, verlor er ein Stück zivilisierten Denkens. Er wollte Eve hier lieben, während die Sonne unterging und es im Stall dunkel und abendlich still wurde.

»Eve?« Die Stalltür öffnete sich knarrend. Ein dünner Lichtstrahl fiel herein, in dem winzige Staubteilchen schwebten. »Habt ihr euch hier drinnen verirrt?«

In ihrem Kopf drehte sich alles, als sie sich gegen die Wand lehnte und versuchte, zu Atem zu kommen. »Nein. Nein, Bennett, wir kommen gleich.« Sie presste die Hand an den Hals.

»Beeilt euch, ja? Ich bin halb verhungert.« Die Tür schloss sich, und es wurde wieder dunkel.

Beinahe hätte ich mich von meinen Gefühlen mitreißen lassen, mich an Eve verloren, dachte Alexander. Mit welchem Recht brachte sie ihn dazu, sich so schmerzlich zu sehnen? Jetzt stand sie still da, die Augen groß und dunkel. Wie konnte eine Frau so unschuldig aussehen, wenn sie die Seele eines Mannes in ihren Bann gezogen hatte?

»Sie wechseln rasch die Bindungen, Eve.«

Sie sah ihn an, verwirrt zuerst, dann überrascht. Der Schmerz kam schnell, dann folgte die Wut. Sie holte aus und traf hart sein Gesicht. Der Schlag hallte wider, dann blieb es still.

»Ich bin sicher, dafür können Sie mich zumindest abschieben lassen, wenn nicht Schlimmeres.« Ihre Stimme klang eisig. »Aber Sie haben es verdient.«

Sie unterdrückte den Impuls wegzulaufen, drehte sich um und ging so würdevoll wie möglich aus dem Stall.

Alexander folgte ihr nicht. Seine Wut drängte ihn dazu, auf sie loszugehen, sie irgendwie zu bestrafen. Nicht für den Schlag ins Gesicht – der war unbedeutend. Aber ihre Worte, ihr Blick hatten ihn viel mehr verletzt. Mit welchem Recht weckte sie in ihm Schuldgefühle, obwohl sie es war, die sich von einem Bruder zum anderen ohne die geringsten Gewissensbisse gewandt hatte?

Er begehrte sie. Er begehrte die Geliebte seines Bruders mit einer Heftigkeit, die ihn langsam zugrunde richtete.

Er hatte sie immer begehrt. Alexander gestand es sich ein, während er mit der Faust gegen die Wand schlug. Die Pferde wieherten nervös und beruhigten sich wieder. Er hatte stets dagegen angekämpft. Er fuhr sich mit der Hand über das Gesicht und bemühte sich, die Fassung wiederzugewinnen, die ein so wesentlicher Bestandteil seiner Position war.

Er wollte auch weiterhin dagegen ankämpfen. Seine Liebe zu seinem Bruder ließ ihm keine Wahl. Aber ich kann die Frau zur Hölle wünschen, dachte er grimmig, die mich zu ihrem Spielzeug machen will. Und er tat es.

4. Kapitel

»Du kommst und gehst im Moment so oft, dass ich dich nie sehe.«

Eve legte ihren ältesten und bequemsten Trainingsanzug zusammengefaltet in ihren Koffer, ehe sie ihre Schwester ansah. »Es war alles ziemlich verrückt und wird noch verrückter.«

»Du bist seit zwei Monaten aus Cordina zurück, und in der ganzen Zeit habe ich mehr mit deinem Anrufbeantworter als mit dir gesprochen.«

Chris ließ sich auf die Bettkante fallen und betrachtete die saphirblaue Seidenbluse, die Eve neben die Pullis packte. Sie wollte sie schon an die Papiertaschentücher erinnern, dann fiel ihr ein, dass ihre kleine Schwester ja erwachsen geworden war.

Beide hatten dichtes dunkles Haar. Eve hatte ihres zu einem Zopf zurückgebunden, Chris trug das Haar kinnlang und offen. Die Familienähnlichkeit war da, zeigte sich in den hohen Wangenknochen und der zarten Haut. Viel weniger als das Alter trennte sie ihr Stil. Chris hatte einen gesellschaftlichen Schliff aus ihrer Zeit in der Kunstszene, in der sie sich mit Leuten befasst hatte, die reich genug waren, um sich mit Kunstgegenständen zu verwöhnen. Eve hatte eine Sinnlichkeit, mit der sie so lässig umging wie andere Frauen mit ihrem Parfüm. Das hatte ihrer älteren Schwester einst viel Sorgen gemacht. Heute konnte sie sich darüber nur wundern.

»Jetzt reist du wieder ab. Ich glaube, wenn ich meine Schwester sehen will, muss ich das in Cordina tun.«

»Das hatte ich auch gehofft.« Eve schob eine kleine Kosmetiktasche aus Leder in ihren Koffer. »Ich gebe es nur ungern zu, aber ich werde alle moralische Unterstützung brauchen, die ich nur bekommen kann.«

»Nervös?« Chris umschlang ihre Knie mit verschränkten Händen. »Du?«

»Nervös? Ich? Ich habe bisher noch keinen so großen Auftrag angenommen. Vier Stücke.« Sie kontrollierte zum dritten Mal den Inhalt ihres Aktenkoffers. »Und das vor einem internationalen Publikum und mit dem Anspruch, dass wir das amerikanische Theater repräsentieren.«

»Zu spät für kalte Füße«, sagte Chris. »Außerdem ist die Hamilton-Schauspieltruppe doch eine amerikanische, oder etwa nicht?«

»Ja, aber ...«

»Und du führst amerikanische Stücke auf, richtig?«

»Richtig. Trotzdem ...«

»Kein Trotzdem, kein Aber.« Chris winkte ab. »Du repräsentierst tatsächlich das amerikanische Theater. Und du wirst fantastisch sein.«

»Siehst du.« Eve beugte sich über den Koffer und küsste Chris auf die Wange. »Deshalb brauche ich dich.«

»Ich werde mich bemühen, zur ersten Vorstellung zu kommen. Obwohl ich weiß, dass du zu beschäftigt sein wirst, um mehr zu tun, als mir zuzuzwinkern.«

»Ich verspreche dir, mehr zu tun. Hoffentlich komme ich nach der ersten Vorstellung zur Ruhe.« Eve legte behutsam eine lange Hose in den Koffer. »Die Vorbereitungen und der Papierkram machen mich so nervös.«

»Du wirst das alles ohne die kleinste Schwierigkeit durchziehen.«

Eve zwang sich zur Ruhe. Sie hatte alles eingepackt. »Ich

wünschte, du würdest mit mir kommen, um mir das in regelmäßigen Abständen zu sagen.«

»Die Bissets vertrauen dir. Ich werde in den nächsten drei Wochen nicht dort sein, aber du hast Brie hinter dir und Alex und Bennett.«

Eve schloss den Koffer. »Ich glaube nicht, dass mir die Vorstellung behagt, Alexander hinter mir zu haben.«

»Geht er dir noch immer gegen den Strich?«

»Milde ausgedrückt. Bei Brie oder Ben verspüre ich nie den Drang, einen Knicks zu machen und gleichzeitig die Zunge herauszustrecken. Aber bei ihm …«

»Bei ihm würde ich es dir nicht raten«, sagte Chris lachend. »Er nimmt seine Position zu ernst. Das muss er.«

»Vermutlich.«

»Eve, du weißt nicht, wie es ist, Erstgeborener zu sein. Irgendwie verstehe ich ihn. Die Hamiltons besitzen kein Land, aber soweit es Daddy betrifft, haben wir ein Imperium.« Sie seufzte leise, weil sie wusste, dass ihre Entscheidungen ihn nie ganz zufriedengestellt hatten. »Da es keinen Sohn gab, dem man das Unternehmen hätte übergeben können, wurde ich unter Druck gesetzt, mich einzuarbeiten. Als die Botschaft endlich rüberkam, dass es nicht funktionierte, drängte man mich, einen Mann zu heiraten, der das Firmenimperium übernehmen konnte. Vielleicht ist das der Grund, weshalb ich noch ledig bin.«

»Das habe ich wohl nie richtig verstanden.«

»Weshalb hättest du es auch verstehen sollen? Bei dir lagen die Dinge anders.«

»Ich weiß. Auf mich übte man keinen Druck aus.« Seufzend lehnte Eve sich gegen die Kommode und sah sich noch einmal in dem Raum um, den sie monatelang nicht sehen würde. »Natürlich musste ich zur Schule gehen und bei den

Prüfungen gut abschneiden. Und man erwartete von mir, dass ich niemals etwas tat, das Schande über die Familie gebracht hätte. Aber wenn ich für den Rest meines Lebens am Pool hätte sitzen und Magazine lesen wollen, wäre das in Ordnung gewesen.«

»Nun, du hast eines verheimlicht: dass du einen scharfen Verstand hast.«

»Ja, nicht wahr?« Heute konnte sie darüber lächeln. »Auch vor mir selbst. Jedenfalls, bis man ihn entdeckte, war die Hamilton-Schauspieltruppe schon zu fest etabliert, als dass Daddy noch mit mir in seiner Firma hätte rechnen können. Du hast ja recht. Ich weiß wirklich nicht, wie es ist, Erbe zu sein und sein eigenes Schicksal kaum bestimmen zu können. Aber auch so fällt es mir schwer, Alexander zu bemitleiden.«

»Ach, ich weiß auch gar nicht, ob du das tun solltest. Ich wünschte nur, ihr zwei würdet besser miteinander auskommen.« Sie nahm ein kleines weißes Gänseblümchen aus einer Vase auf Eves Frisierkommode, kürzte den Stängel und steckte es ihrer Schwester ins Knopfloch. »Du wirst eng mit ihm zusammenarbeiten, und es hilft dabei kaum, wenn der eine von euch ständig den anderen anfaucht.«

Eve nahm die restlichen Blumen aus der Vase, umwickelte die triefenden Stängel mit einem Papiertaschentuch und reichte sie Chris. »Ich glaube nicht, dass wir so eng zusammenarbeiten werden.«

»Ist Alex nicht der Präsident des Zentrums?«

»Präsidenten delegieren«, sagte sie und öffnete ihre Handtasche, um zu überprüfen, ob ihre Flugtickets darin waren. »Glaub mir, Seine Hoheit möchte nicht Schulter an Schulter mit mir arbeiten, genauso wenig wie ich mit ihm.« Sie schloss ihre Handtasche. »Wahrscheinlich sogar noch weniger.«

»Ist etwas passiert, als du da warst?« Chris stand auf und legte eine Hand auf Eves Hände, um sie zu beruhigen. »Du hast bei deiner Rückkehr ziemlich entnervt gewirkt, aber ich habe das auf das Projekt geschoben. Jetzt stelle ich mir allerdings Fragen.«

»Du stellst dir zu viele Fragen«, erwiderte Eve leichthin. »Es ist nur eines geschehen: Meine Überzeugung, dass Alexander aufgeblasen und arrogant ist, hat sich bestätigt. Wäre dieses Projekt nicht so wichtig, würde ich es ihm glattweg ablehnen. Allein der Gedanke an ihn bringt mich in Rage.«

»Ja, das sehe ich.« Chris beschloss, Gabriella bei nächster Gelegenheit zu schreiben. »Nun, wenn du Glück hast, brauchst du dich nicht mit ihm persönlich abzugeben.«

»Darauf zähle ich«, sagte Eve so heftig, dass Chris es klüger fand, Gabriella anzurufen, sobald ihre Schwester sich in der Luft befand. »Ich bin fertig. Fährst du mich zum Flughafen?«

»Aber sicher. Wir brauchen nichts weiter als drei starke Männer und einen Packesel, um dein Gepäck zum Wagen zu schaffen.«

Alexander war an die Fotografen und Reporter genau wie an die Leibwächter gewöhnt. Sie alle waren seit seiner Geburt ein Teil seines Lebens. Obwohl er nicht vor der Glasscheibe auf und ab gelaufen war, beobachtete er doch erleichtert die Landung der Maschine, die zwanzig Minuten Verspätung hatte.

Er hatte wochenlang nicht mehr mit Eve gesprochen. Um jeden erforderlichen Briefwechsel, um jedes zu klärende Detail hatten sich ihre Sekretärinnen und Assistenten gekümmert. Seit beinahe drei Monaten hatten sie keinerlei Kontakt mehr zueinander gehabt, und doch erinnerte er sich an die wenigen stürmischen Augenblicke in Gabriellas Scheune, als wäre es erst gestern gewesen. Wenn er mitten in der Nacht aufwachte, dann war es die Erinnerung an ihren Duft, die ihn weckte. Wenn er sich dabei ertappte, wie er mitten am Nachmittag vor sich hin träumte, so hatte er ihr Gesicht vor Augen.

Er sollte überhaupt nicht an sie denken, aber es war ihm unmöglich, es nicht zu tun. Wie konnte er die leidenschaftliche Erregung vergessen, die ihn erfasst hatte, als er sie endlich in den Armen hielt? Wie konnte er sich dem heißen Verlangen verschließen, das in ihm entflammt war, als er ihren Mund an seinem spürte? Wie konnte er sie sich aus dem Kopf schlagen, wenn das Gefühl, ihr Haar zwischen den Fingern zu spüren, noch nach Monaten so lebendig und wirklich war?

Arbeit hatte nicht geholfen, obwohl er sich damit überhäuft hatte. Sorgen hatten nicht geholfen, obwohl sie ständig da waren. Sein Vater war nach Cordina zurückgekehrt. Seward war begraben worden. Die Verantwortlichen blieben unbekannt – ihre Taten unbewiesen. Das Leben seines Vaters, das Wohlergehen seines Landes waren in großer Gefahr, aber noch musste er die Erinnerung an eine Frau auslöschen. An eine Frau, die zu begehren er kein Recht hatte. Und doch begehrte er sie, und die Begierde loderte nur noch stärker auf, als er sie sah.

Eve wirkte ein wenig müde, ein wenig mitgenommen und sehr beherrschend. Das Haar hatte sie zu einem Zopf geflochten und oben auf dem Kopf festgesteckt. Sie trug eine große, hell gerahmte Sonnenbrille. Im Gehen sprach sie mit einigen Leuten und schlüpfte dabei in eine übergroße rote Jacke. Die kräftige Farbe gab ihr ein selbstbewusstes, energisches Aussehen. Alexander stellte fest, dass sie dieses Rot zu genau diesem Zweck ausgesucht hatte. Sie trug einen Aktenkoffer in einer Hand und eine Flugtasche über der Schulter. In den zehn bis fünfzehn Sekunden, seit sie den Terminal betreten hatte, hatte er jede Einzelheit wahrgenommen.

Ihr Lippenstift war abgenutzt, aber an ihren Wangen schimmerte ein Hauch von Farbe. Die rote Jacke hatte goldene Knöpfe. Eine Locke hatte sich gelöst und ringelte sich vor ihrem linken Ohr. In dem Knopfloch, das ihrem Herzen am nächsten war, steckte ein weißes Gänseblümchen und hing ein wenig welk herab. Es brachte ihn auf die Frage, wer es ihr wohl gegeben, wer den Start ihrer Maschine beobachtet hatte, so wie er die Landung.

Als sie Alexander erblickte, verschwand die leichte Farbe von ihren Wangen, und sie straffte die Schultern.

Ihn hatte sie hier nicht erwartet. Natürlich wusste sie, dass eine offizielle Abordnung sie am Flughafen empfangen würde, aber an Alexander hatte sie dabei nicht gedacht. In Gedanken hatte sie ihr erstes Treffen in allen Einzelheiten geplant. Sie wäre ausgeruht und erfrischt nach einem ausgiebigen Bad im Hotel. Sie hätte sich umgezogen und würde das lange, glitzernde Abendkleid tragen, das sie sich für genau diesen Anlass gekauft hatte. Und sie würde Alexander mit kühler, unmissverständlicher Distanziertheit begegnen.

Jetzt konnte sie nur eines denken: wie wunderbar er aussah. Er war so groß, so kräftig. Seine Augen waren so dunkel und so geheimnisvoll, dass sie zu gern gewusst hätte, was er vor allen anderen verborgen hielt. Sie wollte lächeln, beide Arme nach ihm ausstrecken und ihm sagen, wie schön es war, ihn zu sehen. Stolz ließ sie in einen formellen Hofknicks versinken.

»Eure Hoheit.«

Er bemerkte weder das Blitzlichtgewitter noch die Reportermenge. Er war ganz auf sie ausgerichtet, auf ihre Lippen, auf ihre Augen, ihren Blick, der seinem eher herausfordernd als grüßend begegnete.

»Miss Hamilton.« Er streckte ihr die Hand entgegen, und als sie zögerte, *weil* sie zögerte, hob er ihre ganz bewusst an die Lippen. Nur er war ihr nah genug, um zu hören, wie sie scharf den Atem einzog. »Wir heißen Sie und Ihre Truppe in Cordina willkommen.«

Sie drehte ihre Hand in seiner, doch er hielt sie fest. »Danke, Eure Hoheit.«

»Für Gepäck und Beförderung ist gesorgt.« Er lächelte sie an, lächelte mit einer Freude, die er seit ihrer Abreise nicht mehr verspürt hatte. »Zwei Mitglieder meines Stabes werden Ihre Truppe zum Hotel begleiten. Es ist unser Wunsch, Ihnen den Aufenthalt so angenehm wie möglich zu gestalten. Sie kommen mit mir.«

Als die Reporter näher rückten, wehrte er sie ab. »Miss Hamilton wird alle Ihre Fragen morgen auf der Pressekonferenz beantworten. Jetzt braucht sie Ruhe nach dem langen Flug.«

Einige hartnäckige Reporter folgten ihnen. Alexander ergriff einfach Eves Arm und zog sie weg.

»Eure Hoheit, es wäre am besten, wenn ich bei der Truppe bliebe.«

»Haben Sie einen Assistenten?«

»Ja, natürlich.« Sie musste schneller gehen, um mit ihm Schritt zu halten.

»Dazu sind Assistenten da. Sie täten klüger daran, schleunigst den Palast aufzusuchen und den Presseansturm zu vermeiden.«

»Mit der Presse werde ich schon fertig«, begann sie und verstummte. »Ich gehe ins Hotel. Bis zum Diner im Palast ist noch viel Zeit.«

»Sie haben keinen Grund, ins Hotel zu gehen.« Sie verließen das Flughafengebäude durch einen Seitenausgang und gingen auf die wartende Limousine zu. »Ihr Assistent und die Mitglieder meines Stabes werden sich um die Bedürfnisse Ihrer Truppe kümmern.«

»Das ist alles schön und gut«, begann sie, während sie gezwungen war, in die Limousine zu steigen. »Aber ich möchte selbst auspacken und mich frisch machen. Was immer wir zu besprechen haben, kann sicher ein paar Stunden warten.«

»Natürlich.« Er lehnte sich zurück und gab dem Fahrer ein Zeichen. »Aber Sie wohnen nicht im Hotel, sondern im Palast. Dafür wurde bereits gesorgt.«

»Es tut mir leid, aber ich muss Sie enttäuschen. Ich bleibe bei meinen Leuten im Hotel.«

»Es hilft weder Ihnen noch mir, wenn Sie im Hotel wohnen.« Er drückte ruhig einen Knopf. Eine Minibar öffnete sich. »Möchten Sie einen Drink?«

»Nein, ich möchte keinen Drink. Ich möchte eine Erklärung, warum ich entführt werde.«

Er hatte vergessen, dass sie ihn amüsieren konnte. Nachdem er sich selbst ein Glas Mineralwasser eingeschenkt hatte, lächelte er sie an. »Starke Worte, Eve. Mein Vater wird es sehr interessant finden, dass Sie unsere Einladung in den Palast als Entführung betrachten.«

»Dies hier hat nichts mit Ihrem Vater zu tun.«

»Sie halten sich auf seinen Wunsch bei uns auf. Die Sicherheitsvorkehrungen im Hotel wurden selbstverständlich verstärkt.«

»Warum?«

»Es sind schwierige Zeiten.«

Sie verspürte Besorgnis, aber um ihn, nicht um sich. »Das sagte Ihre Schwester vor ein paar Monaten auch zu mir. Hoheit, wenn eine Gefahr besteht, möchte ich bei meinen Leuten sein.«

»Das verstehe ich.« Er stellte sein Glas weg. »Das Hotel ist sehr sicher, Eve, und wir meinen, dass Ihre Truppe sich in keinerlei Gefahr befindet. Mein Vater meint – und ich stimme ihm zu –, dass es bei Ihnen wegen Ihrer persönlichen Beziehung zu unserer Familie anders gelagert ist. Deshalb würden wir es vorziehen, wenn Sie im Palast wohnten. Dann vermeiden Sie zumindest die Reporter. Sie könnten die Einladung auch einfach annehmen, weil mein Vater Sie mag.«

»Sie drehen es so, dass ich unhöflich wirke, wenn ich nicht im Palast wohne.«

»Ja.« Er griff lächelnd nach seinem Glas.

»Nun gut, ich nehme Ihre Einladung an. Und ich möchte eine Diätlimonade. Irgendetwas mit Koffein. Mit viel Koffein.«

»Sie sind müde vom Flug.«

»Ja, ich bin müde«, stimmte sie zu, als er Eis in ein Glas tat. »Von den Wochen vor dem Flug. Ich glaube, ich hatte im Schnitt fünf Stunden Schlaf. Es gab so viel zu tun. Mir war nicht klar, dass alle meine Leute sich der Sicherheitsüberprüfung unterziehen mussten.« Geistesabwesend spielte sie mit dem Gänseblümchen. Er beobachtete, wie sie sanft über die weißen Blütenblätter strich.

Eve nippte an ihrem Getränk und wartete darauf, dass das Koffein ihren Kreislauf anregte. Sie war mit den Füßen aus den Schuhspitzen geglitten, ohne dass es ihr bewusst war. Ihre Schultern waren jetzt entspannt.

»Ich bin mit den neuen Leuten in der Truppe sehr zufrieden. Doreen ist eine jugendliche Naive, kommt direkt vom College und verfügt über viel Potenzial. Ich mache sie zur zweiten Besetzung für die zweite Hauptrolle in dem Stück von Neil Simon. Und Russ Talbot ist ein echter Profi. Er hat viel an kleinen Theatern und Off-Broadway-Sachen gemacht. Wir haben Glück, dass wir ihn haben. Er ist als Brick in *Katze auf dem heißen Blechdach* besetzt. Das wird unsere erste Produktion sein.«

Sie trank noch einen Schluck und hoffte, bei der Inszenierung nichts falsch zu machen. Es war ein so prickelndes, leidenschaftliches Stück. Wochenlang hatte sie mit dem Gedanken gespielt, zuerst eine Komödie aufzuführen, um dem Publikum und dem Ensemble einen amüsanten Start zu bieten. Instinktiv hatte sie sich dann doch für Tennessee Williams entschieden.

»Ich habe Kopien der Texte zusammen mit den Besetzungslisten geschickt. Ich nehme an, Ihr Assistent hat sie alle gelesen.«

»Sie wurden gelesen«, erwiderte er schlicht. Von ihm selbst, aber das brauchte sie jetzt noch nicht zu wissen. Er wollte eng mit ihr zusammenarbeiten. »Und sie wurden gebilligt – vorläufig.«

»Vorläufig? Wer fällt hier das Urteil? Sie?«

Alexander beschloss, geduldig zu sein. »In meiner Eigenschaft als Präsident des Zentrums liegt die letzte Entscheidung bei mir.«

»Sehr gut.« Sie trank noch einen Schluck. »Prinz oder Präsident, Sie machen mir das Leben nicht leicht. Ich habe diese vier Stücke gewählt, weil …«

»Ihre Gründe dafür werde ich mir morgen anhören. Wir haben einen Besprechungstermin für – neun Uhr, glaube ich. Sie werden Cornelius Manderson kennenlernen, der das Zentrum leitet. Auch meine Schwester wird da sein.«

»Ich bin froh, dass ich wenigstens einen vernünftigen Menschen um mich habe.«

»Eve, Sie gehen in die Defensive, noch bevor es notwendig ist.«

»Ich folge dem Motto der Pfadfinder.«

»Pardon?«

»Allzeit bereit«, sagte sie lächelnd. »Nun gut, dann breche ich jetzt keinen Streit vom Zaun. Aber ich bin bereit zu kämpfen, Hoheit, und Sie werden herausfinden, dass ich nicht leicht zu schlagen bin.«

»Das weiß ich bereits.« Und er freute sich auch schon darauf. »Vielleicht sollten wir uns darauf einigen, unsere persönliche Beziehung von unserer Arbeit im Zentrum zu trennen.«

Sie fuhren durch die Tore des Palastes.

»Wir haben keine persönliche Beziehung.«

»Nein?«

Als sie sich umdrehte, war sie überrascht und ein bisschen nervös wegen seiner sichtlichen Belustigung. Mit seinem Lächeln verstand sie weniger gut umzugehen als mit seinem finsteren Blick.

»Nein. Was letztes Mal passiert ist, war …« Da ihr keine passende Erklärung einfiel, tat sie es mit einem Schulterzucken ab.

»Es war unglücklich«, beendete er den Satz für sie, nahm ihr das leere Glas ab und stellte es weg. »Unglücklich, dass es in dieser Weise passierte und so schlecht endete. Soll ich mich entschuldigen?«

»Nein, es wäre mir lieber, Sie tun es nicht.«

»Warum?«

»Weil ich dann Ihre Entschuldigung annehmen müsste.« Sie holte tief Luft und wandte sich ihm zu. »Wenn ich sie nicht annehme, kann ich weiterhin auf Sie böse sein, und es wird nicht wieder passieren.«

»Es gibt einen Fehler in Ihrer Logik, Eve.« Er blieb sitzen, nachdem die Limousine vor den Stufen des Palastes gehalten hatte. Selbst als der Fahrer den Wagenschlag öffnete, rührte Alexander sich nicht, sah sie an, zwang sie, ihn anzusehen. »Sie sind sehr oft auf mich böse, und doch ist es passiert. Aber ich werde mich wunschgemäß nicht entschuldigen.«

Er stieg aus und bot ihr die Hand. Plötzlich lächelte er charmant und führte sie die Stufen zum Palast hinauf.

Sie passte ihren Schritt seinem an, aber zum ersten Mal zögerte sie, die großen, prunkvollen Palasttore zu durchschreiten. »Ich hätte Sie nicht gerade für einen Liebhaber von Spielen gehalten, Eure Hoheit.«

»Ganz im Gegenteil, ich habe sehr viel Spaß daran.«

»Schach, Fechten, Polo.« Sie zuckte die Schultern. »Das sind keine Mannschaftsspiele.«

Ihr Duft war derselbe wie damals, als er sie das letzte Mal gesehen, berührt hatte. Derselbe Duft, durch den er mitten in der Nacht aufgewacht war, als Tausende von Meilen sie von ihm getrennt hatten. »Sie haben mich einen Politiker genannt. Was ist Politik anderes als ein Mannschaftsspiel?« Geräuschlos glitt die Tür auf. Eve warf ihm einen vorsichtigen Blick zu, bevor sie eintrat.

»Mein Vater möchte Sie sehen. Ich bringe Sie zu ihm. Ihr Gepäck sollte bald eintreffen.«

»In Ordnung.« Sie folgte ihm die Treppe hinauf. »Geht es dem Fürsten gut?«

»Ja.« Er sagte nichts weiter zu dem Vorfall in Paris, obwohl er noch nicht abgeschlossen war.

»Sie möchten nicht, dass ich darüber spreche, was Ihrem Vater in Paris beinahe zugestoßen wäre?«

»Sie haben keinen Grund dazu.«

»Natürlich nicht.« Eve klang verletzt. Sie ging an ihm vorbei, musste jedoch vor Fürst Armands geschlossener Bürotür warten.

»Ich habe das nicht gesagt, um Sie zu beleidigen.«

»Nein. Darum brauchen Sie sich auch gar nicht zu bemühen.«

»*Touché*«, sagte er mit einem Seufzer.

»Ich will mich nicht mit Ihnen duellieren. Ich erwarte nicht, dass Sie mich in Ihre Familienangelegenheiten mit einbeziehen.« Sie sah von ihm weg und bemerkte nicht, dass er den Blick auf ihr Gesicht gerichtet hatte. »Das Traurige ist, dass Sie nie verstanden haben, wie sehr mir an allem liegt.« Sie verschränkte die Arme, als wollte sie sich distanzieren. »Möchten Sie nicht klopfen?«

Er tat es nicht. Ein Mann in seiner Position konnte sich keine Fehler leisten. Wenn er einen beging, war es am besten, es gleich zuzugeben. »Mein Vater sieht abgespannt aus, hat auch abgenommen. Der Vorfall in Paris lastet auf ihm. Er schläft nicht gut.«

»Was kann ich tun?«

Himmel, konnte es so einfach für sie sein? Ihre Worte weckten in ihm den Wunsch, seine Stirn gegen ihre zu lehnen, nur für einen Moment. Ruhe, Trost, Erholung. Doch für ihn konnte es nie so einfach sein. »Sie tun bereits alles, was Sie können«, sagte er kurz angebunden und klopfte.

»*Entrez!*«

Alexander öffnete die Tür und trat zur Seite. »Vater, ich habe dir ein Geschenk mitgebracht.«

Fürst Armand stand hinter seinem Schreibtisch auf. Er war ein attraktiver Mann, groß und schlank. Als Eve ihn damals kennengelernt hatte, war sein Haar von ersten grauen Fäden durchzogen gewesen. Jetzt war es ganz grau. Als er sie erblickte, lächelte er, und seine strenge Miene wurde sanfter.

»Ein hübsches Geschenk.« Er kam ihr um den Schreibtisch herum entgegen, eine freundschaftliche Geste, die er nicht jedem zuteil werden ließ. Als Eve einen Knicks machte, ergriff er ihre Hände. Seine waren stark. Auch wenn ihn das Alter nur wenig belastete, die Verantwortung tat es. Eve sah die Anzeichen von Stress, von Schlaflosigkeit, und vergaß das Protokoll. Sie stellte sich auf die Zehen und küsste ihn auf beide Wangen.

»Es ist schön, wieder hier zu sein, Eure Hoheit.«

»Es ist schön, Sie bei uns zu haben. Alexander, du hast mir nicht gesagt, dass sie noch bezaubernder geworden ist.«

»Er bemerkt so etwas nicht«, sagte sie mit einem Blick über die Schulter.

»Im Gegenteil. Ich habe es nur nicht für nötig gehalten, etwas zu erwähnen, was mein Vater ohnehin selbst sehen würde.«

»Ein geborener Diplomat«, sagte Armand lachend. »Alex, läute bitte nach dem Tee. Wir werden Eve eine Weile für uns behalten, bevor wir sie mit dem Rest von Cordina teilen müssen. Das junge Mädchen ist also jetzt eine bedeutende Produzentin.« Er führte sie zu einem Sessel. »Sie sind hergekommen, um uns zu unterhalten?«

»Das hoffe ich.«

»Mein Sohn sagte mir, dass das Zentrum glücklich ist, Sie hier zu haben. Sie genießen in Amerika zunehmend größeres Ansehen, und als Ihr erster internationaler Gastgeber fühlen wir uns geehrt.«

Eve lächelte. »Bennett schmeichelt gern.«

»Wie wahr.« Armand griff nach einer Zigarette. »In diesem Fall war es allerdings Alex.«

»Alex?« Überrascht drehte sie den Kopf, während Alexander sich neben sie setzte.

»Eve erwartet von mir keine Schmeichelei, Vater.« Er holte sein Feuerzeug hervor und hielt die Flamme an die Zigarette seines Vaters. »Sie ist eher darauf vorbereitet, einem Schlag auszuweichen.«

»Nun, wenn man das sieben Jahre lang getan hat, wird es allmählich …« Sie biss sich auf die Zunge und wandte sich wieder dem Fürsten zu. »Ich bitte um Entschuldigung, Eure Hoheit.«

»Nicht nötig. Ich bin an streitende Kinder gewöhnt. Hier ist unser Tee. Schenken Sie ein, Eve?«

»Ja, natürlich.«

Armand erlaubte sich den Luxus der Entspannung, während das Tablett neben Eve abgestellt wurde. »Alexander erzählte mir, Sie hätten vier interessante Stücke ausgesucht. Das erste ist ein ziemlich leidenschaftliches und – welches Wort hast du benutzt, Alex?«

»Prickelnd«, sagte er und lächelte, als Eve ihn kurz ansah.

»Ja, eine prickelnde Geschichte, die in Ihrem amerikanischen Süden spielt. Sie handelt von einer Familie?«

»Ja, Eure Hoheit.« Sie reichte ihm seinen Tee. »Von einem Machtkampf innerhalb einer Familie, von einem Kampf um Geld und Liebe. Da sind: ein reicher, dominierender Vater, zwei Brüder, der eine das schwarze Schaf, der andere ein Schwächling, und ihre manipulativen Ehefrauen. Es ist eine Geschichte über Bedürfnisse und Enttäuschungen genauso wie über Leidenschaft.«

»Eine Geschichte also, die wohl in jeder Kultur ihre Gültigkeit hat.«

»Davon gehe ich aus.« Sie reichte Alexander seinen Tee, vermied es jedoch, ihn anzusehen. »Die Stücke, die ich ausgewählt habe, sind alle sehr gefühlslastig, wenngleich die beiden Komödien mehr die heitere Seite betonen. Meine Truppe freut sich darauf, hier zu arbeiten. Dass Sie uns dazu die Gelegenheit geben, dafür möchte ich Ihnen danken.«

»Alex hat die ganze Arbeit erledigt und sich mit den Aufsichtsräten des Zentrums herumgeschlagen. Einigen seiner Bemerkungen entnehme ich, dass sie nicht ganz so aufgeschlossen waren, wie er es gern gehabt hätte.«

Alexander schloss die kräftigen Finger um seine zarte Teetasse. »Ich brauchte sie nur ein wenig zu überreden.«

Eve konnte sich nicht vorstellen, dass Alexander sich für sie eingesetzt hatte.

Sobald sie auch nur ein bisschen Freude darüber verspürte, zog sie sich zurück. Er hatte es bestimmt für sich selbst getan – genauer: für Cordina. »Wie immer es auch arrangiert wurde, ich bin dankbar. Wir werden Sie nicht enttäuschen.«

»Da bin ich ganz sicher. Ich freue mich darauf, Ihre Truppe heute Abend kennenzulernen.«

Eve verstand den zarten Wink und erhob sich. »Wenn Sie mich bitte entschuldigen, werde ich jetzt auspacken.« Weil es ihre Natur erforderte, küsste sie Armand wieder auf die Wange. »Es ist wirklich schön, wieder hier zu sein.«

Ihr Gepäck hatte man zwar noch nicht gebracht, doch ihr Zimmer war fertig. Es duftete nach frischen Blumen. Die Fenster öffneten sich zum Meer. Eve schlüpfte aus Jacke und Schuhen und schob die sich bauschenden Vorhänge beiseite.

Die Aussicht verschlug ihr den Atem. Es war jedes Mal dasselbe – anfangs das Nicht-fassen-Können, dass es etwas so Schönes gab, dann die schwindelerregende Freude, dass es Wirklichkeit war. Weit unten erstreckten sich die Gärten in wunderbaren leuchtenden Farben. Wer immer sie angelegt haben mochte, wer immer sie pflegte, hatte Verständnis dafür, dass Blumen lieber so wuchsen, wie es ihnen gefiel, als in sauberen, ordentlichen Reihen. Was dabei herauskam, war eher traumhaft als perfekt.

Jenseits der Gartenanlage zog sich der Deich entlang, den Wind, Salz und Wasser im Laufe der Jahrhunderte glatt gewaschen hatten. Das Kliff dahinter fiel steil ab, und mit seinen ins

Meer hinausragenden Felsen bot es Nistplätze für die Seevögel. Dann das Meer selbst, dunkel und tief, strahlend blau. Jetzt glitten Boote darüber.

Sie sah ein Schiff mit roten Segeln, das mit dem Wind um die Wette lief, und einen Vergnügungsdampfer, so weiß, dass es den Augen wehtat. Jemand fuhr Wasserski. Eve blinzelte, um zu erkennen, ob es ein Mann oder eine Frau war, aber durch die Entfernung blieb es nur eine menschliche Gestalt, die rasch über die blaue Oberfläche glitt. Verzückt kniete sie sich auf die Fensterbank, stützte das Kinn in die Hände und beobachtete weiter.

Das plötzliche Klopfen an der Tür bedeutete wohl, dass man ihr Gepäck brachte. Immer noch verträumt, blieb Eve, wo sie war. »*Entrez, s'il vous plaît.*«

»Es wurde dafür gesorgt, dass Sie ein Zimmermädchen bekommen.«

Alexanders Stimme ließ sie kerzengerade hochfahren. »Oh, danke, aber das ist wirklich nicht nötig.«

Alexander gab der Bediensteten die Anweisung, das Gepäck abzustellen und zu gehen. »Sie kann Ihnen beim Auspacken helfen. Ihr Name ist Collette. Sie wird Sie nicht stören, wenn Sie nicht klingeln.«

»Danke.«

»Sie sehen müde aus.« Ohne die Jacke wirkte Eve zerbrechlicher, zugänglicher, fast als wäre sie eine Frau, mit der er beisammensitzen und reden und einfach Mensch sein konnte. Er wollte ihr eine Haarsträhne aus der Stirn streichen, sanft, sogar zärtlich. Er ballte die Hände an seinen Seiten zu Fäusten. »Vielleicht möchten Sie sich erst einmal ausruhen.«

»Nein, ich bin nicht wirklich müde. Ich habe nur den Blick aus dem Fenster genossen.«

Sie wartete darauf, dass er ging, doch er kam stattdessen zu ihr und zog den Vorhang etwas mehr zur Seite. »Ich habe von meinem Fenster den gleichen Ausblick.«

»Dann sind Sie vermutlich daran gewöhnt. Ich glaube, ich würde mich nie daran gewöhnen.«

»Zeitig am Morgen, gleich nach Anbruch der Dämmerung, fahren die Fischerboote hinaus.« Er legte seine Hand neben ihrer auf das Fensterbrett. Eve schaute auf die gebräunten Finger, den breiten Handrücken und den Ring, der das fürstliche Wappen trug. »Sie sehen so zerbrechlich aus, und doch fahren sie Tag für Tag aufs Meer hinaus.«

Seine Hände faszinierten Eve. Diese Hände hatten sie einmal berührt, nicht sanft, sondern kraftvoll. Sie besaßen eine Stärke, auf die eine Frau sich verlassen konnte, eine Stärke, die auch zum Fürchten war. Sie fragte sich, warum sie im Moment nur das Erstere empfand.

»Ich selbst war nie eine besonders gute Seglerin«, sagte sie. »Aber ich sehe gern zu. Als ich noch klein war, hatte mein Vater ein Segelboot. Ich habe stets die Taue verwickelt oder wurde vom Segel getroffen. Irgendwann hatte er genug davon und kaufte ein Motorboot. Dann habe ich's mal kurz mit Wasserskilaufen versucht.«

»Hatten Sie damit mehr Glück?«, fragte er.

»Etwas mehr. Aber ich schwimme lieber. Und ich ziehe es vor, alles unter Kontrolle zu haben. Deshalb habe ich mit Karate begonnen. Ich führe meine Bewegungen lieber selbst aus, als dem Wind oder sonst etwas ausgeliefert zu sein.«

»Man ist nicht dem Wind ausgeliefert«, verbesserte Alexander sie. »Man arbeitet mit dem Wind oder überlistet ihn.«

»Das tun Sie vielleicht.«

»Ich könnte es Ihnen beibringen.«

Überrascht – nein, verblüfft blickte sie zu ihm auf. Er hatte es lässig gesagt, aber sie hatte noch nie erlebt, dass er etwas lässig tat. Sie konnte sich vorstellen, wie sie mit ihm segelte, die Sonne, den Wind, seinen Körper, der in dem gleißenden Licht schimmerte. Sie konnte es sich nur zu gut vorstellen. »Danke, aber mein Vater hat mich bereits als hoffnungslos eingestuft.«

»Damals waren Sie ein Kind.« Ein Lufthauch wehte ihr Haar gegen seinen Arm. »Jetzt sind Sie kein Kind mehr.«

»Nein.« Nervös blickte sie aus dem Fenster. »Aber ich bezweifle, dass einer von uns während meines Aufenthalts viel Zeit für Segelunterricht haben wird. Morgen beginnt die Arbeit.«

»Und heute?«

Das Herz schlug ihr bis zum Hals. »Ich weiß nicht, was Sie meinen. Ich …« Als er ihr das Haar von der Wange zurückstrich, erstarben ihre Worte.

»Doch, Sie wissen es.«

»Nein.« Sie fand die Kraft, den Kopf zu schütteln. »Das ist unmöglich.«

»Das habe ich mir selbst auch gesagt.« Er schloss die Finger um ihr Haar. Sein Blick war geheimnisvoll. Eve sah in seinen Augen Sehnsucht und fühlte in sich den Wunsch, dieses Sehnen zu erfüllen.

»Hoheit.« Sie umklammerte seine Handgelenke, als er ihr Gesicht umfasste. »Alex, bitte, das ist nicht richtig.«

»Zur Hölle mit richtig oder nicht richtig.«

Er nahm sie sich, ihren Mund, ihre Seele und ihr Herz, während die salzig duftende Brise die Vorhänge bauschte. Sie hielt noch immer seine Handgelenke umfasst und drückte sie immer fester, ob in Abwehr oder Annahme, wusste keiner von ihnen.

Er hatte die Leidenschaft und den Geist, die so sehr ein Teil von ihr waren, gewollt, gebraucht und ersehnt. Es hatte ihn nach der Sanftheit verlangt, von der sich alles andere dermaßen abhob. Wenn es falsch war, wenn es unmöglich war, wollte er sich durch die Hindernisse hindurchkämpfen. In dem Moment, in dem er sie wiedergesehen hatte, hatte er gewusst, dass ihm keine Wahl blieb.

Wie konnte sie leugnen, was mit ihr geschah? Sie war keine Frau, die sich selbst belog, die sich weigerte, ihre eigenen Fehler zu sehen. Heißes Verlangen durchflutete sie und beherrschte ihre Gedanken. Und es war Alexander, der Thronerbe, den sie wollte. Den sie verzweifelt wollte. Unkontrollierbar. Sogar während sie versuchte, sich darüber klar zu werden, pulsierte ihr Körper unter noch stärkerem Verlangen.

Ihm zu gehören, dachte sie, während sie sein Handgelenk losließ und durch sein Haar strich. Ihm zu gehören würde alles sein.

Er war von Leidenschaft erfüllt. Sie fühlte sich so weich, so warm an. Flammen loderten in ihm auf. Wenn er es jetzt nicht eindämmte, würde das Feuer sie beide verzehren. Er konnte das nicht zulassen, nicht jetzt, nicht hier. Alexander schob sie von sich, murmelte eine Verwünschung und küsste sie erneut, bis sie sich in seinen Armen entspannte.

»Du musst wählen.« Seine Stimme war nicht fest, als er ihren Kopf zurückbog und den Blick auf ihre Augen richtete. »Und du musst bald wählen.«

Sie fuhr sich mit bebenden Fingern über das Gesicht. »Ich verstehe nicht.«

»Ich habe nicht vor, dich zu verlieren.« Er hatte eine Hand in ihr Haar geschoben, hielt sie ganz still, aber sie hätte sich ohnedies nicht bewegen können. Sein Blick hielt sie fest. »Das kannst du verstehen. Ich habe mich davor nicht entschuldigt, und ich werde es auch jetzt nicht tun.«

Er gab sie frei, ging zur Tür und verließ den Raum.

Eve ließ sich auf die Fensterbank sinken, als hätte sie zu viel Sonne oder zu viel Wein abbekommen. Sein Kuss war heiß und überwältigend gewesen. Sie musste nachdenken. Seufzend presste sie die Finger vor die Augen. Das Problem war, dass sie nicht wusste, womit sie anfangen sollte.

5. Kapitel

Eve fühlte sich im Theater sicher. Sie war mit dem Büro zufrieden, das für sie hergerichtet worden war, und sie war dankbar für jene Stunden am Tag, die sie außerhalb des Palastes verbringen konnte. Und ohne Alexander.

Sie war ein Profi, eine Geschäftsfrau, deren Karriere sich in vollem Aufschwung befand und die den höchsten Erfolg zum Greifen nah vor sich hatte. Ihre bisher größte Herausforderung lag vor ihr. Annähernd hundert Menschen waren abhängig von ihren Entscheidungen.

Sie konnte es sich nicht leisten, nachts wach zu liegen und über einen Mann nachzudenken. Sie konnte sich keine Tagträume über ihn leisten, wenn sie tausenderlei Dinge zu tun hatte.

Doch als er sie vor dem Fenster geküsst hatte, umgeben von dem Duft des Meeres, war es nicht weniger mitreißend gewesen als beim ersten Mal. Verlangen hatte sie durchströmt, sowohl rein körperlich als auch zutiefst emotional. Nicht Verlangen nach einem Mann, nach einem Liebhaber, nach einem Gefährten, sondern nach Alexander. Sie hatte sich gewünscht, dass er sie liebte, hier, neben dem Fenster, während Himmel und Meer noch herrlich blau waren.

Es wäre keine Liebe gewesen, rief Eve sich ins Gedächtnis und presste die Finger gegen die müden Augen. Es wäre Sex gewesen, ganz einfach. Das wollte sie nicht, brauchte sie nicht, und daran würde sie jetzt nicht mehr denken.

Es war kurz vor zwei an ihrem ersten Tag, den sie ganz in

Cordina verbrachte. Ihre Besprechung am Morgen war recht gut verlaufen. Alexander hatte sich wieder mehr von seiner vertrauten Seite gezeigt – distanziert, geschäftsmäßig und anstrengend. Mit so einem Mann konnte sie umgehen. Nicht aber mit dem Mann, der sie am Nachmittag des Vortags geküsst und dazu gebracht hatte, sich stark und verzweifelt zugleich zu fühlen.

Er war am Vorabend der perfekte Gastgeber für ihre Truppe gewesen. Charmant, aber förmlich. Dennoch waren die Leute beeindruckt gewesen. Mehr als eine ihrer Mitarbeiterinnen war sogar äußerst beeindruckt gewesen. Es konnte allerdings nichts Gutes bringen, wenn sich jemand in den kommenden Wochen ablenken ließ. Sie eingeschlossen. Mit diesem Gedanken im Hinterkopf begann sie, ihre Listen durchzugehen.

Der Glanz des Theaters, dachte sie trocken, während sie sich den Nacken massierte. Wie viele Tuben Make-up hatten sie mitgenommen, und wo zum Teufel waren sie? Dann war da die Kiste mit Kabeln, die Houston einwandfrei verlassen, aber das Umladen in New York nicht geschafft hatte. Wenn der Flughafen nicht bis vier Uhr zurückrief, musste sie …

»Ja, herein!« Abgehetzt blickte Eve kaum auf. »Ja, Russ? Es kann doch nicht schon ein Problem geben? Warten Sie!« Sie hob die Hand, bevor er etwas sagen konnte. »Sie und der Rest der Truppe sollten nicht vor morgen hier erscheinen, richtig?«

»Richtig. Es gibt schon ein Problem, und ich sollte noch nicht hier sein, aber ich konnte nicht wegbleiben.« Er war ein sehr jung aussehender Dreißigjähriger mit einem gut gebauten Körper und eingefallenen Wangen. Eve hatte sein Aussehen von Anfang an gemocht, ihn aber dennoch drei Mal vorsprechen lassen, bevor sie ihn unter Vertrag nahm. Als er sich jetzt auf die Kante ihres Schreibtisches setzte, lehnte sie sich zurück und verzog das Gesicht.

»Schildern Sie mir zuerst das Problem.«

»Der Chefbeleuchter hat eine künstlerische Auseinandersetzung mit einem Scheinwerfer. Niemand kommt an die Kiste mit den Ersatzglühlampen heran.«

»Es überrascht mich, dass überhaupt irgendjemand an irgendetwas herankommt. In Ordnung, ich kümmere mich gleich darum. Sagen Sie mir jetzt, warum Sie nicht Sonne tanken, wenn Sie die Möglichkeit dazu haben.« Sie schob sich lächelnd einen Bleistift hinter das Ohr. »Hat Sie niemand davor gewarnt, was für ein Sklaventreiber ich bin? Wenn Sie sich im Theater zeigen, müssen Sie auch arbeiten.«

»Damit habe ich gerechnet.« Seine Stimme war tief und klangvoll. »Sehen Sie, ich möchte nicht wie ein Anfänger klingen, aber dieses Haus hier …« Er hob ein wenig dramatisch die Hände. »Erstaunlich. Hier zu sein, ist erstaunlich. Sonne kann ich jederzeit tanken. Wenn ich nicht proben kann, kann ich wenigstens Kisten auspacken.«

Lachend stand sie auf. »Und ich weiß genau, was Sie meinen. Also, dann eben Kisten auspacken. Der Himmel weiß, wir haben genug davon. Warum machen wir nicht …«

Ihre Tür flog wieder auf, diesmal ohne vorheriges Klopfen. Bennett lächelte sie an.

»Man hat mir gesagt, ich würde dich hier drinnen schimpfend und fauchend finden.«

»Ich fauche nicht. Noch nicht.« Sie stand rasch auf und breitete die Arme aus. »Prinz Bennett, Russ Talbot.«

Russ konnte sich nicht entscheiden, ob er die Hand geben, sich verneigen oder stramm stehen sollte. »Ich weiß nie, wie man Prinzen begrüßt.«

»Wir sagen Hallo«, erwiderte Bennett. »Ich habe gestern Abend das Diner und das Zusammentreffen mit deiner Truppe nur ungern versäumt, Eve. Tut mir leid.«

»Es tut dir leid, dass du nicht gesehen hast, mit wie vielen hübschen Schauspielerinnen du flirten kannst.« Eve nahm ihr Klemmbrett in die Hand.

»Das ist es.« Er lächelte Russ an. »Gibt es viele?«

»Genug.«

»Ich wusste, dass ich mich auf Eve verlassen kann. Jedenfalls bin ich hier, um dich von all dem hier wegzubringen.«

»Nein.« Sie blickte von ihren Notizen auf. »Komm in zwei Stunden wieder.«

»In zwei Stunden?«

»Sagen wir lieber in drei«, verbesserte sie sich nach einem Blick auf ihren Terminplan.

»Eve, du wirst dich übernehmen.«

»Mich übernehmen?« Lachend schob sie Ben auf den Korridor hinaus. »Ich habe noch gar nicht angefangen. Allerdings könnte ich jemanden brauchen, der mich mitnimmt, wenn dir das nichts ausmacht. Sagen wir …«, sie sah auf die Uhr, »… halb sechs?«

»In Ordnung, wenn …«

»Es sei denn, du willst hierbleiben. Wir wollten gerade Kisten auspacken.«

»Ich komme später wieder.« Er gab ihr rasch einen Kuss, ehe er den Korridor entlangging. »War nett, Sie kennenzulernen, Talbot.«

»Jetzt habe ich zum ersten Mal gesehen, wie ein Mitglied eines regierenden Herrscherhauses hinausgeworfen wird.«

Eve lächelte Russ an. »So gern ich ihn auch habe, aber er wäre nur im Weg.«

»Er hat keine Ähnlichkeit mit seinem Bruder«, bemerkte Russ.

Eve schüttelte den Kopf, während sie in die andere Richtung gingen. »Nein, überhaupt keine.«

»Sein Name steht oft in der Presse.«

Sie konnte ein leises Lachen nicht unterdrücken. »Bennett würde sagen, dass alles, was man über ihn schreibt, wahr ist.«

»Ist es das?«

Sie sah ihn an, und ihre Stimme klang etwas kühler. »Vielleicht.«

»Tut mir leid.« Russ schob die Hände in die Taschen. »Ich wollte nicht neugierig sein. Es ist nur – nun ja, es ist interessant, und ich bin genauso neugierig wie alle anderen. Und es ist schon seltsam, dass Sie der Fürstenfamilie so nahe stehen. In Montclair, New Jersey, hatten wir nicht viele königliche Hoheiten.«

»Sie sind auch nur Menschen.« Eve blieb vor der Tür zu einem der Lagerräume stehen. »Nein, das stimmt natürlich nicht, aber sie sind nett. Sie werden das selbst in den nächsten paar Wochen feststellen.«

Sie öffnete die Tür, trat zurück und stöhnte. Russ spähte über ihre Schulter auf die Stapeln von Kisten und Koffern. »Sieht so aus, als könnten wir ein wenig Hilfe gebrauchen.«

Innerhalb von drei Stunden schaffte Eve so etwas wie den Anfang einer Ordnung und eine lange Liste von Dingen, die noch zu erledigen waren. Mit der Hilfe von Russ und zwei Bühnenarbeitern wurden die Kisten so aufgereiht, dass ihr Inhalt zugänglich war, wenn er gebraucht wurde. Sie arbeitete methodisch, wie das ihre Art war, und hob und stöhnte genauso viel wie die Männer, die mit ihr arbeiteten.

Um fünf war sie verschwitzt, schmutzig und zerzaust, aber alles andere als unzufrieden.

»Russ, gehen Sie nach Hause.« Sie lehnte an einer der Kisten und sehnte sich nach einem kühlen Getränk.

»Was ist mit Ihnen?«

»Ich habe für den Moment fast alles erledigt, und ich möchte nicht, dass meine Schauspieler zu erschöpft für die Proben sind.« Sie wischte sich die Stirn mit dem Handrücken ab. »Sie waren eine große Hilfe. Der Rest geht wirklich nur mich und die Arbeiter etwas an.«

Er trocknete sich mit dem Ärmel den Schweiß vom Gesicht, ehe er ihr einen amüsiert bewundernden Blick zuwarf. »Ich kenne nicht viele Theaterleiter, die sich die Hände schmutzig machen.«

Eve drehte ihre Hände um und rümpfte die Nase über den Staub. »Diese Theaterleiterin tut es offenbar. Morgen zehn Uhr. Achten Sie darauf, dass Sie frisch sind.«

»Ja, Ma'am.«

Sie sah ihm nach, als er den Lagerraum verließ. Die Hände in die Hüften gestemmt, entschied sie, dass sie für einen Tag genug geschafft hatte. Dann schob sie eine letzte Kiste mit Glühlampen in eine Ecke.

Bei einem Geräusch hinter ihr holte sie aus einer Tasche ihres Trainingsanzugs einen Schlüsselbund.

»Geben Sie das Gary, ja? Er muss morgen früh als Erster hier herein.« Ohne sich umzusehen, warf sie die Schlüssel hin.

»Das würde ich gern tun, wenn ich wüsste, wer Gary ist und wo ich ihn finde.«

»Oh.« Noch immer tief gebückt, blickte sie zu Alex hoch. Sein leichter Sweater und seine Hose waren makellos, seine Haare nicht zerzaust und seine Schuhe frisch poliert. Sie fühlte sich wie ein Putzlappen. »Ich habe Sie für einen der Bühnenarbeiter gehalten.«

Als sie sich aufrichtete, warf Alex ihr die Schlüssel wieder zu. »Eve, haben Sie hier drinnen diese Kisten geschoben?«

»Ich habe ausgepackt und … nun …«, sie verschränkte ihre schmutzigen Hände hinter dem Rücken, »… organisiert.«

»Und Sie haben Dinge geschoben, die absolut zu schwer sind, um von einer Frau geschoben zu werden.«

»Also, einen Moment ...«

»Sagen wir lieber, die zu schwer sind, um von jemandem Ihrer Größe und Statur geschoben zu werden.«

Die Neuformulierung besänftigte sie nur, weil ihr Rücken schmerzte. »Ich hatte Hilfe.«

»Offenbar nicht genug. Wenn Sie mehr brauchen, müssen Sie es nur sagen.«

»Wir schaffen es schon, danke. Das Schlimmste ist bereits erledigt.« Sie versuchte, ihre schmutzigen Hände an der Vorderseite ihres Trainingsanzugs abzuwischen. »Ich wusste nicht, dass Sie heute vorbeikommen. Haben wir heute Morgen etwas vergessen?«

Er kam weiter in den Raum herein. Sie stand da, die Hände wieder hinter dem Rücken und den Rücken an eine Kiste gelehnt. »Wir haben nichts Geschäftliches zu besprechen.«

»Nun, also dann ...« Sie ertappte sich dabei, dass sie ihre Lippen befeuchtete. »Ich bringe besser diese Schlüssel zu Gary und wasche mich, bevor Bennett kommt.« Sie wollte gehen, aber Alex stand ihr im Weg.

»Bennett wurde aufgehalten. Ich bin hier, um Sie nach Hause zu bringen.«

»Das war nicht nötig.« Sie wich zur Seite, als er vortrat. »Ich sagte Ben, ich würde mitfahren, wenn es ihm passt.« Wieder bewegte er sich, und sie wich ihm aus. »Ich erwarte nicht, dass man mich während meines Aufenthalts hier herumchauffiert. Es ist keine große Sache, ein Auto zu mieten.«

»Haben Sie etwas dagegen, mit mir zu fahren, Eve?«

»Nein, natürlich nicht.« Sie stieß mit dem Fuß gegen eine Kiste.

319

»Es sieht aber so aus.« Er strich über ihre Wange. »Sie haben sich schmutzig gemacht.«

»Ja. Ich muss mich waschen. Wenn Sie nicht warten wollen, kann ich mit einem … einem Taxi fahren. Ja, ich kann ein Taxi nehmen.«

»Ich werde warten. Es ist erstaunlich, dass Sie sogar als Schmutzfink schön aussehen. Sehr schön.« Er strich mit dem Daumen über ihre Lippen. »Begehrenswert.«

»Alex. Alexander. Ich weiß nicht, warum Sie … Es ist so schwer, zu verstehen, warum …«

Er legte die Hand auf ihren Nacken.

»Ich wünschte, Sie würden das nicht tun.«

»Würde was nicht tun?«

»Versuchen, mich zu verführen.«

»Ich habe nicht vor, es lediglich zu versuchen.«

»Das ist lächerlich.« Als sie ihm ausweichen wollte, verstellte er ihr den Weg erneut. »Sie mögen mich nicht einmal, wirklich, und ich – nun, ich habe immer …« Seine Augen waren dunkel. Sein Blick war amüsiert.

Eve fuhr sich mit den Fingern durchs Haar. »Sie machen mich sehr nervös.«

»Ich weiß. Und das lohnt sich erstaunlicherweise.«

»Nun, mir gefällt es nicht. Nein«, sagte sie schwach, als er seinen Mund auf ihren senkte. Dieses Mal war der Kuss nicht wild oder verzweifelt, sondern sanft und aufreizend.

Eve ließ die Hand, die sie zum Protest erhoben hatte, schlaff an ihre Seite sinken. Sie griff nicht nach ihm, berührte ihn nicht, aber sie stand da – ließ sich treiben … glaubte zu schweben … zu ertrinken …

Triumph hätte ihn erfüllen sollen. Jetzt war sie sein. Er merkte es daran, wie sie den Kopf nach hinten fallen ließ und die Lippen öffnete. In diesem Augenblick hatte sie sich ihm ganz geöffnet, war sie bereit, all seine Wünsche zu erfüllen, was auch immer es sein mochte. Doch statt des Triumphs kam ein schmerzliches Sehnen, ein Verlangen, sie zu streicheln, zu beschützen, zu besänftigen. Ihr etwas zu versprechen. Er wollte die Erregung, aber er blieb mit seiner Begierde zurück.

»Gehen Sie, und waschen Sie sich das Gesicht«, sagte er rau und trat beiseite.

Eve betrachtete sich eingehend im Spiegel des Waschraums hinter der Bühne. Sie machte sich zum Narren – und das musste aufhören. Aus welchem Grund auch immer, Alexander hatte beschlossen, mit ihr zu spielen. Das bedeutete aber nicht, dass sie mitspielen musste. Seinetwegen kam sie sich dumm vor. Sie konnte vieles ertragen, aber das nicht. Stolz war ihr lebenswichtig. Stolz darauf, wer sie war und was sie aus sich gemacht hatte. Sie würde sich nicht in eine dumme Närrin verwandeln, nur weil Alexander plötzlich fand, dass sie eine gute Gespielin wäre. Oder gut im Bett.

Sie musste schlucken. Vor Jahren hatte sie sich seine Aufmerksamkeit erhofft, selbst in ihren Mädchenträumen. Seine Gleichgültigkeit hatte sie verletzt, seine heimliche Missbilligung maßlos geärgert. Über all das war sie hinweg. Zum dritten Mal schrubbte sie an ihren Händen herum.

Vielleicht lag das Problem darin, dass sie angefangen hatte, von Alexander als Mensch, als Mann zu denken. Die Dinge würden einfacher sein, wenn er für sie wieder Seine Königliche Hoheit wäre – nur ein Titel, entrückt, hochgestellt und ein wenig kühl.

So leicht war es nicht, wenn sie die Wärme seiner Lippen noch immer auf ihren spüren konnte.

Warum machte er das? Eve stopfte die Bürste wieder in ihre

Tasche. Eine Szene wie die eben hätte sie niemals auf die Bühne gebracht. Kein Mensch würde es glauben.

Also warum fragte sie ihn nicht? Bevor sie die Idee mit einem Lachen abtun konnte, fing sie an, Sinn zu machen. Sie war eine nüchterne, sachliche Frau und geradeheraus. Alexander war ein vorsichtiger Diplomat. Sie würde ihm ganz offen die Frage stellen und dann beobachten, wie er nach Worten rang.

Entschlossen kehrte sie auf den Korridor zurück.

»Jetzt sehen Sie schon viel besser aus«, sagte Alexander leichthin und ergriff ihren Arm, bevor sie ihm ausweichen konnte.

»Danke. Ich finde, wir sollten miteinander reden.«

»Gute Idee.« Er stieß die Bühnentür auf und führte Eve nach draußen. »Wir können eine Spazierfahrt unternehmen, bevor wir heimfahren.«

»Das ist nicht nötig. Es wird nicht lange dauern.«

»Es ist mehr als nötig, dass Sie frische Luft bekommen, nachdem Sie den ganzen Tag eingesperrt waren.« Als er die Tür des stahlgrauen Mercedes öffnete, blieb Eve stehen.

»Was ist das?«

»Mein Wagen.«

»Aber da ist kein Fahrer.«

»Möchten Sie meinen Führerschein sehen?« Als sie noch immer zögerte, lächelte er. »Eve, Sie haben doch keine Angst davor, mit mir allein zu sein, oder?«

»Natürlich nicht.« Sie versuchte, entrüstet zu klingen, blickte jedoch unruhig über die Schulter. Zwei Leibwächter mit ausdruckslosen Gesichtern und stämmigen Gestalten standen an dem Wagen hinter ihnen. »Außerdem sind Sie nie allein.«

Alexander folgte der Richtung ihres Blicks. »Unglücklicherweise sind auch manche Dinge außer frischer Luft nötig.«

Was er fühlte, zeigte sich nicht in seinen Augen, malte sich nicht auf seinem Gesicht ab, aber Eve glaubte, eine Spur davon in seiner Stimme aufgefangen zu haben. »Sie hassen es.«

Er blickte sie überrascht an und auch vorsichtig, weil sie gesehen hatte, was er so sorgfältig zu verbergen suchte. »Es ist Zeitverschwendung, etwas Nötiges zu hassen.« Alexander schloss hinter ihr die Tür und ging um den Wagen herum, ohne die Leibwächter eines Blickes zu würdigen. »Ihr Sicherheitsgurt«, erinnerte er Eve, als er den Wagen startete.

»Was? Oh!« Eve hörte auf, den Text zu üben, den sie ihm sagen wollte, und zog den Gurt zurecht. »Es hat mir schon immer Spaß gemacht, in Cordina herumzufahren«, begann sie. Sei freundlich, befahl sie sich. Sei ganz locker, und geh auf dein Ziel los, wenn er es am wenigsten erwartet. »Es ist eine so hübsche Stadt. Keine Wolkenkratzer, keine Kästen aus Stahl und Glas.«

»Wir bekämpfen weiterhin eine gewisse Art von Fortschritt.« Er reihte sich in den leichten Verkehr ein. »Ein paar Mal wollten Hotelketten hier ihre Häuser bauen. Das bringt natürlich Vorteile, wie höhere Beschäftigungszahlen, mehr Tourismus.«

»Nein.« Sie schüttelte den Kopf, während sie die Stadt betrachtete. »Das wäre es niemals wert.«

»Spricht so die Tochter eines Bauunternehmers?«

»Im Großen und Ganzen war es gut, was Daddy gebaut hat, und auch wo er es gebaut hat. Houston ist ... anders. So eine Stadt braucht den Fortschritt.«

»Einige Ratsmitglieder vertreten den Standpunkt, Cordina müsste weiter ausgebaut werden.«

»Damit haben sie unrecht.« Sie wandte sich ihm zu. »Ihr Vater empfindet offenbar genauso. Was ist mit Ihnen? Wenn

Sie an der Reihe sind, werden Sie erlauben, dass ein Bauboom einsetzt?«

»Nein.« Er fuhr von der Stadt weg und auf das Meer zu. »Manche Dinge müssen natürlich wachsen. Der Palast ist das höchste Gebäude im Land. Solange ein Bisset hier lebt, wird das so bleiben.«

»Hat das etwas mit Macht zu tun?«

»Nein, mit Erbe.«

Und sie konnte das akzeptieren. »Wir sind so verschieden«, sagte sie halb zu sich selbst. »Sie sprechen von Erbe und meinen Jahrhunderte der Verantwortung und Tradition. Wenn ich an Erbe denke, dann meine ich das Geschäft meines Vaters und die Kopfschmerzen, die jemand eines Tages damit haben wird.«

Er schwieg eine Weile. Sie konnte nicht wissen, wie tief ihre Worte ihn berührt hatten. »Sie verstehen besser, als ich erwartet hatte.«

Sie sah ihn rasch an und genauso rasch wieder weg. »Warum machen Sie das?«

»Warum mache ich *was*?«

»Warum fahren Sie mit mir am Strand entlang, kommen ins Theater? Warum haben Sie mich so geküsst?«

»Wie geküsst?«

Sie hätte gelacht, hätte sie sich nicht so unsicher gefühlt. »Ganz egal, wie. Warum haben Sie mich überhaupt geküsst?«

Er überlegte, während er nach einer abgelegenen Stelle an der Kaimauer suchte. »Die ehrlichste Antwort ist, dass ich es wollte.«

»Das ist überhaupt nicht ehrlich. Sie haben es nie zuvor gewollt.«

»Frauen sind nicht so einfühlsam, wie sie die Welt gern glauben lassen.« Er hielt den Wagen an und schaltete den Motor aus.

»Ich wollte es, seit ich Sie das erste Mal sah. Möchten Sie ein Stück zu Fuß gehen?«

Während sie wie benommen dasaß, stieg er aus, ging um den Wagen herum und öffnete die Tür. »Es dürfte schwierig sein, am Strand spazieren zu gehen, wenn man im Auto den Sicherheitsgurt angelegt hat.«

Eve nestelte an dem Schloss herum und stieg schließlich aus dem Wagen. »Was Sie eben gesagt haben, ist nicht wahr. Sie haben mich kaum angesehen, und wenn, dann nur finster.«

»Ich habe Sie sehr oft und sehr lange angesehen.« Er ergriff ihre Hand und ging mit ihr auf den Sand zu. »Ich bin lieber abends am Strand, wenn die Touristen zum Essen gegangen sind.«

»Das ist absurd.«

Sein Lächeln war freundlicher, als sie sich jemals erinnern konnte. »Ist es absurd, einen stillen Strand zu bevorzugen?«

»Ich wünschte, Sie würden aufhören, die Dinge so zu verdrehen.« Eve riss ihre Hand los und trat ein paar Schritte zurück. »Ich weiß nicht, was für ein Spiel Sie treiben.«

»Welches würde Ihnen denn gefallen?« Er war erleichtert, ihre Verwirrung zu sehen.

»Alexander, Sie haben mich nicht sehr oft angesehen. Ich weiß das, weil …« Sie verstummte, erschrocken darüber, dass sie im Begriff gewesen war, zuzugeben, wie sehr sie sich nach ihm gesehnt hatte.

»Weil?«

»Ich weiß es einfach, das ist alles.« Sie ging zum Wasser. »Ich verstehe nicht, wieso Sie plötzlich beschlossen haben, mich attraktiv oder was auch immer zu finden.«

»Es kommt nicht plötzlich, dass ich Sie attraktiv finde.« Er legte eine Hand auf ihre Schulter und drehte sie leicht zu sich herum. Die Sonne würde bald untergehen. Eve konnte sie hinter ihm sehen, wie sie ihr goldenes Licht verströmte. Der Sand unter ihren Füßen war weiß und kühl, aber während sie Alexander betrachtete, entdeckte sie, dass der Strand alles andere als fest war. »Ob Sie erreichbar sind oder nicht, ist jetzt ganz egal. Ich will Sie.« Er ließ die Hand von ihrer Schulter zu ihrem Nacken gleiten. »Das finde ich viel wichtiger.«

Sie erschauerte und verschränkte die Arme vor der Brust. Ihre Augen waren so blau wie das Meer, ihre Gefühle jedoch sehr viel aufgewühlter als seine Wellen. »Und weil Sie ein Prinz sind, können Sie haben, was immer Sie wollen.«

Die Meeresbrise wehte eine ihrer Haarsträhnen um seinen Finger. Er vergaß den Strand, die Leibwächter, die untergehende Sonne. »Weil ich ein Prinz bin, ist es für mich schwieriger, das zu bekommen, was ich will. Besonders wenn ich eine Frau will.«

»Eine amerikanische Frau.« Ihr Atem ging rasch und unregelmäßig. Es wäre so einfach gewesen, nicht zu zweifeln, sondern die Dinge als gegeben hinzunehmen. Sie wollte Ja sagen, einen Platz in seinen Armen finden und vielleicht in seinem Herzen. Die Entdeckung dessen, wonach sie sich am meisten sehnte, veränderte alles und verstärkte ihre Zweifel. »Eine amerikanische Frau, die ihren Lebensunterhalt am Theater verdient. Ohne Titel, ohne Ahnentafel. Nicht so gut geeignet zu einer Affäre wie eine Adelige, eine Europäerin.«

»Nein.« Er beobachtete, wie ein Ausdruck von Schmerz ihre Augen beschattete. Aber er würde nicht lügen. »Manche Mitglieder des Staatsrats würden es als unpassend empfinden, brächte man meinen Namen mit Ihrem in Zusammenhang. Es ist ihnen angenehmer, wenn ich gesellschaftlich mit einer adligen Frau verkehre.«

»Verstehe.« Sie nahm seine Hand von ihrem Nacken. »Es wäre also – taktvoller, wenn ich einer heimlichen Affäre zustimmte.«

Ärger ließ in seinem Gesicht harte Linien entstehen. Niemand, der ihn jetzt gesehen hätte, hätte geglaubt, dass er so reizend lächeln konnte. »Ich glaube nicht, dass ich Sie gebeten habe, taktvoll zu sein.«

»Nein, dazu sind Sie noch nicht gekommen.« Sie würde gleich weinen. Die Erkenntnis verblüffte und demütigte sie. Sie straffte sich und unterdrückte die Tränen. »Nun, danke für das Angebot, Eure Hoheit, aber ich bin nicht interessiert. Wenn ich mit einem Mann schlafe, dann ohne mich zu schämen. Wenn ich eine Beziehung zu einem Mann habe, dann offen.«

»Das ist mir sehr wohl bewusst.«

Sie hatte davonstürmen wollen, aber seine Worte hielten sie zurück. »Was meinen Sie damit?«

»Sie waren immer offen in Ihrer Beziehung zu meinem Bruder.« Seine Augen waren ausdruckslos. »Offensichtlich haben Sie sich dabei auch nicht geschämt.«

Zuerst war sie verwirrt, dann dämmerte es ihr allmählich, und schließlich begriff sie. Weil es ungefährlicher war, als verletzt zu sein, ließ Eve ihrem Zorn freien Lauf. »Also darum dreht sich alles. Um eine Rivalität unter Brüdern. Um Neugierde auf den Geschmack Ihres Bruders. Was haben Sie sich dabei gedacht, Alex? Dass er bereits an der Reihe gewesen ist? Wollten Sie sich jetzt selbst davon überzeugen, wozu so viel Aufhebens gemacht wurde?«

Er wagte nicht, auch nur einen Schritt auf sie zuzugehen. »Seien Sie vorsichtig.«

Die Vorsicht fehlte ihr. Doch die Worte fehlten ihr nicht. »Zum Teufel mit Ihnen! Sie mögen ein Aristokrat sein, ein

Prinz, ein Regent, aber im Grunde sind Sie genauso ein Narr wie jeder andere Mann, und ich werde nicht hier stehen und meine Beziehung zu Bennett einem Narren erklären oder sie ihm gegenüber rechtfertigen. Sie könnten von ihm lernen, Alex. Er hat ein Herz und echte Zuneigung zu Frauen. Er betrachtet sie nicht als Trophäen, die man herumreicht.«

»Sind Sie fertig?«

»Oh, mehr als das! Ich schlage vor, Sie sprechen mit Bennett, Eure Hoheit, wenn Sie etwas über meine Vorzüge und Nachteile herausfinden wollen. Ich bin sicher, Sie wären fasziniert.«

»Was ich für Sie empfunden habe, hatte nichts mit Bennett zu tun – und hatte doch alles mit ihm zu tun. Ich fahre Sie jetzt zurück.«

6. Kapitel

»*Ethel*, ich möchte noch ein weißes Unterkleid für *Cat*.« Die Liste in der Hand, ging Eve die Kostüme Stück für Stück mit ihrer Kostümbildnerin durch.

»Weißes Unterkleid, Größe vierunddreißig.«

»Nicht zu tief geschnitten. Es soll dezent sein.«

»Ein dezentes weißes Unterkleid, Größe vierunddreißig.«

Eve lachte leise, ging jedoch weiterhin die Garderobe für die erste Produktion durch. »Wir wollen im Budget bleiben. Nehmen Sie Nylon – wenn es nur wie Seide aussieht.«

»Ich soll Wunder vollbringen.«

»Immer. Ach ja, und machen Sie Big Daddys Jacken weiter, sagen wir – so fünf Zentimeter. Ich möchte Jared ein bisschen mehr auspolstern.«

Ethel kaute auf ihrem Pfefferminzkaugummi, während sie die Anweisungen notierte. Sie arbeitete seit zweiundzwanzig Jahren in der Garderobe und konnte innerhalb von fünfundvierzig Minuten aus einem Schweineohr ein Seidentäschchen machen. »Wenn die Schauspieler weiterhin so viel essen wie neulich Abend, brauchen Sie nichts mehr auszupolstern.«

»Ich werde darauf achten.«

»Das habe ich nie bezweifelt.« Ethel schob sich ihre Brille tiefer auf die Nase und sah Eve über den Rand hinweg an. »Auf Sie sollte auch jemand achten. Schlafen Sie nicht mehr?«

»Sehe ich so aus?« Eve betastete zwei Kostüme für Kinder. »Die müssen vielleicht geändert werden. Morgen sprechen

Kinder vor. Hoffen wir, dass wir zwei finden, die abscheuliche kleine Ungeheuer spielen können.«

»Ich habe ein paar, die ich dir gern leihen würde.« Gabriella betrat die Garderobe.

»Brie, ich hatte gehofft, dass du vorbeikommst.« Eve steckte sich das Klemmbrett unter einen Arm und umarmte Brie mit dem anderen.

»Ich hätte es schon gestern geschafft, aber ich hatte immerhin vier Zahnarzttermine, zwei Haarschnitte und dann noch ein wichtiges Treffen mit einem sehr unmöglich knauserigen Finanzkomitee.«

»Also wieder so ein wundervoller, geruhsamer Tag, Prinzessin Gabriella. Das ist Miss Ethel Cohen, meine Wundertäterin mit Nadel und Faden.«

Ethel knickste unbeholfen. »Eure Majestät.«

»Wir sagen ›Eure Hoheit‹ in Cordina.« Gabriella reichte ihr lächelnd die Hand. »So viele Kostüme.« Sie betrachtete die Ständer und Kartons. »Wie, um alles in der Welt, behalten Sie da den Überblick?«

»Ich habe ein System, Eure Hoheit. Solange ich gewisse Leute daran hindern kann, alles durcheinanderzubringen.« Sie warf Eve einen Blick aus zusammengekniffenen Augen zu.

»Ich überprüfe nur«, sagte Eve. »Ich fasse nichts an.«

»Bis jetzt«, murmelte Ethel vor sich hin.

»Sagten Sie gerade, dass jemand auf Eve achten sollte?«

»Ja, Ma'am, Eure Hoheit. Sie ist viel zu aufgedreht und schläft nicht mehr richtig. Ich wäre jedem dankbar, der dafür sorgt, dass sie mir eine Zeit lang nicht auf die Nerven geht.«

»Das nenne ich Respekt vor dem Spielleiter.«

»Viel wichtiger ist, dass man um dich besorgt ist«, bemerkte Gabriella. »Ich glaube, ich kann Ihnen helfen, Miss Cohen.

Ich habe zwanzig Minuten Zeit. Eve, ich würde gern eine Tasse Kaffee mit dir trinken.«

»Brie, ich stecke bis zu den Ohren …«

»Ich könnte meine Stellung ausspielen.« Ethel lachte.

Eve stieß einen Seufzer aus. »Du wärst dazu imstande. Also gut, aber wir müssen fünfzehn Minuten daraus machen, und zwar in meinem Büro.«

»Das ist fair.« Brie hakte sich bei Eve unter, blickte über die Schulter zu Ethel zurück und formte mit den Lippen das Wort »zwanzig«.

»Und wie kommt es, dass du mitten am Tag zwanzig Minuten freihast?«

»Glück. Nanny ist mit den Kindern auf dem Gut, Reeve hat eine Besprechung mit Papa und Alex, und mein Nachmittagstermin ist geplatzt. Die Person hat sich einen Virus eingefangen.«

»Das klingt nicht sehr mitfühlend.«

»Ich bin erleichtert. Du ahnst ja nicht, wie langweilig es ist, herumzusitzen, Brunnenkresse-Sandwiches zu essen – diese ekelhaften Dinger – und eine Wohltätigkeitsveranstaltung zu planen mit einer Frau, von der du mehr leeres Gerede hörst als vernünftige Vorschläge. Wenn ich Glück habe, behält sie ihren Virus drei oder vier Tage, und ich kann die ganze Aktion ohne sie organisieren.«

Eve öffnete die Tür zu ihrem Büro und bedeutete Gabriella einzutreten.

»Recht ordentlich«, fand Gabriella und drehte sich einmal ganz herum. »Aber du brauchst ein paar frische Blumen und irgendetwas, um dieses scheußliche Gemälde zu ersetzen.«

»Das nehme ich gar nicht richtig wahr. Viel wichtiger ist, dass man mich mit einer Kaffeemaschine ausgestattet hat.«

331

Eve schaltete das Gerät ein. »Der Kaffee wird gleich fertig sein.«

Gabriella stellte ihre Handtasche auf den Schreibtisch und trat ans Fenster. »Schade, dass du keinen besseren Ausblick hast.«

»Ich dachte nicht, dass es in Cordina einen schlechten Ausblick gibt.«

Gabriella drehte sich um. »Weißt du, Eve, ich war zu Hause, als ich Reeve absetzte. Alexander sieht genauso hohläugig aus wie du.«

Eve beschäftigte sich mit den Tassen. »Ihm liegt wohl viel auf der Seele.«

»Ohne Zweifel, und zwar etwas mehr als Staatsaffären. Habt ihr euch gestritten?«

»Wir hatten einen Wortwechsel. Willst du ihn schwarz, oder nimmst du etwas von diesem grässlichen Milchpulver?«

»Schwarz.«

Gabriella wartete, bis Eve ihr eine Tasse reichte. »Möchtest du darüber sprechen?«

»Er ist dein Bruder.«

»Und du bist meine Freundin.« Gabriella stellte die Tasse auf den Schreibtisch und setzte sich. »Ich liebe euch beide genug, um objektiv zu sein. War er schwierig?«

»Nein.« Eve trank einen langen Schluck. »Unmöglich.«

»Das klingt ganz nach Alex.« Gabriella konnte ein Lächeln nicht unterdrücken. »Zu seiner Verteidigung muss ich anführen, dass er sich nicht bemüht, unmöglich zu sein. Er ist es. Was hat er getan?«

Eve trank ihren Kaffee aus und schenkte sich sofort nach. »Er hat mich geküsst.«

Gabriella zog eine Augenbraue hoch, schürzte die Lippen und dachte nach. »Das erscheint mir nicht so schrecklich.«

»Komm schon, Brie, ich spreche von Alexander dem Korrekten. Und er hat mich nicht einfach geküsst. Er hat versucht, mich zu verführen.«

»Ich kann gar nicht glauben, dass er dazu so lange gebraucht hat.« Gabriella winkte lässig ab. »Immerhin, Eve, Alex mag schwierig sein, aber er ist nicht dumm. Es fällt mir schwer zu glauben, dass du schockiert warst.«

»Ich war schockiert.« Eve schnitt ein Gesicht und lenkte ein. »Also schön, vielleicht war ich nicht schockiert, aber ich war überrascht.«

»Hast du seinen Kuss erwidert?«

Wäre es um einen anderen Mann gegangen, hätte Eve gelacht. »Wirklich, Brie, darauf kommt es doch wohl nicht an.«

»Oh doch, darauf kommt es an, aber es geht mich nichts an.«

»Das habe ich nicht gemeint.«

»Hättest du aber meinen sollen.« Gabriella probierte ihren Kaffee. »Na ja, wenn du über Alex verärgert bist, muss wohl mehr als ein Kuss dahinterstecken.«

Eve versuchte sitzen zu bleiben, stand jedoch auf und ging auf und ab. »Er hat mich nur wegen Bennett geküsst.«

Gabriella stellte ihren Kaffee wieder weg. »Ich erscheine nur ungern begriffsstutzig, aber was hat Bennett mit Alex und dir zu tun?«

»Typisch Mann«, sagte Eve, während sie hin und her lief. Ihr übergroßes Hemd flatterte ihr bei jeder Bewegung um die Hüften. Sie hatte sich vorgenommen, nicht mehr daran zu denken. Sie hatte sich geschworen, sich, falls sie daran denken sollte, nicht aufzuregen. Das war's dann wohl mit Schwüren. Sie gestikulierte mit ihrer Tasse herum, sodass der Kaffee beinahe überschwappte. »Alex ist wie ein kleiner Junge, der einen leuchtend roten Ball haben will, weil er einem anderen kleinen

Jungen gehört. Nun, ich bin kein leuchtend roter Ball.« Sie knallte ihre Tasse auf die Untertasse. »Ich gehöre niemandem.«

Gabriella hing eine Weile der Stille nach, dann nickte sie langsam. »Ich glaube, ich kann dir folgen. Unterbrich mich, wenn ich mich irre. Du denkst, Alex wollte dich verführen, weil er annimmt, Bennett hätte es bereits getan.«

»Ja, genau!«

»Eve, das ist absurd.«

»Und ob! Das Gleiche habe ich Alexander in etwas drastischeren Worten gesagt.«

»Nein, nein, nein.« Gabrielle war ausgesprochen amüsiert und lachte sich halb tot über Eves Entrüstung. »Ich meinte, es ist absurd, zu glauben, dass Alex und Ben sich jemals in der Kunst geübt haben, dem anderen immer um eine Nasenlänge voraus zu sein. Das ist einfach nicht ihre Art.«

Mit Verständnis hatte sie nicht gerechnet. In der Familie hielt man zusammen, aber Gabriella war eine Frau. Und sie sollte wie eine Frau reagieren.

»Wie erklärst du dir dann, dass er behauptete, ich hätte mit Ben geschlafen?«

»Alex hat das gesagt?«

»Allerdings. Glaubst du, ich hätte mir das eingebildet?«

Ein wenig Sorge mischte sich in Gabriellas Belustigung. »Nein, natürlich nicht. Ich dachte, du hättest etwas missverstanden, und ich glaube es noch immer.«

»Es war sehr klar, Brie. Alex denkt, Ben und ich … Vielleicht denkt das jeder.«

»Jeder, der dich und Bennett zusammen sieht und dich kennt, weiß, dass es nur Zuneigung und Freundschaft ist.« Es zuckte um ihre Lippen. »Jeder, der klar sehen kann.«

»Du verzeihst mir, wenn ich das nicht so amüsant finde wie du.«

334

»Ich freue mich ganz einfach, dass Alexander eine Beziehung mit jemandem hat, den ich respektiere und der mir etwas bedeutet.«

»Wir haben keine Beziehung.«

»Hmmm.«

»Sag nicht hmmm – du erinnerst mich an Chris.«

»Gut. Das heißt, dass du mich als Schwester siehst und auf meinen Rat hörst.«

Jetzt war Eve amüsiert. »Chris wäre die Erste, die dir sagt, dass ich das kaum jemals tue.«

»Dann mach eine Ausnahme, Eve. Ich weiß, wie es ist, wenn man Gefühle für jemanden entwickelt, der anscheinend nicht der Richtige für einen ist.«

»Ich habe nie behauptet, ich hätte Gefühle«, sagte Eve langsam. »Aber nur einmal angenommen, ich hätte welche. Alexander ist nicht der Richtige für mich. Und ich bin nicht die Richtige für ihn. Ich habe Bindungen an ein anderes Land. Ich mache gern etwas, wann und wie ich es will, ohne darüber nachzudenken, wie es für die Presse aussehen könnte. Ich bin noch niemals gut mit Regeln zurechtgekommen, was ich dadurch bewies, dass ich mich in der Schule miserabel gehalten habe. Alexander lebt nach Regeln. Er muss es.«

»Stimmt.« Gabriella nickte und trank einen Schluck Kaffee.

»Weißt du, Eve, deine Argumente sind absolut richtig und nachvollziehbar.«

»Tatsächlich?« Sie hatte ein ziemlich flaues Gefühl in der Magengegend.

»Ich sagte, ich verstehe dich, und das tue ich auch. Bei dem Mann, für den ich Gefühle hatte, waren die Argumente die Gleichen und genauso richtig.«

Eve schenkte noch mehr Kaffee ein. »Was hast du gemacht?«

335

»Ich habe ihn geheiratet.«

Eve unterdrückte ein Lächeln und ließ sich auf die Kante des Schreibtischs sinken. »Vielen Dank.«

Gabriella stellte ihren Kaffee beiseite und bemerkte, dass Eve inzwischen drei Tassen getrunken hatte. Und Kaffee, dachte sie, wird die Nerven meiner Freundin nicht gerade beruhigen. Die Liebe machte Wracks aus den Menschen, wie stark sie angeblich auch waren. Vor nicht allzu langer Zeit befand sie sich in dem Gefühlschaos, Liebe herbeizusehnen und sich gleichzeitig davor zu fürchten.

»Liebst du Alex?«

Liebe! Das stärkste Wort. Es wäre leicht gewesen, es abzustreiten. Ehrlichkeit erforderte mehr Anstrengung. Gabriella verdient es, die Wahrheit zu hören, dachte Eve. »Ich habe mir noch nicht erlaubt, darüber nachzudenken.«

»Mit Nachdenken hat Liebe wenig zu tun, aber ich werde dich nicht weiter bedrängen.«

Voller Zuneigung beugte Eve sich zu Gabriella und berührte ihre Hand. »Brie, du kannst mich gar nicht bedrängen.«

»Doch, das könnte ich«, erwiderte Gabriella fröhlich. »Und es ist sehr verlockend. Aber stattdessen erinnere ich dich daran, dass Alex sehr hart daran arbeiten musste, sich einen Panzer anzulegen, um seine Gefühle zu beherrschen. Das Land braucht einen starken, objektiven Regenten. Es ist nicht immer leicht für ihn oder für die Menschen, die ihm nahestehen.«

»Brie, das Entscheidende sind nicht meine Gefühle für Alex.«

»Für jene von uns, die ihr Schicksal selbst bestimmen, sind Gefühle immer das Entscheidende.«

»Ich wünschte, es wäre so einfach.« Dann könnte sie die Tür öffnen, wenn auch nur für einen Augenblick, und ihre eigenen Gefühle, ihre eigenen Bedürfnisse prüfen, sich damit konfrontieren. Das wagte sie nicht. Sie könnten sehr viel stärker sein als sie selbst. Es geht um Selbstschutz, sagte sie sich. Um Selbstvertrauen. Ums Überleben. Doch daran wollte sie nicht denken.

»Brie, sosehr mir deine Familie auch am Herzen liegt, ich kann es mir nicht leisten, mich emotional mit jemandem einzulassen, der Land und Pflicht über mich stellen muss. Das klingt selbstsüchtig, aber ...«

»Nein, das klingt menschlich.«

»Vielen Dank. Weißt du, wenn ...« Sie unterbrach sich, als das Telefon auf ihrem Schreibtisch läutete. »Nein, geh bitte noch nicht«, bat sie, als Gabriella aufstehen wollte. »Warte einen Moment. Hallo!«

»Eve Hamilton?«

»Ja.«

»Sie stehen der Fürstenfamilie nahe. Wenn Ihnen an deren Wohlergehen etwas liegt, richten Sie ihnen aus, sie sollen eine Warnung beherzigen.« Die Stimme ließ Eve genau wie die Worte erstarren. Sie klang mechanisch, geschlechtslos.

»Wer spricht da?«

»Einer, der Gerechtigkeit sucht. Das ist eine Warnung. Und es wird nur diese eine geben. François Deboque muss innerhalb von achtundvierzig Stunden aus dem Gefängnis entlassen werden, sonst stirbt ein Mitglied der Fürstenfamilie von Cordina«, sagte die Stimme.

Eve stockte der Atem. Sie warf Gabriella einen Blick zu. Ihre Freunde, ihre Familie! Die Drohung war gegen Menschen gerichtet, die sie liebte. Sie umklammerte den Hörer fester und zwang das Entsetzen beiseite. »Nur ein Feigling spricht Drohungen anonym aus.«

»Eine Warnung«, verbesserte die Stimme. »Und ein Versprechen. Achtundvierzig Stunden.«

Das leise »Klick« hallte immer wieder in Eves Kopf nach, nachdem sie den Hörer betont langsam zurückgelegt hatte.

Angst! Weil Gabriella sie fühlte, stand sie auf und ergriff Eves Hand. »Was ist los?«

Als Eve ihre Aufmerksamkeit wieder auf Gabriella richtete, sah sie die Anspannung trotz des Versuchs der Prinzessin, Haltung zu bewahren. Sie stand rasch auf. »Wo sind deine Leibwächter?«

»Auf dem Korridor.«

»Dein Wagen steht draußen?«

»Ja.«

»Mit Fahrer?«

»Nein, ich bin selbst gefahren.«

»Wir müssen zum Palast. Einer deiner Leibwächter sollte uns begleiten. Ich erkläre dir alles unterwegs.«

In Fürst Armands Arbeitszimmer führten drei Männer ein ernstes Gespräch. Rauchschwaden hingen im Raum, ihr Geruch vermischte sich mit dem frischer Blumen und alten Leders. Die Atmosphäre in einem Raum wurde oft von dem Mann bestimmt, der ihn bewohnte. Dieser hier verriet Macht, unauffällig, unbestreitbar. Hier wurden Entscheidungen selten überstürzt und niemals gefühlsmäßig getroffen. Wenn der hitzige Streit vorüber, der Kummer aus den Gesichtern verschwunden war, konnte man hier getroffene Entscheidungen nicht mehr bedauern.

Fürst Armand saß hinter seinem Schreibtisch und hörte seinem Schwiegersohn zu. Reeve MacGee war ein Mann, den er respektierte und dem er vertraute. Er war ein Freund, er war ein Familienmitglied, und darüber hinaus war Reeve als Berater wegen seiner Erfahrung in der Verbrechensbekämpfung unschätzbar. Obwohl er sämtliche Angebote eines Titels oder eine Position im Staat zurückgewiesen hatte, arbeitete Reeve in aller Stille als Sicherheitsberater der Fürstenfamilie.

»Es gibt nur wenig, was du hier im Palast noch an Sicherheitseinrichtungen verbessern kannst, ohne dass es öffentlich wird.«

»Ich habe nicht den Wunsch, dass irgendetwas öffentlich wird.« Armand ließ einen glatten weißen Stein von einer Hand in die andere gleiten, während er sprach. »Was ist mit der Botschaft?«

»Dort wurden natürlich die Sicherheitsvorkehrungen verstärkt. Aber ich meine, dass es dort keine Schwierigkeiten geben wird, wenn du nicht in Paris bist.«

Armand neigte leicht den Kopf. Er wusste, dass er das Ziel des Anschlags in Paris gewesen war. »Und?«

»Die Sicherheitseinrichtungen im Gefängnis sind hervorragend. Allerdings kann keine noch so starke Überwachung Deboque davon abhalten, Anweisungen zu geben. Seine Post wird zensiert, aber er ist viel zu klug, um etwas Belastendes niederzuschreiben. Er hat ein Recht auf Besucher.«

»Dann sind wir also einer Meinung, dass der Vorfall in Paris und die kleineren, weniger tragischen Vorfälle in den letzten Jahren Deboques Werk sind.«

»Er hat die Bombe legen lassen, genau wie er den Diebstahl der Lorimar-Diamanten aus dem Museum vor zwei Jahren organisiert hat. Er handelt immer noch mit Drogen, während er in seiner Zelle sitzt. In drei Jahren wird er wieder auf der Straße sein, sogar in zwei, wenn er Bewährung bekommt.«

So war es mit der Gerechtigkeit. So war es mit dem Gesetz. »Es sei denn, wir können beweisen, dass durch seinen Befehl Seward getötet wurde.«

»Das ist richtig, aber der Beweis wird schwerfallen.«

»Wir sitzen hier und sprechen nur über erhöhte Sicherheit. Nur über abwehrende Maßnahmen.« Alexanders Stimme klang ruhig. »Wo bleibt unser Angriff!«

Armand legte den weißen Stein auf den Schreibtisch. »Hast du einen Vorschlag?«

»Je länger wir hier sitzen und nichts anderes tun, als uns zu verteidigen, desto mehr Zeit hat er, um zu planen. Er hat das gesetzliche Recht auf Besucher. Wir wissen, dass jeder, der zu Deboque kommt, mit Deboque in Verbindung steht.« Der Name hinterließ einen bitteren Geschmack auf seiner Zunge. »Reeve kann uns sicher einen Bericht über jeden einzelnen Besucher in den letzten sieben Jahren geben.« Er warf seinem Schwager einen kurzen Blick zu, und der nickte. »Wir wissen, wer sie sind, was sie sind und wo sie sind. Ist es nicht an der Zeit, dass wir von diesem Wissen etwas nachdrücklicher Gebrauch machen?«

»Sie alle werden überwacht«, sagte Armand.

»Die Überwachung uns bekannter Mitglieder von Deboques Organisation hat Seward nicht geholfen.« Einen Moment herrschte Stille, nur durchbrochen vom Klicken und Aufflammen von Reeves Feuerzeug. »Wir brauchen jemanden in der Organisation.«

»Alexander hat recht.« Reeve stieß den Rauch aus. »Ich habe viel darüber nachgedacht. Es könnte Monate dauern, bis wir jemanden in Deboques Organisation eingeschleust haben.«

»Er hat nicht lange gebraucht, um seine Vertraute als Gabriellas Sekretärin einzuschleusen.« Alexanders Groll war auch nach sieben Jahren noch nicht abgeklungen.

Reeve schüttelte den Kopf. »Es ist leichter, einen Sicherheitsbericht zu fälschen oder den Lebenslauf oder Unterlagen, als eine Vertrauensstellung bei einem Mann wie Deboque zu erlangen. Er ist jetzt im Gefängnis nur durch fünf Jahre angestrengter Arbeit von Interpol.«

»Und noch immer zieht er die Fäden«, sagte Armand.

»Und noch immer zieht er die Fäden.« Reeve griff nach seinem kalt gewordenen Kaffee. »Wir brauchen jemanden, der aussagen kann, dass Deboque selbst einen Befehl erteilt hat.«

Alexander stand auf. Sein Verstand sagte ihm, dass Reeve recht hatte. Um Deboque erfolgreich auszuschalten, brauchte man Zeit und Geduld. Aber sein Gefühl … Er wollte Rache, die grausame, süße Genugtuung, die sie verschaffte. Doch wie immer blieb ihm nichts anderes übrig, als seine Bedürfnisse den Erfordernissen unterzuordnen.

»Denkst du an jemand Bestimmten?«

Reeve drückte seine Zigarette aus. »In einer Woche werde ich jemanden wissen.«

»Und bis dahin?«

»Bis dahin schlage ich vor, dass wir weiterhin unsere Sicherheitsmaßnahmen verstärken, Deboques Leute unter Beobachtung halten und uns auf seinen nächsten Schachzug vorbereiten. Und der wird kommen. Sehr bald.«

Armand nickte. »Ich überlasse es dir, dich mit Jermaine in der Pariser Botschaft in Verbindung zu setzen. Vielleicht hast du morgen dann einen Bericht über deine Besprechung mit Linnot wegen der Sicherheit im Palaşt.«

»Morgen.«

»Gut. Also, jetzt möchte ich mich nach meinen Enkelkindern erkundigen.«

Armand lächelte, und in seinen Augen zeigte sich Wärme. Seine Schultern entspannten sich nie.

Ein hartes Klopfen ertönte. Die Tür öffnete sich, und Eve trat ein.

Alexander bemerkte sofort ihre Blässe und die viel zu großen Augen.

»Alexander!«

Sie griff nach ihm. Das Bedürfnis und die Geste waren natürlich. Er war in Sicherheit! Sie dankte dem Himmel dafür, obwohl sich ihr der Magen zusammenzog bei dem Gedanken, was hätte sein können.

Gabriella legte ihr die Hand auf den Arm. »Wir müssen mit Vater sprechen. Wo ist Bennett?«

»Bis morgen in Le Havre.« Alexander brauchte keine Erklärung. Der Blick in Eves Augen und der Ton in der Stimme seiner Schwester waren genug. Wortlos trat er beiseite, um sie durchzulassen.

Eve vergaß Protokoll und formelle Begrüßung, als sie zum Schreibtisch eilte. Armand hatte sich erhoben.

»Eure Hoheit, ich habe vor wenigen Minuten im Zentrum einen Anruf erhalten. Sie müssen Deboque innerhalb von achtundvierzig Stunden aus dem Gefängnis entlassen.«

Ein Schleier senkte sich vor seine Augen. »Ist das eine Forderung oder ein Rat?«

Bevor Eve sprechen konnte, legte Gabriella ihr erneut die Hand auf den Arm. »Eine Warnung durch Eve. Ihr wurde gesagt, falls Deboque nicht entlassen wird, muss ein Mitglied der Fürstenfamilie sterben.«

Wo bleiben die Gefühle?, fragte sich Eve, während sie den Fürsten betrachtete. Wo bleibt die Angst um seine Familie, um ihn selbst? Er betrachtete sie ruhig und forderte sie mit einer Handbewegung auf, Platz zu nehmen. »Alexander, Eve könnte sicher einen Cognac gebrauchen.«

»Eure Hoheit, bitte, ich bin nicht diejenige, um die Sie sich sorgen müssen. Niemand bedroht mich.«

»Bitte, setzen Sie sich, Eve. Sie sind sehr blass.«

»Ich will nicht …« Doch der leichte Druck von Gabriellas Fingern an ihrem Arm hielt ihren Protest auf. Sie unterdrückte die hektischen Worte und versuchte es noch einmal. »Eure Hoheit, ich glaube nicht, dass es eine leere Drohung war. Wenn Deboque in zwei Tagen noch im Gefängnis ist, wird es einen Mordanschlag auf ein Mitglied Ihrer Familie geben.«

Alexander drückte ihr einen Cognacschwenker in die Hände. Sie blickte zu ihm auf und vergaß für einen Moment alle anderen im Raum. Es könnte dich treffen, dachte sie in einer Woge von Entsetzen.

Sobald der Gedanke Gestalt annahm, folgte der Schock. Die schon blassen Wangen wurden noch bleicher. Rasch wandte sie den Blick ab und sah starr auf ihren Cognac. Aber sie erkannte die Wahrheit. Sie liebte Alexander, hatte ihn schon immer geliebt, so unvorstellbar es auch war. Bevor sie es hatte verleugnen, hatte verdrängen können. Jetzt, da er sich in Gefahr befand, schossen ihr plötzlich ihre Gefühle durch den Kopf.

»Eve?«

Sie presste sich die Finger an die Augen und wartete darauf, dass ihr Schwindelgefühl verging. »Entschuldige, ich habe dich nicht gehört.«

Reeves Stimme klang ruhig. »Es könnte uns helfen, möglichst genau die Worte des Anrufers zu hören«, sagte er.

»Gut.« Eve nippte zuerst an ihrem Cognac, ehe sie das kurze Gespräch wiedergab.

»Als Erstes verlangte er mich dem Namen nach.«

»Bist du sicher, dass es ein Mann war?«

Sie setzte zu einer raschen Antwort an, dann hielt sie inne. »Nein. Nein. Die Stimme beunruhigte mich sofort, weil sie so mechanisch klang. Nicht wie eine Maschine, sondern so, als würde sie durch eine Maschine laufen.«

»Was höchstwahrscheinlich der Fall war«, meinte Reeve. »Erzähl weiter.«

»Er sagte ... so etwas wie, ich würde der fürstlichen Familie nahestehen und solle ihr ausrichten, dass sie eine Warnung ernst nehmen sollte. Als ich ihn fragte, wer er sei, antwortete er ... ›einer, der Gerechtigkeit sucht‹. Da bin ich mir ganz sicher. Dann sagte er, es gebe nur eine einzige Warnung. Deboque sei innerhalb von achtundvierzig Stunden aus dem Gefängnis zu entlassen, oder ein Mitglied der fürstlichen Familie würde sterben.« Sie presste kurz die Lippen zusammen, dann trank sie einen Schluck. »Ich sagte ihm, nur ein Feigling überbringe eine Drohung anonym.«

Sie bemerkte nicht, dass Armands Augen vor Anerkennung funkelten, während er dasaß und sie beobachtete. Oder wie Alexander die Hand auf die Rückenlehne ihres Stuhls legte. Er strich mit den Fingern über ihr Haar, und obwohl sie sich dessen nicht bewusst war, beruhigte es sie.

»Er wiederholte nur, dass es eine Warnung und ein Versprechen sei.«

»Was für einen Akzent hatte er?«, fragte Reeve. »Einen amerikanischen? Einen europäischen?«

Wie um die Erinnerung zu erzwingen, presste sie zwei Finger an ihre Schläfen. »Er hatte keinen, keinen merklichen. Er sprach monoton und langsam.«

»Kam der Anruf über die Zentrale?«

Eve legte die Hände um den Cognacschwenker, als sie sich zu Reeve umsah. »Das weiß ich nicht.«

Reeve nickte nachdenklich. »Wenn Eve einmal benutzt wurde, könnte das wieder passieren. Ich möchte dieses Telefon abhören lassen und ihr einen Leibwächter geben.«

»Ich brauche keinen Leibwächter.«

Sie stellte das Glas weg. »Niemand hat mich bedroht. Eure

Hoheit, um Sie mache ich mir Sorgen. Um Sie und Ihre Familie. Ich will helfen.«

Armand erhob sich erneut, aber diesmal kam er um den Schreibtisch herum. Die Hände leicht auf Eves Schultern gelegt, küsste er sie auf beide Wangen.

»Ihre Sorge kommt von Herzen, meine Liebe, und dafür sind wir Ihnen dankbar. Aber Sie müssen uns erlauben, für Sie genauso zu empfinden.«

»Ich werde den Leibwächter akzeptieren, wenn es Sie beruhigt.«

Bei ihrem widerwilligen Nachgeben zuckte es um seine Lippen. »Danke.«

»Sie werden Deboque nicht freilassen.«

»Nein, natürlich nicht.«

»Aber Sie werden Vorsichtsmaßnahmen ergreifen? Alle?« Ihr Blick glitt zu Alexander und blieb an ihm haften. Kurz, ganz kurz nur, zeigten sich ihre Gefühle für ihn in ihren Augen.

Alexander las darin mehr als Sorge. »Es ist nicht das erste Mal, dass das Haus von Cordina bedroht wird, und es wird nicht das letzte Mal sein.«

»Gabriella …«

»Eve, wir können nicht zulassen, dass unser Leben von Drohungen bestimmt wird. Wir haben eine Verantwortung unserem Volk gegenüber.«

»Wir gehören dem Volk, meine Liebe.« Armands Stimme wurde sanfter, als er ihre Hände ergriff. »Die Mauern dieses Palastes sind nicht dafür gedacht, dass man sich hinter ihnen versteckt.«

»Aber Sie können nicht weitermachen, als wäre nichts passiert.«

»Alles Menschenmögliche wird getan werden.« Armand

sprach jetzt entschlossener, mehr als Herrscher. »Ich werde meine Familie nicht leichtfertig einem Risiko aussetzen.«

Eve sah sich einer soliden Mauer gegenüber. Armand, flankiert von Alexander und Gabriella. Selbst Reeve verbündete sich mit ihnen. Sie dachte an Bennett, den sorglosen, sorgenfreien Ben, und wusste, dass er genauso fest hinter ihnen gestanden hätte. »Dann muss ich wohl damit zufrieden sein.«

»Sie sind wie eines meiner Familienmitglieder.« Armand küsste ihre Hand. »Ich bitte Sie als Vater, als Freund, mir zu vertrauen.«

»Solange ich mir noch Sorgen machen darf.«

»Sie haben meine Erlaubnis.«

Eve konnte nichts mehr tun. »Ich muss zurück zum Zentrum.« Sie griff nach ihrer Tasche und warf Reeve einen Blick zu. »Pass auf alle auf!« Damit eilte sie aus dem Raum.

Sie war schon halb die Treppe hinunter, als sie sich daran erinnerte, dass sie keinen Wagen hatte. Die kleine Unannehmlichkeit weckte in ihr den Drang, hysterisch zu schluchzen. Drei tiefe Atemzüge, und sie war wieder in Ordnung.

»Eve, Sie haben keinen Wagen!«

Am Fuß der Treppe blieb sie stehen und blickte zu Alexander hoch. Wusste er, wie stark, mächtig, wie selbstsicher er wirkte? Er stand da wie ein Krieger, der eher bereit war, anzugreifen als zu verteidigen. Er sah aus wie ein König, der eher bereit war, zu bestrafen als zu vergeben. Wie ein Mann, der eher bereit war, zu nehmen als zu bitten.

Als er die Stufen herunterkam, näher und noch näher, erkannte sie, dass sie genau das wollte. Die Stärke, die Beherrschung, sogar die Arroganz.

»Ich will nicht, dass Ihnen irgendetwas passiert«, sagte Eve hastig, bevor die Vernunft die Worte erstickte.

Er blieb eine Stufe über ihr stehen, von ihrem atemlosen Satz heftiger erschüttert, als sie sich vorstellen konnte. Ihre Wärme drang direkt bis zu seinem Herzen vor, aber er war ein Kämpfer, und sein erster Schachzug war stets Verteidigung.

»Mein Vater hat Ihnen die Erlaubnis gegeben, sich Sorgen zu machen, ich nicht.«

Ihr Blick wurde eisig. »Dann werde ich, das verspreche ich Ihnen, auch nicht mehr anbieten, mir Sorgen zu machen. Und wenn Sie mit einem Kopfsprung mitten in der Hölle landen, soll es mir gleichgültig sein.«

»Ich will nicht Ihre Sorge«, sagte er, als er die letzte Stufe herunterkam. »Sondern mehr, viel mehr.«

»Das war aber alles, was ich zu geben bereit war.« Er hatte sie zwischen sich und dem Geländer eingeklemmt. Sie fragte sich, wie er das geschafft hatte.

»Ich glaube, Sie wollten mehr geben.« Er umfasste ihr Gesicht. Das war es, was er brauchte, wenn auch nur von Zeit zu Zeit für einige Augenblicke. Sie zu berühren, sie herauszufordern, zu vergessen, dass es eine Welt außerhalb dieser Mauern gab. »Was Sie mit Ihren Lippen und mit Ihren Augen sagen, ist nicht immer dasselbe.«

Sie wollte nicht so leicht zu durchschauen sein. Ihre Gefühle von eben sollten ihr Geheimnis bleiben, bis sie sich völlig darüber im Klaren war. Dass sie sie empfunden hatte und er nicht, vielleicht drängte dies sie dazu, zu sagen: »Haben Sie Bennett vergessen?«

Sie zuckte nicht zusammen, erlaubte es nicht, als er seinen Griff verstärkte. »Sie haben in meinen Armen nicht an Bennett gedacht. Und wenn Sie in meinem Bett sind, werden Sie an keinen anderen denken als an mich.«

War es Angst, die sie beunruhigte, oder Vorfreude? Irgendwie wusste sie schon, dass sie in seinem Bett alles finden würde, was sie sich je ersehnt hatte, und mehr, als sie ertragen könnte. Sie würde sich ihm nicht gefügig machen. Wenn sie sich eines schwor, dann das.

»Ich lasse mich nicht in Ihr Bett befehlen, Alex.« Mit kühlem Blick und ruhiger Hand stieß sie seine Finger weg. »Ich werde nicht zu Ihnen kommen, solange Sie das glauben. Sie wollen nur die Geliebte Ihres Bruders.« Dieser Gedanke schmerzte sie fast mehr, als sie ertragen konnte.

»Das ist eine alte Geschichte, die nie für irgendeinen der Beteiligten befriedigend ausgeht.«

Der Vorwurf traf ihn. Er trat näher. Eve war eine Herausforderung, eine starke Gegnerin. Verlangen flammte in ihm auf.

»Du willst mich. Ich habe es gesehen. Ich habe es gefühlt.«

»Ja.« Sie leugnete es nicht, ihr Blick jedoch blieb ruhig und wehrte den Triumph in seinem ab. »Aber genau wie Sie habe ich gelernt, meine Wünsche hinter das Notwendige zu stellen. Eines Tages, Alex, eines Tages kommen Sie vielleicht zu mir als Mann und nicht als Symbol. Eines Tages kommen Sie vielleicht zu mir, weil Sie etwas brauchen, und nicht, weil Sie etwas fordern.« Sie wirbelte herum und stürmte den Korridor entlang davon. »Vielen Dank für Ihr Angebot, mich mitzunehmen, Eure Hoheit – aber ich fahre lieber allein.«

7. Kapitel

Zum Teufel mit der Frau! Dieser Gedanke war Alexander innerhalb der letzten zwei Tage mehr als einmal durch den Kopf gegangen. Sie hatte ihn dazu gebracht, sich wie ein Narr zu fühlen. Schlimmer noch, sie hatte ihn dazu gebracht, sich wie einer aufzuführen.

Er hatte niemals Achtung vor Männern gehabt, die körperliche Gewalt anwendeten, um andere einzuschüchtern. Solche Männer hatten keinen Charakter und sehr wenig Intelligenz. Jetzt sah es so aus, als wäre er irgendwie einer von ihnen geworden. Nein, nicht irgendwie, verbesserte Alexander sich wütend. Diese Frau hatte ihn so weit gebracht.

Wann hatte er angefangen, Frauen mit dem Rücken an die Wand zu drängen? Seit er Eve kannte. Seit wann trug er sich mit dem Gedanken, eine Frau zu nehmen, ob sie bereit war oder nicht? Seit er Eve kannte. Wann hatte er jemals eine Frau so verzweifelt begehrt, dass es sein Urteilsvermögen trübte und seine Gedanken beherrschte? Niemals bevor er Eve kennengelernt hatte.

Alles hatte mit Eve begonnen. Daraus folgte, dass Eve schuld war an seinen Anfällen von Vernunftlosigkeit.

Als logisch denkender Mensch erkannte er den Fehler in dieser Schlussfolgerung. Wenn ein Mann die Kontrolle über sich verlor, sei es in der Öffentlichkeit oder privat, hatte er es sich selbst zuzuschreiben.

Trotzdem: zum Teufel mit dieser Frau!

Gilchrist, seit zehn Jahren Alexanders Kammerdiener,

seufzte in sich hinein. Mit der Launenhaftigkeit des Prinzen rechnete er stets, und er nahm sie hin. In Sekundenschnelle konnte er abschätzen, wann er zu sprechen und wann zu schweigen hatte. Andernfalls hätte er niemals zehn Jahre durchgehalten. Das Lächeln bedeutete, dass eine etwas gemäßigtere Stimmungslage zu erwarten war, wenn auch nur kurzfristig. Gilchrist wusste genug, um daraus seinen Nutzen zu ziehen.

»Wenn ich mir die Bemerkung erlauben darf, Hoheit, aber Sie haben in den letzten Wochen nicht gut gegessen. Wenn Sie nicht mehr darauf achten, müssen wir Ihre Kleidung enger machen.«

Alexander hakte seinen Daumen unter den Hosenbund. Er hatte ein Spiel von fast drei Zentimetern. »Ich werde sehen, was ich tun kann, Gilchrist, bevor Sie und mein Schneider das Gesicht verlieren.«

»Ich bin nur um die Gesundheit Eurer Hoheit besorgt, nicht um die Passform Ihrer Kleidung.« Aber natürlich lag ihm beides gleichermaßen am Herzen.

»Dann darf ich Ihnen keinen Grund geben, sich auch darüber noch Sorgen zu machen.« Mit einem Kopfnicken bedeutete er Gilchrist, das Klopfen an der Tür zu beantworten.

»Eure Hoheit.« Henri Blachamt war seit acht Jahren Alexanders persönlicher Sekretär.

»*Bonjour*, Henri. Was für ein unmögliches Programm haben Sie denn für morgen geplant?«

»Bitte verzeihen Sie, Ihr morgiger Tag ist ziemlich ausgefüllt, Eure Hoheit.«

Alexander wusste, Henri würde stehen bleiben, solange er selbst es tat. Geduldig ließ Alexander sich auf einer Stuhllehne nieder. »Bitte setzen Sie sich, Henri, dieser Terminkalender ist bestimmt sehr schwer.«

»Danke, Eure Hoheit.« Nachdem er auf die für ihn typische umständliche Art Platz genommen hatte, zog er aus seiner Westentasche eine kleine randlose Brille hervor. Er setzte sie sich auf die Nase, schob sie gerade, rückte sie zurecht, in einer zeitraubenden Zeremonie. Bei keinem anderen hätte Alexander so etwas geduldet.

Seine Zuneigung für den älteren Mann ging sehr tief und war seit zwanzig Jahren ungebrochen. Damals hatte Henri dem jungen Prinzen ein Stück Schokolade zugesteckt, nachdem Alexander eine besonders bittere Lektion in Sachen Anstand von Armand erhalten hatte.

»Sie erinnern sich an das Diner bei Monsieur und Madame Cabot. Mademoiselle Cabot wird am Klavier für Unterhaltung sorgen.«

»Das kann man unmöglich Unterhaltung nennen, Henri, aber lassen wir es gut sein.«

»Wie Sie meinen, Hoheit.« Henris Augen hinter der Lesebrille funkelten kurz, aber seine Stimme blieb ausdruckslos. »Das Mitglied des Kronrats, Monsieur Trouchet, wird daran teilnehmen, Hoheit. Ich nehme an, er wird über die Vorlage für das neue Gesundheitsvorsorgegesetz sprechen wollen.«

»Vielen Dank für die Warnung«, sagte Alexander und fragte sich, ob er den tödlich langweiligen Abend überstehen würde. Wenn er richtig vermutete, würde die gefürchtete Madame Cabot ihm den Platz zuweisen zwischen ihr selbst und ihrer tollpatschigen, näselnden Tochter, die noch nicht verheiratet war.

Könnte er doch zu Hause bleiben und in seinem Park den Mond betrachten. Mit Eve an seiner Seite. Sie würde ihn anlächeln, während sie die Arme nach ihm ausstreckte …

Zum Teufel mit der Frau!

Beide, Kammerdiener und Sekretär, wappneten sich, als der Prinz die Brauen zusammenzog.

»Was steht für morgen auf dem Plan?« Alexander erhob sich und trat ans Fenster. Er sah die Gärten und ließ den Blick bedächtig darübergleiten, hinüber zum Meer.

Henri stand automatisch auf und balancierte den Terminkalender auf den offenen Handflächen. »Um acht Uhr Frühstück mit dem Präsidenten von Dynab Shipping. Zehn Uhr fünfzehn persönliches Erscheinen bei der Eröffnung des Seehafen-Museums in Le Havre. Dreizehn Uhr dreißig, Sie halten eine Ansprache beim Lunch zugunsten des St. Alban's Krankenhauses. Um fünfzehn Uhr fünfundvierzig ...«

Alexander seufzte und hörte sich den restlichen Tagesplan an. Wenigstens bin ich zu Hause, dachte er. Seine Europareise für diesen Winter wurde schon geplant.

Eines Tages würde er das Moor von Cornwall besuchen und die Weinanbaugebiete in Frankreich, nicht so sehr als Repräsentant Cordinas, sondern vielmehr, weil er es sich wünschte. Eines Tages würde er Land und Leute sehen, wie sie wirklich waren, nicht so, wie ein Prinz sie sah. Eines Tages. Aber nicht heute und nicht morgen.

»Danke, Henri.« Er lächelte seinem Sekretär zu. »Übrigens, wie geht es Ihrer Enkelin?«

Henris Wangen bekamen Farbe. »Sie ist wunderschön, Hoheit. Vielen Dank für die Nachfrage.«

»Sie müsste jetzt ... drei Monate alt sein.«

»Morgen wird sie drei Monate.« Henris Freude wurde noch größer, da der Prinz sich daran erinnerte.

Alexander bemerkte es, und ihm wurde bewusst, dass die kleinen Dinge im Leben oft die kostbarsten waren. Er verwünschte sich dafür, dass er in den letzten Wochen so schroff mit seinem Personal umgegangen war. Gern hätte er Eve für seine schlechte Laune verantwortlich gemacht, aber daran war er selbst schuld.

»Sie haben bestimmt ein Foto von ihr. Annabella heißt sie, nicht wahr?«

»Ja, Eure Hoheit.« Henri, der jetzt rot wie eine Tomate war, griff nach seiner Brieftasche, die er sorgfältig in seiner Brusttasche verwahrte. Alexander nahm sie entgegen und betrachtete eingehend das Foto des nahezu kahlköpfigen, pausbäckigen Kindes. Es war keine Schönheit, aber Alexander musste schmunzeln über die strahlenden, großen Augen und den zahnlos lächelnden Mund.

»Sie sind ein glücklicher Mann, Henri, dass Sie eine solche Nachkommenschaft haben.«

»Ja, Hoheit, wir sind alle sehr stolz auf meine Enkelin.«

»Grüßen Sie Ihre Familie.«

»Das werde ich tun, danke, Eure Hoheit. Und darf ich sagen, dass wir alle uns schon auf den Tag freuen, an dem Sie Cordina einen Sohn oder eine Tochter schenken. Das, Hoheit, wird ein Festtag sein.«

»Ja.« Alexander gab ihm die Brieftasche zurück. Sein Sohn würde eines Tages Thronerbe sein. Und die Mutter seiner Kinder würde die Regeln akzeptieren müssen, die schon seit Jahrhunderten bestanden. Was er ihr abverlangen musste, konnte nicht weniger sein, als was er von sich selbst forderte. Traf er die falsche Wahl, musste er immer damit leben. Für den Herrscher von Cordina war eine Scheidung ausgeschlossen.

Mit dreißig war Alexander der älteste unverheiratete Thronerbe in der Geschichte Cordinas, woran die Presse und sein Land ihn in regelmäßigen Abständen erinnerten. Trotzdem weigerte er sich noch immer, eine Ehe in Erwägung zu ziehen.

Henri räusperte sich. »Ihr Fechtpartner wird um halb sechs hier sein, Hoheit. Bei den Cabots müssen Sie um halb neun sein.«

»Ich werde es nicht vergessen.«

Zehn Minuten später kam Alexander in weißer Hose und weißem Jackett die Haupttreppe herunter. Die Spannung, die er seit Tagen mit sich herumtrug, hatte nicht nachgelassen. Da half kein logisches Denken. Pflicht gegen Verlangen, Verantwortung gegen Begehren.

Das Eingangstor öffnete sich, als er die unterste Stufe erreichte. Er blieb verspannt stehen, weil er dachte, es wäre Eve.

Doch es war Bennett, der mit einer jungen, sehr gut gewachsenen Rothaarigen am Arm hereinkam.

»Ich kann gar nicht glauben, dass ich eine Führung durch den Palast bekomme.« Obwohl ihre Stimme vor Aufregung atemlos klang, sprach sie die Worte perfekt aus. Nach einer kurzen Betrachtung erkannte Alexander in ihr ein Mitglied aus Eves Truppe. »Bist du sicher, dass das in Ordnung geht?«

»Liebste, ich wohne hier.« Alexander hörte die Belustigung in der Stimme seines Bruders, als Bennett mit der Hand über die Schulter der Frau strich.

»Hallo, Alex!« Bennett rückte mit einem mutwilligen Lächeln von der Frau ab. »Kennst du schon Doreen? Sie gehört zu Eves Truppe und ist erst kurz vor der Abreise aus den Vereinigten Staaten dort aufgenommen worden.«

»Ja, wir haben uns letzte Woche bei dem Diner kennengelernt. Es freut mich, Sie wiederzusehen.«

»Danke, Hoheit.« Sie machte einen vollendeten Hofknicks. »Ihr Bruder hat mir eine Führung durch den Palast angeboten.« Sie warf Bennett einen strahlenden Blick zu.

»Wie schön.« Niemand außer Bennett hätte den Sarkasmus herausgehört. »Vielleicht möchten Sie zuerst den Salon sehen.« Während Bennett verwirrt dreinsah, ergriff Alexander Doreens Arm und führte sie ein Stück den Korridor entlang. »Er ist recht komfortabel, und einige der Möbel stammen aus dem siebzehnten Jahrhundert. Sie können sich einen Moment umsehen, während ich ein Wort mit meinem Bruder wechsle, ja?«

»Oh ja, Eure Hoheit, danke.«

Alexander beobachtete, wie Doreen zum Kamin trat, ehe er zu seinem Bruder zurückkehrte.

»Gut gemacht«, bemerkte Bennett. »Verrätst du mir jetzt, warum du sie aus dem Weg haben wolltest?« Bei Alexanders Blick setzte Bennetts Herz einen Schlag lang aus. »Stimmt etwas nicht? Mit Vater?«

»Nein.« Normalerweise hätte Alexander sich beeilt, ihn zu beruhigen. Im Moment richtete er seine Aufmerksamkeit jedoch nur auf eines. »Wie konntest du diese Frau hierherbringen?«

»Wie bitte?« Erleichterung wich Verwirrung und Verwirrung Belustigung. Bennetts tiefes, ansteckendes Lachen hallte in dem altehrwürdigen Korridor wider. »Doreen? Alexander, ich verspreche dir, ich habe nicht vor, sie in der Ahnengalerie zu verführen.«

»Aber irgendwo sonst, und zwar bei der erstbesten Gelegenheit.«

Bennett versteifte sich. Seinen Ruf in der Presse nahm er hin, ebenso die Tatsache, dass er den Titel Playboy-Prinz nicht ganz zu Unrecht trug. Aber älterer Bruder oder nicht, er wollte sich das nicht von Alexander bieten lassen.

»Ob und wann und wen ich verführe, ist und bleibt meine Angelegenheit, Alex. Denk daran, dass du Cordina regieren wirst, nicht ich. Niemals.«

Hinter den kühlen, beißenden Worten verbarg sich maßlose Wut. »Es ist mir egal, wenn du es mit einem der Küchenmädchen in der Speisekammer treibst, solange du darüber Diskretion wahrst.«

Bennetts angeborener Sinn für Humor blieb auf der Strecke. »Das sollte ich vielleicht als Kompliment auffassen, aber es fällt mir schwer.«

»Machst du dir gar nichts aus ihren Gefühlen?«, brauste Alexander auf. »Wie kannst du ihr förmlich eine deiner – Zerstreuungen vorführen? Und dass du noch dazu jemanden von ihren eigenen Leuten wählst! Ich habe nicht gewusst, dass du so grausam bist, Bennett.«

»Einen Moment!« Bennett fuhr sich durch das dichte Haar. »Mir scheint, ich bin mitten in den zweiten Akt geraten. Sprichst du von Eve? Du meinst, es würde sie stören, dass ich ... nun ja, mit einer ihrer Schauspielerinnen flirte?«

Alexander spürte, wie sein Zorn überkochte. »Wenn du ständig untreu sein musst, kannst du dich nicht wenigstens einschränken, solange sie unter unserem Dach wohnt?«

»Untreu?« Bennett schüttelte den Kopf. »Jetzt fürchte ich, dass ich auch den zweiten Akt völlig verpasst habe. Ich habe niemanden, dem ich untreu sein ...« Er verstummte, als ihn die volle Bedeutung traf. Er sah seinen Bruder verblüfft an, ehe er in lautes Lachen ausbrach. »Eve? Ich kann nicht glauben, dass du ...« Bennett rang nach Luft, während Alexanders Blick immer finsterer wurde. »Alexander, du solltest doch am besten wissen, dass du nicht glauben darfst, was in den Zeitungen steht.«

Starr vor Wut, rührte Alexander sich nicht von der Stelle. »Ich habe Augen im Kopf!«

»Aber dein Blick ist getrübt. Du kannst doch nicht ernsthaft glauben, es wäre etwas ... wie soll ich das dezent ausdrücken ... etwas Intimes zwischen Eve und mir?« Er fuhr sich mit der Hand über das Gesicht.

»Du stehst hier vor mir und willst mir einreden, ihr wärt kein Liebespaar?«

»Liebespaar? Du meine Güte, ich habe sie nicht einmal berührt. Wie könnte ich? Sie gehört praktisch zur Familie. Sie ist für mich eine Schwester wie Brie.«

»Ich habe euch zwei zusammen gesehen, wie ihr durch den Park gegangen seid oder in stillen Ecken miteinander gelacht habt.«

Bennetts Lächeln verschwand langsam, während Alexander sprach. Es dämmerte ihm endlich. Sein Bruder liebte Eve, und Bennett verstand, welche Qual sein Verdacht ihm bereitet hatte. »Sie ist meine engste Freundin, und ich sehe sie nur selten. Aber es ist nichts zwischen uns, Alex.« Er trat näher und fragte sich, wie lange sein stolzer, starrsinniger Bruder schon leiden mochte. »Hättest du mich früher gefragt, hätte ich es dir gesagt.«

Die Last fiel von Alex' Schultern, von seinem Herzen. Und doch ... »Vielleicht gibt es von deiner Seite keine Zuneigung. Kannst du so sicher sein, was Eve angeht?«

Das Lächeln kehrte strahlend und zuversichtlich zurück.

»Alex, wenn ich etwas weiß, dann ist es das, was eine Frau für mich empfindet. Aber wenn du dich damit nicht zufriedengeben willst, warum fragst du sie nicht einfach selbst?«

»Das habe ich. Sie hat es nicht abgestritten.«

»Um sich dir zu widersetzen«, sagte Bennett in augenblicklichem Verstehen. »Das würde ihr sehr ähnlich sehen – und vermutlich hatte es auch etwas mit der Art zu tun, wie du gefragt hast.«

Alexander erinnerte sich an seinen Zorn und seine harten Beschuldigungen. Nein, sie hatte nichts abgestritten, sondern ihn in seinen Zweifeln gelassen. Das konnte er ihr nicht verdenken.

Alexander betrachtete erneut seinen Bruder und sah, dass seine Gefühle nicht mehr allein seine Sache waren. In der Jugend hatten sie viel miteinander geteilt, Geheimnisse, Klagen, Scherze. Alexander konnte nur froh sein, dass sie nicht auch dieselbe Frau teilen mussten.

»Wie konntest du sie nicht begehren?«

Bennett lehnte sich zurück und sah seinen Bruder an. Endlich hatte jemand das Undurchdringliche durchdrungen, das Unerschütterliche erschüttert. »Als ich sie das erste Mal sah, dachte ich, sie wäre das herrlichste Wesen, das ich je kennengelernt habe.«

Als Bennett beobachtete, wie Alexander die Augen zusammenkniff, lachte er leise in sich hinein. »Fordere mich nicht zu einem Duell heraus. Und wenn du es tust, treffe ich die Wahl der Waffen. Ich bin ein besserer Schütze als du.«

»Warum findest du das so komisch?«

»Weil ich dich liebe.« Es war die schlichte Wahrheit. »Es geschieht selten genug, dass jene, die dich lieben, dich menschlich handeln sehen, Alex. Wenn ich nicht meine Freude daran hätte, Prinz Perfekt ein wenig straucheln zu sehen, wäre ich kein Mensch. Ich würde sagen, diese Eifersüchtelei hat dir gutgetan.«

Die Erwähnung seines Spitznamens aus der Kindheit ärgerte ihn nicht so sehr wie der Hinweis auf seine Eifersucht. »Ich habe seit Monaten nicht mehr anständig geschlafen.«

»Das tut dir ungeheuer gut.« Bennett nahm eine Rose aus einer Vase, die neben ihm stand, und dachte, dass sie wunderbar zu Doreens zarter Haut passen müsste. »Aber um auf das Thema zurückzukommen, ich fühlte mich zu Eve hingezogen, und ich bildete mir ein, dass es auf Gegenseitigkeit beruhte. Doch dann, bevor sich irgendetwas ergeben konnte, lag ich schon flach auf meinem Rücken im Krankenhaus. Eve hat mich täglich besucht.«

»Ich erinnere mich.«

»Sie hat mich bemuttert und gleichzeitig an mir herumgenörgelt«, fügte Bennett hinzu. »Sie hat über mich gewacht, bis ich diesen Brei aß, den man mir aufgezwungen hat. Und ständig hat sie mir Predigten gehalten. Als ich wieder auf die Beine kam, waren wir Freunde. Etwas anderes sind wir nie gewesen.« Er klopfte seinem Bruder auf die Schulter. »Wenn du jetzt zufrieden bist ... Eine Lady mit unglaublich langen Beinen wartet auf mich.«

Er ging ein Stück den Korridor entlang, blieb stehen und drehte sich um. »Du warst nie für Ratschläge zugänglich, aber ich gebe dir trotzdem einen. Wenn du Eve willst, schleich nicht wie ein Kater um sie herum. Sie ist eine Frau, der man sich direkt nähern muss. Sie ist Gold, Alex, pures Gold, eine Frau mit einem messerscharfen Verstand. Wer bei ihr nicht auf der Strecke bleiben will, muss das sehen.«

Wenn er einen Mann kannte, der sich auf Frauen verstand, so war es Bennett. Alexander fühlte, dass er endlich wieder lächeln konnte. »Ich werde daran denken.« Er sah seinem Bruder nach, der im Salon verschwand. Sekunden später erklang heiteres Lachen.

Alexander blieb noch einen Moment stehen, um seine Gefühle zu verarbeiten. Nicht die Frau seines Bruders! Sondern seine. Von diesem Moment an. Alexander ging raschen Schrittes auf den Ostflügel zu, um die Energie, die sich in ihm angestaut hatte, loszuwerden.

Eve hatte einen höllischen Tag hinter sich. Müde und auf die ganze Welt wütend, betrat sie den Palast durch den östlichen Eingang. Nur Freunde und Familienangehörige benutzten den kleinen verborgenen Garteneingang. Normalerweise hätte sie die Haupttür benutzt, aber im Augenblick wollte sie niemanden sehen und sprechen.

Ihr Regisseur war gereizt, und das zeigte sich. Die Stimmung übertrug sich auf ihre Schauspieler, und die fauchten einander jedes Mal an, sobald sie eine Textzeile verpatzten.

Heute hatte sie zwei Stunden in einer Besprechung mit allen Beteiligten verbracht, um dem Ärger Luft zu machen und Missverständnisse auszuräumen.

Die Mitglieder ihrer Truppe waren beschwichtigt. Dafür war sie nun total aufgedreht.

Gib es doch zu, sagte sie sich selbst, als sie die Tür hinter sich schloss. Du bist schon seit Wochen verkrampft, und es hat überhaupt nichts mit der Truppe zu tun.

Er machte sie verrückt – körperlich, geistig und seelisch. Wie konnte er Tag für Tag, Nacht für Nacht so tun, als wäre nichts zwischen ihnen geschehen? Wie konnte er seinen Gewohnheiten nachgehen, wenn sie schlaflose Nächte verbrachte und wegen eines anonymen Telefonanrufs vor Sorge halb verging?

Die Zeit wird knapp, dachte sie und rieb sich die schmerzenden Schläfen. Deboque saß noch im Gefängnis und würde auch dort bleiben. Wann würde man die Drohung, die sie erhalten hatte, in die Tat umsetzen?

Sie erinnerte sich noch lebhaft an das Bild, wie Bennett auf dem Steinboden der Terrasse lag und das Blut aus seinem Körper auf das dunkle Gestein sickerte. Man brauchte keine besondere Vorstellungskraft zu haben, um Alexander dort liegen zu sehen.

Sie könnte ihn verlieren. Zwar wusste sie, dass er nicht ihr gehörte, niemals gehört hatte, und doch zog sich ihr bei dem

Gedanken, ihn zu verlieren, der Magen zusammen. Ob er sie liebte oder nicht, ob er ihr vertraute und sie respektierte oder nicht, sie wollte ihn am Leben sehen und unversehrt.

Die achtundvierzig Stunden waren um.

Vielleicht war es nur eine leere Drohung gewesen. Müde und erschöpft lehnte sie sich gegen die kalte Holztür und schloss die Augen. Die Bissets nahmen die Sache nicht ernst. Wenn sie es tun würden, hätte sie dann nicht zusätzliche Wachen am Tor gesehen? Hätte man nicht den Sicherheitsdienst um den Palast herum zusammengezogen? Weil sie es persönlich überprüft hatte, wusste sie, dass Armand in Cordina war und sich mit den Ratsmitgliedern traf. Die Übrigen der fürstlichen Familie gingen wie gewöhnlich ihren offiziellen gesellschaftlichen Verpflichtungen nach.

Und die achtundvierzig Stunden waren um.

Nichts geschah. Alles konnte geschehen. Warum war sie die Einzige, deren Nerven blank lagen?

Die fürstliche Familie! dachte sie und stieß sich von der Tür ab. Glaubte sie, dass ihr Blut, weil es blau war, nicht fließen könne? Hielten sie einen Titel für einen unsichtbaren Schutzschild gegen Schüsse? Selbst Bennett weigerte sich, ihr zuzuhören. Er sprach nicht einmal mit ihr. Natürlich mussten sie in diesem Fall zusammenhalten.

Genug!, ermahnte sich Eve. Sie hatte genügend schlaflose Nächte wegen dieser Familie verbracht. Sie musste eine Schauspieltruppe leiten und Stücke inszenieren. Sie überließ es den Bissets, ihr Leben und ihr Land zu führen.

Plötzlich hörte sie Schritte, Flüstern. Sie erstarrte.

Die achtundvierzig Stunden des Ultimatums waren um, und Eves erster Impuls war Weglaufen. Gleichzeitig entstand ein zweiter. Beschützen.

Sie presste sich gegen die Wand und atmete tief durch. Die

Beine gespreizt, den Körper leicht gedreht, hob sie die Arme in Kampfhaltung.

Als die Schritte näher kamen, zog sie ihren rechten Arm zurück und straffte die Schultern. Sie tat einen Schritt vorwärts und ließ den rechten Arm vorschnellen. Unmittelbar vor Bennetts gerader aristokratischer Nase hielt sie in der Bewegung inne.

»Verdammt, Eve, ich hätte nicht gedacht, dass du dich so darüber ärgerst, wenn ich mit einer Frau aus deiner Truppe ausgehe.«

»Ben!« Sie ließ sich gegen die Wand sinken. Eve war weiß wie ein Laken, und er musste lächeln. »Ich hätte dich verletzen können.«

Gesunder männlicher Stolz griff rettend ein. »Das bezweifle ich. Aber warum schleichst du durch die Korridore?«

»Ich schleiche nicht. Ich bin gerade hereingekommen.« Ihr Blick glitt zu der jungen Rothaarigen. Sie hätte wissen müssen, dass Bennett diese Frau früher oder später aufstöbern würde. »Hallo, Doreen.«

»Hallo, Miss Hamilton.«

Eve straffte sich. »Ben, wenn ich mich nicht gerade noch zurückgehalten hätte, hätte ich dir den Kiefer gebrochen. Warum schleichst du hier herum?«

»Ich schleiche …« Er war im Begriff, seine Anwesenheit in seinem eigenen Heim zu rechtfertigen. Bennett schüttelte den Kopf, verwundert darüber, dass Alexander seine Beziehung zu Eve für sexuelle Anziehung halten konnte. »Sieht so aus, als müsste ich ständig erklären, dass ich hier wohne. Auf jeden Fall ist mein Kiefer nicht gefährdet. Ich zeige Doreen vor dem Essen den Palast.«

»Das ist nett.« Eves Nerven spannten sich wieder an. »Sind alle anderen zu Hause?«

Ja.« Bennett erkannte ihre Sorge und zog sie an den Haaren. »Allen geht es gut. Oh, Alexander ist ein wenig mitgenommen, aber …«

»Was ist passiert?« Augenblicklich hielt sie sich klammernd an seinem Hemd fest. »Ist er verletzt?«

»Es geht ihm gut. Um Himmels willen, schone den Stoff!« Hätte er Zweifel an Eves Gefühlen für seinen Bruder gehabt, hätte er jetzt keine mehr. »Ich habe ihn vor einer Stunde gesehen«, fuhr er fort, während er ihre Finger aus dem Seidenstoff löste. »Ich habe ihn in jeder Hinsicht auf den richtigen Weg gebracht. Das Problem wäre also gelöst.« Er lächelte charmant.

»Du hast ihn auf den richtigen Weg gebracht, ja?« Sie kniff die Augen zusammen und funkelte ihn gefährlich an. »Du meintest, ein Recht zu haben, für mich zu sprechen?«

»Für mich selbst.« Bennett hob beschwichtigend und schützend die Hand. »Ich habe lediglich erklärt, dass …«

»Ach, tatsächlich? Ist das nicht schön?« Eve schob wütend die Hände in ihre Taschen. »In Zukunft gebe ich meine Erklärungen selbst ab, vielen Dank. Wo ist er?«

Bennett lächelte dankbar, weil ihre Gedanken in eine andere Richtung gelenkt wurden. Er bedauerte nur, dass er das Ergebnis nicht sehen würde. »Da er zum Fechten gekleidet war, ist er vermutlich mit seinem Partner in der Sporthalle.«

»Danke.« Sie ging drei Schritte den Korridor entlang, ehe sie über die Schulter zurückrief: »Probe ist um Punkt neun Uhr, Doreen. Ich will Sie ausgeruht sehen!«

Eve hatte schon immer den Bereich im Westflügel des Palastes gemocht, den die Bissets in ein Fitnesscenter umgebaut hatten. Sie war eine sportliche Frau, eine, die die Schönheit und den Kontrast eines Raumes mit hohen verzierten Decken und Stahlgeräten und Gewichten zu schätzen wusste. Hier roch es nicht nach Meer, und es gab keine hübschen Schnittblumen in Kristallvasen, dafür aber prachtvolle antike Buntglasfenster.

Sie ging durch den Trainingsraum. Normalerweise hätte sie die erstklassige Ausstattung bewundert. Jetzt aber blickte sie sich nur um, um sich zu vergewissern, dass sich außer ihr niemand im Raum aufhielt.

Wärme und der durchdringende Geruch von gechlortem Wasser schlugen ihr entgegen, als sie den Spa-Bereich betrat, der von einem roten Fiberglasbad beherrscht wurde. Dampf stieg auf. Sonnenlicht flutete herein. Durch das klare Glas der Badelandschaft konnte man den Himmel sehen und einen Teil des Meeres mit seinem tieferen Blau.

Zu einem anderen Zeitpunkt wäre sie versucht gewesen, ihre angespannten Muskeln in dem entspannenden Bad zu beruhigen. Wieder ging sie weiter, nachdem sie sich nur kurz umgesehen hatte. Als sie die nächste Tür öffnete, hörte sie das Schlagen und Klirren blanker Klingen.

In dem hohen fensterlosen Raum befand sich die Fechtmatte. An einer Wand waren Spiegel und eine Ballettstange befestigt. Zwei Männer in Weiß spiegelten sich in dem Glas, während sie sich mit leicht gebeugten Knien bewegten, den Rücken durchgedrückt, den linken Arm nach hinten gelegt.

Beide Männer waren groß, schlank und dunkelhaarig. Die Fechtmasken verbargen ihre Gesichter. Dennoch hatte Eve keine Schwierigkeiten, Alexander zu erkennen.

Es war die Art, wie er sich bewegte. Hoheitsvoll, dachte sie und verschränkte die Arme vor der Brust, während sie gegen das Verlangen ankämpfte, das immer da war, wenn sie ihn sah.

Metall klirrte auf Metall. Die Männer kämpften schweigend. Und sie waren einander ebenbürtig, fand Eve. Alexander hätte nie einen unterlegenen Kämpfer als Partner gewählt. Er wollte die Herausforderung. Kleine Schauer überliefen sie. Und er wollte den Triumph.

In einem anderen Jahrhundert, einem anderen Leben hätte er sein Land mit dem Schwert in der Hand verteidigt.

Er konnte noch immer damit umgehen, wurde Eve klar, als er sich ständig vorwärts bewegte, mehr angreifend als sich verteidigend. Mehr als einmal sah Eve ihn seine Deckung vernachlässigen zugunsten eines Angriffs, wobei er den Ausfall seines Gegners parierte, kurz bevor die Sicherheitsspitze ihn berührte.

Würde er ebenso gewagt kämpfen, fragte sie sich, wenn die Klingenspitzen scharf wären? Erregung durchfuhr sie, als sie sich die Antwort darauf selbst gab.

Auch dann wäre er so leichtsinnig, wie er es sich in Staatsdingen niemals erlauben würde.

Immer wieder forderte er seinen Gegner heraus. Die Degen kreuzten sich. Metall glitt pfeifend an Metall entlang. Dann war Alexander mit zwei knappen Bewegungen aus dem Handgelenk an der Deckung vorbei und drückte die Sicherheitsspitze leicht gegen das Herz seines Partners.

»Gut gemacht, Hoheit.« Der Geschlagene nahm seine Maske ab. Eve sah sofort, dass der Mann älter war, als sie gedacht hatte, und er kam ihr entfernt bekannt vor. Er hatte ein verwegenes Aussehen, ein interessantes Gesicht, mit Falten an den Augen und einem dichten dunklen Schnurrbart. Seine Augen waren von einem sehr hellen Grau, und sein Blick richtete sich jetzt über Alexanders Schulter an Eve. »Wir haben Publikum, Hoheit.«

Alexander drehte sich um und sah Eve durch das Gittergeflecht hindurch starr an der Tür stehen. Neugierig nahm er die Fechtmaske ab. Jetzt begegnete der Blick seiner dunklen und

365

von der Euphorie des Sieges leuchtenden Augen ungehindert ihren. Was er darin las, waren Verlangen und Sehnsucht.

Langsam schob er die Maske unter seinen Arm. »Danke für den Kampf, Jermaine.«

»Es war mir ein Vergnügen, Eure Hoheit.« Unter dem Schnurrbart verzogen sich Jermaines Lippen zu einem Lächeln. Er war Franzose von Geburt und hatte keine Schwierigkeiten, Leidenschaft zu erkennen, wenn er sie sah. Dieses Mal musste er das übliche Glas Wein nach dem Kampf mit seinem Freund und Schüler ausfallen lassen. »Bis nächste Woche.«

»Ja«, antwortete Alexander kaum hörbar.

Ein Lächeln unterdrückend, ging Jermaine an die Tür. »*Bon soir, Mademoiselle.*«

»*Bon soir.*« Eve befeuchtete sich die Lippen und hörte, wie die Tür hinter ihr ins Schloss fiel.

Sie verschränkte die Hände und neigte den Kopf. »Sie sind exzellent in Form, Eure Hoheit.«

Die leise gesprochenen Worte leiteten ihn keinen Moment irre. Sie war wütend und gegen ihren Willen erregt. Doch die Worte lösten seine eigene Spannung. Mit einem verwegenen Lächeln hob er grüßend seinen Degen. »Ich kann das Kompliment zurückgeben, *Mademoiselle.*«

Sie nickte langsam. »Aber Komplimente sind nicht der Grund, aus dem ich hier bin.«

»Das habe ich auch nicht angenommen.«

»Ich bin Bennett zufällig begegnet.« Ich werde mich beherrschen, nahm Eve sich vor. Sie würde ihm mit kühlen, wohl bedachten Worten begegnen. »Offenbar hatten Sie mit ihm eine Besprechung.« Sie ging an die Wand, an der die Fechtutensilien befestigt waren. »Eine Besprechung, die mich betraf.«

»Eine Besprechung, die nicht nötig gewesen wäre, wären Sie ehrlich zu mir gewesen.«

»Ehrlich?« Sie erstickte beinahe an dem Wort. »Ich habe nie gelogen. Ich habe keinen Grund, zu lügen.«

»Sie haben zugelassen, dass ich annahm und darunter litt, Sie und mein Bruder wären ein Liebespaar.«

»Dieser Glaube war ganz allein Ihre Sache.« Darunter litt? Wie denn? Aber danach würde sie ihn nicht fragen. Eve betrachtete angelegentlich die schmalen, glänzenden Klingen der Degen und nahm sich vor, niemals danach zu fragen. »Ich habe es nicht abgestritten, weil ich der Meinung war und bin, dass es Sie nichts angeht.«

»Es geht mich nichts an, wenn ich Sie in meinen Armen gehalten habe? Es geht mich nichts an, wenn ich nachts wach lag und von Ihnen träumte und mich dafür hasste, weil ich Sie begehrte, obwohl ich dachte, Sie würden Ben gehören?«

»Sie haben mich als Bens Eigentum betrachtet, und jetzt glauben Sie, dass Sie mich zu Ihrem Eigentum machen können?«

»Ich werde Sie zu der Meinen machen, Eve.« Der leise, feste Klang seiner Stimme jagte ihr einen Schauer über den Rücken.

»Den Teufel werden Sie! Ich gehöre mir selbst und nur mir selbst. Jetzt, da Sie denken, der Weg für Sie wäre frei, glauben Sie, ich würde Ihnen zu Füßen sinken? Niemals! Für niemanden, Alex.« Sie zog einen Degen aus dem Reck. »Sie glauben, Sie seien einer Frau überlegen, weil Sie ein Mann sind, und zwar einer mit fürstlicher Abstammung.«

Sie erinnerte sich daran, wie er sie in den Armen gehalten und dann losgelassen hatte, weil er dachte, sie würde seinem Bruder gehören. Nicht ein einziges Mal hatte er nach ihren Wünschen, ihren Gefühlen gefragt.

»In Amerika betrachten wir Menschen als Menschen, und Respekt, Bewunderung und Zuneigung müssen erworben werden.« Sie durchschnitt die Luft mit der schmalen Klinge, um das Gewicht zu prüfen. Alexander zog erstaunt die Brauen hoch angesichts der Leichtigkeit, mit der sie die Waffe handhabte. »Wollte ich in Ihrem Bett sein, wäre ich dort.« Sie ließ den Degen pfeifend in einem Bogen niedersausen. »Und Sie wüssten nicht, wie Ihnen geschieht.« Nun salutierte sie vor ihm. »Eure Hoheit.«

Verlangen spannte seine Muskeln an. Sie stand da, ganz in Schwarz, ihr Haar zurückgekämmt, sodass ihr Gesicht frei war, einen glänzenden Degen in der Rechten. Und forderte ihn heraus.

Er hatte sie schon vorher begehrt. Jetzt verlangte er nach ihr mit jeder Faser seines Körpers. Stolz standen sie sich gegenüber.

»Ich muss dich noch darum bitten, in mein Bett zu kommen.«

Ihre Augen waren so dunkel und unergründlich wie das Meer. Zum ersten Mal, seit sie den Raum betreten hatte, lächelte sie. Dieses Lächeln allein hätte einen Mann sie anflehen lassen. »Ich brauche keine Einladung. Wenn ich wollte, würdest du vor mir knien.«

Er sah sie mit zusammengekniffenen Augen an. Sie hatte die Wahrheit zu genau getroffen. »Wenn ich entschieden hätte, dass der richtige Zeitpunkt für uns beide gekommen ist, würde ich nicht knien.« Er ging auf sie zu und blieb auf Schwertlänge vor ihr stehen. »Und du würdest beben vor Verlangen.«

»Dein Problem ist, dass du mit zu vielen unterwürfigen Frauen zu tun hattest.« Impulsiv griff Eve nach einer Fechtmaske und einer gepolsterten Weste. »Und mit zu wenigen, die es wagten, dir auf gleicher Ebene zu begegnen.«

Ihr Lächeln war kühl und entschlossen. »Ich mag dich vielleicht nicht schlagen, Alexander, aber ich werde dafür sorgen, dass du dir jeden erdenklichen Sieg mühsam erkämpfen musst.« Sie legte Maske und Weste entschlossen an, ging zu der Matte und nahm ihre Position hinter der *en garde*-Linie ein. »Wenn du keine Angst hast, gegen eine Frau zu verlieren …«

Fasziniert trat er zu ihr auf die Matte. »Eve, ich fechte seit Jahren.«

»Und du hast eine Silbermedaille bei den letzten Olympischen Spielen gewonnen«, gestand sie ihm zu, während ihr Adrenalinspiegel anstieg. »Dann sollte es ein interessanter Kampf werden. *En garde!*«

Er lächelte nicht. Sie machte keinen Scherz, und es war auch keine leere Prahlerei. Er setzte seine Fechtmaske wieder auf, sodass sie einander gesichtslos abschätzend gegenüberstanden. Seine Reichweite war fast um die Hälfte länger als ihre. Das wussten sie beide.

»Was willst du damit beweisen?«

Hinter der Maske blitzten ihre Augen auf. »Gleiche Ebene, Alex. Hier oder sonst wo.«

Sie streckte den Arm aus und berührte seine Degenspitze mit ihrer. Stahlklingen, kalt und schmal, blitzten in den Spiegeln. Sie hielten einen Herzschlag lang still. Und griffen an.

Es war ein herausfordernder, prüfender Beginn mit zurückgehaltener Kraft. Jeder schätzte die Taktik und die Stärke des anderen ein, doch hier war Eve im Vorteil. Sie hatte Alexander schon fechten gesehen – heute und vor Jahren. Im Moment hätte sie sich lieber die Zunge abgebissen als zuzugeben, dass sie diesen Sport aufgenommen hatte, weil sie nie vergessen hatte, wie Alex mit einem Degen in der Hand aussah. Während jeder Lektion, jedes Kampfes hatte sie sich gefragt, ob sie jemals mit ihm die Klingen kreuzen würde. Jetzt war dieser Augenblick gekommen, und ihr Herz schlug hart in ihrer Brust.

Sie war gut. Sehr gut. Stolz und Freude stiegen in ihm hoch, während sie abblockte und parierte. Instinkt verhinderte, dass er seine ganze Geschicklichkeit einsetzte, doch selbst während er sich zurückhielt, erkannte er, dass sie eine gefährliche und aufregende Partnerin war.

Die engen schwarzen Jeans weckten bei ihm Vorstellungen von dem, was sich darin so geschmeidig bewegte. Ihre Handgelenke waren schmal, aber kräftig und biegsam genug, um ihn in Schach zu halten. Herausfordernd näherte er sich. Die Klingen kreuzten sich und schlugen klirrend aneinander.

Sie hielten kurz inne, waren sich dabei nah genug, um durch das Maschennetz der Maske hindurch die Augen des anderen zu sehen. In ihren entdeckte er dieselbe glühende Leidenschaft, die in ihm selbst brannte.

Begehren und Kampfgeist gerieten durcheinander. Ihr Duft war herrlich feminin. Die Faust, von der Degenglocke bedeckt, war zart, und er sah glitzerndes Gold und funkelnden Saphir an ihren Fingern. Er wollte sie hier und jetzt.

Sie spürte es – das tiefe Verlangen, die Leidenschaft, die Fantasien. Es weckte etwas ganz tief in ihrem Innern. Sie wollte den Degen wegschleudern, sich ihre und seine Fechtmaske vom Gesicht reißen und sich ganz dem Gefühlssturm ausliefern, der in ihnen beiden tobte. Würde das bedeuten: Sieg für ihn, Kapitulation für sie?

Eve gab ihre defensive Taktik auf und griff mit voller Stärke an. Überrumpelt wich Alexander einen Schritt zurück und fühlte die Spitze gegen seine Schulter tippen.

Er senkte den Degen und erkannte den Treffer als solchen an. »Du hattest einen guten Lehrer.«

»Ich war eine gute Schülerin.«

Sein Lachen klang befreiend und entlockte ihr ein Lächeln. Es war ein Lachen, das sie viel zu selten hörte, wie ihr in diesem Moment bewusst wurde.

»*En garde, chérie!*«

Dieses Mal erwies er ihr die Ehre, seine ganzen Fähigkeiten einzusetzen. Eve fühlte die Veränderung und lächelte. Sie wollte keine Zugeständnisse.

Einmal hätte er sie fast entwaffnet. Eve fühlte, wie ihr das Herz bis zum Hals schlug, und setzte zum nächsten Angriff an. Ihr Vorteil lag in der Schnelligkeit, und zum zweiten Mal war sie nahe daran, seine Deckung zu durchbrechen. Aber er parierte, brachte eine Riposte, sodass sie verzweifelt nach einer Aktion der Abwehr suchen musste.

Ihr Atem ging schnell und schwer. Das Verlangen, ihn zu besiegen, wurde überdeckt von einem Verlangen der intimeren Art. Ein Mann und eine Frau, die sich bekämpften. Mit oder ohne Waffen war es so alt wie die Menschheit selbst. Der erregende Stoß, die mitreißende Parade, die große Herausforderung.

Ihre Degen stießen nahe den Griffen zusammen, und ihre Gesichter trafen sich durch den von scharfen Kanten begrenzten Ausschnitt hindurch. Heftig atmend, die Klingen gegeneinander gedrückt, behauptete jeder seine Position.

Mit einer Bewegung, die Eve verunsicherte, nahm Alexander die Maske ab. Sie fiel scheppernd zu Boden. Sein Gesicht war von einem feinen Schweißfilm überzogen, umrahmt von feuchten, gelockten Haaren. Doch es waren seine Augen, bei deren Anblick sie sich wappnete. Wieder senkte er den Degen, legte seine Hand auf ihr Handgelenk und drückte die Spitze ihrer Waffe nach unten. Er zog ihr die Maske vom Gesicht und ließ sie fallen.

Als er ihr den Arm um die Taille legte, versteifte sie sich, zog sich jedoch nicht zurück. Wortlos verstärkte er seinen Griff. Die Herausforderung lag noch immer in seinen Augen, genau wie in ihren. Ihr Körper berührte seinen, und sie hielt ihm das Gesicht entgegen, als er den Kopf senkte und seine Lippen sich ihren näherten. Wie zuvor mit dem Degen, begegnete sie ihm auch jetzt mit gleicher Kraft.

Die Erregung, die sich während des Kampfes aufgebaut hatte, wurde freigesetzt. Sie strömte vom einen auf den anderen über. Eve ließ die Hand zu seiner Schulter gleiten, strich leicht über seinen Nacken und berührte seine Wange. Während dieser sanften Bewegung biss sie ihn kurz in die Unterlippe. Er reagierte darauf, indem er sie noch enger an sich zog. Ein tiefer, kehliger Laut drang über seine Lippen, an denen er ihre suchende Zunge spürte.

Der Degen entglitt ihrem Griff. Sie berührte ihn, ließ die Hand unter seine Jacke gleiten, um ihm näher, so viel näher zu sein. Die Hitze seines Körpers strömte auf sie über.

Mehr. Sie wollte mehr, viel mehr von ihm spüren. Und mehr war zu viel.

Sie zog sich von ihm, von ihren eigenen unmöglichen Wünschen zurück.

»Eve …«

»Nein.« Sie hob die Hand und fuhr sich über das Gesicht. »Hier kann es keinen Sieger geben, Alex, und ich kann es mir nicht leisten, zu verlieren.«

»Ich bitte dich nicht darum, zu verlieren, sondern zu akzeptieren.«

»Was akzeptieren?« In sich zerrissen, wandte sie sich ab. »Dass ich dich will? Dass ich fast bereit bin, nachzugeben, obwohl ich weiß, dass es Anfang und Ende zugleich ist?«

Er fühlte die Angst. »Was willst du von mir?«

372

Sie schloss kurz die Augen und atmete tief durch. »Wärst du bereit, es mir zu geben, müsstest du nicht fragen. Bitte tu es nicht«, sagte sie, als er sie berühren wollte. »Ich muss allein sein. Und entscheiden, wie viel ich ertragen kann.«

Rasch verließ sie ihn, bevor sie sich ihm doch noch auslieferte.

8. Kapitel

Es war keine Nacht zum Schlafen. Der große runde Mond warf sein Licht durch die Fenster von Eves Zimmer und verlieh den blau-weißen Vorhängen silbrige Ränder. Sie hatte sie aufgezogen, weit auf, aber immer noch bauschten und wiegten sie sich im Wind.

Sie hatte versucht zu arbeiten und es wieder aufgegeben. Papiere und Aktenordner, die sie aus ihrem Büro mitgebracht hatte, lagen überall im Wohnzimmer verstreut. Sie konnte sich schwerlich auf Kostüme, Kartenverkäufe oder durchgebrannte Glühbirnen konzentrieren, solange Alexander ihr einfach nicht aus dem Kopf ging.

Er war ungeschützt und verwundbar. Deboque saß noch im Gefängnis, Alexander besuchte eine Abendgesellschaft. Bei dem Gedanken an diese absurde Situation fuhr sie sich mit der Hand durchs Haar. Es war zerzaust nach einem beunruhigenden, besorgniserregenden Abend und fiel ihr auf die Schultern ihres kurzen blauen Morgenmantels.

Alexander führte oberflächliche Konversation bei Kaffee und Cognac, während sie nach einem vergeblichen Versuch, überhaupt etwas zu essen, in ihren Räumen umherwanderte.

Er ist ausgegangen, dachte sie, ungeachtet der möglichen Konsequenzen. Ungeachtet aller anderen Tatsachen. Hatte ihr wilder, leidenschaftlicher Kuss ihn nicht ebenso aufgewühlt wie sie? Vielleicht hatte sie sich ganz gründlich getäuscht, als sie dachte, ungezügeltes Verlangen hätte ihn erfasst. Wenn es so war, wie war es dann möglich, dieses Gefühl im Laufe eines siebengängigen Menüs zu verdrängen, mochte seine Selbstbeherrschung noch so groß sein?

Was war nur los mit ihr? Müde rieb sie sich die Augen. Sie war verärgert gewesen, als sie dachte, er habe sie begehrt, nur um mit Bennett zu konkurrieren. Sie war wütend gewesen, da er sie begehrt, sich aber zurückgehalten hatte, weil er geglaubt hatte, sie habe mit seinem Bruder geschlafen. Und sie war aufgebracht gewesen, weil er es nicht länger glaubte und sie dennoch begehrte. Jetzt war sie unglücklich, weil er sie vielleicht nicht so sehr begehrte, wie sie geglaubt hatte.

Was will ich überhaupt? fragte sie sich. In der einen Minute wollte sie Alexander, in der nächsten zog sie sich zurück, denn sie wusste, es konnte nichts Dauerhaftes, nichts Ernstes zwischen ihnen geben. Ein Mann wie Alexander musste heiraten, und zwar standesgemäß. Er musste Erben hervorbringen, königliche Erben. Selbst wenn er sie begehrte, selbst wenn sie ihm alles bedeutete, musste er sich eine Frau aus dem europäischen Adel suchen.

Überrascht, dass ihre Gedanken diese Richtung einschlugen, schüttelte sie den Kopf. Seit wann dachte sie über den Augenblick hinaus an mehr als eine Affäre, an etwas Beständiges?

Sie kannte sich aus mit Männern – wusste, wann sie sich von einer Frau angezogen fühlten, sie begehrten oder sie nur für ein, zwei Nächte als Spielzeug benutzen wollten. Und sie verstand mit ihnen umzugehen. Warum nur kannte sie diesen Mann so wenig? Stundenlange, nächtelange Versuche, die Antwort darauf und einen Zugang zu Alexander zu finden, hatten nur dazu geführt, dass sie einen Einblick in sich selbst fand.

Sie war in ihn verliebt. Selbst ihre gelegentlichen Ängste und ihre ständigen Zweifel vermochten das Ausmaß ihrer Gefühle nicht zu vermindern.

Und Ängste hatte sie. Sie war eine Frau, die die meiste Zeit ihres Lebens von einem nachgiebigen Vater und einer verwöhnenden Schwester behütet worden war. Ihre erst vor wenigen Jahren getroffene Entscheidung, eigene Wege zu gehen, war aus einer Laune und aus Neugierde heraus entstanden. Sie hatte keine ernsthaften Gefahren in sich geborgen. Wäre sie gescheitert, hätte sie jederzeit das Sicherheitsnetz aus Familie und Familienvermögen unter sich gehabt.

Selbst wenn sie ihr persönliches Erbe verschleudert hätte, hätte sie sich wohl kaum alleine abstrampeln müssen.

Nachdem sie einmal angefangen hatte, dachte sie nicht mehr daran, ihre Familie zu benutzen, um erlittene Schläge leichter zu ertragen. Ihre Truppe war zum Mittelpunkt ihres Lebens geworden, deren Erfolg oder Misserfolg zu ihrem eigenen.

Sie hatte Erfolg gehabt und durch Können und Fleiß etwas aus sich gemacht. Das wusste sie, davon war sie überzeugt, dennoch war ihr klar, dass das Risiko stets gering gewesen war.

Bei Alexander gab es kein Netz, das den Sturz sanfter werden ließ. Und ein Sturz durch ihn wäre ein Sturzflug ohne Augenbinde aus einer gefährlichen Höhe. Das Risiko bestand und war ebenso furchterregend wie die Versuchung, es einzugehen.

Wenn sie den Schritt über den Abgrund tat und damit rechnete, zu überleben, wäre sie eine Närrin. Aber irgendetwas sagte ihr, dass sie, wenn sie auf Nummer sicher ging und ihre Füße weiterhin auf festem Boden hatte, eine noch größere Närrin war.

Hin- und hergerissen zwischen gesundem Menschenverstand und Gefühlen, ließ sie sich auf die Fensterbank sinken und die frische Meeresluft ihre Haut kühlen.

Alexander wusste nicht, wie er noch eine Nacht überstehen sollte.

Seine Zimmer waren ruhig, vom Geräusch her, von der Stimmung her. Sie waren in Grün- und Elfenbeintönen gehalten, Kühle gegen Wärme, und Gemälde von Meer und Küste beherrschten die Wände. Bilder von ruhiger See in seinem Schlafzimmer, in das er meistens kam, um allein zu sein und nachzudenken. In dem dahinter liegenden Wohnzimmer dominierten kräftigere, lebhaftere Farben. Meist empfing er seine Freunde lieber hier als in seinem Büro oder in den Familienräumen. Es war groß genug für ein gemütliches Beisammensein zum Essen oder Kartenspiel.

Ohne Hemd und ohne Schuhe ging er in seinem Schlafzimmer auf und ab, um seine Emotionen in den Griff zu bekommen, die ihn während des langen, ermüdenden Diners verfolgt hatten.

Nein, er war nicht sicher, dass er noch eine Nacht überstehen konnte.

Eve war nur ein paar Räume entfernt, durch ein paar Wände von ihm getrennt, die er in seiner Vorstellung schon unzählige Male durchbrochen hatte. Und sie schlief. Er dachte wenigstens, dass sie schlief, während die Uhren im Palast sich darauf vorbereiteten, zwölf Mal zu schlagen. Sie schlief, und er sehnte sich nach ihr. Kein noch so hartes Training, kein Verzicht hatten ihn auf diesen dumpfen, ständigen Schmerz vorbereitet, den diese Frau ihm verursachte.

Fühlte sie es? Er hoffte es inständig, dann würde er nicht alleine leiden. Sie sollte die Qualen spüren. Er wollte sie vor allen Verletzungen bewahren. Aber in dieser Nacht wollte er nur sie.

Dieses Verlangen war im Laufe der Jahre gewachsen, hatte sich verstärkt und ihn gereizt gemacht. Es hatte Zeiten gegeben, da hatte er sich gesagt, es würde allmählich verschwinden. Zeiten, in denen er es geglaubt hatte. Monate würden vergehen, in denen er sie nicht sah – dennoch würde er in den frühen Morgenstunden aufwachen, allein, und ihr Gesicht deutlich vor sich sehen. Er konnte dagegen ankämpfen, die Sehnsucht ersticken, die angesichts der zahlreichen Verpflichtungen und eines ermüdenden Zeitplans so nebulös erschien.

Aber jedes Mal, wenn sie hier war, zum Berühren nah, war das Verlangen nicht mehr nebelhaft, sondern unmöglich zu bekämpfen.

Sollte er sich nun, da er sie berührt, geküsst und sich mit seinen eigenen Fantasien gequält hatte, das Endgültige versagen?

Aber wie konnte er zu ihr gehen, wenn er ihr nur die Wahl bieten würde zwischen einem Leben der Täuschung und einem Leben des Opfers? Als seine Geliebte konnte er sie in der Öffentlichkeit lediglich als Freundin der Familie anerkennen. Als seine Ehefrau …

Alexander presste Daumen und Zeigefinger gegen die geschlossenen Augen. Wie konnte er sie bitten, ihn zu heiraten? Er würde immer an sein Land, seine Pflicht gebunden sein. Desgleichen seine Ehefrau. Wie konnte Eve mit ihrer Unabhängigkeit und Kraft jemals die Einschränkungen akzeptieren, die mit seinem Titel verbunden waren?

Er müsste sie bitten, ihr Land, ihre Privatsphäre, ihre Karriere aufzugeben. Er müsste sie bitten, sich selbst in diesen goldenen Käfig zu zwingen, in diesen manchmal gefährlichen goldenen Käfig, in dem er selbst geboren worden war.

Wie konnte er von ihr den gleichen Stolz, die gleiche Liebe für Cordina erwarten? Wie konnte er sie überhaupt um ein ganzes Leben bitten?

Aber er konnte sie um eine Nacht bitten. Eine einzige Nacht. Wenn sie ihm die schenkte, dann war es vielleicht genug.

Alexander blickte aus dem Fenster, das zu demselben Garten, zu demselben Meer, zu demselben Himmel hinausging wie Eves. Er wollte eine Nacht mit ihr verbringen, dann würde er irgendwie andere Nächte bis in alle Ewigkeit überleben.

Alexander klopfte nicht. Aus Arroganz. Die Tür öffnete sich lautlos, aber Eve spürte seine Nähe, noch bevor sie hinter ihm ins Schloss fiel. Eve blieb auf ihrem Fensterplatz sitzen. Aus Stolz. Langsam drehte sie sich zu Alexander um. Während sie den Himmel betrachtet hatte, hatte sie geahnt, dass Alexander zu ihr kommen würde. Wünsche und Sehnsüchte würden in dieser Nacht Erfüllung finden.

Der Raum trennte sie beide, während Spannung in der Luft lag.

»Ich werde nicht aufstehen und knicksen«, sagte sie mit überraschend kräftiger Stimme.

Er zog die Brauen hoch, ob amüsiert oder überrascht, war nicht zu erkennen. »Und ich werde mich nicht vor dir hinknien.«

Sie fühlte einen Schauer über den Rücken laufen, aber ihre Hände, die sie im Schoß verschränkt hatte, waren ruhig. »Gleiche Ebene?«

Sein Magen verkrampfte sich vor Spannung und Verlangen, doch eine seltsame Euphorie stieg ihm zu Kopf. »Gleiche Ebene.«

Sie betrachtete einen Moment ihre Hände, die so ruhig in ihrem Schoß lagen, und sah ihm dann in die Augen. Seine Haltung war gerade, unbeugsam, aber sein Blick war alles andere als entrückt. Sie wusste schon so viel, musste noch so viel begreifen. »Einmal dachte ich, du wolltest mich, weil du Ben und mich für ein Liebespaar gehalten hast.«

»Einmal habe ich mich dafür verachtet, dass ich dich wollte, weil ich dich und Bennett für ein Liebespaar gehalten habe.«

Bei dem kühlen, beiläufigen Ton presste sie die Lippen aufeinander. Ja, er hatte sich gehasst. Sie war eine Närrin gewesen, das nicht zu verstehen. Er hatte gelitten. Sie brauchte nicht mehr zu fragen, wie. »Und jetzt?«

»Ich könnte sagen, ich sei erleichtert, dass es nicht so ist, aber das würde keinen Unterschied machen. Selbst Ehre leidet.«

Ehre. Für ihn war sie so lebenswichtig wie das Blut in seinen Adern. Sie besaß die Macht, ihn dazu zu bringen, seine Ehre zu kompromittieren. Sie besaß genug Liebe, um darauf zu achten, dass er es nicht tat. Sie stand auf. »Ich kann das nicht als Schmeichelei ansehen, Alexander.«

»Es war auch nicht als Schmeichelei gedacht. Ich könnte dir sagen, dass du schön bist.«

Er ließ den Blick über ihr Gesicht gleiten. »Für mich schöner als jede andere Frau. Ich könnte dir sagen, dass dein Gesicht mich in meinen Träumen verfolgt und tagsüber nicht loslässt und dass ich mich vor Sehnsucht nach dir verzehre. Nichts davon wäre eine Schmeichelei.«

Bei jedem Wort beschleunigte sich ihr Herzschlag, bis er in ihren Ohren dröhnte. Mit Mühe blieb sie, wo sie war, obwohl ihr Gefühl sie drängte, die Arme auszubreiten und alles anzubieten. Gleiche Ebene, ermahnte sie sich. Ehre für beide. Von Liebe kein Wort.

»Vielleicht wäre es am besten, du sagst gar nichts, ausgenommen, warum du gekommen bist.« Sie brachte ein Lächeln zu Wege.

»Ich brauche dich.«

Die Worte berührten sie nicht weniger als ihn. Er sah das Erstaunen in ihren Augen, das Nachgeben. Mondlicht fiel durch das Fenster hinter ihr und umflutete sie.

Dann streckte sie die Hand aus.

Ihre Finger berührten sich, verschränkten sich. Die Zeit der Worte war vorüber. Den Blick auf ihn gerichtet, hob sie seine Hand an ihre Lippen. Stille.

Sein Blick hielt ihren fest, als er ihre miteinander verschränkten Hände herumdrehte und seine Lippen in ihre Handfläche drückte. Noch immer fielen keine Worte.

Mit den Fingerspitzen fuhr sie an seiner Wange entlang, berührte, was sie nie zu berühren wagte. Seine Haut war warm, wärmer als die Brise, die mit den Vorhängen spielte. Sie brauchten nicht zu sprechen.

Er strich über ihre Wange zu ihrer Schläfe, fuhr mit den Fingern durch ihr Haar, ließ die Hand darauf liegen, wie er es erträumt hatte. Die Uhr schlug die Stunde. Es war Mitternacht.

Keine Worte, aber Gefühle, die so lange insgeheim genährt worden waren, erblühten endlich in den ersten Momenten des neuen Tages. Zurückgewiesenes, verweigertes Verlangen wurde jetzt im Licht des Mondes angenommen.

Es gab Dinge, die Alexander nicht fragte, und noch mehr Dinge, die Eve nicht zugab. Also kamen sie ohne Fragen zusammen, nur von Gefühlen geleitet.

Eve breitete ihre Arme aus. Er schloss sie in seine. Senkte den Kopf. Körper an Körper, fanden sie zu ihrem ersten Kuss in dieser Nacht. Sie zogen ihn in die Länge, schöpften Kraft daraus.

Trotz der heftigen Erregung blieb die Zärtlichkeit erhalten. Der Kuss war tief und voll freudiger Erwartung, die von beiden ausging. Dann streiften seine Lippen ihre leicht, ohne Verlockung, aber mit dem Versprechen, die Freuden und Forderungen zu erfüllen, die noch bevorstanden. Als sie erschauerte, wie er vorhergesagt hatte, verspürte er keinen Sieg, sondern Dankbarkeit, dass ihr Verlangen genauso stark war wie seines.

Er strich über die Seide auf ihren Schultern, über ihre Arme, ihren Rücken, quälte sich selbst mit Visionen, was darunter verborgen war. So oft hatte er sie sich vorgestellt. Als er die Seide beiseiteschob und zu Boden gleiten ließ, entdeckte er, dass seine Vorstellungskraft bei Weitem nicht an die Wirklichkeit heranreichte, so, wie Eve vor ihm stand, nackt, umhüllt vom Licht des Mondes.

Ein Dichter hätte die Worte gefunden. Ein Musiker hätte die Melodie spielen können, die ihm durch den Kopf ging. Aber er war ein Prinz, der sich noch nie so sehr wie ein sterbliches Wesen gefühlt hatte wie in diesem Augenblick, da er seine Frau vor sich im silbrigen Mondlicht stehen sah.

Eve merkte an seinem Blick, wie sehr sie ihm gefiel. Sie würde niemals schöne Worte von ihm hören, aber ein Blick von ihm sagte so viel mehr. Lächelnd schmiegte sie sich wieder in seine Arme und presste die Lippen auf seine Brust.

Sein Herz schlug so schnell, so stark. Einen Moment schloss sie die Augen, als wollte sie ihre Empfindungen festhalten. Sie öffnete sie wieder und sah zu ihm auf. Seine Haut hob sich bronzefarben von ihrer hellen Haut ab. Fasziniert von dem Kontrast, strich sie mit den Fingern über sein Gesicht, legte dann ihre Hand flach auf seine Brust. Er umfasste ihr Handgelenk, als ihre Berührung in ihm Verlangen aufflammen ließ.

Eve ließ die Zunge aufreizend über seine Lippen gleiten, drang dann ein in das warme Innere, um es zu erforschen.

Das Verlangen nach mehr beherrschte sie. Aber dieses Mal sollte sie es bekommen. Sie fand den Verschluss seiner Hose und genoss es, wie Alexander lustvoll erschauerte, als sie ihn berührte. Die Zeit schien stillzustehen, dann ging es nicht schnell genug. Und er war nackt wie sie.

Er hob sie hoch und hielt sie fest in den Armen, während sie das Gesicht an seinen Hals drückte und ihm die Hände um den Nacken legte. Der Wind bauschte die Vorhänge, als sie sich auf das Bett sinken ließen.

Die Matratze gab mit einem leisen Quietschen unter ihnen nach. Die Laken raschelten. Er barg das Gesicht in ihrem Haar und ließ sich von ihrem Duft bezwingen. Sie schmiegte sich an ihn, nicht nur fügsam, sondern bereitwillig.

Berührungen und Erschauern. Leises Stöhnen. Langsam und genießerisch erforschten sie einander. Sie war so zart, und doch so stark. Diese Stärke in einem so zierlichen Körper erstaunte ihn stets aufs Neue. Berauschend. Ihr Körper war seinen Sinnen ein wahrer Lustgarten. Während er ihn mit der Zunge erforschte, erlebte er ihre Leidenschaft, ihre betörende Sinnlichkeit.

Wie war es möglich, dass sie niemals sein Mitgefühl, seine Sanftheit, seine Güte erkannt hatte? Und doch hatte sie ihn geliebt. Während sie das alles jetzt entdeckte, wurde sie von Gefühlen erfasst, die tiefer gingen, als sie es je für möglich gehalten hatte. Eine solche Geduld hatte sie noch nie erlebt. Eine Sanftheit, die sie sich nie erträumt hätte. Er schenkte ihr alles, ohne dass sie darum bitten musste.

So würde es nicht immer sein. Nein, das wusste sie. Er konnte auch fordernd, verlangend, rücksichtslos sein. Damit würde sie sich abfinden, wenn es so weit war. Doch jetzt, beim ersten Mal, schien er zu wissen, dass sie Sanftheit wollte.

Und was noch viel, viel wichtiger war: Er selbst schien diese Sanftheit zu suchen.

Sie liebkoste ihn mit den Händen. Verwöhnte ihn mit den Lippen. Sie zeigte ihm, dass sie gleichermaßen geben wie nehmen konnte. Selbst als ihr Atem stoßweise ging, ließen sie sich Zeit, nur um die Lust des Augenblicks noch hinauszuzögern.

Als er sie erfüllte, bewegten sie sich zusammen und ohne die Hast ungezügelter Erregung. Dieses Verlangen hatte sieben Jahre auf seine Erfüllung gewartet. Gemeinsam tauchten sie ein in eine Schönheit, die so still und unaufhaltsam kam wie ein Sonnenaufgang.

Der Mond schien noch. Die Vorhänge bauschten sich noch. Anscheinend hatte die Welt beschlossen, ihren routinemäßigen Lauf fortzusetzen, obwohl sich alles verändert hatte. Die Laken lagen zusammengeschoben am Fußende des Bettes, wurden nicht gebraucht, während Mann und Frau sich aneinander wärmten.

Eve lag mit dem Kopf auf Alexanders Schulter, als wäre dieser Platz für sie aufgehoben worden. Ein Platz, von dem sie nie erwartet hatte, dass sie ihn für sich beanspruchen konnte. Sein Herz schlug noch immer unruhig unter ihrer Hand. Er hatte den Arm um sie gelegt und hielt sie fest, und obwohl sie beide ganz wach waren, herrschte zwischen ihnen ein Friede wie nie zuvor.

Hatte Liebe das bewirkt oder der Liebesakt? Sie wusste es nicht und fragte sich, ob es wichtig war. Sie waren zusammen.

»Sieben Jahre.« Ihr langer Seufzer durchbrach die Stille. »Das habe ich mir sieben Jahre lang gewünscht.«

Er lag einen Moment reglos da, während er ihre Worte in sich aufnahm. Langsam zog er mit dem Finger eine Spur über ihr Gesicht und legte die Hand unter ihr Kinn, sodass er sie ansehen konnte. Seine Augen waren so dunkel, und diesmal brachte die Wachsamkeit, die sie darin sah, sie zum Lächeln. »Die ganze Zeit? Von Anfang an?«

»Du warst wie ein Offizier gekleidet, und der Raum war voll von schönen Frauen und sagenhaften Männern, genau wie in einem Traum. Aber ich habe nur dich gesehen.«

Sie war deshalb nicht verlegen, bereute aber auch nicht, dass sie es ihm nicht schon früher gesagt hatte. Sie beide hatten die Jahre dazwischen gebraucht. »Überall waren Blumen. Der Raum duftete nach Frühling. Das funkelnde Licht der Kronleuchter, Silbertabletts, Wein in Kristallgläsern, Violinen. Du hast einen Degen an deiner Seite getragen. Ich habe mich so verzweifelt danach gesehnt, dass du mich zum Tanzen aufforderst, dass du mich bemerkst.«

»Ich habe dich bemerkt«, sagte er rau und drückte einen Kuss auf ihre Stirn.

»Du hast mich einmal finster angesehen – jetzt, da du es erwähnst, erinnere ich mich.« Sie lächelte und rutschte etwas höher. »Und du hast mit dieser schönen Blondine mit der britisch blassen Haut getanzt. Seither habe ich sie gehasst!«

Er schmunzelte und fuhr mit der Fingerspitze über Eves lächelnde Lippen. Wie unglaublich es war, entspannt zu sein, allein zu sein, einfach ein Mann zu sein. »Ich erinnere mich nicht einmal daran, wer sie war.«

»Ich schon. Es war …«

»Aber ich erinnere mich daran, dass du ein ärmelloses rotes Kleid mit tiefem Rückenausschnitt anhattest. Und hier hast du ein Armband getragen.« Er zog ihr Handgelenk an die Lippen. »Einen Goldreif mit Rubinen. Ich konnte nichts anderes denken, als dass dieses Armband ein Geschenk von einem deiner Liebhaber war.«

»Von meinem Vater«, sagte sie leise, verblüfft darüber, dass er sie bemerkt und dabei etwas gefühlt hatte. »Aus Dankbarkeit und Erleichterung, nachdem ich meinen Schulabschluss

geschafft hatte. Du erinnerst dich tatsächlich.« Lachend warf
sie das Haar zurück. »Du hast mich bemerkt.«

»Und von diesem Moment an bist du nie mehr aus meinen
Gedanken verschwunden.«

Sie hoffte, dass das stimmte. »Du hast mich nicht zum Tanzen aufgefordert.«

»Nein.« Er wickelte sich eine ihrer Haarlocken um den
Finger. »Ich dachte schon damals, falls ich dich berühre,
könnte es das Ende meines klaren Verstandes bedeuten. Ich
habe gesehen, wie du den Ballsaal mit Bennett verlassen hast.«

»Warst du eifersüchtig?« Sie biss sich auf die Lippe, um ein
Lächeln zu unterdrücken.

»Eifersucht ist ein sehr niedriges und gewöhnliches Gefühl.« Er legte die Hand an ihre Hüfte. »Sie hat mich zerstört.«

Ihr Lachen kam von Herzen. »Oh Alex, ich bin ja so froh.
Du hattest niemals Grund, eifersüchtig zu sein, aber ich bin so
froh.«

»Ich wäre dir beinahe gefolgt. Ich sagte mir, ich wäre ein
Narr, aber hätte ich es getan …«

»Nein.« Sie legte die Fingerspitzen an seine Lippen. »Du
konntest nicht wissen, was passieren würde.«

Er strich mit den Lippen über ihre Finger und hielt sie dann
fest. »Ich habe gesehen, wie du allein und sehr blass wieder
hereingekommen bist. Du hast gezittert. Ich dachte, Bennett
hätte dich in Verlegenheit gebracht. Ich habe dich erreicht, als
du gerade Reeve und meinem Vater erzählt hast, was oben auf
der Terrasse geschehen war. Du warst weiß wie ein Laken und
hast gezittert, aber du hast uns zu ihnen zurückgeführt.«

»Als wir zurückkamen und ich das Blut sah und Ben am
Boden lag … ich dachte, er wäre tot.« Sie schloss kurz die Augen und ließ sich dann auf Alexander sinken. »Ich konnte nur

386

denken, dass es nicht richtig war, nicht fair. Er war so voller Leben gewesen.«

Sie konnte es selbst mit geschlossenen Augen sehen, weshalb sie die Augen wieder öffnete und das Mondlicht betrachtete. »So lange ist das schon her, aber ich habe nichts davon vergessen. Als Janet Smithers und Loubet verhaftet wurden, dachte ich, es wäre vorüber, und alle wären in Sicherheit. Und nun …«

»Alle sind in Sicherheit.«

»Nein.« Sie hob erneut den Kopf und schüttelte ihn heftig.

»Alex, schließe mich in dieser Angelegenheit nicht aus. Der Anruf und die Warnung kamen zu mir. Ich war vor sieben Jahren hier und habe gesehen, was Deboque von seiner Gefängniszelle aus tun kann. Und jetzt bin ich wieder hier.«

»Du brauchst dir wegen Deboque keine Sorgen zu machen.«

»Jetzt behandelst du mich wie ein Kind. So, wie du meinst, dass eine Frau behandelt werden sollte.«

Er musste lächeln. »Du kannst mir das vorwerfen, obwohl ich eine Schwester wie Gabriella habe? Eve, ich habe von Kindheit an gelernt, dass eine Frau nicht verhätschelt werden will. Ich meine nur, dass du wegen Deboque nichts tun kannst und dass es sinnlos ist, sich Sorgen zu machen.« Er fuhr mit der Fingerspitze über ihre Wange. »Wenn du dich dann besser fühlst, kann ich dir versichern, dass Reeve an einer Lösung arbeitet.«

»Ich fühle mich nicht besser. Jedes Mal, wenn du wegen einer Pflicht den Palast verlässt, habe ich Angst.«

»*Ma belle*, ich kann kaum im Palast bleiben, bis Deboque stirbt.« Es war besser, sie verstand es jetzt, bevor sie beide den nächsten Schritt taten. »Denkst du, es wird früher zu Ende sein? Solange er lebt, wird er Rache suchen. Er sitzt in Cordina im Gefängnis.«

»Dann lass ihn in ein anderes verlegen.«

»So einfach ist das nicht. Deboque weiß, wie lange und hart mein Vater daran gearbeitet hat, ihn hinter Schloss und Riegel zu bringen.«

»Aber Reeve sagte doch, Interpol habe ihn überführt.«

»Das ist richtig, aber ohne die Mitarbeit meines Vaters, ohne die Informationen, die unser Sicherheitsdienst zusammengetragen hat, wäre Deboque immer noch auf freiem Fuß. Mein Leben und das meiner Angehörigen kann nicht von Angst davor, was jemand tun könnte, bestimmt werden.«

Eve zog ihn an sich. »Ich könnte es nicht ertragen, wenn dir etwas zustoßen würde.«

»Dann musst du mir vertrauen, dass ich dafür sorge, dass nichts passiert. *Chérie*, wo hast du Fechten gelernt?«

Er versuchte sie abzulenken. Und er hatte recht. Die Nacht gehörte ihnen. Es wäre falsch gewesen, sie sich von Deboque verderben zu lassen. »In Houston.«

»Gibt es Fechtmeister in Houston?«

Sie betrachtete ihn amüsiert. »Sogar in Amerika gibt es eleganten Sport. Du brauchst nicht beschämt zu sein, weil ich dich geschlagen habe.«

»Du hast mich nicht geschlagen.« Er rollte sie auf den Rücken. »Der Kampf wurde nicht zu Ende geführt.«

»Ich habe den einzigen Treffer gelandet. Aber wenn es dein Selbstwertgefühl verletzt, werde ich es niemandem erzählen.«

»Ich sehe schon, wir müssen beenden, was wir angefangen haben.«

Sie lächelte langsam. Im Mondlicht wirkten ihre Augen dunkel und glänzten. »Darauf zähle ich.«

Der Wecker schrillte. Verschlafen tastete Eve danach und drückte den Knopf so heftig, dass der Wecker wackelte. Heute konnte sie zu spät kommen. Heute konnten die anderen ohne sie anfangen. Sie rollte sich herum, um sich in Alexanders Arme zu schmiegen.

Er war nicht da.

Noch immer benommen, schob sie das Haar von den Augen und setzte sich auf. Das Laken war über sie gebreitet, doch darunter war es kühl. Die Brise spielte noch immer mit den Vorhängen, und es roch noch immer nach Meer, aber jetzt fiel Sonnenschein herein. Und das Zimmer war leer.

Er hatte ihren Morgenmantel aufgehoben und an das Fußende des Bettes gelegt. Das Bett, das sie geteilt hatten. Alle Spuren von ihm waren verschwunden. So wie er selbst.

Ohne ein Wort, dachte Eve, während sie allein dasaß. Sie wusste nicht einmal, wann er gegangen war. Es spielte aber kaum eine Rolle. Sie griff nach ihrem Morgenmantel, bevor sie aufstand, schlüpfte hinein und ging ans Fenster.

Boote waren bereits auf dem Wasser und fuhren zum Tagesfang hinaus. Eine weiße Yacht lag vor Anker, aber es war niemand an Deck zu sehen. Der Strand lag verlassen da bis auf die Möwen und die kleinen Sandkrebse, die sie jedoch nicht sah, weil sie zu weit entfernt war. Der Gärtner war gerade dabei, die Blumen unter ihrem Fenster zu gießen. Sein unmelodisches Pfeifen drang zu ihr herauf und ließ die Vögel verstummen. Ein Trio von blassgelben Schmetterlingen erhob sich und flatterte von dem Wasserstrahl davon, dann ließ es sich auf einem bereits eingesprengten Busch nieder. Nasse Blätter glänzten im Sonnenlicht, und der Duft aller möglichen Blumen zog zu ihrem Fenster herauf.

Der Tag war voll erblüht. Die Nacht war vorüber.

Sie bedauerte nichts. In ihrem Herzen war kein Platz für Reue. Was sie mit Alexander erlebt hatte, war wundervoll gewesen, ein Wirklichkeit gewordener Traum. Sie hatte ihn sanft, besorgt und liebevoll erlebt. Das genoss sie noch immer. Einmal hatte er sie kurz an sich gedrückt, so als gäbe es für ihn nichts Wichtigeres und niemand Wichtigeren als sie. Jetzt, da die Nacht vorüber war, hatten beide ihren Verpflichtungen nachzukommen.

Er würde seine niemals vernachlässigen, weder ihretwegen noch Deboques wegen, noch sonst irgendjemandes wegen. Sie mochte am Fenster stehen und gegen die Angst vor dem Möglichen ankämpfen, er würde tun, was immer seine Pflicht von ihm verlangte. Wie konnte sie ihm einen Vorwurf aus dem machen, was er war, wenn sie ihn liebte?

Oh, wie sehr wünschte sie sich, er könnte bei ihr sein und diesen Morgen mit ihr erleben.

Eve wandte sich vom Fenster ab und bereitete sich darauf vor, sich dem neuen Tag zu stellen.

9. Kapitel

Vom Schnürboden oberhalb der Bühne hatte Eve einen Blick aus der Vogelperspektive auf die Probe, die bereits in die sechste Stunde ging. Es hatte nur zwei Wutausbrüche gegeben. Alles hatte sich beruhigt, seit Eve diese Besprechung am Vortag einberufen hatte. Dennoch machte sie sich weiterhin Notizen.

Sie stellte befriedigt fest, dass sie mit der Besetzung richtig lag, während sie zusah, wie Russ und Linda eine Szene als Brick und Maggie probten. Linda spielte Maggie, die Katze, perfekt – verzweifelt, gierig und verlangend. Der von Russ dargestellte Brick war gerade hochnäsig genug, ohne kalt zu sein, mit Sehnsüchten und Aufruhr unter der Oberfläche.

Der Regisseur ließ sie zurückgehen, und Linda wiederholte dieselben Zeilen zum fünften Mal in dieser Stunde. Sowohl sie als auch Russ folgten demselben Handlungsablauf.

Eve bewunderte die Geduld von Schauspielern und fragte sich, wie sie jemals hatte glauben können, selbst Schauspielerin zu sein. Sie war viel besser im Überwachen und Organisieren.

Aber das Bühnenbild … sie tippte sich mit dem Stift gegen die Lippen. Das Bühnenbild war nicht ganz richtig. Zu perfekt, erkannte sie. Zu neu, zu sehr inszeniert. Sie kniff die Augen zusammen und versuchte, es auf ihre Art zu sehen, und dann wusste sie, was fehlte.

Das Bühnenbild musste abgenutzter aussehen, ein wenig schäbig, ja sogar so, als wäre es wie unter einer Schicht Bienenwachs und Zitronenöl vom Verfall bedroht. Mit einem Mittelpunkt, erkannte sie mit wachsender Erregung. Irgendetwas Riesiges und Aufdringliches, das unter all den anderen Dingen hervorstach. Eine Vase, beschloss sie, in Übergröße und in einer lebhaften Farbe. Sie würde Blumen hineinstellen, an denen Big Mamma sich zu schaffen machen konnte, während sie versuchte, den Verfall ihrer Familie zu ignorieren.

Sie machte sich hastig Notizen, als sie den Regisseur eine Pause verkünden hörte.

Sie kletterte über Seile und eilte die Treppe hinunter zur Bühne. »Pete.« Sie fing den Requisiteur ab, bevor er sich seine Zigarette anstecken konnte. »Ich möchte ein paar Veränderungen.«

»Ach, Miss Hamilton!« Ein langer Seufzer folgte.

»Nichts Wesentliches«, versicherte sie ihm, legte ihm eine Hand auf die Schulter und ging mit ihm zur Bühne. »Pete, wir müssen die Dinge etwas älter aussehen lassen.«

Er war ein kleiner Mann, kaum größer als sie, sodass sich ihre Augen auf gleicher Höhe befanden, als er sich zu ihr wandte und sich am Kinn kratzte.

»Wie viel älter?«

»Zehn Jahre?« Sie lächelte, anstatt die entsprechende Anweisung zu geben.

»Sehen Sie, die Familie hat hier schon eine Zeit lang gelebt, nicht wahr? Dieses ganze Zeug wurde nicht erst gestern gekauft. Ich denke, die Möbel sollten nicht so neu aussehen. Und machen Sie die Vergoldung an ein paar Gemälden stumpfer.«

Er nickte ergeben. »Meinetwegen. Noch etwas?«

»Eine Vase.« Sie kniff die Augen zusammen, während sie den Blick über die Bühne schweifen ließ. »Genau hier«, entschied sie und deutete zu dem Tisch neben einem Ohrensessel.

»Eine große, Pete, mit Verzierungen oder einem Muster. Und ich will nichts Geschmackvolles. Rot, richtig rot, damit sie wie ein Leuchtfeuer ins Auge sticht.«

Er kratzte sich wieder am Kinn. »Sie sind der Boss.«

»Geben Sie nicht mehr als dreißig Dollar für die Vase aus. Wir suchen kein Erbstück.«

»Sie wollen was Billiges, Sie kriegen was Billiges.«

»Ich wusste, ich kann mich auf Sie verlassen. Nun zum Bühnenbild des Schlafzimmers. Es wäre wirkungsvoll, glaube ich, wenn wir ein wenig Schmuck, Gold und etwas Geschmackloses hätten, das auf Cats Schminktisch liegen geblieben ist.«

»Die Flaschen und die große Schachtel mit dem Staub habe ich schon besorgt.«

»Dann brauchen wir jetzt noch den Schmuck. Wenn wir im Kostümfundus nichts Passendes finden, besorgen wir etwas. Warum schauen Sie nicht zusammen mit Ethel nach? Ich bin in den nächsten zwanzig Minuten in meinem Büro.«

»Miss Hamilton.«

Eve drehte sich um. »Ja?«

»Ich habe mir noch nie viel aus Überstunden gemacht.« Er nahm noch einmal die Zigarette aus dem Mund, während Eve darauf wartete, dass er ging. »Das Problem hier ist, Sie haben ein Händchen dafür – für das Theater, meine ich.«

»Das ist sehr nett von Ihnen, Pete.«

»Ich besorge Ihnen sofort die Spitzendeckchen.« Er zündete das Streichholz an. »Aber ich lasse sie von einer der Frauen holen.«

»Vielen Dank, Pete. Ich habe immer einen Mann bewundert, der zu delegieren versteht.« Sie unterdrückte ein leises Lachen, bis sie außer Hörweite war.

Eve hatte sich noch nie so recht vorstellen können, was ein Mann wie Pete am Theater suchte. Ihr schien, er kannte sich besser damit aus, Rinder mit dem Lasso einzufangen, aber na bitte! Er hütete seine Requisiten, als wären es Schätze, und kannte die Theatergeschichte einer jeden einzelnen von ihnen. Sie bezweifelte nicht im Geringsten, dass sie innerhalb von vierundzwanzig Stunden alles haben würde, worum sie ihn gebeten hatte.

Nachdem sie die Tür zu ihrem Büro aufgestoßen hatte, zog sie die Haarspangen heraus, ließ das Haar lose herunterfallen und schob die Spangen in ihre Tasche. Dann ging sie zur Kaffeemaschine und schaltete sie ein. Da sie ein halbes Dutzend Anrufe zu erledigen hatte, wollte sie sich gerade an den Schreibtisch setzen und nach dem Telefon greifen, als es bereits klingelte.

»Hallo.«

»Die Fürstenfamilie hat einen Fehler gemacht.«

Sie erkannte die Stimme und ballte die Hand zur Faust. »Die Fürstenfamilie gibt Drohungen nicht nach.« Das Gespräch wurde abgehört. Sie wusste es und erinnerte sich trotz ihrer Angst daran, dass es ihre Aufgabe war, den Anrufer in der Leitung zu halten. »Sie müssen Ihrem Boss ausrichten, dass er seine Zeit im Gefängnis absitzen wird.«

»Die Fürstenfamilie und alle, die ihr nahestehen, werden bezahlen.«

»Ich habe Ihnen schon einmal gesagt, dass nur ein Feigling anonyme Anrufe macht, und einen Feigling fürchte ich nicht.« Doch sie hatte Angst.

»Sie haben sich schon einmal eingemischt, und Ihre sieben Jahre der Freiheit könnten zu Ende sein.«

»Ich beuge mich keinen Drohungen.« Aber ihre Hände waren feucht.

»Man wird die Bombe nicht finden, *Mademoiselle*. Vielleicht wird man Sie auch nicht finden.«

Es klickte in der Leitung. Der Anrufer hatte aufgelegt. Eve starrte auf das Telefon. Bombe? Es hatte eine Bombe in Paris gegeben. Ihre Hand zitterte leicht, als sie den Hörer auflegte. Nein, der Anrufer hatte eine andere Bombe gemeint. Hier. Heute. Alexander!

Sie hatte schon die Hand auf dem Türgriff, als die Bedeutung des Anrufs sie mit voller Wucht traf.

Ihre sieben Jahre der Freiheit könnten zu Ende sein. Vielleicht wird man Sie auch nicht finden.

Das Theater! Die Bombe war hier, im Theater. Das Herz schlug ihr bis zum Hals, als sie die Tür öffnete und losrannte. Sie sah als erstes Doreen, die gerade zwei anderen Mitgliedern der Truppe ein Armband zeigte.

»Ich möchte, dass ihr das Theater verlasst und zum Hotel zurückfahrt, und zwar alle und sofort.«

»Aber die Pause ist fast vorüber und …«

»Die Probe ist vorüber. Ihr verlasst das Theater und fahrt zum Hotel. Sofort!« Da sie wusste, dass die Erwähnung einer Bombe eine Panik auslösen würde, beließ sie es bei einem knappen Befehl. »Gary!« Sie klammerte sich an ihre Selbstbeherrschung, als sie ihren Bühnenmanager zu sich winkte. »Ich möchte, dass Sie das Theater verlassen. Alle – Schauspieler, Bühnenmannschaft, Garderobe, Techniker. Alle! Bringen Sie alle hinaus und zurück zum Hotel.«

»Aber Eve …«

»Tun Sie es!« Sie drängte sich an ihm vorbei auf die Bühne. »Es hat einen Notfall gegeben.« Sie hob die Stimme, bis sie in jede Ecke drang. »Alle müssen sofort das Theater verlassen! Fahrt zurück ins Hotel und wartet dort! Wer im Kostüm ist, geht so, und zwar jetzt!« Sie sah auf die Uhr. Für wann war die Bombe eingestellt? »Ich will, dass dieses Theater in zwei Minuten leer ist.«

Sie strahlte Autorität aus. Es gab mürrische Kommentare, auch Fragen, aber die Leute gingen. Eve verließ die Bühne, um die Lagerräume zu überprüfen, die Garderoben, alles, wohin jemand gegangen sein konnte, bevor sie ihre Ankündigung gemacht hatte. Sie fand Pete, der gerade seine kostbaren Requisiten einschloss.

»Ich sagte raus!« Sie packte ihn an der Hemdbrust und zog ihn zur Tür. »Lassen Sie alles hier!«

»Ich bin für das ganze Zeug verantwortlich. Ich lasse nicht zu, dass irgendein Langfinger …«

»Sie sind in zehn Sekunden draußen, oder Sie sind gefeuert!«

Das ließ ihn verstummen. Eve Hamilton hatte noch nie eine Erklärung abgegeben, zu der sie nicht stand.

»Wenn etwas gestohlen wird, müssen Sie es verantworten«, meinte er.

»Hoffen wir bloß, dass irgendetwas übrig bleibt«, sagte sie zu sich selbst und eilte zu den anderen Türen. Jedes Mal, wenn sie eine hinter sich zuschlug, klang es hohler in ihren Ohren. Sie fand einen Schauspieler, der in einer Garderobe döste, und weckte ihn innerhalb von Sekunden. Ohne Schuhe und benommen ließ er sich auf den Korridor zum Bühnenausgang schieben.

Alle sind draußen, sagte sie sich. Sie mussten es sein. Sie glaubte, das Ticken der Uhr im Kopf zu hören. Wie viel Zeit ist noch? Die Zeit konnte bereits abgelaufen sein. Aber sie musste sichergehen.

Schon wollte sie die Treppe hinaufhetzen, um das Obergeschoss zu überprüfen, als sich eine Hand auf ihre Schulter legte.

Eve stieß den Atem in einem unterdrückten Aufschrei aus, und obwohl ihre Knie weich wurden, wirbelte sie abwehrbereit herum.

»Halt, halt!« Russ hob die Hände. »Ich will nur wissen, was hier los ist.«

»Was machen Sie denn hier?« Wütend senkte sie die Arme, ballte jedoch weiterhin die Fäuste. »Ich sagte, dass alle verschwinden sollen.«

»Ich weiß. Ich kam von der Pause herein, als alle hinausgingen. Niemand wusste, warum. Was ist los, Eve? Ist ein Feuer ausgebrochen oder sonst etwas passiert?«

»Fahren Sie einfach ins Hotel, und warten Sie dort!«

»Hören Sie, wenn das Ihre Art ist, zu sagen, dass Ihnen die heutige Probe nicht gefallen hat …«

»Das ist kein Spiel.« Ihre Stimme wurde etwas lauter, als sie die Beherrschung nun ganz verlor. Feine Schweißperlen standen auf ihrer Stirn. Kalter Schweiß. »Ich habe eine Bombendrohung erhalten. Verstehen Sie? Ich fürchte, im Theater ist eine Bombe versteckt.«

Er rührte sich nicht von der Stelle, und sie begann eilig, die Treppe hinaufzusteigen. Endlich hastete er hinter ihr her. »Eine Bombe? Eine Bombe im Theater? Was zum Teufel machen Sie hier? Lassen Sie uns verschwinden!«

»Ich muss mich vergewissern, dass alle draußen sind.« Sie schüttelte ihn ab und eilte die restlichen Stufen hinauf.

»Eve, um Himmels willen!« Seine Stimme brach, als er hinter ihr herjagte. »Da ist keiner mehr! Lassen Sie uns abhauen und die Polizei und die Feuerwehr oder sonst wen rufen!«

»Das tun wir, sobald ich mich vergewissert habe, dass keiner mehr hier ist.«

Nachdem sie jeden Raum überprüft und geschrien hatte, bis sie heiser war, war sie zufrieden.

Angst kroch in ihr hoch. Das Herz hämmerte ihr bis zum Hals, als sie Russ am Arm packte und mit ihm die Treppe hinunterhetzte.

Sie waren fast schon am Bühnenausgang, als die Bombe in einem ohrenbetäubenden Knall explodierte.

»Ich freue mich, dass Sie hierherkommen konnten, Monsieur Trouchet.«

»Stets zu Ihren Diensten, Eure Hoheit.« Trouchet setzte sich auf den Platz, den Alexander ihm angeboten hatte, und stellte sich seinen Aktenkoffer ordentlich auf den Schoß. »Es war mir ein Vergnügen, Sie gestern Abend bei Cabot's zu treffen, aber wie Sie bereits feststellten, ist eine solche Versammlung nicht immer für eine geschäftliche Besprechung geeignet.«

»Und der Gesetzentwurf zur Gesundheitsfürsorge ist, sagen wir, ein Lieblingsprojekt von mir, dem ich gern die nötige Zeit widmen möchte.«

Alexander, der hinter seinem Schreibtisch saß, nahm eine Zigarette aus einem Etui. Er war sich sehr wohl bewusst, dass Trouchet das Kernstück des Gesetzentwurfs ablehnte und in der Lage war, viele Mitglieder des Kronrats zu beeinflussen. Alexander hatte vor, das Gesetz ohne große Zugeständnisse in Kraft zu setzen.

»Ich weiß, Ihre Zeit ist kostbar, Monsieur, deshalb kommen wir besser gleich zur Sache. Cordina hat nur zwei moderne Krankenhäuser. In der Hauptstadt und in Le Havre. Es gibt Fischerdörfer und Gutshöfe in abgelegenen Gegenden, die einzig und allein auf die Kliniken angewiesen sind, die vom medizinischen Personal eingerichtet wurden. Diese Kliniken haben, obwohl sie niemals als gewinnbringende Unternehmen geplant waren, während der letzten fünf Jahre ständig an Boden verloren.«

»Dessen bin mich mir bewusst, Hoheit, wie auch andere Ratsmitglieder es sind. Ich habe darüber eine Dokumentation mitgebracht.«

»Natürlich.« Alexander gestattete ihm, fein säuberlich ausgedruckte Blätter über den Tisch zu schieben, Blätter, auf denen Fakten und Zahlen aufgelistet waren.

»Unter Berücksichtigung dieser Dokumente und der Stellungnahmen mehrerer Dorfärzte bin ich der Überzeugung, dass die Kliniken nur dann weiter bestehen können, wenn sie vom Staat übernommen und geleitet werden.«

Zwar wusste Alexander, was er sehen würde, dennoch warf er höflichkeitshalber einen Blick auf die Papiere. »Wenn der Staat übernimmt, nimmt er damit gleichzeitig den beteiligten Personen ihren Stolz und ihre Unabhängigkeit.«

»Und steigert die Effizienz um ein Beträchtliches, Eure Hoheit.«

»Auch der Staat wird von Personen geleitet, Monsieur«, sagte Alexander. »Und nicht immer arbeitet er effizient. Aber ich habe schon begriffen. Deshalb glaube ich, dass die Kliniken – medizinisches Personal und Patienten – mit einer Subvention, einer Zuwendung sowohl ihren Stolz als auch ihre Effizienz behalten können.«

Trouchet klappte seinen Aktenkoffer zu, aber er verschloss ihn nicht und verschränkte die Hände auf dem Deckel. »Sie werden gewiss einsehen, dass in einem Kompromiss in dieser Sache sehr viele Fußangeln stecken.«

»Allerdings.« Alexander lächelte und stieß den Rauch aus. »Weshalb ich Sie darum bitte, diese Fußangeln aus dem Weg zu räumen.«

Trouchet lehnte sich zurück. Er wusste, man stellte ihn vor eine Herausforderung, bot ihm eine bedeutende Position und ersuchte um seine Kapitulation, alles auf einmal. »Ich bezweifle nicht, dass Sie selbst diese Fußangeln beseitigen könnten, Eure Hoheit.«

»Aber gemeinsam, Monsieur, arbeiten wir effizienter und

letzten Endes für das gleiche Ziel. *N'est-ce pas?*« Alexander zog einen Ordner heraus. »Wenn wir das hier vielleicht durchsehen ...«

Er schwieg plötzlich und blickte verärgert auf, als Bennett hereinstürzte.

»Alex!« Bennett nahm den Mann vor dem Schreibtisch kaum zur Kenntnis. »Reeve hat soeben angerufen. Es hat eine Explosion gegeben!«

Alexander fuhr aus seinem Sessel hoch. »Vater?«

Bennett schüttelte den Kopf. »Alex, das Theater.«

Sein Gesicht wurde so weiß, dass Bennett näher trat und befürchtete, er werde zusammenbrechen. Doch Alexander hob die Hand. Als er sprach, sagte er nur ein Wort. In diesem Moment war die Welt in einem Wort beinhaltet.

»Eve?«

»Er wusste es nicht.« Bennett wandte sich an Trouchet. »Bitte, entschuldigen Sie uns, Monsieur, wir müssen sofort gehen.« Er trat an die Seite seines Bruders. »Zusammen.«

»Wie ist es passiert?«, fragte Alexander, während sie zum Wagen eilten. Bennett stieg auf der Fahrerseite ein, Alex setzte zum Widerspruch an, verzichtete jedoch darauf. Bennett hatte recht.

»Reeve war nur kurz am Telefon.« Bennett jagte die Zufahrt entlang, dicht gefolgt von dem Wagen der Leibwächter. »Eve bekam wieder einen Anruf. Es war die Rede von einer Bombe ...«

»Und?«

»Es ging daraus hervor, dass der Anrufer eine Bombe im Theater meinte. Die Polizei war innerhalb von Minuten dort. Die Polizisten hörten die Explosion.«

Alexander presste die Lippen aufeinander. »Wo?«

»In Eves Büro. Alexander«, fuhr er rasch fort, »sie war bestimmt nicht darin. Dafür ist Eve zu klug.«

»Sie hat sich um mich, um uns alle Sorgen gemacht, nur
nicht um sich selbst. Warum haben wir nie an sie gedacht?«

»Wenn du dir die Schuld geben willst, dann musst du uns
allen die Schuld geben«, sagte Bennett grimmig. »Keiner von
uns erkannte, wie tief Eve in diese Sache hineingezogen werden könnte. Verdammt, Alex, das gibt keinen Sinn!«

»Du hast selbst gesagt, dass sie Teil der Familie ist.« Er
blickte verzweifelt aus dem Fenster. Sie waren noch einen halben Block von dem Theater entfernt. Seine Hände begannen
zu zittern. Er verspürte Angst, nackte, wilde Angst. Noch bevor Bennett am Straßenrand anhielt, war Alexander schon aus
dem Wagen gesprungen.

Am Bühneneingang unterbrach Reeve eine Besprechung
mit zwei Männern und trat vor, um Alexander abzufangen.
Auf sein Zeichen rückten etliche Polizisten als Schutzschild
vor. »Sie ist nicht da drinnen, Alex. Sie ist im Park um die
Ecke. Und es geht ihr gut.« Als der Griff von Alexanders Fingern an seinen Armen nicht nachließ, wiederholte Reeve: »Es
geht ihr gut, Alex. Sie war nicht im Gebäude. Sie hatte fast
schon den Ausgang erreicht.«

Er verspürte keine Erleichterung. Nicht, bevor er sich mit
eigenen Augen überzeugt hatte. Alexander riss sich von Reeve
los und lief zur Seitenfront des Hauses. Sein Blick fiel auf die
herausgesprengten Fenster, auf die rußgeschwärzten Ziegel.
Die Wiese darunter war mit Glassplittern übersät. Was vielleicht einmal eine Lampe gewesen war, lag als Haufen verbo-
genen Metalls auf dem Pfad zum Park. Drinnen waren die
Überreste von Eves Büro.

Hätte er durch das Loch in der Wand geblickt, wo einmal
ihr Fenster gewesen war, hätte er Trümmer ihres Schreib-

tisches gesehen. Teile des Holzes hatten sich wie tödliche Speerspitzen in die Wände gebohrt. Er hätte durchnässte Asche gesehen, das, was übrig geblieben war von ihren Ordnern, Papieren, ihrer Korrespondenz und ihren Notizen. Er hätte das Loch in der Innenwand gesehen, das groß genug war, dass ein Mann hätte hindurchgehen können. Aber er blickte nicht hin.

Dann sah er Eve auf einer Bank am Rand des Buschwerks, vorgeneigt, den Kopf in die Hände gestützt. Leibwächter flankierten sie und den Mann, der neben ihr saß, aber Alexander sah nur Eve. Unversehrt. In Sicherheit. Am Leben.

Sie hörte ihn, obwohl er ihren Namen kaum geflüstert hatte. Heftige Emotionen drückten sich in ihrem Gesicht aus. Dann fuhr sie hoch und lief zu ihm.

»Oh Alex, zuerst dachte ich, die Bombe wäre für dich bestimmt, und dann ...«

»Du bist nicht verletzt.« Er umfasste ihr Gesicht und betrachtete es forschend. »Überhaupt nicht?«

»Nein, bis auf weiche Knie und ein flaues Gefühl in der Magengegend.«

»Ich befürchtete schon, du könntest ...« Er brachte den Gedanken nicht zu Ende. Stattdessen riss er sie an sich und küsste sie, als hinge sein Leben davon ab. Die Leibwächter hielten die Reporter auf Distanz, aber das Foto würde in Cordina und in internationalen Zeitungen zu sehen sein.

»Ich bin in Ordnung«, beteuerte sie immer wieder, weil sie allmählich begriff, dass es stimmte. »Du zitterst genau wie ich.«

»Man konnte mir nur sagen, dass es im Theater eine Explosion gegeben hat – in deinem Büro.«

»Oh Alex.« Sie drückte ihn an sich und verstand, durch welche Hölle er gegangen war. »Es tut mir so leid. Wir wollten gerade zur Bühnentür hinaus, als die Bombe hochging. Wir liefen einfach weiter, und die Polizei hat uns erst gefunden, als ihre Männer ausschwärmten.«

Er hielt ihre Hände so fest, dass es schmerzte, aber sie sagte nichts. »Und deine Truppe? Sind alle in Sicherheit?«

»Ich habe sie unmittelbar nach dem Anruf weggeschickt. Alle, bis auf Russ«, fügte sie hinzu und blickte zu ihrem sehr blassen und sehr stillen Schauspieler hinüber. »Ich durchsuchte das Obergeschoss, um sicherzugehen, dass ich niemanden übersehen hatte, als er …«

»Du? Du hast das Gebäude durchsucht?« Jetzt zuckte sie unter dem Druck seiner Hände zusammen.

»Alex, bitte.« Sie bewegte die Finger, bis er seinen Griff lockerte.

»Bist du wahnsinnig? Hast du denn nicht begriffen, dass diese Bombe überall hätte versteckt sein können? Und es hätte mehr als eine geben können. Die Durchsuchung des Hauses wäre Aufgabe der Polizei gewesen!«

»Alex, meine Leute waren in diesem Gebäude. Ich konnte es nicht gut verlassen, ohne alle in Sicherheit zu wissen. Tatsächlich musste ich Pete am Hemd hinauszerren und …«

»Du hättest umkommen können!«

In seiner Stimme lag solche Bitterkeit, solche Wut, dass Eve sich unwillkürlich versteifte. »Das ist mir durchaus klar, Alex. Das gilt aber auch für jeden meiner Mitarbeiter. Ich bin für jeden Einzelnen von ihnen verantwortlich. Du weißt über Verantwortung Bescheid, oder?«

»Das ist etwas völlig anderes.«

»Nein, das ist absolut das Gleiche. Du bittest mich, zu verstehen und zu vertrauen. Und um genau das bitte ich dich auch.«

»Verdammt, es ist wegen meiner Familie passiert, weil …« Er unterbrach sich und packte sie an den Schultern. »Du zitterst wieder.«

403

»Das ist der Schock.« Reeves Stimme ertönte hinter ihm. Reeve hatte sein Jackett ausgezogen und legte es Eve um die Schultern. »Eve und Talbot sollten ins Krankenhaus.«

Alexander verwünschte sich dafür, dass er sich nicht richtig um sie gekümmert hatte, aber bevor er zustimmen konnte, wich Eve zurück. »Ich brauche kein Krankenhaus. Ich muss mich nur ein paar Minuten hinsetzen.« Ihre Zähne schlugen aufeinander.

»In diesem Fall tust du, was man dir sagt.« Alex gab einem der Leibwächter ein Zeichen, sich um Russ zu kümmern.

»Alexander, wenn ich einen Cognac haben könnte und ein ruhiges Zimmer, wäre ich …«

»Du kannst einen Liter Cognac und so viele ruhige Zimmer haben, wie du willst, nachdem Dr. Franco dich untersucht hat.« Er hob sie auf die Arme, bevor sie protestieren konnte.

»Um Himmels willen, ich bin stark wie ein Pferd.« Doch sie lehnte den Kopf gegen seine Schulter.

»Das lassen wir vom Arzt bestätigen, und wenn du willst, können wir einen Tierarzt hinzuziehen.« Er warf Reeve einen Blick zu. »Wir reden später miteinander.«

»Ich werde in ein oder zwei Stunden im Palast sein.«

Eve lag auf dem weißen Untersuchungstisch und runzelte die Stirn, als Dr. Franco ihr mit einer Stablampe ins linke Auge leuchtete. »Zu viel Lärm um nichts«, sagte sie.

»Ärzte lieben das«, erklärte er und leuchtete ihr ins rechte Auge, schaltete die Lampe aus und fühlte wieder ihren Puls. Seine Berührung war sanft, seine Augen blickten freundlich.

»Betrachten Sie es nicht als Zeitverschwendung, eine gesunde Patientin zu untersuchen?«

»Ich brauche noch etwas Übung.« Seine Lippen unter dem weißen Bart verzogen sich zu einem Lächeln. »Sobald ich selbst zufrieden bin, kann ich den Prinzen beruhigen. Sie möchten doch nicht, dass er sich sorgt?«

»Nein.« Sie seufzte, als er die Blutdruckmanschette anlegte. »Ich mag nur keine Krankenhäuser.« Sie fing seinen leicht spöttischen Blick auf und seufzte erneut. »Als ich meine Mutter verlor, verbrachten wir viele Stunden im Warteraum. Es war für uns alle ein langsamer, schmerzhafter Prozess.«

»Tod ist am schwersten für die Zurückbleibenden – genau wie Krankheit oft für die Gesunden schwieriger ist.« Er verstand ihre Abneigung gegen Krankenhäuser, erinnerte sich jedoch daran, dass sie jeden Tag gekommen war, als Prinz Bennett sich von seinen Verletzungen erholte, und bei ihm gesessen hatte. »Sie haben einen Schock erlitten, meine Liebe, aber Sie sind stark und widerstandsfähig. Es würde Ihnen sicher gefallen, wenn ich dem Prinzen versicherte, dass Sie nicht über Nacht hierbleiben müssen.«

Sie setzte sich bereits auf. »Mehr als gefallen.«

»Dann müssen wir eine Abmachung treffen«, fügte er hinzu und drängte sie sanft zurück. »Ich brauche Ihr Wort, dass Sie vierundzwanzig Stunden ruhen werden.«

»Vierundzwanzig? Aber morgen muss ich …«

»Vierundzwanzig«, wiederholte er in seinem sanften, unnachgiebigen Ton. »Sonst sage ich dem Prinzen, dass Sie die Nacht hier im St. Alban's Krankenhaus verbringen müssen.«

»Wenn ich morgen den ganzen Tag im Bett bleiben muss, werde ich wirklich krank.«

»Wir könnten als Kompromiss vielleicht einen Spaziergang im Garten, eine Fahrt am Meer aushandeln. Aber keine Arbeit, meine Liebe, und keinen Stress.«

»Vierundzwanzig Stunden.« Sie setzte sich auf und streckte die Hand aus.

»Dann kommen Sie. Ich bringe Sie hinaus, bevor im Boden des Korridors vom Hin- und Herlaufen noch eine Furche entsteht.«

Alexander lief tatsächlich hin und her, als Dr. Franco Eve aus dem Untersuchungsraum führte. Bennett lehnte an der Wand und beobachtete die Tür. Sobald die beiden herauskamen, gingen die Brüder ihnen entgegen. Alexander ergriff Eves Hand, sah jedoch Dr. Franco an.

»Doktor?«

»Miss Hamilton ist natürlich ein wenig mitgenommen, aber sie besitzt eine kräftige Konstitution.«

»Was habe ich dir gesagt?«, bemerkte Eve zufrieden.

»Jedenfalls habe ich ihr vierundzwanzig Stunden Ruhe verordnet.«

»Keine Bettruhe«, warf Eve ein.

»Nein«, stimmte Dr. Franco lächelnd zu. »Keine vollständige Bettruhe. Allerdings sollten alle Aktivitäten ruhen. Ich glaube, dass sie nichts weiter als ein wenig Verwöhnung braucht, Hoheit. Ach ja, und ich würde während der nächsten vierundzwanzig Stunden das Telefon in ihrem Zimmer abstellen.« Als Eve zu einem Protest ansetzte, tätschelte er ihr die Hand. »Wir können doch nicht zulassen, dass Sie durch Anrufe gestört werden, meine Liebe, nicht wahr?« Mit einem freundlichen Lächeln ging er davon.

»Er ist schlauer, als er aussieht«, murmelte Eve vor sich hin, war jedoch so müde, dass sie die Niederlage einsteckte. »Russ?«

»Einer der Leibwächter hat ihn ins Hotel zurückgebracht.« Bennett berührte ihre Schulter. »Seine Nerven sind ein wenig strapaziert, das ist alles. Der Arzt hat ihm ein Beruhigungsmittel gegeben.«

»Jetzt bringen wir dich nach Hause.« Alexander ergriff ihren Arm. Bennett kam auf die andere Seite. »Mein Vater und der Rest der Familie wollen sich mit eigenen Augen davon überzeugen, dass es dir gut geht.«

Eve wurde umsorgt und verwöhnt, wie der Arzt es verordnet hatte, und von der alten Nanny der Bissets, dem Kindermädchen, ins Bett gesteckt. Die Frau, die sich schon um Alexanders Mutter gekümmert hatte, dann um ihn und seinen Bruder und seine Schwester, und die jetzt für die dritte Generation sorgte, bemutterte sie wie eine Glucke und mit Händen, so zart wie die eines Babys. Sie waren von Arthritis verkrümmt und mit Altersflecken übersät, entkleideten Eve jedoch mühelos und streiften ihr das Nachthemd über.

Die alte Frau setzte sich neben sie und griff zu einer Tasse Tee. »Und jetzt trinken Sie das hier. Alles. Das ist meine eigene Mischung, und das bringt die Farbe in Ihre Wangen zurück. Alle meine Kinder trinken das, wenn sie krank sind.«

»Ja, Nanny.« Nicht einmal Prinz Armand hatte ihr jemals so viel Respekt eingeflößt wie die silberhaarige, schwarz gekleidete alte Frau mit dem slawischen Akzent. Eve kostete den Tee, erwartete das Schlimmste und wurde von dem nussigen Kräutergeschmack angenehm überrascht.

»Na bitte.« Mit sich selbst zufrieden, nickte Nanny. »Kinder glauben immer, dass Medizin scheußlich schmeckt, und lassen sich alles Mögliche einfallen, um sie nicht nehmen zu müssen.« Ihre steifen Röcke raschelten, als sie die Haltung veränderte. »Selbst der kleine Dorian verlangt nach Nannys Tee, wenn er sich schlecht fühlt. Als Alexander zehn war, nahm Dr. Franco ihm die Mandeln heraus. Er wollte meinen Tee lieber als Eiscreme.«

Eve versuchte, sich Alexander als Kind vorzustellen, sah jedoch nur den Mann – so groß und aufrecht und stolz. »Wie war er, Nanny, als er klein war?«

»Unerschrocken. Er hat ständig getobt.« Sie lächelte, und ihre Falten vertieften sich. »Was für ein Temperament! Aber das Verantwortungsbewusstsein war immer da. Das hat er schon in der Wiege gelernt.« Während sie sprach, stand sie auf, um Eves Kleidungsstücke zusammenzulegen. »Er war gehorsam. Obwohl man den Widerstand in seinen Augen sehen konnte, war er gehorsam. Er studierte fleißig. Und er lernte gut.« Sie behielt ihre Patientin scharf im Auge und sah, dass sie mit dem Tee fast fertig war. »Er besitzt die Heftigkeit seines Vaters, manchmal sogar mehr. Aber der Fürst hatte meine Elizabeth, die alles mit ihm teilte, die ihn besänftigen konnte, die ihn dazu brachte, über sich selbst zu lachen. Mein Alexander braucht eine Ehefrau.«

Eve hob den Blick langsam über den Rand ihrer Tasse. Sie fühlte sich warm und schläfrig, aber sie erkannte den Blick in Nannys Augen. »Das muss er selbst entscheiden.«

»Für sich selbst. Und für Cordina. Die Frau, die er erwählt, muss stark sein und bereit, die Last mit ihm zu teilen.« Nanny nahm die leere Tasse. »Vor allem hoffe ich, dass sie ihn zum Lachen bringt.«

»Ich höre ihn gern lachen«, sagte Eve, während sie die Augen schloss. »Merkt man es, Nanny? Merkt man es, dass ich ihn so liebe?«

»Ich habe sehr alte Augen.« Nanny strich die Laken glatt, bevor sie die Lichter dämpfte. »Und alte Augen sehen mehr als junge. Ruhen Sie jetzt und träumen Sie. Er wird zu Ihnen kommen, ehe die Nacht vorüber ist, oder ich kenne meine Kinder nicht.«

Nanny kannte ihre Kinder sehr gut. Eve regte sich und seufzte und sah Alexander in dem Moment, da sie die Augen öffnete. Er saß auf der Bettkante, ihre Hand in seiner, und betrachtete sie.

»Nanny hat mir einen Zaubertrank gegeben.«

Er küsste ihre Finger. Er wollte sie weiter küssen, wollte sie fest an sich drücken, bis der Albtraum vollständig verschwunden war. Mit Anstrengung hielt er den Druck seiner Finger genauso leicht wie den Klang seiner Stimme.

»Der Zaubertrank hat wieder Farbe in deine Wangen gebracht. Nanny sagte, du würdest bald aufwachen und hungrig sein.«

Eve richtete sich auf. »Sie hat recht, ich bin halb verhungert.«

Er stand auf und ging zu einem Tablett am Fußende. »Sie hat dein Menü selbst bestellt.« Er hob die Deckel ab. »Hühnersuppe, ein kleines mageres Steak, frisches Gemüse, Kartoffeln mit geriebenem Käse.«

Eve legte eine Hand auf ihren Magen. »Ich habe seit dem Frühstück nichts mehr gegessen. Ich fange mit irgendetwas an.«

»Dann würde ich sagen, mit der Suppe.« Er stellte den Teller auf ein Tablett.

»Oh, das riecht wunderbar.« Eve griff nach dem Löffel. Alexander saß schweigend dabei, während sie die Suppe aß. Er erinnerte sich an jedes Wort von Reeves Bericht.

Obwohl noch Tests durchgeführt werden mussten, stand es so ziemlich fest, dass die Bombe von dem gleichen Typ war wie jene in dem Büro in der Pariser Botschaft. Wäre jemand in dem Büro oder in einem Abstand von sechs Metern von der Tür gewesen, hätte die Explosion auf ihn tödlich gewirkt.

Eves Büro – wo er sie einmal so souverän hinter ihrem Schreibtisch hatte sitzen sehen.

Die Leute vom Sicherheitsdienst glaubten, dass man nicht die Absicht gehabt hatte, Eve Schaden zuzufügen. Daher auch die Warnung. Zweck der Bombe war es, zu terrorisieren, zu verwirren, zu unterminieren. Aber wenn Eve nicht schnell genug gewesen wäre …

Er konnte nicht weiterdenken. Sie war jetzt hier, unverletzt. Und so sollte es auch bleiben, was immer er dafür tun musste. Als sie mit der Suppe fertig war, nahm er den Teller weg und servierte ihr den Hauptgang.

»Ich glaube, ich könnte mich daran gewöhnen, verwöhnt zu werden.« Das Fleisch war zart und innen rosa. »Es war so lieb von allen, sogar von deinem Vater, mich zu besuchen, um nachzusehen, ob es mir gut geht.«

»Du bedeutest meinem Vater viel. Uns allen.«

Eve wollte nicht mehr in die Worte hineindeuten, als sie besagten. Sie bedeutete ihm viel. Sie hatte es daran gemerkt, wie er sie gehalten hatte, als er das Wäldchen erreichte.

Vielleicht, aber auch nur vielleicht, liebte er sie sogar ein wenig. Aber sie konnte ihn zu nichts drängen, und sich auch nicht. Am besten war es, sich mit anderen Dingen zu befassen.

Sie spielte mit ihren Kartoffeln herum.

»Aber ich fühle mich jetzt wirklich gut, Alex. Du brauchst dir nicht die Mühe zu machen, die Telefone abzuschalten.«

»Das ist bereits geschehen.« Er nahm eine Flasche Wein aus einem Kühler und füllte zwei Gläser. »Morgen wird es nicht nötig sein, dass du mit irgendjemand außerhalb des Palastes sprichst. Brie und ihre Familie ziehen vorübergehend in den Palast. Ich bin sicher, die Kinder werden dich unterhalten.«

»Alex, sei vernünftig. Ich muss mit meinen Leuten sprechen. Sie werden wie von Sinnen sein. Du hast keine Ahnung, wie Theaterleute alles aufbauschen können. Und es wird Tage dauern, bis mein Büro wieder in Ordnung ist.«

»Ich möchte, dass du nach Houston zurückkehrst.«

Langsam legte sie Messer und Gabel auf das Tablett.

»Was?«

»Ich möchte, dass du mit deiner Truppe nach Amerika zurückkehrst. Ich sage die Vorstellungen ab.«

Sie hatte gar nicht gewusst, dass sie noch so viel Kraft besaß, um wütend zu sein. »Versuch es, und ich verklage dich, dass du Krone und Thron verkaufen musst.«

»Eve, jetzt ist nicht die richtige Zeit für Drohungen. Was heute passiert ist …«

»… hatte gar nichts mit dem Theater und nur sehr wenig mit mir zu tun. Wir beide wissen das. Andernfalls wäre ich in Houston nicht sicherer als hier.«

Er wollte sich nicht mit ihrer Logik auseinandersetzen. Wenn es um Eve ging, gab es nur noch Gefühle. »Ich will dich nicht hier haben.«

Der Pfeil traf sein Ziel. Sie ließ den Schmerz vorübergehen und griff dann wieder nach dem Besteck. »Es bringt nichts, wenn du versuchst, mich zu verletzen, Alexander. Ich werde nicht weggehen und meine Truppe auch nicht, bevor wir alle Vorstellungen gegeben haben. Wir haben einen Vertrag.«

Sein Französisch klang härter und wesentlich klarer als sein Englisch. Er fing an, es zu sprechen, als er aufstand, um im Zimmer hin und her zu gehen. In ihrer Zeit auf dem Schweizer Internat hatte sie, vor allem in den Schlafsälen, genug gelernt, um ihn perfekt zu verstehen.

»Nanny erwähnte, du seist schlechter Laune«, sagte sie und aß weiter. Dass sie deren Ausbruch erleben durfte, gefiel ihr. Also ist er doch nicht so beherrscht, dachte sie. »Der Wein ist ausgezeichnet, Alexander. Warum setzt du dich nicht und lässt ihn dir schmecken?«

»*Merde!*« Er wirbelte zu ihr herum und widerstand der Versuchung, ihr Tablett samt Inhalt zu Boden zu schleudern. »Das ist kein Spiel. Weißt du, was ich durchgemacht habe, als ich dachte, du könntest tot sein? Du könntest in diesem Zimmer gewesen sein, als die Bombe hochging?«

Sie legte ihr Besteck wieder weg und hob den Blick zu seinen Augen. »Ich glaube schon. Ich mache so ziemlich dasselbe durch, wann immer du dich in der Öffentlichkeit zeigst. Heute Morgen stand ich an diesem Fenster und dachte an dich. Ich wusste nicht einmal, wie lange du fort warst.«

»Ich wollte dich nicht wecken.«

»Ich verlange keine Erklärungen, Alex.« Der Appetit war ihr vergangen. Sie schob das Tablett von sich. »Ich möchte dir klarmachen, was ich gefühlt habe. Ich habe auf das Meer hinausgesehen, und ich wusste, dass du irgendwo warst und dich um Cordina gekümmert hast. Irgendwo, wo ich nicht sein konnte, wo ich dir nicht helfen konnte. Und ich musste mich anziehen und das Haus verlassen und weitermachen, obwohl ich Angst hatte, dies könnte der Tag sein, an dem ich dich verliere.«

»Eve, ich bin von so vielen Leibwächtern umgeben, dass ich manchmal glaube, sie ersticken mich. Die Sicherheitsvorkehrungen werden seit dem Bombenanschlag in Paris für uns alle verstärkt.«

»Soll mich das trösten? Würde es dich trösten? Du willst, dass ich weglaufe, Alex. Wirst du mit mir weglaufen?«

»Du weißt, dass ich das nicht kann. Dies ist mein Land.«

»Und dies ist mein Job. Bitte verlang nicht von mir, zu gehen.« Sie streckte die Hand aus, sah ihn zögern und dann ihre Hand ergreifen. »Wenn du auf mich böse sein willst, warte bis morgen. Diesen ganzen schrecklichen Tag über habe ich mir gewünscht, dass du mich festhältst. Bitte, bleib heute Nacht bei mir, Alex.«

»Du brauchst Ruhe.« Doch er zog sie an sich.

»Ich werde mich hinterher ausruhen«, sagte sie und zog ihn zu sich herunter.

10. Kapitel

Obwohl Eve es selbst erlebt hatte, obwohl man es ihr geschildert und sie in den Zeitungen alles gelesen hatte, war sie auf den Anblick der Zerstörungen in ihrem Büro nicht gefasst.

Sie hatte Wort gehalten und war vierundzwanzig Stunden ferngeblieben – hauptsächlich weil sie keine Wahl gehabt hatte. Jetzt stand sie an der Tür – oder vor dem, was von der Tür übrig geblieben war – und betrachtete, was einmal ihr Büro gewesen war.

Der Schutt war noch nicht abtransportiert worden, und zwar auf Anordnung der Polizei. Die Asche und die Trümmer hatte man gründlich durchsucht – in der Nacht des Bombenanschlags, an dem Tag, an dem sie nicht hier gewesen war, und in der Nacht, die sie schlaflos verbracht hatte in der Angst, zurück ins Theater zu gehen.

Es gab ein Loch in einer Wand, größer und breiter als sie selbst, sodass sie auch den angrenzenden zerstörten Raum sah. Holzsplitter hatten sich in den Verputz gebohrt oder lagen angehäuft auf dem Boden. Ihr Aktenschrank war ein Haufen ineinander verkeiltes Metall, sein Inhalt Asche. Der Teppich war verschwunden, der Boden übersät mit Rillen. Das Fenster war mit Brettern vernagelt, sodass kein Licht hindurchdrang. Die Handwerker kamen an diesem Vormittag, aber sie hatte alles mit eigenen Augen sehen wollen, bevor man mit der Instandsetzung begann.

Sie zitterte nicht. Sie hatte es befürchtet auf dem Weg hierher. Die Angst, die sie erwartet hatte, mit der abzufinden sie bereit gewesen war, blieb aus. An ihre Stelle trat Wut, heftige, grenzenlose und befreiende Wut.

All ihre Aufzeichnungen, ihre Notizen – zerstört. Sie trat ein und stieß mit dem Fuß einen von der Decke herabgefallenen Gesteinsbrocken beiseite. Die Arbeit von Wochen, Monaten, sogar Jahren war innerhalb von Sekunden in Schutt und Asche gelegt worden. Manches konnte ersetzt werden, anderes war schlichtweg unersetzbar.

Das Bild, das sie auf ihrem Schreibtisch aufgestellt hatte, ihr Lieblingsfoto von ihr und Chris – Asche. Vernichtet waren auch das Drehbuch, das sie geschrieben, und das, an dem sie gearbeitet hatte. Die Tränen in ihren Augen waren nicht Tränen der Trauer, sondern Tränen der Wut. Ihr Skript mochte ungeschliffen formuliert gewesen sein, der Inhalt vielleicht sogar albern, aber es war ihr Stück gewesen. Mangelndes Selbstvertrauen und abwertende Selbstironie hatten sie dazu gebracht, es unter T für »Traum« abzulegen.

Jetzt war ihr Traum zerstört, in die Luft gesprengt von jemandem, der sie nicht einmal kannte. Jemand hatte ihr Teile ihres Lebens genommen und würde ihr auch ihr Leben ohne Bedenken nehmen.

Die Schuldigen werden dafür büßen, schwor sie sich, als sie zwischen den Trümmern stand. Irgendwie wollte sie selbst dafür sorgen.

»Eve!«

Mit dem Handrücken wischte sie sich über die Augen, ehe sie sich umdrehte. »Chris!«

In diesem Moment war sie nur die jüngere Schwester, als sie über die Trümmer stieg und in die Arme ihrer Schwester sank. »Ich bin ja so froh, dass du hier bist! So froh!«

»Natürlich bin ich hier. Ich habe mich sofort auf den Weg gemacht, als ich von dem Anschlag hörte.« Chris drückte sie fest an sich. »Ich bin zuerst in den Palast gefahren. Noch nie habe ich so viele Sicherheitskräfte gesehen. Hätte Bennett nicht eingegriffen, könnte ich jetzt noch mit den Wächtern am Portal streiten. Eve, um Himmels willen, was geht hier vor?«

»Es ist weg, alles. Das Foto von uns beiden bei der Premiere meines ersten Stücks. Es stand auf dem Schreibtisch. Die kleine Porzellankatze, die Mom mir schenkte, als ich zehn war. Ich habe sie immer mit mir mitgenommen. Nichts ist davon übrig, gar nichts.«

»Ach, Schätzchen!« Chris drückte sie an sich und betrachtete den Raum über Eves Schulter hinweg. Sie schauderte bei der Vorstellung, was hätte passieren können. »Es tut mir so leid. Aber du bist in Sicherheit.« Besorgt schob sie Eve auf Armeslänge von sich, um sie eingehend zu betrachten. »Du wurdest nicht verletzt?«

»Nein, nein, ich war fast schon aus dem Gebäude. Reeve sagte, es sei nur eine kleine Plastikbombe gewesen, die keine große Reichweite hat.«

»Eine kleine Bombe«, wiederholte Chris flüsternd und zog Eve erneut an sich. »Nur eine kleine …« Ihr Zorn flammte auf, als sie ihre Schwester schüttelte. »Eve, hast du eine Ahnung, wie das war, davon in den Nachrichten zu hören?«

»Es tut mir leid, Chris. Alles ging so schnell, und ich habe nicht mehr klar denken können. Ich hätte dich anrufen sollen.«

»Verdammt richtig, das hättest du tun sollen.« Chris beließ es dabei, weil sie sich vorstellen konnte, in welcher Verfassung Eve gewesen sein musste. »Brie hat mich angerufen. Fürst Armand selbst hat Dad angerufen. Dad wäre am liebsten ins nächste Flugzeug gestiegen, um dich nach Houston zurückzuholen.«

»Oh Chris.«

»Du hast nichts zu befürchten – aber nur, weil ich ihn davon überzeugt habe, dass wir größere Chancen haben, dich dazu zu bringen, auf mich zu hören.«

»Ich werde ihn anrufen. Also ehrlich, ich hätte niemals gedacht, dass die Nachricht so schnell die Staaten erreichen würde.«

»Ich will die ganze Geschichte hören, Eve, nicht die abgeschwächte offizielle Version aus den Sechs-Uhr-Nachrichten.«

Chris' Stimme nahm den festen, mütterlichen Ton an, den sie entwickelt hatte, als Eve fünfzehn wurde. »Du kannst sie mir erzählen, während ich dich in den Palast zurückfahre, damit du deine Sachen für die Abreise packen kannst.«

»Ich reise nicht ab, Chris.«

Chris machte einen Schritt zurück und schob sich das kurze, dichte Haar aus der Stirn. »Jetzt hör mir mal zu ...«

»Ich liebe dich«, unterbrach Eve sie. »Und ich verstehe, was du fühlen musst, wenn du dir das alles hier ansiehst.« Sie schwieg einen Moment, um ihrerseits den Raum noch einmal einer Inspektion zu unterziehen. Die Wut kehrte mit aller Stärke zurück. »Aber ich laufe nicht weg. Ich bin hierhergekommen, um vier Stücke zu produzieren, und, bei Gott, ich werde vier Stücke produzieren.«

Chris wollte sie anschreien, hielt sich jedoch zurück. Der einzige Weg, auf dem man nie an Eve herankam, war befehlen. »Eve, du weißt, wie sehr ich respektiere, was du tust, was du kannst, aber es ist leider offensichtlich, dass Cordina im Moment nicht sicher ist. Die Sache ist es nicht wert, dass du dein Leben dafür riskierst.«

»Die Bombe galt nicht mir. Ich wurde nur benutzt, um die Bissets zu treffen.« Eve legte die Hand auf den Arm ihrer

417

Schwester. »Ich kann nicht weg, Chris. Ich glaube, wenn ich dir erst einmal alles erklärt habe, wirst du verstehen.«

»Dann solltest du dir eine sehr überzeugende Erklärung einfallen lassen.«

»Das werde ich tun.« Lächelnd gab Eve ihr einen Kuss auf die Wange. »Aber nicht hier. Wir benutzen das Büro des Theaterdirektors.« Eve drängte Chris in den Korridor und warf einen kurzen Blick auf die Uhr. Sie hatte vor, innerhalb einer Stunde zurück zu sein, um weiterzuarbeiten.

Zwanzig Minuten später saßen die Schwestern bei ihrer zweiten Tasse Kaffee.

»Deboque!« Chris stellte ihre Tasse klirrend ab. »So viele Jahre später verursacht er noch immer so viel Leid!«

»Laut Alex wird er nie damit aufhören.« Solange er lebte. Eve schob den Gedanken von sich. Sie hätte nie erwartet, dass sie jemandem den Tod wünschen konnte. »Ich weiß nicht einmal, was für ein Mensch er ist. Böse, ganz sicher, und vermutlich besessen. Deboque will Fürst Armand ausschalten. Das nächste Mal könnte es ein anderes Familienmitglied sein, selbst eines der Kinder. Deshalb sind Reeve und Brie vorerst wieder in den Palast gezogen.«

»Eve, du weißt, was ich für die Bissets empfinde. Sie sind für mich wie eine zweite Familie. Aber ganz gleich, wie viel sie mir auch bedeuten, du kommst für mich an erster Stelle. Ich will dich zu Hause haben, weit weg von alldem hier.«

»Ich kann nicht fort. Einer der Gründe ist die Truppe und der Anlass unseres Aufenthalts hier. Bitte, hör mich zu Ende an«, fuhr sie fort, als Chris etwas sagen wollte. »Ich habe hier die Chance, etwas zu beweisen – mir selbst, dir und Dad und meiner Branche.«

»Du brauchst mir nichts zu beweisen, Eve.«

»Doch. Du hast dich um mich gekümmert. Du warst nur

fünf Jahre älter als ich, als Mom starb, aber du hast alles getan, was du nur tun konntest, um die Leere, die sie hinterlassen hat, auszufüllen. Vielleicht war mir damals nicht immer bewusst, was du getan hast und was du dafür aufgegeben hast, aber heute weiß ich es. Ich glaube, ich muss dir zeigen, dass es sich gelohnt hat.«

Chris brannten Tränen in den Augen, und rasch schüttelte sie den Kopf. »Glaubst du, das hätte ich jemals bezweifelt? Eve, ich war immer nur deine Schwester.«

»Oh nein, du warst auch meine Freundin.« Sie kam zurück, um Chris' Hände zu umfassen. »Selbst wenn es dir nicht gefiel, hast du zu mir gehalten. Was ich hier tue, geschieht für dich genauso wie für mich. Das habe ich dir vorher noch nie erklären können.«

»Ach, Liebes!« Chris drückte ihre Hände. »Ich weiß nicht, was ich sagen soll.«

»Sag erst einmal gar nichts. Hör mich an. Viele Leute in der Branche lachten hinter meinem Rücken, als ich anfing. Verwöhnte Erbin, die einer Laune nachgibt … so in der Art. Und vielleicht kam das zuerst auch der Wahrheit recht nahe.«

»Das stimmt nicht.«

»Oh doch. Durchaus.« Eve hatte kein Problem damit, die Wahrheit zu akzeptieren. »Ich habe mich durch die Schule gemogelt, indem ich so wenig wie möglich getan habe. Während des Sommers hing ich herum und tat gar nichts. Ich beobachtete Dad, wie er mit unlauteren Mitteln seinen Geschäften nachging, ich sah zu, wie du deine Ausbildung machtest und erfolgreich eine Galerie eröffnetest, und nahm das nächste Magazin in die Hand. Mit dem Theater hatte ich endlich ein Ziel gefunden, ohne zu erkennen, dass ich überhaupt eines brauchte. Chris, als ich das erste Mal auf der Bühne stand, war es, als würde in meinem Kopf ein Licht eingeschaltet. Vielleicht war mein Platz hinter und nicht auf der Bühne, aber ich sah mein Ziel vor mir. Es hat ein paar Jahre gedauert, bis die Leute zu lachen aufhörten, und jetzt habe ich die Chance, etwas Außergewöhnliches zu machen. Ich kann nicht aufgeben.«

»Ich wusste nicht, dass du so empfindest.« Chris strich über Eves Hand. »Ich verstehe dich, und ich bin stolz auf dich. Ich glaube, dass du etwas Außergewöhnliches tun kannst, aber der Zeitpunkt ist schlecht gewählt. In sechs Monaten, in einem Jahr, wenn sich die Dinge beruhigt haben …«

»Ich kann nicht weggehen, Chris. Selbst wenn sie das Theater niederreißen, wenn alle Mitglieder meiner Truppe zurückfliegen würden, könnte ich nicht fort.« Sie musste tief durchatmen, um es laut und ruhig aussprechen zu können. »Ich liebe Alexander.«

»Oh.« Weil es ihr die Sprache verschlagen hatte, sagte Chris sonst nichts.

»Ich muss bei ihm sein, besonders jetzt. Einmal dachte ich, die Truppe wäre alles, aber so wichtig sie auch ist, was ich für sie empfinde, kommt nicht annähernd an das Gefühl heran, das ich für ihn habe. Du brauchst mir nicht zu sagen, dass daraus nichts werden kann – darauf bin ich schon von selbst gekommen. Aber ich muss mit ihm so lange wie möglich zusammen sein.«

»Früher einmal dachte ich, dass vielleicht du und Bennett … Es hat mir sogar Spaß gemacht, mir euch beide vorzustellen. Aber Alexander …«

»Ich weiß.« Eve stand auf. »Der Thronerbe. Ich liebe ihn schon seit Jahren. Ich habe es geschafft, diese Tatsache zu verschleiern, sogar vor mir selbst, aber es ist eine Tatsache.«

»Ich habe mich mehrere Male gefragt, ob du möglicherweise ein wenig vernarrt warst.«

»Ich bin alt genug, um den Unterschied zu kennen«, sagte Eve lächelnd.

»Ja.« Seufzend lehnte Chris sich zurück. »Weiß er, was du für ihn empfindest?«

»Ich habe es ihm nicht gesagt, aber er ist ein sehr kluger Mann. Ja, ich glaube, er weiß es.«

»Und was fühlt er für dich, Eve?«

»Ich bedeute ihm etwas, vielleicht mehr, als er wollte, und weniger, als ich wollte. Es ist schwierig, Alex zu durchschauen. Er besitzt zu viel Übung darin, seine Gefühle zu verheimlichen.« Sie holte tief Luft. »Aber es spielt auch keine Rolle.«

»Wie kannst du das sagen?«

»Weil es keine Rolle spielen kann.« Sie war eine praktische Frau oder redete es sich zumindest ein. Eine Realistin. »Ich sagte doch, ich weiß, dass nichts dabei herauskommen kann, und ich werde damit fertig. Meine Karriere nimmt einen Großteil meiner Zeit und Energie in Anspruch. Selbst wenn Alex nicht der wäre, der er ist, bezweifle ich, dass wir uns einig werden könnten. Ich habe keine Zeit für Ehe und Familie. Ich brauche beides nicht.«

»Das überzeugt mich noch lange nicht – und dich genauso wenig.«

»Aber nein.« Wie oft schon hatte sie sich selbst in den vergangenen Wochen diesen Vortrag gehalten. »Sehr viele Frauen wollen nicht heiraten. Sieh dich an.«

»Ja.« Mit einem leisen Lachen beugte Chris sich wieder vor. »Eve, der einzige Grund, aus dem ich nicht verheiratet und sechsfache Mutter bin, ist, dass ich nie einen Mann getroffen habe, der mir wichtiger als meine Arbeit war. Aber du hast mir schon gesagt, dass du ihn getroffen hast.«

»Es ist nicht wichtig. Das darf es nicht sein.« Panik schlich sich in ihre Stimme ein. »Chris, siehst du denn nicht, dass ich

mich, ganz gleich, was ich will, mit der Realität auseinandersetzen muss? Wenn ich die Dinge nicht so akzeptiere, wie sie
sind, werde ich verlieren.« Unruhig fuhr sie sich durchs Haar.
»Er muss heiraten, eine Familie gründen. Das ist eine Pflicht,
der er nie ausweichen wird. Aber bis dahin kann ich einen Teil
von ihm haben.«

»So sehr liebst du ihn?«, sagte Chris. »Ich weiß nicht, ob ich
um dich weinen oder mich für dich freuen soll.«

»Freu dich! Es gibt genug Gründe für Tränen auf der
Welt.«

»Nun gut.« Chris stand auf und umarmte ihre Schwester.
»Ich freue mich für dich.« Und sie nahm sich das Recht, zu
glauben, dass Träume wahr werden konnten. »Ich nehme
nicht an, dass du dir den Nachmittag freimachen und mit mir
einkaufen wirst?«

»Oh, ich kann nicht. Ich muss in Houston anrufen und mir
Kopien meiner Unterlagen zuschicken lassen. Ich sollte schon
auf der Probe sein und dafür sorgen, dass alle die Ruhe bewahren. Und ich muss hier irgendwo einen Büroraum auftrei-
ben.« Sie machte eine Pause. »Was denn einkaufen?«

»Ich habe nur Handgepäck für eine Nacht mitgebracht«,
sagte sie und griff nach ihrer Ledertasche. »Ich war sicher,
zum Abendessen würden wir schon wieder in einem Flugzeug
sitzen. Wie es jetzt aussieht, muss ich mich umsehen, ob es in
Cordina etwas Sensationelles gibt, das ich am Premierenabend
anziehen kann.«

»Du bleibst hier?«

»Natürlich. Denkst du, ich könnte ein Zimmer im Palast
bekommen?«

Eve drückte sie an sich. »Ich werde ein gutes Wort für dich
einlegen.«

Stunden später saß Eve an ihrem Laptop in ihrem Wohnzimmer. Der Tag war rasch vorbeigegangen, angefüllt mit Problemen, die gelöst werden mussten. Doch der Abend hatte sich hingezogen. Alexander war nicht zum Essen heimgekommen.

Bennett war da gewesen, aber selbst bei seinen Scherzen und seiner lockeren Art hatte er nachdenklich gewirkt. Auch Reeve und Armand waren geistesabwesend gewesen. Es war ein Essen im Familienkreis mit Gabrielle und ihren Kindern, Bennett, Eve und Chris – und den freien Stühlen, auf denen die übrigen Familienmitglieder hätten sitzen sollen. Kaum war es beendet, hatte Bennett sich auch schon entschuldigt. Die Anspannung, die nicht einmal seine Lässigkeit zu tarnen vermocht hatte, blieb zurück.

Als Eve die Arbeit erwähnte, die sie noch nachholen musste, begleitete Chris Gabriella hinauf, um sich mit ihr um die Kinder zu kümmern. Zurück in ihrem Zimmer und allein, versuchte Eve, die noch verbleibenden Stunden des Abends mit Arbeit auszufüllen.

Ihre vier Skripte für die bevorstehenden Aufführungen waren vernichtet, Kopien jedoch gesichert. Es gab keine Veranlassung, sie anzusehen. Eve kannte jedes Wort, jeden Teil der Inszenierung. Falls es nötig gewesen wäre, hätte sie für jeden aus ihrer Truppe bei der Eröffnungsvorstellung einspringen können.

Die erste Aufführung war in wenigen Tagen, und obwohl die Schauspieler an diesem Nachmittag verständlicherweise nervös gewesen waren, waren die Proben gut verlaufen. Die zweite Inszenierung war fast so brillant wie die erste, und die Proben für das dritte Stück würden in den folgenden Wochen beginnen. Wenn es keine weiteren Zwischenfälle gab.

Das Haus war für die ersten drei Vorstellungen ausverkauft, und der Kartenverkauf nahm ständig zu.

Sie hatte daran gedacht, ihr Budget noch einmal zu überprüfen, aber die Vorstellung, Zahlen zusammenzuzählen, war alles andere als verlockend. Sie hatte auf ihre Uhr gesehen, sich im Bad entspannt und wieder einen Blick auf die Uhr geworfen. Es war fast zehn gewesen, als sie sich an den Computer setzte und sich sagte, Alexander sei gesund und unversehrt und würde nach einem anstrengenden Tag in seinem eigenen Bett schlafen.

Jetzt versuchte sie, den Rest des Abends mit Arbeit auszufüllen. Die Aufzeichnungen für ihre eigenen Stücke waren vernichtet. Warum hatte sie auch keine Kopien gemacht? Nun blieb ihr nichts anderes übrig, als von vorn zu beginnen.

Eine neue Idee, eine neue Sammlung, und in gewisser Weise auch eine neue Frau. Erster Akt, erste Szene, sagte Eve sich, als sie eine neue Datei öffnete.

Die Zeit verging. Zerknüllte Blätter der Computerausdrucke lagen herum, aber ein Stapel mit frisch beschriebenen Seiten hatte sich angesammelt.

Alexander fand sie so vor, über ihre Tastatur gebeugt. Das Licht am Tisch fiel auf ihre Hände, während ihre Finger über die Tasten huschten.

Sie trug dasselbe blaue Kleid wie am ersten Abend nach ihrer Ankunft. Die Ärmel hatte sie bis zu den Ellbogen hochgeschoben.

Jedes Mal, wenn er sie sah, war er aufs Neue entzückt, wie reizend sie war. Wenn sie wollte, machte sie sich ihr Aussehen zunutze, dann wieder vernachlässigte sie es. Niemals schien es von Bedeutung. Fähigkeiten. Waren sie es, die der Schönheit so viel Gewicht gaben? Irgendetwas an ihr sagte dem Betrachter, dass sie alles, was sie sich vornahm, auch durchführte, und das sehr gut.

Ihre Hände wirkten zart, aber sie selbst war es nicht. Ihre Schultern wirkten nicht belastbar, aber sie selbst war stark. Ihrem Gesicht nach war sie jung, verletzlich und so empfindsam. Obwohl sie all diese Eigenschaften haben mochte, besaß sie eine Stärke und eine Entschlossenheit, die sie befähigten, mit allem fertig zu werden, was immer das Leben ihr auch abverlangte.

Liebte er sie deshalb? Wegen ihrer Fähigkeiten? Müde fuhr Alexander sich mit der Hand über das Gesicht. Er hatte erst angefangen, das zu begreifen und zu versuchen, es zu analysieren und zu verstehen. Attraktion war ihm um so vieles wichtiger geworden als Schönheit.

Einmal hatte er zu ihr gesagt, dass er sie brauche. Und so war es auch, vor diesem Augenblick und danach. Aber er hatte ihr nicht gesagt oder es selbst nicht ganz verstanden, wie sehr er sie brauchte.

Als er befürchtete, sie verloren zu haben, war ihm, als hätte sein Herz aufgehört zu schlagen. Ihm war, als würde er nicht mehr sehen, nicht mehr hören, nicht mehr fühlen. War das Liebe?

Er wünschte, er könnte sicher sein. Niemals hatte er sich erlaubt, etwas anderes zu lieben als seine Familie und sein Land. Bei Eve hatte er es sich nicht erlaubt, aber er war ihr erlegen. Vielleicht war das Liebe. Verletzlich zu sein, abhängig, einen anderen Menschen zu brauchen. Ein so ungeheures Risiko einzugehen, konnte er sich nicht leisten. Nicht jetzt, vielleicht niemals. Und doch war es bereits geschehen.

Hätte er in diesem Augenblick einen Wunsch frei gehabt, so hätte er sich gewünscht, mit ihr irgendwo zu sein, wo sie gewöhnliche Menschen in einer gewöhnlichen Zeit gewesen wären. Heute Nacht vielleicht könnten sie für ein paar Stunden so tun, als wäre es Wirklichkeit.

Er beobachtete, wie sie sich aufrichtete und die Hand gegen den Rücken drückte.

»Du hast versprochen, du würdest dich nicht überarbeiten.«

Ihre Hand blieb, wo sie war, aber ihr Kopf fuhr herum. Alexander sah die Erleichterung und dann die Freude in ihren Augen. »Das musst ausgerechnet du sagen.« Ihr Blick glitt so verlangend über ihn, dass seine Müdigkeit schwand. »Du wirkst erschöpft, Alex. Ich dachte, du wärst schon im Bett.«

»Besprechungen.« Er kam in den Raum. »Tut mir leid, dass ich heute Abend nicht bei dir sein konnte.«

»Du hast mir gefehlt.« Sie verschränkten ihre Hände ineinander. »Und ich wollte es zwar nicht sagen, aber ich habe mir Sorgen gemacht.«

»Das war nicht nötig. Ich war seit fünf Uhr im Palast.«

»Ich wollte nach dir fragen, aber …« Sie lächelte ein wenig und schüttelte den Kopf. »Ich hatte das Gefühl, ich sollte es nicht tun.«

»Bennett oder Gabriella hätten es dir sagen sollen.«

»Jetzt bist du ja hier. Hast du schon gegessen?«

»Ja, eine Kleinigkeit im Arbeitszimmer meines Vaters. Ich habe gehört, deine Schwester ist hier.«

»Sie kam heute Vormittag an.« Eve stand auf und ging zu einem kleinen Rokokoschränkchen, aus dem sie Cognac und zwei Schwenker holte. »Sie könnte jemanden brauchen, der sie beruhigt. Ich hoffe, Brie tut das. Chris hat sich halb zu Tode gesorgt, bevor sie hierherkam.«

»Vielleicht könntest du mit ihrer Hilfe dazu überredet werden, nach Amerika zurückzukehren.«

Eve reichte ihm sein Glas und prostete ihm mit ihrem zu. »Auf keinen Fall.«

»Wir könnten für die Aufführungen einen neuen Termin festsetzen, ein paar Monate oder ein Jahr warten.«

Eve trank einen Schluck und zog eine Augenbraue hoch. »Hast du schon mit Chris gesprochen?«

»Nein, warum?«

»Nichts.« Lächelnd ging sie hinüber zum CD-Player. Leise Musik erfüllte gleich darauf den Raum. Wenn man einen Prinzen verführen wollte, fand sie, sollte man alle Register ziehen. »Ich reise nicht ab, Alex, sodass es Zeitverschwendung wäre, darüber zu streiten. Und ich hasse es, meine Zeit zu verschwenden.«

»Du bist eine starrsinnige Frau.« Allein bei ihrem Anblick und beim Klang ihrer Stimme beschleunigte sich sein Puls. »Vielleicht könnte ich dich zur Abreise drängen, würde ich dich nicht so unbedingt bei mir haben wollen.«

»Nein, das könntest du nicht. Aber du weißt gar nicht, wie sehr ich mir gewünscht habe, dass du sagst, dass du mich bei dir haben willst.« Sie kam zu ihm.

»Habe ich dir das nicht schon vorher gesagt?«

»Nein.« Sie nahm seine Hand. »Du sagst mir überhaupt nicht viel mit Worten.«

»Tut mir leid.« Er zog ihre Hand an seine Lippen.

»Ich will nicht, dass dir etwas leidtut.« Sie stellte ihr Glas ab. »Ich will, dass du so bist, wie du bist.«

»Seltsam.« Er hielt ihre Hand an seine Wange. »In jüngster Zeit habe ich mir so häufig gewünscht, ein anderer zu sein«, sagte er.

»Nein, nicht.« Sie wusste, dass er in diesem Moment ihre Stärke brauchte. »Kein Bedauern. Keiner von uns sollte jemals bedauern, was er ist. Lass uns stattdessen genießen.« Leicht und zärtlich strich sie über sein markantes Kinn. »Einfach genießen.«

427

»Eve.« Er wusste nicht, was er zu ihr sagen konnte, was er sagen sollte, was am besten noch eine Weile in ihm verschlossen blieb. Ihre Hand in seiner, stellte er sein Glas auf ihren Schreibtisch. »Du arbeitest zu hart.«

»Und das musst wieder ausgerechnet du sagen.«

Er lachte. Es fiel ihm immer leicht, zu lachen, wenn er mit ihr zusammen war. »Was ist das? Wieder ein Stück?«

»Es ist nichts.« Sie wollte die Papiere zusammenschieben, doch er legte seine Hand darauf. »Das hier kenne ich noch nicht. Wie ist der Titel? *Marking Time?* Es ist keins von den Alternativstücken.«

»Nein.« Verlegen versuchte sie, seine Aufmerksamkeit abzulenken. »Es ist nichts.«

»Du denkst schon daran, etwas Neues zu produzieren?« Er dachte daran, dass sie abreisen und ihr Leben, ihre Karriere fortsetzen würde. Mit Mühe zeigte er Interesse anstelle von Bedauern. »Was ist das für ein Stück?«

»Es wird … es ist ein Familiendrama. Warum versuchen wir nicht …«

»Es ist so wenig.« Mit dem Daumen blätterte er die Seiten durch und schätzte, dass es nicht mehr als zwölf waren. Dann klickte es bei ihm – wie sie über die Tastatur gebeugt gesessen hatte, die zusammengeknüllten Blätter.

Mit einem ruhigen Lächeln sah er sie wieder an. »Du schreibst es.«

Ertappt zuckte sie die Schultern und versuchte sich zurückzuziehen. »Es ist nur ein Hobby.«

»Du wirst rot.«

»Natürlich nicht. Das ist lächerlich.« Sie griff wieder zu ihrem Cognac und versuchte, unbekümmert zu klingen. »Ich mache das nur in meiner Freizeit.« Sie ließ den Cognac im Glas kreisen, trank einen Schluck.

»*Chérie*, in den letzten Wochen habe ich selbst gesehen, wie wenig Freizeit du hast.«

Er strich ihr eine Haarsträhne hinters Ohr. »Du hast mir nie erzählt, dass du schreiben willst.«

»Wenn man nur mittelmäßig ist, verbreitet man das nicht auch noch.«

»Mittelmäßig? Das muss ich selbst beurteilen.« Er griff erneut nach den Blättern, aber Eve war schneller. »Der Text ist noch sehr ungeschliffen. Er muss noch ausgefeilt werden.«

»Ich verstehe, wenn ein Künstler sein Werk erst vorzeigen will, nachdem er es beendet hat.« Er wollte es jedoch sehen, und zwar bald. »Ist das deine erste Arbeit?«

»Nein.« Sie schob die Blätter in eine Schublade und schloss sie. »Ich hatte schon ein Stück fertig geschrieben und ein zweites angefangen.«

»Dann möchte ich das fertige Stück lesen.«

»Es ist weg.« Erneut musste sie darum kämpfen, ihre Stimme neutral zu halten. »Es lag im Büro.«

»Deine Arbeit ist verloren gegangen.« Er trat einen Schritt auf sie zu und umfasste ihr Gesicht. »Es tut mir ja so leid, Eve. Ich meine, was man schreibt, ist ein Teil von einem selbst. Ein lebendiger Teil. Ihn zu verlieren, muss vernichtend sein.«

Sie hatte nicht erwartet, dass er sie verstehen würde. »Es war kein sehr interessantes Stück«, sagte sie. »Mehr eine Übungsarbeit. Ich hoffe nur, ich habe genug gelernt, um das hier besser zu machen.«

»Ich möchte dich etwas fragen.«

»Was?«

»Du wolltest einmal Schauspielerin werden. Warum spielst du nicht?«

»Weil Schauspieler tun müssen, was man ihnen sagt. Ein Produzent bestimmt, wo es langgeht.«

Er musste lächeln. »So einfach ist das?«

»Hinzu kommt, dass ich als Produzentin besser bin, als ich jemals als Schauspielerin war.«

»Und das Schreiben?«

»Ist so eine Art Herausforderung an mich selbst.« Wie leicht es doch war, ihm alles zu erzählen, nachdem sie erst einmal damit begonnen hatte. Es gab keine Gründe für Geheimnisse oder Verlegenheit. Nicht bei ihm. »Wenn ich behaupte, so viel über das Theater zu wissen, darüber, was dem Publikum gefällt oder wie man ein Stück inszeniert und produziert, warum sollte ich dann nicht auch eines schreiben können? Und zwar ein erfolgreiches«, fügte sie hinzu, bevor sie den letzten Schluck Cognac trank. »Der erste Versuch war so schlecht, dass ich fand, der zweite könnte nur besser werden.«

»Du liebst es, dich selbst herauszufordern. Das Theater, Fechten, dein Kampfsport.«

»Ich habe später als die meisten gelernt, dass eine Herausforderung an einen selbst bedeutet, dass man lebt und nicht nur existiert.« Kopfschüttelnd stellte sie ihr leeres Glas weg. »Und du verdirbst alles.«

»Ich?«

»Ja. Du hast mich zum Philosophieren gebracht, als ich darauf aus war, dich zu verführen.«

»Ich bitte vielmals um Verzeihung.« Lächelnd lehnte er sich gegen den Tisch.

»Ich nehme an, du bist schon früher verführt worden.« Eve ging zur Tür, schloss ab und wandte sich um.

»Unzählige Male.«

»Tatsächlich.« Sie zog die Augenbrauen hoch, als sie sich gegen die Tür lehnte. »Von wem?«

Sein Lächeln vertiefte sich. »Mademoiselle, ich wurde als Gentleman erzogen.«

»Hmmm. Mal sehen. Ich habe dich mit Cognac sanft ge-
stimmt. Ich habe Musik eingeschaltet. Jetzt denke ich …« Ein
Leuchten trat in ihre Augen. »Ja, ich glaube, jetzt habe ich es.
Wenn du mich für einen Moment entschuldigst.«

»Selbstverständlich.«

Eve eilte an Alexander vorbei in das angrenzende Schlafzimmer. Ohne die geringsten Gewissensbisse zog er ihre
Schublade auf und begann, ihr Stück zu lesen. Es nahm ihn
augenblicklich gefangen, dieser Dialog zwischen einer nicht
mehr ganz jungen Frau und ihrem Spiegelbild am Schminktisch.

»Eure Hoheit.«

Er schloss die Schublade, ehe er sich umdrehte. Er wollte
Eve sagen, dass er das Stück wunderbar fand. Obwohl er
durch seine Gefühle voreingenommen war, wusste er, dass in
ihren Worten etwas Besonderes lag. Doch als er sie sah, brachte
er kein Wort heraus.

Sie trug ein Shirty, das mit Spitze gesäumt war, und einen
langen, offenen Hausmantel, beides von dem Blau eines Sees.
Ihr Haar hatte sie jetzt heruntergelassen und frisch gebürstet,
sodass es ihr um die Schultern fiel. Hinter ihr flackerte und
bewegte sich Licht. Ihre Augen waren dunkel. Er fragte sich,
wie er sein eigenes Verlangen in ihnen gespiegelt sehen konnte.
Dann reichte sie ihm wie beim ersten Mal die Hand.

Er ging zu ihr, und in seinem Kopf begann alles zu verschwimmen von dem Duft von Kerzenwachs und den Ge-
heimnissen einer Frau. Wortlos zog sie ihn in das Schlafzimmer.

»Ich habe den ganzen Tag darauf gewartet, mit dir zusammen zu sein.«

Sie begann, ganz langsam sein Hemd aufzuknöpfen. »Um
dich zu berühren.« Sie strich mit der Hand über seine Haut,

bevor sie das Hemd über seine Schultern schob. »Von dir berührt zu werden.«

»Wenn ich von dir weg bin, denke ich an dich, obwohl ich an andere Dinge denken sollte.« Er streifte ihr den Hausmantel ab und ließ ihn achtlos zu Boden gleiten. »Wenn ich mit dir zusammen bin, kann ich an nichts anderes denken als an dich.«

Die Worte erregten sie. Er sagte so etwas nur selten. »Dann denk an mich.«

Der Raum wurde von einem Dutzend Kerzen erleuchtet. Die Laken auf dem Bett waren schon zurückgeschlagen – alles war bereit. Durch die Tür klang leise Musik herein. Debussy. Wortlos zog Eve Alexander mit sich zum Bett und begann, ihn so zu lieben, wie jeder Mann es sich erträumt.

Ihr erster Kuss war zärtlich, aufmunternd, gebend, während ihre Hände ihn sanft streichelten. Mit den Lippen zog sie heiße Spuren über sein Gesicht, seinen Hals, verharrte lange genug, um zu erregen, nicht lange genug, um zu befriedigen. Die Spitze, die Seide, ihre nackte Haut zu spüren ließ die Flamme der Leidenschaft in ihm auflodern.

Sie entkleidete ihn, schob seine Hände weg, als er ihr dabei helfen wollte. Ihre Augen waren halb geschlossen, während sie seinen Körper betrachtete, der ihr so viel Freude schenkte. Im Licht der Kerzen sah er bronzen aus. Und seidig schimmernd. Sie machte sich daran, jeden Anschein von Selbstbeherrschung zu zerstören.

Er meinte, sein Herz würde zerspringen. Keine Frau hatte ihn jemals so unglaublich erregt.

Wann immer er nach ihr griff, wich sie aus und ließ ihn durch einen zärtlichen Biss oder eine federleichte Berührung schwach werden.

Der Atem stockte ihm, sonst hätte er sie angefleht aufzuhören. Weiterzumachen.

Hilflos. Sie war die Erste, die ihn jemals hilflos gemacht hatte. Seine Haut wurde feucht, heiß, empfindsam. Wo immer sie ihn berührte, überlief ihn ein Schauer. Ein Stöhnen entrang sich ihm, und er hörte ihr leises Lachen.

Wie unglaublich zu erfahren, dass es so erregend sein konnte, einen Mann zum Erschauern zu bringen. Wie befriedigend, zu entdecken, dass es eine Macht gab, die nur Freude brachte.

Hier gehörte er ihr. Ihr allein. Es gab kein Land, keine Pflichten, keine Traditionen.

An der Grenze der Vernunft angelangt, stemmte er sich hoch, legte einen Arm um ihre Taille und zog sie an sich, unter sich. Er schob sich auf sie, und sein Atem ging stoßweise, während er auf sie hinunterblickte. Die Herausforderung lag in ihren Augen.

»Du treibst mich zum Wahnsinn«, sagte er und presste seinen Mund auf ihren.

Die Leidenschaft erfasste sie wie ein Wirbelsturm. Jeder von ihnen kämpfte, aber nicht um freizukommen, sondern um Erfüllung.

Sie rollten sich über das Bett, Mund an Mund, Körper an Körper. Er zog sie aus, aber nicht mit der Behutsamkeit, die sie erwartet hatte. Seine Finger zitterten, als er das letzte Hindernis zwischen ihnen entfernte. Sie zitterten, dann drückten und packten sie sich und hinterließen winzige schmerzende Stellen.

Sie stöhnte, aber nicht vor Schmerz, sondern von dem Wissen, dass er seine Selbstbeherrschung aufgegeben hatte. Sie hatte es gewollt, hatte davon geträumt, was sie hinter dieser fest verschlossenen Tür finden würde.

Erschauernd erreichte sie den Höhepunkt. »Alexander.« Sie glaubte, seinen Namen geschrien zu haben, doch es war nur ein Flüstern. »Ich will dich.« Sie ließ die Hände nach unten gleiten. »Ich will dich in mir spüren.«

Ihre Hüften bogen sich ihm entgegen, bestimmten den Rhythmus. Er wollte ihr Gesicht betrachten, um zu wissen, wann sie den Augenblick höchster Verzückung erreicht hatte. Doch sein Blick war verschleiert.

Sie wurden beide mitgerissen.

11. Kapitel

Eve erwachte zum ersten Mal in Alexanders Armen. Das Licht vor Sonnenaufgang war rauchgrau. Der Nebel würde sich lichten, sobald die Sonne aufging. Die Geräusche des Meeres waren nur ein Raunen, das durch die Fenster drang. Die Kerzen waren vor langer Zeit erloschen, doch ihr Duft hing noch leicht im Zimmer.

»Alexander«, sagte sie, als er ihr einen Kuss auf die Schläfe drückte, und kuschelte sich enger an ihn.

»Schlaf weiter. Es ist noch früh.«

Sie fühlte, wie er von ihr abrückte. »Du gehst?«

»Ja, ich muss.«

Sie legte die Arme um ihn und hielt ihn zurück. »Warum? Es ist noch früh.« Er lachte leise, denn er fand ihre undeutlich gesprochenen Worte und müden Bewegungen liebenswert. Er hob den Arm, mit dem sie ihn festhielt, und küsste ihre Hand. »Ich habe frühe Termine.«

»Nicht so früh.« Sie kämpfte darum, ganz wach zu werden, öffnete die Augen und sah ihn an. Sein Haar war zerzaust, vom Kopfkissen, von ihren Händen, von einer Liebesnacht. Aber in dem schwachen Licht war sein Blick hellwach. »Könntest du nicht noch eine Stunde bei mir bleiben?«

Er wollte es, wollte ihr sagen, dass er alle Stunden des jetzigen und des folgenden Tages mit ihr verbringen wollte. Aber er konnte es nicht. »Das wäre nicht klug.«

»Klug.« Sie verstand, und etwas von der Freude schwand

435

aus ihrem schläfrigen Blick. »Du willst nicht in meinem Zimmer sein, wenn die Angestellten aufwachen.«

»Es ist am besten.«

»Für wen?«

Er zog die Augenbrauen hoch, teils amüsiert, teils arrogant. Es kam selten vor, dass jemand seine Beweggründe infrage stellte. »Was zwischen uns ist, geht nur uns etwas an. Ich möchte nicht, dass dein Name in die Klatschspalten gerät oder in den Zeitungen groß rausgebracht wird.«

»Wie es mit Bennett war.« Ein Anflug von Ärger schlich sich in ihre Stimme ein, als sie sich aufsetzte und mit verschränkten Armen gegen das Kopfende lehnte. »Über meinen Ruf mache ich mir lieber selbst Sorgen.«

»Das steht dir frei.« Er strich mit einem Finger über ihre nackte Schulter. »Aber ich sorge mich auch.«

»Um meinen oder deinen Ruf?«

»Eve, es gibt schon Gerede, seit dieses Foto von uns beiden in der Zeitung war.«

»Das freut mich.« Sie warf das Haar zurück und betrachtete ihn ruhig. Sie verspürte Schmerz. Woher er gekommen und warum er so akut war, wusste sie nicht, aber er war vorhanden. Schmerz konnte leicht dazu führen, dass man unvernünftig wurde. »Ich schäme mich nicht dafür, deine Geliebte zu sein.«

»Denkst du das etwa? Dass ich mich schäme?«

»Du kommst spätabends zu mir und gehst vor Sonnenaufgang, als würdest du dich dafür schämen, wo und mit wem du die Nacht verbracht hast.«

Er ließ die Hand ihren Hals hinaufgleiten und hielt sie fest genug, sodass sie die Kraft und seinen Zorn dahinter spürte. Noch immer sah sie ihn ruhig an. »Sag das niemals. Wie kannst du so etwas auch nur denken?«

»Warum sollte ich etwas anderes denken?«

Er schloss die Finger um ihren Hals, so fest, dass sie ihn mit großen Augen erschrocken ansah, bevor er die Lippen hart und wütend auf ihre presste. Sie wehrte sich, wollte eine Antwort, welche auch immer. Er aber ließ die Hände schonungslos über sie gleiten, erforschte jede Stelle ihres Körpers, die er bereits auf sanftere Art erkundet hatte.

Eve war zu keinem zusammenhängenden Gedanken mehr fähig, so sehr war sie von hemmungslosen Gefühlen überwältigt. Sie legte die Arme fest um ihn, bereit zu nehmen, was er zu geben bereit war. Ihr Körper antwortete seinem mit derselben ungestümen Leidenschaft.

Wut und Erregung trafen aufeinander. In einer Vereinigung, die alles andere als still und zärtlich war, verschmolzen sie miteinander.

Er lag da und blickte zur Decke, Eve lag zusammengerollt neben ihm, aber sie berührten sich nicht mehr. Die Sonne brannte den Nebel weg.

»Ich will dich nicht verletzen.«

Sie stieß zittrig den Atem aus, aber ihre Stimme war kräftig und klar. »Ich bin nicht leicht zu verletzen, Alexander.«

»Nein?« Er wollte ihre Hand ergreifen, war jedoch nicht sicher, ob sie es wollte. »Wir müssen einen Ort und eine Zeit finden, um miteinander zu sprechen. Nicht jetzt.«

»Nein, nicht jetzt.«

Als er aus dem Bett stieg, blieb sie. Sie hörte, wie er sich anzog, und wartete auf das Geräusch der sich öffnenden und schließenden Tür. Stattdessen fühlte sie seine Hand leicht auf ihrer Schulter.

»Ich empfinde sehr viel für dich, aber keine Scham. Wartest du auf mich im Theater? Ich werde eine Möglichkeit finden, um sechs dort zu sein.«

Sie sah ihn nicht an, weil sie wusste, dass sie ihn dann anflehen würde zu bleiben, ihn vielleicht um viel mehr anflehen würde, als er ihr geben konnte. »Ja, ich werde warten.«

»Schlaf noch etwas.«

Sie sagte nichts. Die Tür öffnete und schloss sich.

Eve drückte die Augen ganz fest zu und kämpfte gegen ein Gefühl der Verzweiflung und des Verlorenseins an.

Alexander hatte ihr Leidenschaft gegeben, aber keine Antworten. Einmal hatte sie sich selbst versprochen, seine Leidenschaft wäre genug. Jetzt wusste sie, dass dies nicht stimmte. Sie wollte sein Herz, ohne die Einschränkungen, die er sich auferlegte. Sie wollte geliebt, geschätzt, akzeptiert werden. Sie wollte mehr, als sie haben konnte, und sie konnte nicht mit weniger leben.

Sobald sie das einsah, stand Eve auf. Es war Zeit, ihr Leben wieder in Angriff zu nehmen. Es gab kein Bedauern für den Traum, der kurz in ihrem Leben aufgeflackert war.

Alexander betrat die Bibliothek seines Vaters und grüßte die bereits anwesenden Herren. Sein Vater saß in einem Ohrensessel und drückte gerade eine Zigarette aus. Reeve, der Papiere auf seinem Schoß und auf dem Tisch vor sich ausgebreitet hatte, saß mit Bennett auf dem Sofa. Malori, der Chef des Geheimdienstes, saß auf der Kante eines Sessels und zündete seine Pfeife an.

Er und seine Männer hatten sich schon am Vorabend getroffen und würden sich immer wieder treffen, bis die Gefahr beseitigt war, die Deboque über ihnen schweben ließ. Reeve begann die Unterredung, indem er über die verschärften Sicherheitsmaßnahmen sprach, die er eingeführt hatte – im Palast, im Theater, im Zentrum der Gesellschaft zur Hilfe für behinderte Kinder und in seinem eigenen Haus. Weitere Informationen betrafen den Flughafen und den Hafen.

»Du hast jedem von uns einen zusätzlichen Mann zugeteilt«, warf Bennett seinem Schwager vor.

»Für so lange, wie es nötig ist.«

»Meinst du wirklich, sie werden wieder den Weg über Eve einschlagen? Sie müssen doch wissen, dass wir die Telefongespräche abhören und Eve unter Bewachung halten.«

Malori paffte an seiner Pfeife. »Deboques größter Fehler, Eure Hoheit, ist seine Arroganz. Ich fürchte, sein nächster Zug wird wieder Mademoiselle Hamilton gelten, und zwar bald.«

»Ich wiederhole, was ich schon gestern Abend sagte«, warf Alexander ein. »Man sollte Eve nach Amerika zurückschicken.«

Malori klopfte gegen seinen Pfeifenkopf. »Das würde Deboque nicht aufhalten, Eure Hoheit.«

»Es würde ihre Sicherheit garantieren.«

»Alexander.« Reeve versuchte ihn umzustimmen. »Wenn es eine Tatsache ist, was die Untersuchung zutage gebracht hat, brauchen wir Eve. Wenn sie abreisen wollte«, fuhr er fort, bevor Alexander etwas sagen konnte, »würde ich sie selbst in ein Flugzeug setzen. Da sie aber darauf besteht, zu bleiben, lautet die Lösung, sie zu bewachen und abzuwarten.«

»Abwarten!«, sagte Alexander erregt und stieß eine Rauchfahne in die Luft. »Abwarten, dass sie wieder in Gefahr gerät. Wenn die Anrufe wirklich von innerhalb des Theaters kamen, wie du glaubst, dann ist sie sogar jetzt durch einen von ihren eigenen Leuten gefährdet.«

»Deboque interessiert sich nicht für sie«, sagte Malori ruhig. »Sie ist nur eine Schachfigur.«

»Und Schachfiguren sind entbehrlich.«

»Alexander.« Fürst Armand mischte sich zum ersten Mal ein. Seine Stimme war genauso ruhig wie die von Malori, drückte jedoch unmissverständlich Autorität aus. »Wir müssen diese Sache gelassen angehen, genauso gelassen wie Deboque. Du weißt, dass Eve mir ebenso am Herzen liegt wie meine eigenen Kinder. Alles, was zu ihrem Schutz getan werden kann, wird getan.«

»Sie ist keine Bürgerin von Cordina.« Alexander kämpfte mit seinen Gefühlen. »Sie ist Gast in unserem Land. Wir sind für sie verantwortlich.«

»Wir vergessen unsere Verantwortung nicht. Wenn einer von Eves Leuten ein Agent Deboques ist, werden wir seine Identität herausfinden. Logischerweise wird Deboque nicht anordnen, dass ihr etwas geschieht, sonst hat sein Agent keinen Grund mehr, noch länger in Cordina zu bleiben.«

»Und wenn Deboque nicht logisch denkt?«

»Männer wie er denken immer logisch. Sie besitzen keine Leidenschaft.«

»Fehler passieren.«

»Ja.« Armand dachte an Seward. Er verbarg seinen Kummer. »Fehler passieren. Wir müssen darauf achten, dass wir keine machen.« Er ließ den Blick zu Reeve gleiten. »Das überlasse ich dir.«

»Was kurzfristig geschehen kann, wurde schon veranlasst. Auf lange Sicht haben Malori und ich einer Aktion zugestimmt, durch die Deboques Organisation infiltriert wird.«

»Ich habe unter Vorbehalt zugestimmt«, sagte Malori.

»Vorbehalte sind überflüssig.« Reeve lächelte und reichte Armand eine Akte. »Malori und ich sind uns einig, dass die Identität des Agenten, der diese Aktion ausführt, nur uns dreien bekannt sein sollte.«

»Das geht aber uns alle an«, warf Bennett ein.

»Ja.« Reeve nickte. »Und das Leben dieses Agenten hängt von Verschwiegenheit ab. Je weniger Leute wissen, wer für uns arbeitet, desto besser sind die Erfolgsaussichten. Es kann Monate, vielleicht auch Jahre dauern. Wir haben sozusagen nur die Saat gelegt. Ihr Wachstum braucht Zeit.«

»Ich wünsche mir nur eines: Deboques Ende noch zu erleben.« Armand hielt den Aktenordner geschlossen. Er wollte ihn sich später ansehen und dann in seinen persönlichen Safe schließen.

»Ich erwarte regelmäßige Berichte über die Fortschritte dieses Agenten.«

»Natürlich.« Reeve sammelte seine restlichen Papiere ein. »Wenn wir Deboques Agenten schnappen und verhören könnten, wäre alles Weitere vielleicht nicht mehr nötig.«

Als die Männer sich erhoben, wandte Alexander sich an seinen Vater. »Wenn du einen Moment Zeit hast. Ich muss mit dir sprechen.«

Bennett legte seinem Bruder die Hand auf den Arm. »Ich fahre heute Vormittag ins Theater. Ich werde Eve im Auge behalten.«

Alexander legte seine Hand auf die seines Bruders. »Lass sie nicht wissen, dass du das tust, sonst wirft sie dich hinaus.«

»Ich werde ihr lästig sein, aber sie wird mich ertragen.« Dann ging er zu seinem Vater und küsste ihn auf die Wange. »Wir halten in dieser Sache zusammen, Papa.«

Armand wartete, bis sich die Tür hinter seinem Sohn schloss. Keiner der Berichte, keine Akte, kein Plan, der besprochen worden war, hatte ihn beruhigt. Doch die schlichten Worte und der zarte Kuss hatten viel mehr als das bewirkt.

»Von allen meinen Kindern ist Bennett der Einzige, den ich nie im Vorhinein durchschauen kann.«

»Er wäre geschmeichelt, das zu hören.« Alexander lächelte.

»Als Junge hat er jeden entkräfteten Vogel, jedes verwundete Kätzchen gefunden und immer geglaubt, sie wieder auf-

441

päppeln zu können. Manchmal gelang es ihm. Gelegentlich mache ich mir Sorgen, seine Gefühle könnten zu tief gehen. Er ist deiner Mutter so ähnlich.« Armand schüttelte den Kopf und erhob sich. »Soll ich Kaffee bestellen, Alexander?«

»Nein, nicht für mich. Ich muss nach Le Havre fahren zu einem Schiffsempfang.«

»Was für eine Begeisterung.«

»Ich werde sie zeigen, wenn die Zeit gekommen ist.«

»Das bezweifle ich nicht. Es geht um Eve?«

»Ja.«

Mit einem Nicken ging Armand an das Fenster und öffnete es. Vielleicht nahm die Meeresbrise etwas von der Spannung, die noch im Raum hing. »Alex, ich habe Augen im Kopf. Ich glaube, ich verstehe deine Gefühle.«

»Vielleicht, aber ich habe gerade selbst erst begonnen, sie zu verstehen.«

»Als ich ein junger Mann war, jünger als du, musste ich ein Land regieren. Natürlich war ich vom Augenblick meiner Geburt an darauf vorbereitet worden. Aber niemand, schon gar nicht ich selbst, hatte erwartet, dass es so früh sein würde. Dein Großvater wurde krank und starb drei Tage später. Es war eine schwierige Zeit. Ich war vierundzwanzig. Viele Mitglieder des Kronrats sorgten sich wegen meines Alters und meines Temperaments.« Er drehte sich um, ein leichtes Lächeln auf den Lippen. »Ich war nicht immer so diskret wie du.«

»Bennett muss etwas von dir geerbt haben.«

Zum ersten Mal seit Tagen lachte Armand. »Ich war nicht ganz so indiskret. Jedenfalls, nachdem ich knapp ein Jahr regiert hatte, unternahm ich eine offizielle Reise nach England. Ich sah Elizabeth, und alle losen Teile meines Lebens fügten sich zu einem Ganzen zusammen. So zu lieben, Alex, ist schmerzhaft und schöner als alles, was du je sehen oder berühren kannst.«

»Ich weiß.«

Armand seufzte tief. »Das dachte ich mir schon. Hast du dir überlegt, was du von ihr verlangen würdest?«

»Immer und immer wieder. Und immer und immer wieder habe ich mir gesagt, dass ich es nicht tun kann. Sie müsste alle Opfer bringen und sich vollständig anpassen. Ich weiß nicht einmal, ob ich ihr begreiflich machen kann, wie sehr ihr Leben sich verändern würde, falls sie mich akzeptiert.«

»Liebt sie dich?«

»Ja.« Er schwieg und presste die Finger gegen seine Augen. »Ich hoffe es. Es fällt mir schwer, mir ihrer Gefühle sicher zu sein, nachdem ich meine eigenen so lange bekämpft habe.«

Auch das verstand Armand. Als er sich verliebte, hatte er keinen Vater gehabt, bei dem er sich aussprechen konnte.

»Willst du meine Zustimmung oder meinen Rat?«

Alexander ließ die Hand sinken. »Beides.«

»Deine Wahl gefällt mir.« Armand ging lächelnd auf seinen Sohn zu. »Sie wird eine Prinzessin abgeben, auf die Cordina stolz sein kann.«

»Danke.« Sie hielten sich die Hände. »Aber ich denke, eine Prinzessin zu sein wird Eve bei Weitem nicht so gefallen wie dem Volk von Cordina«, gab Alexander zu bedenken.

»Wenn sie dich liebt, wird die Last, die sie zu tragen hat, nicht so schwer sein. Und deine auch nicht, wenn deine Zeit gekommen ist.«

»Wenn sie mich liebt.« Alexander machte eine Pause. »Ich danke dir für deine Zustimmung, Vater. Jetzt dein Rat!«

»Es gibt wenige Menschen, denen du dein Herz öffnen

443

kannst, voll öffnen. Wenn du eine Frau findest, mit der du dein Leben teilst, halte nichts vor ihr zurück. Die Schultern einer Frau sind stark. Nutze sie.«

»Ich will sie beschützen.«

»Natürlich. Das eine schließt das andere nicht aus. Ich habe etwas für dich.« Er verließ die Bibliothek durch die Verbindungstür zu seinem Büro. Gleich darauf kam er mit einer kleinen schwarzen Samtschatulle zurück, die er fest in der Hand hielt, während er auf seinen Sohn zuging.

»Ich habe mich schon gefragt, wie es sein würde, wenn ich dir das gebe.« Er betrachtete die Schatulle in seiner Hand. »Ich bedaure, dass er wieder mir gehört, sodass ich ihn erneut verschenken muss, aber ich bin stolz, einen Sohn zu haben, dem ich ihn geben kann.« Seine sonst so gut kontrollierten Gefühle kamen kurz zum Vorschein und wurden wieder unterdrückt. »Und ich verspürte Freude, dass mein Sohn ein Mann ist, den ich achten kann, und nicht nur ein Junge, den ich liebe.« Er überreichte ihm die Schatulle und zögerte kurz, ehe er die Hand zurückzog. »Die Zeit vergeht«, sagte er. »Das ist der Ring, den ich deiner Mutter an dem Abend schenkte, an dem ich sie bat, mich zu heiraten. Es würde mich freuen, wenn du ihn Eve bei deinem Antrag gibst.«

»Nichts würde ich ihr mit mehr Stolz schenken.« Alexander konnte die Schatulle nicht öffnen, hielt sie aber so fest in der Hand wie zuvor sein Vater. »Danke, Papa.«

Armand betrachtete seinen Sohn, der so groß war wie er. Er erinnerte sich an den Jungen und an all die dazwischenliegenden Jahre. Er lächelte und umarmte den Mann. »Bring sie zu mir, wenn sie ihn trägt.«

Eve beobachtete zwei Bühnenarbeiter, die, mit Sprühdosen bewaffnet, in Aktion waren. Sie unterdrückte ein Gähnen und machte sich eine Notiz. Sie musste unbedingt einiges in neue Ausstattung investieren, sobald sie zurück in den Staaten waren. Und das wäre in weniger als fünf Wochen. In zwei Tagen fand die erste Aufführung statt, vier Wochen später die letzte. Sie brauchten ein paar Tage, um das Bühnenbild abzubauen, und das wär's dann gewesen.

Die Truppe war für den Herbst bereits für eine Tournee verpflichtet. Für eine dreiwöchige Spielzeit im Januar in L. A. liefen gerade die Verhandlungen. Und wenn sie richtig vermutete, wäre ihr Schreibtisch nach ihrer Rückkehr aus Cordina mit Angeboten und Nachfragen überhäuft.

Ihre Rückkehr.

Eve ging zu dem Pult des Inspizienten auf der rechten Seite der Bühne und versuchte, sich auf die Probe zu konzentrieren. Die Schauspieler waren in Kostüm und Maske. Sie konnte keinen Fehler finden. Die große rote Vase, die sie Pete hatte kaufen lassen, stach wie ein Leuchtturm heraus, genau wie geplant. Die Polsterung des Sofas war verblichen. Die Spitzendeckchen waren gestärkt.

Alles war perfekt. Sie hatte es organisiert, und es war perfekt. Sie wünschte sich, die gleiche Befriedigung wie früher empfinden zu können.

»Es sieht großartig aus.«

Eve zuckte bei dem Flüstern an ihrem Ohr zusammen. »Ben! Was machst du denn hier? Dies sollte eine geschlossene Probe sein.«

»Natürlich galt das nicht für mich. Das habe ich dem Portier erklärt.«

Sie blickte hinter ihn und sah seine Leibwächter in sicherer und diskreter Entfernung. »Solltest du nicht irgendetwas Offizielles machen?«

»Halte mir keine Predigt. Ich habe wochenlang geschuftet. Jetzt habe ich mir ein paar Stunden gestohlen. Ich dachte, ich sehe mal vorbei und erkundige mich, wie es so läuft.«

»Wenn du Doreen suchst«, begann Eve trocken, »sie ist oben im Probensaal B. Wir müssen uns noch mit drei anderen Stücken beschäftigen, wie du weißt.«

»In Ordnung, habe schon verstanden. Ich werde Doreen nicht während der Probe ablenken.« Die Wahrheit war, dass er keinen Gedanken an sie verschwendet hatte. Er betrachtete die Bühne, während das Stück ablief. »Die meisten deiner Leute sind vermutlich schon eine Weile bei dir.«

»Einige ja, andere nein. Lass uns in den Zuschauerraum gehen. Ich hatte noch keine Gelegenheit, mir die Proben heute aus diesem Blickwinkel anzusehen.«

Bennett begleitete sie und setzte sich mit ihr in der Mitte des Zuschauerraums in den Mittelgang. Die Leibwächter begaben sich drei Reihen weiter nach hinten. Eve bemerkte nicht die beiden zusätzlichen Sicherheitsbeamten, die ihr zugeteilt waren.

»Sieht gut aus«, sagte sie. »Ich saß sogar schon ganz hinten auf der Galerie, und es sieht noch immer gut aus. Die Akustik hier drinnen ist einfach unglaublich.«

»Vermutlich lernst du deine Leute recht gut kennen«, wagte Bennett sich langsam vor. »Privat, meine ich, nicht nur auf beruflicher Ebene.«

»Wenn man mit einem Stück auf Tournee geht, ist das für gewöhnlich der Fall. Aber Schauspieler und Theaterleute sind ja wie alle Menschen.« Sie sah ihn lächelnd an. »Einige sind umgänglicher als andere. Willst du uns beitreten?«

»Kann ich einen Termin zum Vorsprechen bekommen?«

»Du solltest dich lieber um einen Job als Bühnenarbeiter bewerben. Die haben mehr Gelegenheiten, mit den Ladys zu flirten.«

»Ich werde daran denken. Wie viele Leute arbeiten für dich?«

»Das ist je nach Produktion unterschiedlich.«

»Wie ist es jetzt?«

Mit zusammengezogenen Brauen wandte sie sich ihm zu. »Warum fragst du?«

»Aus reiner Neugierde.«

»So plötzlich?«, entgegnete sie. »Du stellst viele Fragen, mit denen du dich sonst nie aufgehalten hast.«

»Vielleicht sind sie mir gerade erst eingefallen. Hast du jemals davon gehört, dass die Zeit nicht stillsteht?«

»Ben, ich kenne dich, und da Reeve mir gestern ziemlich ähnliche Fragen gestellt hat, muss ich annehmen, dass es einen Grund dafür gibt. Was haben meine Leute mit den Ermittlungen zu tun?«

Er streckte die Beine aus und legte sie ungeniert auf die Rückenlehne des Sitzes vor ihm. »Schwer für mich zu sagen, Eve, da ich keine Ermittlungen führe. Ich glaube, ich bin der Lady im Unterkleid auf der Bühne noch nicht vorgestellt worden.«

»Bennett, treib keine Spielchen. Ich dachte, wir wären Freunde.«

»Du weißt, dass wir das sind.«

»Dann vertrau dich mir an.«

Er zögerte nur kurz. Weil er ihr Freund war und weil er sie respektierte, hatte er sich bereits entschieden. »Eve, meinst du nicht, dass wir alle Möglichkeiten bedenken sollten?«

»Ich weiß nicht, was du meinst.«

»Der zweite Anruf kam aus diesem Gebäudekomplex.« Er sah, wie ihre Augen sich weiteten. »Ich nehme an, man hat dir das nicht gesagt. Ich finde, du solltest es wissen.«

»Du meinst, hier aus dem Theater?«

»Man kann das nicht so genau feststellen. Man weiß nur, dass der Anruf nicht von außerhalb kam. An jeder Tür standen Sicherheitsbeamte. Es gab keine Anzeichen für einen Einbruch. Die Bombe musste also von einem Insider gelegt worden sein. Von jemandem, der in diesen Gebäudekomplex gehört.«

»Und du hast meine Leute im Visier.« Ihr Beschützerinstinkt erwachte zuerst. »Verdammt, Ben, es gibt noch drei weitere Theater in diesem Komplex. Wie viele andere Schauspieler, Techniker, Wartungsleute …?«

»Ich weiß, ich weiß.« Er legte seine Hand auf ihre, um sie zu unterbrechen. »Der springende Punkt ist, dass es sehr wahrscheinlich jemand war, der nicht auffällt, wenn er sich in diesem Theater, hinter der Bühne oder sogar in deinem Büro aufhält. Wem würde schon jemand von deinen eigenen Leuten auffallen, Eve? Wahrscheinlich nicht einmal dir selbst.«

»Und warum sollte jemand von meinen Leuten deine Familie bedrohen?«

»Ich habe gehört, dass Deboque sehr gut zahlt.«

»Ich glaube es nicht, Ben.« Sie blickte auf die Bühne. Ihre Schauspieler, ihre Truppe. Ihre Familie. »Würde ich es glauben, würde ich diese Produktion auf der Stelle absetzen und alle nach Hause schicken. Diese Leute sind Schauspieler, Techniker, Garderobieren, um Himmels willen. Das sind keine Mörder.«

»Ich sage ja nicht, es muss so sein … ich sage nur, es könnte so sein. Ich will nur, dass du darüber nachdenkst, Eve.« Er drückte ihre Hand. »Und pass auf dich auf. Ich liebe dich.«

All ihr Ärger schwand. »Ben, wenn ich mir vorstelle, dass ich jemanden hierhergebracht habe, der vielleicht …«

»Warte! Du bist auf keinen Fall verantwortlich. Das ist Deboque.«

Deboque. Immer wieder war es Deboque. »Ich habe ihn nie gesehen. Ich weiß nicht einmal, wie er aussieht, und er drängt sich in jeden Bereich meines Lebens. Man muss ihn aufhalten.«

»Das wird man auch tun. Reeve hat schon etwas in die Wege geleitet. Es braucht seine Zeit, mehr als uns lieb ist, aber man wird ihn aufhalten. Ich kann nur hoffen, dabei die Hand im Spiel zu haben.«

»Halte deine Hände da lieber heraus. Ich will auch nicht, dass dir etwas zustößt.«

Er lächelte sie an. »Mach dir keine Sorgen um mich. Ich bin mehr an Frauen und Pferden als an Ruhm interessiert.«

»Lass es dabei bleiben.« Sie stand auf. »Ich sollte mir die anderen Proben ansehen.«

»Du arbeitest zu hart, Eve. Man merkt es dir allmählich an.«

»Galant. Galant wie immer.«

»Du musst aufhören, dir um Alex Sorgen zu machen.«

»Wie?«

»Nun gut, also musst du nicht damit aufhören. Versuch, dem Schicksal ein wenig zu vertrauen.« Er stand ebenfalls auf und streckte die Hand aus, um mit ihrem Haar zu spielen. »Alex ist dazu bestimmt, in Cordina zu herrschen. Ich nicht, zum Glück. Ihm wird nichts geschehen.«

»Das glaube ich immer, wenn ich ihn sehe. Sonst fällt es mir nicht so leicht.«

Sie küsste ihn, fand, es sei nicht genug, und umarmte ihn auch noch kurz. »Ich sehe dich heute Abend.«

»Spielen wir eine Runde Rommé?«

»Du schuldest mir noch dreiundfünfzig Dollar vom letzten Mal.«

»Wer rechnet schon nach?«

»Ich.« Sie brachte ein Lächeln zustande.

Er sah ihr nach, wie sie den Mittelgang entlang und hinter die Bühne ging. Die Leibwächter folgten ihr.

Gabriella und Chris kamen vorbei und versuchten sie zu überreden, den Nachmittag mit ihnen in einem Café am Meer zu verbringen. Ihr Assistent brachte ihr Kaffee und Plätzchen und verwöhnte sie damit. Einer der Schauspieler bot ihr seine Künstlergarderobe für ein Nickerchen an, und ein Mitarbeiter von der Maske schlug vor, mit einer Creme die Schatten unter ihren Augen zu vertreiben.

Eve kochte vor Wut, als die Proben für den Tag vorüber waren. »Wenn noch eine Person, eine einzige Person mir sagt, ich solle mich ausruhen, bekommt sie meine Faust zu spüren«, sagte Eve vor sich hin, als sie den Korridor hinter der Bühne entlangging.

»Von mir werden Sie es nicht hören.«

Sie blieb unvermittelt stehen. Pete stand über einen der Koffer gebeugt und schloss gerade die Dekorationsstücke weg.

»Ich dachte, es wären bereits alle gegangen.«

»Fast alle.« Schlüssel klirrten an seinem Gürtel, als er sich aufrichtete. »Ich habe noch ein paar Sachen wegzuräumen. Konnte keinen Karton für diese Vase finden, oder was immer das Ding sein soll.«

»Lassen Sie sie auf der Bühne. Sie ist zu hässlich, als dass irgendjemand sie stehlen würde.«

»Sie haben selbst gesagt, sie sollte billig sein.«

»Und Sie haben das Richtige geliefert.« Sie massierte ihren verspannten Nacken. »Ich weiß, Sie sind gewissenhaft, aber das Theater wird jetzt zugesperrt. Bei den Sicherheitsmaßnahmen brauchen Sie keine Angst zu haben, jemand könnte mit den Requisiten verschwinden. Warum gehen Sie nicht essen?«

»Ich denke drüber nach.« Er zögerte immer noch und spielte mit seinen Schlüsseln.

»Gibt es ein Problem?«

»Nein. Ich hab Ihnen was zu sagen.«

Eve nickte amüsiert. »Dann mal los.«

Er rieb sich das Kinn. »Also, wie Sie mich aus dem Theater gescheucht haben ... na ja, ich hätte mich schneller bewegt, hätte ich gewusst, was los war. Russ Talbot hat uns erzählt, wie Sie sich vergewissert haben, dass alle draußen waren. Ziemlich heldenhaft, aber dumm.« Er sah sie an. »Aber heldenhaft.«

»Ich war weder dumm noch heldenhaft. Was ich getan habe, war einfach nötig.«

»Ich möchte Sie auf einen Drink einladen.«

Einen Moment war sie sprachlos. Das war das größte persönliche Entgegenkommen, das sie je bei ihm erlebt hatte. »Sehr gern, aber heute Abend werde ich abgeholt. Wie wäre es mit morgen, gleich nach den Proben?«

»In Ordnung.« Pete rückte seinen Gürtel zurecht. »Sie sind in Ordnung, Miss Hamilton.«

»Sie auch«, sagte sie und fühlte sich besser als während des ganzen Tages.

Eve ging in die entgegengesetzte Richtung zu ihrem jetzigen Büro, vorbei an ihrem alten. Viertel nach sechs, dachte sie nach einem Blick auf die Uhr. Alexander verspätete sich. Sie hatte den ganzen Tag gewartet, nervös und ungeduldig, darauf, dass es endlich sechs Uhr sein würde. Jetzt musste sie eben noch ein bisschen länger warten.

Warum wollte er mit ihr reden? Um die Beziehung so sauber wie möglich zu lösen. Er musste wissen, wie sehr sie ihn liebte. Er wollte sie nicht verletzen. Hatte er das nicht gesagt? Jetzt würde er die Beziehung abbrechen, bevor für sie alles noch viel schlimmer wurde.

Er begehrte sie immer noch. Daran zweifelte sie nicht. Aber da war sein Ehrgefühl. Das Einzige, was er bieten konnte, waren ein paar heimliche Stunden in der Nacht. Sein Sinn für das, was richtig und fair war, gestattete ihm nicht, lange so weiterzumachen. Lag nicht gerade darin einer der Gründe, weshalb sie ihn liebte?

Ich werde nichts bereuen, rief Eve sich ins Gedächtnis. Sie hatte gewusst, dass die Beziehung nicht von Dauer sein konnte, und das von Anfang an akzeptiert. Prinzen und Paläste – sie hatten keinen Platz in ihrem Leben.

Seufzend schlug sie das kleine Buch auf, das sie an diesem Morgen in ihren Aktenkoffer gesteckt hatte. Darin lag die gepresste Blume, jene, die Alexander ihr geschenkt und die sie sich hinters Ohr gesteckt hatte. Vor zwei Wochen? Ein ganzes Leben war es her. Sie klappte das Buch zu und sagte sich, dass nicht alle Frauen so viel hatten, um sich zu trösten.

Sie sind in Ordnung, Miss Hamilton. Das stimmte. Sie war in Ordnung und würde es bleiben. Man musste das Leben so nehmen, wie es war.

Eve nahm sich vor, nicht zu grübeln, während sie auf Alexander wartete. Sie betrat ihr neues Büro, ging hinter ihren Schreibtisch und griff nach einer ihrer neu angelegten Akten.

Im Theater war es still.

Dann hörte sie den Knall.

12. Kapitel

Eve war halb aus ihrem Stuhl hochgeschnellt, als sie die Schritte an ihrer Tür vorbeihasten hörte. In dem Moment, in dem sie die Tür öffnete, sah sie den Körper.

Sie erstarrte. Dann rannte sie den Korridor entlang und beugte sich über den Mann. Blut sickerte bereits durch sein Hemd. Ein Tablett mit einer Wasserkaraffe und einigen Gläsern war zu Boden gefallen. Überall lagen Glasscherben herum. Hastig zog sie ihre lange Strickjacke aus und breitete sie über den Mann.

Das Telefon! Sie musste ans Telefon. Sie rang um Ruhe, als sie in ihr Büro zurücklief. Mit bebenden Finger nahm sie den Hörer ab und wählte.

»Hier spricht Eve Hamilton im Zentrum der Schönen Künste, Grand Theater. Ein Mann wurde angeschossen. Ich brauche einen Krankenwagen und die Polizei.« Ihr stockte der Atem, als sie Schritte auf ihre Tür zukommen hörte. »Beeilen Sie sich«, flüsterte sie. »Bitte, beeilen Sie sich.«

Sie legte den Hörer auf den Schreibtisch und sah sich verzweifelt um. Es gab keinen anderen Ausweg als die Tür. Die Schritte hatten angehalten, aber wo? Wie nahe? Zitternd tastete sie sich um den Schreibtisch herum. Wer immer es war, wollte sie töten, sie und …

Zwanzig nach sechs. Sie sah das Zifferblatt ihrer Uhr nur verschwommen, aber sie erinnerte sich. Alexander! Die Mörder warteten auf Alexander!

Feine Schweißperlen bildeten sich auf ihrer Stirn, aber sie

453

schob sich näher an die Tür heran. Irgendwie musste sie ihn warnen. Sie musste eine Möglichkeit finden. Während sie die Hand ausstreckte, um die Tür ganz aufzuziehen, schwang sie langsam auf sie zu.

Als Erstes sah sie die Waffe. Schwarz, tödlich. Dann die Hand, die die Waffe hielt. Sie unterdrückte einen Schrei und blickte in das Gesicht.

Der Mann, der mit Alexander gefochten hatte! Der Mann, der sie angelächelt hatte, dessen Gesicht ihr entfernt bekannt vorgekommen war. Jetzt erinnerte sie sich. Sie hatte ihn schon vorher im Theater gesehen.

Jetzt lächelte er nicht. Sein Gesicht war grimmig, starr. Sie blickte in seine Augen und wusste, dass dieser Mann fähig war zu töten.

»Mademoiselle«, begann er, und sie handelte.

Sie schlug zu und traf mit ihrer Faust seitlich seinen Hals. Als ihm die Waffe scheppernd aus der Hand fiel, ließ sie ihre Handkante auf seinen Nacken niedersausen. Keuchend blickte sie auf ihn hinunter, wie er verkrümmt halb in ihrem Büro, halb draußen auf dem Korridor lag. Sie wollte weglaufen, einfach weglaufen, zwang sich jedoch, klar zu denken.

Sie hakte ihre Hände unter seine Arme und zerrte ihn ins Büro. Nach einer hastigen Suche fand sie den Schlüssel in ihrer Schreibtischschublade. Sie stieg über den Mann hinweg und schloss ihn ein.

Der Verletzte auf dem Korridor stöhnte. Sie war sofort bei ihm.

»Hilfe ist unterwegs«, sagte sie. »Sie kommen wieder in Ordnung.«

»Jermaine …«

»Ja, ja, ich weiß. Man kümmert sich um ihn. Sie dürfen

nicht sprechen.« Einen Pressverband, dachte sie. Sie musste die Blutung stoppen. Nervös fuhr sie sich mit der Hand durchs Haar und versuchte nachzudenken. Handtücher.

»Bewegen Sie sich nicht«, warnte sie. »Ich hole etwas, um die Blutung zu stoppen.«

»Hat gewartet – sich versteckt.«

»Er ist eingeschlossen«, versicherte sie ihm. »Sprechen Sie jetzt nicht mehr. Ich bleibe nicht lange weg.«

Sie stand auf und wollte aus dem nächsten Waschraum Handtücher holen, als sie ein Geräusch hinter sich hörte. Sie wirbelte herum, doch der Korridor war leer. Sie befeuchtete ihre trockenen Lippen und starrte auf die Tür des Büros. War Jermaine schon wieder bei Bewusstsein? In dem Moment begriff sie, dass sie vergessen hatte, die Pistole an sich zu nehmen. Die Waffe war mit ihm zusammen eingeschlossen. Wenn er wach wurde und sie fand …

Dann hörte sie die Stimmen und lief ihnen entgegen. Auf der Bühne war es dunkel. Eve drückte den Hauptschalter herunter, und Licht überflutete die Bühne. Ihre Brust hob sich unter einem Schluchzer, als sie Alexanders Stimme hörte. Er kam die Stufen zur Bühne herauf, und sie lief ihm entgegen. Im nächsten Moment lag sie in seinen Armen.

»Was ist los?«

»Der Mann, Deboques Agent – er ist in meinem Büro eingesperrt! Er hat einen Mann niedergeschossen, einen von deinen Leibwächtern, vermute ich! Ich habe schon Krankenwagen und Polizei gerufen!«

»Hat er dich verletzt?« Noch während er einen ersten Blick auf sie warf, berührte er ihre Schulter. »Da ist Blut.«

»Nicht meines, das des Sicherheitsbeamten. Alex, man muss ihn versorgen. Und in meinem Büro …«

»Ist schon gut.« Er legte den Arm um sie, als er sich zu

seinem Leibwächter umdrehte. »Kümmern Sie sich darum. Ich bleibe hier bei ihr.«

»Er hat eine Waffe!«, sagte Eve.

»Meine Leute auch. Setz dich.« Er drückte sie auf das Sofa. »Erzähl!« Er löste seinen Blick lange genug von ihr, um seine Leibwächter hinter der Bühne verschwinden zu sehen.

»Alle gingen nach Hause – das dachte ich wenigstens. Natürlich wusste ich, dass ein Sicherheitsbeamter für mich abgestellt war. Plötzlich hörte ich einen Knall, dann Schritte. Ein Mann lag auf dem Korridor. Ich lief zurück zum Telefon. Dann hörte ich wieder jemanden. Alex, es war der Mann, mit dem du gefochten hast. Dieser Jermaine!«

»Jermaine wurde angeschossen?«

»Nein, nein!« Sie fuhr sich durchs Haar und versuchte, sich klar auszudrücken. »Er war derjenige mit der Waffe. Ich habe ihn bewusstlos geschlagen und …«

»Du hast Jermaine bewusstlos geschlagen?«

»Das versuche ich dir doch zu erklären!«, fuhr sie ihn an. »Er muss diesen anderen Kerl niedergeschossen haben, und dann kam er zu mir.«

»Eve.« Er schüttelte sie leicht. »Jermaine ist der Chef meines persönlichen Sicherheitsdienstes. Ich habe ihn abgestellt, um dich beschützen zu lassen.«

»Aber er …« Sie verstummte und versuchte, Ordnung in ihre Gedanken zu bekommen. »Aber, wer dann …«

»Tut mir leid, wenn ich störe.« Russ löste sich aus der Dunkelheit auf der linken Bühnenseite. In seiner Hand hielt er einen Revolver, dessen Lauf mit einem schmalen Schalldämpfer verlängert war.

»Oh nein!« Noch bevor er die Worte ganz ausgesprochen hatte, fuhr Alexander hoch und schob Eve hinter sich.

»Ich muss Ihnen dafür danken, dass Sie Ihre Wachhunde weggeschickt haben, wenn auch nur kurz, Eure Hoheit. Ich verspreche, es schnell zu machen. Immerhin bin ich ein Profi.«

»Nein.« Eve kam hinter Alexander hervor. »Das können Sie nicht tun.«

»Was Sie betrifft, so tut es mir leid.« Seine Worte klangen ehrlich, als er Eve anlächelte. »Sie verstehen etwas vom Fach, Eve. Sie sollen wissen, dass Sie die beste Produzentin sind, für die ich je gearbeitet habe.«

»Damit werden Sie nicht durchkommen.« Alexander sprach ruhig. Er wusste, dass seine Leibwächter jeden Moment zurück sein würden.

»Ich hatte Gelegenheit, dieses Theater sehr genau kennenzulernen. Ich kann innerhalb von zehn Sekunden verschwinden. Mehr sollte ich nicht brauchen. Und wenn ich es nicht schaffe ...« Er zuckte die Schultern. Sie alle hörten in der Ferne Sirengeheul. »Nun, so ist eben das Geschäft.« Er richtete seine Waffe auf Alexanders Herz. »Nichts Persönliches.«

Sie standen mitten im Bühnenbild. Die rote Vase mit ihrem bunten Papierblumenstrauß darin wirkte wie ein makabrer Scherz. Die Hitze der Scheinwerfer wärmte sie, als hätte das Stück bereits begonnen. Doch die Waffe war echt.

Eve schrie. Der Schrei brach aus ihr hervor. Ohne zu überlegen, ohne das geringste Bedenken trat sie vor Alexander und fing die Kugel auf.

Sie darf nicht sterben! Alexander saß da, den Kopf in die Hände gestützt, während der Satz ihm wie eine Litanei immer wieder durch den Kopf ging.

Er wusste, dass noch andere im Warteraum waren, aber sie hätten genauso gut Phantome sein können. Sein Vater stand am Fenster. Bennett saß mit Chris auf dem Sofa. Gabriella saß neben Alexander. Reeve war da, dann weg, dann wieder da, während er mit der Polizei sprach.

Hätte er bloß eine Sekunde gehabt, eine einzige Sekunde, hätte er Eve beiseitestoßen können. Hätte er irgendetwas tun können, damit die Kugel sie nicht traf. Sie war gegen ihn geschleudert worden. Solange er lebte, würde er nicht vergessen, wie ihr Körper in Schock und Schmerz zusammengezuckt war, bevor er in seinen Armen erschlaffte.

Und ihr Blut hatte an seinen Händen geklebt. Buchstäblich und im übertragenen Sinn.

»Trink einen Tee, Alex.« Gabriella drückte ihm eine Tasse in die Hand, aber er schüttelte den Kopf. »Tu dir das nicht an«, sagte sie. »Eve braucht dich stark, nicht von Schuld zerfressen.«

»Ich hätte sie beschützen sollen. Ich hätte sie in Sicherheit bringen sollen.« Er schloss die Augen, konnte jedoch noch immer dieses schreckliche Bild sehen, wie sie sich vor ihn gestellt und ihre Arme als Schutzschild um seinen Körper gelegt hatte. »Er wollte mich treffen.«

»Dich oder einen von uns.« Sie legte die Hand auf sein Knie. »Wenn es eine Schuld gibt, teilen wir sie alle. Alex, in den schlimmsten Tagen meines Lebens warst du für mich da. Lass mich jetzt dir helfen.«

Seine Hand bedeckte ihre. Das war alles, was er ihr geben konnte.

Reeve kam zurück in den Warteraum. Er sah seine Frau an, berührte sie kurz an der Schulter, dann ging er zu Armand, der am Fenster stand. Armand nickte nur und hielt weiter seine stille Wache. Auch er wusste, wie man betete.

Chris hielt es nicht länger aus, zu sitzen, stand auf, ging hinaus auf den Korridor und wieder zurück. Tränen, die sie nicht hatte zurückhalten können, trockneten auf ihren Wangen. Sie spürte, wie Gabriella den Arm um sie legte, und lehnte sich dagegen.

»Wir dürfen sie nicht verlieren.«

»Nein.« Gabriella hielt sie fest im Arm. »Wir werden sie nicht verlieren.« Behutsam zog sie Chris zu einem Stuhl. »Erinnerst du dich noch an die Geschichten, die du mir über Eve erzählt hast, als wir zusammen in der Schule waren? Ich hatte mich immer gefragt, wie es sein mochte, eine Schwester zu haben.«

»Ja, ich erinnere mich.« Chris atmete tief durch. »Du dachtest, es wäre wunderbar.«

»Fast immer war ich von Männern und Jungen umgeben.« Gabriella lächelte und sah sich, Chris' Hände in ihren, ihre Familie an. »Du hast mir ein Bild von Eve gezeigt. Darauf war sie zwölf oder dreizehn, glaube ich, und schön, sogar als Kind. Mir gefiel die Vorstellung, so jemanden zu haben, um Gemeinsames mit ihm zu erleben.«

»Und ich habe dir erzählt, wie ich sie in meinem Zimmer angetroffen habe. Mein ganzes Make-up war auf dem Frisiertisch in einer Reihe aufgestellt, und sie experimentierte gerade mit meinem besten Lidschatten. Ihre Augen sahen aus wie Garagentore.« Chris fuhr sich mit den Fingerspitzen unter den Augen entlang, um die Tränen wegzuwischen. »Sie fand, sie sah toll aus.«

Chris schniefte und nahm das Papiertaschentuch, das Gabriella ihr reichte. »Sie hasste es, dass man sie ins Internat schickte.« Zittrig atmete sie aus und wieder ein. »Dad hielt es für das Beste, und er hatte auch recht, aber ihr war es so zuwider. Wir alle hielten Eve für ein nettes, liebes Mädchen, aber für nicht allzu klug. Meine Güte, wie sehr sie uns das Gegenteil bewiesen hat! Sie weigerte sich einfach, ihre Zeit mit Din-

459

gen zu vergeuden, die sie nicht interessierten. Stattdessen las sie Magazine oder hörte sich die neuesten CDs an.«

»Sie hat dir doch immer diese lustigen Briefe geschrieben. Manchmal hast du sie mir vorgelesen.«

»Diejenigen, in denen sie die Mädchen im Schlafsaal oder ihre Geschichtslehrerin beschrieb. Damals hätten wir schon merken sollen, dass sie ein Talent fürs Theater hat. Oh Brie, wie lange noch?«

»Nur noch kurze Zeit«, antwortete sie leise. »Früher dachten wir, sie und Bennett ... Sie schienen so gut zusammenzupassen.« Sie sah zu Alexander hinüber, der auf seine Hände hinunterblickte. »Ist es nicht seltsam, dass die Menschen, die uns viel bedeuten, zusammenfinden sollten?«

»Sie liebt ihn so sehr.« Jetzt sah auch Chris zu Alexander hinüber. »Ich wollte, dass sie mit mir nach Houston zurückkehrt. Sie konnte ihn nicht verlassen. Fast war es so, als hätte sie gewusst, dass die Zeit kommen würde, da sie ihn beschützte.« Ihre Stimme brach, und sie schüttelte den Kopf, bevor sie weitersprach. »Sie sagte, es sei egal, was er empfinde, sie wolle nur so viel Zeit wie irgend möglich mit ihm verbringen.«

Brie seufzte. »Alexander verschließt sich, so oft sogar vor sich selbst. Aber an seinen Gefühlen, glaube ich, kann man nicht länger zweifeln. Er gibt sich allein die Schuld. Nicht den Umständen, nicht Deboque oder dem Schicksal, sondern einzig und allein sich selbst.«

»Eve würde es nicht tun.«

»Nein.«

Chris rieb sich die Augen und stand auf. Es fiel ihr nicht leicht, durch den Raum zu ihm hinüberzugehen. Aber sie tat es für Eve. Als sie sich neben ihn setzte, rührte er sich nicht. Er sah sie nur an. Tiefe Schatten lagen unter seinen Augen, die vom vielen Reiben mit den Händen ganz gerötet waren.

»Sie müssen mich hassen«, sagte er dumpf.

»Das hilft Eve nicht«, sagte Chris. »Ihretwegen müssen wir jetzt zusammenhalten.«

»Ich hätte sie wegschicken können.«

»Glauben Sie!« Sie lächelte ein wenig. »Das kann ich mir nicht vorstellen. Seit ihrer Schulzeit hat Eve sich von niemandem mehr etwas sagen lassen.«

»Ich habe sie nicht beschützt.« Er bedeckte sein Gesicht wieder mit den Händen. »Sie bedeutet mir mehr als alles andere in meinem Leben, und ich habe sie nicht beschützt.«

Chris tastete nach seiner Hand. »Sie hat sich vor Sie gestellt, Alex. Wenn Sie sich eine Schuld geben müssen, dann dafür, dass Sie der Mann sind, den sie liebt. Wir müssen daran glauben, dass sie gesund wird.«

Sie saßen da und warteten. Kaffee wurde gebracht und wurde langsam kalt. Aschenbecher quollen über. Der Krankenhausgeruch – nach Desinfektions- und Reinigungsmitteln – wurde schon vertraut. Die Sicherheitsbeamten im Flur nahmen sie nicht länger wahr.

Als Dr. Franco den Raum betrat, standen alle auf. Er kam näher und ergriff Chris' Hand.

»Der Chirurg ist noch bei ihr. Man wird sie bald auf die Wachstation bringen. Sie haben eine sehr starke Schwester, Miss Hamilton. Sie gibt nicht auf!«

»Ist sie in Ordnung?« Chris umklammerte die Hand des Arztes.

»Sie hat die Operation besser überstanden als erwartet. Dr. Thorette ist der Beste auf seinem Gebiet. Die Operation war schwierig, weil die Kugel sehr nahe an ihrer Wirbelsäule saß. Es ist noch zu früh für Garantien, aber Dr. Thorette glaubt, dass es keine bleibenden Schäden geben wird, und ich stimme mit ihm überein.«

»Ihr Urteil war immer ausgezeichnet.« Armands Stimme klang rau von den vielen Zigaretten und vor Erleichterung.

»Ich muss Ihnen nicht sagen, dass Eve weiterhin die bestmögliche Behandlung gewährleistet wird.«

»Nein, Eure Hoheit. Alexander.«

Er benutzte den Vornamen mit dem Privileg eines alten Freundes der Familie, das er in über dreißig Jahren erworben hatte. »Sie ist jung, gesund und willensstark. Ich sehe keinen Grund, weshalb sie sich nicht vollständig erholen sollte.«

»Wann kann ich sie sehen?«

»Sie wird vermutlich nicht vor morgen früh aufwachen, aber ich werde Ihnen nicht verbieten, bei ihr zu sitzen. Ich glaube, es wird ihr helfen, Sie zu sehen, wenn sie wach wird. Ich gehe jetzt zu ihr.«

Ein schwaches Licht brannte, während Alexander Wache hielt.

Sie lag so still da.

Man hatte ihm gesagt, dass es so sein würde, dass die Medikamente so stark wirkten, aber er wartete auf die kleinste Regung von Eve.

Sie lag so ruhig da.

Eine Injektionsnadel steckte an ihrem Handgelenk. Die weiße Bandage, die die Nadel hielt, fiel auf in der Dunkelheit. Eine Reihe von Maschinen gaben ein ständiges Klicken und Piepen von sich, während sie Eves Körperfunktionen überwachten.

Von Zeit zu Zeit warf er einen Blick auf die leuchtenden grünen Lämpchen und die flackernden Punkte. Aber fast immer sah er Eve an.

Manchmal sprach er mit ihr, hielt ihre Hand in seiner, während er von gemeinsamen Strandspaziergängen redete, davon,

462

sie in das Landhaus der Familie bei Zürich zu bringen oder mit ihr im Garten zu sitzen. Dann wieder saß er einfach nur da, beobachtete ihr Gesicht und wartete.

Er dachte, wie sehr ihr das triste Krankenhausnachthemd, in das man sie gesteckt hatte, missfallen würde. Und er dachte an die Spitze und Seide, die sie getragen hatte, als sie sich das letzte Mal liebten. Vor nur einer Nacht. Als ihm plötzlich das Atmen schwerfiel, presste er ihre Hand an seine Wange. Diese Berührung beruhigte ihn.

»Gib nicht auf«, sagte er. »Bleib bei mir, Eve. Ich brauche dich. Ich brauche eine Gelegenheit, dir zu zeigen, wie sehr ich dich brauche. Gib nicht auf.«

Er saß die ganze Nacht wach neben ihr. Als das erste graue Licht durch die Schlitze der Jalousien fiel, regte sie sich.

»Eve.« Er ergriff ihre Hand mit beiden Händen. »Eve, es ist alles gut. Ich bin bei dir. Bitte, öffne die Augen. Kannst du mich hören? Öffne, die Augen, Eve.«

Sie hörte ihn, obwohl seine Stimme hohl und entfernt klang. Sie fühlte sich, als hätte sie geschwebt, und die Träume …

Ihre Lider flatterten, hoben sich. Zuerst sah sie nur Grau.

»Ich bin hier bei dir«, wiederholte Alexander. »Du wirst wieder ganz gesund werden. Kannst du mich hören?«

»Alex?« Sie erkannte sein Gesicht. Es war sehr nahe, aber sie konnte es nicht berühren. Sie sah seinen Bartschatten und musste ein wenig lächeln. »Du hast dich nicht rasiert.«

Danach versank sie wieder in Bewusstlosigkeit.

Obwohl es ihm wie Stunden vorkam, dauerte es nur Minuten, bis sie sich erneut regte. Dieses Mal trat ein Ausdruck von Verstehen in ihre Augen. »Du bist nicht verletzt?« Ihre Stimme war sehr schwach.

»Nein, nein …«

»Russ …«

Unwillkürlich verstärkte er seinen Griff. »Man hat sich um ihn gekümmert. Um ihn brauchst du dir keine Sorgen mehr zu machen.«

Sie drehte den Kopf, sah die Geräte. »Kein Krankenhaus.«

Bei der Panik in ihrer Stimme zog er ihre Hand an seine Lippen. »Nur für kurze Zeit, *ma belle*. Nur so lange, bis du wieder ganz gesund bist.«

»Ich will nicht hierbleiben.«

»Ich bleibe bei dir.«

»Du gehst nicht weg?«

»Nein.«

»Alex, du lügst mich nicht an?«

»Nein.«

Er drückte Küsse auf ihr Handgelenk, beruhigte sich selbst dadurch, dass er ihren Puls fühlte.

»Werde ich sterben?«

»Nein.« Er legte eine Hand an ihr Gesicht und beugte sich näher zu ihr. »Nein, du wirst nicht sterben.«

»Dr. Franco sagt, du bist …«, er erinnerte sich an Eves eigene Worte, »… gesund wie ein Pferd.«

»Ich glaube nicht, dass er sich so ausgedrückt hat.«

»Er hat es so gemeint.«

Sie lächelte, aber er sah das kurze Zusammenzucken.

»Du hast Schmerzen.«

»Es fühlt sich an, als ob … mein Rücken, unter der Schulter.«

Wo die Kugel stecken geblieben war. Anstatt in seinem Herzen. Er küsste sie auf die Wange und stand auf. »Ich rufe die Schwester.«

»Alex, geh nicht weg.«

»Ich rufe nur die Schwester, ich verspreche es.« Er fand Dr. Franco auf dem Korridor. »Sie ist wach und hat Schmerzen.«

»Das können wir nicht ganz vermeiden, Eure Hoheit. Ich werde sie untersuchen und ihr etwas geben.« Er gab einer Schwester ein Zeichen.

»Sie hat Angst, hier zu sein. Ich werde bei ihr bleiben.«

»Das kann ich nicht zulassen, Hoheit.«

Obwohl er nicht geschlafen hatte und erschöpft und besorgt war, wirkte Alexander hoheitsvoll. »Wie bitte?«

»Ich kann nicht zulassen, dass Sie vierundzwanzig Stunden am Tag bleiben. Allerdings erlaube ich, dass Sie sich mit Miss Hamiltons Schwester oder sonst jemandem ablösen, der ihr beistehen möchte. Und jetzt muss ich meine Patientin untersuchen.«

Alexander sah ihn in Eves Zimmer gehen, dann ließ er sich auf einen Stuhl vor der Tür sinken. Er musste ein paar Minuten allein sein, irgendeinen dunklen, ruhigen Raum finden, wo er die Wut und die Angst endlich freilassen konnte.

Sie hatte zu ihm gesprochen. Sie hatte ihn angesehen. Ihre Finger hatten sich in seinen bewegt.

Er lehnte sich gegen die Wand, und zum ersten Mal seit mehr als vierundzwanzig Stunden schloss er für einen kurzen Augenblick die Augen.

Er öffnete sie wieder in dem Moment, als Dr. Franco den Flur betrat.

»Sie können jetzt zu ihr hinein, Eure Hoheit. Ich habe Eve ihren Zustand erklärt. Ich habe ihr auch zugesichert, dass sie jemanden bei sich haben kann, solange sie es möchte. Jetzt lasse ich ihre Schwester kommen. Wenn Miss Hamilton hier ist, bestehe ich darauf, dass Sie nach Hause gehen. Essen Sie etwas Ordentliches, und schlafen Sie. Falls nicht, verbiete ich Ihnen, Eves Zimmer zu betreten.«

Alexander fuhr sich mit der Hand über den Nacken. »Dr. Franco, wenn ich nicht wüsste, dass Sie Eves Wohlergehen im Sinn haben, würde ich Sie einfach ignorieren.«

»Es wäre nicht das erste Mal, dass ich mit einem Mitglied Ihrer Familie aneinandergerate, Eure Hoheit.«

»Auch dessen bin ich mir bewusst. Sagen Sie mir, wie es ihr heute Morgen geht.«

»Natürlich ist sie noch ziemlich schwach. Aber sie ist in guter Verfassung. Sie hat Gefühl in ihren Beinen und kann sie bewegen.«

»Dann ist sie nicht …«

»Nicht gelähmt. Sie braucht Ruhe, Pflege und Unterstützung. Ich hoffe, ich kann sie morgen von der Intensivstation auf die normale Station verlegen lassen, aber vorher will Dr. Thorette sie noch einmal eingehend untersuchen.«

»Dr. Franco, ich kann Ihnen gar nicht sagen, wie dankbar ich Ihnen bin.«

»Eure Hoheit, ich betrachte es schon immer als eine Ehre, Mitglieder der fürstlichen Familie zu behandeln.«

Alexander blickte auf Eves Zimmertür. Er spürte die Schatulle mit dem Ring in seiner Tasche. »Sie sind immer sehr einfühlsam gewesen.«

»Danke, Eure Hoheit. Und ich habe Ihr Wort, dass Sie gehen, sobald Miss Hamilton hier ist?«

»Das haben Sie.«

Alexander kehrte in den Raum zurück. Eve war wach und blickte starr zur Decke.

»Ich dachte, du wärst gegangen.«

»Ich habe dir versprochen, nicht wegzugehen. Chris wird herkommen. Dann muss ich dich für kurze Zeit verlassen.« Er setzte sich wieder zu ihr und ergriff ihre Hand. »Aber ich komme zurück, du wirst nicht allein sein.«

»Ich komme mir so albern vor – wie ein kleines Mädchen, das Angst vor der Dunkelheit hat.«

»Ich bin ja richtig erleichtert, dass es überhaupt etwas gibt, wovor du Angst hast.«

»Alex, der Leibwächter, der angeschossen wurde. Ist er …«

»Er lebt noch, und man tut alles, damit es so bleibt. Ich werde nach ihm sehen, wenn ich gehe.«

»Er könnte mir das Leben gerettet haben«, sagte sie. »Und dir. Ich kenne seinen Namen nicht.«

»Craden.«

Sie nickte.

»Und Jermaine?«

Er hatte nicht gewusst, wie gut es sich anfühlte, wieder zu lächeln. »Er hat sich erholt, sein Stolz nicht.«

»Er hat keinen Grund, beschämt zu sein. Ich habe meinen schwarzen Gürtel nicht umsonst.«

»Nein, *chérie*, offensichtlich nicht. Wenn es dir besser geht, kannst du das Jermaine erklären.« Er strich ihr über das Haar, weil er sie berühren musste. »Welche Blumen soll ich dir bringen? Blumen aus dem Garten? Ich habe dich nie nach deiner Lieblingsblume gefragt.«

Tränen stiegen ihr in die Augen.

»Nicht.« Er küsste ihre Finger, einen nach dem anderen. »Nicht weinen, mein Liebling.«

»Ich habe ihn hierhergebracht.« Sie schloss die Augen, aber die Tränen quollen unter ihren Lidern hervor. »Ich habe Russ nach Cordina gebracht, zu dir.«

»Nein.« Er wischte mit sanften Fingern ihre Tränen weg. »Deboque hat ihn hergebracht. Wir können es nicht beweisen, aber wir wissen es. Und du musst es auch wissen.«

»Wie konnte er mich so täuschen? Das verstehe ich nicht. Ich habe ihn vorsprechen lassen. Alex, ich habe ihn auf der Bühne gesehen. Ich habe mit Leuten gesprochen, die mit ihm zusammengearbeitet haben. Das verstehe ich nicht.«

»Er war ein Profi. Ein hervorragender Schauspieler, Eve, der dadurch seine eigentliche Tätigkeit tarnte. Er mordete für Geld. Nicht aus Leidenschaft, nicht um einer Sache willen, sondern für Geld. Nicht einmal unsere Sicherheitsüberprüfung hatte etwas ergeben. Reeve arbeitet im Moment mit Interpol zusammen und hofft, mehr in Erfahrung zu bringen.«

»Alles ist so schnell gegangen, als wäre es gar nicht wirklich geschehen.«

»Du sollst jetzt nicht daran denken. Es ist vorbei.«

»Wo ist er?«

Er überlegte nur einen Moment und entschied dann, dass sie die Wahrheit verdiente. »Er ist tot. Jermaine hat ihn erschossen. Russ kam noch einmal kurz zu Bewusstsein, lange genug, sodass Reeve ein paar Informationen erhielt. Über das alles können wir später sprechen, wenn du stärker bist.«

»Ich dachte, er würde dich umbringen.« Die Medikamente begannen zu wirken. Die Augen fielen ihr zu.

»Er hat es nicht getan. Wie kann ich dir jemals dafür danken, dass du mir das Leben gerettet hast?«

Während sie einschlief, lächelte sie.

»Ich mag Glockenblumen. Glockenblumen sind meine Lieblingsblumen«, sagte sie noch.

Alexander brachte jeden Tag Glockenblumen.

Als Eve das Krankenhaus verlassen durfte und eine Privatschwester die weitere Pflege im Palast übernahm, brachte er ihr die Blumen jeden Morgen in ihr Zimmer.

Nachdem die erste Woche vorüber war, begann Eve, sich um ihre Truppe zu sorgen. Sobald sie das tat, löste sich der kleine Knoten der Angst auf, der sich noch in ihm gehalten hatte. Jetzt wurde sie tatsächlich wieder gesund.

Die Presse feierte sie als Heldin. Bennett brachte die Zeitungsartikel mit und las sie ihr vor. Dabei verdrehte er die Augen bei all dem Lob.

Eve bestand darauf, dass das erste Stück über die Bühne ging, und dann sorgte sie sich, etwas könnte schiefgehen, wenn sie nicht dabei wäre, um alles in Ordnung zu bringen.

Sie las die Kritiken. Es begeisterte sie, dass das Stück gut aufgenommen wurde, und es erleichterte sie, dass die zweite Besetzung für Russ sich als großartiger Schauspieler entpuppt hatte. Und es deprimierte sie, dass sie die Aufführung nicht selbst gesehen hatte.

Sie ließ die Untersuchungen mit immer größerem Widerwillen über sich ergehen.

»Dr. Franco, wann wird all dieses Abtasten und Abhorchen endlich aufhören? Es geht mir gut.«

Sie lag auf dem Bauch, während er den Wundverband wechselte. Die Fäden waren am Vortag gezogen worden, und die Wunde verheilte sauber.

»Man hat mir berichtet, dass Sie nachts nicht gut schlafen.«

»Das kommt nur daher, dass ich mich zu Tode langweile. Ein Spaziergang im Garten wird zu einem Ereignis. Ich will ins Theater, Doktor. Ich habe schon die erste Aufführung versäumt. Ich will nicht auch noch die Premiere der zweiten versäumen, verdammt noch mal!«

»Hm, hm, man hat mir gesagt, Sie weigern sich, Ihre Medizin zu nehmen.«

»Die brauche ich nicht.« Sie stützte den Kopf auf die Hände und machte ein finsteres Gesicht. »Ich habe Ihnen doch gesagt, dass ich mich gut fühle.«

»Ich habe Gereiztheit stets für ein Zeichen von Erholung angesehen«, sagte er mild, während er ihr half, sich umzudrehen.

»Es tut mir leid, wenn ich mich nicht besonders gut verhalte.« Sie zog die Bettjacke zusammen, die ihr Vater ihr gebracht hatte.

»Nein, ich glaube nicht, dass es Ihnen leidtut.«

Sie musste lächeln. »Vielleicht nicht, aber bei all diesen Leuten, die um mich herum sind, ist das auch kein Wunder. Dr. Franco, Sie können sich nicht vorstellen, wie es ist, ständig genauestens unter die Lupe genommen zu werden. Hätte Chris meinen Vater nicht überredet, nach Houston zurückzukehren, wäre ich verrückt geworden. Natürlich war er wunderbar. Alle waren es. Die Kinder haben mir Bilder gezeichnet. Dorian hat ein Kätzchen hereingeschmuggelt. Das sollten Sie eigentlich nicht wissen.«

»Ich betrachte es als eine vertrauliche Mitteilung.«

»Prinz Armand ist jeden Tag gekommen. Er hat mir diese Spieluhr mitgebracht.« Sie langte hinüber, um die kleine silberne Dose auf ihrem Nachttisch zu berühren. »Sie hat seiner Frau gehört. Er schenkte sie ihr bei Alex' Geburt und sagte, er wünsche, dass ich sie bekomme.«

»Weil sein Sohn sein Leben Ihnen beiden verdankt.«

»Dr. Franco, ich fühle mich nicht als Heldin.« Wieder kamen ihr die Tränen, wie so oft in den letzten Tagen. Sie hasste sie, hasste es, ihnen so nah zu sein. »Ich muss mein Leben weiterführen und andere Menschen ihres führen lassen. Wenn ich hier liege, habe ich zu viel Zeit zum Nachdenken.«

»Beunruhigen Ihre Gedanken Sie?«

»Einige. Ich muss mich wieder beschäftigen. Ich muss an zu viel denken, als dass ich hier liegen könnte, obwohl alle sehr lieb zu mir waren.«

»Warum versuchen wir nicht ein Experiment?«

»Solange es nichts mit einer weiteren Injektionsnadel zu tun hat.«

»Nein. Sie werden heute Nachmittag schlafen.«

»Doktor …«

»Ah, warten Sie bitte, bis Sie den ganzen Handel gehört haben, bevor Sie sich beklagen. Sie werden heute Nachmittag schlafen«, wiederholte er. »Dann werden Sie heute Abend aufstehen und Ihr elegantestes Kleid anziehen. Ich schlage für eine Weile ein am Rücken hochgeschlossenes Kleid vor. Dann fahren Sie ins Theater …«

Er unterbrach sich, als ihre Augen zu leuchten begannen. »Nur als Beobachterin. Dann werden Sie wie Aschenputtel um Mitternacht in Ihr Bett zurückkehren.«

»Abgemacht.« Sie streckte die Hand aus.

Chris und Gabriella halfen ihr beim Anziehen. Eve versuchte es selbst, um zu sehen, ob es sie ermüdete. Das tat es nicht. Sie war in Hochstimmung. Nachdem sie sich in dem weißen Kleid und der mit Perlen besetzten Jacke prüfend betrachtet hatte, fand sie, dass sie besser aussah als vor dem Unfall. Sie war erholt, hatte wieder Farbe bekommen, ihre Augen waren klar. Sie steckte das Haar mit Silberkämmen zurück, trug ein wenig Parfüm auf und fühlte sich wieder wie eine Frau.

»Du bist schön.« Alexander ergriff ihre Hände, als er kam, um Eve die Treppe hinunterzuführen. Er trug einen dunklen Anzug und hielt einen kleinen Strauß Glockenblumen in der Hand.

»Ich wollte, dass du das sagst.« Lächelnd nahm Eve die Blumen entgegen und atmete den Duft ein. Sie wusste, dass sie in Zukunft immer dabei an ihn denken würde. »Das ist das erste Mal seit Tagen, dass du mich nicht so ansiehst, als würde ich unter einem Mikroskop liegen. Nein, sag nichts. Ich fühle mich wie ein Häftling auf der Flucht.«

»Dann solltest du mit Stil fliehen.«

Er schob ihre Hand unter seinen Arm und führte sie die Treppe hinunter. Eine Limousine wartete im Freien. Der Motor lief bereits. Eve warf Alexander ein strahlendes Lächeln zu, als sie einstieg.

Champagner war kalt gestellt. Beethoven wurde leise gespielt.

»Das perfekte Fluchtauto«, sagte sie, während er die Flasche entkorkte.

»Heute Abend soll alles perfekt sein.«

Sie berührte mit ihrem Glas seines, dann mit ihren Lippen seinen Mund. »Noch besser kann es nicht werden.«

»Wir werden sehen.« Er griff in ein kleines Fach und holte eine lange, schmale Schatulle heraus. »Ich wollte warten, bis du dich erholt hast, ehe ich dir das hier gebe.«

»Alex, ich brauche keine Geschenke.«

»Ich muss dir eines machen.« Er öffnete ihre Hand und legte die Schatulle hinein. »Enttäusche mich nicht.«

Wie konnte sie ihn zurückweisen? Eve öffnete den Deckel und blickte verblüfft auf die Halskette aus Diamanten und Saphiren. Sie schienen an silbernen Fäden zu hängen und bildeten zwei Reihen von Tropfen. Das war ein Schmuckstück für eine Prinzessin, eine Königin, nicht für eine gewöhnliche Frau. Eve konnte nicht widerstehen, hob die Halskette hoch, und die Edelsteine glitzerten in ihren Fingern. Licht von den Straßenlampen glitt über sie hinweg und fing darin Feuer.

»Oh, Alex, wie wundervoll! Das raubt mir den Atem«, sagte sie.

»Du hattest oft diese Wirkung auf mich. Willst du die Kette heute Abend tragen?«

»Ich …« Sie machte ihr beinahe Angst, diese reine Schönheit, diese Eleganz. Aber dann spürte sie, wie sehr ihre Weigerung ihn enttäuschen würde. »Liebend gern. Hilfst du mir?«

Er öffnete die filigrane goldene Halskette, die sie trug, und ersetzte sie durch sein Geschenk. Instinktiv betastete Eve das Collier, als er es ihr um den Hals legte. Es war kühl, aber schon zog es die Wärme ihres Körpers an sich.

»Ich werde dieser Kette wahrscheinlich mehr Aufmerksamkeit widmen als dem Stück.« Sie beugte sich zu Alex, um ihm einen Kuss zu geben, einen Kuss, den er mit überraschender Zartheit erwiderte. »Danke, Alexander.«

»Danke mir erst, wenn der Abend vorbei ist.«

Eve war nervös, als sie das Theater erreichten. Dann fühlte sie sich wie benommen, als sie die fürstliche Loge betrat und die Zuschauer unter ihr sich erhoben und ihr zujubelten.

Sie fühlte, wie Alexander ihre Hand ergriff. In seinen Augen stand ein Lächeln, als er sich zu ihr beugte und sie küsste. Ihre Gefühle und Gedanken waren schwindelerregend, dennoch schaffte sie es, sein Lächeln zu erwidern, und seinem Beispiel folgend, winkte sie der Menge zu.

Alexander rückte ihr befriedigt den Stuhl zurecht. Sie musste es erst begreifen, aber sie hatte soeben ihre erste offizielle Aufgabe hinter sich gebracht.

»Die Aufführung muss gut werden.« Sie versuchte, ruhig sitzen zu bleiben, während sie darauf wartete, dass der Vorhang sich hob.

Sie hielt seine Hand während des ersten Aktes fest, fühlte, wie ihr Magen sich immer und immer wieder zusammenzog.

In Gedanken machte sie sich Notizen über jeden noch so kleinen Fehler, über jedes noch so kleine Detail. Sie hatte schon ein halbes Dutzend Änderungen im Kopf, die das Stück verbessern würden.

Doch der Beifall war grandios. Stolz auf ihre Truppe und auf sich selbst breitete sich in ihr aus, als sie den Applaus hörte. Nachdem er abgeebbt war, zählte sie die Vorhänge.

»Ein Dutzend.« Lachend wandte sie sich an Alexander. »Ein Dutzend Vorhänge! Es war gut. Es war wirklich gut. Ich möchte die zweite Szene ein wenig ändern, aber …«

»Du wirst doch nicht heute Abend daran denken.« Er nahm sie bei der Hand und führte sie aus der Loge. Drei Leibwächter standen bereit. Eve bemühte sich, sie nicht zu bemerken und nur an das Stück zu denken.

»Ich weiß nicht, ob ich warten kann, bis die Kritiken erscheinen. Alex, könnten wir nicht für eine Minute hinter die Bühne gehen, damit ich …«

»Nicht heute.« Flankiert von den Leibwächtern, führte er sie die Nebentreppe hinunter. Reporter drängelten sich, Blitzlichter flammten auf, aber die Männer vom Sicherheitsdienst hielten die Presseleute in Schach. Bevor Eve das Blitzlichtgewitter bewusst wahrnahm, saßen sie schon wieder in der Limousine.

»Es ging alles so schnell.« Sie lehnte sich zurück und versuchte, das Triumphgefühl auszukosten. »Ich wollte, dass es nicht mehr aufhörte, obwohl ich so nervös war. Es schien, als würden alle auf uns blicken.«

»Das war dir unangenehm.«

»Nur ein wenig.« Jetzt war es schon Vergangenheit. »Ich werde Dr. Franco dazu bringen, mich morgen von der Kulisse aus zuschauen zu lassen.«

»Bist du nicht müde?«

»Nein. Ehrlich.« Sie lächelte, während sie tief durchatmete. »Ich fühle mich wundervoll. Ich nehme an, Aschenputtel hat sich fünf Minuten vor Mitternacht auch so gefühlt.«

»Du hast noch eine Stunde. Ich möchte, dass du sie mit mir verbringst.«

»Bis zur letzten Minute«, versprach sie.

Im Palast war es still, als sie zurückkehrten. Alexander führte Eve nach oben, doch anstatt sie in ihre Räume zu bringen, wandte er sich zu seinen eigenen.

Ein Tisch war für zwei gedeckt, Kerzen flackerten in Kristallhaltern, Musik von Geigen erfüllte den Raum, genauso sinnlich wie romantisch.

»Jetzt fühle ich mich wirklich wie Aschenputtel.«

»Ich hatte das schon früher geplant. An dem Abend ... dem Abend, an dem ich dich im Theater abholen wollte.«

Sie trat an den Tisch und berührte die Blätter der Blumen, die in einer flachen Schale arrangiert waren. »Tatsächlich?« Überraschung und Nervosität mischten sich, als sie sich umdrehte. Bereitete ein Mann eine solche Szenerie vor, um eine Affäre zu beenden? Das glaubte sie nicht, selbst wenn dieser Mann ein Prinz war. »Warum?«

»Ich finde, ich habe dir zu wenig Romantik geboten. Das möchte ich wiedergutmachen.« Er kam zu ihr, zog sie an sich und küsste sie so, wie er es seit Tagen ersehnt hatte. »Ich dachte, ich könnte dich verloren haben.« Seine Stimme wurde rau von Gefühlen, als er ihre Hände ergriff und sein Gesicht darin barg. »Ich habe so vieles falsch gemacht bei dir, aber dieser eine ...«

»Alex, nicht. Wenn du mir nicht erlaubst, mir Vorwürfe zu machen, weil ich Russ hierhergebracht habe, wie kannst du dir dann Vorwürfe für das machen, was er getan hat?«

»Und was du getan hast.« Er löste seine Hände von ihren und umfasste ihr Gesicht. »Solange ich lebe, werde ich mich an den Moment erinnern, in dem du dich vor mich gestellt hast. Ich werde ihn immer wieder erleben, aber ich werde dich jedes Mal in meinen Gedanken beiseitestoßen.«

»Alex, wenn er dich getötet hätte, denkst du, ich hätte weiterleben wollen? Nur du bist mir wichtig. Ich habe dich schon lange geliebt, bevor ich verstand, was Liebe bedeutet.«

»Bitte, setz dich!«, bat er sie.

»Bedank dich nicht noch einmal bei mir. Ich könnte es nicht ertragen.«

»Eve, setz dich, bitte.« Ungeduld schwang in seiner Stimme mit.

»Na schön, ich sitze. Aber ich lasse mich nicht auch noch füttern.«

»Dein Wunsch sei mir Befehl. Aber vor dem Essen habe ich dir noch etwas zu sagen.« Nervosität überfiel ihn. Er wartete einen Moment, bis er seine Gefühle einigermaßen unter Kontrolle hatte.

Als er sich Eve zu Füßen kniete, sah sie ihn erstaunt an.

»Ich habe gesagt, ich würde nicht vor dir knien. Dieses eine Mal erscheint es mir jedoch angebracht.« Als er eine Schatulle aus der Tasche zog, ballte Eve die Hand zur Faust.

»Alex, du hast mir heute Abend schon ein Geschenk gemacht.« Ihre Stimme bebte.

»Das hier ist kein Geschenk. Es ist eine Bitte, die größte, die ich an dich richten kann. Ich wollte dich schon früher bitten, aber da schien es mir, als würde ich zu viel erwarten.«

Ihr Herz hämmerte, aber sie öffnete die Faust nicht. »Du weißt nicht, was dich erwartet, wenn du nicht fragst.«

Er ergriff lachend ihre Hand und öffnete ihre Finger. »Du zeigst mir immer etwas Neues. Eve, ich werde dich jetzt um mehr bitten, als ich dir jemals geben könnte. Ich kann dir nur sagen, falls du zustimmst, werde ich alles tun, um dich glücklich zu machen.«

Er drückte die Schatulle in ihre Hand und wartete.

Zuerst musste sie durchatmen, tief durchatmen. Sie war keine Adelige. Sie war nicht adliger Abstammung. Gleiche Bedingungen. Sie erinnerte sich an ihre eigene Forderung und erkannte, dass sie die Chance hatte, alles wahr zu machen.

Sie öffnete die Schatulle und sah einen Ring, der nach dem gleichen Entwurf aus Saphiren und Diamanten gefertigt war wie die Halskette, die sie trug. Kein Geschenk, dachte sie, sondern eine Bitte.

»Der Ring gehörte meiner Mutter. Als ich meinem Vater sagte, dass ich die Absicht habe, dich zu heiraten, bat er mich, dir diesen Ring zu geben. Es ist mehr als ein Ring, Eve. Ich denke, du kennst einige der Pflichten, der Erwartungen, die damit verbunden sind, nicht nur mir gegenüber, sondern auch gegenüber dem Land, das dann auch dein Land sein müsste. Bitte, sag noch nichts.«

In seiner Stimme schwang etwas mit, das sie noch nie gehört hatte. Sie wollte ihn beruhigen, rührte sich jedoch nicht.

»Es gibt so vieles, von dem ich dich bitten müsste, es aufzugeben. Houston wäre nur noch ein Ort für Besuche. Deine Truppe – hier gibt es das Theater und die Gelegenheit, in Cordina eine neue Truppe aufzubauen –, aber alles andere wäre vorüber. Du möchtest Stücke schreiben – vielleicht könnte das in gewisser Weise ein wenig ausgleichen, was du aufgeben müsstest. Deine Freiheit wäre in einer Weise eingeschränkt, die du dir nicht vorstellen kannst. Verantwortungsvolle Aufgaben, einige davon lebenswichtig, andere unglaublich langweilig. Was du tust, was du sagst, wird allgemein bekannt sein, noch bevor du es getan oder gesagt hast. Und solange Deboque lebt, befinden wir uns alle in Gefahr. Das alles musst du bedenken.«

Sie schaute ihn an, dann den Ring, der noch in seinem Samtbett ruhte. »Sieht fast so aus, als wolltest du mich überreden, abzulehnen.«

»Du sollst nur wissen, um was ich dich bitte.«

»Du bist ein fairer und ehrlicher Mann, Alexander.« Als sie tief durchatmete, erregte etwas hinter seiner Schulter ihre

Aufmerksamkeit und regte ihre Fantasie an. Noch lächelte sie nicht, noch nicht. »Darum wollen wir das auch auf faire und ehrliche Art betrachten.« Sie langte hinüber und zog die Waage näher heran. »Da gibt es zunächst einmal die Pflichten und die Verantwortung im Staat.« In einem Gefäß lagen Glaskugeln. Sie nahm eine Hand voll heraus und legte zwei in eine der Waagschalen. »Dann haben wir den Mangel an Privatsphäre.« Sie gab noch eine Kugel hinzu.

»Eve, das ist kein Spiel.«

»Bitte, ich versuche, diesen Vorschlag gründlich zu durchdenken. Da ist zunächst die Tatsache, dass ich nicht länger in meinem eigenen Land leben könnte.« Drei Kugeln kamen hinzu.

»Und die Tatsache, dass ich höchstwahrscheinlich zu Tode gelangweilt wäre von all den Aufgaben, wie Brie sie zu erfüllen hat. Da wären die Presse, die Schreibarbeit – ich glaube, das hast du ausgelassen – und die Tradition, mit der ich mich vertraut machen müsste. Dann ist da außerdem Deboque.«

Sie sah Alexander an. »Für Deboque werde ich keine von den hübschen bunten Glaskugeln hinzufügen. Ob ich Ja oder Nein sage, er bleibt, wo er ist. Nun, Alex, muss ich dir eine Frage stellen. Warum willst du, dass ich diesen Ring annehme und die Verpflichtung, die damit verbunden ist? Warum bittest du mich, dich zu heiraten?«

»Weil ich dich liebe.«

Jetzt lächelte sie. Die übrigen Kugeln fielen in die leere Waagschale und drückten sie nach unten. »Das erzielt wohl mehr als einen Ausgleich, oder?«

Er betrachtete sie verwundert. »Mehr musste ich nicht sagen?«

»Das war alles, was du jemals sagen musstest.«

478

Sie legte die Arme um ihn und gab ihm einen langen Kuss, mit dem ihre Abmachung besiegelt wurde und ein neues Leben begann.

»Märchen«, sagte sie, halb zu sich selbst. »Ich hatte aufgehört, an sie zu glauben.«

»Ich auch.« Seine Lippen fanden wieder ihre. »Aber jetzt ist das anders. Heute Nacht hast du mir eines geschenkt.«

»Oh, hör nur!« Die Uhr auf dem Korridor begann zu schlagen. »Steck mir den Ring an, Alex, bevor es zwölf Mal geschlagen hat.«

Er tat es. »Morgen sagen wir es der ganzen Welt, aber diese Nacht gehört nur uns.« Er stand auf und zog sie auf die Füße. »Ich habe dir noch nichts zu essen gegeben, und es ist schon nach Mitternacht.«

»Ich könnte im Bett essen, Alex.« Sie schmiegte die Wange an seine Brust, um den wunderbaren Augenblick festzuhalten. »Dr. Franco hat nicht gesagt, dass ich allein ins Bett muss.«

Alex lachte, als er sie auf die Arme hob. »Cordina stehen viele Überraschungen bevor.«

»Dir auch«, flüsterte sie.